重读与新释

中西美学诗学经典文本解读

李衍柱 著

人民出版社

左图：
1991 年 9 月 28 日与蒋孔阳先生参加孔子文化节与宋宣和碑竖立剪彩仪式。

右图：
2006 年 7 月 18 日在美国哈佛大学哈佛像前。

1987 年 8 月 9 日在山东大学同汝信先生合影。

2001 年 10 月 7 日，在深圳与胡经之先生合影。

1996 年与杜书瀛、朱立元先生在深圳。

给文艺学博士生、硕士生解读康德的《判断力批判》。

2006 年 8 月 1 日访问哈佛大学，在燕京学社社长办公室与杜维明先生合影。

　　2007 年 8 月 10 日，参加由山东师范大学齐鲁文化研究中心与哈佛大学燕京学社主办的"儒家思孟学派国际学术研讨会"，作了《思孟学派与中国美学建设》的发言，作者右边是中国著名学者李学勤先生。

目 录
Contents

第一编

中国美学诗学
经典文本新释

"思孟学派"与中国美学[*]

中国美学的初创时期,出现在卡尔·雅斯贝斯(Kar jaspers ,1883—1969)所说的世界"轴心期"(Axial Period),即公元前800至前200年间的数世纪。① 这个世界的轴心时代,不论是西方和东方,都出现了一批影响人类文化发展的思想家、哲学家、美学家、文学家等。古希腊出现了毕达哥拉斯、赫拉克利特、苏格拉底、柏拉图、亚里士多德等;中国则出现了老子、孔子、墨子、孟子、庄子、孙子、荀子等。他们留下大量的历史文献,成为人类文化的宝贵财富,成为后人在各个领域不断研究和诠释的经典文本。学界所说的"思孟学派",是指出现在世界轴心时代的后期(约公元前5世纪至前3世纪),即中国战国时代以子思和孟子为代表的一个儒家学派。历史上凡是称之为学派的,至少应由两人以上构成的学术群体,他们文脉相承,有相同或相近的理论原则、价值趋向、思维方式和研究方法,提出一些带有共同性的范畴概念等。他们虽有其学术的共同性的一面,同时又各自具有自己的学术个性。同一学派之中又具有差别性,相互之间是"和而不同"。最早将孔子的孙子子思与孟轲在思想和学术上连在一起并称的是荀卿。在《荀子·非十二子篇》中说:

> 略法先王而不知其统,犹然而材剧志大,闻见杂博。案往旧造说,谓之五行,甚僻违而无类,幽隐而无说,闭约而无解。案饰其辞

---

* 该文是作者参加2007年8月由山东师范大学齐鲁文化研究中心、美国哈佛大学燕京学社、北京大学儒学研究中心、山东大学儒学研究中心、山东省邹城市人民政府联合举办的"儒家思孟学派国际学术研讨会"提交的论文,并在大会上发言。2008年6月正式发表在《国学研究》第二十一卷,收入山东师范大学齐鲁文化研究中心、美国哈佛大学燕京学社编的《儒家思孟学派论集》(齐鲁书社,2008年版)。

① [德]卡尔·雅斯贝斯:《历史的起源与目标》,魏楚雄、俞新天译,华夏出版社1989年版,第27页。

而祗敬之曰：此真先君子之言也。子思唱之，孟轲和之，世俗之沟
犹瞀儒，嚾嚾然不知其所非也，遂受而传之，以为仲尼、子游① 为兹
厚于后世。是则子思、孟轲之罪。②

对于荀子的责难和批评，我们暂不去评说，但有一点可以肯定，即子思
和孟轲，文脉相承，都是继承孔子的思想，"按往旧造说"并且提出和阐发了
"五行"学说。"子思唱之，孟轲和之"，这就成了后人将子思和孟轲并称为
"思孟学派"的缘起。其实孟轲生前并未见到子思。子思是孔子的孙子，孔
鲤的儿子，名伋，字子思，大约生于公元前481年，死于公元前402年前后，司
马迁在《史记·孔子世家》中说："伯鱼生伋，字子思，年六十二。尝困于宋。
子思作《中庸》"。③ 孟子，名轲，今山东邹城市人，约生于公元前372年，约卒
于公元前289年。司马迁在《史记·孟子荀卿列传》中说孟轲"受业子思之
门人。道既通……天下方务于合纵连衡，以攻伐为贤，而孟轲乃述唐、虞三
代之德，是以所如者不和。退而与万章之徒序诗书，述仲尼之意，作《孟子》
七篇"。④ 正式将子思和孟轲看作是各自代表一个儒家学派是韩非（约公元
前280—前233）。他在《韩非子·显学第五十》中称：

世之显学，儒墨也。儒之所至，孔丘也。墨之所至，墨翟也。
自孔之死也，有子张之儒，有子思之儒，有颜氏之儒，有孟氏之儒，
有漆雕氏之儒，有仲良氏之儒，有孙氏之儒，有乐正氏之儒……故
孔、墨之后，儒分为八，墨离为三，取舍相反、不同，而皆自谓真孔
墨，孔墨不可复生，将使定世之学乎？⑤

韩非具体将儒学分为八派，而子思和孟子各属一派。韩非并未将子思
孟子合称为"思孟学派"，但二人是师承关系，文脉相传，历代学者并不否
认。朱熹在《中庸章句序》和《孟子序说》中，具体将子思与孟轲从儒家的

---

① 王先谦《荀子集解》中，原文写的是"子游"，但在注解中，他又引了郭嵩焘的话，认为此处不是子游，
应是子弓。原文为："郭嵩焘曰'荀子屡言仲尼、子弓，不及子游。本篇后云'子游氏之贱儒'，与子张、子夏
同讥。此则'子游'必'子弓'之误。"见（清）王先谦撰：《荀子集解》上，中华书局1988年版，第95页。

② （清）王先谦撰：《荀子集解》上，中华书局1988年版，第94—95页。

③ （汉）司马迁：《史记》六，中华书局1982年版，第1946页。

④ （汉）司马迁：《史记》七，中华书局1982年版，第2343页。

⑤ 陈奇猷校注：《韩非子集释》，上海人民出版社1974年版，第1080页。

学统关系上联系起来,并对《中庸》与《孟子》在思想内容的承传关系与内在的统一性上,简要地加以说明,进而将二书与《论语》《大学》一起,称之为"四书",作为儒学的经典文本。他说,子思"继往圣、开来学","质以平日所闻父师之言,更互演绎",撰写成《中庸》。"自是而又再传以得孟氏,为能推明是书,以承先圣之统,及其没而遂失其传焉"。① 因此,从儒家的学统关系及其所遵循的社会理念、价值观、美学观、研究方法等思想体系的整体来看,把思孟合称为一派,自有其学理的依据。20世纪中国著名历史学家侯外庐、赵纪彬、杜国庠在他们合著的《中国思想通史》中,正式提出了"思孟学派"的概念,并在第十一章分七节以54页的篇幅,比较系统全面地论述了"思孟学派及其唯心主义儒学思想"(详见人民出版社1957年版侯外庐、赵纪彬、杜国庠著《中国思想史》第一卷第360—413页。)当然学界对"思孟学派"的提法及其评价仍然存在着争议,但这并不妨碍我们对其进行全方位地研究和考辨。

　　1993年10月在湖北荆门市沙洋区四方乡郭店一号楚墓中,出土了800余枚楚国的竹简,计13000余字,经考古学家考证和李学勤、裘锡圭、庞朴等知名专家辨析,楚墓竹简当属战国中期偏晚,竹简所载的文献《缁衣》《鲁穆公问子思》《五行》《唐虞之道》《忠信之道》《性自命出》《尊德义》《穷达以时》《太一生水》《成之问之》《六德》《语丛一、二、三、四》等的成书时间,应与子思孟轲生活的年代相当,约在公元前5世纪—4世纪之间,均在《孟子》成书之前。1998年5月中国文物出版社正式出版了由荆门市博物馆整理、注释和编纂,经裘锡圭先生审定的《郭店楚墓竹简》,向国内外发行。1994年春,又在香港古玩市场陆续发现了一批楚国竹简,共约1200余支,简上总文字数达35000余字。2001年11月,2002年12月《上海博物馆藏战国楚竹书》第一册、第二册相继出版。郭店楚墓竹简与上海博物馆馆藏战国楚简的发现和出版,是中国学术史上的大事,它为中国古代思想史、哲学史、美学史、伦理学史、文学史的研究,提供了宝贵的文献资源,注入了新的生机。其中郭店楚简与上博馆藏楚简中的《缁衣》,其内容与今本《礼记·缁衣》大体相合;上博竹简的《性情论》与郭店竹简的《性自命出》记载相仿,但某些文字上又有所不同;郭店楚简的《五行》,曾见于1972—1974年发掘出土的马王堆汉墓帛书,文字虽有差异,但整理者认为《五行》属思孟学派的作品。荀子责难子思、孟轲,说他们一唱一和,"案往旧造说,谓之五行",这个"五行"的具体内容是

_____

① (宋)朱熹:《四书章句集注》,中华书局1983年版,第15页。

什么？荀子没有说，帛书与楚简"五行"篇的发现，自然对我们进一步研究子思、孟子的思想与荀子的批评，是大有裨益的。它以新的历史文献为佐证，必将推进学界去解开思孟学派所倡导的"五行"说之谜。

从郭店楚墓竹简和上海博物馆馆藏战国楚简的内容来看，除明显属于道家思想体系的文献（如《老子》甲、乙、丙，《太一生水》）以外，多数属于儒家的文献。《五行》《缁衣》《鲁穆公问子思》《性自命出》，较多的命题与论说则与子思孟子的思想一脉相承，但具体又难以说哪一篇就是子思所作，文中的有些内容又明显地与荀子的思想有关。在所有楚简的儒简中，看不到孟子倡导的性善论与荀子主张的性恶论那样的泾渭分明的理论分界。因此，有的学者反对将郭店楚墓竹简多数归于《子思子》，认为应将它们看作是类似于《礼记》的儒家总集。我个人认为这种观点是符合楚简实际的。

思孟学派没有留下什么美学的专著，也没有专论美、美感和艺术的论文。他们的美学观点散见于《中庸》《孟子》和新发现的楚简中的儒简之中。他们提出的有关美学的问题，与他们哲学观、历史观、伦理观、诗乐观紧密相连，并对中国美学的发展与建设产生了深远的影响。结合与思孟学派有关的历史文献，下面我想分三个问题，谈谈自己学习中的认识和体会。

一、以"天人合一"的思维模式，提出了美与情的关系，为美找到了属于自己的领域

《中庸》开篇第一句话是："天命之谓性，率性之谓道，修道之谓教。道也者，不可须臾离也，可离非道也"。[①]朱熹说"此篇（《中庸》）乃孔门传授心法，子思恐其久而差也，故笔之于书，以授孟子"。[②]究竟如何理解命、性、道、教之间的关系及其具体的含义，长期以来有着种种不同的诠释，郭店楚墓竹简和上海博物馆馆藏楚简问世后，使读者可以更清楚地理解它的本义。《性自命出》是介于孔孟之间新发现的最重要的与思孟学派的思想有关的历史文献。《性自命出》像《中庸》一样，也是一开头就说：

　　凡人唯（虽）又（有）眚（性），心亡奠志，迉（待）勿（物）而句（后）复（作），迉（待）兑（悦）而句（后）行，迉（待）習而句（后）奠。

憙(喜)蒸(怒)悡(哀)悲之燹(氣)，眚(性)也。及其見於外，則勿
(物)取之也。眚(性)自命出，命自天降。衍(道)司(始)於青(情)，
青(情)生於眚(性)。司(始)者近青(情)，终者近義。①

从《中庸》到《性自命出》，向读者传授的"心法"是沿着一条由天——
命——性——情——道的思维模式行进的。这是一条由外——内，由客
体——主体(人自身)的思维路线。这里说的"天"，不是柏拉图说的那种独
立于现象界的"相"的世界或实体；也不是神学家所说的那种有意志的天国；
更不是康德说的那种在彼岸世界的"物自体"。它是与人的命、性、情化为一
体的"天人合一"的天。具体讲，它是宇宙生成的历史必然性，包括自然、社
会和人自身生成、发展的必然性。命则是从宇宙——人生成过程的必然性中
的偶然。性和情在这种"天人合一"的思维模式中，居于承上启下的关键地
位。它上来自于天，下开启了人文之道。《性自命出》中把性解释为气，"憙
(喜)蒸(怒)悡(哀)悲之燹(氣)，眚(性)也。及其見於外，則勿(物)取之
也。"性见于外而为情。由于性在不同情势中有不同的形态，表现为不同的
情感呈现。"凡眚(性)或戠(動)之，或迋(逢?)之，或交之，或萬(屬)之，
或出之，或兼(養)之，或長之。凡戠(動)眚(性)者，勿(物)也；迋(逢?)
眚(性)者，兑(悦)也；交眚(性)者，古(故)也；萬(屬)眚(性)者，宜(義)
也；出眚(性)者，埶(勢)也；兼(養)眚(性)者，習也；長眚(性)者，衍(道)
也。"②
　　那么，美与性情之间又是一种什么关系呢？从《性自命出》的论述可以
看出，美是属于性情领域的问题，由于"衍(道)司(始)於青(情)，青(情)生
於眚(性)。司(始)者近青(情)，终者近義。……好亞(惡)，眚(性)也。所
好所亞(惡)，勿(物)也。"而情又是"辵(待)勿(物)而句(後)复(作)，辵
(待)兑(悦)而句(後)行，辵(待)習而句(後)奠。"当性外化为情时，不是
任何一种情都是美的，只有那些能引人喜悦、爱好之情，才是美的。郭店楚
墓竹简《性自命出》中，有一段话对说得很好。文中写道：

　　凡人青(情)為可兑(悦)也。句(苟)以其青(情)，唯(雖)怂
(過)不亞(惡)；不以其青(情)，唯(雖)難不貴。句(苟)又(有)

---

① 荆门市博物馆编：《郭店楚墓竹简》，文物出版社1998年版，第179页。

② 荆门市博物馆编：《郭店楚墓竹简》，文物出版社1998年版，第179页。

其青（情），唯（雖）未之為，斯人信之壴（矣）。未言而信，又（有）媺
（美）青（情）者也。未畜（教）而民互（恒），眚（性）善者也。未賞
而民懽（勸），含福者也。①

这段话告诉我们：凡是能引起人们愉悦的感情，虽然有些偏激，但也不
会给人们反感，虽然它没有给人什么直接的效应，但人们仍然相信它的纯正
单一。这样的感情被称之"美情"，也只有这种"美情"，才是属于美的。这种
"美情"与善是融合在一起的，它既是美的，又是善的。如孔夫子闻《韶》乐
所产生的感情，"尽善矣，又尽美矣"。《性自命出》在另一处又讲：

君子媺（美）其青（情），［貴其義］，善其即（節），好其頌（容），
樂其衔（道），兑（悦）其畜（教），是以敬安（焉）。②

这里的［美］、贵、善、好、乐、兑（悦）都是作动词用，都是一种给予人们
愉悦、肯定、正面的情感判断。这也就是我们通常所说的美感。在谈到乐的
美感特征时，《性自命出》说：

樂，愷（礼）之深澤也。凡聖（聲），其出於情也信，肤（然）句
（後）其内（入）抜人之心也敁（厚）。聏（聞）芙（笑）聖（聲），則
蒆（鮮）女（如）也斯憙（喜）。昏（聞）訶（歌）謠（謠），則舀女（如）也
斯奮。聖（聽）銮（琴）玨（瑟）之聖（聲），則誣女（如）也斯戁（難）。
翟（觀）垄（賚）武，則齊女（如）也斯复（作）。翟（觀）邵（韶）顕（夏），
則免（勉）女（如）也斯僉（儉）。羕思而勷（勤）心，菁女（如）也。
其居即（次）也舊，其反善復訆（始）也訢（慎），其出内（入）也訓
（順），司其悪［德］也。③

音乐由于表达的是真实可信的情感，因此它能使听者产生共鸣而动心
振奋。优美的音乐，"皆至其情也"。"凡樂思而句（後）忻"。④"憙（喜）斯悩，

---

① 荆门市博物馆编：《郭店楚墓竹简》，文物出版社1998年版，第181页。

② 荆门市博物馆编：《郭店楚墓竹简》，文物出版社1998年版，第179—180页。

③ 荆门市博物馆编：《郭店楚墓竹简》，文物出版社1998年版，第180页。

④ 荆门市博物馆编：《郭店楚墓竹简》，文物出版社1998年版，第180页。

惛斯奮。奮斯羡（咏），羡（咏）斯猷，猷斯辵。辵，憙（喜）之終也"。①

　　乐，在中国古代，不是单纯的音乐，诗、乐、舞往往是三位一体的。郭沫若在《先秦学术述林·公孙尼子与其音乐理论》中说："中国旧时的所谓'乐'，它的内容包含得很广。音乐、诗歌、舞蹈，本是三位一体的可不用说，绘画、雕镂、建筑等造型美术也被包含着，甚至于连仪仗、田猎、肴馔等都可以涵盖。所谓乐者，乐也。凡是使人快乐，使人的感官可以得到享受的东西，都可以广泛地称乐之为乐"。《郭店楚墓竹简》将乐表现的对象视为情感，它又以"美情"作用于听众。从广义来讲，不仅音乐，而且诗歌、舞蹈等艺术，都是表现情感的，都是以情动人的。美与情是联系在一起的，美的领域是属于乐与不乐的情感领域。康德曾把人的心灵分为智、情、意三部分，审美判断则是以研究愉快与不愉快的情感领域为对象的，因此，审美判断，实质上是一种情感判断。郭店楚墓竹简的《情自命出》等文献，突出一个情字，并把性——情视为乐的本源，把美与情融合在一起，提出"美情"的观念，这在中国美学史上，产生了深远的影响，源渊久长的"言志"、"缘情"的传统的不断发展充实，不能说不与此有关。

二、心性之学与思孟学派的审美形态论

　　与《中庸》《性自命出》提出的由"天——命——性——情——道"的思维路线相反，孟子则提出了由"心——性——天"的思维路线：

　　　　孟子曰："尽其心者，知其性也。知其性，则知天矣。存其心，养其性，所以事天也。夭寿不贰，修身以俟之，所以立命也"。②

　　尽心知性而知天，这是孟子提出的心性之学的中心命题。《中庸》《性自命出》的作者与孟子共同的哲学基础是"天人合一"。孟子也明确说："夫君子所过者化，所存者神，上下与天地同流"。③但如何达到天人合一，两者则从相反的方向去进行探讨和论说。一个是从天——人，一个是从人——天。孟子的思维转向了主体自身，将主体人的心，作为自己思维的出发点。《中庸》与《孟子》二者虽然思维的方向不同，而实际则是殊途同归。对于心的功能，

　　① 荆门市博物馆编：《郭店楚墓竹简》，文物出版社1998年版，第180页。
　　②《十三经注疏》下册，中华书局出版社1980年版，第2764页。
　　③《十三经注疏》下册，中华书局出版社1980年版，第2765页。

孟子说："耳目之官不思,而蔽于物,物交物,则引之而已矣。心之官则思,思则得之,不思则不得也。此天地之所与我者,先立乎其大者,则其小者不能夺也"。[①] 他还说:"君子所性,仁、义、礼、智根于心。其生色也,睟然见于面、盎于背、施于四体,四体不言而喻"。[②] 对于孟子所说的心、性及二者的关系,我赞成钱穆先生所作的现代阐释,他在《心与性情与好恶》一文中说:"我积年来,总是主张人类一切理论,其关涉人文社会者,其最后求源出发点在心。而我所指述之人心,则并不专限于理智一方面。我毋宁将取近代旧心理学之三分说,把情感、意志与理智同认为是人心中重要之部分。尽管有人主张,人心发展之最高阶层在理智,但人心之最先基础,则必建立在情感上。情感的重要性决不能抹杀。若人心无真情感,情感无真价值,则理智与意志,均将无从运使,也将不见理智所发现与意志所达到之一切真价值所在。若把中国人所说的知、仁、勇三德来配上西方旧心理学上之三分法,则知属理智、勇属意志,而仁则显然多属于情感。若把仁之德来兼包知与勇,则人心中也只有情感更宜来兼包理智与意志。这是我个人对人心一个简略的看法"。[③] 钱穆完全赞同孟子对人心与人性关系的看法,认为人心之所同然者即是性,"我不喜欢先心觅性,而总主张即心见性"。[④]

心性之说是思孟学派,特别是孟子的整个思想体系的理论基础,其哲学、伦理学、美学的思想,都是从心性说生发展开的。

关于美学思想,在思孟学派留下来的历史文献中,我们发现,不论是子思还是孟子,他们没有像西方柏拉图、亚里士多德那样,去探寻美是什么的问题,而讲得最多的是美怎样存在的问题,也即是美是以什么形态存在着的问题。他们从心性论出发,提出了共同美、崇高美、生态美、社会美的问题。经粗略统计,在《郭店楚墓竹简》中谈到"美字"的有6处,在上海博物馆馆藏楚简中,谈到"美字"的有4处,在《孟子》中有16处。下面结合思孟学派的历史文献中的有关美的论述,看看他们是怎样论说美的存在形态的。

（一）以共同人性为基础的共同美

在《孟子》中有多处谈到共同美的问题。《告子章句上》有一段话最有

---

① 《十三经注疏》下册,中华书局出版社1980年版,第2753页。

② 《十三经注疏》下册,中华书局出版社1980年版,第2766页。

③ 钱穆:《中国学术思想史论丛》(二),台湾东大图书有限公司1977年版,第325—326页。

④ 钱穆:《中国学术思想史论丛》(二),台湾东大图书有限公司1977年版,第327页。

代表性,孟子说:

> 故凡同类者,举相似也,何独至于人而疑之? 圣人与我同类者……口之于味,有同耆也。易牙先得我口之所耆者也。如使口之于味也,其性与人殊,若犬、马之与我不同类也,则天下何耆? 皆从易牙之于味也? 至于味,天下期于易牙,是天下之口相似也。惟耳亦然。至于声,天下期于师旷,是天下之耳相似也。惟目亦然。至于子都,天下莫不知其姣也。不知子都姣者,无目者也。故曰:口之于味也,有同耆焉;耳之于声也,有同听焉;目之于色也,有同美焉。至于心,独无所同然乎? 心之所同然者何也? 谓理也,义也。圣人先得我心之所同然耳。故理义之悦我心,犹刍豢之悦我口。①

为什么人类有共同美? 在孟子看来,首先是因为人与犬马动物不同,凡是人,就有共同的人性。人所具有的口、耳、心等共同的感官,使人产生共同的生理快感,这是产生共同美感的生理基础。孟子在这里举了三个例子来说明共同美。第一个例子举出齐桓公的著名厨师易牙。说他最善于调味,因此,凡是经过他做的饭菜,所调之味,天下人都认为是美的。第二个例子举的是晋国著名音乐家师旷。说他精通音律,不仅善于审音,辨别音乐的美与不美,而且善于和音。凡是经过他所和之音,天下人都乐意听,认为是美的。第三个例子说的是古代美人子都,天下人看了,人人都说这个人美。孟子不仅看到共同美产生的生理基础,他的高明之处,在于他原创性地提出了共同美的社会属性。他认为,人的本性是善的,通过后天的学习、"践形",可以发展、扩大、充实人性的共同性。他说:"形色,天性也。惟圣人然后可以践形"。②通过学习、"践形",人人均可以为尧舜。尧舜和普通的人是同类,都是人,具有共同的人性,他们能成为最美的人,那么人人都可以成为尧舜那样最美的人。郭店楚墓竹简《唐虞之道》说:

> 從(縱)息(仁)、聖可与,旹(时)弗可秉<及>歊(嘻)。夫古者舜伛(居)於艸(草)茅之中而不惪(憂),身為天子而不喬(驕)。伛(居)艸(草)茅之中而不惪(憂),智(知)命也……涞(求)摩

---

①《十三经注疏》下册,中华书局1980年版,第2749页。
②《十三经注疏》下册,中华书局1980年版,第2770页。

〔乎〕大人之興,散〔美〕也。①

在《孟子》中,人人可以为尧舜的思想,阐发得更为明白,并且有进一步发展。孟轲提出的"四端"说,大大推进了中国古代的共同人性、共同美的理论创新。他说:

> 人皆有不忍人之心,先王有不忍人之心,斯有不忍人之政矣。以不忍人之心,行不忍人之政,治天下可运之掌上。所以谓"人皆有不忍人之心"者,今人乍见孺子将入于井,皆有怵惕恻忍之心,非所以内交于孺子之父母也,非所以要誉于乡党朋友也,非恶其声而然也。由是观之,无恻隐之心,非人也;无羞恶之心,非人也;无辞让之心,非人也;无是非之心,非人也。恻隐之心,仁之端也;羞恶之心,义之端也;辞让之心,礼之端也;是非之心,智之端也。人之有是四端也,犹其有四体也。有是四端而自谓不能者,自贼者也。谓其君不能者,贼其君者也。凡有四端于我者,知皆扩而充之矣,若火之始然,泉之始达。苟而充之,足以保四海;苟不充之,不足以事父母。②

孟子这里将"不忍人之心"看作是普天之下人人皆有的普遍性,也是人之为人的根本特性。这种根本的人之所有的特性,就是仁。为政者有了这种"不忍人之心",治理天下,即可"运之掌上"。他把"恻隐之心"、"羞恶之心"、"辞让之心"、"是非之心"看作是"仁、义、礼、智"四德的感性显现。孟子联系日常生活的实际,如见到小孩掉进井里,而产生的恻隐之心,以实践的理性,说明"四端"实是区别人与非人的根本分界。人所具有的"四端",又是处于动态的生发过程之中,可以发扬光大,扩而充之,"若火之始然,泉之始达"。在《告子章句上》进一步阐明"四端"不仅是人与非人的分界,而且是"人皆有之"的共同的人性。"乃若其情,则可以为善矣,乃所谓善也。若夫为不善,非才之罪也。恻隐之心,人皆有之;羞恶之心,人皆有之;恭敬之心,人皆有之;是非之心,人皆有之。恻隐之心,仁也;羞恶之心,义也;恭敬之心,礼也;是非之心,智也。仁、义、礼、智,非由外铄我也,我固有之也,

---

① 荆门市博物馆编:《郭店楚墓竹简》,文物出版社1998年版,第157—158页。
②《十三经注疏》下册,中华书局1980年版,第2691页。

弗思耳矣。故曰：求则得之，舍则失之。"①孟子为什么在这里重提"四心"，而不谈"四端"，朱熹有个解释，我认为是恰当的。他说："言四者之心人所固有，但人自不思而求之耳，所以善恶相去之远，由不思不求而不能扩充以尽其才也。前篇言是四者为仁义礼智之端，而此不言端者，彼欲其扩而充之，此直固用以著其本体，故言有不同耳"。②孟子在此不提"四端"，其目的在于将"四端"，"扩而充之"，将仁、义、礼、智升华到人性的本体地位，而这种善的本性，就在人自己的心中。因此，每个人都能够"求则得之，舍则失之"。正是因为这个缘故，所以人人皆可以成为尧舜。

孟子所说的共同人性是有层次的。第一个层次是欲，这是人的自然属性所呈现出的共同性。孟子说："天下之士悦之，人之所欲也，而不足以解忧；好色，人之所欲，妻帝之二女，而不足以解忧。富，人之所欲，富有天下，而不足以解忧；贵，人之所欲，贵为天子，而不足以解忧。人悦之，好色、富、贵，无足以解忧者，惟顺于父母可以解忧。"③好色、富、贵，这是一般人所具有的共同人性，但是"舜不以得众人之所欲为己乐，而以不顺乎亲之心为己忧。"④第二个层次，是人之所以为人的"四端"，仁、义、礼、智，这是人的社会属性，这是人区别于动物的根本属性。在这个层次上，人的自然属性也已社会化，使自然属性与社会属性融合在一起。孟子认为：仁，人心也；义，人路也；礼，门也。只有为善之人，才能进入人性的这一更高的层次。他说："鱼，我所欲也；熊掌，亦我所欲也。二者不可得兼，舍鱼，而取熊掌者也。生，亦我所欲也；义，亦我所欲也。二者不可得兼，舍生而取义者也。生亦我所欲，所欲有甚于生者，故不为苟得也。死亦我所恶，所恶有甚于死者，故患有所不辟也。如使人之所欲莫甚于生，则凡可以得生者，何不用也？使人之所恶莫甚于死者，则凡可以辟患者，何不为也？是故所欲有甚于生者，所恶有甚于死者。非独贤者有是心也，人皆有之，贤者能勿丧耳。"⑤乐生恶死，是人之共同性。生，是人之所欲，义，也是人之所欲，只有那些像有是心的贤者那样，将生与义融合在一起，甚至舍生取义，才能保存和扩充善的本性。反之，则可能变为罪人。人性的最高层次，是将"四端"，仁、义、礼、智，扩而充之乃至于神。这个神，不是柏拉图说的那个高居于天国的"相"（或理式），而是真、善、美统一

---

①《十三经注疏》下册，中华书局1980年版，第2749页。

②（宋）朱熹：《四书章句集注》，中华书局1983年版，第328—329页。

③《十三经注疏》下册，中华书局1980年版，第2734页。

④（宋）朱熹注：《四书章句集注》，中华书局1983年版，第303页。

⑤《十三经注疏》下册，中华书局1980年版，第2752页。

的最高体现。思孟学派的美的理念,就是从这种共同人性的最高层上呈现出来的,在《尽心章句下》孟子写道:

> 浩生不害问曰:"乐正子,何人也?"孟子曰:"善人也,信人也"。"何谓善?何谓信?"曰:"可欲之谓善,有诸己之谓信。充实之谓美,充实而有光辉之谓大,大而化之之谓圣,圣而不可知之之谓神。乐正子,二之中,四之下也。"①

孟子在这里以人的个体美为个案,将人的个体美分为六个等级:善、信、美、大、圣、神。乐正子还未达到美的人,而只是处于"二之中,四之下"的"善人,信人"。美居于善、信和大、圣、神的中间,美是仁、义、礼、智"四端""扩而充之"的体现,它既包括善与信,而又超越了善与信,它使善与信充溢于人的灵魂,充溢于人的身体从内到外,从神到形的各个部分,它是善(仁、义、礼)、真(智)与美高度统一融合的感性显现。"大"、"圣",是人的个体美的更高层次,同样它也是既包括融合了善、信、美,而又超越了美。大不仅是"四端"的充实与扩大,而且呈现出光辉,灿烂、壮丽的形象。朱熹注曰:"和顺积中,而英华发外;美在其中,而畅于四支,发于事业,则德业至盛而不可加矣"。②圣则是"大而能化,使其大者泯然无复可见之迹,则不思不免、从容中道,而非人力之所能为矣"。③孟子说:"圣人,百世之师也"。④孟子时代,社会上就奉孔子为圣,认为:"孔子,圣之时者也。孔子之谓集大成。集大成也者,金声而玉振之也。金声也者,始条理也;玉振之也者,终条理也。始条理者,智之事也;终条理者,圣之事也"。⑤"金声玉振","始终条理",是以古代音乐中的金、石、丝、竹、匏、土、革、木的八音和谐美为比喻,说明孔子是集伯夷、伊尹、柳下惠三圣的品行于一身的大圣人。神,是人的个性美的最高境界,神性则具有了共同人性的更广、更大、至高无上、神秘莫测的特征,它只可意会不可言传。

孟子从他的心性之学出发,对共同人性和共同美的论说,是中国古代美学中的一大亮点。对于孟子论美的观点,我很赞赏杜维明先生的一段话,他

---

①《十三经注疏》下册,中华书局1980年版,第2775页。

②(宋)朱熹:《四书章句集注》,中华书局1983年版,第370页。

③(宋)朱熹:《四书章句集注》,中华书局1983年版,第370页。

④《十三经注疏》下册,中华书局1980年版,第2774页。

⑤《十三经注疏》下册,中华书局1980年版,第2741页。

说："美，就像人不断成长中出现的善与真的品质一样，是作为一种激动人心的鹄的而存在的。充实之为美，当美塑造我们的充实感时，不是作为一种固定的原则，而是作为正在体验生命的自我，和所感知的实体对象之间的一种动态的相互影响而起作用的。我们在事物当中看到了美。在描述美的过程中，我们的注意力从外在的物质形态转向内在的生命力，最后达到无所不包的精神境界"。① 我想杜先生的这段话，对我们理解孟子的"充实之为美"的特点和内涵是有启示的。

（二）"至大至刚"：崇高美

高扬人的主体精神、民主精神、仁爱精神和勇敢顽强的大无畏精神，是思孟学派的历史文献《中庸》《孟子》和《郭店楚墓竹简》中的部分儒简，体现出来的一个鲜明特色。表现在审美形态上，更多地显示出阳刚之美和崇高美。

《孟子》公孙丑章句上，孟子与公孙丑有一段关于养气的对话，很典型地体现出孟子所赞美的和所追求的阳刚之美与崇高美。

第一段对话是关于培养勇气的问题。孟子回答说：

> 北宫黝之养勇也：不肤挠，不目逃，思以一豪挫于人，若挞之于市朝。不受于褐宽博，亦不受于万乘之君。视刺万乘之君，若刺褐夫。无严诸侯。恶声至，必反之。孟施舍之所养勇也，曰："视不胜犹胜也。量敌而后进，虑胜而后会，是畏三军者也。舍岂能为必胜哉？能无惧而已矣"。孟施舍似曾子，北宫黝似子夏。夫二子之勇，未知其孰贤，然而孟施舍守约也。昔者曾子谓子襄曰："子好勇乎？吾尝闻大勇于夫子矣：自反而不缩，虽褐宽博，吾不惴焉；自反而缩，虽千万人，吾往矣"。孟施舍之守气，又不如曾子之守约也。②

孟子这里所赞扬的是一种肌肤被刺，眼睛被戳而毫不畏惧，面对千军万马，也要勇往直前的大无畏精神。

接着公孙丑又与孟子谈起如何养气和什么是浩然之气的问题。公孙丑问孟子：

---

① 杜维明：《杜维明文集》第3卷，武汉出版社2002年版，第297页。

② 《十三经注疏》下册，中华书局1980年版，第2685页。

　　"敢问何谓浩然之气"？曰："难言也。其为气也，至大至刚，以直养而无害，则塞于天地之间。其为气也，配义与道；无是，馁也。是集义所生也，非义袭而取之也。行有不慊于心，则馁矣"。①

　　对于"浩然之气"，朱熹注："浩然，盛大流行之貌。气，即所谓体之充者。本自浩然，失养故馁，惟孟子为善养之以复其初也。盖惟知言，则有以明夫道义，而于天下之事无所疑；养气，则有以配夫道义，而于天下之事无所惧，此其所以当大任而不动心也"。②浩然之气，这是主体的仁、义、礼、智的"四端"之心，扩而充之，"配义与道"，"积义所生"。它是主体的思想情感意志和人格美的外在显现。它的审美特征是"至大至刚""塞于天地之间"。什么是至大至刚？朱熹说："至大初无限量，至刚不可屈挠。盖天地之正气，而人得以生者，其体段本如是也。惟其自反而缩，则得其所养；而又无所作为以害之，则其本体不亏而充塞无间矣。"③当代中国美学界，对孟子的这段话的理解是有分歧的。叶朗先生在《中国美学史大纲》中说："这种主观的精神性的'浩然之气'可以大到'塞于天地之间'，这就变成了自我扩张。所以这是一种夸大主观能动性的唯心主义的理论。孟子养气说在中国历史上影响很大。这种影响，主要是道德修养方面的影响。至于它在美学史上的影响，并不像我们一般想象的那么大"。④张少康先生认为："孟子在这里所说的'浩然之气'是指人的仁义道德修养达到很高水平所具有的一种正义凛然的精神状态……有了这种'浩然之气'，就能具备一种崇高的精神美、人格美"。⑤李泽厚、刘纲纪先生在《中国美学史》中对于孟子的这段话，给予了很高的评价和具体的阐释。他们认为，孟子讲的是个体为了实现善，就要把他所固有的仁义等等善性"扩而充之"，始终保持着一种为了实现善而无所畏惧的奋发的精神状态。"这本来是讲的道德修养问题，但却又深刻地触及了人格美的问题，成了孟子的伦理学向美学转化的关键。……所谓'浩然之气'是孟子把道德的自觉作为个体的自由状态来描述的。在这种描述中，善的实现充满着个体的浓烈的情感色彩，显示了个体的巍然屹立的人格的伟大

---

　　①《十三经注疏》下册，中华书局1980年版，第2685页。

　　②（宋）朱熹：《四书章句集注》，中华书局1983年版，第231页。

　　③（宋）朱熹：《四书章句集注》，中华书局1983年版，第231页。

　　④叶朗：《中国美学史大纲》，上海人民出版社1985年版，第105页。

　　⑤张少康：《中国文学理论批评史》（上），北京大学出版社2005年版，第40页。

与坚强,因而它已不只是对人格的善的评价,而明显地具有审美的性质,它越出了伦理学的范围,具有了个体人格美的特征。从实质上看,孟子已经朴素地意识到了人格美就是社会的伦理道德同个体内在的情感意志要求的统一,社会的伦理道德不是外在于个体的情感意志的东西,而是渗透到个体的情感意志之中,被个体视为他的生命的意义和价值的所在。这个统一表现于个体的精神状态上,就是孟子所谓的'浩然之气'"。① 我不赞成在哲学史、美学史上对思想家的评价以简单的唯物唯心来划界。唯心论者,并非不能对哲学美学作出重大贡献。孟子是唯心的,他的确是以他的心性之说为出发点来构建他的哲学、政治学、伦理学和美学体系的。不能因为他是唯心的,就不去对他提出的"浩然之气"作具体分析。本人是赞成张少康、李泽厚、刘纲纪先生的看法和分析的。孟子所说的"浩然之气",不仅触及到了人格美的问题,而且直接提出了一个"至大至刚"的崇高美问题。古罗马时期朗吉努斯,曾专门写过一篇《论崇高》,他认为:崇高是"伟大心灵的回声"。② 广义上朗吉努斯则把"伟大"、"不平凡"、"雄伟"、"壮丽"、"尊严"、"高远"、"遒劲"等在自然、社会和文艺作品中的表现,都看作是崇高。③ 朗吉努斯是崇高这一美学范畴在西方最早的探索者,他肯定崇高的对象是伟大的、不平凡的、雄伟的、惊心动魄的事物,对崇高的渴望则是人的一种天性。《论崇高》表现出朗吉努斯的民主思想和人道主义思想。继朗吉努斯之后,柏克、康德,进一步从美学上对崇高进行深入地探索。康德在《判断力批判》中,认为崇高对象的特点是无形式、无限制、无规律,在数量上无限大,在力量上有无比的威力。康德说:"我们把那绝对地大的东西称之为崇高"。④ "崇高是与之相比一切别的东西都是小的那个东西"。⑤ 他还说:"每种具有**英勇性质**的激情(也就是激发我们意识到自己克服一切阻力的力量的激情(animi strenui))都是在审美上崇高的,例如愤怒,甚至绝望(即愤然绝望,而不是沮丧的绝望)"。⑥ 孟子说"浩然之气"的"至大至刚",充塞于天地之间的特点,我们完全可以说,它与康德所说的崇高,具有同一层面上的涵义。在《郭店楚墓竹

---

① 李泽厚、刘纲纪主编:《中国美学史》第一卷,中国社会科学出版社1984年版,第180页。

② [古罗马]朗吉努斯:《论崇高》,见伍蠡甫主编:《西方文论选》上卷,上海文艺出版社1979年版,第125页。

③ 参见《缪灵珠美学译文集》第1卷,章安祺编订,中国人民大学出版社1987年版,第123—124页。

④ [德]康德:《判断力批判》,邓晓芒译,杨祖陶校,人民出版社2002年版,第86页。

⑤ [德]康德:《判断力批判》,邓晓芒译,杨祖陶校,人民出版社2002年版,第88页。

⑥ [德]康德:《判断力批判》,邓晓芒译,杨祖陶校,人民出版社2002年版,第113页。

简》《孟子》《中庸》等文献中,表现出"至大至刚",具有崇高精神的内容是多方面。主要的有:

1.惟天惟大,救民于水火的伟大崇高形象。尧、舜、禹就是这样的人物。在《孟子·滕文公章句上》中写道:

> 当尧之时,天下犹未平。洪水横流氾滥于天下;草木畅茂,禽兽繁殖,五谷不登;禽兽偪人,兽蹄鸟迹之道,交于中国。尧独忧之,举舜而敷治焉。舜使益掌火,益烈山泽而焚之,禽兽逃匿。禹疏九河,瀹济、漯,而注诸海;决汝、汉,排淮、泗,而注之江。然后中国可得而食也。当是时也,禹八年于外,三过其门而不入……孔子曰:"大哉尧之为君!惟天惟大,惟尧则之。荡荡乎,民无能名焉。君哉舜也!巍巍乎,有天下而不与焉"。①

2.伟大的理想和报负,高度的历史责任感。孟子曰:

> 天将降大任于是人也,必先苦其心志,劳其筋骨,饿其体肤,空乏其身,行拂乱其所为,所以动心忍性,曾益其所不能。人恒过,然后能改,困于心,衡于虑,而后作。征于色,发于声,而后喻。入则无法家拂士,出则无敌国外患者,国恒亡。然后知生于忧患,而死于安乐也。②

> 夫天未欲平治天下也,如欲平治天下,当今之世:舍我其谁也?吾何为不豫哉!③

富贵不淫、贫贱不移,威武不屈的大丈夫精神。《孟子·滕文公章句下》写道:

> 居天下之广居,立天下之正位,行天下之大道。得志与民由之;不得志独行其道。富贵不能淫,贫贱不能移,威武不能屈。此之谓

---

① 《十三经注疏》下册,中华书局1980年版,第2705—2706页。
② 《十三经注疏》下册,中华书局1980年版,第2762页。
③ 《十三经注疏》下册,中华书局1980年版,第2699页。

大丈夫。①

3. 不唯书、不唯上，独立思考，刚正不阿，民主平等的精神。《孟子·尽心章句下》孟子曰：

　　尽信书，则不如无书。吾于《武成》，取二三策而已矣。仁人无敌于天下。以至仁伐至不仁，而何其血之流杵也。②

这则记载显示出孟子身体力行和积极倡导的独立思考精神，对过去流传下来的文献，要根据仁与不仁的原则和历史的实际去加以分析和取舍。

《郭店楚墓竹简》中的《鲁穆公问子思》一文，虽然文字不多，却生动地表现出子思不怕杀头、不怕丢官，光明磊落，取于直谏的高尚人格和民主精神。原文如下：

　　鲁穆公昏（问）於子思曰："可（何）女（如）而可胃（谓）忠臣"？子思曰："恆再（称）其君之亞（恶）者，可胃（谓）忠臣矣。"公不敓（悦），咠（揖）而退之。成孙弋见，公曰："向（嚮）者虐（吾）昏（问）忠臣於子思，子思曰：'互（恆）再（称）其君之亞（恶）者可胃（谓）忠臣矣'。募（寡）人惑安（焉），而未之得也。"成孙弋曰："恘（噫），善才（哉），言罶（乎）！夫为其君之古（故）殺其身者，嘗又（有）之矣。互（恆）再（称）其君之亞（恶）者未之又（有）也。夫为其君之古（故）殺其身者，交錄（禄）簹（爵）者也。互（恆）［称其君］之亞（恶）［者，远］錄（禄）簹（爵）者也。［为］义而远錄（禄）簹（爵），非子思，虐（吾）亞（恶）昏（闻）之矣"。③

在《孟子·万章章句下》中，还记载了子思拒腐蚀，永不沾的高风亮节。万章问子思曰："君馈之，则受之，不识可常继乎"？孟子回答说："缪公之于子思也，亟问，亟馈鼎肉。子思不悦，于卒也，摽使者出诸大门之外，北面稽首再拜而不受。曰：'今而后知君之犬马畜伋'！盖自是台无馈也。悦贤不

---

① 《十三经注疏》下册，中华书局1980年版，第2710页。

② 《十三经注疏》下册，中华书局1980年版，第2773页。

③ 荆门市博物馆编：《郭店楚墓竹简》，文物出版社1998年版，第141页。

能举,又不能养也,可谓悦贤乎"？曰："敢问国君欲养君子,如何斯可谓养
矣"？曰："以君命将之,再拜稽首而受。其后廪人继粟,庖人继肉,不以君
命将之。子思以为鼎肉,使己仆仆尔亟拜也,非养君子之道也"。① 子思敢于
在鲁国王面前直言国王的"恶"行,认为只有这样才是真正的"忠臣";当着
国王把他当作"犬马"喂养而派人送给他"鼎肉"时,他又敢于公开抗议国
王对他人格的侮辱,并将国王派去的仆人赶出大门。子思的这种不怕丢官、
杀头,维护个人的高尚品格拒腐蚀的精神气概,充分体现出孟子所赞扬和倡
导的"浩然之气"。

4."以道殉身","以身殉道",为美的理想而献身的崇高精神。在《孟
子·尽心章句上》中写道:

公孙丑曰："道则高矣,美矣,宜若登天然,似不可及也。何不
使彼为可几及而日孳孳也"？
……
孟子曰："天下有道,以道殉身;天下无道,以身殉道。未闻以
道殉乎人者也。②

道,既高又美,这里指的是儒家的最高理想。它是真善美与知情意高度
统一的仁的理想的最高境界。

孟子曰："仁也者,人也。合而言之,道也。③

"欲见贤人而不以其道,犹欲其入而闭之门也。夫义,路也;礼,
门也。唯君子能由是路,出入是门也"。④

在《礼记·礼运篇》中,曾对儒家的社会理想作了具体的描述,曰:

大道之行也,天下为公。选贤与能,讲信修睦。故人不独亲其

①《十三经注疏》下册,中华书局1980年版,第2745页。
②《十三经注疏》下册,中华书局1980年版,第2770页。
③《十三经注疏》下册,中华书局1980年版,第2774页。
④《十三经注疏》下册,中华书局1980年版,第2745页。

亲,不独子其子,使老有所终,壮有所用,幼有所长,矜寡孤独废疾者,皆有所养。男有分,女有归。货恶其弃於地也,不必藏於己,力恶其不出於身也,不必为己。是故谋闭而不兴,盗窃乱贼而不作。故外户而不闭。是谓大同。①

　　这是中华民族,历代仁义志士为之奋斗,为之献身的理想。如孟子所说,在"天下有道"之时,无数英雄豪杰、黎民百姓,为着"道"的实现,而贡献出自己的一切;在"天下无道"时,则不惜"杀身成仁"、"舍生取义",勇敢而又壮烈地献出自己宝贵的生命。这种精神就是中华民族崇高美的生动体现。

　　这种"至大至刚"的崇高美的根源在哪里呢?子思、孟子像西方古罗马的朗吉弩斯一样,没有到外部去找,而是"反求诸己",到人自己的心灵中去找。孟子说:"反身而诚,乐莫大焉。强恕而行,求仁莫近焉"。② "是故诚者,天之道也。思诚者,人之道也。至诚而不动者,未之有也,不诚,未有能动者也"。③ 诚,是子思和孟子思想体系中的核心范畴。它既是"至大至刚"的"浩然之气"的根源,又是培养"浩然之气"的崇高美的逻辑起点。《中庸》中写道:

　　　　故至诚无息。不息则久,久则徵,徵则悠远,悠远则博厚,博厚则高明。博厚,所以载物也;高明,所以覆物也;悠久,所以成物也。博厚配地,高明配天,悠久无疆。如此者,不见而章,不动而变,无为而成。天地之道,可一言而尽也:其为物不贰,则其生物不测。天地之道:博也,厚也,高也,明也,悠也,久也。今夫天,斯昭昭之多,及其无穷也,日月星辰繫焉,万物覆焉。今夫地,一撮土之多,及其广厚,载华岳而不重,振河海而不洩,万物载焉。今夫山,一卷石之多,及其广大,草木生之,禽兽居之,宝藏兴焉。今夫水,一勺之多,及其不测,鼋鼍、蛟龙、鱼鳖生焉,货财殖焉。《诗》云:"唯天之命,於穆不已!"盖曰天之所以为天也。"於乎不显!文王之德之纯!"盖曰文王之所以为文也,纯亦不已。④

---

① 《十三经注疏》下册,中华书局1980年版,第1414页。
② 《十三经注疏》下册,中华书局1980年版,第2764页。
③ 《十三经注疏》下册,中华书局1980年版,第2721页。
④ 《十三经注疏》下册,中华书局1980年版,第1633页。

"诚者自成也,而道自道也。诚者物之终始,不诚无物。是故君子诚之为贵者"。[1] 一个人如果能始终"至诚不息",就可使"仁、义、礼、智"之"四端"扩而充之,塞于天地之间,真正走上善——信——美——大——圣——神的自我修身的光明大道,不管遇到什么艰难险阻,荣辱得失,都能始终保持一颗纯洁透明的至诚之心,就可"立天下之大本,知天地之化育",[2] 进入真善美的理想的境界。

(三)生态美:"万物并行而不相害,道并行而不相悖"

自20世纪90年代以来,生态批评、生态美学、生态文艺学逐渐在中国发展起来,大有成为显学之势。接踵而来的是,中国古代的生态智慧问题,也亦开始引起学界的注意和研究。[3]

《中庸》中有两段话,可以看作是思孟学派有关生态美学思想的理论基础。文中写道:

> 中也者,天下之大本也;和也者,天下之达道也。致中和,天地位焉,万物育焉。[4]

> 仲尼祖述尧舜,宪章文武;上律天时,下袭水土。辟如天地之无不持载,无不覆帱;辟如四时之错行,如日月之代明。万物并育而不相害,道并行而不相悖,小德川流,大德敦化,此天地之所以为大也。[5]

在这里直接与生态美有关的是两个问题:

第一,中和美问题。中和是中国古代哲学、美学的最高范畴。《中庸》把"致中和",看作是宇宙结构、万物生长的根本原则。"天地位焉",应是指天、地、人三位一体的整个宇宙,都是按照"中和"的原则而生成和存在。人与自然、人与社会和人自身,正因为能够按照"中和"的原则和谐相处,因而才显得美。在子思、孟子以前,中和美已经成为社会生活中人们谈乐论美的重要

---

[1]《十三经注疏》下册,中华书局1980年版,第1633页。

[2]《十三经注疏》下册,中华书局1980年版,第1635页。

[3] 2006年北京大学出版社出版的《蒙培元讲孟子》一书中,蒙培元先生就以较大的篇幅,专门论说了孟子的生态学思想。

[4]《十三经注疏》下册,中华书局1980年版,第1625页。

[5]《十三经注疏》下册,中华书局1980年版,第1634页。

概念。《尚书·尧典》中说：

> 帝曰："夔，命汝典乐，教胄子。直而温，宽而栗，刚而无虐，简而无傲。诗言志，歌永言，声依永，律和声，八音克谐，无相夺伦，神人以和"。[1]

《国语·周语下》单穆公为铸造一口大钟与大臣伶州鸠的对话，乐的中和美问题已经提出：

> （景王）二十三年，王将铸无射，而为之大林。单穆公曰："……今王作钟也，听之弗及，比之不度，钟声不可以知和，制度不可以出节，无以为乐，而鲜民财，将焉用之！夫乐不过以听耳，而美不过以观目。若听乐而震，观美而眩，患莫甚焉。夫耳目，心之枢机也，故必听和而视正。听和则正，视正则明。聪则言听，明则德昭。……夫耳内和声，而口出美言，以为宪令，而布诸民，正之以度量，民以心力，从之不倦。成事不贰，乐之至也。[2]

这段话中说的"不可以出节"、"正之以度量"、"听和则正"，都是指"中"而言。朱熹在《中庸》中注曰："无所偏倚，故谓之中。发皆中节，情之正也，无所乖戾，故谓之和"。[3]在单穆公看来，乐只有能给听众的视听和心理上产生中和美的感受，才称之为"乐之至也"。接着单穆公又要他的臣属伶州鸠谈谈看法，伶州鸠对曰：

> 夫政象乐，乐从和，和从平，声以和乐；律以平声。金石以动之，丝竹以行之，诗以道之，歌以咏之，匏以宣之，瓦以赞之，革木以节之。物得其常曰乐极，极之所集曰声，声应相保曰和，细大不逾曰平。如是，而铸之金，磨之石，系之丝木，越之匏竹，节之鼓而行之，以遂八风。於是乎气无滞阴，亦无散阳，阴阳序次，风雨时至，嘉生

---

① 张少康、卢永：《先秦两汉文论选》，人民文学出版社1996年版，第4页。

② 张少康、卢永：《先秦两汉文论选》，人民文学出版社1996年版，第40—41页。

③ （宋）朱熹：《四书章句集注》，中华书局1983年版，第18页。

繁祉,人民龢利,物备而乐成,上下不罢,故日乐正。①

　　单穆公与伶州鸠的对话,从审美心理、审美对象上,提出和论述了中和美的问题。并以乐之和扩大到包括天地人在内的整个宇宙之中和美的问题。在儒家的美学思想中,在子思孟子之前和同时代,也普遍把中和美看做是美学的最高范畴。《论语》中孔子就说过,"礼之用,和为贵。先王之道,斯为美,小大由之"。②孔子还称《诗经·关雎》的审美特征是"乐而不淫,哀而不伤"。③荀子也说:"故乐者,天下之大齐也,中和之纪也,人情之所必不免也。"④荀子虽然在《非十二子》批评子思和孟子,但在中和美的观点上,却与子思、孟子完全一致。子思比前人和同时代儒家的新的贡献在于,他在《中庸》中,从宇宙观的高度,把"中和"看作是"天下之大本"、"天下之达道"。像古希腊的毕达哥拉斯把和谐看作美的本体一样,子思则把中和看作了天地宇宙的本体,美的本体。

　　第二,"万物并育"的原则。《中庸》中说,"致中和,天地位焉,万物育焉"。又说:"万物并育而不相害,道并行而不相悖。"我认为这是思孟学派论述生态美的一个基本出发点,同时这也是生态美的一个鲜明特征。在先秦时代,没有生态学、生态美的概念,但却有生态智慧。当然,自然、社会和人本身都有一个生态问题,但我们今天所理解的生态美主要是从人与自然的关系方面讲的,重点研究的是自然界本身的美的问题。从某种意义上讲,它与美学界说的自然美具有同一层面的含义。生态问题的提出和突显,与自然生态的严重破坏和失衡有直接的关系。子思、孟子所处的战国时代,诸侯之间频繁的战争,破坏了自然的生态和社会的正常秩序。《孟子》中曾对当时的现实进行了尖锐的批评。他说:"君不行仁政而富之,皆弃于孔子者也。况于为之强战? 争地以战,杀人盈野;争城以战,杀人盈城。此所谓率土地而食人肉,罪不容于死。"⑤正是基于这种自然、社会生态被破坏的残酷现实,作为时代的伟大思想家子思在《中庸》中提出了"中和"的理念和"万物并育而不相害,道并行而不相悖"的原则。这一思想,可以看作是中国古代思想家生态智慧的集中体现。这一思想原则,为我们研究思孟学派的生态美

①　张少康、卢永:《先秦两汉文论选》,人民文学出版社1996年版,第41页。

②　《十三经注疏》下册,中华书局1980年版,第2458页。

③　《十三经注疏》下册,中华书局1980年版,第2468页。

④　《先秦两汉文论选》,人民文学出版社1996年版,第182页。

⑤　《十三经注疏》下册,中华书局1980年版,第2722页。

思想,指出了一条可寻的线索。

牛山之美,是《孟子》比较充分表达孟轲关于生态美思想的个案。在《告子章句上》中,孟子曰:

> 牛山之木尝美矣,以其郊于大国也,斧斤伐之,可以为美乎?是其日夜之所息,雨露之所润,非无萌蘖之生焉;牛羊又从而牧之,是以若彼濯濯也。人见其濯濯也,以为未尝有材焉,此岂山之性也哉? 虽存乎人者,岂无仁义之心哉? 其所以放其良心者,亦犹斧斤之于木也,旦旦而伐之,可以为美乎? 其日夜之所息,平旦之气,其好恶与人相近也者几希,则其旦昼之所为,有梏亡之矣。梏之反复,则其夜气不足以存;夜气不足以存,则其违禽兽不远矣。人见其禽兽也,而以为未尝有才焉者,是岂人之情也哉? 故苟得其养,无物不长;苟失其养,无物不消。[①]

经过千百年"日夜之所息,雨露之所润",牛山空气新鲜,林木茂盛,花草山石绚丽多姿,天地之造化,使牛山成为一座令人向往的美丽的山。但由于它处于一个大国的近郊,该国的官员毫无保护牛山生态的思想,放纵上下任意砍伐树木,破坏森林,让放牧者自由地践踏花草,结果使牛山这座非常美的山,变成了一座光秃秃的荒山。孟子怒斥这些破坏牛山生态美的人,说他们已经离禽兽不远了。接着孟子又提出了一个保护牛山生态的问题,他强调人们应以"仁义之心"去"养"山,他说:"故苟得其养,无物不长;苟失其养,无物不消。"在《尽心章句上》中,他进一步发挥了这一思想。孟子曰:

> 君子之于物也,爱之而弗仁;于民也,仁之而弗亲。亲亲而仁民,仁民而爱物。[②]

这里所说的"物",朱熹注曰:"物,谓禽兽草木。爱,谓取之有时,用之有节"。[③]亲民爱物,就是将仁爱之心,由人扩大到动植物。孟子既不是人类中心主义者,也不是生态中心主义者,他的"爱物"是"取之有时,用之有节"。

---

① 《十三经注疏》下册,中华书局1980年版,第2751页。

② 《十三经注疏》下册,中华书局1980年版,第2771页。

③ (宋)朱熹:《四书章句集注》,中华书局1983年版,第363页。

对于牛山的花草树木,他坚决反对砍杀破坏,极力提倡爱护、培养,保持它的原生态美。孟子对"物",不是无原则的爱,当"禽兽逼人",他赞扬"舜使益掌火,益烈山泽而焚之",① 或者像禹那样,"驱蛇龙而放之菹",② 像武王那样,"驱飞廉于海隅而戮之"。③ 但是当群众誓要打死被逼于死角的老虎时,善于杀虎的冯妇,却又出来保护老虎,反而把老虎放走了。孟子举出冯妇的例子,显然又表达了他保护动物的意思。

那么,人类又应如何去"爱物",如何去保护生态美呢?对此,《孟子》中有多处作了论述。

> 孟子曰:"五谷者,种之美者也。苟为不熟,不如荑稗。夫仁,亦在乎熟之而已矣。"④

> "宋人有闵其苗之不长而揠之者,芒芒然归。谓其人曰:'今日病矣,予助苗长矣'。其子趋而往视之,苗则槁矣。天下之不助苗长者寡矣。以为无益而舍之者,不耘苗者也;助之长者,揠苗者也。非徒无益,而又害之"。⑤

这两段话讲的是植物的美,如五谷之所以能成为人的美食,是因为它是按自己的生长规律而成熟的果实,如果它还不到成熟期而将它采集下来,那还不如草种子。宋人揠苗助长的故事,更说明要保护和培养禾苗的美,就应按照禾苗的生长规律去培养它,爱护它。绝不能违背自然的规律,人为地去拔苗助长,这样做的结果,必然使美的变为丑的了。人类可以而且应该按照动植物自然生长的规律,去爱物、养物,使之为人类造福。比如,对于"鸡豚狗彘之畜",就应按照她们生长发育的规律,"无失其时";对于稻麦菽稷,同样要遵循它们下种、育苗、成熟的季节规律,"勿夺其时",这样天下百姓,就可过上丰衣足食、不饥不寒的幸福美满生活。⑥ 在孟子看来,在大自然面前,人绝不能自以为是,只有遵循自然的规律,按照自然的本性去办事,才能使

---

① 《十三经注疏》下册,中华书局1980年版,第2705页。

② 《十三经注疏》下册,中华书局1980年版,第2714页。

③ 《十三经注疏》下册,中华书局1980年版,第2714页。

④ 《十三经注疏》下册,中华书局1980年版,第2753—2754页。

⑤ 《十三经注疏》下册,中华书局1980年版,第2686页。

⑥ 参见《十三经注疏》下册,中华书局1980年版,第2666页。

自然成为人类生存发展的美好家园。孟子多次赞扬大禹治水的业绩。大禹之所以能够成功地把泛滥于中国的滔滔洪水，引入江、淮、河、汉，使之东流入海，从而使神州大地成为炎黄子孙安居乐业，休养生息的乐园，是因为，他认识了水由高而下运行的特点和规律，并且自觉地按照自然的规律，因势利导，这样经过十几年的艰苦奋斗，才获得了成功。

在《孟子·离娄章句下》中，孟子曰：

> 天下之言性也，则故而已矣，故者以利为本。所恶于智者，为其凿也。如智者若禹之行水也，则无恶于智矣。禹之行水也，行其所无事也。如智者亦行其所无事，则智亦大矣。天之高也，星辰之远也，苟求其故，千岁之日至，可坐而致也。①

朱熹注曰："禹之行水，则因其自然之势而导之，未尝以私智穿凿而有所事，是以水得其润下之性而不为害也。"② 他又说："天虽高，星辰虽远，然求其已然之迹，则其运有常。虽千岁之久，其日至之度，可坐而得。况于事物之近，若因其故而求之，岂有不得其理者，而何以穿凿为哉？"③ 杨伯俊先生将"禹之行水也，行其所无事也"，解说为"顺其自然，因势利导"。"日至"，注曰：当指冬至。这即是说，我们只要按照日月星辰运行的规律，以后一千年的冬至日，都可以坐着推算出来。

孟子一方面谈遵循自然的规律，去爱护自然、利用自然、改造自然；同时他又反对随意的滥砍乱伐，竭泽而渔，破坏自然生态的平衡。在与梁惠王的对话中，较充分地表达了孟子的这一思想。孟子曰：

> 不违农时，谷不可胜食也；数罟不入洿池，鱼鳖不可胜食也；斧斤以时入山林，林木不可胜用也。谷与鱼鳖不可胜食，林木不可胜用，是使民养生丧死无憾也。养生丧死无憾，王道之始也。④

在孟子看来，只有将遵循自然的规律，去保护自然的生态美、反对种种

---

① 《十三经注疏》下册，中华书局1980年版，第2730页。

② （宋）朱熹：《四书章句集注》，中华书局1983年版，第297页。

③ （宋）朱熹：《四书章句集注》，中华书局1983年版，第297页。

④ 《十三经注疏》下册，中华书局1980年版，第2666页。

对自然的生态破坏行为与遵循自然的规律、去利用自然、为人类造福结合起来,才能使"民养生丧死无憾"。对当政者来讲,这也才称得起是仁政、王道之始。

思孟学派关于生态美思想是丰富的。它既给予了我们以警示,又给予了我们以启示。他们强调遵循自然规律,"亲民爱物"保持生态美,"使万物并育而不相害,道并行而不相悖"。这一思想是带有原创性的。它不仅属于过去,而且属于现在和未来。

(四)"里仁为美","与民同乐":社会美

思孟学派的美学思想有着鲜明的社会性。从美与人、美与社会的关系上讲,甚至可以称之为社会伦理美学。这种美的社会性特点,突出地体现在孟子对孔子的"里仁为美"思想的继承与发展和孟子本人提倡的以民为本,"与民同乐"的人文精神与民主思想等方面。

在《孟子·公孙丑章句上》:

> 孟子曰:"矢人岂不仁于函人哉?矢人惟恐不伤人,函人惟恐伤人。巫、匠亦然。故术不可不慎也。孔子曰:'里仁为美。择不处仁,焉得智?'夫仁,天之尊爵也,人之安宅也。莫之禦而不仁,是不智也。不仁、不智、无礼、无义,人役也。人役而耻为役,由弓人而耻为弓,矢人而耻为矢也。如耻之,莫如为仁。仁者如射,射者正己而后发,发而不中,不怨胜己者,反求诸己而已矣"。[1]

"里仁为美"的"里",《说文解字》释曰:"居也,从田从土,凡里之属皆从里。"[2]《诗经·将仲子》"将仲子兮!无逾我里,无折我树杞"![3]这里的"里"指女主人公的居住处。孔子所说的"里仁为美"之"里",小可指此在的"这里"或居住处,大可泛指人所居住的整个社会。这里关键是一个"仁"字,只要居住在仁者之里,这里的人都成了仁人,都具有仁者之风,那么这个"里"就是最美的了。如同朱熹所说,"里有仁厚之俗者,犹以为美"。[4]孟子继承和发展了孔子以"仁"为核心的"里仁为美"的思想,进而把"仁"视为美的

---

① 《十三经注疏》下册,中华书局1980年版,第2691页。

② (汉)许慎撰:《说文解字》,中华书局影印1963年版,第290页。

③ 聂石樵、雒三桂、李山注:《诗经新注》,齐鲁书社2000年版,第158页。

④ (宋)朱熹:《四书章句集注》,中华书局1983年版,第238页。

根源和美的本体。

孟子说:"仁也者,人也。合而言之,道也。"① 这里孟子是从哲学的最高层次上来谈仁与道和道与美的。当公孙丑对他说:"道则高矣,美矣,宜若登天然,似不可及也。"② 孟子同意"道则高矣,美矣"的观点,但他并不认为这个既高又美的"道""不可及",他认为只要"中道而立,能者从之",努力去学习、践行,就可接近它,逐渐成为仁人。孟子从他的性善论出发,将"仁"视为人的"四端"(仁、义、礼、智)之首,每个人只要将"四端"之心扩而充之就可成为仁人、美的人。因此,善的人,必然是美的人,美的人必然是善的人。孟子完全赞同孔子"尽善矣,又尽美矣"的观点,把善与美等同起来。这一思想,在上海博物馆馆藏楚简与郭店楚墓竹简的儒简中也有所体现。如《五行》篇中说:

> 金聖(聲),而玉晨(振)之,又(有)悳[德]者也。金聖(聲),
> 善也;玉音,聖也。善,人道也;悳[德],而<天>[道也]。③

"金声""玉音"是美的,也是善的。善是人道,德是天道,人道与天道都是既善又美的。

在郭店楚简语丛一中说:

> 又(有)勿(物)又(有)容,又(有)筝又(有)厚,又(有)頢
> (美)又(有)膳(善)。④

这里直接把美与善联系在一起。在上海博物馆馆藏楚简《缁衣》中,明确说君子的言行是大其美,小其恶的,他们是讲诚信的,其潜台词则是说,他们的言行是善的,不是恶的。文中写道:

> 子曰:"言衍(率)行之,则行不可匿。古(故)孝(君子)募(顧)
> 言而行,吕(以)城(成)丌(其)信,则民不能大丌(其)頢[美]而少

---

① 《十三经注疏》下册,中华书局1980年版,第2774页。

② 《十三经注疏》下册,中华书局1980年版,第2770页。

③ 荆门市博物馆编:《郭店楚墓竹简》,文物出版社1998年版,第150页。

④ 荆门市博物馆编:《郭店楚墓竹简》,文物出版社1998年版,第193页。

（小）亓（其）亞（惡）"。①

这段内容与郭店楚墓竹简中的《缁衣》所言基本相同。上博竹简《性情论》中还有一段话与郭店楚墓竹简《性自命出》的文字也基本相同,文中说:

孛＝（君子）兑[美]亓（其）情,贵亓（其）宜（义）。②

这段话直接把君子的美情与义相联系。

"里仁为美",既是孔孟的政治理想和社会理想,也是孔孟的审美理想。孟子认为,每个人都做到了"反求诸已",将"四端"之心扩而充之,从个人——家庭——乡里——国家,以"里仁为美"——"天下归仁"。③这样一个世界,是一个"仁、义、礼、智"高度统一的世界,也是一个最美的世界。

"与民同乐"和"里仁为美"紧密联系,相得益彰。"与民同乐"是实现"里仁为美"的重要途径和表现;"里仁为美"则是"与民同乐"的内容和目的。"里仁为美",不仅居住的环境美,而且人更美。要使居住在这个"里"的居民实现人与人之间和睦相处、相亲相爱,共同朝着仁、义、礼、智的理想的目标携手共进,乐(音乐、舞蹈、诗歌三位一体的乐)与乐(悦也,快乐的乐)的功能和作用是不可或缺的。孟子说:"仁言,不如仁声之入人深也。善政,不如善教之得民也"。④在《孟子·梁惠王下》中,孟子与齐宣王专门就乐的问题进行了对话:

> 齐宣王见孟子于雪宫。王曰:"贤者亦有此乐乎?"孟子对曰:"有。人不得,则非其上矣。不得而非其上者,非也;为民上而不与民同乐者,亦非也。乐民之乐者,民亦乐其乐;忧民之忧者,民亦忧其忧。乐以天下,忧以天下,然而不王者,未之有也"。⑤

---

① 季旭昇主编、陈霖庆等合撰:《上海博物馆馆藏战国楚书(一)》读本,(台湾)万卷楼图书股份有限公司2004年版,第131页。

② 季旭昇主编、陈霖庆等合撰:《上海博物馆馆藏战国楚书(一)》读本,(台湾)万卷楼图书股份有限公司2004年版,第165页。

③ 参见《十三经注疏》下册,中华书局1980年版,第2690—2691页。

④《十三经注疏》下册,中华书局1980年版,第2765页。

⑤《十三经注疏》下册,中华书局1980年版,第2675页。

这里提出的"与民同乐",是说国王应以民众的快乐为自己的快乐,民众也会以国王的快乐为自己的快乐;国王以民众的忧愁为自己的忧愁,民众也会以国王的忧愁为自己的忧愁。国王与民众在情感上做到了真正的沟通。国王知民情,得民心,民众也忠心爱戴和喜欢能够真正代表自己利益和声音的国王。在这之前孟子还同齐国大臣庄暴谈及国王爱好音乐的问题。庄暴问:国王爱好音乐好不好? 孟子回答说:国王如果爱好音乐,这说明齐国已经治理得很不错了。后来,孟子见了齐国国王,便与国王就"独乐乐"与"人乐乐"的问题进行了对话,孟子问:

> 曰:"王之好乐甚,则齐其庶几乎! 今之乐犹古之乐也。"
> 曰:"可得闻与?"
> 曰:"独乐乐,与人乐乐,孰乐?"
> 曰:"不若与人。"
> 曰:"与少乐乐,与众乐乐,孰乐?"
> 曰:"不若与众。"
> 曰:"臣请为王言乐:今鼓乐如此,百姓闻王钟鼓之声,管籥之音者,举疾首蹙頞而相告曰:'吾王之好鼓乐,夫何使我至于此极也? 父子不相见,兄弟妻子离散'。今王田猎如此,百姓闻王车马之音,见羽旄之美,举疾首蹙頞而相告曰:'吾王之好田猎,夫何使我至于此极也? 父子不相见,兄弟妻子离散'。此无他,不与民同乐也。今王鼓乐于此,百姓闻王钟鼓之声、管籥之音,举欣欣然有喜色而相告曰:'吾王庶几无疾病与? 何以能鼓乐也'? 今王田猎于此,百姓闻王车马之音,见羽旄之美,举欣欣然有喜色而相告曰:'吾王庶几无疾病与? 何以能田猎也? 此无他,与民同乐也。今王与百姓同乐,则王矣。"[1]

为什么国王"独乐",而百姓反而"举疾首蹙頞"不高兴? 这是因为国王"不与民同乐",只顾自己享乐腐败、无限地盘剥、压榨群众,致使人民"父子不相见,兄弟妻子离散",整天处于水深火热之中。从这里也可看出,孟子的人文关怀和民主思想。

孟子提出"与民同乐"的思想,直接与他"以民为本"的社会理念联系

---

[1]《十三经注疏》下册,中华书局1980年版,第2673—2674页。

在一起。孟子曰:"民为贵,社稷次之,君为轻"。①朱熹注曰:"盖国以民为本,社稷亦为民而立,而君之尊,又系于二者之存亡,故其轻重如此"。②"民为贵","以民为本",这是中国古代民主传统的最高原则。这一原则运用于音乐欣赏的审美活动中,就是"与民同乐"的提出。在孟子看来,只有"与民同乐"的审美活动,才是美的;反之,则是不美的。"与民同乐"中的"民",不是国王一人的"独乐",也不是少数王公贵族的"少乐乐",而是与普天之下的最广大民众的"众乐"。这种乐,乐人民之所乐,忧人民之所忧,表达了民众的审美心理、审美情感和审美理想。因而,这种"与民同乐"的审美活动,体现了孟子关于社会美的理想,并赋予了审美活动以社会性与民主性的特征。这一带有原创性的美学思想,反映了中国美学发展的一种新趋向。

三、思孟学派美学思想的地位和影响

从《中庸》《孟子》和《郭店楚墓竹简》《上海博物馆馆藏战国楚竹书》等儒家保留下来或新发现的历史文献中,在儒学思想发展的历史总体中,的确存在着一个文脉相传、并带有共同性的思维模式、理论范式的儒学新谱系。他们与从客观唯物论出发的儒学的另一分支的荀子学派不同,把视线转向了主体,转向了人自身("反求诸己")。他们从"心性之学"出发,以"天人合一"为哲学基础,以情与理融为一体的"诚"与"仁"为基本范畴,构筑自己的思想体系。这个新的儒学思想体系,来自儒学的创始人孔子,又超越了孔子,并对中国儒学、特别是宋明理学产生了深远的影响。

中国古代的"思孟学派"出现在世界轴心时代的公元前五世纪到公元前的三世纪之间。如果拿子思(约公元前483—约前402)、孟子(约公元前372—约前289)同古希腊苏格拉底(公元前469—前399)、柏拉图(公元前427—前347)、亚里士多德(公元前384—前322)的哲学、美学思想加以比较,不难发现"思孟学派"在世界美学史上所作出的新贡献,从中也可以窥见中西美学发展的一些不同特点。

第一,"认识你自己"与"反求诸己":思孟学派从"心性之学"出发,开辟了中国古典美学研究的新方向。

"认识你自己"这是古希腊哲人在德尔菲神庙中的碑文上铭刻的一句箴言。它告诉我们,对人类来讲,最重要的事情是认识人本身。对人的认识,

---

① 《十三经注疏》下册,中华书局1980年版,第2774页。

② (宋)朱熹:《四书章句集注》,中华书局1983年版,第367页。

这是中西哲学家、美学家共同关心的首要问题。在古希腊与子思处于同时代的苏格拉底说："亲爱的朋友,我到现在不能做到得尔福神谕所指示的,知道我自己;一个人还不能知道他自己,就忙着去研究一些和他不相干的东西,这在我看来很可笑的。……我所专心致志的不是研究神话,而是研究我自己"。① 与孟子处于同时代的亚里士多德,对人作了多方面的探讨。他说:"人是政治动物,天生要过共同的生活。这也正是一个幸福的人所不可缺少的,他具有那些自然向善的东西"。② 亚里士多德也如孟子一样,是一个人性善论者,他认为"生命的本性就是善,在自身之内拥有了善就感到快乐"。③ 在西方从苏格拉底开始,古希腊的美学思想出现了一个新的转向。朱光潜先生指出:苏格拉底"标志着希腊美学思想一个很大的转变。此前毕达哥拉斯学派和赫拉克利特等人都主要地从自然科学的观点去看美学问题,要替美找自然科学的解释;到了苏格拉底才主要地从社会科学的观点去看美学问题,要替美找社会科学的解释"。④ 美学属于人文学学科,对人的看法,直接关系到对美和审美活动的性质、对象的认识。柏拉图、亚里士多德,一方面继承了毕达哥拉斯关于"事物由于数而显得美"、⑤ "宇宙是根据和谐构成的"⑥ 观点,同时他们又把对美的研究转向了人。柏拉图认为:"爱的行为就是孕育美,既在身体中,又在灵魂中"。⑦ "诗的摹仿对象是在行动中的人"。⑧ 亚里士多德则认为诗的起源"出于人的天性"。他赞成柏拉图关于诗的对象是摹仿"在行动中的人"的观点。他认为:悲剧总是摹仿比我们今天的人好的人,喜剧总是摹仿比我们今天的人坏的人。诗的重要功能是陶冶人的性情,净化人的感情。

如果说亚里士多德把人看作是"政治动物",那么中国古代的子思、孟子则把人看作是伦理道德的人。《中庸》中说,"道不远人。人之为道而远人,

① [古希腊]柏拉图:《文艺对话录》,朱光潜译,人民文学出版社1980年版,第95页。

② 《亚里士多德全集》第8卷,苗力田主编,中国人民大学出版社1992年版,第205页。

③ 《亚里士多德全集》第8卷,苗力田主编,中国人民大学出版社1992年版,第207页。

④ 朱光潜:《西方美学史》上卷,人民文学出版社1979年版,第36—37页。

⑤ [波]沃拉德斯拉维·塔塔科维兹:《古代美学》,杨力等译,杨照明校,中国社会科学出版社1990年版,第114页。

⑥ [波]沃拉德斯拉维·塔塔科维兹:《古代美学》,杨力等译,杨照明校,中国社会科学出版社1990年版,第116页。

⑦ [古希腊]柏拉图:《柏拉图全集》第2卷,王晓朝译,人民出版社2003年版,第249页。

⑧ [古希腊]柏拉图:《文艺对话录》,朱光潜译,人民文学出版社1980年版,第81页。

不可以为道"。① "故为政在人,取人以身,修身以道,修道以仁。仁者,人也,亲亲为大;义者,宜也,尊贤为大"。② 孟子将有无仁、义、礼、智"四端"之心,看作是人与非人的分界。他认为,只有将"四端之心"、仁义之情扩而充之才称之为美("充实之为美")。《郭店楚墓竹简》《上海博物馆藏战国楚简》,沿着天——命——性——情的思维路线,突出地将美与情联系起来,提出了"美情"观。这个"情"字自然包括感性层面的情感,更为重要的是它融合进了如"仁""诚"所显现出来的"情"。它是美的,也是善的,是美与善的统一。如上博楚简所说:"孝 =(君子)兑(美)亓(其)情,貴亓(其)宜(義)"。③《孟子》中也说"岂以仁义为不美也"。④ 将美学的研究由外转向内,转向审美主体人自身,从人的心性出发,高扬人的主体性,以"美情"为对象,研究审美活动的特点和功能。这是思孟学派对中国古典美学作出的一个重要贡献,它进一步推动了作为美的文学艺术的"言志"、"缘情"传统的发展,并以此与柏拉图、亚里士多德所弘扬的"摹仿"说(后又发展为"镜子说"、"再现说")形成鲜明的对照。

第二,"极高明而道中庸"和"以气逆志",知人论世:思孟学派研究美学与诗学的方法论。

在西方从柏拉图、亚里士多德一直到黑格尔,都沿着一条追问"美是什么"、"诗是什么"的本质主义路线行进。在西方不同时期的美学家、文艺理论家,以逻辑思辨的思维方式,对美与诗的本质特征进行了种种可贵的探讨,写下了许多美学与诗学的专著或论文,有的经过历史的检验已成为后人研究美学与诗学的经典文本。如柏拉图的《大希庇阿斯篇》,亚里士多德的《诗学》,黑格尔的《美学》等。但是对他们的研究方式和执意去回答"美是什么"、"诗是什么"的本质主义的思维路线,都遭到后人的质疑和批评。20世纪英国著名的哲学家卡尔·波普尔(Karl Popper,1902—1994)曾尖锐地批评说:"我认为,自亚里士多德以来的思想发展可以被概括为:任何一门科学,只要它使用了亚里士多德的定义方法,它就仍然处于一种空洞的冗语状态和贫乏的经院哲学的禁锢之中,而各种学科之所能取得任何进展,则取决于清除了这种本质主义的程度(这就是为什么我们许多'社会科学'仍然从

---

① 《十三经注疏》下册,中华书局1980年版,第1627页。

② 《十三经注疏》下册,中华书局1980年版,第1629页。

③ 季旭昇主编,陈霖庆等合撰:《上海博物馆馆藏战国楚书(一)》读本,(台湾)万卷楼图书股份有限公司2004年版,第165页。

④ 《十三经注疏》下册,中华书局1980年版,第2694页。

属于中世纪的原因）。讨论这种方法，必然会有一些抽象。因为实际情况是，这个问题被柏拉图和亚里士多德搞得极其混乱，他们的影响产生了如此根深蒂固的偏见，以致抛开它们似乎都没有太大的希望"。①

与柏拉图、亚里士多德所推行的本质主义研究方法相反，子思、孟子则提出和坚持一种"极高明而道中庸"的方法论原则。《论语·雍也》中，孔子曰："中庸之为德也，其至矣乎！民鲜久矣。"②朱熹注说："中者，无过无不及之名也。庸，平常也。至，极也。鲜，少也。言民少此德，今已久矣。程子曰：'不偏之谓中，不易之谓庸。中者天下之正道，庸者天下之定理'。"③子思之所以要撰写《中庸》，旨在"孔门传授心法"。④《中庸》进一步阐发了孔子提出的中庸之道，说："故君子尊德性而道学问，致广大而尽精微，极高明而道中庸"。⑤进而又把"中"提到"天下之大本"，把"和"提到"天下之达道"的哲学本体论的高度。

思孟学派将中庸之道运用美学和诗学的研究中，我们在《中庸》《孟子》和《郭店楚墓竹简》中，没有发现思孟学派的学者专门去回答或追问"什么是美"的问题，看不到波普尔所说的那种柏拉图、亚里士多德倡导的本质主义的痕迹。他们重点思考和论说的问题是：美是以何种形态存在的问题。他们把中和美视为最高的审美形态：在人与自然的关系上提出了"万物并育"的生态美思想；在人与人的关系上，提出"老吾老以及人之老；幼吾幼以及人之幼"⑥；倡导"父子有亲，君臣有义，夫妇有别，长幼有叙，朋友有信"。⑦多方面地论述了"里仁为美"、"与民同乐"的社会美。在《孟子》《郭店楚墓竹简》和《中庸》中还具体描述论说了激荡着"浩然之气"、"至大至刚"的崇高美。更为可贵的他们还从生理层面和社会层面上提出和论证了共同美的问题。思孟学派对审美形态的有关论述，是具有原创性的，为中国古代美学的发展，开拓了广阔的空间。

在《孟子·万章章句上》中，孟子与他的学生进行了一次关于《诗经·小雅》中的《北山》诗的对话，正是在这次对话中，孟子提出了一个对后世影响

---

①［英］卡尔·波普尔：《开放社会及其敌人》第2卷，郑一明等译，中国社会科学出版社1999年版，第20—21页。

②《十三经注疏》下册，中华书局1980年版，第2479页。

③（宋）朱熹：《四书章句集注》，中华书局1983年版，第91页。

④（宋）朱熹：《四书章句集注》，中华书局1983年版，第17页。

⑤《十三经注疏》下册，中华书局1980年版，第1633页。

⑥《十三经注疏》下册，中华书局1980年版，第2670页。

⑦《十三经注疏》下册，中华书局1980年版，第2705页。

很大的诗歌阅读、欣赏和研究的"以意逆志"方法论原则。孟子曰:

故说《诗》者,不以文害辞,不以辞害志;以意逆志,是为得之。①

　　朱熹对此段文字注曰:"言说《诗》之法,不可以一字而害一句之义,不可以一句而害设辞之志,当以己意逆迎取作者之志,乃可得之"。②孟子是一个善于进行逆向思维的思想家,他在《郭店楚墓竹简》中提出"性自命出,命自天降",这是一条由天——命——性的思维路线;孟子则提出了尽心知性知天,由心——性——天的思维路线。在诗歌创作过程中,诗人是由内到外,从志——意——辞——文;而在诗歌鉴赏批评过程中,读者则是由外到内,从文——辞——意——志。孟子的这段话,揭示了诗歌鉴赏、批评的特点,提出了诗歌批评的一个重要的方法论原则。他的这种"以气逆志"由外到内的批评方法,在后来刘勰《文心雕龙》《知音》中,进一步得到了阐发。

　　孟子是深谙诗歌三昧的。《史记·孟子荀卿列传》中,就专门写了一笔,说孟子"退而与万章之徒序诗书,述仲尼之意",作《孟子》七篇"③在与万章对话中,还提出了一种"知人论世"的批评方法,他说:"又尚论古之人,颂其诗,读其书,不知其人,可乎? 是以论其世也,是尚友也"。④孟子的这种批评方法,可以说开了社会历史批评方法的先河,并得到广泛发展。

　　第三,丰富和发展了中国古代美学思想中的民主性和人文精神,为灿烂的中国文化增添了新的内容。

　　思孟学派的美学思想带有古典主义美学性质,它虽然像孔子那样向后看,提出向古代的圣人学习,但更为重要的它是为了继承和弘扬古代的优秀文化传统。从《郭店楚墓竹简》《中庸》和《孟子》等历史文献中,思孟学派美学思想中有几种特别值得重视和发扬的美学精神。

　　1. 思孟学派的美学思想具有广泛的社会性和一定的民主性,表现出中国古代美学中正在萌发的民主精神和独立自由精神。在《郭店楚墓竹简》的《鲁穆公问子思》和《孟子》中,记载着子思敢于把国王派去行贿的仆人赶出大门的事迹,充分表现了子思独立自由的人格美,体现出子思敢于在国王

---

①《十三经注疏》下册,中华书局1980年版,第2735页。

②(宋)朱熹:《四书章句集注》,中华书局1983年版,第306页。

③(西汉)司马迁:《史记》七,中华书局1982年版,第2343页。

④《十三经注疏》下册,中华书局1980年版,第2746页。

面前直言国王恶行的民主精神和大无畏精神。子思和孟子虽然都尊孔子为师，但他们并不像孔子那样温良恭俭让。他们痛恨那些专门奉迎拍马、同流合污的"乡愿"，称这种人是"德之贼"。他们在国王面前有自己的尊严，追求平等相处，民主对话。对于那些鱼肉人民，横行乡里，妻妾成群，花天酒地，装腔作势，为虎作伥的各种类型的大人物，孟子极端藐视，无情地予以批判。孟子曰：

> 说大人，则藐之，勿视其巍巍然。堂高数仞，榱题数尺，我得志弗为也；食前方丈，侍妾数百人，我得志弗为也；般乐饮酒，驱骋田猎，后车千乘，我得志弗为也。在彼者，皆我所不为也；在我者，皆古之制也，吾何畏彼哉？①

孟子的这种一"勿视"二"弗为"三"吾何畏彼哉"的蔑视权贵、无所畏惧的精神，集中地表现出孟子的批判精神和独立自由的人格美。

以民为本，"与民同乐"，"里仁为美"，在诸侯争战，阶级矛盾尖锐激烈的战国时代，虽然带有乌托邦空想的性质，但孟子提出的这一思想不能不说它在一定程度上反映了人民群众的社会理想和审美理想，显示出孟子美学思想的社会性与民主性。

2.思孟学派的美学思想具有浓厚的人文精神和对人类的终极关怀精神。在《郭店楚墓竹简》中，"爱民""人为贵"思想表达得很明确：

> 尧舜之行，怎（爱）罘（親）陣（尊）臤（賢）。怎（爱）罘（親）古（故）孝……孝之甶（方），怎（爱）天下之民。②

> 古（故）絭（慈）以怎（爱）之，則民又（有）新（親），信以結之，則民不怀（偝），共（恭）以位（莅）之，則民又（有）愻（遜）心。③

> 不新（親）不怎（爱），不怎（爱）不怠（仁）。④

①《十三经注疏》下册，中华书局1980年版，第2779页。
② 荆门市博物馆编：《郭店楚墓竹简》，文物出版社1998年版，第157页。
③ 荆门市博物馆编：《郭店楚墓竹简》，文物出版社1998年版，第130页。
④ 荆门市博物馆编：《郭店楚墓竹简》，文物出版社1998年版，第150页。

新（親）而篤（篤）之，惡（愛）也。①

夫（天）生百勿（物），人為貴。②
生为贵。③

在《郭店楚墓竹简》的作者看来，尧舜是他们心目中最美的人，如称舜，"大人之興，敓［美］也"。④尧舜之所以美，是因为他们"爱民"，把人看作是宇宙中最宝贵的。楚简中有关这方面的论述，处处充溢着作者的人文精神。《孟子》中有关这方面的论述也不乏其例。《孟子·尽心章句上》中就有两段这方面的论述：

孟子曰："伯夷辟纣，居北海之滨，闻文王作，兴曰：'盍归乎来！吾闻，西伯善养老者'。太公辟纣，居东海之滨，闻文王作，兴曰：'盍归乎来！吾闻西伯善养老者'。天下有善养老，则仁人以为己归矣"。⑤

孟子曰："易其田畴，薄其税敛，民可使富也。食之以时，用之以礼，财不可胜用也。民非水火不生活。昏暮叩人之门户，求水火，无弗与者，至足矣。圣人治天下，使有菽粟如水火。菽粟如水火，而民焉有不仁者乎"？⑥

爱民，亲民，扶植生产，减轻赋税，关心人民的衣食住行，想尽一切办法，使人民过上富裕、幸福的生活，使老有所养，老有所终……这一切，充分表达了孟子博大仁爱之心和对普天下人民的终极关怀精神。

第四，孟子的"养气"说，注入中国诗学以新的生机，丰富和发展了中国美学的优秀传统。

孟子提出的"养气"说，不仅有着重大的社会意义，激励着炎黄子孙自强不息、艰苦奋斗、顽强拼博，英勇不屈，为实现崇高的理想而献身，而且开

① 荆门市博物馆编：《郭店楚墓竹简》，文物出版社1998年版，第150页。
② 荆门市博物馆编：《郭店楚墓竹简》，文物出版社1998年版，第194页。
③ 荆门市博物馆编：《郭店楚墓竹简》，文物出版社1998年版，第213页。
④ 荆门市博物馆编：《郭店楚墓竹简》，文物出版社1998年版，第158页。
⑤《十三经注疏》下册，中华书局1980年版，第2768页。
⑥《十三经注疏》下册，中华书局1980年版，第2768页。

创了儒家美学的新生面,为中国古代诗学与美学的发展作出了新贡献。

文学史上文天祥写下的那首千古传唱的《正气歌》,以诗的语言把孟子论说的那个"至大至刚"充塞于天地之间的浩然正气,从美学的视野加以形象化、具体化。其诗曰:

> 天地有正气,杂然赋流形。下则为河岳,上则为日星;於人曰浩然,沛乎塞苍冥。皇路当清夷,含和吐明庭;时穷节乃见,一一垂丹青。……是气所旁薄,凛烈万古存。当其贯日月,生死安足论!地维赖以立,天柱赖以尊。……①

历代许多著名的文学家、诗人,不断地从这种"至大至刚"的浩然正气中找到灵感,受到鼓舞。

受孟子"养气"说的影响,首先将"气"与"养气"的理论运用于诗学与美学研究领域的是曹丕(公元187—226),他在《典论论文》说:

> 文以气为主,气之清浊有体,不可力强而致,譬诸音乐,曲度虽均,节奏同检,至于引气不齐,巧拙有素,虽在父兄,不能以移子弟。②

文中曹丕还以气之不同,论说了王粲、徐干、孔融等作家不同的创作个性,并指出了"养气"的途径,要求作家"审己以度人","于学无所遗,于辞无所假,咸以自骋骥骥于千里,仰齐足而并驰"。③刘勰在《文心雕龙》中继承并进一步在"文气"说的基础上提出了"风骨"论。钟嵘在《诗品·序》中,则从诗的本源上论述了"气"在诗歌创作中的作用,他说:"气之动物,物之感人,故摇荡性情,形诸舞咏。照烛三才,辉丽万有;灵祇待之以致飨,幽微藉之以昭告;动天地,感鬼神,莫近于诗"。④其后皎然、李世民、韩愈、白居易在

---

①(宋)文天祥:《正气歌》,见朱东润主编《中国历代文学作品选》中编第2册,上海古籍出版社1980年版,第202页。

②(魏)曹丕:《典论论文》,见《中国美学史资料选编》上,北京大学哲学系美学教研室编,中华书局1980年版,第136页。

③(魏)曹丕:《典论论文》,见《中国美学史资料选编》上,北京大学哲学系美学教研室编,中华书局1980年版,第135页。

④(梁)钟嵘:《诗品·序》,见《中国美学史资料选编》上,北京大学哲学系美学教研室编,中华书局1980年版,第212页。

他们的诗论、书论、文论中,都谈到"气"的问题。李贽继承和发展了孟子的"赤子之心"的观点,提出了"童心"说:"夫童心者,绝假纯真,最初一念之本心也。……天下之至文,未有不出于童心焉者也"。① 清代桐城派主将姚鼐(1732—1815),则把孟子的"至大至刚"充塞天地之间的"浩然之气",从美学上作了生动而全面地描述和发挥。他说:

> 文者,天地之精英,而阴阳刚柔之发也。惟圣人之言,统二气之会而弗偏,然而《易》《诗》《书》《论语》所载,亦间有可以刚柔分矣。……其得于阳与刚之美者,则其文如霆,如电,如长风之出谷,如崇山峻崖,如决大川,如奔骐骥;其光也,如杲日,如火,如金镠铁;其于人也,如冯高视远,如君而朝万众,如鼓万勇士而战之。其得于阴与柔之美者,则其文如升初日,如清风,如云,如霞,如烟,如幽林曲涧,如沦,如漾,如珠玉之辉,如鸿鹄之鸣而入廖廓;其于人也,漻乎其如叹,邈乎其如有思,暖乎其如喜,愀乎其如悲。观其文,讽其音,则为文者之性情形状举以殊焉。②

从孟子的"养气"说这样一个侧面,我们即可看出思孟学派美学思想对后世影响的深远。

综观思孟学派在与柏拉图、亚里士多德,所处的同一时代,他们提出的美学问题和所阐发的美学思想,丝毫不比古希腊的美学家逊色。他们理应在世界美学史上占据应有的位置。重新学习和研究思孟学派流传下来的和新发现的历史文献,全面系统地研究他们的美学思想,仍然是摆在中外美学家面前的一个重要课题。

---

① (明)李贽:《童心说》,见《中国美学史资料选编》下,北京大学哲学系美学教研室编,中华书局1981年版,第125—126页。

② (清)姚鼐:《海愚诗钞》序,见《中国美学史资料选编》下,北京大学哲学系美学教研室编,中华书局1981年版,第369—370页。

世界轴心时代的诗学双峰

——亚里士多德的《诗学》和荀子的《乐论》*

一

穿越时间的隧道,遥望世界古代的星空,大约在公元前4世纪到公元前3世纪之间,在诗学与美学的历史上,出现了两座巍峨的山峰:一座是中国战国末期的赵国人荀子(约公元前313—公元前238年)写的《乐论》,一座是古希腊的亚里士多德(Aristotle,公元前384—公元前322年)的《诗学》。

荀子与亚里士多德生活的时代,正处于德国哲学家卡尔·雅斯贝斯(Kar.Jaspers,1883—1969)所说的世界"轴心期"(Axial Perlod)。他说:"公元前800至前200年间的数世纪,就是世界历史的轴心,这在经验上对所有人都是很明显的"。① 在这个轴心时代,出现了一批影响人类发展的众多的思想家、哲学家、美学家、文学家等。雅斯贝斯特别指出:"直至今日,人类一直靠轴心期所产生、思考和创造的一切而生存。每一次新的飞跃都回顾这一时期,并被它重燃火焰。自那以后,情况就是这样,轴心期潜力的苏醒和对轴心期潜力的回忆,或曰复兴,总是提供了精神动力。对这一开端的复归是中国、印度和西方不断发生的事情。"②

* 该文是作者2006年4月参加安泽"荀子思想学术研讨会"的论文,并在大会发言。论文发表在《山东师范大学学报》2006年第6期。

① 〔德〕卡尔·雅斯贝斯:《历史的起源与目标》,魏楚雄、俞新天译,华夏出版社1989年版,第27页。
② 〔德〕卡尔·雅斯贝斯:《历史的起源与目标》,魏楚雄、俞新天译,华夏出版社1989年版,第14页。

亚里士多德是古希腊的伟大哲学家、自然科学家、诗学与美学家。马克思称他是"古代最伟大的思想家"，[①] 恩格斯称他是"古希腊哲学家中最博学的人"。[②] 在诗学和美学领域，亚里士多德继承和吸取了他的前人，特别是他的老师柏拉图诗学与美学思想中最有价值的成分，总结了古希腊艺术包括史诗、悲喜剧等丰富的实践经验，撰写了世界诗学与美学史上的第一部有体系的专著。车尔尼雪夫斯基说："《诗学》是第一篇最重要的美学论文，也是迄至前世纪末叶一切美学概念的根据。"[③] 亚里士多德是"第一个以独立体系阐明美学概念的人，他的概念雄霸了二千余年"。[④] 正是亚里士多德的《诗学》为西方文艺学、美学奠定了基础，使诗学成为一门独立的学科。西方文艺学的基本概念体系在《诗学》中已初步形成。《诗学》中阐明的关于摹仿艺术的本质特征，关于诗歌、戏剧、音乐的审美教育功能，关于艺术分类的原则及悲喜剧、史诗的特点，关于文学批评，艺术语言等问题的基本观点，直至今天还有一定影响。因此，我们说亚氏的《诗学》是西方诗学理论的一座高峰，这是名副其实的。

但是，长期以来，西方学者（包括黑格尔这类的大家）总是以"西方中心论"的观点来看待世界诗学发展的历史，他们根本忽视或根本不知道，作为东方的文明古国的中国也有自己的诗学历史，同样也有一个诗学发展史中的高峰。它与西方的诗学史一起，构成了世界的诗学史。与亚里士多德的《诗学》产生的时代不远，荀子的《乐论》就是同在世界轴心时代出现的一部具有东方特色的诗学专著，在世界的东方矗立起的一座诗学高峰。

在古希腊，诗也是一个广义的概念，它既包括史诗、抒情诗、叙事诗、悲喜剧，也包括音乐、舞蹈等，亚里士多德《诗学》所论的这些艺术种类都包括在内，而他论说的重点又是悲剧。因此，亚氏的诗学理论，实际就是我们今天所说的文艺理论。当然，今天的艺术种类比古希腊还要多得多。中国古代的"乐"，也是一个广义的概念，诗包括在乐之中。《尚书·尧典》中说：

> 帝曰：……。诗言志，歌永言，声依永，律和声，八音克谐，无相夺伦，神人以和"。[⑤]

---

① 马克思：《资本论》第1卷，人民出版社1975年版，第447页。

②《马克思恩格斯选集》第3卷，人民出版社1995年版，第358页。

③［俄］车尔尼雪夫斯基：《美学论文选》，缪灵珠译，人民文学出版社1957年版，第124页。

④［俄］车尔尼雪夫斯基：《美学论文选》，缪灵珠译，人民文学出版社1957年版，第129页。

⑤ 张少康、卢永璘：《先秦两汉文选》，人民文学出版社1996年版，第4页。

从这里可以看出,中国古时的乐,包括诗歌、声律、八音、舞蹈等多种内容。荀子的《乐论》批判地继承了"儒、墨、道德"各家关于诗乐的思想,以孔子的儒学为主导,博采百家之长,建立起了自己的诗学与美学的思想体系,中国古代的诗乐理论,"到荀子学派手里,便达到了最高峰。"[①]荀子的《乐论》和以荀子《乐论》为基础形成的《礼记·乐记》,则成了可与亚里士多德《诗学》比美的中国古代最早也是最重要的诗学与美学经典文本。

关于亚里士多德的《诗学》,国内外文艺理论界、美学界研究的著作、论文、真可谓汗牛充栋,然而在世界文艺学、美学领域,对荀子的思想和他的《乐论》的研究则相当薄弱。从某种意义上说,针对它在世界诗学与美学史上的地位和影响的研究,甚至可以说是空白。因此,我们在本文中拟以亚里士多德的《诗学》为参照系,重点谈一下荀子的《乐论》及其深远影响。

二

人和人性问题,是中外诗学和美学界关注的中心问题。古希腊德尔菲神庙上碑文铭刻的"认识你自己"的名言,是中外哲学家、美学家、文学家无时无刻不在思索和探讨的问题。卡西尔指出:

> 认识自我乃是哲学探究的最高目标——这看来是众所公认的。在各种不同哲学流派之间的一切争论中,这个目标始终未被改变和动摇过:它已被证明是阿基米德点,是一切思潮的牢固而不可动摇的中心。即使连最极端的怀疑论思想家也从不否认认识自我的可能性和必要性。[②]

荀子与亚里士多德的诗学研究,一个共同特点就是二人都是以各自所理解的人和人性出发。亚里士多德多次讲过,"人天生是一种政治动物","很显然,和蜜蜂以及所有其他群居动物比较起来,人更是一种政治动物。自然,就像我们常说的那样,不会做徒劳无益之事,人是唯一具有语言[③]的动物。

① 李泽厚:《美的历程》,文物出版社1981年版,第51页。

② [德]恩斯特·卡西尔:《人论》,甘阳译,上海译文出版社1985年版,第3页。

③ Logos 依不同的语境可作原理、原则、道理以至理性——译者原注。

声音可以表达苦乐，其他动物也有声音（因为动物的本性就是感觉苦乐并相互表达苦乐），而语言则能表达利和弊以及诸如公正或不公正等；和其他动物比较起来，人的独特之处就在于，他具有善与恶、公正与不公正以及诸如此类的感觉；家庭和城邦乃是这类生物的结合体"。①亚氏对人是什么的回答有四点值得注意：第一，人是政治的动物，主要是说人具有社会性，它天生要过"共同的生活"；第二，人是唯一具有运用语言能力而又有理性的动物，是爱智慧而又善于思辨的动物。人的"思辨活动是最强大的（因为理智在我们中是最高贵的，理智所关涉的事物，具有最大的可知性），而且它持续得最久"。②第三，人是一个有德性的动物。人与动物的主要区别，在于人具有善与恶、公正与不公正以及其他如此类的德性。亚里士多德回答人是什么的同时，还对人的本性作了多方面的探讨，他的基本观点是"人性善"论。他说："生命的本性就是要善，在自身之内拥有了善就感到快乐。"③"求知是所有人的本性"。④他说的善，主要是指公正、勇敢、节制、大方、大度、慷慨、和蔼、明智以及智慧。"最高的德性必然是对其他人最有用处的德性"⑤。亚里士多德从他的性善论出发，建构起自己诗学的理论体系。他认为，诗的起源是"出于人的天性。人从孩提的时候起就有摹仿的本能（人和禽兽的分别之一，就在于人最善于摹仿，他们最初的知识就是从摹仿得来的），人对于摹仿的作品总是感到快感"。⑥而诗的对象则是摹仿"在行动中的人"。⑦悲剧总是摹仿比我们今天的人好的人，喜剧总是摹仿比我们今天的人坏的人。他不赞成他的老师柏拉图对诗的功能的某些看法，认为诗，特别是悲剧，不仅能引起人们的"感伤癖"与"哀怜癖"，而且能起"净化"（catharsis）作用，恢复和保持住人的健康心理，培养一种审美的、高尚的情操。

荀子的人论既有与亚里士多德相同的一面，又有不同和超越的一面。荀子说：

> 人之所以为人者，何已也？曰：以其有辨也。饥而欲食，寒而

---

① 《亚里士多德全集》第9卷，苗力田主编，中国人民大学出版社1994年版，第6—7页。
② 《亚里士多德全集》第8卷，苗力田主编，中国人民大学出版社1994年版，第226—227页。
③ 《亚里士多德全集》第8卷，苗力田主编，中国人民大学出版社1994年版，第207页。
④ 《亚里士多德全集》第7卷，苗力田主编，中国人民大学出版社1994年版，第27页。
⑤ 《亚里士多德全集》第9卷，苗力田主编，中国人民大学出版社1994年版，第327页。
⑥ 亚里士多德：《诗学》，罗念生译，见《诗学·诗艺》，人民文学出版社1982年版，第11页。
⑦ 亚里士多德：《诗学》，罗念生译，见《诗学·诗艺》，人民文学出版社1982年版，第7页。

欲煖,劳而欲息,好利而恶害,是人之所生而有也,是无待而然者
也,是禹、桀之所同也。然则人之所以为人者,非特以二足而无毛
也,以其有辨也。今夫狌狌形笑,亦二足而毛也,然而君子啜其羹,
食其胾。故人所以为人者,非特以其二足无毛也,以其有辨也。夫
禽兽有父子而无父子之亲,有牝牡而无男女之别,故人道莫不有
辨。辨莫大于分,分莫大于礼,礼莫大于圣王。①

在这里,荀子首先认为,人之所以为人,在于他具有"饥饿欲食,寒而欲
煖,劳而欲息,好利而恶害"的自然本性;第二,人与动物的重要区别,在于人
具有辨别、思辨、辨异的理性思辨能力;第三,人不仅"有辨",而且"能群"。
在《王制》篇中,他还说,人"力不若牛,走不若马,而牛马为用,何也? 曰:人
能群,彼不能群也。人何以能群? 曰:分。分何以能行? 曰:义。故义以分
则和,和则一,一则多力,多力则疆,疆则胜利,故宫室可得而居也"。②"能群"
能"分",有"义",说明人是具有社会性的、有道德有礼义的动物。这三点是
荀子与亚里士多德对人之所以为人的共同认识。但荀子对人的看法又超越
了亚里士多德,他站在唯物主义立场,提出和论述了人的主观能动性和人通
过自己的行动(伪)去改造自然的问题。一方面他承认自然界有其客观运行
的规律:"天行有常,不为尧存,不为桀亡。应之以治则吉,应之以乱则凶"。③
同时,他又创造性地提出了"天人之分","从天而颂之,熟与制天命而用之"④
的观点。人之所以能"制天命而用之",是因人不仅能思,而且能"伪"(荀子
未提出实践的概念,这个伪字也可看作是今天实践概念的萌芽),"能参",用
王先谦的话说,"人能治天时地财而用之,则是参于天地"。⑤荀子与亚里士
多德正相反,他是性恶论的首倡者。他说:

　　今人之性,生而有好利焉,顺是,故争夺生而辞让亡焉;生而
有疾恶焉,顺是,故残贼生而忠信亡焉;生而有耳目之欲,有好声色
焉,顺是,故淫乱生而礼义文理亡焉。然则,从人之性,顺人之情,

① 王先谦:《荀子集解》上,中华书局1988年版,第78—79页。
② 王先谦:《荀子集解》上,中华书局1988年版,第164页。
③ 王先谦:《荀子集解》下,中华书局1988年版,第306—307页。
④ 王先谦:《荀子集解》下,中华书局1988年版,第317页。
⑤ 王先谦:《荀子集解》下,中华书局1988年版,第308页。

必出于争夺,合于犯分乱理而归于暴。故必将有师法之化,礼义之
道,然后出于辞让,合于文理,而归于治。用此观之,然则人之性恶
明矣;其善者伪也。①

荀子正是从他的人论和性恶论出发,提出和论说了他的诗乐发生论、诗
乐本体论、诗乐创造论、诗乐价值论,批判了墨子的“非乐”论,极力为诗乐的
存在辩护,构建起了一个以儒家诗学观为主导的新的诗学理论体系。郭绍
虞先生说:“荀子奠定了封建时代的传统的文学观。论理,荀子是比较接受
道墨两家素朴的唯物思想的,为什么会奠定了传统的文学观呢? 这即是因
荀子毕竟是儒家、是代表封建统治阶级的理论的,所以他的思想会有这种现
象,而他的文学观会成为传统的文学观,也就是后来古文家和道学家共同标
榜的文道合一的文学观。”②

三

荀子与亚里士多德,在建构自己的诗学体系时,几乎面临着相同的问
题,即诗要不要存在,何以存在的问题。柏拉图认为以荷马、赫希俄德为代
表的诗人,由于编造的都是“虚假”的故事,是“影子的影子”,“摹仿的摹
仿”,“与真理隔着两层”,具有强大的“腐蚀性”,容易激发人的灵魂中的非理
性部分。悲剧容易激发人的“感伤癖”和“哀怜癖”,喜剧则易使粗俗、滑稽
的风尚放任自流。因此,他提出了把诗人赶出他的“理想国”的主张,禁止像
荷马一类的诗人进入他的“理想国”。亚里士多德的《诗学》就是从正面回
答他老师提出的问题,阐述诗(包括悲喜剧)何以要存在以及以什么形态存
在的诸问题。荀子在现实中面临的是春秋战国时期礼崩乐毁的情势,理论
上又遇到了墨子提出的“非乐”问题。墨子说的比柏拉图还绝对,他把诗乐
看作是“天下之害”,为“兴天下之利”,则必除诗乐这类“天下之害”。他说:
“是故子墨子之所以非乐者,非以大钟、鸣鼓、琴瑟、竽笙之声,以为不乐也;
非以刻镂华文章之色,以为不美也;非以为刍豢煎炙之味,以为不甘也;非以
高台厚榭邃野之居,以为不安也。虽身知其安也,口知其甘也,目知其美也,

① 王先谦:《荀子集解》下,中华书局1988年版,第434—435页。
② 郭绍虞:《中国文学批评史》,中华书局1962年版,第16页。

耳知其乐也,然上考之不中圣王之事,下度之不中万民之利,是故子墨子曰:
'为乐非也'"。① 荀子的《乐论》完全是针对墨子的《非乐》论而写的。他逐
条批驳了墨子非乐的理由,正面阐明诗乐何以存在和怎样存在以及诗乐的
功能与价值等诗学的重大问题。

第一,诗何以存在? 诗乐是怎样产生的?

在《乐论》中,荀子开宗明义地写道:

> 夫乐者,乐也,人之情所必不免也,故人不能无乐。乐则必发
> 于声音,形于动静,而人之道,声音、动静、性术之变尽是矣。故人
> 不能不乐;乐则不能无形;形而不为道,则不能无乱。先王恶其乱
> 也,故制雅颂之声以道之,使其声足以乐而不流,使其文足以辨而
> 不息,使其曲直、繁瘠、廉肉、节奏足以感动人之善心,使夫邪污之
> 气无由得接焉。是先王立乐之方也。而墨子非之。奈何!②

由诗、乐、舞三位一体构成的乐,它的存在还是不存在,要还是不要
或禁止它的存在,在荀子看来,这不是以人的主观意志和人的好恶为转
移的,它是人的自然本性所决定的,"是人之情所必不免也"。在《正名》
篇中荀子还对性、情、虑、伪作了界定。他说:"生之所以然者谓之性。性
之和所生,精合感应,不事而自然谓之性。性之好、恶、喜、怒、哀、乐谓之
情。情然而心为之择谓之虑。心虑而能为之动谓之伪"。③ 他还说:"性者,
天之就也;情者,性之质也;欲者,情之应也。以所欲为可得而求之,情之
所必不免也;以为可,而道之,知所必出也。"④ 在荀子的《乐论》中,"乐"
是其核心范畴。它有多层意思:第一层也是最根本的涵义是指与喜、怒、
哀、乐、恶、欲相关的快乐的感情。这种乐的感情,是人生来就有的自然
本性,是"天之就也","性之质也"。而正是这种乐的感情,构成了诗、乐、
舞的基础。第二层意思是指那些以乐的情感为基础而出现的音乐("乐
则必发于声音,形于动静,而人之道,声音动静,性术变尽矣")、舞蹈("乐
则不能无形,形而不为道,则不能无乱")、诗歌("故先王恶其乱也,故制

---

① 张少康、卢永璘编:《先秦两汉文论选》,人民文学出版社1996年版,第67—68页。

② 王先谦:《荀子集解》下,中华书局1988年版,第379页。

③ 王先谦:《荀子集解》下,中华书局1988年版,第412页。

④ 王先谦:《荀子集解》下,中华书局1988年版,第428页。

雅颂之声以道之，使其声足以乐而不流，使其久足以辩而不之思，使其曲直、繁瘠、廉肉、节奏足以感动人之善心，使夫邪于之气无由得接焉"）。

　　诗乐何以产生，这个与人的生理需要和人追求"乐"的审美需要联系在一起。荀子说："凡人有所一同：饥而欲食，寒而欲暖，劳而欲息，好利而恶害，是人之所生而有也，是无待而然者也。是禹、桀之所同也。目辨白黑美恶，耳辨声音清浊，口辨酸碱甘苦，鼻辨芬芬腥臊，骨体理辨塞暑疾养，是又人之所常生而有也，是无待而然者也"。① 人的情感追求，人对乐的追求是无限的。"夫人之情，目欲綦色，口欲綦味，鼻欲綦臭，心欲綦佚。此五綦者，人情之所必不免也"。② 荀子认为，人对美的追求，好声、好色、好佚、好利，是人性必然出现的普遍特征。"故人之情，口好味，而臭味莫美焉，耳好声，而声乐莫大焉，目好色，而文章致繁妇女莫众焉，形体好佚，而安重闻静莫愉焉，心好利，而谷禄莫厚焉，合天下之所同愿兼而有之，睪牢天下而制之若制子孙，人苟不狂惑戆陋者，其谁能睹是而不乐也哉"！③

　　第二，诗乐是怎样创作出来的？

　　荀子在《乐论》和其他有关的论著中，精辟地阐明了礼与乐、性与伪的关系，提出了"以道制欲"、"无伪则性不能自美""审一以定和"的创作原则。

　　1. 以道制欲，以礼义文理以养情。

　　荀子的《乐论》和《礼论》是姊妹篇。乐者，乐也。虽然人追求乐的审美情感是乐（包括诗、舞等其他艺术）赖以产生和创作的基础，但荀子所提倡的乐，并不是人类原始本能情欲的渲泄，而是一种经过礼的规范、制导的情感表现。由此，荀子便提出了"养情"的概念。他说：

　　　　礼起于何也？曰：人生而有欲，欲而不得，则不能无求；求而无度量分界，则不能不争；争则乱，乱则穷。先王恶其乱也，故制礼义以分之。以养人之欲，给人之求，使欲必不穷乎物，物必不屈于欲，两者相持而长，是礼之所起也。

　　　　故，礼者，养也。刍豢稻粱，五味调香，所以养口也；椒兰芬苾，所以养鼻也；雕琢、刻镂、黼黻、文章，所以养目也；钟鼓、管磬、琴瑟、竽笙，所以养耳也；疏房、檖貌、越席、床第、几筵，所以养体也。

---

① 王先谦：《荀子集解》上，中华书局1988年版，第63页。
② 王先谦：《荀子集解》上，中华书局1988年版，第211页。
③ 王先谦：《荀子集解》上，中华书局1988年版，第217页。

故礼者,养也。①

　　熟知夫礼义文理之所以养情也!　……苟情说之为乐,若者必灭。故人一之于礼义,则两得之矣;一之于性情,则两丧之矣。故儒者将使人两得之者也,墨者将使人两丧之者也。是儒墨之分也。②

在《乐论》中,荀子谈到"立乐之术"时说:

　　故乐在宗庙之中,君臣上下同听之,则莫不和敬;闺门之内,父子兄弟同听之,则莫不和亲;乡里族长之中,长少同听之,则莫不和顺。故乐者,审一以定和者也,比物以饰节者也,合奏以成文者也,足以率一道,足以治万变。是先王立乐之术也。③

这里所说"一"、"一道",都是指礼义讲的,指的都是儒家之道。荀子讲的礼,有两层涵义:其一是指制度层面上的道德规范、礼义法度。《劝学》篇中说:"礼者,法之大分,类之纲纪也。"④ 在《性恶》篇中又说"礼义生而制法度"。⑤ 其二是指思想层面上的理、规律和准则。"天地以合,日月以明,四时以序,星辰以行,江河以流,万物以昌,好恶以节,喜怒以当;以为下则顺,以为上则明,万变而不乱,贰之则丧也。礼岂不至矣哉!"⑥ 这是说自然万物的运行,都有一定的规律。《乐论》中说:"且乐也者,和之不可变者也;礼也者,理之不可易者也。"⑦ 在荀子看来,诗乐的创作,首先应弄清礼与乐、理与情的关系。他所说的"以道制欲",实际就是以礼(理)制欲。他所提倡的诗乐,应是理与情、礼与乐的高度融合。情是理性化的情,理是情感化的理。

　　2. 性与伪:"无伪则性不能自美"。

　　礼与乐怎样才能结合起来? 人的生来就具有喜、怒、哀、乐、好、恶、欲的自然情感,若让其自发地发展,容易成为产生"恶"的根源,如何使之健康地

---

① 王先谦:《荀子集解》下,中华书局1988年版,第346页。
② 王先谦:《荀子集解》下,中华书局1988年版,第348页。
③ 王先谦:《荀子集解》下,中华书局1988年版,第379—380页。
④ 王先谦:《荀子集解》下,中华书局1988年版,第12页。
⑤ 王先谦:《荀子集解》下,中华书局1988年版,第438页。
⑥ 王先谦:《荀子集解》下,中华书局1988年版,第355页。
⑦ 王先谦:《荀子集解》下,中华书局1988年版,第382页。

向善的方向发展？荀子提出了"伪"的范畴。关于性、情、欲同伪的关系，他在《性恶》《礼论》中讲得很清楚。

> 若夫目好色，耳好声，口好味，心好利，骨体肤理好愉佚，是皆生于人之情性者也，感而自然，不待事而后生之者也。夫感而不能然，必且待事而后然者，谓之伪，是性、伪之所生，其不同之征也。故圣人化性而起伪，伪起而生礼仪，礼义生而制法度。然则礼义法度者，是圣人之所生也。[①]

> 今人之性，固无礼义，故疆学而求之有也；性不知礼义，故思虑而求知之也。然则生而已，则人无礼义不知礼仪，人无礼仪则乱，不知礼义则悖。然则生而已，则悖乱在己。用此观之，人之性恶明矣，其善者伪也。[②]

性与伪互为条件，人生而有之的性、情，是诗乐创造的前提和基础，而伪则是诗乐创作的关键。"伪"字，《荀子》元刻本，作为字，指心选择，能动而行之。含有学习、修养、行动、操作多层意思。性只有通过"伪"才能变为善与美。对此，荀子在《礼论》中说：

> 故曰：性者，本始材朴也；伪者，文礼隆盛也。无性则伪之无所加。无伪则性不能自美。性伪合，然后圣人之名一，天下之动于是就也。故曰：天地合，而万物生，天阴阳接而变化起，性伪合而天下治。天能生物，不能辨物也；地能载人，不能治人也；宇中万物、生人之属，待圣人然后分也。[③]

"无伪则性不能自美"。这是一个极富原创性的命题，说明人的善与美，是后天学习、实践而形成的，诗与乐表现出的善与美，是人根据"性伪合"的原则而创造出来的。

3. 性与知，诗乐与自然的关系。

---

① 王先谦：《荀子集解》下，中华书局1988年版，第437—438页。

② 王先谦：《荀子集解》下，中华书局1988年版，第439页。

③ 王先谦：《荀子集解》下，中华书局1988年版，第366页。

在诗乐的创作过程中,人通过自己的感官感受到种种情欲的变化,辨别出各种情感欲望的区别,然后通过心的"知",而认识事物特征。荀子以唯物主义的立场,具体论述了人的五官在感性认识过程中的辨异的功能和心"知"的思维功能。在《正名》篇中,荀子写道:

> 然则,何缘而以同异? 曰:缘天官。凡同类同情者,其天官之意物也同……
>
> 形、体、色、理以目异,声音、清浊、调竽、奇声以耳异;甘、苦、咸、淡、辛、酸、奇味以口异;香、臭、芬、郁、腥、臊、洒、酸、奇臭以鼻异,疾、养、疮、热、滑、铍、轻、重以形体异,说、故、喜、怒、哀、乐、爱、恶、欲以心异。①

但是五官感知的客观世界的种种景象和情态,又必须通过心的思虑和认识。荀子把"知"也看作是人的天性,他说:"凡以知,人之性也;可以知,物之理也"。②在《正名》中他特别阐明了心在知的过程中的作用。他说:

> 心有徵知。徵知则缘耳而知声可也,缘目而知形可也。然而徵知必将待五官之当薄其类然后可也。五官薄之而不知,心徵之而无说,则人莫不然谓之不知。此所缘而以同异也。③

五官的感受应与心的"知"结合,才能真正认识和把握到万物的美,如果没有感觉和辨异,知的思虑和认识也就失去了依据,人也无法获得美感的快乐。对此,荀子也有所论述:

> 心忧恐则口衔刍豢而不知其味,耳听钟鼓而不知其声,目视黼黻而不知其状,轻煖平簟而体不知其安。故向万物之美而不能嗛也,假而得间而嗛之,则不能离也。④

心的知是以五官的感受为基础、为前提,它的主要功能是以礼(理)去导

---

① 王先谦:《荀子集解》下,中华书局1988年版,第415—417页。
② 王先谦:《荀子集解》下,中华书局1988年版,第406页。
③ 王先谦:《荀子集解》下,中华书局1988年版,第418页。
④ 王先谦:《荀子集解》下,中华书局1988年版,第431页。

情,使情欲避恶向善、向美。比起五官的感觉,心在诗乐创造过程中起着更重要的作用。

那么心在知的过程中,又是以一种什么状态进行的呢? 荀子提出了"虚静"的概念,在《解蔽》篇中他说:

> 人何以知道? 曰:心。心何以知? 曰:虚壹而静。心未尝不藏也,然而有所谓虚;心未尝不满也,然而有所谓一;心未尝不动也,然而有所谓静。[1]

荀子认为,心"知"过程中,会遇到各种各样的"蔽":"欲为蔽,恶为蔽;始为蔽,终为蔽,远为蔽,近为蔽,博为蔽,浅为蔽,古为蔽,今为蔽。凡万物异则莫不相为蔽,此心术之公患也。"[2] 因此,在诗乐的创作过程中,心知一定要排除一切杂念,"不以所已臧害所受",真正做到虚静、专一、去蔽,澄明。"虚壹而静,谓之大清明"。[3]

第三,"钟鼓道志","顺气成象","美善相乐":乐本与乐象论。

荀子大讲"乐者,乐也"的同时,又继承和发扬传统的"诗言志"的理论。他说:

> 君子以钟鼓道志,以琴瑟乐心,动以干戚,饰以羽旄,从以箫管。故其清明象天,其广大象地,其俯仰、周旋有似于四时。故乐行而志清,礼修而行成,耳目聪明,血气和平,移风易俗,天下皆宁,美善相乐。[4]

在《儒效》篇中,并具体区分了《诗》《书》《礼》《乐》的本质特征,说:"《诗》言是,其志也;《书》言是,其事也;《礼》言是,其行也;《乐》言是,其和也;《春秋》言是,其微也。[5]

在中国文论史上,荀子第一次提出了"文学"的概念。他在《劝学》篇中说:

---

① 王先谦:《荀子集解》下,中华书局1988年版,第395页。
② 王先谦:《荀子集解》下,中华书局1988年版,第388页。
③ 王先谦:《荀子集解》下,中华书局1988年版,第397页。
④ 王先谦:《荀子集解》下,中华书局1988年版,第381—382页。
⑤ 王先谦:《荀子集解》上,中华书局1988年版,第133页。

诗者,中声之所止也。①

中声二字,高诱在《淮南子》注中认为,中,心也,中声,犹言心声也。此注对诗的本质诠释得很好,心声应是情、志、言、象的融合。对于荀子的这一句话,郭绍虞先生非常重视,他说:"荀子《劝学》篇说:'诗者中声之所止也'。这似乎只说到诗的风格,然而却也与乐相通。这是他对于诗下的定义,同时也即是他对于乐所下的定义"。②

在诗乐创作过程中,情、志,从心声如何表达出来,又是以什么形态呈现的呢? 荀子提出了气与象的概念。他说:

逆气成象,而乱生焉;正声感人而顺气应之,顺气成象,而治生焉。唱和有应,善恶相象,故君子慎其所去就也。③

声乐之象:鼓大丽,钟统实,磬廉制,竽笙箫和,笙簧发猛,埙篪翁博,瑟易良,琴妇好,歌清尽,舞意天道兼。鼓,其乐之君邪! 故鼓似天,钟似地,磬似水,竽笙箫和、笙簧似星辰日月,鞉、祝、拊、鞷、椌、楬似万物。④

正因为,诗、乐、舞,各种乐器,能够以各自不同的方式,有声有色地形象地表达出情志,才能使诗乐达到"美善相乐"的目的。荀子在《乐论》中对此还作了具体的描述:

故听其雅、颂之声,而志意得广焉;执其干戚,习其俯仰屈伸,而容貌得壮焉;行其缀兆,要其节奏,而行列得正焉,进退得齐焉。故乐者,出所以征诛也,入所以揖让也。征诛揖让,其义一也。出所以征诛,则莫不听从;入所以揖让,则莫不从服。故乐者,天下之大齐也,中和之纪也,人情之所必不免也。⑤

荀子关于诗的本质特征及其呈现形态的理论,在由荀门弟子编纂而成

① 王先谦:《荀子集解》上,中华书局1988年版,第11页。
② 郭绍虞:《中国文学批评史》,中华书局1962年版,第18页。
③ 王先谦:《荀子集解》下,中华书局1988年版,第381页。
④ 王先谦:《荀子集解》下,中华书局1988年版,第383—384页。
⑤ 王先谦:《荀子集解》下,中华书局1988年版,第380页。

的,《礼记·乐记》的乐本论与乐象论中,进一步得到了弘扬和发挥,使其以更加完备的理论形态呈现于世。

第四,"乐以道和","和合同":诗乐的审美理想和价值的功能。

在诗乐创作过程中,要遵循"以道制欲"、"审一以定和"、"美善同乐"的原则,而追求的审美理想则是一个和字:和谐的社会与中和美。荀子关于这方面的论述在《乐论》《礼论》及其他多篇论著中都有所涉及。他说:

> 且乐也者,和之不可变者也,礼也者,理之不可易者也。乐合同,礼别异,礼乐之统,管乎人心矣。穷本极变,乐之情也;著诚去伪,礼之经也。墨子非之,几迂刑也! [1]

> 《乐》之中和也。[2]

> 故近者歌讴而乐之,远者竭蹶而趋之,四海之内若一家,通达之属莫不从服,夫是之谓人师。[3]

> 《乐》言是,其和也;春秋言是,其微也。故风之所以为不逐者,取是以节之也;小雅之所以为小雅者,取是而文之也;大雅之所以为大雅者,取是而光之也;颂之所以为至者,取是而通之也:天下之道毕是矣。[4]

诗乐为什么能使整个社会成为一个"和合"美的社会,这是因为诗乐具有强大的艺术感染力量。由此也就引出了一个诗乐的价值与功能问题。荀子说:

> 夫声乐之入人也深,其化人也速,故先王谨为之文。乐中平则民和而不流,乐肃壮则民齐而不乱。民和齐则兵劲城固,敌国不敢婴也。如是,则百姓莫不安其处,乐其乡,以至足其上矣。然后名

---

① 王先谦:《荀子集解》下,中华书局1988年版,第382页。
② 王先谦:《荀子集解》下,中华书局1988年版,第12页。
③ 王先谦:《荀子集解》下,中华书局1988年版,第121页。
④ 王先谦:《荀子集解》上,中华书局1988年版,第133—134页。

声于是白,光辉于是大,四海之民莫不愿得以为师。①

> 乐者,圣人之所乐也,而可以善民心,其感人,深,其移风俗,故
> 先王导之以礼乐而民和睦。②

从政治的视角来谈诗论乐,这是荀子诗学思想的一大特色。诗乐不仅化人也速,感人也深,移风易俗,使民和,而且可影响到"兵劲、城固",国富民强。"知夫为人主上者不美不饰之不足以一民也,不富不厚之不足以管下也,不威不强之不足以禁暴胜悍也。故必将撞大钟、击鸣鼓、吹笙竽、弹琴瑟以塞其耳,必将雕琢、刻镂、黼黻、文章以塞其目,必将刍豢稻粱,五味芬芳以塞其口,然后众人徒、备官职、渐庆赏、严刑罚以戒其心。若是,则万物得宜,事变得应,上得天时,下得地利,中得人和,则财货浑浑如泉源,方方如河海,暴暴如丘山,不时焚烧,无所藏之。夫天下何患乎不足也?"③荀子在中国诗学史上,第一次系统论述了诗乐与政治、经济的关系,认为诗乐可以"美天下之本"、"安天下之本"、"贵天下之本"。

对于诗乐的价值与功能,一直是中外美学家、文艺理论家关注的热点。同时,它也是历代各国统治者制订文艺政策的重要依据。荀子与亚里士多德虽然都在自己的诗学著作中,谈到了诗乐的价值与功能,但由于着眼点的不同,因此二人的看法又有明显的区别。李泽厚先生曾对此专门作过比较研究,他说:"中国《乐记》④(荀子)与希腊《诗学》(亚里士多德)的巨大差异(一个强调艺术的一般日常情感感染作用,一个重视艺术的认识模拟功能和接近宗教情绪的净化作用),也由此而来。中国重视的是情、理结合,以理节情的平衡,是社会性、伦理性的心理感受和满足,而不是禁欲性的官能压抑,也不是理知性的认识愉快,更不是神秘性的情感迷狂(柏拉图)或心灵净化(亚里士多德)"。⑤

荀子作为中国战国时期伟大的思想家、唯物主义哲学家、美学家与诗学家,他的思想"可说上承孔孟,下接易庸,旁收诸子,开启汉儒,是中国思想史

---

① 王先谦:《荀子集解》下,中华书局1988年版,第380页。

② 王先谦:《荀子集解》下,中华书局1988年版,第381页。

③ 王先谦:《荀子集解》上,中华书局1988年版,第186—187页。

④ 这里说的《乐记》,应是荀子的《乐论》——笔者。

⑤ 李泽厚:《美的历程》,文物出版社1981年版,第51页。

从先秦到汉代的一个关键"。[①] 他在中国思想史上占有重要的地位,他的诗学思想,对中国古代文论发生了深远的影响。由他开始的赋的创作,[②] 直接影响和推动了汉赋的发展。在世界轴心时代,可以实事求是地讲,集中体现荀子诗学思想的《乐论》,完全可以同亚里士多德的《诗学》并肩而立,同放光辉。我们学习它、研究它,对于弘扬中华民族的先进文化,对于推进中国诗学研究,无疑有着重要的学术价值和现实意义。

---

① 李泽厚:《中国古代思想史论》,人民出版社1986年版,第106页。

② 荀子写了一组称为《赋》的作品,计有《礼》《知》《云》《蚕》《箴》五篇。从文体学上讲,荀子的《赋》,是汉赋的直接源头之一。

第二编

西方美学诗学

经典文本解读

序

朱立元

　　前不久,李衍柱教授把他的新著《西方美学经典文本导读》交给我,要我帮他写个序。虽然我有一点儿犹豫,但还是没有推辞。犹豫的是,衍柱先生无论在年龄上还是资历上都是我的学长,要我为他的著作作序,自感不大够格。最后之所以没有推辞,是因为,首先我俩结识较早,是很好的朋友。早在上世纪80年代,我还算“中青年”教师时,我敬爱的导师蒋孔阳先生还健在,通过蒋先生介绍我们认识了。20年来,我们不但在学业上经常互相交流,而且在个人的交往上也日益增多,使我对衍柱先生的学问人品有了更多了解。衍柱先生给我印象最深的是为人正直质朴,对他人热情关心、无私帮助,在做学问方面执著、勤奋、踏实,使我感到他值得信任。作为挚友,我没有理由推辞。其次,衍柱先生这本新著的选题和内容相对而言是我比较熟悉的,我在跟随蒋孔阳先生读研究生时专业方向就是西方美学,我的硕士论文和第一部专著《黑格尔戏剧美学思想初探》就属于西方美学研究,二十多年来,西方美学仍然是我一个主要的研究方向,所以衍柱先生的委托,我也义不容辞。再次,前些年我虽然主持了《西方美学通史》等著作的研究和编写,但有不少新出版的第一手材料并没有读过,这次衍柱先生细读了《柏拉图全集》《亚里士多德全集》等新翻译、出版的大型书系,有许多新的心得体会,值得我学习、吸取,所以我还是欣然接受了这个任务。

　　认真拜读了衍柱先生的新著《西方美学经典文本导读》之后,我十分振奋,因为确实从中得到许多启示和收益。我感受比较深的有以下三点:

　　第一,本书以重新阅读、阐释西方美学经典文本为主旨,我非常赞同。近年来,西方出现了消解经典的思潮。许多大学取消了包括莎士比亚在内的经典作家研究的课程,而一些"后"学课程则大行其道,正如美国著名文学理论家哈罗德·布鲁姆不无义愤地批评道:"西方经典已被各种诸如此类的十字军运动所代替,如后殖民主义、多元文化主义、族裔研究,以及关于性倾向的奇谈怪论。"(见哈罗德·布鲁姆《西方正典》中文版序言,译林出版社2005年版)在中国,消解经典的思潮也愈演愈烈,这当中自然也包括对西方美学经典论著的冷淡和漠视。这样,自然就提出了捍卫经典的问题。对此,我不想讲大道理。只想说,就我极为有限的学识来看,当代西方美学的一些重要学者其实与传统哲学、美学有着密切的联系,特别是与西方美学一些大家的经典论著关系更加紧密。如果我们只是忙于追风逐浪赶时髦,那么最终由于缺乏对于经典的了解,恐怕连时髦都赶不上,或者赶错了。所以,我在指导研究生时,就要求学生细读西方美学大家的经典名著,真正打好理论基础。现在衍柱先生这本书就是捍卫经典、回归经典的一个实际行动。单就这一点,我就要为之鼓掌喝彩。当然,衍柱先生所选择的从柏拉图、亚里士多德到康德、黑格尔等十多位美学大家的经典文本也是十分精当的,是最有代表性和典范性的,这里就不多说了。

第二,本书在重读经典过程中有新的发现、新的阐释、新的理解,一句话,读出了新意。

本书的读解对象既然是经典文本,当然是老而又老的东西,也是历代学者反复研究过、阐释过的,一般说来,很难说出新意。然而,我在读这本书时,常常读到一些过去别人没有说过的新鲜见解,令人欣喜。这种情况几乎在每一章中都有。这里只以作者对柏拉图的讲解为例。在西方美学研究中,柏拉图可能是人们说得最多的人物之一。然而,衍柱先生却下功夫细读了《柏拉图全集》的主要篇章以及相关资料,在若干问题上提出了与众不同的看法。作者从柏拉图的相论出发阐释了他的世界图像论,进而论述了他关于诗歌艺术和美学的一系列根本性的问题。本书认为,柏拉图在《国家篇》对话中谈到的"线喻"、"洞喻"、"床喻",是相互联接、相互补充的,他所描绘的由可知世界、可见世界和艺术世界构成的世界图像,为他的美学观和艺术观提供了理论基础。本书在论述柏氏要将诗人驱逐出理想国的主张时,没有像中外许多学者那样简单化地指责他敌视诗歌和艺术,而是做了实事求是的具体分析,指出他主要是出于诗歌摹仿的是影子的影子,远离真理,诗歌容易激发人性中的非理性成分,摆脱理性的控制,部分诗歌不利于青少年教育和健康成长等三个理由而提出禁止诗歌的。

其实,从其本性来说,他并不拒斥诗歌和其他艺术。他一方面要驱逐一些专事摹仿的诗人出理想国,同时他又充分认识到诗的"魔力",认为诗歌不仅具有审美教育功能,而且对国家和人生都有"效用"。因此,他明确表示欢迎那些对城邦有益的诗人入理想国。在分析了这种矛盾态度后,作者得出结论:柏拉图对诗歌并非一味反对,实际上他是一个彻头彻尾的政治功利主义者,凡是对他的理想国有益的作品,一律允许存在,反之,则实行文化专制主义。正因为柏拉图实际上深谙诗歌和艺术之三昧,所以他的诗歌美学理论是极富创造性的。本书作者将柏氏诗论准确而独特地概括为"六说":灵感——迷狂说、磁石——魔力说、摹仿——生产说、典型——理想说、效用——净化说、作品结构——有机整体说,并一一给以富有新意的读解,其中一些是前人或他人没有看到的新发现。比如作者指出柏拉图在阐述他的磁石——魔力说的同时,提出了一个艺术链的问题,并揭示出他建构的艺术链包括磁石——缪斯、诗人——神的代言人、诗歌作品、诗作传播的一些中间环节(包括颂诗人、演员、合唱队员、舞蹈演员、大大小小乐师等等)以及观众和读者等五个环节,指出不同的环节是以作者曾经强烈地体验过的审美情感连接起来的,"正是这种审美的情感不仅深深地打动了作者的心,而且强烈地感染了读者和观众。这种强烈的、震撼人心的艺术感染力量,我认为正是柏拉图所说的那种神奇的磁石的吸引力量"。又比如论述摹仿——生产说时发现在诗歌如何摹仿的问题上柏拉图总结了荷马史诗的叙事经验,提出了三种叙事方式(单纯叙事,摹仿叙事和两法兼用),指出"从某种意义上说,它开了叙事学研究的先河";特别是重点阐发了柏拉图关于诗歌是一种生产的理论主张,指出"他把摹仿和生产联系起来,并把诗歌、悲喜剧、舞蹈、音乐绘画等艺术产品与大自然及人工的实物的生产区别开来,把艺术看做是人类'以自身为工具'所特有的一种形象的生产或生产形象的产品,这对后来者进一步探索文学艺术的特征,无疑是有启迪价值的"。这些论述是超越现有的研究成果的。此外,在论述柏氏的效用——净化说和作品结构——有机整体说时,本书作者又发现过去学界普遍以为净化说和有机整体说是亚里士多德首创的看法其实并不正确,他以确凿无疑的论据——柏氏著作的原文证明了这两个理论的首创者乃是柏拉图。这的确使我们大开眼界。

第三,本书对诸位美学大家及其经典文本的评价客观、公正,且有独到之处。

本书对德国古典美学的开创者康德和集大成者黑格尔的评价在这

方面最为典型。总体上作者对康德和黑格尔的评价都很高,对他们的局限性也做了比较客观、具体的分析。但是,国内学界以李泽厚先生为代表持有一种扬康德、贬黑格尔的观点,影响很大。我个人虽然一直对此有不同看法,但是没能做出有力的论证。本书对李泽厚先生"要康德,不要黑格尔"的观点进行了深入评论,主要批评了泽厚先生将黑格尔的哲学(美学)等同于认识论,并将本体论从黑格尔哲学体系中分离出来的观点。作者联系黑格尔的多种著作和有关学者的论述展开分析,指出黑格尔的哲学、美学思想体系充分体现出本体论、逻辑与认识论的统一,所以李泽厚先生这种贬低黑格尔的观点并不符合黑格尔的哲学实际,是对黑格尔的误解。我认为这个批评是切中要害的,也是令人信服的。

　　本书之所以能够取得以上多方面的成果,我认为作者在研究方法上有着高度的自觉。作者在谈到重读经典文本时有三点体会:一是在对原典的整体审视中把握经典文本的丰富内涵;二是在历史性与实践性的交汇中加深对经典文本的理解;三是区别学术与政治,批判地吸收已有的研究成果,客观公正地给予经典文本以美学的与历史的评价。在我看来,这三点体会实际上包含着在整体、关系、系统中把握局部、个别,历史观点与美学观点结合,把某种美学理论主张与同时代的文艺实践思潮、趣味、时尚结合起来考察,客观公正、实事求是等一系列马克思主义的方法论原则。作者正是遵循着这些方法对西方美学经典文本进行深入研究和重新读解,才有所发现,有所创新和突破。

　　我为衍柱先生这本新著所取得的成绩感到由衷的高兴。预祝他在学术研究上百尺竿头,更上一层楼。

2006年春节写于沪上

引论　诗与美的追问

一、走进西方美学的殿堂

　　西方美学是一座丰富、多样、迷人的思想宝库。我接触西方美学和文艺理论是1961—1964年在中国人民大学文艺理论研究班读书期间。记得1961年9月是缪朗山先生给我们开的西方美学和文艺理论课。当时朱光潜先生正在北大开设西方美学史，我们同学有时也去听朱先生的课。缪先生精通英文、法文、德文、俄文、拉丁文、古希腊文等8种文字。他昼夜苦干、奋力拼博，边翻译、边写讲稿、边讲课，每周8小时，整整讲了一年。缪先生讲课生动、带感情，富有思辨性，深受学生的欢迎。当时住在北京张子忠路"铁1号"的各年级研究生和进修生，几乎都去听缪先生的课。因此每次上课时教室内外坐着的、站着的人满满的。缪先生的课，给我们这群长期处于闭关锁国的学子们，打开了一个新的艺术世界和美的世界。也正是缪先生的课，引起了我对西方美学和西方文艺理论的浓厚兴趣。缪先生当年给我们讲课的讲稿和译文，在他逝世后经章安琪教授（缪先生在人民大学第一位直接指导的研究生）整理编排，以《西方文艺理论史纲》和《缪灵珠译文集》（1—4卷）为书名，已由中国人民大学出版社在1985、1987年先后正式出版。本书撰写的动因之一，就是为了纪念这位在中国高校和学术界开展西方美学和文艺理论教学与研究的先行者。

　　西方美学与马克思主义美学思想和文艺思想是直接相通的。不学习西方美学和文艺理论，是无法全面领会和掌握马克思主义美学思想与文艺理论的。我对这个问题的认识，是从开始着手研究文学典型问题深切体会到的。在中国人民大学"文研班"最后一年是撰写毕业论文。我选的题目是"马克思恩格斯论文学典型问题"。指导教师是著名的美学家,也是研究典型问题的专家蔡仪先生。蔡先生让我全面地阅读和整理马克思恩格斯有关典型问题的论述,探寻他们美学思想的理论前提,结合他们论说的文学作品,做些基础性的研究。根据蔡先生的教导我开始着手准备和撰写毕业论文。关于马克思主义创始人的文学典型思想,恩格斯在《致敏·考茨基》(1885年11月26日)中有一段直接谈到典型问题的话,恩格斯说:

> 对于这两种环境里的人物,我认为您都用您平素的鲜明的个性描写手法给刻画出来了;每个人都是典型,但同时又是一定的单个人,正如老黑格尔所说的,是一个"这个",而且应当是如此。①

如何理解恩格斯所说的文学典型的丰富内涵,一个关键问题就是要首先弄清黑格尔老人所说的"这个"。因为,黑格尔所说的"这个"的思想,是恩格斯的典型论的重要的理论前提。为了弄清这个问题,我首先检索了国内学界的研究论文。但是我很失望,从中没有发现有专门论文来探讨这个问题。没法,我只好硬着头皮去读黑格尔的原著。我读了《小逻辑》《逻辑学》《哲学史讲演录》《美学》,最后在《精神现象学》中发现了黑格尔对"这个"的专门论述。结合黑格尔在《美学》中对理想性格的论述,我深深体会到,黑格尔所说的"这个",不仅对理解恩格斯所说的"每个人是典型"有重要价值,而且对后来恩格斯提出的"真实地再现典型环境中的典型人物",也有重要的方法论意义。黑格尔对"这个"所做的深刻论证的辩证法思想,深深地印在我们脑海里。也许这是一个小小的突破口。

为了全面地理解马克思恩格斯的文艺思想,我采取了还原法和追溯法,看看马克思恩格斯从他的前人那里继承了些什么,他们又是怎样结合新时代的文艺实践提出了自己新的理论观点。我认真阅读了康德的《判断力批判》《纯粹理性批判》《实践理性批判》和《实用人类学》《歌德谈话录》、席勒的《审美教育书简》,阅读了亚当·斯密的著作和法国空想社会主义圣西门、欧文、傅立叶的著作,进而又阅读了伏尔泰、卢梭、狄德罗、莱辛、维柯等人的著作。从启蒙运动上溯至文艺复兴的但丁、达·芬奇、莎士比亚、塞万提斯。我就是这样,从马克思恩格斯的文学典型理论研究作为契合点,将马克思主义文艺思想和美学思想的研究,与整个西方美学史、文学史的学习结

---

① 《马克思恩格斯选集》第4卷,人民出版社1995年版,第673页。

合起来,向上一直追溯到古希腊罗马、追溯到苏格拉底、柏拉图和亚里士多德。从这个小小的窗口,我窥见了西方美学史上矗立的一座座美丽而深奥的殿堂。我想走近它,然而至今没有真正洞悉它的堂奥。

二、诗与美：斯芬克斯之谜

他山之石可以攻玉。学习西方美学和文艺理论,是为了建设中国的美学和文艺学。我大学读的是语言文学专业,读研究生时的研究方向是文学理论。7年的学习生活,经常在自己脑中打转的是两个字:诗与美。诗,在西方从古希腊到德国古典美学,实际指的就是我们今天所说的文学。抒情诗、叙事诗、史诗、悲剧、喜剧,总称之为诗。亚里士多德、黑格尔都是如是说。在中国古代,真正的文学也是诗。而且诗、乐、舞是三位一体的。诗是从哪里来的?诗有些什么特点和规律?诗与美是一种什么关系?美又有些什么特征,是否有规律可寻?究竟什么是诗?什么是美?什么是文学?这些问题,在中外美学史和文论史上,有着种种不同的回答。不读有关的书,感到问题并不复杂。读了有关美学、文学理论的书,问题反而复杂起来,诗与美的谜底,似乎真正成了一个斯芬克斯(Sphinx)之谜。

关于什么是斯芬克斯,在埃及和古希腊有不同的传说。英国比较权威的《不列颠百科全书》曾作如下的解说:

> Sphinx 斯芬克斯常见于埃及和希腊的艺术与传说中的狮身人面怪物。其中最著名的是维奥蒂亚境内底比斯地方的有翼斯芬克斯。据说,她用缪斯所传授的谜语难人,谁猜不中就要被她吃掉。这个谜语是:今有一物,同时只发一种声音,但先是四足,后是两足,最后三足,这是何物?俄狄浦斯终于猜中这个谜语,这是人。因为人在婴儿时期匍匐爬行,长大时两脚步行,年迈时依杖而行;斯芬克斯随即自杀。这个故事暗示斯芬克斯是全知的,今天斯芬克斯还是智慧的象征。
>
> 艺术中最古老、最著名的范例是埃及古萨地方的巨大斯芬克斯卧像,建于第4王朝第4代国王海夫拉统治时期(约公元前2575—约前2465),通常认为是海夫拉的雕塑像,此后斯芬克斯的面貌都是国王肖像。斯芬克斯从埃及传到亚洲,亚洲斯芬克斯的含义不明。公元前1500年左右斯芬克斯显然从黎凡特传入美索不

达米亚。与埃及的斯芬克斯相比，亚洲斯芬克斯最明显的特点在于狮身上增添双翼，亚洲和希腊地区的斯芬克斯一直保持这个特点。亚洲的另一创新是公元前15世纪出现的女性斯芬克斯。在印章、牙雕和金工艺术品上，它们被雕作伏状，往往举一爪，常与狮子、鹰头狮身有翼怪兽或另一斯芬克斯并见。公元前1600年左右斯芬克斯首次出现在希腊地区。从米诺斯文化中期结束时的克里特和希腊青铜时代文化后期的迈锡尼竖穴墓中的出土文物看，希腊地区的斯芬克斯有翼。希腊斯芬克斯虽然源于亚洲斯芬克斯，但它们在外表上并不雷同；它们通常戴平顶帽，帽顶凸出，状如火焰。它们的背景无法将它们与后来的传说联系起来，它们的意义一直不详。

自公元前1200年起约400年间，希腊艺术中没有对斯芬克斯的表现，不过斯芬克斯继续在亚洲以类似青铜时代的形式和姿态出现。公元前8世纪末，斯芬克斯的形象重新出现在希腊艺术中，直到公元前6世纪末还常见。这种斯芬克斯显然起源于东方，不可能是希腊青铜时代斯芬克斯的直系后裔。此时希腊的斯芬克斯几乎都是女性，披长发，体型优美，两翼由不见于亚洲作品的优美曲线构成。斯芬克斯常用以装饰花瓶、牙雕和金工艺术品，古风时期末期用以装饰神殿，可能含保佑的意义。公元前5世纪，俄狄浦斯与斯芬克斯相遇图出现在花瓶上，斯芬克斯通常伏在柱子上。古典时期的其他作品显示俄狄浦斯与斯芬克斯搏斗，这表明在早期传说中双方角力而非斗智。对于这一阶段，文学之中没有任何线索，但在自史前时期到波斯阿契美尼德王朝的亚洲艺术作品中，人与怪物搏斗是常见的题材，而希腊艺术可能从中东地区引进这一题材，而希腊文学却没有受到其影响。

Sphinx moth 参阅 hawk moth 天蛾。[1]

从这个解说中，可见斯芬克斯的确与诗神有关，与艺术的发展始终联系在一起，尽管传说中的斯芬克斯的形象并不一样，它究竟是男是女，来自何方说法也不一。但是人类对诗与美的认识，确确实实还是一个值得继续探索和解答的斯芬克斯之谜。

---

[1] ［英］《不列颠百科全书》第16卷，北京中国大百科全书出版社1999年版，第24页。

我们学习西方美学和文艺学，不能回避诗与美的斯芬克斯之谜，我们学习的目的，自然是为了探寻和揭示诗（文学）与美的特点和规律，进而按照"美的规律"去培养美的人，建设一个美的世界。

三、回归经典文本"圣地"，探寻诗与美的轨迹

学习西方美学和文艺学，从哪里入手，学什么，这是首先碰到的一个问题。对此，我赞赏叔本华的观点，他在《作为意志和表象的世界》第二版序中说：

> 只有从那些哲学思想的首创人那里，人们才能接受哲学思想。因此，谁要是向往哲学，就得亲自到原著那肃穆的圣地去找永垂不朽的大师。每一个这样真正的哲学家，他的主要篇章对他的学说所提供的洞见常什百倍于庸俗头脑在转述这些学说时所作拖沓渺视的报告；何况这些庸才们多半还是深深局限于当时的时髦哲学或个人情意之中。可是使人惊异的是读者群众竟如此固执地宁愿找那些第二手的转述。①

叔本华这里虽然讲的是哲学的学习问题，但他的这一观点同样适用于美学与诗学的学习。当代中国美学家李泽厚先生在谈到中国哲学和美学研究问题时，明确提出了"回到原典"的问题，"即回到经典的马克思主义和经典的儒学，即回到马克思和孔子本人"。②李泽厚提出的"回到原典"与叔本华说的"从那些哲学思想的首创人那里"去学哲学思想，"亲自到原著那肃穆的圣地去找永垂不朽的大师"的观点是相通的，基本的意思是一致的。都是强调我们学习哲学思想（包括美学思想），都应去学习那些"不朽的大师"留下的经典文本。

对于什么是经典文本？ 20世纪意大利著名后现代主义作家卡尔维诺（Calvino,ltalo,1923—1985），在《为什么要读经典？》中曾结合自己阅读的体会，给经典作品下了12条定义：

---

① ［德］叔本华：《作为意志和表象的世界》，石冲白译，杨一之校，商务印书馆1987年版，第18—19页。
② 李泽厚：《世纪新梦》，安徽文艺出版社1998年版，第175页。

　　一、经典作品是那些你经常听人家说"我正在重读……"而不是"我正在读……"的书。

　　二、经典作品是这样一些书,它们对读过并喜爱它们的人构成一种宝贵的经验;但是对那些保留这个机会,等到享受它们的最佳状态来临时才阅读它们的人,它们也仍然是一种丰富的经验。

　　三、经典作品是一些产生某种特殊影响的书,它们要么自己以遗忘的方式给我们的想象力打下印记,要么乔装成个人或集体的无意识隐藏在深层记忆中。

　　四、一部经典作品是一本每次重读都好像初读那样带来发现的书。

　　五、一部经典作品是一本即使我们初读也好像是在重温我们以前读过的东西的书。

　　六、一部经典作品是一本从不会耗尽它要向读者说的一切东西的书。

　　七、经典作品是这样一些书,它们带着以前的解释的特殊气氛走向我们,背后拖着它们经过文化或多种文化(或只是多种语言和风俗习惯)时留下的足迹。

　　八、一部经典是这样一部作品,它不断让周围制造一团批评话语的尘雾,却总是把那些微粒抖掉。

　　九、经典作品是这样一些书,我们越是道听途说,以为我们懂了,当我们实际读它们,我们就越是觉得它们独特、意想不到和新颖。

　　十、一部经典作品是这样一个名称,它用于形容任何一本表现整个宇宙的书,一本与古代护身符不相上下的书。

　　十一、"你的"经典作品是这样一本书,它使你不能对它保持不闻不问,它帮助你在与它的关系中甚至在反对它的过程中确立你自己。

　　十二、一部经典作品是一部早于其他经典作品的作品;但是那些先读过其他经典作品的人,一下子就认出它在众多经典作品的系谱图中的位置。①

---

①　[意]卡尔维诺:《为什么要读经典作品?》,见《中华读书报》2005年7月11日。

　　我非常赞成卡尔维诺把经典作品看作是"我正在重读……"而不是"我正在读……"的书,而且是一本"每次重读都好像初读那样带来发现的书","越是觉得它们独特、意想不到和新颖"。我们整天和书打交道的人,有些书一看题目,你就会像对待垃圾、废品一样,把它丢掉;有些书你虽然认真读了,但你再也不想去读第二遍;但是有的书,的确如卡尔维诺说的那样,读了一遍,总感到还需再读,重读,一遍又一遍地去重读,每次重读时又会感到像你初读时一样新鲜,每次重读它都会给你一些新的启发,使你对某些问题有新的领悟和新的发现。我们读经典的文学作品,如《红楼梦》有这体验;我们读经典的美学著作,如读康德的《判断力批判》,同样也有这样的体验。

　　卡尔维诺给经典作品下的12条定义和他结合自己的阅读所作的具体阐释,我们从中也可看出经典文本所具有的一些特征。关于这个问题,我在已出的专著《经典文本与文艺学范畴研究》的自序中,曾谈了自己的看法。我认为凡是称得起经典文本的文学作品或理论著作,应具备以下四个特征:(1)独创性。康德在谈到"美的艺术是天才的艺术"时就说过,"独创性必须是它的第一特性"。[①] (2)典范性。就作家创作的原作来讲,它不论在文体上还是在艺术上均有原创性、示范性的意义,能给人以新的启示。"它自身不是由摹仿产生,而它对于别人却便能成为评判或法则的准绳"。[②] (3)实证性。我们能阅读的文本,应是最能体现作者原意的最可靠的文本。对于外国的文本,最好的应是原文原版的文本,如果是译文,则应是依据原文原版翻译得最准确的文本。对古代流传下来的文本,则应是经过精校的最可靠的文本或版本,最好应是作者审定的手稿本。瑞士学者沃尔夫冈·凯塞尔指出:"一个可靠的版本,我们可以下这定义,就是一个能够代表作家意志的版本"。[③] 他认为对于所有过了版权期限出版的和原文没有经过校正的版本,都要抱怀疑的态度。补救的方法就是应尽力接近或回到第一版本,出最可靠的"精校本",因为它最接近作者的原意。对于外国的和古代的理论性著作,更应重视其实证性和可靠性,只有在最可靠、最接近作者原创的文本中,才能更清楚地显示出其理论、学说的真理性。(4)永久性。经典文本,自然是经得起时间考验的文本。就文学作品来讲,它具有永久性的艺术魅力,为不同时代、不同民族的广大读者所喜爱。就理论著作来讲,这些经典文本,体现了它所产生的那个时代的理论思维所能达到最高水平,并对后代产生

---

　　① [德]康德:《判断力批判》上卷,宗白华译,北京商务印书馆1985年版,第153页。

　　②. [德]康德:《判断力批判》上卷,宗白华译,北京商务印书馆1985年版,第153页。

　　③ [瑞士]沃尔夫冈·凯塞尔:《语言的艺术作品》,陈铨译,上海译文出版社1984年版,第23页。

了深远的影响。经典文本是人类智慧的结晶,它是人类文化和文学艺术发展轨迹的重要标志。在我看来,文艺学研究所依据的经典文本主要有两大类:一是文学经典文本,这是指中外文学史上那些由不同时代、不同民族的优秀作家所创作的具有独创性、典范性而又有永久性艺术魅力的原作;一是美学史、文艺理论史上,那些具有一定真理性和原创性的理论著作。而这两类经典文本,又是相互印证、相互联系的。文学经典文本,是在人类文学活动中开放出的美丽的花朵,它所提供的艺术实践经验,则是文学理论和美学研究的主要依据;同时任何一种文学批评理论和美学理论的科学性,又都应在文学经典文本的解读中,加以检验和应用。如果一种文学理论无力对文学经典文本进行美学的阐释和解读,那么这种理论得以存在的合理性和真理性就大可怀疑。任何经典文本也不是完美无缺的,它所具有的真理性、片面性和局限性都是属于历史的。正是基于我对经典文本的这样一些认识,因此,我在新时期从事美学和文艺学的教学与研究的第一步,就是从精读和重读经典文本开始的。①

从1984年起,我们文艺学专业开始招收第一届硕士生,导师组让我给研究生开设西方文艺学美学名著选读,教学的任务就是引导学生去读西方美学文艺学的名著。选哪些原著作为经典文本让学生读呢?由于教学的时间只有一学期,只能选那些在每个历史时期最具有代表性而且影响巨大的美学家的代表作。这样我首先选择的是对人类文化发展、特别是对美学和文艺学发展有着深远影响的代表人物的著作,虽然在他们所处的时代还没有美学专著,但他们提出的美学思想、诗学思想却具有原创性、哲理性和包容性,你可以从不同的视角和层面去领会它的深奥的含义,如柏拉图。在柏拉图留下的理论遗产中,《大希庇阿斯篇》是比较集中谈美的,但他的美学思想远不是这一篇对话所能概括得了的。过去我们选择朱光潜选译的《柏拉图文艺对话集》(人民文学出版社1980年版),作为学习柏拉图美学与诗学思想的经典文本,2002—2003年由王晓朝先生翻译的《柏拉图全集》(1—4卷)由人民出版社正式出版之后,从中可以看出柏氏的美学思想与诗学思想一些重要观点又远不是朱光潜选译的《柏拉图文艺对话集》所能包括得了的。因此我只好将那些涉及柏氏主要美学与诗学思想观点的对话或部分选段,列为综合阅读的经典文本的范围。又如歌德这位被恩格斯誉为文学领域中奥林波斯山上的宙斯的伟大诗人,他的文学作品《浮士德》是经典文本,但他

---

① 参见李衍柱:《经典文本与文艺学范畴研究·自序》,暨南大学出版社2002年版,第2—3页。

却没有留下专门谈诗与美的专著,可是他又提出了许多精辟而影响深远的文学理论见解,这些见解又多散见于他的谈话录、随笔、自传体著作中。因此也就只好选择相对说来能比较集中体现他文艺思想的《歌德谈话录》和《论文学艺术》作为经典文本。

其次,我选的是学界公认的诗学与美学经典文本。如亚里士多德的《诗学》、贺拉斯的《诗艺》、朗吉弩斯的《论崇高》、布瓦洛的《诗的艺术》、狄德罗的《关于美的根源及其本质的哲学探讨》、莱辛的《拉奥孔》、康德的《判断力批判》和黑格尔的《美学》。有的虽然谈不上是经久不衰的经典文本,但在一定历史时期影响却是巨大的,它对理解某种文艺理论思潮有着重要学术价值,如《法兰西学院关于悲喜剧〈熙德〉对某方面所提意见的感想》。因此,我们在分析布瓦洛的《诗的艺术》时一并选入,可以结合起来研究新古典主义诗学理论。在我选读的经典文本中,有的虽然不是专门的美学或诗学著作,但它的方法论和某些重要观点却有重要的学术价值。如维柯的《新科学》,它从人类文化学的视角去研究荷马、研究"诗性智慧"问题,对后世美学与诗学的发展产生了巨大而深远的影响。朱光潜先生晚年为什么那样重视《新科学》一书的翻译和研究,自然首先看重的是《新科学》在美学史的价值。有些重要的西方美学和诗学的经典文本,如锡德尼的《为诗一辩》、布封的《论风格》、席勒的《审美教育书简》、华兹华斯的《〈抒情歌谣集〉序言》和柯勒律治的《文学传记》,雨果的《克伦威尔》序,巴尔扎克的《〈人间喜剧〉前言》,丹纳的《艺术哲学》,车尔尼雪夫斯基的《艺术与现实的审美关系》,列夫托尔斯集的《艺术论》等,按说都应在本书讲到,但由于时间有限,加上这些著作文字并不艰涩难懂,因此不做过多分析。至于从尼采、克罗齐开始的20世纪西方美学和诗学,可以称得起经典文本的著作也不少,这只好留给另一本书去做些解读与导读的工作。

四、重读中的愉悦与发现

人类的智慧所创造的一部部经典文本,像一块块有着巨大吸引力的磁石,使你自觉不自觉地向它走近,总想一遍遍地去阅读它,审视它,咀嚼它、体味它无限的意蕴。

对于经典文本,我们为什么要一遍遍地去重读? 这固然是由于经典文本是人类智慧的结晶,它代表和体现了其所产生时代的理论思维的最高水平,反映着一个时代的文明精华,承传和负载着优秀的文化传统,提出了影响着历史发展未来的理论主张。但是另一个重要原因,我们也不能忽视。这就是:经典文本所具有深邃性、多面性和多层性的特点,为后人留下了从不同侧面、不同视角和不同层次上加以研究和评说、批判、否定和承继、弘扬的广阔空间。比如柏拉图的著作就凝结着西方文化发展的重要基因。它的影响是深远而又巨大的。如同波普尔所说:"柏拉图著作的影响(不论好坏)是无法估量的。人们可以说,西方的思想或者是柏拉图的,或者是反柏拉图的;但是在任何时候都不能说是非柏拉图的"。① 正因为这样一些原因,所以我们每次去重读柏拉图的著作时,都总会有一些新的启示和发现。2003年中文版《柏拉图全集》出版后,我在急切地通读之后,惊喜地发现柏拉图不仅是一位哲学之王,而且也是世界上第一个比较全面地从理论上真正提出美学问题和诗学问题的思想家。他的"相"论,他的理式世界、现象世界和艺术世界的世界图像论,他的关于诗的灵感说、摹仿——生产说、艺术魔力说、典型——理想说、真善美的统一体说等等,无不深深地影响着后人对诗与美的探索。他思想的双重性和矛盾性,使许多不同学派的思想家(唯心与唯物)的哲学家、神学家、天文学家、几何学家、教育学与伦理学家、诗学与文体学家等,几乎都可在他那里找到理论的源头。

对于经典文本的阅读,不同时代、不同民族国家的读者,都会有不同的理解和回应。每个时代的理论家,都会根据自己所处时代和民族的需要与自己的社会处境、认知结构和期待视野,去阅读、理解和评价经典文本。因此,对经典文本的态度和认识,无不留有时代的印记。同一个对象出现种种不同的评说,甚至截然相反的看法,这已成为不言而喻的历史存在。比如黑格尔哲学(包括美学),在1830—1840年间,几乎成为时代的哲学,出现了一大群追随者,如青年黑格尔派。但在19世纪40年代以后,黑格尔哲学(美学)则被某些学者要当作一条"死狗"抛掉。曾与黑格尔同在柏林大学教过课的叔本华甚至说黑格尔:"他不仅在哲学上,而且在德国文学的所有形式上都造成了一种破坏性的、或者更严格地说,一种麻醉人的,也可以说是一种瘟疫般的影响,随时对这种影响进行有力地反击,是每个能够进行独立批判的人的责任。因为如果我们沉默,还有谁来说话呢!"② 美国当代哲学家怀特甚至说:"几乎20世纪的每一种重要的哲学运动,都是以攻击那位思想复杂而

---

① 王宏文、宋洁人:《柏拉图研究》,山东人民出版社1991年版,第1页。

② 参见[英]卡尔·波普尔:《开放社会及其敌人》第2卷,郑一明等译,中国社会科学出版社1999年版,第134页。

声名赫赫的19世纪的德国教授的观点开始的"。①国际上这种反对和否定黑格尔的思潮,也不同程度地在国内学界有所回应。这样,面对历史与现实,我们必须认真地去重读黑格尔哲学与美学的经典文本,仔细辨析那些赞成和反对意见的理论依据,从经典文本实际出发,站在新时代的高度,实事求是地给予较为公正的评价。

重读是在过程中展开的。重读就是要回到原典,老老实实,认认真真地去读原著。学习任何一个伟大的思想家、理论家,要领会其思想的精神实质,不能靠道听途说、走马观花式的阅读,也不能靠第二手、第三手的资料,要排除一切先入为主的见解,抱着一切从零出发的心态,尽最大的可能去搜集和阅读那些具有原创性的第一文本,即作者亲自写下或讲述的或经他的弟子们忠实记录的最原始的经典文本。我这里强调一切从零出发,就是说,要排除一切传统的见解和个人已经形成的一些固定的看法,要像读一本从来读过的著作那样,去读原著。在读的过程中,进一步检验和反思传统的观点和个人的认识,检验和反思传统的思维方式和研究方法具有多大程度的真理性。

重读经典文本,如何才能由浅到深,由表及里,真正读进去,而又能跳出来?在教学与研究过程中,我体会有三点应引起注意,并应努力处理和解决好有关的问题。

第一,在对原典的整体审视中把握经典文本的丰富内涵。

学习大思想家的著作,往往会遇到一个整体与部分的关系问题。比如我们要研究这位理论家的美学与诗学思想,就应全面地了解他的整个思想体系是什么?在不同的发展阶段提出了些什么问题?他又是以什么视角和方法去研究和解决提出的问题?然后才有可能对他的美学与诗学思想给予恰当的定位,对其理论贡献进行具体分析。在已出版的西方美学史或文论史中讲到亚里士多德,较普遍地认为亚氏的诗学思想中忽视艺术想象问题,甚至根本未提艺术想象。《亚里士多德全集》中译本出版以后,我发现亚氏在《论灵魂》《论记忆》《说梦》等论文中,多次对想象进行过论述。结合有关的论述,再去读他的《诗学》,自然就会产生不同于传统的新的认识。又如过去谈到艺术是一种生产的观点时,普遍认为这是亚里士多德首先提出来的。其实这个问题在亚里士多德的老师柏拉图那里,已经明确提出来了(关于这一点,在本书柏拉图专章中,将详细论述)。产生这种张冠李戴、阴差阳错的现象,主要是因为论者和读者都还未见到柏拉图在其他对话中的有关

---

①　[美]M.怀特:《分析的时代》,林任之等译,商务印书馆1986年版,第7页。

论述。对此,随着《柏拉图全集》的问世,问题自然也就解决了。鲁迅在谈到文学研究和文学批评时曾经说过,"世间有所谓'就事论事'的办法,现在就诗论诗,或者也可以说是无碍的罢。不过我总以为倘要论文,最好是顾及全篇,并且顾及作者的全人,以及他所处的社会状态,这才较为确凿。要不然,是很容易近乎说梦的"。①鲁迅的这一看法,同样适应于我们对西方美学与诗学的经典文本的阅读与研究。

第二,在历史性与实践性的交汇中加深对经典文本的理解。

理论来自实践,又在实践中不断地被检验,在实践中被淘汰,在实践中丰富和发展。任何经典文本的产生,都有它自己的时代,都有它自己的承继关系和实践依据。我们阅读历史留传下来的经典文本,就应穿越时间的隧道,把它放在它所产生的时代文化氛围中,去与创造经典文本的古代伟人对话,还历史以历史的本来面貌。学习柏拉图、亚里士多德的诗学与美学思想,就应与他们反复论及的古希腊的史诗、悲喜剧和神话传说故事相联系,与他们以前的思想家已提出的诗学与美学问题联系起来,这样才能看出他们在理论上提出的新的问题和作出新的理论贡献。读亚里士多德的《诗学》,我们只有与三大悲剧作家创作的优秀剧作如《俄狄浦斯王》《安提戈涅》《普洛米修斯》等结合起来读,才能理解亚氏论述的悲剧构成的特点和规律。

凡是称得起经典文本的著作,不仅应经得起它所产生的时代的艺术实践的检验,而且还不断为后世的艺术实践所验证,受到后世广大读者的欢迎。朗吉弩斯在《论崇高》中说:"凡是古往今来人人爱读的诗文,你可以认为它是真正美的、真正崇高的。因为如果不同习惯、不同生活、不同嗜好、不同年龄、不同时代的人们,对于同一作品持同一意见,那么,各式各样批评者的一致判断,就使我们对于他们所赞扬的作品深信不疑了"。②不论是文学作品,还是美学或诗学著作,只有在历史的长河中经受不断的检验,才能确定其真正的价值。布瓦洛在《朗吉弩斯〈论崇高〉读后感》中也明确指出:"一个作家的古老对他的价值并不是一个准确的标准,但是人们对他的作品所给的长久不断的赞赏却是一个颠扑不破的证据,证明人们对它们的赞赏是应该的"。③

西方一些著名的美学家和文艺理论家,他本人就是著名的诗人和作家。

---

① 《鲁迅全集》第6卷,人民文学出版社1981年版,第430页。

② [古希腊]朗吉弩斯:《论崇高》,缪灵珠译,见《缪灵珠美学译文集》第1卷,章安祺编订,中国人民大学出版社1987年版,第86页。

③ 伍蠡甫主编:《西方文论选》上卷,上海译文出版社1979年版,第305页。

如柏拉图既是伟大的哲学家、美学家,又是古希腊著名的散文家,他留下的"对话体",堪称这一文体散文的典范;贺拉斯本人是古罗马时代与维吉尔齐名的伟大诗人;狄德罗、莱辛既是严肃剧理论的首倡者,又是创作出不少优秀严肃剧本的剧作家;歌德的诗剧《浮士德》,是公认的世界文学史上的一座瑰丽的艺术高峰。因此这些理论家留传下来的美学与诗学经典文本和理论主张,无不透过他们本人的艺术实践的棱镜,映射出他们所处历史时期的时代精神精华。因此,我们学习他们的美学与诗学著作,除联系他们时代的文艺思潮外,还应紧密结合他们自己的创作实践,以他们的作品印证他们的理论。我在本书的有关章节中,也是努力试图这样做。

马克思指出:"理论在一个国家的实现程度,总是决定于理论满足这个国家的需要的程度"。①西方美学史和文艺理论史中的经典文本,都有自己的历史命运。它在不同时代、不同国家所发挥的作用的大小,是由它满足某个特定时代、某个国家的需要的程度所决定的。亚里士多德的《诗学》在古希腊和罗马时代起的作用很少,曾在地窖中藏了三百多年。真正发挥作用、为学界奉为诗学经典是在意大利学者卡斯特尔维屈罗(lodovicl Castelvetro,1505—1571)发表《亚里士多德〈诗学〉的诠释》之后,才在欧洲广泛传播开来。相反柏拉图的著作却一直发挥作用,特别是在中世纪,它又与神学相结合,形成了新柏拉图主义。对于这类情况,我们阅读时,则要联系社会背景、政治风云的变化与文化思潮(哲学的、宗教的、文艺的等)的起伏,进行具体分析,探求其社会功能和价值。

第三,区别学术与政治,批判地吸取已有的研究成果,客观公正地给予经典文本以美学的与历史的评价。

在阅读经典文本过程中,我们应尽可能地搜集国内外已有的研究成果,但在辨析已有的研究成果时,又经常遇到两个突出问题:一是关于学术与政治的关系;一是美学与诗学思想同哲学的关系,具体说来是与唯物主义和唯心主义的关系问题。而这两个问题有时又是相互联系的。20世纪中期,在一些社会主义国家,由于教条主义盛行,庸俗社会学猖厥,致使在一段时间里,在哲学、美学、文艺学领域,面对古代影响巨大的思想家,往往从政治上是革命还是反动,哲学上是唯物还是唯心,文艺上是现实主义还是反现实主义来划线,进而为某一经典文本提出的理论、学说定性。如前苏联 G·亚历山大洛夫在《西欧哲学史》中,就称柏拉图是"贵族的反动的思想家,古代唯

---

① 《马克思恩格斯选集》第1卷,人民出版社1995年版,第11页。

心主义的最大代表,唯物主义世界观的最凶恶的敌人"。① 罗森塔尔、尤金主编的《简明哲学辞典》则称柏拉图是"科学的死敌"。② 在中国,从20世纪50年代中期以后,由于强调"以阶级斗争为纲","左"的文艺思潮日益滋张,即使像朱光潜这样著名的美学家,也在《西方美学史》中违心地提出要读者认识柏拉图的客观唯心主义的反动性,并称"灵感论基本上是神秘的反动的。它的反动性特别表现在强调文艺的无理性"。但朱先生接着又举出车尔尼雪夫斯基的观点为佐证,强调应将政治与学术加以区分,坚决反对国内外一部分人所持的那种"因为柏拉图是唯心主义的祖师和雅典贵族反动统治的维护者,就对他全盘否定"③ 的观点,认为对柏拉图的美学思想和文艺思想应作具体分析。

学术为天下之公器。它以探讨研究对象的特点与规律,追求客观真理为己任,自有其独立的品格。但学术研究又不能脱离社会生活(包括一定的社会政治制度)而孤立存在,有的学术研究的对象就是政治(如政治学、法学、军事学等),因而学术又不能完全脱离政治。过去的问题出在把二者等同起来,或者强调学术从属政治,并以学者的政治立场、政治主张来为学术研究定性。这样做的结果,必然会出现像我们在中国历次政治运动中所司空见惯那种"以人废言"或"以言废人"的现象。不论西方美学史,还是中国美学史上,确有不少的美学家程度不同地为反动统治者效力,对此我们当然不应去肯定和赞颂,但他们对哲学美学和诗学所进行那些卓有成效的研究,留下的那些具有原创性和影响深远的著作,却应视为宝贵的理论财富,不应同他们的政治立场、观点和行为混为一谈,更不应因其政治的某种反动性,而否定他们在哲学上、美学上、艺术上的理论建树和贡献。本书中所写的柏拉图、布瓦洛、黑格尔就尝试依据这样的见解,对其进行美学的与历史的评价。

至于唯心、唯物的问题,这牵扯到哲学与美学的关系问题。在1750年鲍姆嘉通为美学正式命名之前,在西方哲学与美学本是一家,许多大的哲学家,同时他们也是著名的美学家。从古希腊具有朴素唯物主义倾向的哲学家亚里士多德到启蒙运动时期唯物主义哲学家狄德罗,在西方美学史上,的确有不少唯物主义者对美学和诗学作出过重大的贡献;但不可否认,还有更多的唯心主义哲学家,甚至是神学家,同样对哲学、美学与诗学的发展作出

① 王宏文、宋洁人:《柏拉图研究》,山东人民出版社1991年版,第5页。
② [苏]罗森塔尔·尤金主编:《简明哲学辞典》,三联书店1973年版,第53页。
③ 参见朱光潜:《朱光潜全集》第6卷,安徽教育出版社,第77—80页。

了卓越的贡献。从某些层面上甚至可以说,他们做出了比某些唯物主义美学家更大的贡献。列宁在黑格尔《哲学史讲演录》一书摘要中甚至还写下了这样的话:

> 聪明的唯心主义比愚蠢的唯物主义更接近于聪明的唯物主义。
> 辩证的唯心主义代替聪明的唯心主义;形而上学的、不开展的、僵死的、粗糙的、不动的代替愚蠢的。①

　　任何一种美学思想总是自觉不自觉地同一定的哲学思想相联系。探讨诗与美的奥秘可以从不同视角,采取不同途经和方式。不论是沿着唯物主义路线还是沿着唯心主义路线前进,都有可能在不同的层面或方面上,程度不同地揭示出某种真理性。而究竟谁的理论、学说更具有真理性和说服力,还要靠历史长河中的社会实践与艺术实践来验证,还要靠世世代代的广大读者去鉴别和判断。因此,当我们面对历史伟人留下的各种经典文本时,绝不应因其唯心、唯物而决定是否弃取,更不应以唯心、唯物为标签,而判定它的性质和价值。我们应学习马克思的博大胸襟和批判精神,全面地而不是零碎地,系统地而不是孤立地去学习、检验、批判地吸取其中的合理的内核,扬弃那些搀杂在其中的、已为历史和实践所证明了错误的成分。

---

① 列宁:《哲学笔记》,中共中央党校出版社1990年版,第306页。

第一章　柏拉图论诗与美

　　柏拉图(Plato,公元前427—前347年),是古希腊著名的哲学家、政治家、教育家和诗人,是西方美学和诗学的开创者和奠基人之一。柏拉图是西方古代第一个留有完整著作和思想体系的哲学家。我国著名研究古希腊文化的专家范明生先生说得好:"柏拉图的体系,虽已成为历史的陈迹,但是柏拉图的影响早已深入欧洲文化,成为其不可分割的一个有机的组成部分;可以毫不夸张地说,离开了对柏拉图的全面理解,既不能正确地理解古希腊文化,也不能正确地理解中世纪的基督教教会和神学,同样也不能正确地理解从文艺复兴到当代的资产阶级文化;不能正确地理解二千多年来的自然科学的发展。总之,柏拉图哲学对欧洲乃至整个人类文化的影响是双重的,既有积极的方面,又有消极的方面;因此对它做出马克思主义的探讨和评价,不仅仅是出于历史的兴趣,而且还因为它具有深刻的理论意义和现实意义。"[①]

　　中国人知道柏拉图,是在柏拉图死后两千多年的20世纪初。1921年商务印书馆出版了吴献书译的《理想国》,1933—1934年商务又相继出版了张师竹等译的《柏拉图对话集六种》和郭文武和景昌极译的《柏拉图五大对话》,1946年商务又出版了陈康译注的《巴曼尼德斯篇》,解放后严群先生从60年代到90年代,先后在商务出版了《智者篇》《申辩篇》《欧绪弗洛篇》《克里托篇》《昆西斯篇》《拉凯斯篇》《斐莱布篇》。在国内文学界、美学界影响最大的是朱光潜先生于1963年在人民文学出版社出版的《柏拉图文艺对话集》。其他郭斌和、张竹明新译的《理想国》、邝健行译的《波罗塔哥拉篇》、黄克剑译的《政治家》、戴子钦译的《柏拉图对话七篇》、杨绛译的《斐多》也相

---

①　范明生:《柏拉图哲学述评》,上海人民出版社1984年版,第8页。

继在不同的出版社正式出版。[①]北京大学外国哲学史教研教研室也于1957年以后继续翻译和摘译了柏拉图对话中的重要观点,见《古希腊罗马哲学》和《西方哲学原著选续》。20世纪尽管在柏拉图对话的译介和研究中取得了巨大的成就,但国人始终并未见到柏拉图著作的全貌。

　　长江后浪推前浪。一代新的古希腊文化研究的专家,在老一辈学者带领和培养下开始登上学术的前沿。对柏拉图著作的全面翻译研究,自然地落到了中青年学者的肩上。清华大学王晓朝教授知难而进,经过20多年顽强地学习、比较、研究,最后以希腊文原版为底本,参考学界公认的权威英译本,吸取国内已有的翻译和研究成果,终于将柏拉图的对话全部翻译成通畅、准确的汉语白话文,完成了他的老师——著名柏拉图对话的翻译和研究专家严群先生的遗愿。《柏拉图全集》(1—4卷)由人民出版社于2002年1月至2003年4月正式出版。继由苗力田先生主编的《亚里士多德全集》的出版(中国人民大学出版社1990年初版)之后,《柏拉图全集》在新世纪伊始的问世,为中国学者全面研究古希腊文化提供了一个坚实的基础,它标志着古希腊的两大文化巨子柏拉图、亚里士多德的研究在中国已开始走上了一个新的阶段。

　　自20世纪70年代末、80年代初,中国进入改革开放的新的历史时代。世界各国都希望全面了解中国,中国同样急于更全面地了解世界。为了进一步揭示和探寻西方文化的"基因",研究古希腊文化逐渐成为了中国学界的一个热点。作为古希腊文化的集大成者柏拉图、亚里士多德理所当然地成了关注的中心。到20世纪末和本世纪初,这种研究出现了一个新的高潮。其代表性的成果一是汪子嵩、范明生、陈村富、姚介厚合著的《希腊哲学史》三卷本,由人民出版社出版。第一卷出版于1997年5月,主要讲柏拉图以前的希腊哲学;第二卷出版于1993年5月,主要是苏格拉底、柏拉图哲学思想的研究;第三卷出版于2003年5月,是亚里士多德研究的专著。二是由蒋孔阳、朱立元主编的《西方美学通史》(1—7),1999年10月由上海文艺出版社出版,对古希腊的美学思想和文艺理论进行全面系统的研究和论述。这两部大型的学术著作对柏拉图的时代、生平和著作,都作了比较详细地考评和叙述,对其哲学思想和美学思想作了深入的研究。对于柏拉图的诗学理论,陈中梅先生于1999年8月在商务印书馆出版了《柏拉图诗学和艺术思想研究》。基于这样一些学术背景,我想在这个专题中,以柏拉图论诗与美为中

---

　　① 参见《柏拉图全集》中译者导言,见《柏拉图全集》第1卷,王晓朝译,人民出版社2002年版,第35—36页。

心,博采众长,在吸取已有研究成果的基础上,尽可能地谈点自己阅读《柏拉图全集》一些新的感触和认识。

第一节 说不完、争不休的柏拉图
——柏拉图诗学与美学思想研究述评*

列奥纳多·达·芬奇(Leonardo da Vinci)说过,凡能够到源头取泉水的人,决不喝壶中之水。[①]也许正是由于柏拉图是世界文化发源地之一古希腊第一个具有完整体系的伟大哲学家、美学家的缘故,两千多年来,各民族思想界、文化界、艺术界的学者们始终对柏拉图的生平、著作和思想发生浓厚的兴趣,对他对话的考辨、注疏和研究的著作和论文,真可谓汗牛充栋。

柏拉图生于公前427年5月7日,这一天恰恰是第88届奥林匹克赛会日。其出生地是雅典附近的伊齐那岛,原名是阿里斯托克勒(Aristocles)。据说他的体育老师见他体魄健壮、天庭饱满,让他改称柏拉图。他出身于一个奴隶主的贵族世家,其父的谱系可上溯到雅典历史最后一位皇帝科德鲁斯(据说是公元前11世纪时人)。[②]其母也是出自名门望族,其家世可以上溯到公元前644年任雅典执政官的梭伦的兄弟德洛庇达一世。他的舅舅卡尔米德和克里底亚曾是雅典寡头政体时期"三十僭主"的主要代表人物。他父亲去世后,其母改嫁皮里兰佩,此人又是积极支持民主政体的重要人物,曾与雅典民主派领袖伯里克利关系密切,并出任雅典使节,到过波斯和亚洲其他国家。柏拉图在青少年时期,受过很好的教育,参加过骑兵军事训练,喜欢体育运动,长于绘画,懂音乐,喜爱古希腊的史诗和戏剧,据说他本人还写过一部史诗和一个悲剧(已失传)。

公元前409年,即柏拉图20岁时,结识苏格拉底,拜苏格拉底为师。师生结下深厚的情意。在苏格拉底的影响下,柏拉图走上了研究哲学之路。苏格拉底被审并于前399年被判处死刑,此事对柏拉图影响很大,他对话中的《申辩篇》就是记叙这件事情的。本来柏拉图还想从政,此后,决心继承苏格拉底的事业。后离开雅典,以十年功夫,游历了叙利亚、埃及、意大利及西西里岛。在南意大利直接受到毕达哥拉斯派的影响。在漫游中,他结交了

---

* 这部分曾以《说不尽、争不休的柏拉图》为题目,发表在《江西社会科学》2005年第2期。

① 参见[美]凯·埃·吉尔伯特、[联邦德国]赫·库恩:《美学史》上卷,夏乾丰译,上海译文出版社1989年版,第1页。

② 参见范明生:《西方美学通史》第1卷,上海文艺出版社1999年版,第250页。

弟昂(Dion)。此人是叙拉古城邦狄奥尼修一世的内弟。柏拉图由他引进,得到了宫廷的邀请。朝见的结果,两人观点不同。于是暴君便把柏拉图交给了斯巴达的使节,那时两个城邦正在交战。斯巴达使节把柏拉图送到伊齐那奴隶市场卖掉,幸好遇到友人安尼凯里,将他赎回送到雅典。

柏拉图回到雅典时已40岁了。他摒弃一切政治活动,于公元前387年开始在雅典海加德木斯(Hecademus)运动场附近办了一个学园称亚加德米(Academy)学园,聚徒讲学。课程有数学、几何学、天文学、声学等学科。学园门外写着"不懂几何学的人不许入内"。学园的学生不少都是来自北希腊、马其顿等地的望族,他们来此学治国安邦之术。柏拉图创办的这所学园,是世界教育史上出现的第一所以研究学术、培养治国安邦人才的高等学府。此后西方不少学术研究院都沿袭它的名称叫亚加德米(Academy)。柏拉图主持学园二十多年,培养的主要学生有弟昂、亚里士多德等。公元前367年叙拉古国王狄奥尼修一世去世。其子继位,弟昂成了摄政人物,柏拉图被邀请做国王的教师。他想实现其"理想国"的政治主张。但因坏人谗言,弟昂被放逐,柏拉图不得不离开叙拉古回到雅典继续讲学。后弟昂极力想与国王和解,邀柏拉图回到叙拉古。结果,柏拉图去后与国王争吵起来,弟昂的家产被没收,柏拉图本人也被禁在御花园达一年之久。柏拉图回雅典继续从事教书、著书,以后弟昂又得到柏拉图同意,在学园里招集一些朋友,计划夺取叙拉古,推翻国王。国王逃往意大利,弟昂受欢迎,很快弟昂又被学园回来的一个人刺死。这件事使柏拉图很伤心,而且也损害了学园的声誉。柏拉图创办的亚加德米学园,前后持续了900余年,从公元前387年到公元529年罗马皇帝查士尼丁下令关闭学园为止。因而亚加德米学园也是世界文化史上维持时间最长的一个学术教育机构。

柏拉图活了80岁,死于公元前347年。他一生著述勤奋,他的著作流传下来的有35篇对话和13封书信。35篇对话中,有23篇确是出自柏拉图之手,其余长期对其真伪问题有争议。在20世纪经学者们的认真研究,确认其中28篇是真作。13封信中第七、八两封,一般认为是柏拉图本人所写。具体分期如下:

(一)早期对话:《申辩篇》《克里托篇》《拉凯斯篇》《吕西斯篇》《卡尔米德篇》《欧绪弗洛篇》《大希庇亚篇》《小希庇亚篇》《普罗泰戈拉篇》《高尔吉亚篇》《伊安篇》。

(二)中期对话:《欧绪德谟篇》《美涅克塞努篇》《克拉底鲁篇》

《美诺篇》《斐多篇》《会饮篇》《国家篇》、(有的译为"理想国")、《斐德罗篇》。

（三）后期对话：《巴门尼德篇》《泰阿泰德篇》《智者篇》《政治家篇》《斐莱布篇》《蒂迈欧篇》《克里底亚篇》《法篇》。①

这样，经学者研究属于柏拉图自己写作的对话三个时期共27篇，两封书信算作一篇，共28篇，其余的对话和书信的真伪尚待进一步考辨。

柏拉图不仅是一个著名的哲学家、美学家，也是著名的散文家和诗人。他的著作除《申辩篇》外，都是用对话体写成的。对话属柏拉图所说的"直接叙述"一类，在希腊史诗和戏剧里是一个重要的组成部分。柏拉图把"对话"与"苏格拉底式的辩证法"结合起来。在古希腊用对话来探讨真理的方法叫做(dialect)（辩证法）。这个词有两层意思：一是思维方法的批判分析，指问答法，即以问答方式进行论证的方法；一是指哲学的辩证法，正反论证的辩证方法。它与对话(dialogue)是同源的，都有问答的意思。问就是向前推，而又是从反而向前推。在诘问过程中，由远及近、层层逼进，将各方面的矛盾像剥茧抽丝似地逐层揭露出来。如同朱光潜说：

> 在柏拉图的手里，对话体运用得特别灵活，向来不从抽象概念出发而从具体事例出发，生动鲜明，以浅喻深，由近及远，去伪存真，层层深入，使人不但看到思想的最后成就或结论，而且看到活的思想的辩证发展过程。柏拉图树立了这种对话体的典范，后来许多思想家都采用过这种形式，但是至今还没有人能赶得上他。柏拉图的对话是希腊文学中一个卓越的贡献。②

对话体不仅在文体上是一个贡献，有文学意义，而且在教育学上也是一个创造。柏拉图的"问答法"是一种训练学生辩证思维的基本方法。他认为"问答法"是一门学问，"问答学"或"辩证法"，后来叫做形而上学或哲学。

柏拉图生活在希腊由盛转衰的社会大动荡时代，伯里克力执政时期（前443—前429）的雅典的"黄金时代"刚刚过去，伯罗奔尼撒战争又刚刚开始。

---

① 关于柏拉图的生平和著作分期，主要参见汪子嵩、范明生等著的《希腊哲学史》第2卷第3篇，蒋孔阳、朱立元主编的《西方美学通史》中范明生著的第1卷，《柏拉图全集》王晓朝写的《中译者导言》和汝信、王树人、余丽娥主编的《西方著名哲学家评传》（山东人民出版社1984年版）中温锡增撰写的《柏拉图》。

② ［古希腊］柏拉图：《文艺对话集》，朱光潜译，人民文学出版社1980年版，第334—335页。

这次战争,是古希腊城邦历史的转折点,奴隶制城邦制度从此走向衰落。由于阶级斗争尖锐激烈,群众生活贫困,人们要求建立新的生产方式,憧憬着理想的社会环境。奴隶主阶级感到民主已不能保障其利益,寄希望于强有力的政治。面对这个动荡不安、道德日下、奴隶制度走向衰落崩溃的社会,"不论柏拉图如何讨厌和轻视这个流变中的经验世界,但他在内心深处对它却是很感兴趣的。他想揭开它的衰败的秘密,揭开它的剧烈变化的和不幸的秘密。他希望能够发现拯救它的方法"。① 柏拉图深受苏格拉底和巴门尼德的影响,但他又不能满足于他们的主张和见解。"他所寻求的知识不是意见,而是关于不变世界的纯粹理性的知识,并且能够用这种知识来研究这个变化世界尤其是探讨变化的社会政治变迁及其特有的历史规律。柏拉图的目的在于发现政治和统治艺术的高级知识的秘密"。② 柏拉图作为时代的代言人,"他站在希腊走向衰落的门坎上,先知般地预见到夜幕的降临,他竭尽其英雄心灵的全部精力以防止夜幕降临。"③

在意识形态领域,柏拉图也处在一个转折时期。希腊文化由传统思想统治转变到自由批判,由文艺的繁荣转变到哲学沉思的时代,由文艺的高峰逐渐走向哲学的高峰。当时文艺作品、戏剧仍是人民群众生活中的重要组成部分,古希腊丰富多彩的神话传说,深深地影响着人们的思维方式和生存方式,它在社会生活中起着巨大的作用。丰富的文艺实践经验和文艺在社会生活中的地位作用虽然在柏拉图之前,赫西俄德、毕达哥拉斯、赫拉克利特、德谟克利特、苏格拉底等已从不同角度,不同层面进行了一定的理论概括,对文艺的发生和本质特征提出了"神赐说"、"和谐说"、"灵感说"、"摹仿说"等主张,但流传下来的多是片言只语。柏拉图继承了传统的文艺思想,进而结合新的时代的特点和文艺发展面临的问题,以宏大的哲学视野,从理论上作出了比较系统的回答。

柏拉图在《第七封信》中,详细叙述了自己曾对政治发生兴趣,后来面对政权更迭,官场腐败的现实,他决心致力于哲学的研究,并坚信"除非真正的哲学家获得政治权力,或者出于某种神迹,政治家成了真正的哲学家,否则人类不会有好日子过。"④ 柏拉图痛斥当时统治阶级的黑暗,"许多人只顾贪婪地填满他们的钱包,而他们的灵魂竭力拒绝聆听这些学说,或者以为

---

① 〔英〕卡尔·波普尔:《开放社会及其敌人》第1卷,陆衡等译,中国社会科学出版社1999年版,第61页。
② 〔英〕卡尔·波普尔:《开放社会及其敌人》第1卷,陆衡等译,中国社会科学出版社1999年版,第61页。
③ 〔英〕罗宾·乔治·科林伍德:《艺术原理》,王至元、陈华中译,中国社会科学出版社1985年版,第53页。
④ 《柏拉图全集》第4卷,王晓朝译,人民出版社2003年版,第80页。

在聆听这些学说时可以加以嘲笑,他们像野兽一般只顾无耻地攫取食物、饮料,满足各种各样的兽性的、肉体的快乐,这些快乐甚至无权使用从女神阿佛洛狄忒那里派生的名字。"① 柏拉图抱着"为全体人谋幸福"②的目的,想"对生活方式有害健康的病人提建议",使他们改变其生活方式,③ 结果"命运不济,使人毁坏了我们的计划。"④柏拉图呕心沥血提出的一种治世良方和精心构建的地上"天国"——"理想国",统统变成了"乌托邦"。

马克思指出:"因为任何真正的哲学都是自己时代精神的精华,所以必然会出现这样的时代,那时哲学不仅从内部即就其内容来说,而且从外部就其表现来说,都要和自己时代的现实世界接触并相互作用……各种外部表现证明哲学已获得了这样的意义:它是文明的活的灵魂,哲学已成为世界的哲学,而世界也成为哲学的世界,——这样的外部表现在所有的时代里是相同的。"⑤柏拉图的著作是古希腊历史上最早由哲学家自己撰写的完整而又自成体系的著作,它是早期人类文化的思想宝库。它从哲学、美学、诗学、伦理学、政治学、历史学、天文学、几何学等不同的侧面和层面,全方位地展现了古希腊文化的面貌,生动地反映和折射出柏拉图所处时代的时代精神之精华。柏拉图的思想的确构成了西方文化的重要基因。他的著作的影响是深远而又巨大的。著名英国哲学家 K·R·波普尔(K·R·Popper)说:"柏拉图著作的影响(不论好坏)是无法估量的。人们可以说,西方的思想或者是柏拉图的,或者是反柏拉图的;但是在任何时候都不能说是非柏拉图的。"⑥A.N·怀特海也说:"欧洲哲学传统最没有争议的普遍特征:它包括对柏拉图的一系列注脚。我不是指学者们将信将疑地从他的作品中抽引出来的那种系统的思想脉络。我是指那些丰富的、散见于他作品中的普通思想。他的独特秉赋、他在一个伟大的文明时期所拥有的丰富阅历、他所继承的那种尚未由于过度的系统化而变得僵化无力的思想传统,使他的作品成为用之不竭的思想宝库。"⑦由于柏拉图思想的丰富性、多面性和多层次性,这就

---

① 《柏拉图全集》第4卷,王晓朝译,人民出版社2003年版,第89—90页。

② 《柏拉图全集》第4卷,王晓朝译,人民出版社2003年版,第92页。

③ 《柏拉图全集》第4卷,王晓朝译,人民出版社2003年版,第84—85页。

④ 《柏拉图全集》第4卷,王晓朝译,人民出版社2003年版,第92页。

⑤ 《马克思恩格斯全集》第1卷,人民出版社1965年版,第121页。

⑥ 《国际社会科学百科全书》"柏拉图"条目,第12卷,纽约1968年版,第163页。王宏文、宋洁人:《柏拉图研究》,山东人民出版社1991年版,第1页。

⑦ A.N·怀特海:《过程与实在:论宇宙哲学》,见［美］约翰·E.波德曼著:《柏拉图》,胡自信译,中华书局2002年版,第8页。

为后人留下了从不同侧面和不同层次上加以评说和研究的广阔空间。加上每个时代的思想家、理论家都根据自己时代的需要和自己的社会经验、期待视野去读柏拉图,因此,柏拉图的各种思想,诸如唯心的、唯物的、积极的、消极的种种方面,都可在后世找到不同的、甚至截然相反的评述和回应。

对柏拉图的赞颂、评价和他的理论主张,首先在他的学生那里得到回应。当亚里士多德17岁拜柏拉图为师时,就曾写颂诗如下:

> 德性,人生的艰苦历程
>
> 终身所能得的最高光荣
>
> 你以处女为形式
>
> 去死在希腊是难得之事
>
> 忍苦受难,不懈劳动
>
> 这就是你投入脑海的果实
>
> 它是不朽的,比黄金贵重
>
> 生身的父母,双目柔和的睡梦
>
> 为着你,赫拉克勒斯宙斯之子和勒达的儿女们
>
> 建功立业穷尽了心力
>
> 吮吸着你那不竭的潜能
>
> 对你的渴欲阿喀琉斯和埃阿斯
>
> 进入了地府的门庭
>
> 阿尔塔纽斯的爱儿抛却阳光
>
> 为的是你那可爱的形式
>
> 于是,他那不朽的功业万古传扬
>
> 缪斯女神赞颂着他
>
> 记忆的女儿们也为此高声歌唱
>
> 宾客的守护神,牢固友谊的奖赏。[①]

亚里士多德在柏拉图学园中一待就是20年,他认真学习柏拉图的思想,深得柏拉图思想的精髓。

柏拉图晚年已在古希腊社会中享有崇高的声誉,他的著作、他的对话,不仅在学园中得以保存,并在社会上广泛流传。亚里士多德深深地爱着他

---

① 《亚里士多德全集》第10卷,苗力田主编,中国人民大学出版社1997年版,第243—244页。

的老师,继承他老师的事业,继续向哲学的高峰攀登。当公元前347年柏拉图去世时,他又以深挚、虔诚的感情,写下一首祷诗,充分表达了他对柏拉图的无限崇敬。祷诗如下:

> 岂岂盛德,莫之能名。
> 光风霁月,涵育贞明。
> 有诵其文,有瞻其行。
> 乐此盛德,善以缮生。①

《柏拉图全集》译者王晓朝在引证这首亚里士多德的悼诗时,特意对这首文言诗的内容加以阐明:"诗中大意是说,柏拉图的崇高与伟大难以用语言来颂扬,他的文章和道德都已经达到最高的境界,现在再也没有一个人能够达到这样高的成就了,他是仁慈的、幸福的。"② 亚里士多德尊敬和称颂他的老师柏拉图,继承和发扬柏拉图的理论传统;同时他又本着"吾爱吾师,吾尤爱真理"的原则,批判了柏拉图将共相与殊相、一般与个别、理性与感性、理想与现实对立起来的以相论(又称理式论)为核心的唯心主义哲学体系。③

至于对柏拉图著作的校订、注释、编纂工作,早在公元前2世纪文献学兴起的时候即已开始进行。罗马时代和以后一千多年的中世纪中,有关柏拉图著作的注释、解说的论著大量出现。新柏拉图主义的创始人普罗提诺将柏拉图的思想与神学结合在一起,并把柏拉图主义看作是基督教神学有机结构的一个主要组成部分。印泽教长在他的关于普罗提诺著作中说:"要想把柏拉图主义从基督教里面剔出去而又不至于拆散基督教,那是完全不可能的事",他指出圣奥古斯丁曾把柏拉图的体系说成是"一切哲学中最纯粹最光辉的",又把普罗提诺说成是"柏拉图再世。"④ 文艺复兴时期,英国诗人著名文学评论家,锡德尼(Philip Sidney,1554—1586),在《为诗一辨》中称:"我必须承认柏拉图是我所尊重的一切哲学家中最值得恭敬的,而这是有极大理由的,因为在一切哲学家中,他是最富有诗意的。"他对当时社

---

① 罗译编:《亚里士多德残篇》,第623页,中译文见吴寿彭《亚里士多德传》,《哲学史论丛》吉林人民出版社1980年版,第434页。

② [古希腊]柏拉图:《柏拉图全集·中译者导言》第1卷,人民出版社2002年版,第20页。

③ 关于亚里士多德对柏拉图相论(理式)的批判,详见下一个亚里士多德专题的有关内容。

④ 参见[英]罗素:《西方哲学史》上卷,何兆武、李约瑟译,商务印书馆1963年版,第358—359页。

会上有人攻击柏拉图是"诗人的天然敌人"的观点,据理予以驳斥,称柏拉图的对话是"最富有诗意的"。① 近代以降,特别是在德国古典哲学时期,柏拉图的哲学美学思想,成了康德、黑格尔哲学、美学思想的直接的理论源头。黑格尔在《哲学史讲演录》中明确指出:"哲学之作为科学是从柏拉图开始(而由亚里士多德完成的。他们比起所有的哲学家来,应该可以叫做人类的导师)。"②

19世纪柏拉图著作的研究出现了新的高潮,加上考古发现了柏拉图著作的埃及莎草纸本和中世纪的手抄本,各国学界涌现出一批柏拉图研究的专家。他们之中对柏拉图思想赞扬者有之,批判者亦有之。新黑格尔主义者鲍桑葵(Bernard Bosanguet,1848—1923)在《美学史》中说:"在柏拉图的著作中,我们既可以看到希腊人关于美的理论的完备体系,同时,又可以看到注定要打破这一体系的一些观念。"③ 俄国革命民主主义者,著名美学家和文学批评家车尔尼雪夫斯基认为:"柏拉图的著作比亚里士多德的具有更多真正伟大的艺术思想,或许他的理论不仅更深刻而且更充分。"④ 罗素在评价柏拉图的宇宙生成论的《蒂迈欧篇》时,对学界长期评论的肯定性意见,大不以为然。他说:"无论是在中世纪,还是在更早一些的新柏拉图主义里,这一篇都比柏拉图的任何其他作品具有更大的影响;这是很可能的,因为比起他的其他著作来,这一篇里显然包含着有更多的简直是愚蠢的东西。"⑤ 与罗素的否定性评价相反,随着自然科学的发展,在西方的思想家和科学家中也出现了不同于罗素而又高度评价柏拉图的《蒂迈欧篇》的学者。怀特海甚至把柏拉图与牛顿相提并论,认为柏氏的《蒂迈欧篇》和牛顿的《Scholinm》是"统治西方思想的两种伟大宇宙学文献。"⑥

20世纪柏拉图著作的传播与研究,在更大的范围内展开,已逐渐成为一门世界性的显学。世纪伊始意大利美学家克罗齐(Benedetto Croce,1866—1952),在1902年发表的《作为表现的科学和一般语言学的美学的历史》中,对于柏拉图在世界美学中的历史地位给予了第一个首创

---

① 参见 伍蠡甫:《西方文论选》上卷,上海译文出版社1979年版,第244—245页。

② [德]黑格尔:《哲学史讲演录》第2卷,贺麟等译,三联书店1959年版,第151页。

③ [英]鲍桑葵:《美学史》,张今译,商务印书馆1985年版,第63页。

④ [俄]车尔尼雪夫斯:《论亚里士多德的诗学》,见《美学论文选》,缪灵珠译,人民文学出版社1957年版,第129页。

⑤ [英]罗素:《西方哲学史》上卷,何兆武、李约瑟译,商务印书馆1997版,第189页。

⑥ A.N·怀特海:《过程和实在:论宇宙哲学》,见王客文、宋洁人:《柏拉图研究》,山东人民出版社1991年版,第6页。

者的评价,他说:

> 美学问题只能产生在苏格拉底之后。事实上,美学问题正是和柏拉图一起产生的,他是第一个、也是唯一的一个对艺术做过真正伟大否定的人,对此,在理念的历史中,是有文献可查的。①

> 艺术,摹仿,是理性的还是非理性的事实呢? 它属于人们心灵中哲学和德行所在的崇高部分呢,还是和感官快感、兽欲一起骚动于心灵中的卑俗部分呢? 柏拉图的这个发问第一次提出了美学问题。②

在世界学术史上,衡量和评价一个哲学家、美学家贡献大小的重要尺度,就是看他是否提出了该学科中的重大问题和他对这些问题解决的程度。克罗齐认为柏拉图是世界史上真正提出了美学问题的第一人。这一点我认为是符合历史实际的,对全面完整地评价柏拉图的美学与诗学思想也是至关重要的。但是柏拉图对艺术特别是对诗歌也不仅是"做过真正伟大否定的人",同样也提出了诗学的诸多重大问题。正如鲍桑葵所说,"柏拉图就凭着他那哲学家的本能,搜集并整理出一批比他的抽象美学理论的内容更能启发人的经验,并提出了一些只有比较具体的批判才能解答的难题"。③

克罗齐美学的追随者,英国哲学家、历史学家、文艺理论家罗宾·乔治·科林伍德(Robin George Collingwood,1889—1943)在《艺术原理》(1938)中,从他的艺术即情感表现的观点出发,认为"柏拉图未能提出'诗歌是什么'? 这个根本问题,因而他的论点受到广泛而彻底的误解。但是,这并没有完全解释清楚这种误解,更不能为这种误解辩护。现代读者所以把柏拉图对'再现型娱乐诗歌'的抨击错误地看作是对诗歌本身的抨击,原因在于他们自己的头脑被一种流行的庸俗理论所蒙蔽,这种理论把艺术本身与再现混为一谈。带着这种错误见解去阅读柏拉图的原文,不管柏拉图预先如

①［意］贝尼季托·克罗齐:《作为表现的科学和一般语言学的美学的历史》,王天清译,中国社会科学出版社1984年版,第4页。

②［意］贝尼季托·克罗齐:《作为表现的科学和一般语言学的美学的历史》,王天清译,中国社会科学出版社1984年版,第4页。

③［英］鲍桑葵:《美学史》,张今译,商务印书馆1985年版,第74页。

何尽力防止,他们也会把这种庸俗理论强加在柏拉图头上。"① 他还说:"所谓柏拉图'攻击艺术,是一种神话,它的生命力非常突出地证明了那些创造这种神话并使之长存不朽的人们的所谓学术性。事实在于:(1)柏拉图从理想国中的那个苏格拉底把诗歌分成两类,一类属于再现,另一类则不是。(2)他认为某些种类的再现性诗歌是娱乐性质的,但因为各种理由而不受欢迎;他只是把这些种类的再现性诗歌不仅驱逐出青年卫国者的学校,而且驱逐出整个城邦(3)……驱逐一切再现性诗歌,但是保留了某些再现性的特殊种类的诗歌。"② 关于柏拉图为什么要把诗人赶出理想国? 他又是把什么样的诗人和什么样的诗歌驱逐出了理想国? 这个问题,我们将在后面作些分析,这里暂不展开谈。但有一点应当指出,在20世纪对柏拉图的研究中,确有一些研究者被一种流行的庸俗理论所蒙蔽,进而又把这种庸俗理论强加在柏拉图头上。其实科林伍德的观点,同样也是把20世纪初流行的情感表现说所涵盖的表现型诗歌排除在柏拉图所要驱逐出理想国的诗歌之外,而硬说柏拉图反对的只是再现性的、供消遣娱乐的诗歌。对于柏拉图有关诗歌问题的对话,我们只要实事求是地稍加分析,就可看出科林伍德观点的片面性。

20世纪后半期柏拉图研究逐渐走向新的高潮。在70年代初,美国柏拉图研究专家 G. 弗拉斯托斯指出:"过去的30年,在全世界的哲学家中间已经表明了一种对柏拉图的爱好的复兴。柏拉图正在被以前所未有的力量研究着和争论着。……关于柏拉图的大量论文和讨论,已经超出过去任何其他的大思想家。"③ 柏拉图的著作经过长期反复地考核研究,逐渐对一些对话的真伪问题,取得了较大范围的共识。欧美、前苏联、日本也相继出版了柏拉图的全集,研究性的论著和论文不断出现。由于社会文化背景的不同,研究的立场、观点和方法的差异,不同国家的学者们对柏拉图的认识和评价仍然大相径庭,看法不一。在社会主义国家前苏联,较长一段时间,在哲学、美学界往往简单地以唯物主义、唯心主义划线,认为唯物主义就是进步的、革命的,唯心主义就是反动的;在文艺学领域则独尊现实主义与社会主义现实主义,以阶级观点和阶级分析方法去观察和评价文学艺术问题,庸俗社会学的影响一直时隐时显。在对柏拉图这样的古希腊伟大思

---

① ［英］罗宾・乔治・科林伍德:《艺术原理》,王至元、陈华中译,中国社会科学出版社1985年版,第50页。

② ［英］罗宾・乔治・科林伍德:《艺术原理》,王至元、陈华中译,中国社会出版社1985年版,第47页。

③ ［英］G. 弗拉斯托斯:《柏拉图:批判的论文集》第1卷,第511页,见王宏文、宋洁人著《柏拉图研究》,山东人民出版社1991年版,第3页。

想家的认识上,则多持全盘否定的态度,如 G. 亚历山大洛夫(1908—1961)在《西欧哲学史》中称柏拉图是"贵族的反动的思想家,古代唯心主义的最大代表,唯物主义世界观的最凶恶的敌人。"① 罗森塔尔·尤金主编的《简明哲学辞典》也称柏拉图是"科学的死敌"。②

毛泽东在 1949 年建国前夕发表的《论人民民主专政》中,明确宣布:"苏联共产党是我们最好的先生,我们必须向他们学习。"③ "走俄国人的路——这就是结论"。④ 因此,建国后 50 年代中国高等学校的哲学、美学、文艺学教材,都是以前苏联高校的教材或以苏联教材为艺术框架编写的。前苏联教材的成就和问题,随之也都传入了中国。他们对柏拉图研究中存有的教条主义和庸俗社会学观点,也程度不同地影响了中国学者。加上中国学者经历过的坎坷的命运,传统的痕迹与"左"的思潮的影响终究没有从他们的著作中清除。朱光潜先生对西方美学研究作出了开拓性重大贡献,他在 20 世纪 60 年代,撰写和出版的中国第一部《西方美学史》与外国同类著作相比,"在体系的完整和内容的评备详博上,它也不见得逊色"。⑤ 该书的学术价值,"在于它对西方美学中一些有代表性的人物和观点的分析、论证和评价上,在于它能够力图用马列主义辩证唯物主义和历史唯物主义的观点,来对西方美学发展的历史规律所作的探讨和总结上。"⑥ 在对柏拉图的研究和评价问题上,国内外一部分学者"因为柏拉图是唯心主义的祖师和雅典贵族反动统治的维护者,就对他全盘否定,甚至说柏拉图只能对反动派发生影响,对进步的人类来说,他是毫无可取的。"⑦ 朱光潜先生反对这种片面的观点和态度,认为应当对具体问题具体分析,注意研究它还有什么值得学习的地方,即使是在个别问题上的正确的看法虽有片面性,也应当肯定下来。但是在 20 世纪 60 年代初期"左"的文艺思潮日益滋长的文化氛围中,朱先生的观点,在一部作为中国高等学校的西方美学史教材中,又不可能不留有那个时代的印记。如书中时而出现要读者"认识到柏拉图的客观唯心主义的反动性"⑧的说法,称"灵感论基本上是神秘的反动的。它的反动性特别表现在它

---

① 王宏文、宋洁人:《柏拉图研究》,山东人民出版社 1991 年版,第 5 页。

② [前苏联]罗森塔尔·尤金主编:《简明哲学辞典》,三联书店 1973 年版,第 53 页。

③ 《毛泽东选集》第 4 卷,人民出版社 1991 年第 2 版,第 1481 页。

④ 《毛泽东选集》第 4 卷,人民出版社 1991 年第 2 版,第 1471 页。

⑤ 《蒋孔阳全集》第 3 卷,安徽教育出版社 1999 年版,第 658 页。

⑥ 《蒋孔阳全集》第 3 卷,安徽教育出版社 1999 年版,第 662 页。

⑦ 《朱光潜全集》第 6 卷,安徽教育出版社 1990 年版,第 79 页。

⑧ 《朱光潜全集》第 6 卷,安徽教育出版社 1990 年版,第 79 页。

强调无理性"。① 认为柏拉图的文艺思想"是反现实主义的文艺思想"。② 几乎与朱光潜先生同时,缪朗山先生在中国人民大学文艺理论研究生班上也开始讲授西方文艺理论史。他对柏拉图文艺观的评价比朱光潜先生还要激烈些,认为柏拉图"对现实主义艺术(他称之为'摹仿的艺术')采取全盘否定的态度,他的文艺理论是反现实主义的理论。"③ 对于柏拉图的艺术理论在历史上的地位和作用问题,在上个世纪 80 年代以前,我国学界的评价是比较低的,汝信、夏森先生在《柏拉图的美学思想——兼论亚里士多德对他的批判》一文中说:"我们认为柏拉图的艺术理论在历史上起的不是进步作用,而是反动作用,它不能促进文学艺术的发展,却反而成为文学艺术前进道路上的障碍。文学艺术遇到了严重的挑战,甚至连它的存在权利也受到了威胁。驳斥和批判这种理论成为历史的必要"。④

从 20 世纪 80 年代以后,我国对柏拉图的研究和评价,逐渐趋于实事求是,在已出版的西方美学史、西方文艺理论史教材中,对柏拉图的评价,诸如"反动的客观唯心主义"、"反现实主义的艺术理论"、起着"反动作用"的词句和论说不见了,代之以更加理性和全面的反思和评述。李醒尘先生在《西方美学史教程》中就对柏拉图的美学思想和艺术理论给予了比较公正的评价,说:"柏拉图在美学史上的重大贡献,就在于他最早创立了本体论的美学,揭示和肯定了美不同于平庸现实和感觉的高贵性的一面,从而使人对美有了更深刻的认识。"⑤ 同时他认为:柏拉图"最早对灵感进行了系统研究,生动地描绘和揭示了灵感现象的某些特征,这些不但不失其积极意义,而且可以说是在美学史上开启了有关艺术创造过程和创造主体以及心理等方面的美学研究,仍应给以充分的重视,不能简单地予以否定。"⑥ 陈中梅先生也认为:"在西方历史上,对'美'的全方位的研究,正像对本体论的有层次的综合性研究一样,始于柏拉图。"⑦ "在西方人文科学的发展历史上,柏拉图(和苏格拉底)第一次以如此炽烈的热情,通过如此精到的分析,在如此宽阔的作业面上对美和审美问题进行了深入的研究,取得了极其丰硕的成果。他对快感以及快感与诗歌(悲剧、喜剧等)之关系问题的探讨,在一些方面具

---

① 《朱光潜全集》第 6 卷,安徽教育出版社 1990 年版,第 76 页。

② 《朱光潜全集》第 6 卷,安徽教育出版社 1990 年版,第 78 页。

③ 缪朗山:《西方文艺理论史纲》,中国人民大学出版社 1985 年版,第 51 页。

④ 汝信、夏森:《西方美学史论丛》,上海人民出版社 1980 年版,第 37 页。

⑤ 李醒尘:《西方美学史教程》,北京大学出版社 1994 年版,第 34 页。

⑥ 李醒尘:《西方美学史教程》,北京大学出版社 1994 年版,第 37 页。

⑦ 陈中梅:《柏拉图诗学与艺术思想研究》,商务印书馆 1999 年版,第 299 页。

有开创性的意义,即使在今天看来仍然具有不衰的学术价值,永驻的历史性魅力。"① 随着《柏拉图全集》中译本的出版和对外学术对话交流的进一步开展,我深信柏拉图的话题还会继续说下去,探讨和研究的内容将会更加丰富和深入。

第二节　相:柏拉图诗学与美学思想方法论的元点 *

柏拉图提出和研究诗歌问题,提出和研究美的问题,一个最根本的出发点就是"相"或"相论"。这是他的方法论的元点,也是他整个思想体系的核心范畴。

汪子嵩先生在《柏拉图全集》中文版序中说:"柏拉图将每一同类事物的本质定名为 idea,一般译为理念。柏拉图在有些对话中将它解释为思想中主观的'念'的,但在更多处却说它是理性认识的对象,是客观的存在,所以有人主张译为'型'或'相',本书均译为'相'。"② 对于柏拉图的"相"和"相论",在1993年出版的由汪子嵩、范明生、陈村富、姚介厚著的《希腊哲学史》第2卷中,设专章(第14章)加以考辨和论证。书中认为:"我们将 idea 和 eidos 译为两个不同的词,凡是柏拉图写为 idea 的译为'相',他写作 eidos 的则译为'型'。'相'和'型'在意义上没有明显的不同,但如果从整个发展看,后期哲学中所讲的'型'更近似亚里士多德的'形式'。柏拉图的哲学特别是前期的理论则译为'相论'、不另立'型论'。"③《柏拉图全集》的译者王晓朝接受和吸取了我国学界研究的成果,结合柏拉图对话的不同语境,将 idea 和 eidos 分别译为"相"或"型"。在我国文艺理论界和美学界,多采用朱光潜的译法。朱先生在柏拉图《文艺对话集·译后记》中认为:"idea,不依存于人的意识的存在,所以只能译为'理式',不能译为'观念'或'理念'。"④ 朱先生译为"理式"不是从主观的观念上讲的,因此与"相"和"型"的译法是相通的。我们在下面的论述中,凡引用"全集"的内容,用"相"或"型",引用朱先生译的《文艺对话

---

① 陈中梅:《柏拉图诗学与艺术思想研究》,商务印书馆1999年版,第316页。

* 该节内容曾以《相:柏拉图诗学美学思想方法论的元典——读〈拉图全集〉札记》为题,发表在《山东师范大学学报》2005年第6期,中国人民大学资料中心全文转载。

② [古希腊]柏拉图:《柏拉图全集》第1卷,王晓朝译,人民出版社2002年版,第3页。

③ 汪子嵩、范明生、陈村富、姚介厚:《希腊哲学史》第2卷,人民出版社1993年版,第660—661页。

④ [古希腊]柏拉图:《文艺对话集》,朱光潜译,人民文学出版社1980年版,第339页。

集》处，则仍用"理式"。

柏拉图所说的"相"是独立于现象界具体事物的绝对实体。具体事物之所以成为具体事物，是因为它分有了"相"。"相本身"和分有相的事物是有区别的，而具体的事物都是以"相"为本源、本体。柏拉图在《巴门尼德篇》中写道："我最多只能这样讲：这些相就好像是确定在事物本性中的类型。其他事物按照这个类型的形象制造出来，与这个模型相似，所谓事物对相的分有无非就是按照相的形象把事物制造出来。"①

在西方哲学史上普遍存在一个"共相"（universals）与"殊相"（particulars）问题，也就是"普遍"、"一般"与"特殊"、"个别"的问题。柏拉图割裂了"共相"与"殊相"、普遍与特殊、一般与个别的关系，认为在具体个别事物组成的现象界上面，有一个绝对的纯粹的"相"的世界，或称理式世界。

现象界的事物都有时间和空间的规定性，因为时间和空间是一切具体事物存在的基本形式。而柏拉图的"相"则是超越时间和空间的，它无时空的规定性。如同波普尔在谈到柏拉图的形式论或理念论时所说，"不要认为形式或理念像可消失的事物那样存在于空间和时间之中。它们不但超越了空间，而且也超越了时间（因为它们是永恒的）。但它们又和空间和时间相联系。由于它们是那些被创造的并在空间和时间中发展的事物的先祖或模型，因此它们必须和空间有联系，并处在时间的起点。既然它们不是在我们的空间和时间中和我们在一起，因此它们不能通过我们的感官而被感知；而普通的、变化着的事物则同我们的感官有交互作用，因而被称为'可感知事物'。这些可感知事物是同一个模型或原型的摹本或子女，它们不仅和原型——它们的形式或理念——相似，而且它们彼此之间也相似，就像同一家庭的子女彼此相似一样"。②

相是永恒的，它无始无终，不生不灭，不增不减。柏拉图从相论（或理式论）出发，观察美学的问题，于是便提出了他的美的本体论。他认为：

　　这种美是永恒的，无始无终，不生不灭，不增不减，因为这种美不会因人而异，因地而异，它对一切美的崇拜者都相同。
　　这种美景也不会表现为一张脸、一双手，或身体某一部分的美。它既不是话语，也不是知识。它不存在于其他别的事物中，例

---

　　① ［古希腊］柏拉图：《柏拉图全集》第2卷，王晓朝译，人民出版社2003年版，第764页。
　　② ［英］卡尔·波普尔：《开放社会及其敌人》第1卷，陆衡等译，中国社会科学出版社1999年版，第54页。

如动物、大地、天空之类的事物；它自存自在，是永恒的一，而其他
一切美好的事物都是对它的分有。然而，无论其他事物如何分有
它的部分，美本身既不会增加，也不会减少，仍旧保持着不可侵犯
的完整。[①]

美的相，就是美本身，它是一切美的事物之所以为美的本源和根据。柏
拉图是从反对德谟克利特的朴素的唯物论和普罗塔哥拉的感觉论基础上，
提出他的相论的。他认为灵魂是第一位的，物体的存在是第二位的。在他
看来，相是绝对的实体，感觉只是幻影。感觉的现象世界变化无常，转瞬即
逝，它只不过是分有了相的部分。相则是万物的原型，万物只是它的摹本和
分有。美的事物之所以美，是因为它分有了美本身或美的相。

在柏拉图那里，美本身，美的相或型，同绝对的美是同义的。在《斐多篇》
中，他说："在我看来，绝对的美之外的任何美的事物之所以是美的，那是因
为它们分有绝对的美，而不是因为别的原因……如果有人对我说，某个特定
事物之所以是美的，因为它有绚丽的色彩、形状或其他属性，我都将置之不
理。我发现它们全都令我混乱不堪。我要简洁明了地，或者简直是愚蠢地
坚持这样一种解释：某事物之所以是美的，乃是因为绝对的美出现于它之上
或者该事物与绝对的美有某种联系，而无论这种联系方式是什么。我现在
不想追究那些细节，而只想坚持一个事实，依靠美本身，美的事物才成为美
的。"[②] 他还说："大家也都同意存在着各种'型'，与这些型同名的其他事物之
所以得名的原因在于它们分有型。"[③]

既然"相"与分有"相"的具体事物是不同的，而且是相互割裂和对立
的。那么人们又是如何认识事物的"相"、"型"或"理式"的呢？柏拉图用
了一个很有名的"灵魂马车"的比喻，提出了灵魂回忆说，作为人类认识事
物的"相"的途径。柏拉图认为，灵魂是不朽的，"灵魂的本质是自动"，"这
个自动者是其他被推动事物的源泉和运动的第一原则。"[④] 他把灵魂的运动
比做一股合力，就好像同拉一辆车的飞马和一位能飞的驭手。这驾灵魂马
车可以自由地在整个宇宙中穿行。"如果灵魂是完善的，羽翼丰满，它就在
高天飞行，主宰全世界；但若有的灵魂失去了羽翼，它就向下落，直到碰上坚

---

① 《柏拉图全集》第2卷，王晓朝译，人民出版社2003年版，第254页。
② 《柏拉图全集》第1卷，王晓朝译，人民出版社2002年版，第109—110页。
③ 《柏拉图全集》第1卷，王晓朝译，人民出版社2002年版，第112页。
④ 《柏拉图全集》第2卷，王晓朝译，人民出版社2003年版，第159页。

硬的东西,然后它就附着于凡俗的肉体,由于灵魂拥有动力,这个被灵魂附着的肉体看上去就像能自动似的。这种灵魂和肉体的结合结构就叫做'生灵'。[①] "相"存在于诸天之外的境界,这是真正存在的居所,而真正的存在又是没有颜色和形状、不可触摸的。"只有理智这个灵魂的舵手才能对它进行观照[②]……当灵魂终于看到真正的存在时,它怡然自得,而对真理的沉思也就成为灵魂的营养,使灵魂昌盛,直到天穹的运行满了一周,再把它带回原处。"灵魂马车在天穹中运行,由于驭手的能力和马的好坏,灵魂也就时上时下,有的在神的导引下可能见到事物本体,即见到相,有的则只能见到相的局部或小部,没有神的引领,灵魂就根本见不到相。根本没有见到相的灵魂,落入尘世后也就决不能投生为人。灵魂由于没有完全承担起重负或没有随神而前行,致使它的羽翼受到了损伤,受到了健忘和罪恶的拖累,于是便坠落到尘世。"只有那些见过真理的灵魂才能投生为人——作为人必须懂得如何使用'型',用理性把杂多的观念整合在一起——因此,理智就是我们对自己的灵魂在前世与它们的神一道巡游时看到的那些事物的回忆,它们凭高俯视我们凡人认为真实存在的东西,抬头凝视那真正的存在。"[③] 每个人的灵魂就其本性来讲,在与肉体结合之前,在九重天之上程度不同地见到过相的存在,但在投胎落入与肉体结合时,则把生前在上天见到的相或相的部分遗忘了。一般情况下,每个降落尘世的灵魂不到一万年不能恢复它的羽翼,如果是哲学家,过着哲学家的生活,到了三千年结束之时,它就可以恢复羽翼,重新远行高飞。世界有少数哲学家才具有回忆的本领,重新回忆起他在生前在上界见到的相或相的部分。灵魂的回忆也不是凭空而起,而是"通过观看尘世间的事物来引发对上界事物的回忆,这对灵魂来说却不是一件易事。有些灵魂曾经观照过上界的事物,但只是片刻拥有这些事物的景象;有些灵魂在落到地面上以后还沾染了尘世的罪恶,忘掉了上界的辉煌景象。剩下的只有少数人不能保持回忆的本领。"[④]

在这个灵魂马车的比喻中,"相"或"型"(有的译者译为理念、理式)具有不同层次上的不同含义,如同范明生所说:

一、从本体论上讲,理念是本体,把理念看作是脱离和先于可

---

① 《柏拉图全集》第2卷,王晓朝译,人民出版社2003年版,第160、161页。

② 《柏拉图全集》第2卷,王晓朝译,人民出版社2003年版,第160、161页。

③ 《柏拉图全集》第2卷,王晓朝译,人民出版社2003年版,第163页。

④ 《柏拉图全集》第2卷,王晓朝译,人民出版社2003年版,第164页。

感个体事物的客观实在,理念和可感个体事物分属两个彼此分离和对立的世界。

二、从目的论上讲,理念是万物追求的目标和赖以产生的动因。

三、从认识论、逻辑上讲,理念是种、一般概念、共相、范畴。

四、从发生学讲,理念是万物的本原、模型,可感个体事物是以同名的理念为模型,摹仿或分有理念那派生出来的摹本。[①]

范明生先生这里把"相"译为"理念",他联系柏拉图的有关论述从四个方面阐述了"理念"的含义。

柏拉图以灵魂马车的比喻,提出和阐明了"相"、具体事物的"相"以及如何认识"相"的问题。他这种关于"相"的理论,具有重要的方法论意义,它开启了后世运用"相"或"型"的设计研究自然和社会发展远景的先河。对此,卡尔·波普尔有一段很好的说明:

> 根据我们的分析,柏拉图关于形式中理念的学说在他的哲学中至少有三种不同的功能。(1)它是一个重要的方法论设计,因为它使纯粹的科学知识成为可能,甚至使能够应用于变幻事物的世界的知识成为可能(对于变幻事物的世界,我们不能直接获得任何知识,而只能获得意见)。因此,探讨变动的社会的各种问题和建立政治科学就成为可能了。(2)它给迫切需要的变化学说和衰败学说以及生成和衰亡的学说提供线索,尤其是为研究历史提供线索。(3)它在社会的领域里打开了一条通向某种社会工程的道路;它使制造工具来阻止社会变化成为可能,因为它建议设计一个'最美好的国家',这个国家的形式或理念如此相似,以致它不会衰败。[②]

相论是柏拉图哲学、美学和诗学思想体系的逻辑起点。他正是从相论出发提出了他的世界图像论,进而论述了关于诗歌艺术和美学的一系列根本性的问题。

---

① 范明生:《柏拉图哲学述评》,人民出版社1984年版,第141—142页。

② [英]卡尔·波普尔:《开放社会及其敌人》第1卷,陆衡等译,中国社会科学出版社1999年版,第65—66页。

第三节　"线喻""洞喻""床喻"
和柏拉图的世界图像论

西方哲学家往往喜欢描绘自己所构想的一个世界图像来阐明他的宇宙观和哲学观。在这方面,柏拉图可以说是一位卓越的肇始者。在《国家篇》中,他以"线喻""洞喻"和"床喻",生动地提出和阐明了他的世界图像理论。

一、"线喻"

柏拉图从"相"论出发,提了一个"线喻",把世界分成不等的两部分:可见世界与可知世界。在《国家篇》中他说过,"有两样真实存在的东西,一个统治着理智的秩序和区域,另一个统治着眼球的世界"。[①] 这是不同的两类事物:可见的和可理解的。接着他举出了"线喻",来说明他对世界的看法。他说:

> 那么请你画一条线来表示它们,把这条线分成不等的两部分,然后把它们按照同样的比例再分别分成两部分。假定原来的两部分中一个部分相当于可见世界,另一部分相当于可知世界,然后我们再根据其清晰程度来比较第二次分成的部分,这样你就会看到可见世界的一部分表示影像。所谓影像我指的首先是阴影,其次是在水里或表面光滑的物体上反射出来的影子或其他类似的东西。
> 至于第二部分表示的是实际的东西,即我们周围的动物和植物,以及一切自然物和人造物。[②]

按照柏拉图的看法,整个宇宙由可见世界与可知世界构成;而可见世界中又分为两部分:一部分是实际存在的现象世界,这包括自然和社会中的种种具体事物,如动物、植物,自然物与人造物,一部分则为影像世界,他又称为"眼球的世界",在这个世界中,"人的灵魂被迫把可见世界中那些本身也

---

① 《柏拉图全集》第2卷,王晓朝译,人民出版社2003年版,第507页。
② 《柏拉图全集》第2卷,王晓朝译,人民出版社2003年版,第507—508页。

有自己的影子的实际事物作为影像。"这些可见的实际事物与他们的影像、影子之间,有一个原本与摹本的关系。可知世界只能凭理性、凭辩证法的力量才能把握。"在这个过程中,人的理智不使用任何感性事物,而只使用事物的型,从一个型到另一个型,最后归结为型。"① 从柏拉图对"线喻"的具体说明中,我们可以看出,他虽然把世界分为可见与可知两种世界,实际上世界呈现出三种形态:

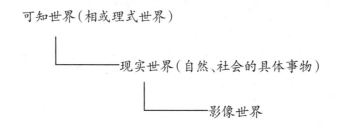

用线来表示,这是一条由下向上逐步升高的斜线:②

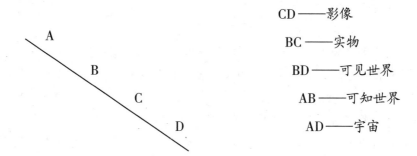

"线喻"同时也说明了人的认识发展的不同阶段,由感性认识逐步上升到理性认识,只有靠理性认识,只有哲学家才能真正认识事物的相本身。

二、"洞喻"

在《国家篇》第七卷中,柏拉图生动地讲了一个哲学史上有名的故事,这就是洞穴比喻,他写道:

---

① 《柏拉图全集》第2卷,王晓朝译,人民出版社2003年版,第509页。

② 参见汪子嵩、范明生、陈村富、姚介厚:《希腊哲学史》第2卷,人民出版社1993年版,第792—793页,笔者将柏拉图说的"线"看作是由低向高的斜线,不是一条平行线。

　　请你想象有这么一个地洞,一条长长的通道通向地面,和洞穴等宽的光线可以照进洞底。一些人从小就住在这个洞里,但他们的脖子和腿脚都捆绑着,不能走动,也不能扭过头来,只能向前看着洞穴的后壁。让我们再想象他们背后远处用较高的地方有一些东西在燃烧,发出火光。火光和这些被囚禁的人之间筑有一道矮墙,沿着矮墙还有一条路……有一些人高举着各种东西从矮墙后面走过,这些东西是用木头、石头或其他材料制成的假人和假兽,再假定这些人有些在说话,有些不吭声……①

　　由于这些囚徒的脖子一辈子都不能动,因此他们看到的和听到的只能是在他们对面洞壁上移动着的阴影和洞壁上发出的回声。突然有一天,"假定有一个人被松了绑,他挣扎着站了起来,转动着脖子环顾四周,开始走动,而且抬头看到了那堆火。在这样做的时候,他一定很痛苦,并且由于眼花缭乱而无法看清他原来只能看见其阴影的实物。这时候如果有人告诉他,说他过去看到的东西全部都是虚假的,是对他的一种欺骗,而现在他接近了实在,转向比较真实的东西,看到比较真实的东西……并且认为这些事物确实比指给他看的那些事物更加清晰、更加精确……"② 接着有人硬拉着他走上那条陡峭崎岖的坡道,直到把他拉出洞穴,见到了外面的阳光,经过一段适应的过程,他才看清了洞外高处的事物。"首先最容易看见的是阴影,其次是那些人和其他事物在水中的倒影,再次是这些事物本身……他最后终于能观察太阳本身,看到太阳的真相了,不是通过水中的倒影或影像来看,也不借助于其他媒介,而是直接观察处在原位的太阳本身。"③ 柏拉图的"洞喻"同"线喻"既相联系又相区别。囚徒居住的洞穴就好比可见世界;从洞穴上到地面并且看到那里的事物,就是灵魂上升到可知世界。柏拉图的这一说法,也有其矛盾的地方。实际上他描述的洞外世界,也包括"线喻"中所说三种不同情景:有具体实体的阴影和水中的倒影;有具体的事物;有太阳发射的普照的光。只有太阳才是可知世界的原型,阴影、倒影和具体事物则属于可见世界。而洞穴的世界则是洞外世界的摹本。

　　"洞喻"比"线喻"的内容更为丰富和深刻,从柏拉图自己的推论中,有

---

①《柏拉图全集》第2卷,王晓朝译,人民出版社2003年版,第510—511页。

②《柏拉图全集》第2卷,王晓朝译,人民出版社2003年版,第511—512页。

③《柏拉图全集》第2卷,王晓朝译,人民出版社2003年版,第512页。

以下几点值得我们重视：

第一，"太阳"是宇宙间最高的"相"，是真、善、美的象征。他说：

> 正是太阳造成了四季交替和年岁周期，并主宰着可见世界的所有事物，太阳也是他们过去曾经看到过的一切事物的原因。[1]

> 它确实就是一切正义的、美好的事物的原因，它在可见世界产生了光，是光的创造者，而它本身在可知世界里就是真理和理性的真正源泉，凡是能在私人生活或公共生活中合乎理性地行事的人，一定看见过善的型。[2]

在柏拉图看来，追求正义，追求真、善、美是人类最高的目标，伟大的灵魂，"一直有一种向上飞升的冲动，渴望在高处飞翔。如果我们可以作此想象，那么这样说我认为是适宜的。"[3]

第二，"洞喻"显示出柏拉图不单是古希腊奴隶制的代言人，同时他又是一个伟大的人文主义者，他希望生活在黑洞里的囚徒们永远摆脱囚徒的生活，奔向自由，奔向光明。他在讲完"洞喻"的故事后，对那个逃离囚徒生活而走出洞穴、见到光明的囚徒，做了如下意味深长的评说：

> 如果在这种时候回想起自己原先居住的洞穴，想起那时候的智力水平和一同遭到禁锢的同伴，那么他会为自己的变化感到庆幸，也会对自己的同伴感到遗憾，你难道不这样认为吗？
>
> 他确实会这样想。
>
> 如果洞穴中的囚徒之间也有某种荣誉和表扬，那些敏于识别影像、能记住影像出现的通常次序、而且最能准确预言后续影像的人会受到奖励，那么你认为这个已经逃离洞穴的人还会再热衷于取得这种奖励吗？他还会妒忌那些受到囚徒们的尊重并成为领袖的人，与他们争夺那里的权力和地位吗？或者说，他会像荷马所说的那样，宁愿活在世上做一个穷人的奴隶，一个没有家园

---

① 《柏拉图全集》第2卷，王晓朝译，人民出版社2003年版，第513页。

② 《柏拉图全集》第2卷，王晓朝译，人民出版社2003年版，第514页。

③ 《柏拉图全集》第2卷，王晓朝译，人民出版社2003年版，第514页。

的人,受苦受难,也不愿再和囚徒们有共同的看法,过他们那样的
生活,是吗?

　　他说,是的,我想他会宁愿吃苦也不愿再进囚徒的生活。①

　　柏拉图在这段话中,也表达出了他对黑暗囚徒生活现实的憎恶,对那些
在黑洞里热衷于争权夺利的"领袖"人物的鄙视和对奴隶解放的同情与肯
定。这里也暴露出柏拉图本人政治观、政治理想中存在的矛盾。

　　第三,"洞喻"进一步引出柏拉图的教育观和哲王之治的思想。他认为
在黑洞中生活的囚徒,不仅有铁链锁住他们的脖子、手脚,而且思想也被锁
链禁锢着,因此他们把这种囚徒生活看作是正常的,而那个逃出洞口的囚徒
则是应该判刑的,是错误的和犯法的。可见,让这些囚徒尽快地冲破思想的
牢笼,让他们"能最快、最有效地实现灵魂的转向或转换",② 使他们具有能
看见善型的视力,获得挣脱黑暗奔向光明的最伟大的知识,成了最重要的
事情。那么,谁能引导灵魂"从朦胧的黎明转向真正的大白天,上升到我们
称之为真正哲学的实在……引导灵魂从变易的世界转向存在世界的学习"③
呢? 这就是哲学家。哲学家用什么引导和教育生活在黑洞的囚徒呢? 柏拉
图论述了学习哲学、学习体育和音乐的重要,学习数学、几何学、学习天文学
的重要。通过教育"使灵魂本身从生灭的世界转向本质与真理。"④

三、"床喻"

　　柏拉图在"洞喻"中已经涉及艺术,提出了音乐的功能问题,在"床喻"
中,他具体论述了三种床与三个世界的关系,提出了他的艺术观。《国家篇》
第十卷中,柏拉图在谈到床的制造时,提出了三种床的观点:

　　我认为,一张床从本质上来看,我们得说是神造的。或者说你
认为是别的什么造吗?

　　我不认为是别的什么造的。

　　另一张床是木匠造的。

------

① 《柏拉图全集》第2卷,王晓朝译,人民出版社2003年版,第513页。
② 《柏拉图全集》第2卷,王晓朝译,人民出版社2003年版,第515页。
③ 《柏拉图全集》第2卷,王晓朝译,人民出版社2003年版,第519页。
④ 《柏拉图全集》第2卷,王晓朝译,人民出版社2003年版,第525页。

他说,是的。

还有一张床是画家画出来的,是吗?

就算是吧。

那么,画家、木匠、神这三位制造者与三张床分别对应。

是的,是这三者。

那么,神出于自愿或由于某种压力不在那张本质的床之外再制造其他的床,所以他只制造一张本质的床,真正的床,床本身。①

"床喻"中,柏拉图进一步发挥和发展了"线喻"和"洞喻"的观点,提出不同型的床的创造者问题,在世人面前描绘出了一个新的世界图像。这个新的世界图像是由三个不同层次的世界构成的。具体图示如下:

床1	床之所以为床的相	神创造的	原本	可知世界
床2	具体的现实的床	木匠创造的	摹本影像	可见世界
床3	画家画的床和诗中描写的床	画家和诗人创造的	摹本的摹本,影子的影子	艺术世界

柏拉图认为神是唯一真正的床的创造者。神创造了床的本质,床的相或型。但对床即对床的相,由于它居于"可知世界",不能靠感性认识去把握,只能靠理性才能把握。柏拉图在"床喻"中,有一个居于宇宙最高层的神,他是"一位万能的工匠,能制造各种匠人所制造的一切……他不仅能够制造各种用具,而且还能制造一切植物和动物,包括他自己,此外还能制造天、地、诸神,还有天上的各种东西以及冥府间的一切。"② 匠人制作只是对神制作的床的摹仿,因此匠人的制作"都是影子,而不是实体和真相……如果他不能制造真正的事物,那么他就不能制造真正的存在,而是能制造与真正存在相似,但并非真正存在的东西。但若有人说木匠或其他艺人的作品是完全意义上的存在,那么他的话好像是错的。"③ 匠人制作的床是神制作的床的影像,画家画的床是什么呢?"是在对实在本身进行摹

---

① 《柏拉图全集》第2卷,王晓朝译,人民出版社2003年版,第615页。

② 《柏拉图全集》第2卷,王晓朝译,人民出版社2003年版,第614页。

③ 《柏拉图全集》第2卷,王晓朝译,人民出版社2003年版,第614—615页。

仿呢，还是在对实在显示出来的影像进行摹仿？绘画是对影像的摹仿，还是对真相的摹仿？"柏拉图作了明确的回答：不论绘画，还有悲剧和诗所描绘的床，都"是对影像的摹仿"。① 因此，绘画、诗和悲喜剧，都是摹仿的摹仿，影子的影子，"和真理隔着两层"，也即是同所描绘的事物的"相"还隔着两层。

柏拉图在《国家篇》对话中谈到的"线喻"、"洞喻"、"床喻"，是相互联接，相互补充的。他所描绘的可知世界、可见世界和艺术世界的世界图像，为他的政治观、法学观、教育观、美学观和艺术观提供了理论基础。

第四节　哲学与诗歌之争 *

——柏拉图为什么要把诗人赶出"理想国"

陈中梅先生在《柏拉图诗学和艺术思想研究》一书中说："柏拉图不仅以他的本体论闻名，而且还以他的内涵丰富、层面开阔的诗论吸引了一代又一代的学人……在柏氏的比较松散的学问体系里，诗论占有重要的地位，它不仅表述了柏氏独特的诗学思想，而且还从一个侧面体现了柏拉图哲学和伦理思想的精华。鉴于他的本体论的实质，我们似乎难以指望这位哲学家对诗歌采取赞许和支持的态度。事实上，在希腊乃至西方历史上，这位学问家对诗和诗人的批评，就深度、广度、用词的严厉、抨击的次数而言，都创下了空前、甚至是绝后的纪录。"② 柏拉图的诗论内容丰富，几乎提出了后来诗学发展的诸多重大问题。当然，人们谈起柏拉图的诗学思想，首先提出的话题，自然是他为什么要把诗人赶出他的"理想国"。基于这样的情况，我们就先谈一下我们对这个问题的认识。

我们先看一下柏拉图本人是怎样说的。他在《国家篇》第十卷中说：

> 为了不让诗歌责怪我们过于简单粗暴，让我们进一步对它说，哲学和诗歌之间的争吵古已有之。什么"对着主人狂吠的狗"、"咿哑学语的婴儿中的巨人"、"穷鬼中的精明之士"，以及其他无数说

---

① 参见《柏拉图全集》第2卷，王晓朝译，人民出版社2003年版，第616—617页。

* 该节内容曾以《哲学与诗歌之争——柏拉图为什么要把诗人赶出〈理想国〉？》为题，发表在《山东理工大学学报》2005年第3期。

② 陈中梅：《柏拉图诗学和艺术思想研究》，商务印书馆1999年版，第56—57页。

法都是这种争论的证据。尽管我们仍旧要声明：要是消遣的、悦耳的诗歌能够证明它在一个管理良好的城邦里有存在的理由，那么我们非常乐意接纳它，因为我们自己也能感受到它的迷人，但是要背弃我们相信是真理的东西总是不虔诚的。我的朋友，难道不是这样吗？你自己难道没有感受到它的魔力吗，尤其是荷马本人在吟诵的时候？

它的魔力大得很。①

从这段柏拉图说明他把诗歌从他的理想城邦驱逐出去的理由看，在这场古已有之的哲学与诗歌之争中，他完全是站在哲学一边的，但他又是以哲学家清楚的头脑来谈论和提出这个问题的。柏拉图既是哲学家又是政治家，他所构想的理想国，应是一个"哲王之治"的理想的国家。他认为"只有正确的哲学才能为我们分辨什么东西对社会和个人是正义的。除非是真正的哲学家获得政治权力，或者出于某种神迹，政治家成了真正的哲学家，否则人类就不会有好日子过。"② 柏拉图指控诗歌的主要罪状有三条：

第一，诗歌摹仿的是影子的影子，不是实体和真相，"背弃我们相信是真理的东西"，它同真理隔着两层。柏拉图自幼对荷马很热爱和崇敬，就因为荷马是摹仿者，远离真理，因此荷马的诗歌也不能在他的城邦中存在。他说："从荷马开始的诗人这一族都是美德影像的摹仿者，或者是他们'制造的'其他事物的影像的摹仿者。他们完全没有把握真相，而是我们刚才所说那种画家。"③ 柏拉图称荷马、赫西俄德和其他诗人编造的故事，都是"虚假的"故事，因此，应该痛加谴责，"尤其是撒谎还撒不圆。"④ 对于诗歌的评价，"我们还必须把真实看得高于一切。"⑤ 他这里的真实是与哲学上的真理同一涵义的。在《法篇》中他更明确地讲："我们应当用真理作为衡量的标准，无论对真理作何种解释，而不要用其他东西作标准。"⑥

第二，诗歌容易激发人性中的非理性成分，摆脱理性的控制。柏拉图认

---

① 《柏拉图全集》第2卷，王晓朝译，人民出版社2003年版，第630页。
② 《柏拉图全集》第4卷，王晓朝译，人民出版社2003年版，第80页。
③ 《柏拉图全集》第2卷，王晓朝译，人民出版社2003年版，第621页。
④ 《柏拉图全集》第2卷，王晓朝译，人民出版社2003年版，第338页。
⑤ 《柏拉图全集》第2卷，王晓朝译，人民出版社2003年版，第351页。
⑥ 《柏拉图全集》第3卷，王晓朝译，人民出版社2003年版，第418页。

为,人的灵魂由两部分构成:一是灵魂的最高部分,这是理性部分,人只有靠理性,才能真正把握可知世界,领会和认识到正义、幸福、真、善、美的"相";一是灵魂的低劣部分,这是一些非理性的成分。比如激情就属于非理性成分。他说:"激情是一种有着邪恶倾向的东西,说话人的愤怒毒害着他的激情,使他原来所学的合乎人性的教育和教养又一次转变为兽性,心中压抑着的积怨使他成为一头野兽,这就是他追求的激情回归给他带来的悲哀。"[①] 诗歌包括史诗、悲喜剧、抒情诗、音乐等,由于远离真理,往往失去理性的控制,成为非理性的情感和激情的宣泄,因而它更易于激发和滋长人的灵魂的低劣部分。因此,"我们终于可以说,不让诗人进入治理好的城邦是正确的,因为他会把灵魂的低劣成分激发、培育起来,而灵魂低劣成分的强化会导致理性部分的毁灭,就好比把一个城邦的权力交给坏人,就会颠覆城邦,危害城邦里的好人。以同样的方式我们要说,摹仿诗人通过制造一个远离真实的影像,讨好那个不能辨别大小、把同一事物一会儿说成大一会儿说成小的无理性的成分,在每个人的灵魂里建起一个邪恶的体制。"[②] 悲剧在生活中,容易激发人们的感伤癖和哀怜癖,喜剧则容易使粗俗、滑稽的风尚放任自流。在理想国中,应让一些非理性的情感枯萎死亡,而诗歌则给它们"浇水施肥"。因此理想国的公民必须以理性控制情感,以便使自己的生活更美好、更幸福。

第三,从对青少年的教育出发,对一切不利于青少年健康成长的诗歌,都应禁止在城邦中流传,对于创造这类诗歌的诗人则应驱逐出境。在《法篇》中柏拉图的这一立场表达得最为清楚,他说:

> 教育实际上把儿童引导到由法律宣布为正确的规矩上来,其正确性为最优秀的人和最年长的人的共同一致的经验所证明。儿童的灵魂学习感受快乐与痛苦不可以用成年人的方式,这些成年人感受快乐与痛苦的方式或者是违法的,或者是服法的,而要与成年人为伴,在与成年人所经历的相同事物中习得快乐和痛苦。我认为,这就是所谓"诗歌"的真正目的。它们确实是为灵魂而唱,十分诚挚地要在灵魂中产生我们已经说过的和谐,亦即"戏剧"和"歌曲"的作用,但是年轻人的灵魂不能承受这种诚挚,

---

① 《柏拉图全集》第3卷,王晓朝译,人民出版社2003年版,第701页。

② 《柏拉图全集》第2卷,王晓朝译,人民出版社2003年版,第628页。

并照样实施……以同样的方式,真正的立法家会进行劝告,劝告无效就强迫,拥有诗人天赋的人必须创作他们应该创作的东西,用高尚精美的诗句来再现好人,用适当的节奏来再现好人的心怀,用优美的旋律来再现好人的节制,这些人是纯粹的,高尚的,简言之,是善的。①

柏拉图强调面对青少年的文学艺术作品应不同于写给成年人看的作品,应充分注意对青少年灵魂的影响。他的这一教诲,即使今天看来也并非没有意义。柏拉图指控诗歌的主要罪状之一,就是因为"它具有强大的腐蚀性,甚至连优秀人士也要高度警惕,因为很少有人能够避免它的腐蚀。"②因此,作为政治家和教育家的柏拉图,要为诗歌立法,他认为:"我们必须先对编故事的人进行审查,接受好故事,拒绝坏故事。然后我们要鼓励保姆和母亲给孩子们讲那些已经通过审查的故事,用这些故事塑造他们的心灵,胜过用手去塑造他们的身体。他们现在所讲的故事大多数我们都要加以抛弃。"③柏拉图反复教诲读者,对于那些聆听诗歌的人,一定要在心中提高警惕,不要让诗歌对他的灵魂构成不良的影响,以致坠入众人那种对诗歌幼稚的热爱。由于诗人对缪斯领域中的正确与合法一无所知,"他们充满无限想象力和追求快乐的欲望,把哀歌与颂歌,阿波罗颂歌、酒神颂歌全都拼凑在一起,他们实际上不用竖琴摹仿笛子的旋律,创造出一种大杂烩。就这样,他们的愚蠢引导他们无意识地诽谤他们的职业",④进而将青少年引入非理性的歧路。因此也必须将这些创造非理性、一味追求情欲作品的诗人驱逐出理想国。不过柏拉图说得很委婉,请看朱光潜先生一段生动的翻译:"如果有一位聪明人有本领摹仿任何事物,乔扮任何形状,如果他来到我们的城邦,提议向我们展览他的身子和他的诗,我们要把他当作一位神奇而愉快的人物看待,向他鞠躬敬礼;但是我们也要告诉他:我们的城邦里没有像他这样一个人,法律也不准许有像他这样的一个人,然后把他涂上香水,戴上毛冠,请他到旁的城邦去。"⑤

---

①《柏拉图全集》第3卷,王晓朝译,人民出版社2003年版,第407页。

②《柏拉图全集》第2卷,王晓朝译,人民出版社2003年版,第628页。

③《柏拉图全集》第2卷,王晓朝译,人民出版社2003年版,第338页。

④《柏拉图全集》第3卷,王晓朝译,人民出版社2003年版,第438页。

⑤〔古希腊〕柏拉图:《文艺对话等》,朱光潜译,人民出版社1980年版,第56页。

　　那么,柏拉图是否真正是"诗歌之敌",根本不允许诗歌和其他艺术存在呢? 不是的。他充分理解和真正体验过文学艺术的力量,他的国家仍然需要诗歌,需要文学和艺术。请看他自己是怎样说的:

> 我们必须寻找这样一些艺人,凭着优良的天赋,他们能够追随真正的美和善的踪迹,使我们的年轻人也能循此道路前进,进入健康之乡,那里的美好作品能给他们带来益处,他们的眼睛看到的和他们的耳朵听到的都是美好的东西,这样一来,就好比春风化雨,潜移默化,使他们不知不觉地受到熏陶,从童年起就与美好的理智融合为一。①

　　柏拉图允许诗歌和其他艺术存在的一个前提条件就是这些诗歌要对培养儿童和青年有益,引导他们从小就在健康艺术的"潜移默化"的熏陶下,走上一条追求真、善、美的发展道路。在各类艺术中,柏拉图认为"音乐教育至关重要。节奏和旋律比其他事物更容易渗入心灵深处,在那里牢牢扎根"。② 由此可见,柏拉图的理想国中,要什么样的诗人存在,什么样的诗人不准入境或被驱逐出境,根本的一条,就看他们创作的作品,是否对培养青少年有益。基于对青少年的培养教育出发,柏拉图认为"只有歌颂神明和赞扬好人的颂歌才被允许进入我们的城邦。"③ 对于那些歌颂大自然的作品,当然也允许存在。诗人和其他摹仿性的艺术家,在柏拉图的理想国中的地位是不高的。他认为神用金子造了哲学家和最高的统治者;用银子造了武士;用铜铁造了农夫和手艺人。依据他的"相"论和"灵魂回忆"说,由于先前在上界见到事物本体的"相"的程度的不同,坠入尘世后,人具体又分为九等,诗人或其摹仿艺术家,排在哲学家、君主、武士、政治家、经济家、体育家、医生、预言家和司祭之后,列为第六等。他一方要驱逐一些专事摹仿的诗人出境,同时他又充分认识到诗的"魔力",认为诗歌不仅具有审美教育功能,而且对国家和人生都有"效用"。因此,他明确表示欢迎那些对城邦有益的诗人入境。由此看来,柏拉图对诗歌并非一味地反对,实际上他是一个彻头彻尾的政治功利主义者,凡是对他的理想国有益的作

---

　　①《柏拉图全集》第2卷,王晓朝译,人民出版社2003年版,第368页。

　　②《柏拉图全集》第2卷,王晓朝译,人民出版社2003年版,第369页。

　　③《柏拉图全集》第2卷,王晓朝译,人民出版社2003年版,第630页。

品,一律允许存在,反之,则实行文化专制主义,不是禁止,就是将写这类诗歌的诗人驱逐出境。

作为古希腊卓越的哲学家和美学家的柏拉图,自幼就酷爱诗歌、音乐和体育活动,从其本性来讲,他并不拒斥诗歌和其他艺术。因此,即是在他从其政治观、教育观、哲学观出发,为诗歌罗织罪名时,也不时地流露出他对诗歌、音乐和艺术的热爱之情。在他的对话中,对诗歌和艺术活动,提出了一系列带有原创性的理论见解,值得我们认真地研究和回味。

第五节　柏拉图的诗论六说 *

柏拉图是在古希腊丰厚的艺术沃土上形成自己的诗学思想的。他面对古希腊文学艺术实践,吸取了他的前人对文学艺术提出的种种理论主张,具有原创性地阐发了一系列诗学的重要理论问题。西方诗学传统中所涉及的许多重大问题,几乎都可以在柏拉图那里找到它的源头。

一、灵感——迷狂说

在古希腊,诗是一个广义的概念,它也是一种"技艺"。技艺,希腊原文是 techne,可译为技艺、手艺、技化、艺术,等等。在柏拉图对话中,它既指诗歌、音乐、绘画、雕刻等艺术门类,又指医药、耕种、骑射、畜牧等专门知识来进行工作的行业。[①]在《高尔吉亚篇》中柏拉图专门对"技艺"作了解说,他认为:"人类有许多技艺,是人们凭着经验发明出来的,经验指引着我们走上技艺之路,而缺乏经验就只能在偶然性的道路上摸索。不同的人以不同的方式分有这些不同技艺,最优秀的人追随最优秀的技艺。"[②]在各种技艺中,"有些技艺实际上并不需要言语,而仅凭行动就可发挥其功能,例如绘画、雕刻,以及其他许多技艺……但也有些技艺确实完全通过言语来起作用,实际上不需要或几乎不需要行动。举例来说,算术、计算、几何、跳棋游戏,以及其他技艺,其中有些技艺涉及的言语和行动一样多,有些技艺涉的言语多于行动,它们的整个成就和影响一般说来可以

---

　　* 该节内容曾以《柏拉图诗论六说》和《柏拉图诗论新探》为题分别发表在《东方论坛》2007年第1期和《文艺美学研究》第4辑,河南人民出版社2007年版。

　　① 见《柏拉图全集》第1卷,王晓朝译,人民出版社2003年版,第297页。

　　②《柏拉图全集》第1卷,王晓朝译,人民出版社2003年版,第319页。

归结为言语的作用。"① 后者主要指的是修辞学。对于诗虽然它涉及言语和行动,而主要是通过言语的方式发挥其功能。但是诗虽属于技艺的范围,可主要不是靠技艺,而是靠神助,由此他正式提出和阐发了他的著名的灵感——迷狂说。

优秀的诗歌是从哪里来的? 是天上掉下来,还是诗人头脑中固有的? 驱使诗人创作的动力是什么? 柏拉图的回答是神助,是灵感。

灵感说在古希腊有其古远的实践和理论依据。荷马史诗开篇首先就是呼告诗神缪斯的来临,酒神祭者在如醉如狂中唱出即兴诗,女祭司也在烟雾氤氲中宣示阿波罗的神谕。品达认为灵感得自于天赋。德谟克利特明确在诗学的发轫期提出了灵感问题,认为:"一位诗人以热情并在神圣的灵感之下所写成的一切诗句是最美的。"② 他还说:"不为激情所燃烧,不为一种疯狂一样的东西赋予灵感的人,就不可能成为一个优秀诗人。"③

对于灵感的涵义,朱狄先生在《灵感概念的历史演变及其他》一文中,曾作了辞源学的考察,他说:"古希腊今称之为灵感的 'Ηεóπνεóτια 一词,它的原意是指神的灵气。它由二个词复合而成: Ηεóς 就是神, πνεóτια 是气息的意思,加在一起,可以理解为灵气。据说这个词在公元 12 世纪以前,一直没有像后来所做的那样那样,从艺术灵感的意义上去使用过这个词,而只是把它用之于一种神性的着魔(enthousiasmos)。而处在那样一种情况下的人就叫做神的着魔者(entheos)。"④ 英语 inspiration,同样也有神的启示之义。我国1936年出版的《辞海》,对"灵感"作了两点解释:①感情突然涌现也。天才卓越的文学家,在创作时,每有此种情况。②在宗教上,谓超乎自然作用之一种精神感动,与天启(revelation)之含义相通。古希腊时代,灵感的通用意思是神来附体,神助,着魔。柏拉图是古希腊灵感说的集大成者,他又是从诗学和美学上全面论述灵感说的第一人。他的灵感说既有其神秘的唯心的一面,又有其合理的一面,它揭示和描述了诗歌创作的重要特征,情感的动力,激情与想象的问题。

---

① 《柏拉图全集》第1卷,王晓朝译,人民出版社2003年版,第323页。

② ［波］沃拉德斯拉维·塔塔科维兹:《古代美学》,杨力等译,中国社会科学出版社1990年版,第124页。

③ ［波］沃拉德斯拉维·塔塔科维兹:《古代美学》,杨力等译,中国社会科学出版社1990年版,第123页。

④ 见钱学森等著,彭放编:《灵感之谜》,北京师范学院出版社1986年版,第4页。

　　柏拉图最早是在《申辩篇》中,提出灵感问题。他认为,灵感与天才是一对孪生姐妹,诗人写诗不是靠智慧,而是靠灵感。他说:"在结束了对政治家的访问后,我去访问诗人、戏剧诗人、抒情诗人,还有其他各种诗人,相信在这种场合我自己会显得比他们更加无知。我曾经挑出某些我认为是他们最完美的作品,问他们写的到底是什么意思,心里希望他们会扩大我的知识。先生们,我很犹豫是否要把真相告诉你们,但我必须说出来。我毫不夸张地说,当时在场的人没有一个能够比诗歌的真正作家更好地解释这些诗歌。所以我也马上就有了对诗人的看法。我确定使他们能够写诗的不是智慧,而是某种天才或是灵感,就好像在占卜家与先知身上看到的情况,他们发布各种精妙的启示,但却不知道它们到底是什么意思。"①

　　在《伊安篇》中,他对灵感是从哪里来的? 灵感和技艺的关系以及灵感来临时的思维特征等问题,作了极为生动的描述,他说:

　　　　那些创作史诗的诗人都是非常杰出的,他们的才能决不是来自某一门技艺,而是来自灵感,他们在拥有灵感的时候,把那些令人敬佩的诗句全都说了出来。那些优秀的抒情诗人也一样……他们一旦登上和谐与韵律的征程,就被诗神所俘虏,酒神附在他们身上,就像酒神狂女凭着酒神附身就能从河水中吸取乳和蜜,但他们自己却是不知道的。所以抒情诗人的神灵在起作用,诗人自己也是这样说的。诗人们不是告诉过我们,他们给我们带来的诗歌是他们飞到缪斯的幽谷和花园里,从流蜜的源泉中采来的,采集诗歌就像蜜蜂采蜜,而他们就像蜜蜂一样飞舞吗? 他们这们说是对的,因为诗歌就像光和长着翅膀的东西,是神圣的,只有在灵感的激励下超出自我,离开理智,才能创作诗歌,否则绝对不可能写出诗来。只有神灵附体,诗人才能作诗或发预言。②

　　这里柏拉图的观点很清楚:第一,诗歌创作不是凭技艺,而是来自灵感,只有当"神灵附体",诗人拥有灵感时,才能写出诗来,诗人不过是神灵的代言人。第二,灵感来临时,诗人的思维空前活跃,高度集中,想象力最为丰富,"像光和长着翅膀"一样,能迅速地"从河水中汲取乳和蜜",飞到缪斯

　　① 《柏拉图全集》第1卷,王晓朝译,人民出版社2003年版,第8页。
　　② 《柏拉图全集》第1卷,王晓朝译,人民出版社2003年版,第304—305页。

的幽谷和花园里,将从百花采集的精英酿成甜美的蜂蜜。柏拉图这一比喻,成了后世许多著名作家用来阐明灵感思维和诗歌创作特点的依据。第三,灵感来临时往往不受理智的控制,而是"超出自我,离开理智"。柏拉图认为,只有这样才能创作出优秀的诗歌来。在《斐德罗篇》中,更具体地将灵感来临的状态称之为"迷狂"。柏拉图认为,神灵最大的赐福是"通过迷狂的方式降临的,迷狂确实是上苍的恩赐。"[①] 神灵附体的迷狂有四种:有预言家的迷狂,巫术仪式中祭司的迷狂,爱情的迷狂和诗歌的迷狂。诗歌创作中出现的灵感或迷狂,源于诗神。"缪斯凭附于一颗温柔、贞洁的灵魂,激励它上升到眉飞色舞的境界,尤其流露在各种抒情诗中,赞颂无数古代的丰功伟绩,为后世垂训。若是没有这种缪斯的迷狂,无论谁去敲诗歌的大门,追求使他成为一名好诗人的技艺,都是不可能的。与那些迷狂的诗人和诗歌相比,他和他神智清醒时的作品都黯然无光。你瞧,我们在任何地方都找不到这种人的地位。"[②] 柏拉图反复论证,说明迷狂在诗歌创作中的意义。他说:"我们不要害怕迷狂,不要被那种论证吓倒,认为神智清醒就一定比充满激情好。"[③] 柏拉图所说的迷狂,在诗歌创作中,是与"激情"同一层含义的。诗歌创作的实践也反复证明,没有激情的诗歌,是不会成为打动人、感染人和激励人的优秀诗篇的。

二、磁石——魔力说

与"灵感——迷狂说"紧密相联的,柏拉图提出了"磁石——魔力说",进一步阐明灵感的力度和强度,揭示诗歌的审美特征。他在《伊安篇》中,写道:

> 我刚才说过,使你擅长解说荷马的才能不是一门技艺,而是一种神圣的力量,它像欧里庇得斯所说的磁石一样在推动着你,磁石也就是大多数人所说的"赫拉克勒斯石"。这块磁石不仅自身具有吸铁的能力,而且能将磁力传给它吸住的铁环,使铁环也能像磁石一样吸引其他铁环,许多铁环悬挂在一起,由此形成一条很长的铁

---

① 《柏拉图全集》第2卷,王晓朝译,人民出版社2003年版,第157页。
② 《柏拉图全集》第2卷,王晓朝译,人民出版社2003年版,第158页。
③ 《柏拉图全集》第2卷,王晓朝译,人民出版社2003年版,第158页。

链。然而,这些铁环的吸力依赖于那块磁石。①

　　诗歌的力量来自何处?它为什么会具有永久性的艺术魅力?驱使诗人创作的原动力是什么?柏拉图讲了一个磁石的故事来回答。"赫拉克勒斯石"是指一种其大无比的神力。古希腊神话中的英雄赫拉克勒斯,是天神宙斯与珀耳修斯的孙女阿尔克墨涅所生的儿子。由于他吸吮了女神的乳汁,使他具有了超人的力量。预言家预言这孩子的未来:"他将如何杀戮陆上和海上的许多怪物,他将如何地与巨人斗争击败他们,并且,在他经历过人间的苦难之后,他将享有神祇们的永生的生命,并与永远年轻的女神赫柏结婚。"②赫拉克勒斯还是个躺在摇篮中的婴儿时,两只小手用力一捏,就把爬到他身上的两条毒蛇捏死,长大成人后,又用手捉住一条有九个头的水蛇,并将它的头砍下用一块巨大的石镇压着。他克服了种种难以想象的困难,完成了12件英雄业绩,最后从人间解脱,成为一位天神、一位永生的英雄,他的妻子则是一位永久青春的女神。柏拉图所说的磁石,就是指像赫拉克勒斯身上所显示出的其大无比的神力。这种神圣的力量,实际就是灵感来临时在诗人身上所表现出的一种巨大的创造力量。它是驱使诗人创作的内驱力,是诗人的诗兴泉涌的强大动力。同时,这种神圣的力量,又是对各种表演者和广大观众,读者产生的一种巨大的吸引力量。这种"磁石"的吸引力,有时他又称之为"魔力"。在《国家篇》中,柏拉图就提出这样的发问:"你自己难道没有感受到它的魔力吗?尤其是荷马本人在吟诵的时候?他的魔力大得很。"③由此看来,磁石的魔力实际就是一种具有永久性的艺术魅力和艺术感染力量。缺乏灵感的诗,缺乏艺术魅力或"魔力"的诗,永远不会是一首最优秀的诗。

　　更为可贵的是,柏拉图在阐述其磁石说的同时,提出了一个艺术链的问题。由于磁石不仅自身具有吸铁的能力,而且能将磁力传给吸住的铁环,"使铁环也能像磁石一样吸引其他铁环,许多铁环悬挂在一起,由此形成一条很长的铁链。"这是一条由许多环节构成的艺术活动链条。在《伊安篇》中柏拉图对此进一步作了具体的说明:

　　　　好吧,你明白观众是我讲过的最后一环,被那块磁石通过一些

---

　　①《柏拉图全集》第1卷,王晓朝译,人民出版社2003年版,第304页。

　　②[德]斯威布:《希腊的神话和传说》,楚图南译,人民文学出版社1977年版,第146页。

　　③《柏拉图全集》第2卷,王晓朝译,人民出版社2003年版,第630页。

中间环节吸引过来吗？你们这些颂诗人和演员是中间环节，最初的一环是诗人本身。但是最初对这些环节产生吸引力的是神，是他在愿意这样做的时候吸引着人们的灵魂，使吸引力在他们之间传递。就这样，从最初的磁石开始，形成一条伟大的链条，合唱队的舞蹈演员、大大小小的乐师，全都斜挂在由缪斯吸引的那些铁环上。一名诗人悬挂在一位缪斯身上，另一名诗人悬挂在另一名缪斯身上，我们称之为"被附身"，不过悬挂和被附身实际上是一回事，只是说法不一样罢了，因为诗人被把握住了。诗人是最初的环节，其他人逐一悬挂在诗人身上，有些依附这个诗人，有些依附那个诗人，由此取得灵感……①

柏拉图建构的艺术链是由以下环节构成：

第一，磁石——缪斯，这是诗歌的本源。史诗、抒情诗、悲剧、喜剧等等的一切诗歌舞的艺术活动，都来自于诗神，它是一切诗歌力量的源泉。磁石就是这种神力的象征。

第二，诗人——神的代言人。"神灵附体"，灵感来临，才能爆发创作力量，自然地流露出和谐的音律，优美的诗歌。

第三，诗歌作品。古希腊时代，诗、歌、舞是三位一体的，史诗、抒情诗、悲喜剧统称为诗。诗歌作品是诗人在"神灵附体"、灵感爆发时，以语言为媒介和载体而创造出来的艺术品。它是"缪斯的作品……那些美好的诗歌不是人写的，不是人的作品，而是神写的，是神的作品，诗人只是神的代言人，神依附在诗人身上，支配着诗人。"②

第四，传播诗作的一些中间环节。这包括颂诗人、演员、合唱队员、舞蹈队员、大大小小的乐师，等等，他们都从诗歌作品中吸取了灵感，同时他们又创造性地将已获取的灵感和体验到的审美情感，传达给观众和读者。

第五，观众和读者。这是柏拉图构建的艺术链的最后一环，诗歌的成功与否，就看它是否能以巨大的艺术力量打动读者和观众，感染他们，引起他们的共鸣，使他们获得美的享受。

柏拉图构建的艺术链图示如下：

① 《柏拉图全集》第1卷，王晓朝译，人民出版社2003年版，第307页。

② 《柏拉图全集》第1卷，王晓朝译，人民出版社2003年版，第305页。

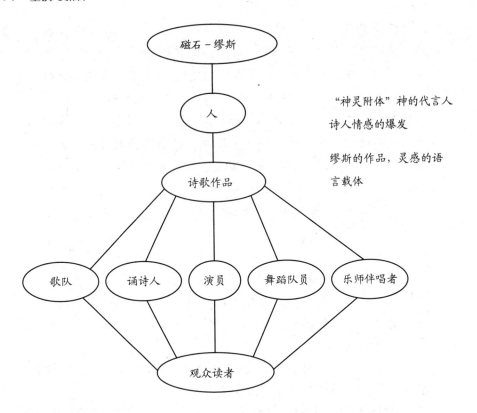

柏拉图提出的艺术链的各个环节,是以磁石的力量,即磁力为联结的纽带。他把这种磁力看作是神的力量,自然是唯心的,不可取的。但他把这种磁力又看作是灵感的力量和魅力,则具有一定的真理性和审美价值。列夫·托尔斯泰说过:"艺术活动建立在人们能够受别人感情的感染这一基础上……在自己心里唤起曾经一度体验过的感情,在唤起这种感情之后,用动作、线条、色彩、声音,以及言词所表达的形象来传达出这种感情,使别人也能体验到这同样的感情,——这就是艺术活动。"[①]他还说:"区分真正的艺术与虚假的艺术的肯定无疑的标志,是艺术的感染性。"[②]艺术家所体验和传达的审美情感的独特、清晰和真挚的程度直接决定着艺术感染性的程度,决定着艺术感染性的力度和强度。

艺术活动过程中,不同的环节是以作者曾经强烈地体验过的审美情感联结起来的,而作者在灵感爆发时所表达出来的审美情感是最真挚、最纯

---

① 〔俄〕列夫·托尔斯泰:《艺术论》,丰陈宝译,人民文学出版社1958年版,第46—47页。

② 〔俄〕列夫·托尔斯泰:《艺术论》,丰陈宝译,人民文学出版社1958年版,第148页。

洁、最能激动人心的情感。正是这种审美的情感不仅深深地打动了作者的心,而且强烈地感染了读者和观众。这种强烈的、震撼人心的艺术感染力量,我认为这正是柏拉图所说的那种神奇磁石的吸引力量。

三、摹仿——生产说

在传统的美学和西方文艺理论著作中,谈到柏拉图的摹仿说,都是从文艺与现实生活的关系着眼,因而大多对柏拉图的摹仿说持否定态度。朱光潜先生认为,由于柏拉图"否定了客观现实世界的真实性,否定了艺术能直接摹仿理式或真实世界,这就否定了艺术的真实性。他所了解的摹仿只是感性事物外貌的抄袭,当然见不出事物的内在本质。艺术家只是像照相师一样把事物的影子摄进来,用不着什么主观方面的创造活动。这种看法显然是一种极庸俗的自然主义的,反现实主义的看法。"①1999年出版的《西方美学通史》中,在柏拉图的专章中也称:"柏拉图的摹仿说从整体上说是错误的,其中不存在任何积极的因素。其所以错误,在于其赖以确立理论基础的理念论,从整体上来说也是错误的道理是一样的。"② 通观柏拉图一生中对摹仿说的各种看法,我认为对于这种完全否定性的结论尚需进一步研究。

柏拉图在"线喻"、"洞喻"、"床喻"和三个世界的划分中,从"相"论出发谈诗歌和艺术的摹仿问题时,他得出的结论:诗歌和艺术都是"摹仿的摹仿","影子的影子","与真理隔着两层"。由此说柏拉图是反艺术真实性的,他的观点是唯心的、错误的,这种看法,自然是有道理的,但是仅从主客二分的认识论的角度来谈柏拉图的摹仿说是远远不够的。

柏拉图本人的思想是发展的,同时他思想中又存在着矛盾。当着他面对古希腊现实生活中存在着的史诗、抒情诗和悲喜剧的实际情况时,他又以一个诗歌的爱好者和鉴赏者的角度提出和论述他的一些诗学观点。他的诗学理论,不仅与他的认识论有关,同时也与他的宇宙生成论、他的历史观、教育观、伦理观紧密相联。

摹仿——生产说,是柏拉图诗学理论的支撑点和主要内容。除了上面我们已经谈到的有关问题外,下面想重点谈以下三方面的问题。

第一,关于诗歌的摹仿对象问题。研究任何一门学问,研究对象的

---

① 朱光潜:《西方美学史》上卷,人民文学出版社1979年版,第46—47页。

② 蒋孔阳、朱立元主编:《西方美学通史》第1卷,上海文艺出版社1999年版,第352页。

确定至关重要,如果对象不能确定,这门学问就难以成为独立的学问。
对此,柏拉图十分清楚,他在《斐德罗篇》中说:"无论讨论什么问题,都
要有一个出发点,这就是必须知道所讨论的对象究竟是什么,否则得不
到什么结果。许多人对于事物本质,都强不知以为知;既自以为知,他们
就不肯在讨论的出发点上先求得到一个一致的看法,于是愈讨论下去,
就愈见分歧,结果他们既互相矛盾,又自相矛盾。"① 基于这样的看法,柏
拉图在讨论诗歌的问题时,就面对古希腊诗歌存在的实际,首先着眼于
诗歌摹仿的对象问题。在这个问题上,我们先看一下柏拉图的老师苏格
拉底的看法:

> "在叙事诗方面,我最钦佩的是荷马;在颂赞诗方面,最钦佩的
> 是梅兰尼匹底斯;悲剧方面,是索弗克雷斯;雕刻方面,是帕如克利
> 托斯;在绘画方面,是琐克亚斯。"
> "在你看来,是那些塑造没有感觉、不能行动的形象的人更值得钦佩
> 呢,还是那些塑造有感觉和有生命力的活物形象的人更值得钦佩呢?"
> "我指宙斯神起誓,是那些塑造活物形象的人,因为活物形象
> 不是偶然造出来的,而是凭智力造出来的。"②

显然,苏格拉底最钦佩的是在诗歌作品中塑造出那些有感觉又能行动
的活的人物形象。这些活的艺术形象,又是诗人把在现实生活中见到的许
多人身上的最美的部分加以选择、集中而创造出来的。柏拉图继承并进一
步发挥了他老师的观点,关于诗歌摹仿的对象问题,他在《国家篇》中有一段
对话很能说明他的观点:

> 苏:我们不能单凭诗画类比的一些貌似的地方,还要研究诗的
> 摹仿所关涉到的那种心理作用,看它是好还是坏。
> 柏:我们的确应该这样办。
> 苏:我们姑且这样来看它,诗的摹仿对象是在行动中的人,这
> 行动或是由于强迫,或是由于自愿,人看到这些行动的结果是好还
> 是坏,因而感到欢喜或悲哀。此外还有什么呢?

① [古希腊]柏拉图:《文艺对话集》,朱光潜译,人民文学出版社1980年版,第106页。
② [古希腊]色诺芬:《回忆苏格拉底》,吴永泉译,商务印书馆1984年版,第27—28页。

　　柏：诗的摹仿尽如此了。①

　　这里柏拉图把摹仿行动中的人，摹仿现实生活中的活的人，摹仿人的心理和行为，看作是诗歌（包括史诗、悲喜剧）摹仿的对象。这是一个重要的艺术发现，它同"摹仿的摹仿"、"影子的影子"的观点是完全相悖的。

　　第二，在诗歌如何摹仿的问题上柏拉图总结了荷马史诗的叙事经验，提出了三种叙事方式：

　　　　苏：关于题材，话已经说够了。现在我想应该研究语文体裁问题，然后我们就算把"说什么"和"怎样说"两个问题都彻底讨论过了。

　　　　阿：我不懂你的意思。

　　　　苏：我要设法使你懂。也许这样去看你就容易懂些，故事作者们和诗人们所说的不都是对于过去、现在和未来事情的叙述？

　　　　阿：当然，没有别的。

　　　　苏：他们是用单纯叙述，摹仿叙述，还是两法兼用呢？②

　　柏拉图虽然反对摹仿诗人，不准他们进入他所构想的理想国，但在实际生活中他却从小就学习荷马，"对荷马怀着热爱和敬畏之心"，称荷马是最优秀的摹仿诗人，并且认为是"所有悲剧的第一位教师，首创了悲剧之美。"③他对荷马史诗非常熟悉，在对话中经常引用史诗的情节、人物来说明自己的种种看法。在谈到"说什么"或写什么时，他做了种种限制，不准写奴隶，不准写女人，不准表现非理性的情感，等等，而在谈"怎样说"或"怎么写"的问题时，还是以荷马史诗为范例，总结荷马的实践经验，提出了单纯叙述、摹仿叙述与单纯叙述和摹仿叙述二者兼用的三种叙事方式，并结合《伊利亚特》情节中不同的叙事加以说明。朱光潜先生在翻译这三种叙事方式时，特意加了一个注，认为单纯叙述、摹仿叙述，"即简接叙述"和"直

　　① ［古希腊］柏拉图：《文艺对话集》，朱光潜译，人民文学出版社1980年版，第81—82页。《柏拉图全集》第2卷，《国家篇》中的这一段译文，与朱先生的译文基本一致，表述上又有所不同。如"诗的摹仿对象是在行动中的人"句，"全集"中译为"摹仿性的诗歌摹仿人们被迫或自愿的行为"（见全集第2卷第625页），我们采用了朱先生的译文。

　　② ［古希腊］柏拉图：《文艺对话集》，朱光潜译，人民文学出版社1980年版，第47页。

　　③ 《柏拉图全集》第2卷，王晓朝译，人民出版社2003年版，第613页。

接叙述"（戏剧式的叙述）。①联系柏拉图举的例子，所谓"单纯叙述"，是指诗人自己的叙述语言，这种叙述方式，"诗人都以自己的身份在说话，不叫我们以为说话的是旁人，而不是他。"②所谓"摹仿叙述"，是指作品（如戏剧或史诗）中的主人公自己在说话，这种叙述方式，诗人应站在当事人的地位说话，而且要"尽量使那话的风格口吻符合那当事人的身份。"③在悲喜剧中的叙述方式，也是这种人物对话式的"摹仿叙述"。在史诗中，往往是三种叙述方式兼用。柏拉图关于摹仿式诗歌的史诗、戏剧叙述方式的论述，不仅符合古希腊诗歌的实际，而且对后世也产生了积极的影响，从某种意义上说，它开了叙事学研究的先河。

　　第三，摹仿是一种生产。这是长期被中外美学家、文论家忽略的一个重要观点。朱光潜先生在《西方美学史》中，讲亚里士多德专章引了亚氏《伦理学》中的一段话，说："一切艺术的任务都在生产，这就是设法筹划怎样使一种可存在也可不存在的东西变为存在的，这东西的来源在于创造者而不在所创造的对象本身。"④但对柏拉图关于艺术是一种生产的观点一字未提。《柏拉图全集》出版后，笔者发现柏拉图关于生产和摹仿是一种生产的专门论述很多，较集中的是在《智者篇》和《伊庇诺米篇》的对话中。我们先看一下柏拉图在《智者篇》中，是怎样提出摹仿是一种生产问题的。在对话中他是这样写的：

　　　　客人：……我们一开始显然必须把生产性的技艺划分为两部分。因为摹仿确实是一种生产，只不过它生产的是影像，如我们所说，而非各种原物。是这样的吗？

　　　　泰阿泰德：确实如此。

　　　　客人：那么让我们开始，承认生产有两种。

　　　　泰阿泰德：哪两种？

　　　　客人：一种是神的生产，一种是人的生产。

　　　　泰阿泰德：我还不太明白。

　　　　客人：回想一下我们开始时说的话，我们把生产定义为能使先

---

① ［古希腊］柏拉图：《文艺对话集》，朱光潜译，人民文学出版社1980年版，第47页。
② ［古希腊］柏拉图：《文艺对话集》，朱光潜译，人民文学出版社1980年版，第48页。
③ ［古希腊］柏拉图：《文艺对话集》，朱光潜译，人民文学出版社1980年版，第48页。
④ 朱光潜：《西方美学史》上卷，人民文学出版社1979年版，第70页。

前不存在事物成为存在的任何力量。①

在这里柏拉图明确提出了三点：一是"摹仿确实是一种生产"；二是生产包括神的生产与人的生产两种；三是对"生产"的涵义作了界定，他认为生产是一种"能使先前不存在的事物成为存在的任何力量"。

柏拉图从他的宇宙生成论出发，认为"存在、空间、生成这三者以其自身的方式在宇宙产生之前就已存在；生成的保姆受水的滋润和火的烧灼，并接受土和气的形式，经受了随之而来的各种影响，呈现出奇特的多样性，并充盈着既不相似又不均衡的力量……最不相似的元素彼此离散得最远，最相似元素相互拥挤得最紧。由此，不同的元素在被用于建构宇宙之前就已经有了不同的处所。诚然，它们最初还全然没有理性与尺度。"② 柏拉图在阐述宇宙生成的始基和构成元素时，带有明显的唯物主义倾向，他明确指出："火、土、水、气都是物体……这四种"彼此不同但又可能在某些场合通过溶解而彼此相生的最美的物体。"③ 宇宙的形体就是"从这四种元素中被创造出来"。④ 但是在谈到宇宙万物谁是真正的"创造主"时，他又把"神"抬了出来。是神创造了太阳、月亮和星星，是神创造了自然界的一切有机物和无机物，是神"在尽一切可能从不美不善的东西中造出尽善尽美的东西来"。⑤ 柏拉图正是从这种既唯物又唯心的宇宙生成论出发，提出了他的生产论，并把生产划分为两大类。他把"自然界的生产"，称之为"神的技艺的生产"，他说："我把我们自己和其他所有有生命的东西，以及自然物的元素如火、水以及其他类似的东西，都当作原物。我们非常确信，它们是神工的产物。"⑥ 对自然的生产，即神的生产，又可从横向分为原物的生产与影像的生产。原物的生产包括"所有可朽的动物和所有生长的东西，从种子和根系中长到地面上来的植物和堆积在地下的无生命的物体，无论其能否熔化。我们必须把这些原先不存在的事物的产生归于神功，而不能归于其他。"⑦ 同时，神的生产，既生产出原物，又生产出"与原物相伴的形象"，"每一个这种产物都伴有不

---

① 《柏拉图全集》第3卷，王晓朝译，人民出版社2003年版，第77页。

② 《柏拉图全集》第3卷，王晓朝译，人民出版社2003年版，第304页。

③ 《柏拉图全集》第3卷，王晓朝译，人民出版社2003年版，第305页。

④ 《柏拉图全集》第3卷，王晓朝译，人民出版社2003年版，第283页。

⑤ 《柏拉图全集》第3卷，王晓朝译，人民出版社3003年版，第305页。

⑥ 《柏拉图全集》第3卷，王晓朝译，人民出版社2003年版，第78页。

⑦ 《柏拉图全集》第3卷，王晓朝译，人民出版社2003年版，第77页。

是真实事物的影像,这些影像也是由神工而拥有它们的存在。"① 这些影像和存在包括:"睡梦中出现的形象;所有那些在白天由于光线被阻挡而自然产生的黑影,即所谓与原物相似的'影子';眼睛光与物体的光在平滑的物体表面相汇合而产生的感觉形式,即所谓'映象'。"②

关于人的生产。柏拉图首先认为它是基于人的需要。他说:"从人出生那一刻起,他们的需要首先是食物和饮水。一切动物均有求食的本能,也有避免一切不适的本能,这方面的要求若不能充分满足,它们就会发出愤怒的嚎叫。我们第三种最紧迫的需要和最强烈的欲望产生较迟,但却最能使人疯狂——我指的是那种不可压抑的淫荡的性欲。"③ 这里柏拉图谈的人的最基本的需要是三点:"我们首先提到食物,然后提到饮水,第三就是性的激动。"④ 为了解决吃的问题,人必须进行物质生产,而生产又必须制造各种工具,掌握某种技艺。他谈的物质生产主要指的是农业。他说:"生产大麦和小麦,用它们当食物,尽管是一件可敬可佩的事情,但这种技艺决不会使人全智——呃,'生产'这个词的意思可以延伸为创造出某种与之相对立的东西——对各种农活都可以这样说。与其说务农依赖于知识,倒不如说它是我们的一种天然本能,是由神植入我们心中的,这样的知识唾手可得。建筑、房屋、家具、铁器、木器、陶器、纺织,以及制造这些东西所需要的各种工具,我们已经谈论了许多,这些技艺对民众来说虽然都是有用的,但却不能归结为美德。"⑤ 柏拉图强调生产是为了满足人的某种需要;生产可以"创造出某种与之对立的东西";人的生产需要制造生产工具。这些思想已孕含着后来被马克思全面阐发了的"人化的自然"实践观的胚胎和萌芽。

人的生产与神的生产都具有双重性,它们在生产性活动中产生的产品都是双重的,"一种是真实的事物,另一种是形象……它们是真实事物的生产和与原物相似的东西的生产。"⑥ 而人的生产中,"形象的生产有两种,一种产生相同,另一种产生相似。"⑦ 不管是生产真实的事物,产生相同的生产,还是生产形象产生相似的事物,都需要工具。"一种要用工具生产,另一种生

---

① 《柏拉图全集》第3卷,王晓朝译,人民出版社2003年版,第79页。
② 《柏拉图全集》第3卷,王晓朝译,人民出版社2003年版,第79页。
③ 《柏拉图全集》第3卷,王晓朝译,人民出版社2003年版,第539—540页。
④ 《柏拉图全集》第3卷,王晓朝译,人民出版社2003年版,第540页。
⑤ 《柏拉图全集》第4卷,王晓朝译,人民出版社2003年版,第4页。
⑥ 《柏拉图全集》第3卷,王晓朝译,人民出版社2003年版,第79页。
⑦ 《柏拉图全集》第3卷,王晓朝译,人民出版社2003年版,第79页。

产者以其自身为工具进行生产。"① 诗歌、悲喜剧、舞蹈、音乐、绘画等艺术作品，就是一种"以其身体为工具"的摹仿性艺术的生产。柏拉图说："当有人用他自身或声音仿效你的体态或言语，创造这种相似的专用名称时，我认为是摹仿。"② 艺术家用自己的身体体态进行摹仿的是舞蹈，用声音进行摹仿是音乐，用言语进行摹仿是诗歌，运用各种形式综合交替进行摹仿则是悲剧和喜剧。选择何种工具、运用何种形式进行摹仿，则与诗人和艺术家对这些不同工具、不同的形式的喜爱和热爱的程度有关。"摹仿既受到所用工具的影响，又受到态度的影响……人的身体在演说、各种不同形式的音乐、绘画艺术的各个部门起作用，有着各种流动的或固定的形式。"③

诗歌、悲剧、喜剧、绘画、音乐等艺术，是人的生产中的形象的生产，它的产品是人所创造的"真实的事物"的影像，是它的相似物。因此，这种生产形象的人的生产，必然是一种摹仿性的生产。

那么，人的生产与神的生产又处于一种什么关系呢？ 这又与前面谈的"洞喻"、"床喻"相关，与柏拉图的"相"论或"型"论联系在一起。神是宇宙的创造者，她将视觉、听觉和言语赋予人，使人"分有了天然的理性真理"。"缪斯将和谐赐给艺术的爱好者。"④ 他认为，在宇宙中，"有一类存在是始终同一的、非被造的、不可毁灭的，既不从其他任何地方接受任何他者于其自身，其自身也不进入其他任何地方"。⑤ 这是一种有理智的、始终同一的模型。第二类则是对神工所创造的大自然的原物和人的生产所创造的种种人化产品。它们都是相的世界的摹本，"原型的摹本"。第三类属影像世界。凡影像都与"相"的世界，即与真理隔着两层。人生产的形象的产品，诗歌、悲剧、喜剧、舞蹈、音乐、绘画等艺术品，都是"对原型的摹本"的摹本，是影子的影子。"对于诸如此类的存在的真实的、确定的性质，我们仅有模糊的感觉，也不能摆脱梦寐而说出真理来。因为影像并不包括其所据以形成的实体，影像的存在总是其他事物瞥然而过的影子"。⑥

柏拉图关于摹仿是一种生产的理论主张，虽然从整体上没有摆脱其客观唯心主义思想体系的印记，但他把摹仿与生产联系起来，并把诗歌、悲喜

---

① 《柏拉图全集》第3卷，王晓朝译，人民出版社2003年版，第80页。
② 《柏拉图全集》第3卷，王晓朝译，人民出版社2003年版，第80页。
③ 《柏拉图全集》第4卷，王晓朝译，人民出版社2003年版，第4页。
④ 《柏拉图全集》第3卷，王晓朝译，人民出版社2003年版，第299页。
⑤ 《柏拉图全集》第3卷，王晓朝译，人民出版社2003年版，第303页。
⑥ 《柏拉图全集》第3卷，王晓朝译，人民出版社2003年版，第304页。

剧、舞蹈、音乐、绘画等艺术产品与大自然及人工实物的生产区别开来,把艺术看作是人类"以自身为工具"所特有的一种形象的生产或生产形象的产品,这对后来者进一步探索文学艺术的特征,无疑有启迪价值的。

四、典型——理想说

朱光潜先生在《西方美学史》结束语中,曾对典型和理想这两个文艺学、美学的重要范畴,作了词源学的考察。他说:

> "典型"(Tupos)这个名词在希腊文里原义是铸造用的模子,用同一个模子托出来的东西就是一模一样。这个名词在希腊文中与 idea 为同义词。Idea 本来也是模子或原型,有"形式"和"种类"的涵义,引申为"印象","观念"或"思想"。由这个词派生出来的 ideal 就是"理想"。所以从字源看,"典型"与"理想"是密切相关的。在西方文艺理论著作里,"典型"这个词近代才比较流行,过去比较流行的是"理想";即使在近代,这两个词也常被互换使用……①

在西方诗学和美学的发展史上,就目前我们见到的留下来的文献资料讲,柏拉图是最早在文艺学范畴的意义上使用"典型"和"理想"的美学家。在《国家篇》第五卷中说:

> 如果有人画了一幅理想的美男子的画像,十全十美,但他不能够证明这样的美男子真的有可能存在,那么你会认为他不是个好画家吗?
> 他说,凭着宙斯发誓,我不会。②

这里译者译的理想,与典型是同一含义,具有完美的意思。同一段话,杨绛先生的译文就用的"典型":

---

① 朱光潜:《西方美学史》下卷,人民文学出版社 1979 年版,第 695 页。
②《柏拉图全集》第 2 卷,王晓朝译,人民出版社 2003 年版,第 460 页。

　　苏：假如画家画了一幅美得绝无仅有的人像的典型，每一笔都画得完好无比，可是他不能证明世界上确有这样的人，你以为这位画家的价值就减低了么？

　　柏：并不减低。①

　　在柏拉图看来，典型人物并不一定是现实世界确有的人，他是艺术家创造的一个"十全十美"理想的人。在《柏拉图全集》中，《国家篇》第五卷的一段对话中，柏拉图又正式使用了"典型"的术语：

　　　　我说……一个人要是忘了所有风华正茂的青少年都能拨动爱慕娈童者的心弦，引起他对美少年的关注和欲望，那么他就不可能成为一名爱者。你对美少年的反应不正是这样的吗？看到塌鼻子的，你会说他面容妩媚；看到高鼻子的，你会说他长相英俊；看到鼻子不高不低的，你会说他长得恰到好处；看到皮肤骏黑的，你会说他有男子气质；看到皮肤白嫩的，你会说他神妙秀逸。你难道不知道"像蜜一样白的"这个形容词本来就是从某些恋爱中发明出来的？可见他们并不把青年发育时脸色苍白当作灾难。总之，只要处在青春焕发时期，那你就没有什么不能宽容的，也没有什么优点你会漏掉而不加赞美的。

　　　　他说，如果你乐意把我当作这种爱者的典型，那么为了论证方便，我愿意充当这个角色。②

　　柏拉图在这里使用"典型"，含有这样的意思：即如果一个人，具有能从一个青少年身上某一方面的特征中看出风华正茂的青少年普遍性特征的本领，那么他就可以成为一个热爱青少年的"爱者的典型"。

　　柏拉图思想体系的核心是"相"或"理式"。现实世界中的一切事物，从人到万事万物，都是"相"的摹本。理想的美或典型的美，则是通过个别的具体的美的事物，显示美的本体，美的"相"。在《会饮篇》中，他说："凡是想依正路达到这深密境界的人应从幼年起，就倾心向往美的形体。如果他依向

　　① 杨绛译自英国《罗伯古典丛书》，"理想国"第5卷，第472页，见《欧美古典作家论现实主义和浪漫主义》，中国社会科学院外国文学研究所外国文学研究资料编委会编，中国社会科学出版社1980年版，第24页。

　　②《柏拉图全集》第2卷，王晓朝译，人民出版社2003年版，第463页。

导引入正路,他第一步应从只爱某一个美形体开始,凭这一美形体孕育美妙的道理。第二步就应学会了解此一形体或彼一形体的美与一切其他形体的美是贯通的。这就是要在许多个别美形体中见出形体美的形式。"① 这段话,柏拉图阐明了追求理想美的过程。他所说的"美的形体",指的是现实世界中的某一具体的、个别的美的形体,如某一个孩子、某一个成年人或某一朵美的花、美的动物等。他所说的"美的形式",是指美的"相"或"理式"。"在个别美形体中见出形体美的形式",体现了柏拉图所理解的"典型"或"理想"的精粹。他的这一观点可以说已含有后来为康德和黑格尔深刻发挥了的"美的理想"的萌芽。朱光潜先生认为:"最早的而且也很精辟的典型说是亚里士多德在《诗学》第九章里提出来的。"② 朱先生对亚里士多德在典型学说史上所作出的贡献的论述,是正确的,但亚里士多德在《诗学》中并未使用"典型"的术语。因此,说他"最早"提出来的,现在看是不确切的。我们应尊重历史,不应忽视柏拉图的贡献。

五、效用——净化说

柏拉图深深地懂得诗歌、悲喜剧、音乐、舞蹈等艺术作品有着巨大的感染力量,他把这称之为神的力量、磁力或魔力,这一点前面我们已经谈及。同时,柏拉图又是世界文艺史上最早鼓吹在文艺领域实行政治功利主义的美学家。他从奴隶主阶级狭隘的功利主义出发,提出诗歌的主要功能是为奴隶主阶级专政的理想国服务。他以诗歌是否对建设理想国有益,是否符合奴隶主阶级的国家法律所制定的规范,作为衡量诗歌等艺术作品好坏或去留的唯一标准。凡是创作一些不符合标准的作品的诗人,则应一律驱逐出他的理想国。由于荷马史诗和其他一些古希腊的优秀作品亵渎神灵,贬低英雄的品质,宣扬感情,激发人们的"感伤癖"和"哀怜癖",违犯和破坏城邦的法规,因而,绝不允许创作这类作品的诗人进入城邦。他认为诗歌创作"不仅令人娱悦,而且有益于有序的管理和全部人生。"③ 它应对国家和人生有"效用",艺术家应"以给人教益为目标"。④

在柏拉图的理想国中有三个等级:一是最高的统治者,有哲学修养的统

---

① [古希腊]柏拉图:《文艺对话集》,朱光潜译,人民文学出版社1980年版,第271页。

② 朱光潜:《西方美学史》下卷,人民文学出版社1979年版,第695页。

③《柏拉图全集》第2卷,王晓朝译,人民出版社2003年版,第631页。

④ [古希腊]柏拉图:《文艺对话集》朱光潜译,人民文学出版社1980年版,第174页。

治者居于最高地位,他们是神用金子造的;二是武士,这是受过特殊训练的军人,是国家的保卫者,他们是神用银子造的;三是平民,从事生产的民工,包括农民、手工艺人等,他们是神用铜铁造的。与此相适应,人的灵魂则分为理智、勇敢、节制三种美德。统治者应像人的理智那样支配一切,具有智慧的美德;武士应象意志那样坚强有力,像狗一样顺从统治者的指挥,其美德是勇敢;平民、农民和手工艺人应有人的情欲,但必须具有节制的美德,像绵羊那样服从统治者的统治。三种美德和谐一致就是正义,即:占有自己应该有的,做自己应该做的,守本分不管闲事。教育的目的,就应服务于这三个等级的三种美德(理智、勇敢、节制)的培养。诗歌、悲喜剧等艺术作品的创作都不能违背这个总的目的。对于诗人来讲,"如果说他们需要摹仿的话,那么他们应该从小就摹仿与他们的职责相适应的人物,也就是说摹仿勇敢、节制、虔诚、自由的人,以及所有体现这些品质的事情。凡是与自由人不符的事情他们不能去摹仿,成为这方面的专家,更不要提那些可耻的事情了,免得由于摹仿这些恶心的事情,到头来变得真正丑恶了。你难道没有发现,从小到大不断地摹仿,最后成为习惯,而习惯是人的第二天性,影响着人的言语和思想吗?"[①]

　　诗歌、戏剧的创作,应引导青少年走上健康成长的道路,使他们在优秀的文艺作品潜移默化的熏陶下,追随真正善和美的踪迹。对于不利于青少年和武士成长的诗歌、音乐和悲喜剧,柏拉图一再提醒读者和听众警惕,注意防止不健康的情感流入灵魂。他的下面一段话,特别有警示意义,他说:

　　　　当一个人沉湎于音乐,让各种乐曲,像我们刚才提到的那些甜蜜蜜的、柔软的、哭哭啼啼的音调,醍醐灌顶似的以耳朵为漏斗注入灵魂,把他们全部时间用于婉转悠扬的歌曲,如果他的灵魂中有激情的部分,那么最初的效果就是使这个部分像铁一样由坚硬变得柔软,可以制成有用的器具,而不像原先那样脆而无用了。倘若这样继续下去,他就像着了魔似的,不能适可而止,最后他会溶化和液化。直到他的激情完全烟消云散,他的灵魂萎靡不振,成为一个"软弱的战士"。

　　　　他说,没错。[②]

---

　　① 《柏拉图全集》第2卷,王晓朝译,人民出版社2003年版,第360页。

　　② 《柏拉图全集》第2卷,王晓朝译,人民出版社2003年版,第381页。

在这段话中，柏拉图并未全部否定甜蜜的、柔软的、我们今天称之为"轻音乐"的乐曲，但他认为，一个战士如果一直迷恋于这种歌曲和乐调，那就会起负面效应，使其精神萎靡不振，变成一个不能上战场的"软弱的战士"。柏拉图在2400多年前发出的这个警示，即使今天，对21世纪的正在成长的青少年来说，也未失去意义。

关于诗歌、悲剧等文学艺术的功能问题，亚里士多德在《诗学》中专门谈到悲剧的"净化"或"陶冶"（Katharsis）作用问题，并由此引起后世学者们的争论。其实"净化"问题，在亚里士多德之前，古希腊美学家已经提了出来，先是毕达哥拉斯学派强调音乐对人的灵魂的净化功能，据克拉默的《轶事录》记载："毕达哥拉斯学派凭借医学实现净化肉体，凭借音乐实现净化灵魂。"① 柏拉图吸取了毕达哥拉斯的观点，进一步提出和阐发了"净化"问题。对于柏拉图关于"净化"的观点，过去学界一直未曾提及。在《柏拉图全集》中译本问世之后，我们理应对它引起重视。

柏拉图在《智者篇》中，正式提出了净化问题。请看下面的一段对话：

客人：我们在前面进行的所有划分，要么是把相似的东西分开，要么是把好的与坏的分开。

泰阿泰德：我现在明白你的意思了。

客人：关于第一类分开没有名字。而第二类分开，即把坏东西扔掉，把好东西保存下来，我倒知道有个名字。

泰阿泰德：它是什么？

客人：据我的观察，这一类识别或区别都可称作净化。

泰阿泰德：对，这是通常的说法。

客人：谁都能看到净化有两种。

泰阿泰德：如果给他时间考虑，可能是这样的，但我此刻还没有看到。

客人：有许多身体的净化，可以置于一个名字之下加以恰当的理解。

泰阿泰德：这些身体的净化是什么？它们的名字是什么？

客人：有生命的物体有内在的部分和外在的部分，医药和体育对身体的内在部分起作用，而浴室里的侍仆并不高贵的技艺影响

---

① 蒋孔阳、朱立元主编：《西方美学通史》第1卷，上海文艺出版社1999年版，第75页。

身体的外在部分；对那些无生命物体的净化一般说来就是漂洗和磨光的技艺，包括许多具体的细节，有许多想来非常可笑的名字。

泰阿泰德：非常正确。①

这段对话中，柏拉图着重谈了三个问题：（1）什么是净化？他的理解是："把坏东西扔掉，把好东西保存下来。"（2）净化有两类：一是指对生命体内部部分的净化，这主要是指人的灵魂的净化；一是指对生命体外在部分的净化，这主要是指对人的外在形态的清理，去污保洁。（3）怎样对生命体内部与外部实行净化？对人的内在部分的净化，这里重点讲的是清除人体内的种种病毒，因此需要对症下药，加强体育锻炼，保持身心健康；对人身上的污垢，则采取洗澡的办法，以保持清洁。但这些都还不是柏拉图主要想表达的意思，他说："无论是净化有生命物还是无生命物，辩证法的技艺绝不会苛求好听的名称，只要能够有个一般的名称将各种灵魂或理智的净化联系在一起，与其他各种净化区分开来。这就是辩证法想要达到的净化，我们应当把这一点当作它的目标。"② 通过教育净化灵魂，清除灵魂中的邪恶的成分，是柏拉图强调的重点所在。

诗歌、音乐、体育则是教育的主要内容之一。他认为诗歌的真正目的就是"为灵魂而唱"，在灵魂中建立真正的和谐。"缪斯将和谐赐给艺术的爱好者，不是像人们现在所想象的那样为了获得非理性的快乐，而是为了用来矫正灵魂内在运动的无序，帮助我们进入和谐一致的状态"。③ 因此，正在接受教育的青少年，都应该学习诗歌，熟悉和背诵诗人的作品，并对这些诗歌进行研究。通过学习和研究诗歌，"区别善的灵魂的摹仿和恶的灵魂的摹仿，要拒斥第二种……使他们都能通过这种方式的摹仿追求美德"。④ 通过诗歌的学习和熏陶，清除灵魂中的邪恶成分，培养灵魂中的善的美德，这就是柏拉图使用"净化"概念的主要用意。

柏拉图对净化的理解与他对诗歌的"效用"功能是一致的。他主要是从政治教育的功利观来阐释净化的涵义，而且这种阐释又与他对摹仿诗歌、悲喜剧艺术的认识联系在一起。比如他对悲剧的功能持否定性的态度，认为悲剧容易激起观众的哀怜癖和感伤癖。这种观点后来就遭到了他的学生亚

① 《柏拉图全集》第3卷，王晓朝译，人民出版社2003年版，第17页。

② 《柏拉图全集》第3卷，王晓朝译，人民出版社2003年版，第18页。

③ 《柏拉图全集》第3卷，王晓朝译，人民出版社2003年版，第299页。

④ 《柏拉图全集》第3卷，王晓朝译，人民出版社2003年版，第571页。

里士多德正确的批评。亚里士多德在吸取柏拉图思想中有价值的成分的同时,他以诗学和心理学的视角,深入阐发了"净化"这一概念的丰富内涵。

六、作品结构——有机整体说

柏拉图对古希腊的各类的作品都很熟悉,他本人也是一位很重视研究写作的文体结构、修辞的作家。因此,在柏拉图对话中,经常谈到有关写作及作品结构的问题。在《斐德罗篇》中,明确提出了"写作原则"和作品结构的问题。他写道:

> 斐德罗:你说得对,苏格拉底,他的开场白确实应当放到结尾的地方说。
>
> 苏格拉底:文章的其他部分你看怎样?是不是像随意拼凑在一起的?……你能在他的文章中找到任何既定的写作原则,使他把文章安排成现在这种秩序吗?
>
> 斐德罗:你要是以为我有能力准确地看出他内心的用意,那你真是抬举我了!
>
> 苏格拉底:但你至少要承认,每篇文章的结构都应该像一个有机体、有它特有的身体,有躯干和四肢,也不能缺少尾,每个部分都要与整体相适合。
>
> 斐德罗:当然应该这样。①

柏拉图把优秀的文章和作品,看作是有生命的机体,有躯干、有四肢、有头尾,是一个完整的有机的整体。他提出的"写作原则",就是指的这个有机统一的整体的原则。掌握这个原则,对于作家来讲非常重要,要想成为悲剧的诗人首先就应向著名的悲剧家索福克勒斯和欧里庇得斯学习,学习他们是如何运用这一"写作原则"去创作悲剧的。悲剧诗人也应耐心地引导初学写作者遵循创作的规律去从事创作。下面一段对话就说明了这个问题。

> 苏格拉底:现在假定有人去见索福克勒斯和欧里庇得斯,说自己知道如何就一件小事写出很长的台词,也能就一件大事写出很

---

① 《柏拉图全集》第2卷,王晓朝译,人民出版社2003年版,第182—183页。

短的台词,还能随意写出令人感到悲惨或恐怖的台词,等等。此外他还说,把这些本事教给学生,就能使他成为悲剧诗人。

斐德罗:我想,如果有人不知道如何把各种要素安排成一个整体,使各部分相互之间以及与整体都和谐一致,就以为自己能创作悲剧,那么他们会笑话他。

苏格拉底:不过我并不认为他们会很粗暴地对待他,就好像一位音乐家碰到一个以为是和声大师的人……他会用音乐家的风度对他说:"我的朋友,一个人要想成为和声大师固然要知道你说的这些事情,但知道了这些事情也完全有可能并没有真正掌握和声的知识。在学习和声之前固然要熟悉这些事情,但对和声学本身的认识你一无所知。"

斐德罗:说得完全正确。

苏格拉底:索福克勒斯也会以同样的方式回答那位想要对他和欧里庇得斯炫耀自己的悲剧才能的人,说那个人知道的只是悲剧的初步知识,而不是悲剧创作。①

柏拉图把有机统一的整体,看作是安排悲剧结构最基本的写作原则,如果悲剧诗人连这点都不懂那是十分可笑的。

那么悲剧诗人在创作悲剧时,如何掌握这一写作原则呢?作家怎样使自己笔下的作品成为一个有生命的艺术整体呢?柏拉图联系创作实际,提出了两步走的观点。他认为:"头一个步骤是把各种纷繁杂乱、但又相互关联的事物置于一个类型下,从整体上加以把握——目的是使被选为叙述主题东西清楚地显示出来。"②作家在创作时,首先应遵循整体性原则,正确处理整体与部分的关系,使每一部分都成为整体的不可分割的、有机的部分。关于这个问题,柏拉图在《巴门尼德篇》已从哲学的角度作了多方面的论述。他说:"所谓部分就是某个整体的部分,而所谓整体的意思则是没有任何部分从这个整体中失去……如果一没有部分,那么它也不会有开端、终端和中间,因为这些东西都是某事物的部分。再进一步说某事物的开端与终端都是它的界限。"③"第二步看起来与第一步正好相反,

①《柏拉图全集》第2卷,王晓朝译,人民出版社2003年版,第188—189页。

②《柏拉图全集》第2卷,王晓朝译,人民出版社2003年版,第184页。

③《柏拉图全集》第2卷,王晓朝译,人民出版社2003年版,第771—772页。

顺应自然的关系,把整体划分为部分。我们不要像笨拙的屠夫一样,把任何部分弄破……可以把它们比做一个身体上的各个肢体,犹如身体有左右四肢。"① 柏拉图强调"顺应自然"的原则,是和整体的有机性分不开的。这就要求作家在结构作品的各个组成部分时,不能像屠夫那样把各部分从整体中一块块切开,而应使各部分像一个人的有机体那样自然的联结、组合在一起。这样,我们可以清楚地看出,柏拉图的第一步骤强调的是整体性,第二步骤强调的是有机性,前后又是不可分割的。作品的有机统一的原则,是在创作实践的过程中实现的,目的在于使作品真正成为一部灌注生气的有机统一的艺术整体。柏拉图关于作品结构——有机统一整体的理论观点,可以说是古希腊悲剧创作实践经验的总结,对亚里士多德的悲剧理论有着直接的影响。

第六节　世界本体论美学的肇始者 *

——柏拉图提出和论说的美学问题

在世界美学史上,柏拉图是从哲学的高度,真正提出和论说美学问题的第一人。如同克罗齐所说,"美学问题正是和柏拉图一起产生的。"② 波兰美学家塔塔科维兹在全面考察了古希腊的美学史之后,也明确指出:"柏拉图没有编纂出一个美学问题的系统汇编和基本原理,然而在他的著作中,涉及了美学的全部问题……他是一个美学家、形而上学家、逻辑学家和伦理学大师……美和艺术的观念第一次被引入一个伟大的哲学体系。"③ 下面我们想从七个方面,谈一下柏拉图提出和论说的美学问题:

一、美的形而上的思考和本体论美学的创立

在柏拉图之前,古希腊的哲学家,在探讨宇宙的生成,论述他们的哲学思想时,尽管也涉及美,比如毕达哥拉斯学派提出"事物由于数而显得

---

① 《柏拉图全集》第2卷,王晓朝译,人民出版社2003年版,第185页。

　* 本节内容曾以《柏拉图:世界本体论美学的肇事者》为题,发表在《中国美学研究》第3辑,上海三联书店2006年版。

② [意]克罗齐:《作为表现的科学和一般语言学的美学的历史》,王天清译,中国社会科学出版社1984年版,第4页。

③ [波]沃拉德斯拉维·塔塔科维兹:《古代美学》,杨力等译,中国社会科学出版社1990年版,第149页。

美"，①"作为一个法则，音乐在宇宙中采用了和谐的形态"，②"宇宙是根据和谐构成的"。③赫拉克利特进一步论述了美在和谐的观点，认为："那些对立的事物是协调的；不同的事物产生最美的和谐。"④但是真正对美的问题进行哲学思考的则是柏拉图。

柏拉图首先提出了什么是美的问题，他力图给美下一个定义。先是在《高尔吉亚篇》，提出了美的事物与精确的美的定义的问题。他说：

> 苏格拉底：下一个要点，当你把有些事物，比如身体、颜色、图形、声音、风俗，称作美丽的时候，你心里一定有某些标准。例如，你首先把身体称作美丽的，或者因为它是有用的，或者因为它在看到它的人心里产生快感，对吗？除了这些，你还能说出使你称某个身体为美丽的其他原因吗？
>
> 波卢斯：我一个也说不出来。
>
> ……
>
> 苏格拉底：进一步说，涉及法律和风俗，我指的是美丽的法律和风俗，它们的美不也是取决于它们产生快乐的限度、它们的有用性，或两方面原因都有吗？
>
> 波卢斯：不，我不这么看。
>
> 苏格拉底：它与各种形式的知识之美是一样的。
>
> 波卢斯：当然是，苏格拉底，但是你现在提出了一个精确的美的定义，用快乐和有用来定义它。⑤

在这里，柏拉图还是从美的现象出发，来试图寻求一个精确的美的定义。

《克拉底鲁篇》《斐德罗篇》《会饮篇》《大希庇阿斯篇》进一步对美进行形而上的探索，将美的事物与美的本身加以区别，追问真正的美和美的本体问题。在《克拉底鲁篇》中，柏拉图开始提出了寻找真正的美的问题，这时他已不满足于对现象美的事物的观察。他说：

---

① ［波］沃拉德斯拉维·塔塔科维兹：《古代美学》，杨力等译，中国社会科学出版社1990年版，第114页。

② ［波］沃拉德斯拉维·塔塔科维兹：《古代美学》，杨力等译，中国社会科学出版社1990年版，第116页。

③ ［波］沃拉德斯拉维·塔塔科维兹：《古代美学》，杨力等译，中国社会科学出版社1990年版，第116页。

④ ［波］沃拉德斯拉维·塔塔科维兹：《古代美学》，杨力等译，中国社会科学出版社1990年版，第116页。

⑤ 《柏拉图全集》第1卷，王晓朝译，人民出版社2002年版，第355—356页。

苏格拉底：……请告诉我，有没有一种绝对的美或善，有没有其他绝对的存在。

克拉底鲁：肯定有，苏格拉底，我是这样想的。

苏格拉底：那么就让我们来寻找真正的美，而不是去问有没有漂亮的脸，或诸如此类的问题，因为这些事情都好像处在流变之中，让我们问真正的美是否永远是美的。

克拉底鲁：当然是。①

在柏拉图看来，具体的美的事物一直处于变易的状态之中，而真正的美应是一种绝对的存在。因此，他提出了这样的发问："但若知者和被知者一直存在，美、善和其他各种事物也存在，那么我认为它们不会像河流一样流动变化。"②

真正的美，绝对的美在何处？柏拉图的回答是在天上，不在现实的大地上。他说："诸天之外的境界是真正存在的居所。"③ "美本身在天外境界与它的伴侣同放异彩，而在这个世界上，我们用最敏锐的感官来感受美，看到它是那样清晰，那样灿烂。"④ 在《大希庇亚篇》中，他集中地提出和探讨了美的事物和美本身的问题，对美进行具体的形而上的思考。在对话中，柏拉图借苏格拉底之口，进一步提出了什么事物是美的，什么事物是丑的和美是什么的问题。柏拉图不赞成智者派希庇亚将美的东西与美混为一谈。二人的对话如下：

希庇亚：美的东西和美有什么区别？

苏格拉底：你认为没区别？

希庇亚：没区别。⑤

希庇亚认为：

美丽的少女就是美；

①《柏拉图全集》第2卷，王晓朝译，人民出版社2003年版，第132页。

②《柏拉图全集》第2卷，王晓朝译，人民出版社2003年版，第133页。

③《柏拉图全集》第2卷，王晓朝译，人民出版社2003年版，第161页。

④《柏拉图全集》第2卷，王晓朝译，人民出版社2003年版，第165页。

⑤《柏拉图全集》第4卷，王晓朝译，人民出版社2003年版，第35页。

我们国家饲养的牝马非常美丽；

一把美丽的竖琴是美；

一只美丽的陶罐是美；

美莫非就是黄金；

美的石头本身也是美；

无花果木的长桐勺是美；

对一个人来说，财富、健康、希腊人的荣誉、长寿、风光地埋葬他的父母、自己死后也能有子女为他举行隆重的葬礼，这些事情是最美的。[①]

苏格拉底引导希庇亚谈出了他对美的看法，并且希庇亚坚信自己的看法正确。苏格拉底在追问中也谈出了自己的看法：

苏格拉底：……你还记得我问的是美本身吗？美本身把美的性质赋予一切事物——石头、木头、人、神、一切行为和一切学问。先生，我要问的是美本身是什么，但不管我怎么叫喊，你就是不听我的话。你就像生在我身旁的一块石头，一块真正的磨石，既没有耳朵又没有脑子。

希庇亚，如果我提心吊胆地作出这种回答，你难道不感到愤慨，而这正是你希庇亚所说的美，我不断地向他提问，就像你向我提问一样，因为美的东西确实始终是美的，对任何人都是美的。

坦白地说，这个回答会使你愤慨吗？

希庇亚：苏格拉底，我相当肯定，我具体指出的这些东西对一切都是美的，也会这样向所有人显示。[②]

柏拉图借苏格拉底之口，逐一揭露了希庇亚观点的矛盾，否定了美就是有用、有益，"美就是由视觉和听觉产生的快感"等观点，认为希庇亚所认为的美，只是一些具体事物的美，是一种错觉的美，是可见世界的美的事物，而"不是我们所要寻求的那种美"。"因为我们所要寻求的美是有了它，美的事物才成其为美，……它应该是一切美的事物有了它就成其为美的那个品

---

① 参见《柏拉图全集》第4卷，王晓朝译，人民出版社2003年版，第35—40页。

②《柏拉图全集》第4卷，王晓朝译，人民出版社2003年版，第42页。

质,不管它们在外表上什么样,我们所要寻求的就是这种美。"① 这种使美的事物成其为美的美,才是真正的美,绝对的美,它是居住在诸天之外的"可知世界"中的美本身,即美的本体。美本身与美的万物的关系,是美的"型"或"相"与万物的关系。在《国家篇》中柏拉图写道:"我们说过有许多美和善的事物,并且说它们的"存在",在我们的语言中对它们作了这样的界定……另外,我们又说过美本身,说过唯一的善本身,相对于杂多的万物,我们假定每一类杂多的东西都有一个单一的'型'或'类型',假定它是一个统一体而称之为真正的实在。"② 这种美本身与杂多万物的关系,朱光潜先生的译文,说得更为明白:"我们经常用一个理式来统摄杂多的同名的个别事物,每一类杂多的个别事物各有一个理式。"③ 在柏拉图看来,美的"相"或"理式"就是使美的事物所以成为美的本体。因此,学界称柏拉图企图建立的美学是一种本体论的美学。④ 这种观点我是赞成的,也是符合柏拉图美学思想的实际的。

二、怎样认识美——审美认识过程

在认识美的本体问题上,柏拉图是一个理性主义者。在他看来,只有那些"对真理情有独钟"的哲学家才能真正认识到美的本体,因为在出生前他们的灵魂在上天见到美的本身最清楚、最全面。因此他们降到人世,才有可能回忆起上天见到的各种美的"相"或"理式"。他说:"一种人是声音与颜色的爱好者,喜欢美丽的声调、色彩、形状以及一切由其组成的艺术品,但他们的思想不能把握和喜爱美本身……只有少数人才能把握美本身,凭借美本身来领悟美"。⑤ 他说的"少数人",就是指那些有清醒理性认识头脑的哲学家。在柏拉图看来,只有他们,能够认识美本身,能够区分美本身和分有美本身的具体事物。对于那些缺乏理性认识的人来说,他们既不能认识美本身,又不能追随他人的引导去认识美本身。因此他们"一生如梦",他们的生活一直处于不清楚的梦境之中。"那些只看见许多美的事物但看不到美本身的人不能跟随他人的指导看到美本身……对这样的人我们要说,他们对各种事物都拥有见解,但他们对他们自己拥有见解的那些事物实际上一

① [古希腊]柏拉图:《文艺对话集》,朱光潜译,人民文学出版社1980年版,第192页。

② 《柏拉图全集》第2卷,王晓朝译,人民出版社2003年版,第503页。

③ [古希腊]柏拉图:《文艺对话集》,朱光潜译,人民文学出版社1980年版,第67页。

④ 李醒尘:《西方美学史教程》,北京大学出版社1994年版,第30页。

⑤ 《柏拉图全集》第2卷,王晓朝译,人民出版社2003年版,第465页。

无所知。"①在柏拉图看来,这样的人同瞎子差不多,他们虽然可以从"感受到的事物中产生出知识来,但在他们的心灵中没有鲜明的事物原型,因此他们不能像画家观察模特儿一样凝视绝对真理,不能总是心怀这种原型,对这个世界上的事物进行精确的思考,也不能思考美、正义、善的法则,并在需要的时候,守护这些已经建成的东西。"②

怎样认识美呢? 在《会饮篇》中柏拉图比较集中地谈了两个问题,一是爱与美的关系,即厄罗斯(eros)是怎样引导人们走向认识美的本体的道路;一是审美的认识过程。

《会饮篇》中,柏拉图通过女巫狄奥提玛动情的叙说,写成了一篇生动的爱的哲学和爱的颂歌。通篇贯穿着对厄罗斯(eros)这位爱神和爱欲的力量的颂扬。

第一,"爱以美的东西为他爱的对象……爱就是对美的事物的爱。"③ 爱是如此的伟大而神圣,他(她)是一个介于神与人之间的精灵,她的神圣的使命就是引导人类奔向真、善、美的理想境界。爱是美神阿芙洛狄忒的跟班和仆从,他生性爱美,他"来往于天地间,传递和解释消息,把我们的崇拜和祈祷送上天,把天上的应答和诫命传下地。因为居于两界之间,因此他们沟通天地,把整个乾坤联成一体。"④ 爱在一切神祇中是一个最值得人类崇敬的神祇,他比其他神祇更是人类的朋友,他为人类开辟了通往幸福美满的道路。"无论我们在辛勤劳动,还是处在恐惧之中,无论我们是在喝酒,还是在辩论,爱神都是我们的领袖和舵手,是我们的指路人和保护者。他是天地间最美丽的装饰,是最高尚、最可爱的向导,我们大家必须跟着他走。我们要放声高歌,赞美爱神,并让这和美的颂歌飞上天空,使可朽的和不朽的心灵都皆大欢喜。"⑤ 爱以美为对象,美又以爱为向导。没有爱神的引路,我们就难以实现对美的追求。

第二,爱是一种生生不息的巨大的创造力、生命力的象征。"爱的行为就是孕育美,既在身体中,又在灵魂中。"⑥ 由于人不能像神灵那样保持同一和永恒,只能留下新生命来填补自己死亡之后的空缺。因此,"一切生物都有珍视自己后代的本能,因为整个创世都受到这种爱、这种追求不朽的欲望的激

①《柏拉图全集》第2卷,王晓朝译,人民出版社2003年版,第472页。

②《柏拉图全集》第2卷,王晓朝译,人民出版社2003年版,第473页。

③《柏拉图全集》第2卷,王晓朝译,人民出版社2003年版,第246页。

④《柏拉图全集》第2卷,王晓朝译,人民出版社2003年版,第244页。

⑤《柏拉图全集》第2卷,王晓朝译,人民出版社2003年版,第236—237页。

⑥《柏拉图全集》第2卷,王晓朝译,人民出版社2003年版,第249页。

励。"①人类的存在,是以人类自身的生产和繁衍为前提,在一代又一代的人类自身的生产中,都是在爱的影响和引导下进行的。人的生育是神圣的,可朽的人具有不朽的性质,靠的就是生育。只有通过生育,人的生命才能生生不息,获得延续和不朽。"在生育过程中,美是主宰交媾和分娩的女神。"②爱既孕育了肉体的美,又孕育了心灵的美,孕育和培养了一代又一代灿若群星具有美德的伟人。柏拉图说:"我要问,只要还能想起荷马、赫西奥德,以及其他所有大诗人,有谁会不乐意当这样伟大的父亲,而仅仅满足于生育肉体的子女呢?"③爱蕴含着一种巨大的创造力量,它驱使人们去克服种种困难,创造人间的奇迹,创造出崇高而优美的诗篇。"爱本身如此神圣,使得一名诗人可以用诗歌之火照亮其他人的灵魂。无论我们以前对做诗有多么外行,但只要我们处在爱情之中,那么每个人都是诗人。对此我们不需要进一步的证明,而只要知道爱是一名通晓各个部门的诗人,这些部门我可以简要地把它们定义为创造性的技艺。"④推而广之,"一切生物的产生和生长所依靠的这种创造性力量就是爱的能力……在各种技艺和手工中,艺术家和工匠只要在这位爱神的指引下工作就能取得光辉的成就,而不受爱神影响的艺术家和工匠会到老一事无成,默默无闻。"⑤整个宇宙间所创造的一切都离不开爱的引导。

第三,爱是神与人、人与人之间和谐的源泉。爱神不仅本身最可爱、最优秀,他还在他的周围创造了各种美德,给世界带来了和平幸福与温馨。柏拉图有一段话说得很好,他说:

> 现在我真想要清点一下爱神带来的各种幸福。大地上的和平,海洋上的宁静,狂风暴雨的平息,还有甜蜜的芳香,让我们安然入睡。是他消除了隔阂,促成了友谊,用今天这样友好的聚会把我们联系在一起。在餐桌上、舞蹈中、祭坛旁,他带来礼貌,消除野蛮,激起仁慈,消除仇恨。他既和蔼又可亲、引起聪明人的惊奇和诸神的敬佩。缺少爱就会陷入绝望,有了爱就会拥有幸福。爱的子女是欢乐、文雅、温柔、优美、希望和热情。⑥

---

① 《柏拉图全集》第2卷,王晓朝译,人民出版社2003年版,第251页。
② 《柏拉图全集》第2卷,王晓朝译,人民出版社2003年版,第249页。
③ 《柏拉图全集》第2卷,王晓朝译,人民出版社2003年版,第252页。
④ 《柏拉图全集》第2卷,王晓朝译,人民出版社2003年版,第235页。
⑤ 《柏拉图全集》第2卷,王晓朝译,人民出版社2003年版,第235—236页。
⑥ 《柏拉图全集》第2卷,王晓朝译,人民出版社2003年版,第236页。

爱的哲学,充分体现了柏拉图对人类的终极关怀。让人间充满了爱,让人类都能和平的相处,拥有各种美德,追求一种和谐美满的生活,是柏拉图作为一个伟大的哲学家、美学家、教育家追求的一种最高的人类理想。

爱是美的向导,但是要真正认识美还需有一个过程。柏拉图关于审美认识过程的论述,是具体而又精彩的。

柏拉图对审美认识过程的认识,是从具体的审美体验出发,由个别的具体的美的事物逐步认识美的本体。"先从人世间个别的美的事物开始,逐渐提升到最高境界的美,好像升梯,逐步上进,从一个美形体到两个美形体,从两个美形体到全体的美形体;再从美的形体到美的行为制度,从美的行为制度到美的学问知识,最后再从各种美的学问知识一直到只以美本身为对象的那种学问,彻悟美的本体。"① 审美认识过程,柏拉图具体分为六步:"他第一步应从只爱某一个美形体开始,凭这一个美形体孕育美妙的道理。第二步他就应学会了解此一形体或彼一形体的美与一切其他形体的美是贯通的。这就是要在许多个别美形体中,见出形体美的形式。"② 第三步"他应该学会把心灵的美看得比形体的美更可珍贵,如果遇见一个美的心灵,纵然他在形体上不甚美观,也应该对他起爱慕,凭他来孕育最适宜于青年人得益的道理。"③ 第四步,经过心灵美,进一步"学会见到行为和制度的美,看出这种美也是到处贯通的。"④ 第五步,"他应该受向导的指引,进到各种学问知识,看出它们的美。"⑤ 第六步,也就是最后真正走进了美的世界,见到了美的本体。"他从此就不再像一个卑微的奴隶,把爱情专注于某一个个别的美的对象上,某一个孩子,某一个成年人,或是某一种行为上,这时他凭临美的汪洋大海,凝神观照,心中起无限欣喜,于是孕育无量数的优美崇高的道理,得到丰富的哲学收获。如此精力弥满之后,他终于一旦豁然贯通唯一的涵盖一切的学问,以美为对象的学问。"⑥ 柏拉图的这段关于审美认识过程的论述,有几点值得我们注意:

第一,他指出审美的认识过程是一个由个别到一般,由低到高,由形到神,由感性到理性的过程。这是一个卓越的见解,符合审美认识的实际。同

---

① 〔古希腊〕柏拉图:《文艺对话集》,朱光潜译,人民文学出版社1980年版,第273页。
② 〔古希腊〕柏拉图:《文艺对话集》,朱光潜译,人民文学出版社1980年版,第271页。
③ 〔古希腊〕柏拉图:《文艺对话集》,朱光潜译,人民文学出版社1980年版,第271页。
④ 〔古希腊〕柏拉图:《文艺对话集》,朱光潜译,人民文学出版社1980年版,第271页。
⑤ 〔古希腊〕柏拉图:《文艺对话集》,朱光潜译,人民文学出版社1980年版,第272页。
⑥ 〔古希腊〕柏拉图:《文艺对话集》,朱光潜译,人民文学出版社1980年版,第272页。

时在这里也暴露出了他思想中的矛盾：他本来是割裂个别与一般、感性与理性的关系，但谈具体审美过程时，又不能不承认二者的不可分性。

第二，从艺术美的创造来讲，柏拉图关于审美认识过程的谈话，已有典型化思想的萌芽。这一点我们在前面谈他的诗论时已经谈过。他具体论述了审美主体如何从个别形体的美到一般形体的美，"在许多个别美形体中见出形体美的形式"的问题。应当说这是一个审美认识的过程，也是一个艺术美创造的过程。

第三，他首次提出了社会美的问题。他认为"行为和制度的美""也是到处贯通的"，而社会美又比个别形体美高一层次，由此他就把形体的美看得"比较微末"。当然柏拉图还没有实践的观点。他所说的社会美，自然有明显的倾向性，实指他奴隶主阶级"理想国"的美。

第四，他指出了审美认识的主要特征："凝神观照，心中起无限欣喜。"对于这种凝神观照的特点，他吸取了恩培多克勒的"流射说"和德谟克利特的"影像"说，来解释审美的特点。

恩培多克勒的"流射说"基本点是：

> 认识主体通过感觉器官的"孔道"，可以向认识客体射出极其精微的物质"流"；认识客体也可以向主体射出同样精细的物质流。这两股物质流在通过感官的孔道时，彼此相遇，由此便产生各种感觉。[1]

德谟克利特发展了恩培多克勒的"流射"说，提出了"影像"说。他认为视觉不是物体粒子直接流射入瞳孔中产生，而是眼睛和对象表面都发生原子射流，在它们之间"空气由于眼睛与对象的作用而被压紧，留下一个'印象'，然后嵌入眼帘，传到脑膜，造成视象"。这种'影像'，好像是对客观物体表面的"蜡模"，它以空气为媒介来形成与传递，也就可能会造成影像的减弱或变形。它把各种感觉到的印象，都叫"影像"(image)，它是全部认识的来源。他说："感觉与思想都是外部模压的影像所造成的，没有这种模压的影像，它们都不会发生。"[2]

柏拉图以爱情为例，说明审美过程是主客观交互作用的结果，这中间有一种极微分子的流，他称之为"情波"。他说：

---

① 汝信、王树人、余丽娥主编：《西方著名哲学家评传》第1卷，山东人民出版社1984年版，第258页。

② 汝信、王树人、余丽娥主编：《西方著名哲学家评传》第1卷，山东人民出版社1984年版，第38—39页。

每逢他凝视爱人的美,那美就发出一道极微分子的流(因此它叫做'情波'),流注到他的灵魂里,于是他得到滋润,得到温暖,苦痛全消,觉得非常快乐。①

他从眼睛接受到美的放射体,因它而发热,他的羽翼,也因它而受滋润。感到了热力,羽翼在久经闭塞而不能生长之后又苏醒过来了……在这过程中,灵魂遍体沸腾跳动,正如婴儿出齿时牙根感觉又痒又疼,灵魂初生羽翼时,也沸腾发烧,又痒又疼。②

柏拉图的这些看法,显然是有价值的。

第五,真、善、美统一的过程。行为美是善的问题,知识美是真的问题,最高的美,则是真、善、美的统一。因此,审美认识过程,也是真善美统一的过程。关于真善美三位一体的问题,我们准备在下面具体谈。

柏拉图关于审美认识过程的理论,是他美学思想中最有价值的部分,也是神秘主义、唯心主义成分最少的部分。他的理论见解,不仅总结了古希腊关于审美认识的经验,也代表了当时所能达到的审美认识理论的最高水平。

三、关于美本身的性质与形式美问题

关于美本身具有什么性质和特点,柏拉图作了多方面的描述和论说。

第一,美本身具有超越性和永恒性。在柏拉图看来,美本身不存在于现象世界,而是存在于彼岸世界,可知世界,"诸天之外的境界是真正存在的居所"。③现实的具体的美的事物,是易变的,相对的,而美本身则是永恒的,绝对的。他说:

一个人加入了这种爱的秘仪,按既定的次序看到了所有这些美的方面,也就最后接近了终极启示。苏格拉底,到了这个时候,他那长期辛劳的美的灵魂会突然涌现出神奇的美景。这种美是永

① [古希腊]柏拉图:《文艺对话集》,朱光潜译,人民文学出版社1980年版,第128页。
② [古希腊]柏拉图:《文艺对话集》,朱光潜译,人民文学出版社1980年版,第127—128页。
③《柏拉图全集》第2卷,王晓朝译,人民出版社2003年版,第161页。

恒的,无始无终,不生不灭,不增不减,因为这种美不会因人而异,因地而异,因时而异,它对一切美的崇拜者都相同。

这种美景也不会表现为一张脸,一双手,或身体某一部分的美。它既不是话语,也不是知识。它不存在于其他别的事物中,例如动物、大地、天空之类的事物;它自存自在,是永恒的,而其他一切美好的事物都是对它的分有。然而,无论其他事物如何分有它的部分,美本身既不会增加,也不会减少,仍旧保持着不可侵犯的完整。①

一切具体事物的美,都是"分有"了美本身,即一切美的事物都是以美的"相"或"理式"为本体、为本源的。美的事物之所以美,是因为它"分有"或"分享"了美的"相"、美的"理式"。美的"相"或"理式"就是美本身。它具有永恒性和绝对性。

第二,美的无功利性与神圣性。关于美的无功利性,这是康德美学思想中的一个重要观点,仔细分析起来,他的这一思想可以追溯到柏拉图。在《会饮篇》中有一段话,可以初露美的无功利性的端倪。柏拉图写道:

如果说人的生活值得过,那么全在于他的灵魂在这种时候能够观照到美本身。一旦你看到美本身,那么你就决不会再受黄金、衣服、俊男、美童的迷惑。你现在再也不会注意诸如此类的美,这些美曾使你和许多像你一样的人朝思暮想,如醉如痴,如果可能的话,你们就终日厮守在心爱的人儿身边,废寝忘食,一刻也不愿分离,追求最大的满足。②

在柏拉图看来,只有摆脱现实的、实用性的、功利性的美的事物的迷惑和引诱,才能真正观照到美本身,经过"废寝忘食","凝神观照"和"沉思",才能真正进入美的境界。"如果一个人有运气看到那如其本然,精纯不杂的美本身,这个美不是可朽的血肉身躯之美,而是神圣的天然一体之美,如果他能亲眼看到天上的美,能睁开双眼凝视那美的真相,对它进行沉思,直到美的真相永远成为他自己的东西"③的时候,他才会成为真正审美的人,他的

---

① 《柏拉图全集》第2卷,王晓朝译,人民出版社2003年版,第254页。
② 《柏拉图全集》第2卷,王晓朝译,人民出版社2003年版,第254—255页。
③ 《柏拉图全集》第2卷,王晓朝译,人民出版社2003年版,第255页。

生活才称得起真正美的生活。

柏拉图关于美的超越性、永恒性和无功利性的看法不同于古希腊智者派的看法，他认为：美不限于视觉和听觉的感觉对象；美是一种客观属性，是超越于具体的美的事物的一种属性，不是人对美的主观反应。正因为如此，柏拉图可能是"第一个在真正的美和表面的美之间进行重要区别的人……柏拉图打破了被喜爱的东西就是美这样一个原则；而这种破除具有极为深远的后果。一方面，它为美学批评和区分真正意义上的和非真正意义上的审美判断铺设了道路。另一方面，它为对'真实的'美的性质的思索开辟了道路，并吸引许多美学家离开经验主义的研究。我们可以这样认为，柏拉图是艺术批评和美学思辨的创始者。"① 应该说，塔塔科维兹的观点是深刻的，也符合西方美学史的实际。

柏拉图的美学思想直接受到毕达哥拉斯学派美学思想的影响，但他又有自己的发挥与创造。这主要表现在他关于美与数、比例、尺度、和谐、形式美的论述上。柏拉图在《斐莱布篇》《蒂迈欧篇》《伊庇诺米篇》等著作中对此作了多方面的阐释。

第一，"数是一切美好事物的源泉"。他在《伊庇诺米篇》中说："一个人要是接受了他恩赐的数字，能用心叙述整个天穹的运行，那么这就是一切恩赐中最伟大的福分……举例来说，所有音乐方面的影响显然取决于运动和音调的读数，或者拣最重要的来讲，数是一切美好事物的源泉，但我们也应明白，数不可能是降临在我们身上的邪恶事物的源泉。不是！无规范、无秩序、笨拙、无节奏、不和谐，以及其他一切分有恶的东西都是因为缺乏数"。② 柏拉图的这些观点，直接发挥了毕达哥拉斯关于雕塑、绘画、音乐等艺术都产生于数，"事物由于数而显得美"③ 的观点。亚里士多德在其留下的《残篇》中也明确指出："柏拉图和毕达哥拉斯派都把数目当作存在物的本原"，④ 他们看到音乐中的音程是按照特定数目而构成，因而数则是和声的本原。由于整个宇宙是按照某种和声构成，进而把数当作天体和宇宙的本原。"既然认为数目先于自然以及存在于自然中的一切事物，没有数目事物就既不能存在也不能被认知，而数目即使离开其他事物也能被认识，所以他们断定数

① ［波兰］沃拉德斯拉维·塔塔科维兹：《古代美学》，杨力等译，杨照明校，中国社会科学出版社1990年版，第153—154页。

② 《柏拉图全集》第4卷，王晓朝译，人民出版社2003年版，第6—7页。

③ ［波兰］沃拉德斯拉维·塔塔科维兹：《古代美学》，杨力等译，中国社会科学出版社1990年版，第114页。

④ 《亚里士多德全集》第12卷，苗力田主编，中国人民大学出版社1997年版，第197页。

目的元素和本原也是万物本原。"① 由于数先于存在而存在,神在创造宇宙万物时,就是按照数的比例、均衡、尺度、和谐的关系而进行创造的。因此,必然提出数与美的创造的关系的问题。

第二,美的本质在于比例、尺度与和谐。在《蒂迈欧篇》中,柏拉图提出了创造物的内部构成的比例、均衡与和谐的问题。他认为在宇宙的生成过程中,利用火、土、水、气四种元素,构成宇宙的形体,"这些元素在比例上是和谐的,因此宇宙拥有友爱的精神,内部融洽",② 成为一个最伟大、最优秀、最美丽、最完善的形象。在数的比例、均衡与和谐的运动中,生成了宇宙万物,也生成了善与美。艺术美的创造更是与和谐密不可分。"和谐运动和我们的灵魂具有相似的性质,缪斯将和谐赐给艺术的爱好者,不是像人们现在所想象的那样为了获得非理性的快乐,而是为了用它来矫正灵魂内在运动的无序,帮助我们进入和谐一致的状态。她把节奏赐给我们的原因也一样,一般说来人的行为总是不守规矩的,不光彩的,而节奏可以帮助我们克服这些缺点。"③ 在柏拉图看来,不和谐、无秩序、无节奏和失去平衡而产生的畸形是不美、不善的,而美和善恰恰产生在比例和尺度的和谐之中。在《斐莱布篇》中有一段对话对这一点说得很清楚。在讨论如何创造一个无形体的有序体系和有形体的有序体系并使它具有极高的价值问题时,柏拉图写了下面的对话:

> 苏格拉底:无论何种复合,若不按某种方式或某种尺度和比例,都既会毁坏相混合的成分,又会首先毁坏它自己;如果你注定要碰到这种情况,那么这不是真正的混合,而只是一大堆没有真正混合的东西堆放在一起。
>
> 普罗塔库:非常正确。
>
> 苏格拉底:所以我们现在发现善在美的性质中找到住处。因为我想尺度和比例是多种多样的,尺度和比例产生了美和卓越。
>
> 普罗塔库:是的,确实如此。
>
> 苏格拉底:当然了,我们说过,真理也和这些性质一道被包括在混合之中。
>
> 普罗塔库:是这样的。④

① 《亚里士多德全集》第12卷,苗力田主编,中国人民大学出版社1997年版,第235页。
② 《柏拉图全集》第3卷,王晓朝译,人民出版社2003年版,第283页。
③ 《柏拉图全集》第3卷,王晓朝译,人民出版社2003年版,第299页。
④ 《柏拉图全集》第3卷,王晓朝译,人民出版社2003年版,第259—260页。

尺度和比例产生了和谐,产生了美和卓越,善又在美中找到了住处,从而使真、善、美融合为一体。由于事物构成因素的尺度、比例有不同的组合,不同的运动方式,"运动的物体会同时呈现出最大的圆圈和最小的圆圈,把自身合乎比例地划分,呈现出较大和较小的部分。"① 因而使宇宙向美的形态呈现出无穷的多样性,而这也恰恰是人世间各种奇迹产生的根源。

第三,美的形式、美感与真善美三位一体的审美价值论。在《斐莱布篇》中说:"我说的美的形式不是大多数人所理解的美的动物或绘画,而是直线和圆以及用木匠的尺、规、矩来产生的平面形和立体形。我怀疑你是否能明白。我认为这样的事物是美的,但它们与其他大部分事物不一样,大部分事物的美是相对的,而这些事物的本质永远是美的,它们所承载的美是它们特有的,与搔痒所产生的快乐完全不一样。"② 在按照一定的比例、尺度构成的美的形式中,柏拉图特别推崇三角形,认为:"最美的三角形乃是同样的两个三角形相合后可以构成一个等边三角形的三角形,③ 而其他形状的三角形都不用谈了。"④ 图示如下:

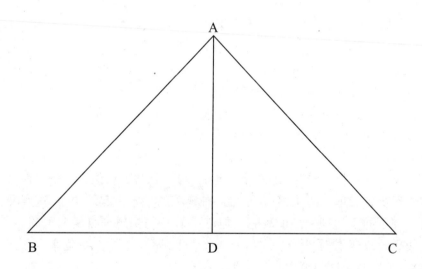

柏拉图把 ADB 与 ADC 称之为等边三角形,认这种三角形是各种三角形中的最完美的立体,是真正的美的形式。在《美诺篇》柏拉图还根据几何学

---

① 《柏拉图全集》第3卷,王晓朝译,人民出版社2003年版,第655页。

② 《柏拉图全集》第3卷,王晓朝译,人民出版社2003年版,第239页。

③ 指等边三角形的一半,见图一,图中的三角形 ABC 若以 AD 线等分,则得 ADB 和 ADC 两个三角形。《柏拉图全集》第3卷,第306页原注。

④ 《柏拉图全集》第3卷,王晓朝译,人民出版社2003年版,第306页。

原理,设计了大小不同的整倍增长的正方形。① 图示如下:

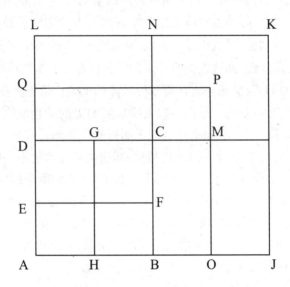

　　根据塔塔科维兹的研究,艺术家特别是建筑家把它看成为理想式样。从希腊、罗马到中世纪以来的欧洲建筑大都根据这三角形和正方形原则设计的。就这样,几何为建筑艺术美学提供了基础。② 在关于尺寸、秩序和比例的美学理论中,塔塔科维兹还特别指出:"柏拉图决没有提倡形式主义的意思。的确,他允许形式在美和艺术中充当一个决定性的角色,但只是在'部分的组合'的意义上,而不是被理解为'事物的外表'的形式。"③

　　柏拉图没有正式使用美感的概念,但他在分析快感与痛感问题时,已经涉及了美感的问题。他认为美的形式可以引起快感,但它不是饮食男女的生理快感。真正的快感,就是指那种审美的形式引起的快感,这实际就是一种不同于生理快感的美感。他说:"真正的快感来自所谓美的颜色,美的形式,它们之中很有一大部分来自气味和声音,总之,它们来自这样一类事物:在缺乏这类事物时我们并不感觉到缺乏,也不感到什么痛苦,但是它们的出现却使感官感到满足,引起快感,并不和痛感夹杂在一起。"④ 与有序、尺度、比例、和谐的美的形式相对照是无序和混乱。"动物在运动中缺

　　①《柏拉图全集》第1卷,王晓朝译,人民出版社2003年版,第510页。
　　② 参见［波兰］塔塔科维兹:《古代美学》,杨力等译,杨照明校,中国社会科学出版社1990年版,第156页。
　　③［波兰］塔塔科维兹:《古代美学》,杨力等译,杨照明校,中国社会科学出版社1990年版,第156页。
　　④［古希腊］柏拉图:《文艺对话集》,人民文学出版社1980年版,第298页。

乏有序或无序的观念,没有被我们称作节奏或旋律的那种感觉。"① 而人则不同,在生活中有一种天然的秩序感、节奏感、旋律感与和谐感,在观赏艺术中人们产生的这种无实际功利目的的快感,与今天所说的美感具有相同或相似的含义。

柏拉图是真、善、美三位一体的审美价值论的首创者,在《斐莱布篇》中,他在阐明"尺度和比例产生了美和卓越"的观点的同时,提出了真、善、美三位一体的问题。他说:

> 苏格拉底:那么如果我们不能在一个单一的形式下找到善,那就让我们借助美、比例、真理三者的联合来确保善,然后将此三者视为一体,让我们断言,"它"也许最恰当地决定了混合的性质,由于"它"是善的,混合本身才变成善的。
> 普罗塔库:对,这样说是恰当的。②

在柏拉图看来,真、善、美是人类最高的价值。真的,也必然是善的、美的;反之,善的、美的也必然需要是真的。他强调我们必须"把真实看得高于一切"。③ 他认为,"把真理赋予知识对象的这个实在,使认知者拥有认识能力的这个实在,就是善的'型',你必须把它当作知识和迄今为止所知的一切真理的原因。真理和知识是美好的,但是善的'型'比它们更美好,你这样想才是对的。"④ 由于真、善、美是神赋予的,因此,神既是真理的化身、"相"的世界的主宰,又是宇宙间一切至善至美的事物的创造主。

那么,以什么尺度去衡量和辨别什么是真善美,什么不是真善美? 柏拉图在《法篇》的对话中,提出了一个与普罗塔哥拉提出的那个"人是万物的尺度"相反的尺度,即"神是万物的尺度"。柏拉图写道:

> 什么样的行为才是神喜欢的,可以用来表明自己对神的追随? 这样的行为只有一种,可以用一个古代的原则来概括,有特定尺度的事物"同类相亲"。因为,没有特定尺度的事物既不能相互亲爱,也不会得到哪些有尺度的事物的爱。在你我看来,"神是万物的尺

---

① 《柏拉图全集》第3卷,王晓朝译,人民出版社2003年版,第399页。
② 《柏拉图全集》第3卷,王晓朝译,人民出版社2003年版,第260页。
③ 《柏拉图全集》第2卷,王晓朝译,人民出版社2003年版,第351页。
④ 《柏拉图全集》第2卷,王晓朝译,人民出版社2003年版,第506页。

度"这句话所包含的真理胜过他们所说的"人是万物的尺度"。所以,要被这样的存在热爱的人自己必须尽力成为神一样的人。①

柏拉图价值观中,神是最高的标准,一切事物的真善美与假恶丑,都是以神的原则为区分是非的最高标准。因此,他的价值观可以图示如下:

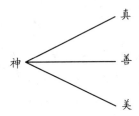

柏拉图提出的这一价值观理论图式,为中世纪以来宗教美学所继承,他的真善美三位一体的价值标准,则为各民族不同流派的美学理论所接受。不同时代的理论家还从不同角度和不同层面,进一步发挥和发展了柏拉图提出的真善美三位一体的审美价值论。

柏拉图提出和论说的美学问题,除上面谈的几个方面的问题以外,还有丑的问题,快感、痛感与美感的问题,悲剧、喜剧、史诗的问题,审美主体的素养和判断力问题,音乐学、修辞学、文艺评论等问题。有的问题虽然论说不多,但他的观点却带有原创性,给后人开辟了广阔的思维和研究空间。柏拉图的美学思想博大精深,值得我们深入地研究下去。

第七节　柏拉图思想的双重性和矛盾性及柏拉图诗学与美学思想对后世的影响 *

柏拉图是西方第一个有体系的思想家、哲学家,他的诗学思想和美学思想是他整个思想体系不可分割的组成部分。他的思想是丰富的也是复杂的,影响是深远的。他是西方哲学、美学和诗学的最主要的开创者和奠基人之一。他提出和论说的问题,有的已经成为历史的陈迹,有的已深深地积淀在西方文化的思想宝库中,流贯在众若群星的哲学家、神学家、诗学家、美学家

① 《柏拉图全集》第3卷,王晓朝译,人民出版社2003年版,第476页。

＊　这部分内容曾以《柏拉图诗学与美学思想的双重性与矛盾性》为题,发表在《山东理工大学学报》2006年第6期。

和科学家的血液中,体现在他们的实践行为和著述上。柏拉图的思想不仅属于过去,而且承继到现在和未来。

柏拉图的诗学和美学思想具有双重性和矛盾性,既有积极的意义,又有负面的效应。

第一,柏拉图以"相"(或理式)论为核心的客观唯心主义思想体系,既有其神学性又有现实的人文关怀。他的相或理式世界,是诸神居住的天国,他的相论是世界神学思想体系的理论基石,也是中世纪以降以基督教美学为代表的西方唯心主义美学和诗学的理论基础。鲍桑葵在《美学史》中指出:柏拉图"把整个可以知觉的宇宙变成了各种理念的象征。我们不能不认为,同美的艺术结下了不解之缘的欧洲后世神学的终极根源,就在于《理想国》中那一伟大的譬喻,把太阳和它的光比做是绝对的善及其表现的产物和象征。"[①]从他为理想国制订的文艺政策看,他似乎是诗歌之敌,决心把以荷马为代表的史诗、悲喜剧诗人驱逐出境,但实际上,他是从关心青少年的教育和道德的培养出发,去禁止那些他认为不利于青少年健康成长的诗歌创作,强调诗歌应为净化人的灵魂服务。诗人应该"用高尚精美的诗句来再现好人,用适当的节奏来再现好人的心怀,用优美的旋律来再现好人的节制,这些人是纯粹的,高尚的,简言之,是善的。"[②]他认为:"诗歌不仅令人娱悦,而且有益于有序的管理和全部人生。"[③]诗人和艺术家,应该凭着自己优良的天赋,追随真、善、美的踪迹,"使我们的轻年人也能循此道路前进,进入健康之乡……不知不觉地受到熏陶,从童年起就与美好的理智融合为一。"[④]柏拉图关于爱的哲学和爱的颂歌以及对爱与真善美的关系的论述,充分体现了他对人类的终极关怀。

第二,柏拉图的宇宙观、世界观是他的诗学与美学思想的理论基础。从总体来看,柏拉图的思想体系可以说是十足的客观唯心主义。他强调"灵魂在先",物体在后,认为"神是万物的尺度"。[⑤]"神创造了每一事物与其自身的关系,一切事物相互之间的关系,事物所能接受的一切尺度与和谐。"[⑥]但当地在谈宇宙的构成时,又明显地表达出了他思想中的唯物主义倾向。在

---

① [英]鲍桑葵:《美学史》,张今译,商务印书馆1985年版,第64页。

②《柏拉图全集》第3卷,王晓朝译,人民出版社2003年版,第407页。

③《柏拉图全集》第2卷,王晓朝译,人民出版社2003年版,第631页。

④《柏拉图全集》第2卷,王晓朝译,人民出版社2003年版,第368页。

⑤《柏拉图全集》第3卷,王晓朝译,人民出版社2003年版,第476页。

⑥《柏拉图全集》第3卷,王晓朝译,人民出版社2003年版,第322页。

《伊庇诺米篇》中，他说："物体的始基共有五种，亦即火、水，第三种是气，第四种是土，第五种是以太。这五种始基决定了五花八门的所有被造的生灵。"① 在《蒂迈欧篇》中，他说："我的定论是：存在、空间、生成这三者以其自身的方式在宇宙产生之前就已存在；生成的保姆受水的滋润和火的烧灼，并接受土和气的形式，经受了随之而来的各种影响，呈现出奇特的多样性。"② 在柏拉图的对话中，处处闪烁着辩证的思维方式的光辉，显示出朴素的辩证法思想。如他说："'做自己的主人' 这个短语看起来很荒谬，不是吗？因为一个人是自己的主人当然也是自己的奴隶，一个人是自己的奴隶当然也是自己的主人。无论怎么表达，说的都是同一个人。"③ 同时，他又认为："一切'存在的' 事物，实际上都处在变化的过程中，是运动、变化、彼此混合的结果。把它们叫做 '存在' 是错误的，因为没有什么东西是永远常存的，一切事物都在变化中。"④ 这些观点的辩证性一目了然，它显然是与《会饮篇》中说美的本体，"无始无终，不生不灭，不增不减" 的观点相悖的。

在柏拉图的思想中，割裂个别和一般、现象和本质、殊相与普遍相、可见世界与可知世界的关系，表现出一种形而上学二元对立的思维方式。对此波普尔对柏拉图思想体系所表现出来的二元对立的形态作了理论上的概括，他说：

> 由一位伟大的建筑师构想出来的这个设计方略，表现了柏拉图思想中的基本原理上的形而上学的二元论。在逻辑领域，这种二元论呈现为普遍与特殊二者之间的对立。在数学思辨领域，它呈现为一与多二者之间的对立。在认识论领域，它是以纯粹的思想为基础的理性知识与以具体经验为基础的意见二者之间的对立。在本体论领域，它是一、本原、不变与真、实在和多、变与虚妄、现象二者之间的对立；是纯粹的存在与生成，或者更准确而言，与变化二者之间的对立。在宇宙论领域，它是生成者与被生成且必定衰亡者二者之间的对立。在伦理学上，它是善即保存者和恶即腐败者二者之间的对立。在政治学上，它是一个集体主义国家，和数目巨大的人民——众多的个人二者之间的对立；前者可以达到

① 《柏拉图全集》第4卷，王晓朝译，人民出版社2003年版，第11页。
② 《柏拉图全集》第3卷，王晓朝译，人民出版社2003年版，第304页。
③ 《柏拉图全集》第2卷，王晓朝译，人民出版社2003年版，第405页。
④ 《柏拉图全集》第2卷，王晓朝译，人民出版社2003年版，第254页。

完美和自给自足，后者其具体的人们必定保持着不完善和依赖性，而且为了国家的团结统一，其特殊性应受到压制。而且我相信，这种完全的二元论的哲学是出于要解释对理想社会的想象和社会领域中实际情况之间的悬殊差别——稳定的社会和处于革命过程中的社会之间的悬殊差别的迫切愿望。①

柏拉图的这种形而上学的二元对立的哲学与思维方式，是导致他思想体系本身的矛盾性的根源；同时它也反映出了他所追求的理想社会与现实之间存在着的尖锐的矛盾。柏拉图诗学和美学思想中出现的种种矛盾性，都直接联系着他的这种形而上学的二元对立的哲学观。

第三，柏拉图的诗论的双重性与矛盾性更为突出。当他探讨诗的本质时，他从相论出发，在"床喻"中，认为绘画、诗歌等艺术"同真理隔着两层"，是"摹仿的摹仿"、"影子的影子"。这实际等于说绘画、诗歌等文学艺术作品是不真实的。因此，有的学者说柏拉图的"摹仿说"是反真实的，自然是有理由的。柏拉图是古希腊的"摹仿说"的倡导者之一，并最早提出了他的镜子说。他说："如果你拿上一面镜子到处照，那么这是最快的方式了。你能很快地造出太阳和天空中的一切，也能很快地造出大地和你自己，以及其他动物、用具、植物和我们刚才提到的一切……但它们都是影子，而不是实体和真相。"②但是当他面对古希腊文学艺术的创作实际时，他又明确指出："诗的摹仿对象是在行动中的人。"③他还根据人的需要，提出摹仿是一种生产，是一种通过制造工具"创造出某种与之对立的东西"的生产的重要观点。车尔尼雪夫斯基指出："柏拉图虽然把'艺术在于摹仿'这一思想作为他的艺术概念的根据，但并不限于这个根本原则的肤浅应用……柏拉图从他的艺术概念引伸出生动的、辉煌的、深刻的结论来。他依据他的原理断定艺术的意义在于人生及其对现实其他方面的关系。柏拉图以这原理为武器揭穿了艺术的贫乏、脆弱、无用、渺小。他的讽刺是苛严而中肯的，也许是片面的，尤其是对今日来说，但是，尽管有其片面性，在许多方面还是正确而可贵的。"④

---

① ［英］卡尔·波普尔：《开放社会及其敌人》第一卷，陆衡等译，中国社会科学出版社1999年版，第167—168页。

②《柏拉图全集》第2卷，王晓朝译，人民出版社2003年版，第614页。

③ ［古希腊］柏拉图：《文艺对话集》，朱光潜译，人民文学出版社1980年版，第81页。

④ ［俄］车尔尼雪夫斯基：《论亚里士多德的〈诗学〉》，缪灵珠译，见《缪灵珠美学译文集》第3卷，章安祺编订，中国人民大学出版社1990年版，第383—384页。

在柏拉图看来,诗歌、绘画、戏剧等艺术作品,由于不能显示真理,只是摹仿的摹仿,它所表现的是人的非理性部分,表达人的情感,因而对青少年的健康成长不利。据此他提出应把这类诗人驱逐出他所构想的理想国。从这一角度看,他是一个十足的理性主义者,认为只有靠理性,人类才有可能窥见可知世界,看到美本身所居住的相的世界。但同时我们又知道,柏拉图坚信诗人之所以能够写出优秀的诗篇,不是靠智慧,而靠的是某种天才和灵感。他本人就是一个灵感——迷狂说的狂热的鼓吹者。他认为,诗歌的创作,源于诗神。"缪斯凭附于一颗温柔、贞洁的灵魂,激励它上升到眉飞色舞的境界,尤其是流露在各种抒情诗中,赞颂无数古代的丰功伟绩,为后世垂训。若是没有这种缪斯的迷狂,无论谁去敲诗歌的大门,追求使他能成为一名好诗人的技艺,都是不可能的。与那些迷狂的诗人和诗歌相比,他和他神智清醒时的作品都黯然无光。你瞧,我们在任何地方都找不到这种人的地位。"①柏拉图深深懂得,没有审美体验,没有创作的激情,没有灵感,就没有诗。优秀的诗歌,恰恰不是理性思维的产物,它始终伴随着一种非理性的灵感——迷狂状态来临。因此他一再告诫诗人,"不要害怕迷狂,不要被那种论证所吓倒,认为神智清醒就一定比充满激情好。"②在《伊安篇》中他还把灵感比作"赫拉克勒石",说它像一块巨大的磁石一样,并通过"这些有了灵感的人把灵感热情地传递出去,由此形成一条长链。"③他以灵感的力量将诗人——演员——歌舞队员、大小乐师——观众联结成一条艺术链。这一思想是富有原创性的,对后世产生了积极而又深远的影响。柏拉图关于灵感——迷狂、激情与天才和艺术感染力等问题的生动描述,充分显示出了他本人的诗人的气质和他高度的诗歌艺术修养。他有关这方面的论述,与他的一些理性主义的论说是相悖的。然而正是在这里,又进一步暴露出柏拉图诗学思想的复杂性、双重性和矛盾性。

第四,柏拉图提出和论说的美学问题,虽然具有丰富性和原创性,但同样存在着双重性和矛盾性。在追问"美是什么"的问题上,他是一个本质主义者。波普尔明确指出:

> 我用方法论本质主义这个名称来表示柏拉图和许多他的后继者所主张的观点。这种观点认为,纯粹知识或'科学'的任务是去

①《柏拉图全集》第2卷,王晓朝译,人民出版社2003年版,第158页。
②《柏拉图全集》第2卷,王晓朝译,人民出版社2003年版,第158页。
③《柏拉图全集》第1卷,王晓朝译,人民出版社2003年版,第304页。

发现和描述事物的真正本性,即隐藏在它们背后的那个实在或本质。柏拉图尤其相信,可感知事物的本质可以在较真实的其他事物中找到,即在它们的始祖或形式中找到。其后有许多方法论本质主义者,例如亚里士多德,在这一点上虽然和他并非完全相同,但是他们都和他一样都认定纯粹知识的任务是要发现事物的隐藏的本性、形式或本质。所有这些方法论本质主义者都和柏拉图一样认为,本质是可以借助智性直觉来发现并识别出来的;认为每一本质都有一个专门的名称,而可感知事物则按名称来称谓;认为它是可以用语词来描述的,对事物的本质的描述被称为"定义"。①

由柏拉图肇始的本质主义,它的目的在于揭示本质并且用定义加以描述。现象与本质本来是不可分割的一对哲学范畴。柏拉图将现象与本质、可见世界与可知世界对立起来,到一个自己臆想的"相"的天国世界中去发现事物的本质,并给它下定义。这就难以真正揭示事物的本质规律。波普尔在指出柏拉图的本质主义的特点的同时,还提出并具体论述了与本质主义相对立的方法论。他称这种方法论为唯名论方法论。他认为:"方法论唯名论的目的不是要发现事物确实是什么,不是要给事物的真正本性下定义;它的目的在于描述事物在各种情况下的状态,尤其是在它的状态中是否有规律性……科学的任务是描述经验中的事物和事件,是'解释'这些事件,即借助一些普遍规律来描述它们。"②柏拉图对美的研究,一开始就踏入了本质主义的途径,力图给美下一个定义,但他研究的结果,最后的结论只能说:"美是难的。"相反,柏拉图对审美认识过程的研究,就没有采取本质主义的方法,而是具体描述了审美主体如何从个别形体的美到一般形体的美,再到心灵美,到社会美、知识美,逐渐体悟到美本身。然而恰恰是他的这种对审美认识过程的描述和研究方法,却给人以学理性的比较实际和科学的审美认识。正如鲍桑葵所说:"柏拉图曾对审美经验作了有条有理的综合。后来的历史证明,这一综合是符合这种现象的性质的。他留给后人一个明确的观念:有一批再现性的艺术,即想象性的艺术(主要雕塑、绘画、音乐和诗歌),再加上建筑及其附属的手工艺。它们之间至少有一个共同特点,那就是它们都和单纯的制作性技艺有所不同,因而,它们的价值何在也就成为关心

---

① ［英］卡尔·波普尔:《开放社会及其敌人》第1卷,陆衡等译,中国社会科学出版社1999年版,第66页。
② ［英］卡尔·波普尔:《开放社会及其敌人》第1卷,陆衡等译,中国社会科学出版社1999年版,第67页。

生活中最高尚的事物的人们的一个难题。"① 柏拉图凭着他哲学家的睿智和他对古希腊艺术的熟悉,具体描述了一些比之他的抽象的美论更能启发人的审美经验,这就为后人继续研究和回答他已提出的诸多美学问题,留下了广阔的空间。

柏拉图的学说两千四百多年以来,一直为世界各国学者所重视。赞誉、崇拜者有之;批判、否定者有之。其思想中的精华,直至今天仍然有其鲜活的生命力。柏拉图的诗学和美学思想,也为各国不同的学术流派,以其不同的视角、方法和研究的不同层面、方面,在批判地承继着,并结合新的文学艺术实践不断作出新阐释。

柏拉图的相论或理式论,他的本质主义、理性主义一直影响不断,到19世纪直接成了德国古典美学的理论源头。

柏拉图的哲学、诗学和美学思想几乎统治了欧洲中世纪。基督教出现后,它又与基督教教义结合,成了神学奴婢。

柏拉图提出的关于灵感、天才、激情、想象、幻象的论说为后世兴起的浪漫派开了先河。他提出的关于摹仿——生产说,典型——理想说,磁石——魔力说及艺术链问题,为现实主义者所承继和发挥。他的关于形式美、关于作品结构和叙事方式的理论观点,他的关于反理性的思想,又为现代主义的不同流派提供了论说的资源。康德、叔本华、尼采、柏格森、弗洛伊德、克罗齐等,他们说法虽然不一,但在反理性上则与柏拉图一脉相承。

由于柏拉图思想的丰富、多面,而且又有其双重性和矛盾性。因此不同民族不同学派的学者,既可从正面,又可从反面,对其学说进行研究、批判和接受。人文主义美学家、可以继承其真、善、美三位一体的学说,充分表达和发挥其对人类的终极关怀;政治功利主义者,可以奉柏拉图为祖师爷,鼓吹文艺从属于政治,一味推行文化专制主义;现代主义、后现代主义,则可接过柏拉图"迷狂说"的衣钵,大肆宣扬非理性主义、同时又可以柏拉图为靶子,反对逻各斯中心主义、本质主义和理性主义。不论从正面,还是从反面,柏拉图在哲学、诗学和美学中提出的种种问题和他试图作出的种种答案,对后世直至今天,都一直在程度不同地发生着影响。

---

① [英]鲍桑葵:《美学史》,张今译,商务印书馆1985年版,第73页。

第二章　世界史中第一部
文艺学美学专著

——亚里士多德的《诗学》

　　亚里士多德（Aristotle 公元前384—前322年），古希腊伟大的哲学家、自然科学家、美学家、文艺理论家。马克思称他是"古代最伟大的思想家"[①]，恩格斯称他是"古希腊哲学家中最博学的人"[②]。

　　亚里士多德出生于爱琴海北岸马其顿卡尔息狄栖半岛的斯塔革罗斯城，其父尼科马可斯是马其顿王腓力的御医。从小就培养了研究医学、解剖学、自然科学的兴趣。他17岁那年，被送到雅典柏拉图学园求学，在此学习、工作了20年。公元前347年柏拉图死后，他离开学园到小亚细亚的阿勃斯从事学术研究。公元前343—前342年间他接受了马其顿王腓力二世的邀请，担任王子亚历山大的教师，主要讲授荷马史诗和悲剧。亚力山大曾对别人说："生我者吾父母也，生我智慧是吾师亚里士多德也"。[③] 这位王子亚历山大（前356—前323）就是后来建立起欧、亚、非大帝国的著名皇帝，他征服了小亚细亚、排力基、埃及、波斯和印度。公元前335年腓力二世被刺，亚历山大继位，亚里士多德重返雅典，创办"吕克昂学园"讲学，并收集了不少抄本、地图和其他科学研究资料，编写了许多著作。亚历山大在远征亚非时，曾命令他的部队，凡是发现有新的动植物等材料，都要送给亚里士多德研究。因此，亚里士多德的科学研究工作，也直接得力于他的学生亚历山大的支持。由于亚里士多德在学园经常采取边散步边讨论的教学方法，因此，以他为首的学

---

① ［德］马克思：《资本论》第1卷，人民出版社1975年版，第447页。

② 《马克思恩格斯选集》第3卷，人民出版社1995年版，第358页。

③ 闫国忠：《古希腊罗马美学》，北京大学出版社1983年版，第123页。

派又被称为"逍遥学派"。公元前323年亚历山大逝世,雅典出现反马其顿统治的运动,亚里士多德被迫离开雅典,前往卡尔基斯,公元前322年在犹卑亚岛病逝,时年62岁。

亚里士多德的著述非常丰富。他是古希腊所有哲学家中留传下著作最多的一位,大大超过了柏拉图。但亚里士多德著作的命运并不怎么好,之所以能传留至今经过了曲折的过程。他讲述的著作,其中包括许多讲义、讲话和资料,在他生前,并未经他自己整理公开流传。据说早年在柏拉图学园时,亚里士多德曾写过一些柏拉图式对话,但现已失传,只留下一些残篇。他的大量手稿,在他死后由吕克昂学园的第一代继承人特奥弗拉图斯叫人带到小亚细亚,为了避免官方查抄,被藏在一个地窖内,一直埋藏了130年,才被人发现,当时这些手稿已经有许多被虫咬烂。这批书稿送回雅典后,又被罗马帝国运到罗马,其间只经过几次缺乏专门知识的人作了弥补和抄写。直到公元前40年左右,吕克昂学园的第11代继承人安德罗尼可才将这些手稿分门别类的加以整理,编纂成书。亚里士多德的著作是在他死后将近三百年才得以有正式版本流传于世。根据历代学者考证,现存的亚里士多德的许多著作,包括讲稿、讲授提纲、学生听课笔记等都是拼凑编纂而成的。因此,有的次序混乱,有的有头无尾、有的真伪混杂。经过几代学者的反复考证、查对、辨伪,现在我们国内见到的译本都是根据1830年—1870年柏林研究院校印的《亚里士多德著作集》(通称为"贝克尔标准本")。①

《诗学》约6世纪译成叙利亚文,10世纪由叙利亚文译成阿拉伯文。现存最早的《诗学》抄本为拜占庭人于11世纪所抄,此外还有几种15世纪的抄本。瓦拉的拉丁文译本于1498年面世。②

亚里士多德是许多门学科的创始人和奠基者。他是柏拉图的学生,但他并没有拜倒在他的老师脚前,而是本着"吾爱吾师,吾尤爱真理"的原则,批判继承柏拉图的学说。他留下来的主要著作有:《工具论》(逻辑学)、《物理论》(自然哲学)、《修辞学》《形而上学》(哲学)、《诗学》《论灵魂》《政治学》《伦理学》等。进入20世纪90年代以来,中国人民大学出版社,已集中力量正式出版了由苗力田主编的《亚里士多德全集》(十卷)的中译本。

---

① 参见汪子嵩:《亚里士多德》,见汝信、王树人、余丽娥主编:《西方著名哲学家评传》第2卷,山东人民出版社1984年版。

② [古希腊]亚里士多德:《诗学·诗艺》,罗念生译,人民文学出版社1982年版。

第一节　亚里士多德对柏拉图的
批判与《诗学》的方法论

亚里士多德的全部哲学观点和文艺观点是从批判柏拉图思想的基石——"理式"（相）开始的。

一、亚里士多德对柏拉图"理式"（相）论的批判

"一般在个别之中"还是"一般在个别之外"，这是亚里士多德与柏拉图在哲学思想上的一个重大分歧。理式、一般、普遍相脱离个别而存在，是一个永恒的、不动的实体，这是柏拉图哲学体系中的出发点和归宿。亚里士多德正是从批判柏拉图的"理式"论入手，建立自己的哲学体系的。

亚里士多德认为，世界任何万物都是感性的、个别的特殊体与普遍性的统一体，是质料与形式（普遍性、理式）的统一体。个别与一般、感性与理性不能孤立地分开。他不同于柏拉图，不承认"一般在个别之外"，认为"一般只能在个别之中"。他在《形而上学》中写道：

> 我们先已说过苏格拉底曾用定义（以求在万变中探取其不变之理）启发了这样的理论，但是他所创办的"普遍"并不与"个别"相分离；在这里他的思想是正确的。……他的继承者（指柏拉图——引者）却认为若要在流行不息的感觉本体以外建立任何本体，就必须把普遍理念脱出感觉事物而使这些普遍性为之去谓的本体独立存在。[①]

亚里士多德反复论证，脱离个别先于个别而又独立于个别存在一般，是没有也不可能有的。同单一并列和离开单一的普遍是不存在的。事物只是个别的存在，如果没有这样的个别性，它就全不存在。每一事物的本体其第一义就在于它的个别性——属于这一事物的就不属于其他事物；而普遍则是共通的，所谓普遍就不止一事的美的理式，创造一切美的事物的那个"美本身"，不能离开具体的美的事物而独立存在，只能存在于具体的、个别的美

---

① ［古希腊］亚里士多德：《形而上学》，吴寿彭译，商务印书馆1959年版，第286页。

的事物中。作为文学艺术摹仿的对象人来说,也是只有个别的人,没有作为一般的人而存在的人。"人虽然普遍地以人为因,但世上并无一个普遍人"①。具体地说来,柏拉图的理式不说明任何问题:

第一,理式论不能说明世界万物的存在。柏拉图认为万物的根源在理式,现实事物的存在只是理式"参予"或"分享"万物的结果。这种观点说不明白理式怎样"参予""分享"万物。事实上,即使我们承认理式的存在,它的根源也不在个别之外,而在现实的物质世界之中,一般存在于个别之中。亚里士多德这个观点也不在个别之外,而在现实的物质世界之中。亚里士多德这个观点是唯物主义的。

第二,理式论不能解释理式与具体事物之间的关系。柏拉图将理式与个别分开,把理式看作神,因此也就不可能说明事物的个别与一般的关系。在这个问题上,柏拉图是形而上学的,亚里士多德则处处显示出辩证法的萌芽和因素。

第三,理式论不能说明事物的发展变化。柏拉图认为理式是永恒的,不变的,不增不减的。这样就无法说明事物产生、发展和消亡的过程,就无法解释事物的运动。

第四,理式论不能解释事物的多样性。柏拉图认为最高理式只有一个,但世界事物繁杂多样,这就无法解释。如果理式可以统摄世界上杂多的事物,那么就不能不承认"个别的人"和"人的理式"也需要有一个理式来统摄。这样"人的理式"就成了毫无用处、空洞无物的东西。

亚里士多德批判柏拉图的"理式"论,实际上也已接触到唯心主义的根本错误,即肯定精神第一性的问题。因此,列宁说"亚里士多德对柏拉图的'理念'的批判,是对唯心主义,即一般唯心主义的批判。"②

二、亚里士多德的"四因说":《诗学》方法论的理论基础

亚里士多德先是在《物理学》,后又在《形而上学》中提出并阐述了他的"四因说"。

"四因说"是亚里士多德总结了他以前的古希腊哲学家关于事物本原问题的种种说法而提出来的。"四因"包括:质料因、形式因、动力因、目的因。后面的三因他又可归为同一类即形式因。这样质料与形式就成了构成一切

① [古希腊]亚里士多德:《形而上学》,吴寿彭译,商务印书馆1959年版,第140页。
② 列宁:《哲学笔记》,人民出版社1961年版,第313页。

事物的不可缺少的因素。

（一）质料因：指形成事物最根本的物质材料。《物理学》中说：自然是"运动和变化的本原"。在他以前的唯物主义者所说的物质性元素，是诸如水、火、土、气、原子等。亚里士多德则认为，即使是最小的不可再分的原子，也还不是纯粹的最后的质料，因为原子无论怎么办，小到不可再小，它还是占有空间，具有一定的形式。将具体事物的各种形式，即它的各种规定性——剥掉后，最后才得出无形式的纯粹质料。如一座铜像，将雕像的形式去掉，剩下它的质料——铜，这就是雕像的质料因；再将铜的形式去掉，剩下的质料就是土和水（当时认为铜是由水和土组成的）；再将水和土的形式去掉，最后剩下的才是没有任何规定性的纯质料。因此，质料就是物质，这可以说是亚氏对"物质"提出的一种最早的表述。质料是每一个实物的"最终基质"，而每一个实物又都是形式化了的质料。

（二）形式因：指决定这个事物之所以成为这个事物的本体的原因，它是回答究竟是什么或它到底是什么的问题。亚里士多德在《形而上学》中讲的"形式"主要是指事物本质，即决定这些事物所以成为这个事物的本因。亚氏在《物理学》中说："形式或原型，即陈述本质的定义，以及它的'种'，也称为'原因'。"[1] 在古希腊文中"理式""形式"是同一个词：eidos。"理式"在柏拉图那里是一个空洞的名词，在亚里士多德那里则赋予它以内容。人，柏拉图认为，人＝理式；亚里士多德则说，人是"两足的动物"，人是有理性的动物，人是政治的（实际是社会的）动物。当然他也没有对人的本质做出科学的回答。

（三）动力因：是指事物发生运动和变革的原因。以建筑来说，指建筑师、建筑术和建筑师的劳动。

建筑材料——质料因

设计图——形式因

建筑师、建筑术——动力因

建成的房屋——目的因

因为驱使建筑师行动的是他头脑中形成的房屋的"理式"或"形式"，因此，动力因又可与形式因归在一起。

（四）目的因：指事物存在的目的。

建筑师的存在是为了建筑房屋，建筑的房屋则是作为"遮蔽人和财富的

---

[1]《西方哲学原著选读》上卷，北京大学哲学系外国哲学史研究室编译，商务印书馆1981年版，第133页。

场所"。这个极因,与房屋的形式是一致的,因此亚氏也把它归在形式因中。

"四因"相互联系不可分割,"四因"归结起来实际是二因:质料与形式。一切事物都是由四因组成,归根到底又是质料与形式组成的。比如艺术家要塑一座铜像:

质料——铜

形式——要塑的铜像的观念,理式;

动力因——雕刻家(他的思想感情、技术);

目的因——铜像。

文学作品的创作过程的四因:

质料——素材=题材(自然);

形式——作家头脑中的形象整体、普遍相;

动力因——作家的思想感情、技巧;

目的因——供人谈论阅读的作品。

关于"四因说",亚里士多德在《形而上学》有过这样的说明:

> 我们应该求取原因的知识,因为我们只能在认明一事物的基本原因后才能说知道了这事物。原因则可分为四项予以列举。其一为本体亦即怎是('为什么'既旨在求得界说最后或最初的一个'为什么',这就指明了一个原因与原理)〈本因〉;另一是物质或底层〈物因〉;其三为动变的来源〈动因〉;其四相反于动变者,为目的与本善,因为这是一切创生与动变的终极〈极因〉。[①]

因译文关系,这里说的"本因"即形式因;物因、动因、极因即质料因、动力因、目的因。

亚里士多德以房屋为例说明:一幢房屋,其动因为建筑术或建筑师,其极因是房屋所实现的作用,其物因是土与石,其本因是房屋的定义。[②]

亚里士多德关于质料与形式统一的思想是他哲学思想中最有价值的内容,表现了朴素的辩证法,这是他观察美学问题、观察文艺问题的最基本的方法论。这一方法论原则处处贯穿在《诗学》的具体论述中。

恩格斯对亚里士多德的辩证法思想给予了很高的评价:

---

① [古希腊]亚里士多德:《形而上学》,吴寿彭译,商务印书馆1959年版,第6—7页。

② [古希腊]亚里士多德:《形而上学》,吴寿彭译,商务印书馆1959年版,第40页。

　　古希腊的哲学家都是天生的自发的辩证论者,他们中最博学
的人物亚里士多德,已经研究了辩证思维的最主要的形式。①

　　恩格斯在《反杜林论》旧序中还说:"辩证法直到现在还只被亚里士多
德和黑格尔这两个思想家比较精密地研究过"。②但亚里士多德的辩证法并
不彻底,列宁说:"亚里士多德处处都显出客观逻辑来。对于认识的客观性
没有怀疑。对于理性的力量,对于认识的力量、能力和客观真理抱着天真的
信仰。并且在一般和个别的辩证法,即概念与感觉得到的个别对象、事物、
现象的实在性的辩证法上陷入稚气的混乱状态,陷入毫无办法的困窘的混
乱状态。"③亚里士多德的"困窘的混乱"又表现在哪里? 他在个别与一般的
关系上,正确地反对和批判了柏拉图的一般存在于个别之外的"理式"论。
这是他对事物的客观性、对客观真理没有怀疑的表现,是符合唯物主义认识
论的。但是在个别和一般何者在先,何者在后,谁决定谁的问题上,他又重
蹈了柏拉图的覆辙,陷入了唯心主义的困窘状态。在个别与一般、质料与形
式的关系中,他认为一般、形式在先,它既先于个别,又决定个别。能说明这
个问题的,是他在论述质料与形式关系时的质料的"潜能"与现实的关系问
题。他认为质料只有"潜能"的存在。"潜能"仅是一种"能",即具有能成为
某一种东西的能力,如大理石具有成为雕像的能力,它只是一种潜在的可能
性的能力,不是现实的能力,大理石它自己不能成为雕像,它只是雕像的质
料,只有在它以外的形式才能使其成为现实的雕像。

　　亚里士多德所说的"现实",用了两个词——"埃努季亚"(energeia)和"隐
得来希(entelechia)。前者含有主动的能力的意思;后者则有达到目的,目的
实现的意思。这样,在他看来,主动性完全在于形式。形式先于质料,作用
于质料,质料接受了形式,大理石才变成了现实的雕像。这样他在批判柏拉
图理式论后,终又陷入柏拉图的唯心论。

　　亚里士多德虽然承认事物的发展和运动,但他的辩证发展观并不彻底。
他认识到任何具体事物,对于比它更多一层的事物来说,它是质料;但对于
比它低一层的事物来说,它又是形式。从质料到形式,是一个一层一层不断
发展的系列。他进而用潜能与现实的关系来说质料与形式的关系。质料仅

　　①《马克思恩格斯选集》第3卷,人民出版社1995年版,第358页。

　　②《马克思恩格斯选集》第3卷,人民出版社1995年版,第466页。

　　③ 列宁:《哲学笔记》,人民出版社1961年版,第416页。

有一种被动的、消极的、潜在能力,它要使自己得到实现,必须获得形式;而形式则具有主动的能力,它要达到目的,又必须在质料的潜能中实现。质料的潜能向现实的发展过程,本应是没有终点的,亚里士多德却设置了最后的终极,肯定最后有一个没有质料的纯形式,不带任何潜能的纯现实,即"不动的动者"。他还以地球为中心说明,宇宙存在着"第一天",有一个永恒不动的本体,它是推动一切事物的最后动因。在《物理学》中说:"既然运动必然永远存在而无中断,那么必然有一个或多个永恒的不动的第一推动者。"①"第一推动者必然是一个并且是永恒的"②这个永恒不动的本体,是推动一切事物的最后动因。这样亚氏就不得不承认神的存在。他说:"生命本为理性之实现,而为此实现者唯神;神之自性实现即至善而永恒之生命。因此,我们说神是一个至善而永生的实是,所以生命与无尽延续以至于永恒的时空悉属于神;这就是神。"③

亚里士多德的辩证法中,不承认矛盾的斗争性和同一性,因而他找不到事物发展的真正能力,他所看到的仅是数量的增减,时间的延长,空间的扩大。他看不到事物发展过程中的质变、飞跃、渐进的中断。因此他的辩证法又不可避免地具有形而上学的性质。这一切在他的《诗学》中也都有所反映。

亚里士多德的方法论的两个显著特点:

第一,尊重经验事实,采取科学的归纳法。亚里士多德在科学研究方法上,不同于柏拉图。朱光潜先生说:"亚里士多德标志着希腊思想发展中一个很大的转折点。这转折的关键在于亚里士多德首先是个自然科学家和逻辑学家,他放弃了过去的主观的甚至是神秘的哲学思辨,对客观世界进行冷静的客观的科学分析。这是一种方法上的转变。"④吉尔伯特、库恩在其《美学史》中说:柏拉图是通过艺术知道什么是艺术;亚里士多德是通过科学知道什么是艺术。在柏拉图那里,他的理论充满着色彩、光线、故事,以及生动活泼的、充满戏剧性的实际讨论;在亚里士多德那里,则只有仔细和冷静的分析。两人的思想方式有明显的不同。亚里士多德思维方式的一个显著特点,就是他十分重视经验事实,研究自然科学与社会科学,都注意分析客观事实,从已有的经验事实出发,归纳、分析、概括出应有的结论。在《物理学》《政治学》《伦理学》中,他都是以大量事实为依据,从而得出了许多虽然是不自

① [古希腊]亚里士多德:《物理学》,张竹明译,商务印书馆1982年版,第242页。
② [古希腊]亚里士多德:《物理学》,张竹明译,商务印书馆1982年版,第243—244页。
③ [古希腊]亚里士多德:《形而上学》,吴寿彭译,商务印书馆1959年版,第298页。
④ 朱光潜:《西方美学史》上卷,人民文学出版社1979年版,第67页。

觉的却合乎辩证法的结论。列宁很赞赏黑格尔在《哲学史讲演录》中的一句话:"亚里士多德是一个经验论者,然而是一个有思想的经验论者。"① 亚氏对文艺的研究,我们从《诗学》中可以看出,他依据的是古希腊文艺创作的丰富经验,首先是史诗、悲剧、喜剧、雕刻、绘画等。他注意区分艺术与哲学的不同,不同的分类及其特点,比较、分析、找出其同中之异和异中之同,注意研究不同文学体裁表现的内部构成。这种研究,是前无古人的,带有很大的原创性。亚里士多德的方法,实际就是后人所说的"自下而上"的美学研究方法。从亚氏开始,注重经验,注意分析逻辑是西方思维方式的一个优良传统。

第二,自然科学方法与社会科学方法结合。早期的希腊哲学家是用自然科学的方法去解释文艺现象。苏格拉底、柏拉图转而用社会科学的方法,主要是用政治学、伦理学的方法研究文艺,把眼光从自然转向人(从普罗塔哥拉开始提出:"人是万物的尺度")。亚里士多德则把二者结合起来。当然这首先因为他本人就是多种学科的创始人和奠基者。突出的如:将生物学的有机整体概念,运用到美学、文艺学中,提出了"整体说",在对情节结构的论述中,强调整一性;运用心理学的方法,论述悲剧的"净化"说;运用历史学方法,研究艺术的起源与发展。朱光潜先生明确指出了这一点。他说:

> "亚里士多德把一些其它科学的观点和方法应用到文艺理论领域里,最显著的是他从生物学里带来了有机整体的概念,从心理学里带来了艺术的心理根源和艺术对观众的心理影响两个重要的观点,从历史学里带来了艺术种类的起源、发展与转变观点。这些相关科学的观点和方法的应用对亚里士多德的许多文艺见解的形成是有重大影响的。在后来欧洲文艺理论领域里有所谓"自然科学派"、"心理学派"和"历史学派"。这些学派都要从亚里士多德的《诗学》里找出它们的祖先。②

总之,亚里士多德的方法闪烁着朴素的辩证法,尽管他动摇于唯物主义与唯心主义之间,但总的倾向,特别由于他注意经验事实的缘故,他的思想认识路线还是倾向于唯物主义的。他研究诗学的方法,对我们今天仍没有失去意义。

---

① 列宁:《哲学笔记》,人民出版社1961年版,第316页。
② 朱光潜:《西方美学史》上卷,人民文学出版社1979年版,第67—68页。

第二节 《诗学》的结构和主要内容

《诗学》是西方文艺理论史和美学史第一部最重要的历史文献,它是古希腊丰富的美学思想和艺术经验的总结。

车尔尼雪夫斯基说:"《诗学》是第一篇最重要的美学论文,也是迄至前世纪末叶一切美学概念的根据",① 亚里士多德是第一个以独立体系阐明美学概念的人,他的概念竟雄霸了二千余年。"②

《诗学》是亚里士多德在吕克昂学园讲学时的讲课提纲,大约写于公元前335年以后。还有一说,《诗学》写于公元前347年,即作者离开柏拉图之前。一般认为是前者。亚里士多德写的有关美学、文艺学的论著还有《修辞学》。

相传亚里士多德还写有《论诗人》《戏剧研究》《荷马问题》等,均失传。据3世纪人狄俄革涅斯·拉厄耳提俄斯说,《诗学》共两卷,第二卷已失传,该卷可能涉及喜剧。一说并无二卷。

一、《诗学》的结构

现存26章,分五部分:

(一)序论 包括1—5章,论述了艺术摹仿的对象、摹仿所采用的媒介和方式,诗的起源、艺术分类的原则及悲喜剧的历史发展。带有总论的性质。

(二)第二部分 全书的重点,包括第6—22章,着重分析悲剧问题,包括悲剧的构成和审美功能以及悲剧的写作等问题。

(三)第三部分 包括第23—24章,着重讨论史诗问题。

(四)第四部分 即第25章,批评论,谈批评家与诗的关系,文学批评的态度、原则和方法。

(五)第五部分 即第26章,史诗与悲剧之比较。

全书未完(不少内容看来是遗失了)。

二、《诗学》所阐明的文学基本理论

《诗学》一开始就提出了所要研究的问题,包括"关于诗的艺术本身、它

① [俄]车尔尼雪夫斯基:《美学论文选》,缪灵珠译,人民文学出版社1957年版,第124页。

② [俄]车尔尼雪夫斯基:《美学论文选》,缪灵珠译,人民文学出版社1957年版,第129页。

的种类、各种类的特殊功能,各种类有多少成分,这些成分是什么性质,诗要写得好,情节应如何安排,以及这门研究所有的其他问题,我们都要讨论,现在就依自然的顺序,先从首要的原理开头。①

关于诗的艺术首要原理是什么? 即艺术的本质特征和功能,这是《诗学》所要解决的中心。

(一)艺术的本质特征问题

任何一门科学,必须有自己独特的对象、特征和规律。文艺学或称诗学,真正成为一门独立的科学,可以说是从亚里士多德开始。

在古希腊"艺术"(Techne)的含义甚广,可以包括一切制作。当时艺术有两种:一种其目的在于完成自然的功能;一种其目的在于创造新颖的东西,即摹仿现实的世界以创造艺术的世界。前一种有医学的艺术(即医术),自然受了挫折,影响身体健康,医生可以治疗,使自然恢复其功能。后者指现代意义上的艺术,如诗歌、音乐、绘画、雕刻等,亚里士多德称其为"摹仿"这个字,作为名词用,包括和等于一切艺术;作为动词用,含有"描写"、"表现"、"再现"的意义。"摹仿者"即指艺术家。

为了全面理解亚里士多德关于艺术本质的论述下面分几个问题来谈。

第一,关于艺术的界说,划清艺术与非艺术的界限。

要了解艺术是什么,就要认清什么不是艺术。关于这方面,在《诗学》中,亚里士多德具体将艺术与自然科学、哲学、历史区别开来。

首先,亚里士多德在《形而上学》中,根据人类活动的不同特点,把科学分为三类:

理论或思辨科学(theoria),包括数学、物理学、哲学;

实践或行为科学(prasis),包括政治学、伦理学;

制作或创造性科学(poiesis),包括诗学和修辞学。

诗学属创造性科学。

亚里士多德关于人类活动的三种不同方式,已经孕含了后来黑格尔、马克思所论述的掌握世界的不同方式的思想萌芽。亚氏认为,"美的艺术",不同于一般的艺术,它是"摹仿的艺术"。诗人之所以为诗人,就是因为他是摹仿者,而不是某种格律的使用者。他主张,艺术作品不同于自然科学或哲学著作。应给予诗人以独立的地位。《诗学》第一章中,他明确说:"……即便是医学或自然哲学的论著,如果用"韵文"写成,习惯也称这种论著的作者为"诗人",但

---

① 〔古希腊〕亚里士多德:《诗学》,见《诗学·诗艺》,罗念生译,人民文学出版社1982年版,第3页。

是荷马与恩伯多克利除所用格律之外,并无共同之处,称前者为'诗人'是合适的,至于后者,与其称为'诗人',毋宁称为'自然哲学家'"。①

第二,艺术的本质在于摹仿与创造。

首先,一切艺术都是摹仿。亚里士多德认为艺术与自然科学、社会科学著作的根本不同,首先在于一切艺术都是摹仿,他根据摹仿对象、媒介、方式的不同,区分了各种不同的艺术。他说:"史诗和悲剧、喜剧和酒神颂以及大部分双管箫乐和竖琴乐——这一切实际上是摹仿,只是有三点差别,即摹仿所用的媒介不同,所取的对象不同,所采取的方式不同。"②艺术摹仿的对象——是在行动中的人,是生活中的人的思想感情和行为;艺术摹仿的媒介——有的用颜色、神态来表现形象,如绘画、雕刻;有的用声调、旋律,如音乐、双管箫乐、竖琴乐、排箫乐;有的用体态、节奏来摹仿各种性格、感受和行动,如舞蹈;有的用语言来摹仿,如史诗;有的兼用语言、节奏、声调、姿态,如悲喜剧。

亚里士多德的摹仿说,恢复和发展了古希腊唯物主义的摹仿说,核心是说艺术的本质是摹仿现实生活中行动着的人,写人的性格、情感和行为。这样他就为艺术真正找到了它的本源,剥去了柏拉图给艺术蒙上的那层神秘的外衣。摹仿说是亚里士多德对艺术与现实的关系问题的回答,认为艺术的根源在现实中,在人的生活中,不是在先验的理念中。亚里士多德是美学史上、文艺学史上最早辩证地论述文艺与人生、文艺与现实生活关系的理论家。

其次,艺术摹仿是一种创造性的生产活动。亚里士多德在阐明事物的成因时,指出的"四因"说之一是创造因,在探讨艺术的本质时,他的可贵之处在于十分重视艺术家的主观创造性。没有艺术的创造力,现实的对象存在的"潜能",就无法形成艺术作品。在文艺发展史上他继柏拉图之后,明确地把艺术看成是一种生产(这一观点长期未被人重视,一直到马克思才全面论述了这个问题)。当然他对"生产"的解释既不全面,也不尽科学,在《伦理学》中,他说:

> 艺术就是创造能力的一种状况,其中包括真正推理的过程。一切艺术的任务都在生产,这就是设法筹划怎样使一种可存在也可不存在的东西变为存在的,这东西的来源在于创造者而不在所创造的对象本身;因为艺术所管的既不是按照必然的道理既已存

---

① [古希腊]亚里士多德:《诗学》,见《诗学·诗艺》,罗念生译,人民文学出版社1982年版,第5—6页。
② [古希腊]亚里士多德:《诗学》,见《诗学·诗艺》,罗念生译,人民文学出版社1982年版,第3页。

在的东西,也不是按照自然终须存在的东西——因为这两类东西在它们本身里就具有它们所以要存在的来源。创造和行动是两回事,艺术必然是创造而不是行动。①

亚里士多德关于生产的观点是与他的"创造论"联系在一起的,而这恰恰是他"摹仿说"的更深层次。有的学者说,亚里士多德艺术理论的核心范畴是"创造",这是艺术之为艺术的最基本的界限和本质,这种看法也是很有见地的。

再次,艺术摹仿不是照相式的摹仿,而是创造性的摹仿。它是摹仿的现实中的人,不是低于现实而是可以高于现实中的人。亚里士多德在《诗学》中,举了大量的例子,阐明了艺术创造的人物可以比现实中的人物更美的论点。他说:"为了获得诗的效果,一桩不可能发生而可能成为可信的事,比一桩可能发生而不能成为可信的事更为可取。像宙克西斯所画的人物是⋯⋯但是这样画更好,因为画家所画的人物应比原来的人更美。"②

传说古希腊画家宙克西斯画海伦的像,用五个美女作模特儿,把各个人的美集中概括在一个人物身上,所以画出来的人物比原来任何一个美女都美。亚里士多德认为"诗人就应该向优秀的肖像画家学习;他们画出一个人的特殊面貌,求其相似而又比原来的人更美"。③ 他认为荷马在《伊里亚特》中创造的阿喀琉斯就是很好的一例。

第三,艺术的基本特征:典型性、整体性、真实性。为什么艺术创造出的人物更美呢? 亚里士多德对艺术创造的特点和规律进行了探索。

1. 艺术的典型性

他认为艺术创造的特点,是通过个别形象体现出事物的普遍相。在他那里已有了初步的典型创造思想。亚里士多德在美学、诗学范畴中未提出典型的概念。他在《形而上学》中用过"典型"的术语,如他说:"明显地,所以,这不需要成立一个通式作为典型。"④ 这里典型=模型,不是后来艺术典型的含义。但他从个别和一般统一的观点出发,已明显地提出了艺术通过个别反映一般,通过偶然反映必然的基本特点。在《形而上学》中,他说:"第一事物的本体其第一义就在于它的个别性,——属于个别事物的就不属于

① 朱光潜:《西方美学史》上卷,人民文学出版社1979年版,第70页。
② [古希腊]亚里士多德:《诗学》,见《诗学·诗艺》,罗念生译,人民文学出版社1982年版,第101页。
③ [古希腊]亚里士多德:《诗学》,见《诗学·诗艺》,罗念生译,人民文学出版社1982年版,第50页。
④ [古希腊]亚里士多德:《形而上学》,吴寿彭译,商务印书馆1959年版,第140页。

其他事物,而普遍则是共通的,所谓普遍就不止一事物所独有,那么这普遍性将在其所共通的诸事物之中……"①

在《诗学》中,他具体分析了历史与诗的不同特征,他说:

> 显而易见,诗人的职责不在于描述已发生的事,而在于描述可能发生的事,即按照可然律或必然律可能发生的事。历史家与诗人的差别不在于一用散文,一用'韵文';希罗多德的著作可以改写为'韵文',但仍是一种历史,有没有韵律都是一样;两者的差别在于一叙述已发生的事,一描述可能发生的事。因此,写这种活动比写历史更富于哲学意味,更被严肃的对待;因为诗所描述的事带有普遍性,历史则叙述个别的事。所谓'有普遍性的事',指某一种人,按照可然律或必然律,会说的话,会行的事,诗要首先追求这个目的,然后才给人物起名字;至于'个别的事'则是指亚尔西巴德所做的事或所遭遇的事。②

亚里士多德的时代,历史书都是编年史,着重记载个别的事件和人物,而诗(包括史诗和戏剧)则是通过写个别人物的性格命运,反映生活发展的必然性和规律性。亚里士多德在这段论述中,明确地将事物的个别性与普遍性统一起来,指出人物所体现的普遍性,不是柏拉图式的"理式",而是体现事物的可然律或必然律的特性。因而这种普遍性"更富于哲学意味",更能够揭示出一定社会发展的规律性。鲍桑葵在《美学史》中对于亚氏所说的诗"更富于哲学味"很重视,他说:"这句话也的确可以说明亚里士多德认识到了柏拉图所完全没有认识到的艺术中的理想。"③亚里士多德所说的艺术表现出的普遍性,不能孤立地、抽象地存在,又必须通过个别人物的性格和命运的描绘体现出来。因而个别与普遍性在文艺作品的人物形象身上统一了起来。这一思想在《诗学》第15章中表达的更清楚。他说:"刻画'性格',应如安排情节那样,求其合乎必然律或可然律:某种性格的人物说某一句话,作某一桩事,须合乎必然律或可然律。"④他赞扬荷马史诗中创造的人物,

① [古希腊]亚里士多德:《形而上学》,吴寿彭译,商务印书馆1959年版,第151页。

② [古希腊]亚里士多德:《诗学》,见《诗学·诗艺》,罗念生译,人民文学出版社1982年版,第28—29页。

③ [英]鲍桑葵:《美学史》,张今译,商务印书馆1986年版,第79页。

④ [古希腊]亚里士多德:《诗学》,见《诗学·诗艺》,罗念生译,人民文学出版社1982年版,第49页。

说他们"各具有'性格'，没有一个不具特殊的'性格'"。①艺术创造，不仅可以根据现实中行动的人，加以集中、概括，像宙克西斯那样，而且允许大胆的虚构，要艺术家能够将可能与可信结合起来，通过个别人物性格刻画，体现出事物普遍性，这应当是允许的。

在如何创造性格的问题上，亚里士多德总结了古希腊悲剧家欧里庇得斯和索福克勒斯的创造经验，提出了两种不同的创作原则，并且详细论述了性格和情节的关系，这在文艺理论发展上也是首创的。他说："如果有人指责诗人所描写的事物不符合实际，也许他可以这样反驳：这些'事物是按照它们应当有的样子描写的'，欧里庇得斯则按照人本来的样子来描写。"②

在《诗学》第25章中，作者还专门总结了索福克勒斯和欧里庇得斯塑造人物所依据的两种不同的创作原则，提出了"按照人应当有的样子来描写"与"按照人本来的样子来描写"的理论主张，这一观点，有重大的美学价值，它从实践上和理论上开了浪漫主义和现实主义的先河。

亚里士多德在典型学说的发展史上贡献是巨大的，但局限也很明显：（1）他所理解的人物的"普遍性"，仍是抽象的，他所说的"形式"实际就是柏拉图的理式（相或型）。虽然其基本倾向是唯物的，但归根到底还是唯心的。（2）他所理解的个别性和普遍性的关系，虽然显露出辩证法的萌芽，但仅仅是萌芽，从根本上说仍具有形而上学的性质。他只承认矛盾的互相依存性，不懂得矛盾的转化，不承认矛盾的斗争性，只注意从因果关系上去解释人物性格的形成。（3）他所说的人物性格是定型化的，不是发展的。《诗学》第15章中，他认为悲剧人物性格必须善良、适合、相似、一致。各种人物必须和他们的身份、年龄、职业的特点相一致。在《修辞学》中，他更具体地认为："不同阶级的人，不同气质的人，都会有他们自己的不同表达方式。我所说的'阶级'，包括年龄的差别，如小孩、成人或者老人；包括性别的差别，如男人或女人；包括民族的差别，如斯巴达人或特沙利人。"③在《修辞学》中他对不同年龄性格特征及其形成的描述和分析，他提出的关于人物性格的类型的观点，后来成了古典主义的重要依据。（4）阶级的偏见，他认为"妇女比较低。奴隶非常贱。"④悲剧只能写名门望族。这明显地表现出了一种贵族的倾向。

---

① ［古希腊］亚里士多德：《诗学》，见《诗学·诗艺》，罗念生译，人民文学出版社1982年版，第88页。
② ［古希腊］亚里士多德：《诗学》，见《诗学·诗艺》，罗念生译，人民文学出版社1982年版，第93—94页。
③ 伍蠡甫：《西方文论选》上卷，上海译文出版社1979年版，第93页。
④ ［古希腊］亚里士多德：《诗学》，见《诗学·诗艺》，罗念生译，人民文学出版社1982年版，第47页。

2. 艺术整体性特点

整体性是亚里士多德美学思想、文艺思想中的一个主要概念。

这一观点的提出,首先是古希腊美学思想中关于整体观点的继承。亚里士多德以前,德谟克利特(约前460—361)就提出了一个主要的观点,认为"人是一个小宇宙(或小世界)"①柏拉图在《理想国》中也有这样的对话:

> 苏:对于有眼睛能看的人来说,最美的境界是不是心灵的与身体的优美谐和一致,融成一个整体?
> 格:那当然是最美的。②

亚里士多德本人是一个医学家,他将生物学的有机统一的整体观,具体运用到文艺创作中,真正从美学、诗学范畴上,提出和论述文艺的整体性问题。在《政治学》中他说:"美人之所以异于平常的容貌,艺术作品的所以异于俗制的事物,原因也是这样, ——在人的相貌上或作品上,一样原来是分散的众美,集合成了一个整体。(我们目前所称的美恰恰正是这个整体),你如果把那整个画像拆散开来审视,也许可说他的眼睛还不如某一个常人的眼睛,其他部分又不如另一某人的相应部分。"③这里是说艺术作品中的人物是将分散的众美集合成一个整体,在他看来这是艺术创造的一个重要的美的原则。在《诗学》第七章中他进一步论述了整体性是事物美不美的重要特征。他说:"一个美的事物——一个活的东西或一个由某些部分组成之物——不但它的各部分应有一定的安排,而且它的体积也应有一定的大小;因为美要依靠体积与安排,一个非常小的活东西不能美,因为我们的观察处于不可感知的时间内,以致模糊不清;一个非常大的活东西,例如一个一万里长的活东西,也不能美,因为不能一览而尽,看不出它的整一性;因此,情节也须有长度(以易于记忆者为限),正如身体,亦即活东西,须有长度(以易于观察者为限)一样。"④他所说的美是"秩序、匀称、明确",实际也是要求艺术的整体性。秩序是时间上的匀称;匀称是空间上的秩序;明确则是对秩序与匀称的限定。⑤ 在亚里士多德看来,美不是抽象的理念,

---

① 《古希腊罗马哲学》,北京大学哲学系外国哲学史教研室编译,三联书店1957年版,第107页。

② [古希腊]柏拉图:《文艺对话集》,朱光潜译,人民文学出版社1980年版,第64页。

③ [古希腊]亚里士多德:《政治学》,吴寿彭译,商务印书馆1965年版,第143—144页。

④ [古希腊]亚里士多德:《诗学》见《诗学·诗艺》,罗念生译,人民文学出版社1982年版,第25—26页。

⑤ 参见闫国忠:《古希腊罗马美学》,北京大学出版社1983年版,第142—143页。

它只存在于具体的事物中,具有客观的属性。在《形而上学》说:"美与善正是许多事物所由以认识并由以动变的本原。"① 在《政治学》中还说:"美通常体现在量和空间里。"在《修辞学》中他把美看作与善有密切关系,并能令人愉快、向往和赞美的东西。他认为文艺的整体性,在作品中主要表现在三个方面:

第一,整部作品应是一个有机的整体。《诗学》第7章中说:

> 一个整体就是有头有尾有中部的东西。头本身不是必然地从另一件东西来,而在它以后却有另一件东西自然地跟着它来。尾是自然地跟着另一件东西来的,由于因果关系或是习惯的承续关系,尾之后就不再有什么东西。中部是跟着一件东西来的,后面还有东西要跟着它来。所以一个结构好的情节不能随意开头或收尾,必须按照这里所说的原则。②

这是说作品结构的整体性,头、身、尾、依照必然律结成一个完全整体。当然他这里所说的整体性,还仅是单向的因果链,不是球型的、立体的网络结构。

第二,情节的整一性。《诗学》第8章写道:

> 有人认为只要主人公是一个,情节就有整一性,其实不然;因为有许多事件——数不清的事件发生在一个人身上,其中一些是不能并成一桩事件的;同样,一个人有许多行动,这些行动是不能并成一个行动的。③

亚里士多德赞扬荷马的高明,说他能依据必然律和可然律,将许多事件,"环绕着一个像我们所说的这种有整一性的行动构成他的《奥德赛》,他并且这样构成他的《伊里亚特》。"④ 最后,他的结论是:"在诗里,正如在别的摹仿艺术里一样,一件作品只摹仿一个对象;情节既然是行动的摹仿,它所

---

① [古希腊]亚里士多德:《形而上学》,吴寿彭译,商务印书馆1959年版,第84页。
② 朱光潜:《西方美学史》上卷,人民文学出版社1979年版,第78页。
③ [古希腊]亚里士多德:《诗学》见《诗学·诗艺》,罗念生译,人民文学出版社1982年版,第27页。
④ [古希腊]亚里士多德:《诗学》见《诗学·诗艺》,罗念生译,人民文学出版社1982年版,第28页。

摹仿的就只限于一个完整的行动,里面的事件要有紧密的组织,任何部分一经挪动或删削,就会使整体松动脱节。要是某一部分可有可无,并不引起显著的差异,那就不是整体中的有机部分。"①

第三,人物形象的整体性。

在人物创造上,他提出将分散的众美集中概括成一个活的整体的观点。这个艺术上的活的整体是个别性与普遍性,感性与理性的活的整体(形与神的统一整体)。比如描述一个人的性格,既要使他的外形保持整一性,在绘画中就是要比例适度,各部分和谐一体,同时也应表现出性格的内在统一性(合乎必然律)。

亚里士多德提出的艺术整体性的观点,同他追求艺术的和谐美的审美理想是联系在一起的。亚氏继承了毕达哥拉斯学派与赫拉克利特关于"和谐总是来自对立"②、"不同的音调造成最美的和谐"③的美学思想,提出和论述了自己对和谐美与艺术整体性统一的观点。在《论宇宙》④中他说:

> 最初的和谐一致是由于相反,不是由于相同。在这方面,技术似乎也摹仿自然。例如,绘画就是把白与黑、黄与红混和起来,才创造出与自然物一致的作品;音乐是揉合了高音与低音、长音与短音,才谱写出一曲不同音调的悦耳乐章;文法也是把母音与子音结合在一起,才从中形成了这门整体的艺术。这大体上就是赫拉克利特说法的意思,他说:'组合是整体又不是整体,是聚集又是分散,是协调也相抵触。一出于一切,一切出于一。'整体(我指的是天、地以及整个宇宙)的组成也是如此,单一的和谐秩序是由最相反的本原混合成的。⑤

从这段引文中,我们可以清楚地看出,亚里士多德继承并发展了古希腊具有朴素唯物主义和辩证法思想的赫拉克利特的美学思想,并力图以这种朴素的辩证法对立统一思想,来论证艺术(如绘画、音乐和语言艺术)的和谐美与整体性特点。他的这一思想,值得我们认真加以研究。

---

① [古希腊]亚里士多德:《诗学》见《诗学·诗艺》,罗念生译,人民文学出版社1982年版,第28页。

② 见蒋孔阳、朱立元主编:《西方美学通史》第1卷,上海文艺出版社1999年版,第67页。

③ 见蒋孔阳、朱立元主编:《西方美学通史》第1卷,上海文艺出版社1999年版,第91页。

④ 该文的真伪西方学者有争议,中国学者仍将该文收入《亚里士多德全集》。

⑤ 《亚里士多德全集》第2卷,苗力田主编,中国人民大学出版社1991年版,第618—619页。

（3）艺术真实性问题

亚里士多德的真实论与柏拉图针锋相对。他认为艺术不仅能够通过个别具体的事物反映真理，同时人们也能够通过艺术形象认识真理，这与柏拉图的"与真理隔三层"的看法有本质的区别。

什么是真理？这应与亚氏的原因论联系起来回答。他在《形而上学》中说：

> 现在我们论真理必问其故，如一事物之素质能感染另一事物，而使之具有相似素质，则必较另一事物为高尚（例如火最热，这是一切事物发热的原因）；这样，凡能使其他事物产生真实后果者，其自身必最为真实，永恒事物的原理常为最真实原理（它们不仅是有时真实）……①

亚里士多德的真理论与形式观一致，真理＝形式，这一点与柏氏的理式论一致。但他反对真理独立于具体事物而存在，事物的普遍性、规律性，总是与具体个别事物结合在一起。

真理在现实世界中的表现是具体的，又是复杂的，往往是偶然与必然、现象与本质交织在一起，人们认识真理必须亲自去感觉它，从反复地经验中才能把握。他说："关于真实的性质，我们必须认定每一呈现的物象，并不都属真实；第一即使感觉不错，——至少感觉与感觉对象符合——印象也并不一定与感觉符合……再者，对于一个陌生对象与相当熟悉的对象，或是对于一个亲近的对象与官感相应的对象之间，各官感本身就不是同等可靠的……"②

人们要辨别真假，认识真理就必须同那个事物接触。在《形而上学》中有一段对话很能说明这个问题：

> 甲：真假可由这样来鉴定——真实是接触与证实（证实与肯定并不相同），不接触就是认识……
>
> 乙：关于符合真实的所谓'是'与符合虚假的所谓'非 是'，其一例为（主题与属性）两项确实结合为一者真，不合一者假。另一例为：事物只是个别地存在，如果没有这样个别性，它就全不存在。

---

① ［古希腊］亚里士多德：《形而上学》，吴寿彭译，商务印书馆1959年版，第33页。
② ［古希腊］亚里士多德：《形而上学》，吴寿彭译，商务印书馆1959年版，第75页。

真实就在认识这些事……①

正是因为艺术家可以在现实世界中,透过具体个别事物,认识真实(真理),因此艺术作品才有可能反映真理,具有艺术的真实性。

艺术真实,不同于社会科学的真,也不同于其他技艺的真。亚里士多德在《诗学》第25章中说:"诗的真不同于政治科学的真及其他的技艺的真。"②他具体提出了两对范畴,来衡量艺术作品的真实性问题。

第一,偶然性与必然性的统一。亚里士多德强调安排情节,刻画性格,都应合乎必然律,即使写的偶然也是为了通过偶然体现必然,脱离了必然的偶然是不可取的。《诗学》第九章对这个问题作了反复地论证。他认为在戏剧创作中,只有那些拙劣的诗人,才去搞一些"穿插式的情节",使"各穿插的承接看不出可然的或必然的联系。"③优秀的诗人,重视偶然事件,但写一桩桩的偶然事件,正是为了揭示事物之间的因果关系,揭示事物发展的规律性。他说:"如果一桩桩事件是意外的发生而彼此间又有因果关系,那就最能,〔更能〕产生这样的效果;这样的事件比自然发生,即偶然发生的事件,更为惊人(甚至偶然发生的事件,如果似有用意,似乎也非常惊人,例如阿耳戈斯城的弥提斯雕像倒下来砸死了那个看节庆的、杀他的凶手;人们认为这样的事件并不是没有用意的),这样的情节比较好。"④

第二,可信性与可能性的统一。《诗学》中谈到可信性、可能性的地方很多。一般讲,可能性与可信性是统一的,可信性是以可能性为前提的。但在艺术作品中,又应从艺术的特点来认识这个问题,具体的事件虽不具有可能性,现实生活中不存在,也不可能存在,但它却是可信的,具有可信性。这与艺术种类的某些幻想性、假定性有关。虽然表面看来不可能,但从整体上、本质上看又是可信的。亚里士多德在《诗学》第25章有两段讲了这个问题:

　　　　如果诗人写的是不可能发生的事,他固然犯了错误;但是,如果他这样写,达到了艺术的目的(所谓艺术的目的前面已经讲过了),能使这一部分或另一部分诗更为惊人,那么这个错误是有理

---

① 〔古希腊〕亚里士多德:《形而上学》,吴寿彭译,商务印书馆1959年版,第187页。

② 《缪灵珠美学译文集》第1卷,章安祺编订,中国人民大学出版社1987年版,第33页。

③ 〔古希腊〕亚里士多德:《诗学》见《诗学·诗艺》,罗念生译,人民文学出版社1982年版,第31—32页。

④ 〔古希腊〕亚里士多德:《诗学》见《诗学·诗艺》,罗念生译,人民文学出版社1982年版,第31—32页。

由可辩护的。①

　　"一般说来,写不可能发生的事,可用'为了诗的效果'、'比实际更理想'、'人们相信'这些话来辩护。为了获得诗的效果,一桩不可能发生而可能成为可信的事,比一桩可能发生而不能成为可信的事更为可取。像宙克西斯所画的人物是……但是这样画更好,因为画家所画的人物应比原来的人更美。)不近情理的事,可用'有此传说'一语来辩护;或者说在某种场合下,这种事并不是不近情理的;因为可能有许多事违反可能律而发生。"②

　　虽不可能但可信,怎样理解?亚里士多德讲了三条理由,这些理由用我们今天话讲是:一是从社会心理学角度讲的,因为它满足了人们的审美要求,审美理想;二是符合文艺创作典型化规律,如宙克西斯创作的美女,虽不可能是现实的,但在艺术上却是真实的;三是在特定情况下,"有此传说",如事情虽然荒诞,可是在特种条件下出现是可信的。在亚里士多德看来,艺术不仅可以写真实的事物,通过艺术加工,使之具有艺术的真实性,而且还可以写不真实存在的事物,即可以写假的事物,以假寓真,使之具有可信性。他说:"把谎话说得圆主要是荷马教给其他诗人的,那就是利用似是而非的推断。"③亚里士多德关于艺术真实和艺术真与假的有关论述,驳斥了柏拉图否定艺术真实性的观点,对于我们认识艺术的本质特征是有启发的。

(二)艺术想象问题

　　在已出版的美学史和文论史中,大多忽略了亚里士多德有关艺术想象的理论主张。由于《诗学》中,亚氏对想象只字不提,因此给人的印象,似乎亚里士多德有意回避谈想象问题。《亚里士多德全集》中译本出版后,我们发现亚氏在《论灵魂》《论记忆》《说梦》等论著中都论述过想象问题。他关于想象的理论主张,又进一步对他提出的艺术整体性、典型性、真实性等问题,找到学理上的根据。

　　亚里士多德在《论灵魂》中写道:

　　想象这个名称(phantasia)是从光(phaog)这个词变化而来,没

---

① 〔古希腊〕亚里士多德:《诗学》见《诗学·诗艺》,罗念生译,人民文学出版社1982年版,第93页。
② 〔古希腊〕亚里士多德:《诗学》见《诗学·诗艺》,罗念生译,人民文学出版社1982年版,第101页。
③ 〔古希腊〕亚里士多德:《诗学》见《诗学·诗艺》,罗念生译,人民文学出版社1982年版,第89页。

有光就不可能看。由于想象即存在于我们身上,并类似于感觉,动物在多数情况下就是按照想象而行动,有些动物是由于没有理智,如兽类,有些动物则是由于理智暂时被情欲所笼罩,或消失,或沉睡,如人。[①]

亚氏首先从辞源学阐明想象是从光这个词变化而来的。人与动物的根本区别在于,动物虽然也存有某种想象,但这种想象是一种没有理智的想象;而人则是有理性(或理智)的动物,人的想象是一种有理智的想象(虽然理智有时被情欲所笼罩)。他认为想象是一种思维过程,它伴随某种影像进行思维活动。他说:"如果想象(撇开这个词的隐喻的含义)是这样的过程,即是说,仰仗着它某种影像在我们心中出现,那么,它就是这样一种能力或状态,凭借着它我们进行了判断,它们或者正确或者错误。"[②]

想象作为一种思维方式,它既与感觉相联,又与感觉不同,既有一定的判断又与纯粹的理性的判断不同。亚里士多德认为:

> 想象和感觉、思想都不同,没有感觉想象就不可能发生,而没有它自身判断也不可能存在。想象与判断显然是不同的思想方式。因为想象存在于我们意愿所及的能力范围之内(因为人们可以在心里制造出一些幻相,就好像人们利用影象来帮助记忆一样)。但是,我们却不能随心所欲地形成意见;因为意见一定要么是错误的,要么是正确的……但是,相对于想象,我们则有如观看梦中景象或令人鼓舞的事物的观众。[③]

亚里士多德论想象,强调"没有感觉想象就不可能发生",这显示出他的美学思想的唯物主义倾向;同时他又指出了艺术想象的自由性和目的性。他明确指出"想象存在于我们意愿所及的能力范围之内。"如中国晋代陆机所言,它可以"精骛八极,心游万仞……若游鱼衔钩,而出重渊之深;浮藻联翩,若翰鸟婴缴,而坠曾云之峻。收百世之阙文,採千载之遗韵。谢朝华于

---

① 《亚里士多德全集》第3卷,苗力田主编,中国人民大学出版社1992年版,第75页。
② 《亚里士多德全集》第3卷,苗力田主编,中国人民大学出版社1992年版,第72页。
③ 《亚里士多德全集》第3卷,苗力田主编,中国人民大学出版社1992年版,第72页。

已披,启夕秀于未振。观古今于须臾,抚四海于一瞬。"① 亚氏的高明之处,是他特别指出想象的目的在于它在"心里制造出一些幻相",在想象的过程中,作者犹如一位"观看梦中景象"的观众。他认为:"想象功能和感觉功能是同一的,虽然想象功能和感觉功能在本质上不同,而且由于想象是由现实的感觉所导致的运动过程,梦似乎是某种精神影像(因为在睡眠时出现的影像,无论是一般性的还是某种特殊意义上的,我们都称之为梦);很显然,做梦属于感觉功能,而且是作为想象从属于感觉功能。"② 在亚里士多德看来,艺术想象离不开精神影像活动,它是由对现实事物的感觉上发出的精神影像活动。它既有与理智相联系的影像活动,又有非理性的精神影像活动,如梦境中的精神影像活动。想象的思维过程,是一个理性与非理性、意识与无意识交互运动的过程。在现实生活中,"有些人的确在某种程度上能感觉到声音、光线、以及接触,但是模糊不清而且仿佛极其遥远……"③ 艺术创作中,既有现实的头脑清醒时的精神影像活动,也存在着醒时的精神影像活动,同时还存在着犹如梦境的非理性的精神影像活动。亚里士多德说:"我们已经在《论灵魂》中讨论过想象。离开了精神影像就不可能思想。在思维中和在画图中具有同样的属性"。④ 亚氏的这些论述,对于我们深入领会他关于艺术的本质属性和特征,是有启迪意义的。

(三)关于艺术的起源和社会功能问题

按古希腊传统的说法,艺术的起源来自神,来自缪斯,九个女神各司其职。柏拉图在理论上仍沿用传统的说法,并给以唯心的解释。亚里士多德与柏拉图不同,不是从天上,从缪斯那里去寻求艺术的根源,而是从现实的行动着的人身上去寻求。他认为艺术的起源不是天神普罗米修斯,而是人类的双手。灵活的手加上人摹仿自然的本能,于是便产生了各种各样的艺术。亚里士多德诗学中没有谈灵感,但他承认天才,他说:"诗的艺术与其说是疯狂的人的事业,毋宁说是有天才的人的事业;因为前者不正常,后者很灵敏。"⑤ 诗的起源不在神而在人本身,在人的本质。亚里士多德在《诗学》第4章中一开头就说:

---

① 陆机:《文赋》,见《中国历代文论选》第1册,上海古籍出版社1979年版,第170—171页。

②《亚里士多德全集》第3卷,苗力田主编,中国人民大学出版社1992年版,第165页。

③《亚里士多德全集》第3卷,苗力田主编,中国人民大学出版社1992年版,第173页。

④《亚里士多德全集》第3卷,苗力田主编,中国人民大学出版社1992年版,第134页。

⑤ 〔古希腊〕亚里士多德:《诗学》,见《诗学·诗艺》,罗念生译,人民文学出版社1982年版,第56页。

　　一般说来,诗的起源仿佛有两个原因,都是出于人的天性。人从孩提的时候起就有摹仿的本能(人和禽兽的分别之一,就在于人最善于摹仿,他们最初的知识就是从摹仿得来的),人对于摹仿的作品总是感到快感。经验证明了这样一点:事物本身看上去尽管引起痛感,但惟妙惟肖的图像看上去却能引起我们的快感,例如尸首或最可鄙的动物形象。(其原因也是由于求知不仅对哲学家是最快乐的事,对一般人亦然,只是一般人求知的能力比较薄弱罢了。我们看见那些图像所以感到快感,就因为,我们一面在看,一面在求知,断定每一事物是某一事物,比方说,'这就是那个事物'。假如我们从来没有见过所摹仿的对象,那么我们的快感就不是由于摹仿的作品,而是由于技巧或着色或类似的原因。)摹仿出于我们的天性,而音调感和节奏感(至于'韵文'则显然是节奏的段落)也是出于我们的天性,起初那些天生最富于这种资质的人,使它一步步发展,后来就由临时口占而作出了诗歌。①

　　亚里士多德虽然总的来说是脱离社会实践、脱离生产劳动来观察艺术的起源,但他提出的摹仿本能说,可以说已朦胧地包含有社会实践的内容。他认为"最善于摹仿"是人与动物的区别之一。其次,亚里士多德从心理学角度阐明,摹仿能引起快感,音调感与节奏感是人的天性,因此,艺术是从摹仿而来。再次,从艺术由摹仿中产生来讲,他认为艺术可以一面给人知识,一面又可给人以快感。这就从艺术起源上肯定了艺术的认识价值和审美价值。

　　与艺术起源问题有密切相联的另一个问题是艺术的功能问题。

　　首先,亚里士多德肯定在阅读或欣赏作品时有"求知"的一面,就是肯定艺术的认识真理的价值。他在《形而上学》中也说:"知识和理解属于艺术较多,属于经验较少,我们认为艺术家比只有经验的人较明智……因为艺术家知道原因而只有经验的人不知道原因。只有经验的人对于事物只知其然,而艺术家对于事物则知其所以然。"②

　　其次,文艺有审美教育作用。亚里士多德在《政治学》中讲得很清楚:"音

---

① [古希腊]亚里士多德:《诗学》,见《诗学·诗艺》,罗念生译,人民文学出版社1982年版,第11—12页。
② 见朱光潜:《西方美学史》上卷,人民文学出版社1979年版,第74页。

乐应该学习，并不只是为着某一个目的，而是同时为着几个目的，那就是(1)教育，(2)净化(……)，(3)精神享受，也就是紧张劳动后的安静和休息。从此可知，各种和谐的乐调虽然各有用处，但是特殊的目的，宜用特殊的乐调。要达到教育的目的，就应选用伦理的乐调；但是在集会中听旁人演奏时，我们就宜听行动的乐调和激昂的乐调。"①

　　古希腊关于音乐的功能，流行三种看法，一种认为音乐犹如睡眠和酣饮，只是娱乐和憩息(弛懈)。如欧里庇得斯把睡眠、酣饮和音乐并列，借此以"消愁"。一种认为音乐能陶冶性情，形成健康的美感。一种认为可以促进心灵和理智的发展。亚里士多德认为这些观点各有其片面性，各有其合理的一面，应三者结合。

　　西方的学者如《诗学》的英译者布乔尔(Butcher)认为"亚里士多德对于诗的评断都根据审美的和逻辑的理由，并不直接考虑到伦理的目的或倾向。""他是第一个设法把美学理论和伦理理论分开的人。他一贯地主张诗的目的就是一种文雅的快感。"② 否认亚里士多德的艺术的、政治的、道德的功利观也是不符合实际的。事实上，他重视音乐教育，重视文学艺术，第一个目的就是"教育"。在他看来，一个城邦要治理好，搞好教育是重要的条件。教育可以使人们受到"理性方面的启导。"③ 他还说："由于人们不同的德性，产生不同种类的城邦，建立若干相异的政体。"④ 如果每个公民都有"善德"，成为"善人"，那么这个城邦就会成为"善邦"。⑤ 在《修辞学》中，他直言"美是一种善，其所以引起快感，正因为它善。"⑥ 悲剧创作的一个重要目的就是应满足人们的"道德感"。《诗学》第25章中说："在判断一言一行是好是坏的时候，不但要看言行本身是善是恶，而且要看言者、行者为谁，对象为谁，时间系何时，方式属何种，动机是为什么，例如要取得更高的善，或者要避免更坏的恶。"⑦ "要取得更高的善""要避免更坏的恶"这就是艺术教育的一个主要目的。

　　关于艺术的功能，亚里士多德特别重视艺术美感作用。他关于这方面的理论也是有独创性的。如同朱光潜先生所说，历来美学家谈到"美感"，

① 见朱光潜：《西方美学史》上卷，人民文学出版社1979年版，第87—88页。

② 见朱光潜：《西方美学史》上卷，人民文学出版社1979年版，第83页。

③ ［古希腊］亚里士多德：《政治学》，吴寿彭译，商务印书馆1965年版，第385页。

④ ［古希腊］亚里士多德：《政治学》，吴寿彭译，商务印书馆1965年版，第364页。

⑤ ［古希腊］亚里士多德：《政治学》，吴寿彭译，商务印书馆1965年版，第384页。

⑥ 见朱光潜：《西方美学史》上卷，人民文学出版社1979年版，第84页。

⑦ ［古希腊］亚里士多德：《诗学》，见《诗学·诗艺》，罗念生译，人民文学出版社1982年版，第94页。

大半把它看作在一切审美事例中都相同的一种通套的快感。这是脱离产生美感的具体情境来看美感，把美感加以抽象化和套板化。亚里士多德则认为，产生美感的东西不同，所产生的美感也就不同。情绪净化的快感只是美感来源之一，他还提到摹仿中认识事物所产生的快感以及节奏与和谐所产生的快感。这几种快感在不同文艺作品中配合不同，总的效果——即美感——也就不一致。① 亚里士多德这种带有辩证的美感论，是对美学发展的一个重要贡献。他对"净化"说的阐释，是对艺术美感作用的更具体形象的说明。

第三节　亚里士多德论悲喜剧和史诗

亚里士多德的《诗学》是古代学说的戏剧理论的奠基作品。《诗学》叫"戏剧学"也是当之无愧的。

一、悲剧论

亚里士多德时代，悲剧喜剧艺术十分繁荣，看戏成了群众精神生活的重要组成部分。悲剧起源于酒神颂。古希腊人每年秋季都要举行酒神祭祀，进行歌舞表演。演员身披羊皮，头戴羊角，合唱队伴唱，高唱酒神颂歌。在群众性演出的基础上，出现了三大悲剧家和阿里斯多芬等喜剧家。《诗学》主要目的之一就是总结这种戏剧艺术实践的经验。现存的《诗学》主要是分析悲剧，喜剧部分遗失。现主要讲他的悲剧理论。

（一）悲剧的定义

对于什么是悲剧，亚里士多德说：

> 悲剧是对于一个严肃、完整、有一定长度的行动的摹仿；它的媒介是语言，具有各种悦耳之音，分别在剧的各部分使用；摹仿方式是借人物的动作来表达，而不是采用叙述法；借引起怜悯与恐惧来使这种情感得到陶冶。②

这个定义全面揭示了悲剧的性质、特点、表现方式和审美功能，是他悲

---

① 参见朱光潜：《西方美学史》上卷，人民文学出版社1979年版，第90页。

② ［古希腊］亚里士多德：《诗学》，见《诗学·诗艺》，罗念生译，人民文学出版社1982年版，第19页。

剧论的中心内容。

(二)悲剧的性质

悲剧是对一个严肃、完整、有一定长度的行动的摹仿。悲剧的表现方式不同于绘画、雕塑、音乐,是对一个行动的摹仿,它不是仅摹仿一种姿态、色彩或声音,而是摹仿从事实践活动的人的行动。行动也包含有姿态、颜色、声音,不过是说明和渲染行动。摹仿行动,具有更现实、更直接的特点。

"悲剧是对于一个完整而有一定长度的行动的摹仿(一件事物可能完整而缺乏长度)。所谓'完整'指事之有头、身、尾"。[1]而且三者又有因果联系。

有一定长度,即是说不可太短,也不可太长。具体讲一是就悲剧摹仿的事件说;一是就演出的时间讲。有一定长度使悲剧与史诗不同。史诗显得更宏伟和更富于变化。

悲剧是对一个严肃的行动的摹仿。严肃是指:所指写的人物是高尚的人,比一般人好的人;而他的行为又是可怕的和可怜的。

(三)悲剧的成分

《诗学》第六章写道:"整个悲剧艺术的成分必然是六个——因为悲剧艺术是一种特别艺术——(即情节、'性格'、言词、'思想'、'形象'与歌曲),其中之二是摹仿的媒介,其中之一是摹仿的方式,其余三者是摹仿对象,悲剧艺术的成分尽在于此。剧中人物[(一般地说,不只少数)]都使用此六者;整个悲剧艺术包含'形象'、'性格'、情节、言词、歌曲与'思想'。"[2]

六种成分:摹仿的对象——情节、性格和思想;摹仿的媒介——言词与歌曲;摹仿的方式——形象。

六种成分的相互关系及其在悲剧中的地位如下:

情节:情节是指事件的安排。"情节乃悲剧的基础,有似悲剧的灵魂",亚里士多德把情节看作是六个成分的首要成分,把它排在首位。这与我们今天的看法不同,其原因与他的悲剧观念有关。因为悲剧是对人的行动的摹仿,而情节也就是摹仿行动。"悲剧是行动的摹仿,主要是为了摹仿行动,才去摹仿行动中的人。"[3]因此,悲剧中没有情节,就不成其为悲剧。

情节安排的原则,应合乎必然律,使之成为一个艺术整体,具有完整性

---

① [古希腊]亚里士多德:《诗学》见《诗学·诗艺》,罗念生译,人民文学出版社1982年版,第25页。

② [古希腊]亚里士多德:《诗学》见《诗学·诗艺》,罗念生译,人民文学出版社1982年版,第20—21页。

③ [古希腊]亚里士多德:《诗学》见《诗学·诗艺》,罗念生译,人民文学出版社1982年版,第23页。

（或整一性）。《诗学》第7章中说："按照我们的定义,悲剧是对于一个完整而具有一定长度的行动的摹仿(一件事物可能完整而缺乏长度)。所谓'完整',指事之有头,有身,有尾。"① 头、身、尾按照必然律构成一个有机整体的行动,它有一定的长度,如人的身体一样,还是活的东西。在第23章说得更明白:"按照戏剧的原则安排,环绕着一个整一的行动,有头、有身、有尾,这样它才能像一个完整的活东西,给我们一种它特别能给的快感"。② 作家按照可信与可能的原则组织情节。他说:"诗人的职责不在于描述已发生的事,而在于描述可能发生的事,即按照可然律或必然律可能发生的事"。③ "为了获得诗的效果,一桩不可能发生而可能成为可信的事,比一桩可能发生而不能成为可信的事更为可取"④。

情节的种类有两种:一是简单的情节——"指按照我们所规定的限度连续进行,整一不变,不通过'突转'与'发现'而达到结局的行动"⑤——一般是单线发展。一是复杂的情节——"指通过'发现'或'突转',或通过此二者到达结局的行动"。⑥ 一般指双线或多线发展的情节。

情节的构成是:开端(头)——发展(突转与发现)——结局;如《俄狄浦斯王》。俄狄浦斯原是忒拜国王拉伊俄斯的儿子,生下时因预言者说,他长大要杀父娶母,因此王后叫牧人把他抛弃在荒山上。被另一个牧人拾去送给科任托斯王任嗣子,他听说日后会杀父娶母,就逃离科任托斯,来到瘟疫盛行的忒拜,并误杀了一个老人。后由于他帮助当地驱除了瘟疫被推为忒拜国王,娶了原来的王后为妻。命运已让他实践了杀父娶母,但他本人一直不知道。直到科任托斯王波吕斯死讯传来,让他回去为王,报信人告诉他不是波吕斯的独生子,回去不存在杀父娶母,报信人本是好意,结果适得其反,使俄狄浦斯陷入了困境,杀父问题出现了。(突转。知道自己不是波吕斯的独生子,而是忒拜国王的儿子。)此后,忒拜牧人承认婴儿是伊俄卡斯忒王后交给他的,这时俄狄浦斯才"发现"自己是杀父娶母的罪人。

亚氏认为最后突转与发现是同时出现为好。

---

① ［古希腊］亚里士多德:《诗学》,见《诗学·诗艺》,罗念生译,人民文学出版社1982年版,第25页。
② ［古希腊］亚里士多德:《诗学》,见《诗学·诗艺》,罗念生译,人民文学出版社1982年版,第82页。
③ ［古希腊］亚里士多德:《诗学》,见《诗学·诗艺》,罗念生译,人民文学出版社1982年版,第28页。
④ ［古希腊］亚里士多德:《诗学》,见《诗学·诗艺》,罗念生译,人民文学出版社1982年版,第101页。
⑤ ［古希腊］亚里士多德:《诗学》,见《诗学·诗艺》,罗念生译,人民文学出版社1982年版,第32页。
⑥ ［古希腊］亚里士多德:《诗学》,见《诗学·诗艺》,罗念生译,人民文学出版社1982年版,第32页。

情节发展的规律

图示：

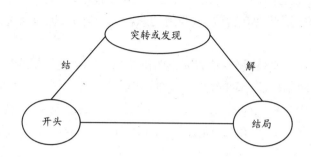

（造成苦情）

"结"——指"故事的开头至情势转入顺境（或逆境）之前的最后一景之间的部分"[1]；

"解"——"所谓'解'，指转变的开头至剧尾之间的部分"[2]；"突转与发现"——剧情发展的关键。

性格，在悲剧成分中居第二位。亚里士多德认为"性格"是人物的品质的决定因素。[3]他把性格与思想看作"行动的造因"。戏剧作品中的人物必然在"性格"和"思想"方面都具有某些特点。

性格是什么？亚里士多德认为性格指"显示人物的抉择的话，〔在某些场合，人物的去取不显著时，他们有所去取〕；一段话如果一点不表示说话的人的去取，则其中没有'性格'"。[4]

刻画性格也如安排情节一样，应符合必然律。"刻画'性格'，应如安排情节那样，求其合乎必然律或可然律：某种'性格'的人物说某一句话，做某一桩事，须合乎必然律或可然律；一桩事件随另一桩而发生，须合乎必然律或可然律"。[5]

刻画性格应注意的几点：一、性格必须善良；二、性格必须适合；三、性格必须相似；四、性格必须一致。这些观点可谓开了古典主义类型说的先河。

---

[1] ［古希腊］亚里士多德：《诗学》，见《诗学·诗艺》，罗念生译，人民文学出版社1982年版，第60页。

[2] ［古希腊］亚里士多德：《诗学》，见《诗学·诗艺》，罗念生译，人民文学出版社1982年版，第25页。

[3] ［古希腊］亚里士多德：《诗学》，见《诗学·诗艺》，罗念生译，人民文学出版社1982年版，第20页。

[4] ［古希腊］亚里士多德：《诗学》，见《诗学·诗艺》，罗念生译，人民文学出版社1982年版，第24页。

[5] ［古希腊］亚里士多德：《诗学》，见《诗学·诗艺》，罗念生译，人民文学出版社1982年版，第49页。

　　情节与性格的关系：情节（行为）通过性格表现出来，性格决定行为的性质，决定行为的方式，是行为的动因。性格是行为的产物，过去反复的行为养成了性格的倾向，行为决定性格。性格与情节具有相互作用的关系。亚里士多德把情节摆在首位，这与他的悲剧观念有关，也与他重视人的行为直接有关。

　　悲剧构成的其他成分：语言属第四位，即所谓"表达"，指通过词句以表达意思。这是悲剧摹仿行动的媒介。歌曲占第五位，要求"悦耳"。第12章专门讨论了悲剧中的歌唱问题。形象——是悲剧艺术的表现方式，这个形象与我们今天形象含义不同，在悲剧演出中，多指演员的装扮样子。第6章中讲：

　　　　"'形象'固然能吸引人，却最缺乏艺术性，跟诗的艺术关系最浅；因为悲剧艺术的效力即使不依靠比赛或演员，也能产生；况且'形象'的装扮多依靠服装面具制造者的艺术，而不大依靠诗人的艺术"。①

　　第14章谈到的"形象"也是指悲剧扮演者的形象、装扮而言。②

（四）悲剧人物论

　　《诗学》第2章亚里士多德提出："悲剧总是摹仿比我们今天的人好的人"。③

　　第13章他进一步提出了悲剧人物的特点，即好人犯错误。这就是我们常说的"过失论"。亚里士多德认为，有三种情况的人不应成为悲剧主人公：

　　第一，不应写人由顺境转入逆境。他说："不应写好人由顺境转入逆境，因为这只能使人厌恶，不能引起恐惧或怜悯之情。④

　　第二，不应写坏人由逆境转入顺境，因为这最违背悲剧的精神——不合悲剧的要求，既不能打动慈善之心，更不能引起怜悯或恐惧之情"。⑤坏人得到好报，不能满足观众的"正义感"。坏人在逆境中，也不值得同情。

　　第三，"不应写极恶的人由顺境转入逆境，因为这种布局虽然能打动慈善之心，但不能引起怜悯或恐惧之情"。⑥穷凶极恶的大坏蛋，由顺境转入逆

---

①　[古希腊]亚里士多德：《诗学》，见《诗学·诗艺》，罗念生译，人民文学出版社1982年版，第24页。

②　[古希腊]亚里士多德：《诗学》，见《诗学·诗艺》，罗念生译，人民文学出版社1982年版，第43页。

③　[古希腊]亚里士多德：《诗学》，见《诗学·诗艺》，罗念生译，人民文学出版社1982年版，第9页。

④　[古希腊]亚里士多德：《诗学》，见《诗学·诗艺》，罗念生译，人民文学出版社1982年版，第37页。

⑤　[古希腊]亚里士多德：《诗学》，见《诗学·诗艺》，罗念生译，人民文学出版社1982年版，第37—38页。

⑥　[古希腊]亚里士多德：《诗学》，见《诗学·诗艺》，罗念生译，人民文学出版社1982年版，第38页。

境,是理所应当,可以满足观众的正义感,谈不上引起恐惧与怜悯。

那么悲剧人物应当是怎样的人物? 悲剧人物既不是完整无缺的好人,也不是罪该万死的坏蛋,他们的特点是:"不十分善良,也不十分公正,而他之所以陷入厄运,不是由于他为非作恶,而是由于他犯了错误,这种人名声显赫,生活幸福,例如俄狄浦斯、堤厄斯忒斯以及出身于他们这样的家庭的著名人物。"[①]

这是说,悲剧主人公,是比一般人好的、犯有一定错误的人物。他比一般人好,而又与一般人相似,因此他遭受厄运,才能引起恐惧与怜悯之情。如果他同一般人一样,无什么值得敬仰的品质,这种人遭到厄运,虽值得同情,但不是理想的悲剧人物。

亚里士多德确定悲剧主人公有两条标准:一是看这种人能否引起广大观众的恐惧与怜悯之情,这是从心理效果来讲的;一是看他是否是名门望族,这是他的贵族倾向的表现,是社会学的标准。

(五)悲剧的净化作用

关于悲剧的审美教育作用问题,亚里士多德在《诗学》的第6章中说:悲剧"借引起怜悯与恐惧来使这种情感得到陶冶。"[②]他把这一点看作是悲剧的目的。"陶冶"原文是katharsis,即所谓"卡塔西斯",英文是catharsis。"陶冶"又译为"净化"。《诗学》上的这句话缪灵珠先生译为:"凭借激发怜悯与恐惧以促使此类情绪的净化。"[③]"净化"在宗教上指"净罪",医学上指"渲泄",本是宗教术语,意即洁身沐浴而后祭神。在医学上则是指用药物宣泄身体中的病毒。亚里士多德提出这一观点是针对柏拉图反对古希腊悲剧而发的。柏拉图在《理想国·卷十》中说:

我们亲临灾祸时,心中有一种自然倾向,要尽量哭一场,哀诉一番,可是理智把这种自然倾向镇压下去了。诗人要想餍足的正是这种自然倾向,这种感伤癖。同时,我们人性中最好的部分,由于没有让理智或习惯培养好,对于这种感伤癖就放松了防闲,我们于是就拿旁人的痛苦来让自己取乐。我们心里这样想:看到的悲伤既不是自己的,那人本自命为好人,既这样过分悲伤,我们赞赏他,和他表同情,也不算是什么可耻的事,而且这实在还有一点益

① [古希腊]亚里士多德:《诗学》,见《诗学·诗艺》,罗念生译,人民文学出版社1982年版,第38—39页。
② [古希腊]亚里士多德:《诗学》,见《诗学·诗艺》,罗念生译,人民文学出版社1982年版,第19页。
③ 《缪灵珠美学译文集》第1卷,章安祺编订,中国人民大学出版社1987年版,第10页。

处,它可以引起快感,我们又何必把那篇诗一笔抹煞,因而失去这种快感呢? 很少有人能想到,旁人的悲伤可以酿成自己的悲伤。因为我们如果拿旁人的灾祸来滋养自己的哀怜癖,等到亲临灾祸时,这种哀怜癖就不易控制了。①

柏拉图是主张用理性控制感情,认为悲剧能滋养观众的哀怜癖与感伤癖,因此应把悲剧诗人驱逐出境。亚里士多德认为悲剧不但无害而且有益,它可使观念的恐惧与怜悯的感情得到净化。这是亚里士多德的高明之处,也是他对悲剧理论的一个重大贡献。

这里有三个问题应讲清:

首先,恐惧与怜悯的含义。《诗学》中的解释是"怜悯是由一个人遭受不应遭受的厄运而引起的,恐惧是由这个这样遭受厄运的人与我们相似而引起的"②怜悯的对象是我们认识的人,但关系不太密切;恐惧的对象是大难落到与我切近的人,如我们的家人、亲属的头上。亚里士多德在《修辞学》中对此有更具体的解释:

　　人们所怜悯的人是他们所熟识的人,还要这种人同他们的关系并不太密切;太密切了,他们就会觉得这种人的祸害将成为他们自己的了。由于这个缘故,据说阿马西斯看见他的儿子被带去处死,他没有哭,可是看见他的朋友行乞,他却哭了,因为后一种情形引起怜悯,前一种情形引起恐惧;恐惧与怜悯不同,它会把怜悯赶走,往往使人发生怜悯之情。再说,在可怖的事情逼近的时候,人们也怜悯在年纪、性格、道德品质、地位、门第方面与他们相似的人,因为这一切使人们更感觉到他们的不幸也会落到自己身上;一般说来,我们应当在这里作出结论:一切我们害怕会落到自己身上的祸害,如果落到别人身上,都能引起怜悯之情。③

亚里士多德在《修辞学》中给恐惧与怜悯下的定义是:恐惧是"一种由于想象有足以导致毁灭或痛苦的、迫在眉睫的祸害而引起的痛苦或不安的

---

① 柏拉图:《文艺对话集》,朱光潜译,人民文学出版社1980年版,第85—86页。
② [古希腊]亚里士多德:《诗学》,见《诗学·诗艺》,罗念生译,人民文学出版社1982年版,第38页。
③ [古希腊]亚里士多德:《修辞学》,罗念生译,三联书店1991年版,第91页。

情绪。"① 怜悯是 "一种由于落在不应当受害的人身上的毁灭性的或引起痛苦的、想来很快就会落到自己身上或亲友身上的祸害所引起的痛苦的情绪。"②

现实生活中的人身上,本来存在着恐惧与怜悯的情感,悲剧通过人物形象的描写反映出来。现实生活中观众心目中存在着这种情感,是悲剧所以能感动观众的现实基础。

恐惧与怜悯的对象有相互密切的关系,它所摹仿的对象,不能太亲,切亲的恐怖排斥怜悯。但也不能太疏,疏远的事情不能引起恐惧,也就没有怜悯。唯有不亲不疏的我辈中人的恐惧,才能引起怜悯。在这样的条件下,恐惧与怜悯便结合起来。

其次,悲剧所引起的恐惧与怜悯的情感一是种 "特别的快感",是一种审美感。《诗学》第14章中说:"我们不应要求悲剧给我们各种快感,只应要求它给我们一种它特别能给的快感。既然这种快感是由悲剧引起我们的怜悯与恐惧之情,通过诗人的摹仿而产生的,那么显然应通过情节来产生这种效果。"③

恐惧与怜悯本来是一种痛苦的情绪,而悲剧在观众身上引起的恐惧与怜悯的感情是一种特别的快感,它能给观众以艺术的享受、感情上的满足,意大利著名诗学家卡斯特尔维屈罗(1505—1571)在《亚里士多德·诗学·疏证》第14章中对此有个解释,他认为悲剧特有的快感,来自一个由于过失,不善亦不恶的人由顺境转入逆境所引起的恐惧和怜悯。悲剧所引起的恐惧与怜悯的快感是一种 "间接快感"。产生这种快感的场合是:当看到别人不公正地陷入逆境因而感到不快的时候,我们同时也认识到自己是善良的,因为我们厌恶不公正的事。我们天生都爱自己,这种认识自然引起很大的快感。如此同时,我们还可以得到另一种相当强烈的快感。这就是看到别人遭受不合理的苦难,认识到这苦难可能降到我们或者我们一样的人的头上,我们默默然,不知不觉就明白了世途艰险和人事无常的道理。悲剧通过这种强烈的潜移默化的作用,像一剂苦药,将恐惧从观众心中清洗或驱逐出去,培养起一种高尚的同情心和正义感。

最后,净化(catharsis)问题。亚里士多德《诗学》中使用的 "净化" 的概念与他在《政治学》提出的 "净化" 含义是一致的。在《政治学》中说:

① ［古希腊］亚里士多德:《修辞学》,罗念生译,三联书店1991年版,第81页。
② ［古希腊］亚里士多德:《修辞学》,罗念生译,三联书店1991年版,第89页。
③ ［古希腊］亚里士多德:《诗学》,见《诗学·诗艺》,罗念生译,人民文学出版社1982年版,第43页。

　　因为像哀怜和恐惧或是狂热之类情绪虽然只在一部分人心里是很强烈的,一般人也多少有一些。有些人受宗教狂热支配时,一听到宗教的乐调,就卷入迷狂状态,随后就安静下来,仿佛受到了一种治疗和净化。这种情形当然也适用于受哀怜恐惧以及其他类似情绪影响的人。某些人特别容易受某种情绪的影响,他们也可以在不同程度上受到音乐的激动,受到净化,因而心里感到一种轻松舒畅的快感。因此,具有净化作用的歌曲可以产生一种无害的快感。①

　　在这里亚里士多德明确提出了"净化"的概念,并以此来说明悲剧的美感教育作用。"净化"的基本含义在于:观众在看悲剧时,通过剧中人物的命运和遭遇,可以使自己身上已潜存的某种过分的情绪因宣泄而达到平静、适度,因而恢复和保住心理的健康,培养一种高尚的情操。当然悲剧引起的共鸣,所起的"净化"作用的程度差别,不只有心理因素,还有社会的、道德的因素。

　　关于"净化"的问题,在西方长期存在着争论。文艺复兴以后,对于悲剧为什么能起"净化"作用主要有三说:(1)"硬化说",认为悲剧使观众习惯悲剧和恐怖的景象,致使他们在实际生活中不至于有激情的波动;(2)"同感说",观众看到剧中人的所作所为,发生怜悯和恐惧,从而自我反省,取得教训,感情便得以净化;(3)"排斥说",剧烈的感情于身心有害,但是"借尸流泪",可以渲泄心中的悲苦,借同类的感情排斥同类的感情。启蒙运动时期,莱辛则认为悲剧激发同情心,因而净化了观众的感情,使之善良。歌德则持"平衡说",认为悲剧宣泄了我们激动的感情,使人们的心理恢复平衡。现代学者则多以心理病理学来解释"净化"。② 这个问题还需我们结合中外文学史的实际,进一步加以研究。

二、喜剧论

　　《诗学》中对喜剧论述很少,可能是原稿遗失。但其中也有一些观点。
　　关于摹仿的对象:"喜剧总是摹仿比我们今天的人坏的人"。③ 第5章中

---

① 朱光潜:《西方美学史》上卷,人民文学出版社1979年版,第88页。
② 参见《缪灵珠美学译文集》第1卷,章安祺编订,中国人民出版社1987年版,第10页。
③ 〔古希腊〕亚里士多德:《诗学》,见《诗学·诗艺》,罗念生译,人民文学出版社1982年版,第8页。

又说："喜剧是对于比较坏的人的摹仿,然而,'坏'不是指一切恶而言,而是指丑而言,其中一种是滑稽。滑稽的事物是某种成熟或丑陋,不致引起痛苦或伤害,现成的例子如滑稽面具,它又丑又怪,但不使人感到痛苦。"① 亚氏提出了喜剧不同于悲剧的美感等问题,但未展开论述。

三、史诗

什么是史诗?史诗是指"用叙述体和'韵文'来摹仿的艺术"。②

关于史诗创作依据的原则,亚里士多德认为,史诗应具有完整性与历史的宏伟特征。史诗的创作同样应按照"人应当有的样子"与"按照人本来的样子"的原则去描写。他说:"史诗的情节也应像悲剧的情节那样,按照戏剧的原则安排,环绕着一个整一的行动,有头,有身,有尾,这样它才能像一个完整的活东西,给我们一种它特别能给的快感;显然,史诗不应像历史那样结构,历史不能只记载一个行动,而必须记载一个时期"。③"史诗则因为采用叙述体,能描述许多正发生的事,这些事只要联系得上,就可以增加诗的分量。这是一桩好事〔可以使史诗显得宏伟〕……"④ 创作的范例是荷马《伊利亚特》和《奥德赛》。

史诗的种类分为简单史诗,复杂史诗,"性格"史诗,苦难史诗。有的可互兼,如《伊利亚特》是简单史诗兼苦难史诗;《奥德赛》是复杂史诗兼性格史诗。史诗的成分,除缺少歌曲与"形象",其余同悲剧的成分一样,即情节、性格、思想、语言。史诗的情节发展中,也应有"突转""发现"与苦难。

亚里士多德充分肯定了悲剧与史诗的历史地位,并作了理论的说明,对创作实践和理论的发展影响深远,为后世的小说理论开了先河。

第四节　亚里士多德《诗学》的影响和局限

亚里士多德的《诗学》是古希腊艺术经验的全面总结,它为西方诗学奠立了基础,使诗学成为一门独立的科学。当代文艺学的一些基本概念,在《诗学》中已初步形成。《诗学》中所阐明的关于摹仿艺术的本质特征,关于艺术

---

① ［古希腊］亚里士多德:《诗学》,见《诗学·诗艺》,罗念生译,人民文学出版社1982年版,第16页。

② ［古希腊］亚里士多德:《诗学》,见《诗学·诗艺》,罗念生译,人民文学出版社1982年版,第82页。

③ ［古希腊］亚里士多德:《诗学》,见《诗学·诗艺》,罗念生译,人民文学出版社1982年版,第82页。

④ ［古希腊］亚里士多德:《诗学》,见《诗学·诗艺》,罗念生译,人民文学出版社1982年版,第86—87页。

的审美教育功能,关于艺术分类的原则及悲剧史诗的特点,关于文学批评、艺术风格、艺术语言等问题的基本观点,直至今天还有一定的影响。特别有价值的部分,如典型学说的萌芽、艺术的整体性观念、艺术真实性观念、悲剧观及净化说、按照事物应有的样子与按照事物的本来样子进行创作的原则等,仍然可以批判地加以吸取。

亚里士多德在哲学上动摇于唯物主义和唯心主义之间,具有朴素的辩证法思想萌芽。但是在质料与形式何者在先、何者在后,谁决定谁的问题上,仍然暴露了他的唯心论和形而上学的局限。他认为诗的起源出于人的天性,这种观点比起"神赐说"是进了一步,可是它仍然脱离了人的社会实践,因而也就不可能真正揭示艺术的起源。《诗学》中的确也有不少地方显露出辩证法的萌芽,如性格的特殊性与普遍性、偶然性与必然性、可能性与可信性等,他力图以这种朴素的辩证观点去论述悲剧人物性格、情节结构,但由于他看不到矛盾斗争在事物发展过程中的巨大作用,不理解矛盾的相互转化,结果只能从形式逻辑的必然律、因果律来解释文艺问题。因此他的戏剧理论,典型理论同样还有形而上学的局限,也有静观的特点。在《修辞学》中关于人物性格创造问题,也有明显的类型说的思想,他具体论述了不同年龄阶段人的性格特征。这些方面,对后世古典主义美学家产生了程度不同的影响。

亚里士多德是古希腊的伟大文艺理论家和美学家,在他的文艺观和美学观中也有明显的阶级倾向。他认为悲剧的主人公应是名门望族的人物。这显然是阶级的偏见。

《诗学》真正发挥作用是文艺复兴以后的事情。注释、研究、仿写的著作在西方数不胜数。有的学者根据自己的需要,片面发挥某一方面的观点,或牵强附会加以注释,有的则依据其片面的理解,定出金科玉律,如新古典主义者提出的"三一律",有的则发挥其理论性很弱的部分,如类型说,各家的争论也相当激烈。《诗学》在不同时期不同国家的命运,有助我们更加全面地去观察和研究文艺理论史和美学史上的诸多经典文本。

第三章　古典主义诗学的
两部著名历史文献

——贺拉斯的《诗艺》与朗吉弩斯的《论崇高》

第一节　罗马时期文艺思想概述

古希腊的历史发展到公元前4世纪,政治经济中心已由雅典转移到马其顿。一般把马其顿王亚历山大开始东征到公元前1世纪罗马兼并地中海各邦,称为"希腊化时代",或称亚里山大理亚阶段。时间包括公元前最后三个世纪,即从公元前334年亚历山大开始东征到公元前27年罗马帝国正式建立。

罗马原是意大利半岛上的一个城邦,公元前6世纪以后逐渐兴盛起来。到公元前2世纪中叶,征服了马其顿、希腊和小亚西亚,取得了地中海沿岸广大地区的统治权。公元前27年1月13日,罗马帝国正式成立,结束了罗马共和时代。我们一般讲的古罗马时期是指公元前27年到公元476年。公元476年,帝国的日耳曼雇佣兵首领奥多亚克,推翻了最后一个罗马皇帝罗慕洛,西罗马帝国灭亡,这一事件标志着古代世界奴隶制社会的基本结束。

罗马文化是古希腊文化的继续,它的"黄金时代"是奥古斯都统治时期。在这一时期,罗马帝国政权的相对巩固,希腊和东方艺术的大量传入,促进了罗马文化的发展和繁荣。当时帝国的最高统治者屋大维等都是艺术的爱好者和倡导者,他们一心要把罗马建成伯里克利时代的雅典式艺术城市,要把砖木泥土的罗马变成大理石的罗马。因此,建筑艺术首先得到了发展。它沿用希腊的柱式,特别注重运用拱顶。代表建筑如公元前27年建成的"万神庙",其中有战神、爱神及凯撒等巨大神像,每尊神像上面有一半圆形拱顶。再如公元75—80年建成的"卡里西姆圆剧场",剧场分四层,高50公尺,直径524公尺,可容纳5万余人,其下面三层由拱形门廊组成。罗马时期雕塑也很发达。

文学方面的代表人物有三位:一是维吉尔(Publius Vergilius Maro,前70—前19),代表作是摹仿荷马史诗写成的《伊尼特》;一是贺拉斯(Quintus Horatius Flaccus,前65—前8),代表作是《诗艺》;一是奥维德(Publius Ovidius Naso,前43—18),代表作是《变形记》。

美学和文学理论方面的代表人物除贺拉斯、朗吉弩斯(Casius Longinus,约213—273)外,主要的还有西塞罗等六位。

西塞罗(Marcus Tullius Cicero,前106—前43),在西方有拉丁文学奠基人之称。著有《论善与恶的定义》《论神的本性》《论演说》《演说家》等。他把柏拉图、亚里士多德和斯多噶学派的理论统一起来,形成了折衷主义美学。他对古希腊哲学有很深的研究,是亚里士多德《诗学》的最早传播者之一。在文艺理论史上,他继柏拉图之后进一步阐发了"镜子说",认为"喜剧是对人生的摹仿,是生活习惯的镜子,是真理的形象"。[①]塞万提斯在《堂·吉诃德》第1部第48章中还特意引用过这句名言。西塞罗把审美能力归功于人,甚至归功于无知的大众。他是普罗提诺(Plotinos,204—270)之前艺术理论的集大成者。

狄奥尼修斯(Dionysios Halicarnassos,前60到50年间—约前8年),著有《罗马古代史》《论作文》等。他认为文学主要的特质是高贵性和生动性,荷马史诗即为二者的统一。他主张思想应放在作品的首位,"思想在前,表现在后",还认为开展文学批评应直率和公平。

卢克莱修(Titus Lucretius Carus,约前98—约前54),代表著作为哲理诗《物性论》。他认为一切事物都由原子组成,原子具有一定的形状、重量,永远处于运动之中,原子结合的多样性构成物质的多样性。他否认世界是神创造的观点,认为人的灵魂是物质的,人是自然的产物。在他看来,愚昧是神话和宗教的母亲,而对自然的摹仿是艺术的胎儿;自然把人类引到艺术的门口,理性则使艺术日益完善,达到了光辉的境界。他认为,艺术的起源在于人的实践和活跃的心灵的创造力,他写道:

> 人们用口摹仿鸟类的流畅歌声,

---

① 《欧美古典作家论现实主义和浪漫主义》〔一〕,中国社会科学院外国文学研究所外国文学研究资料编委会编,中国社会科学出版社1980年版,第72页。

远远早于他们能够唱出富于旋律
而合乎节拍的歌来娱悦耳朵。
风吹芦苇管而引起的鸣啸，
最先教会村民去吹毒芹的空管。
之后他们逐渐学会优美而凄惋的歌调，
……
这些歌调会安慰人们的心灵，
在他们饱餐之后使他们快乐——
因为这种时候一切都受欢迎。①

舞蹈的产生也是与古代人劳动之余的集体娱乐相适应的：

那种时候，古怪的快活会怂恿他们
去把那用花朵和树叶编成的冠环
戴在各人头上，围在各人脖子上，
去跳呀舞呀而不理会什么节拍，
四肢古怪地摇来摆去，用不雅观的脚
笨重地击打着大地母亲——这样
就引起了一阵一阵快活的大声哄笑，
……②

随着实践的需要，诗歌、绘画、雕塑也产生了：

所有更好的生活的享受，诗歌，绘画，
巧夺天工的雕像，——所有这些技艺，
实践和活跃的心灵的创造性逐渐地
教晓人们，当人们逐步向前走的时候。③

卢克莱修还具体地论述了艺术创作发展演变的过程，指出：神话的出现

---

① ［古罗马］卢克莱修：《物性论》，方书春译，商务印书馆1981年版，第346页。
② ［古罗马］卢克莱修：《物性论》，方书春译，商务印书馆1981年版，第347页。
③ ［古罗马］卢克莱修：《物性论》，方书春译，商务印书馆1981年版，第350页。

基于人们对自然的恐惧和愚昧无知,原始艺术的形成则基于生产实践的发展、社会交往的发展和人的创造力的发展。马克思给予卢克莱修很高的评价,称他是"真正的罗马史诗诗人",他以"朝气蓬勃叱咤风云"的勇气,"歌颂了罗马的精神实体"。卢克莱修是罗马美学的奠基者之一。

琉善(Lucianos,约125—约192),又译卢奇安,生于萨莫萨特城,自称叙利亚人。他流传下来的著作有《华堂颂》《画像谈》《论撰史》《狄摩西尼礼赞》等80多篇论文及对话、书信等。在美学上,认为美是客观存在,天然的美能赋予现实的一切以结构与和谐。主张肉体美与精神美、现实美与理想美的统一,认为"只有肉体美与精神美相结合,这才是真正的美。"[1] 他的美学思想具有鲜明的唯物主义倾向。

斐罗斯屈拉特(Flavius Philostratus,约170—245),是罗马帝国时期的希腊作家、文艺批评家。据说他曾在雅典求学和执教,后来定居罗马,从事研究和论述。其代表著作是《亚波罗琉斯传》。亚波罗琉斯是公元1世纪时的希腊哲学家,属于新毕达哥拉斯派。斐罗斯屈拉特通过对亚波罗琉斯一生的评述,在文艺观点上发扬了亚里士多德的创造性摹仿说。他把摹仿分为两种:"一种是绘画,用心和手来图绘万物;另一种则只是用心来创造形象。"[2] 用心创造形象,就是想象。他认为:想象比摹仿是更为巧妙的一位艺术家。"摹仿仅能塑造它所看到过的东西,而想象还能塑造它所没有看到过的东西,并把这没有看到过的东西作为现实的标准。"[3] 斐罗斯屈拉特提出和论说的"想象"的概念及其在文艺创作中的作用问题,在西方文艺理论史上是有一定影响的。

普罗丁(Plotinus,204—270),又译普罗提诺,是古罗马新柏拉图学派的首领,中世纪宗教神秘主义的始祖。公元242年,普罗丁随军出征波斯,意在考察印度、波斯的东方哲学。后定居罗马,一直到死。他在罗马讲学20多年,死后由其弟子波尔费留(Porphry)把他的遗稿编成《九章集》。全书六卷九章。第一卷第六章是讨论美学的,第五卷第八章、第六卷第七章也涉及美学和文艺问题。普罗丁把柏拉图的客观唯心主义、基督教的神学观念和东方的神秘主义思想熔为一炉,在柏拉图的"理式"(相)论的基础上,进一步提出了神秘主义的"流溢说"。他认为万物的本原是"太一",它是绝对的"一",

① [古罗马]卢奇安:《画像谈》,缪灵珠译,见《缪灵珠美学译文集》第1卷,章安祺编订,中国人民大学出版社1987年版,第152页。

② 伍蠡甫主编:《西方文论选》上卷,上海译文出版社1979年版,第133页。

③ 伍蠡甫主编:《西方文论选》上卷,上海译文出版社1979年版,第134页。

在它的里面,没有多,没有运动变化,也没有区别,它是各种存在物的"父亲"。从"太一"流溢出"理性",再从"理性"流溢出灵魂,从灵魂流溢出物质世界。他认为:"神才是美的来源,凡是和美同类的事物也都是从神那里来的。"[①]"太一"等于神,是"美上之美"、"原初之美"。美与物质世界无关,它是"由于分享了来自神那里的理性,而成为美的了"。[②] 他认为"艺术不仅摹写可以看得见的世界,而且它还上升到自然所借以建立起来的那些原则;尤有进者,许多艺术作品都是有创造性的。因为它们本身具有美的源泉,可以弥补事物的缺陷。"[③] 他虽从柏拉图的理式论、分享说出发,但他的摹仿说不同于柏拉图的一点是,他不认为艺术与真理隔着三层,没有否认艺术的真实性。艺术家的心灵之所以伟大,就在于它对尘世事物的鄙视,而向往和追求最高的理式。心灵一旦避开尘世事物而又经过净化,就会变成一种理式或理性。这种理式的美通过个别实体表现出来,就是美的形象。他强调理式与物质的统一,认为一件作品只有在理式统摄下构成一个整体,它才会成为美的。普罗丁的唯心主义美学观到中世纪与神学合一,使美学与文艺学成了神学的奴婢。他的美学观、文艺观在西方影响很大。

总之,古希腊的文艺思想发展到罗马时期,原来那种旺盛的生命力已不存在,由内容的深刻转向追求形式与技巧。在社会精神生活中,也出现了两种相反的发展趋向:在古希腊文艺中表现的是神的人化,充分显示人的性格的丰富性,多样化;在罗马时期,由于奴隶制度的强化和巩固,文艺则成为歌功颂德的工具,由对人的歌颂转向人的神化、偶像化,人物性格趋向类型化、定型化。就美学和文艺思潮来讲,虽然都主张学习古希腊文艺,但在学习什么和怎样学的问题上,却呈现出三种不同的发展倾向:一是古典的现实主义倾向,这以贺拉斯、西塞罗为代表;一是古典的浪漫主义倾向,这以朗吉弩斯、斐罗斯屈拉特为代表;一是神秘主义倾向,新柏拉图主义逐渐形成,这以普罗丁为代表。

我们下面重点研究一下贺拉斯的《诗艺》与朗吉弩斯的《论崇高》。

第二节　贺拉斯的《诗艺》

贺拉斯是罗马奥古斯都时代著名诗人和文艺理论家。他生于意大利南

---

① 北京大学哲学系美学教研室编:《西方美学家论美和美感》,商务印书馆1980年版,第57页。
② 伍蠡甫主编:《西方文论选》上卷,上海译文出版社1979年版,第139页。
③ 伍蠡甫主编:《西方文论选》上卷,上海译文出版社1979年版,第140—141页。

部一个小镇,父亲为获释奴隶。他从青少年时期就热爱古希腊的文化,后成为古希腊文化的推崇者。在罗马文学的"黄金时代",他是与维吉尔齐名的大诗人,主要作品有:《讽刺诗集》二卷,《长短句》一卷,《歌集》四卷,《世纪之歌》一首,诗体《信简》二卷。《信简》第二卷中的第三封信《致皮索父子的信》——即《诗艺》(罗马修辞学家昆提利阿斯称之为《诗艺》),是他的文艺理论代表作。这篇著作不仅是诗人创作实践经验的总结,也是继亚里士多德《诗学》之后,开欧洲古典主义文艺理论之端的代表著作。

一、贺拉斯的方法论与《诗艺》的结构

(一)尼奥托勒密(Neoptolemue)关于《诗学》体系的三分法对贺拉斯的影响

尼奥托勒密是希腊化时期亚里山大理亚的学者(生卒不祥),著有《诗学》。其内容包括三部分:一是诗意论,讨论诗的内容和原理问题;二是诗法论,讨论诗的体裁和技巧问题;三是诗人论,讨论诗人的修养、目的、任务等。这种三分法的诗论使古代诗学系统化,对后世诗学写作有一定影响。[①] 贺拉斯《诗艺》的写作,基本上依据的就是这种诗学体系的三分法。《诗艺》的内容大体可分为三大部分:第一部分(开头到72行)提出和论述诗歌创作的总原则:一切创作要合乎"情理",要具有整体性,结构要完整一致,还有继承与创新的问题;第二部分是主体部分(第73行—294行),讨论各种诗体类型,包括它们的历史渊源、合适性及各种法则,而重点讨论的又是戏剧的创作,对台词、格律、人物性格、情节安排、歌队作用、音乐、羊神剧等方面都作了论述;第三部分(第295—476行)讨论天才与技巧的关系,批评与创作的关系,作家的判断力问题,寓教于乐等问题。

(二)从创作的实践经验出发谈自己的理论主张

贺拉斯与柏拉图、亚里士多德不同,他不是从哲学的高度谈诗,而是凭借传统的理论并结合自己的经验来谈诗的。《诗艺》是诗人论诗的著作。对于传统理论,贺拉斯是以同时代其他诗人和自己的经验为尺度加以检验和吸取的。

《诗艺》原文是拉丁文,采用了诗体形式,写得生动活泼,平易近人,对于创作中的一些不良倾向给予了讽刺。

---

① 参见缪朗山:《西方文艺理论史纲》,中国人民大学出版社1986年版,第103页。

二、《诗艺》的主要内容

（一）《诗艺》所阐明的古典主义诗学原则

1.借鉴原则

卫姆塞特、布鲁克斯在《西洋文学批评史》中认为：贺拉斯强调文学类型的妥善性，从他开始显示了一个重大的转变："他从亚里士多德式的摹仿自然，转变摹仿前人的作品。这就变成后世古典主义者的中心思想了"① 以古希腊艺术为典范，是贺拉斯的古典主义诗学创作的第一条原则，他说："我最多不过是避免了（别人的）谴责，我并未赢得（别人的）赞许。你们应当日日夜夜把玩希腊的范例。"② 他特别推崇荷马史诗。但借鉴不是抄袭，应有自己的创新。沿用传统的题材，并不是逐字逐句死搬死译，不应"在摹仿的时候作茧自缚"。③

2.合式原则

合式是一种艺术规格。贺拉斯强调创作要"恰到好处"，妥贴得体，统一、一致，使作品形成一个有机整体。他反对创作上的胡乱拼凑，《诗艺》一开头就讲："如果画家作了这样一幅画像：上面是个美女的头，长在马颈上，四肢是由各种动物的肢体拼凑起来的，四肢上又覆盖着各色羽毛，下面长着一条又黑又丑的鱼尾巴，朋友们，如果你们有缘看见这幅图画，能不捧腹大笑吗？"④ 作家在创作时，"不论作什么，至少要作到统一、一致"，⑤ 追求的目标则是创造一个艺术整体。即使细节刻画，也应为整体创造服务。他以雕刻匠的创作为例说明，"最劣等的工匠也会把人像上的指甲、鬈发雕得纤微毕肖，但是作品的总效果却很不成功，因为他不懂得怎样表现整体。"⑥ 贺拉斯的合式原则，是根据艺术的传统和罗马贵族阶级的趣味提出来的，它的社会根源是罗马贵族阶级的生活。在当时罗马宫廷生活中，一切都需合乎贵族的规矩，起居饮食必须切合一定的繁文缛礼，言谈举止必须切合一定的等级身份，生活嗜好也依年龄有一定的习俗。合式原则就是当时贵族的生活趣味、心理结构在文艺领域中的反映。

① ［美］卫姆塞特、布鲁克斯：《西洋文学批评史》，颜元叔译，台湾志文出版社1984年版，第73页。
② ［古罗马］贺拉斯：《诗艺》，见《诗学·诗艺》，罗念生译，人民文学出版社1962年版，第151页。
③ ［古罗马］贺拉斯：《诗艺》，见《诗学·诗艺》，罗念生译，人民文学出版社1962年版，第144页。
④ ［古罗马］贺拉斯：《诗艺》，见《诗学·诗艺》，罗念生译，人民文学出版社1962年版，第137页。
⑤ ［古罗马］贺拉斯：《诗艺》，见《诗学·诗艺》，罗念生译，人民文学出版社1962年版，第138页。
⑥ ［古罗马］贺拉斯：《诗艺》，见《诗学·诗艺》，罗念生译，人民文学出版社1962年版，第138页。

3. 合理原则

合理原则是合式原则的补充。合式原则一般指艺术表现、艺术技巧方面，在艺术内容上则应合情合理。"理"是一种普遍的人性，永恒的理性。究其实质，贺拉斯合的是古罗马贵族阶级的情和理。他说："如果一个人懂得他对于他的国家和朋友的责任是什么，懂得怎样去爱父兄、爱宾客，懂得元老和法官的职务是什么，派往战场的将领的作用是什么，那么他一定也懂得怎样把这些人物写得合情合理。"①如果一个作家的创作，只引起"买烤豆子、烤栗子吃的"普通人民群众的赞许，然而"却使骑士们、长者们、贵人们、富人们反感"，使他们听了感到不舒服，那么他是不会得到"奖赏"②的。这一观点明显地暴露了贺拉斯诗论的阶级局限。

（二）人物创造的类型说

贺拉斯发挥了亚里士多德在修辞学中提出的性格类型观点，结合罗马的实际生活要求，比较集中地阐述了人物性格类型的特点。

依据借鉴、合式、合理的原则，他认为，在文艺创造中：

第一，要严格遵循古希腊文学传统，始终保持古代人物传统的性格特点。他说："或则遵循传统，或则独创；但所创造的东西要自相一致。譬如说你是个作家，你想在舞台上再现阿喀琉斯受尊崇的故事，你必须把他写得急躁、暴戾、无情、尖刻，写他拒绝受法律的约束，写他处处要诉诸武力。写美狄亚要写得凶狠、慓悍；写伊诺要写她哭哭啼啼；写伊克西翁要写他不守信义；写伊俄要写她流浪；写俄瑞斯忒斯要写他悲哀。假如你把新的题材搬上舞台，假如你敢于创造新的人物，那么必须注意从头到尾要一致，不可自相矛盾。"③他之所以规定写这些人物，而且只能这样写，是因为荷马史诗中是如此写的。他的性格定型、一贯的说法，与他的崇古原则是一致的，这是一种保守、僵化的创作教条。

第二，人物性格要符合不同年龄、不同阶层人物的性格类型特点。他认为如果作家要得到观众的赞赏，那么在创作时，一定要注意不同年龄人物的习性，给不同性格和年龄的人物以"恰如其分"的表现。

> 已能学语、脚步踏实的儿童喜和同辈的儿童一起游戏，一会儿
生气，一会儿又和好，随时变化。口上无髭的少年，终于脱离了师

---

① ［古罗马］贺拉斯：《诗艺》，见《诗学·诗艺》，罗念生译，人民文学出版社1962年版，第154页。
② ［古罗马］贺拉斯：《诗艺》，见《诗学·诗艺》，罗念生译，人民文学出版社1962年版，第150页。
③ ［古罗马］贺拉斯：《诗艺》，见《诗学·诗艺》，罗念生译，人民文学出版社1962年版，第143—144页。

傅的管教，便玩弄起狗马来，在阳光照耀的"校场"的绿草地上嬉游；他就像一块蜡，任凭罪恶捏弄，忠言逆耳，不懂得有备无患的道理……到了成年，兴趣改变；他一心只追求金钱和朋友，为野心所驱使，作事战战兢兢，生怕作成了又想更改。人到了老年，更多的痛苦从四围袭击他：或则因为他贪得，得来的钱又舍不得用，死死地守着；或则因为他无论做什么事情，左右顾虑，缺乏热情，拖延失望，迟钝无能，贪图长生不死，执拗埋怨，感叹今不如昔，批评并责骂青年。随着年岁的增长，它给人们带来很多好处；随着年岁的衰退，它也带走了许多好处。所以，我们不要把青年写成个老人的性格，也不要把儿童写成个成年人的性格，我们必须永远坚定不移地把年龄和特点恰当配合起来。①

贺拉斯的这种性格论，只注意从数量上的平均值观点谈人物性格上的类型特点，忽视人物的个性，忽视通过人物个性描写揭示其本质的必然的特征。这一点与亚里士多德比较起来，在典型理论上是一种倒退。

第三，要创造体现罗马贵族阶级审美理想的人物性格，为帝王将相歌功颂德。贺拉斯认为，人物性格应具有贵族的高贵性。他把罗马贵族阶级的审美理想看作是艺术创作的最高原则，要求作家人人遵守。他所说的人物不同年龄的性格特点，都是以贵族阶级不同年龄的人物特征为标准的。在他看来，只有贵族阶级的人物，才是理想人物，"他们都是清醒、纯洁、有廉耻的人"，而那些"刚刚劳动完毕的肮脏的庄稼汉"，则是"没有教养的人"。②

这种类型说有着明显的贵族倾向。贺拉斯直言不讳地要求作家去歌颂"帝王将相的业绩"，去赞美罗马帝国的所谓"有益的正义和法律"，赞美贵族的那种所谓"敞开大门的闲适（生活）"，去投合贵族阶级的艺术趣味。认为只有这样，作家才可以"求得帝王的恩宠"。他提出，作家应到生活中去寻找典型，以创作适应时代需要的作品，这里的"生活"，仍然是罗马贵族的生活。他的类型说，有一定积极意义，即引导作家注意概括人物性格的普遍性，但总的来说是形而上学的。这种理论主张是贵族等级制度及贵族的审美趣味在艺术上的体现，影响甚远，到17世纪被布瓦洛发展到顶峰，18世纪末逐渐被"特征说"所冲破。

---

① ［古罗马］贺拉斯：《诗艺》，见《诗学·诗艺》，罗念生译，人民文学出版社1962年版，第146页。

② ［古罗马］贺拉斯：《诗艺》，见《诗学·诗艺》，罗念生译，人民文学出版社1962年版，第148页。

（三）"寓教于乐"说

在文艺的社会功能问题上,贺拉斯结合自己的实际体验,对于长期争论的"教"与"乐"的关系问题,作出了明确的回答,提出了"寓教于乐"说。他说:

> 诗人的愿望应该是给人益处和乐趣,他写的东西应该给人以快感,同时对生活有帮助。在你教育人的时候,话要说得简短,使听的人容易接受,容易牢固地记在心里。一个人的心里记得太多,多余的东西必然溢出。虚构的目的在引人欢喜,因此必须切近真实……如果是一出毫无益处的戏剧,长者的"百人连"就会把它驱下舞台;如果这出戏毫无趣味,高傲的青年骑士便会掉头不顾。寓教于乐,既劝谕读者,又使他喜爱,才能符合众望。①

柏拉图把"教"与"乐"对立起来,实行奴隶主阶级的功利主义;亚里士多德强调"教",提出了艺术的"净化"作用;尼奥托勒密把"教"与"乐"两种功能结合起来。最终以高度概括的语言提出"寓教于乐"的,则是贺拉斯。这四个字,既阐明了文艺的目的,又阐明了"教"与"乐"的关系,目的与手段的关系,文艺是通过"乐"达到教育、教益目的的。"教",同样是要对贵族阶级有益,要受到皇帝、元老们的青睐。"乐",不单指娱乐性,重点的是乐趣,是艺术的"魅力",是艺术的美。他说:

> 一首诗仅仅具有美是不够的,还必须有魅力,必须能按作者愿望左右读者的心灵。你自己先要笑,才能引起别人脸上的笑,同样,你自己得哭,才能在别人脸上引起哭的反应。你要我哭,首先你自己得感觉悲痛……②

艺术的"魅力",来自艺术的真实,艺术的真实又以作家深刻的感情体验为前提,因而诗的艺术美,是来自艺术家心灵的美、情感的美。艺术"魅力",又来自"完美的表达能力"。③如果诗人的灵魂不美,表达的又不好,就不可能产生出有"魅力"的诗。他说:"当这种铜锈和贪得的欲望腐蚀了人的心

---

① 〔古罗马〕贺拉斯:《诗艺》,见《诗学·诗艺》,罗念生译,人民文学出版社1962年版,第155页。
② 〔古罗马〕贺拉斯:《诗艺》,见《诗学·诗艺》,罗念生译,人民文学出版社1962年版,第142页。
③ 〔古罗马〕贺拉斯:《诗艺》,见《诗学·诗艺》,罗念生译,人民文学出版社1962年版,第154页。

灵,我们怎能希望创作出来的诗歌还值得涂上杉脂,保存在光洁的柏木匣里呢?"① 他还说:"一首诗歌的产生和创作原是要使人心旷神怡,但是它若是功亏一篑不能臻于最上乘,那便等于一败涂地。"②

贺拉斯并从文学史上,具体观察了诗的功能:

> 当人类尚在蒙昧之时,神的通译——圣明的俄耳甫斯——就阻止人类不使屠杀,放弃野蛮的生活,因此传说他能驯服老虎和凶猛的狮子。同样,忒拜城的建造者安菲翁,据传说,演奏竖琴,琴声甜美,如在恳求,感动了顽石,听凭他摆布。③

这说明艺术具有鼓舞人民群众战胜自然灾害和改造自然的巨大力量。它教导人们"划分公私,划分敬渎,禁止淫乱,制定夫妇礼法,建立邦国"。④ 荷马史诗和斯巴达诗人堤尔泰俄斯的诗歌,则激发人们的雄心奔赴战场。诗歌"指示了生活的道路",诗人因此求得了"帝王的恩宠",使人们在整天的劳动结束后,"给人们带来欢乐"。⑤ 因此,诗歌在生活中享有神圣的荣誉。

(四)作家修养问题

1.强调天才与苦练的技巧统一

贺拉斯承认诗人应有天才,但天才必须与苦练结合,必须掌握艺术技巧。他说:

> 有人问:写一首好诗,是靠天才呢,还是靠艺术? 我的看法是:苦学而没有丰富的天才,有天才而没有训练,都归无用;两者应该相互为用,相互结合。⑥

他承认天才,认为一首诗只有韵律而无才华,就不成其为诗。在《讽刺诗》第一卷第四篇中,他写道:

① [古罗马]贺拉斯:《诗艺》,见《诗学·诗艺》,罗念生译,人民文学出版社1962年版,第155页。
② [古罗马]贺拉斯:《诗艺》,见《诗学·诗艺》,罗念生译,人民文学出版社1962年版,第157页。
③ [古罗马]贺拉斯:《诗艺》,见《诗学·诗艺》,罗念生译,人民文学出版社1962年版,第157—158页。
④ [古罗马]贺拉斯:《诗艺》,见《诗学·诗艺》,罗念生译,人民文学出版社1962年版,第158页。
⑤ [古罗马]贺拉斯:《诗艺》,见《诗学·诗艺》,罗念生译,人民文学出版社1962年版,第158页。
⑥ [古罗马]贺拉斯:《诗艺》,见《诗学·诗艺》,罗念生译,人民文学出版社1962年版,第158页。

　　　　你不会承认音调铿锵的韵语便是诗，

　　　　写诗像分析的散文也不配诗人的名义，

　　　　除非他有天生的才华，非凡的心灵，

　　　　……

　　在贺拉斯时代，柏拉图的"迷狂说"影响很大，在社会上已形成一种很坏的诗风。自认为天才的诗人，行为狂放，不修边幅，纵情酒色，逃避现实。贺拉斯在《诗艺》中讽刺了这种风气。人们见到这种疯诗人，就像见到神经病患者，疯瘫病、"富贵病"、"月神病"患者一样，连忙逃避。这些癫狂的诗人"两眼朝天，口中吐出些不三不四的诗句，东游西荡"。"总之，他发了疯，像一头狗熊"，① 把一切内行人与外行人吓跑。他说："由于德谟克利特相信天才比可怜的艺术要强得多，把头脑健全的诗人排除在赫利孔之外，因此就有好大一部分诗人竟然连指甲也不愿意剪了，胡须也不愿意剃了，流连于人迹不到之处，迴避着公共浴场。"②

　　贺拉斯反对这种失去理智的"诗狂"说，强调通过苦练来掌握写作规则和技巧。作家对自己写出的作品，应虚心听取批评，反复修改，慎重发表。

　　2.明确提出作家的判断力问题

　　他说："要写作成功，判断力是开端和源泉"。③ 这一名言，是古典主义美学的信条。拉丁文 Sapere 可译作"智慧"、"判断"或"正确的思考"。阎国忠教授在《古希腊罗马美学》中认为，贺拉斯使用"判断力"这个概念，代表了艺术创作的一种倾向，包括丰富的含义：a.判断力，不光是理解的能力，也是比较的能力，鉴别的能力，判定的能力；b.判断力既然要判断，就不可避免地包含有主观的色彩，即体现出人的感受和情感；c.判断力所提供的有认识的判断，也有道德判断，审美判断；d.可见，判断力对于艺术创作既是"开端"，也是"源泉"，一切创作由一系列判断所组成。④ 判断力，强调作家应该有哲学修养，有理性指导，能够认识对象的内在的规律性和丰富性；同时，又包含着作家应有审美的鉴赏力，能迅速捕捉到事物的真与假、美与丑、善与恶，它既是艺术家自己的判断，又是艺术家之外公众的鉴赏水平的体现。审美判断力使艺术创作摆脱了认识论的局限，已触及到自我表现的方面，对后世影

---

① ［古罗马］贺拉斯：《诗艺》，见《诗学·诗艺》，罗念生译，人民文学出版社 1962 年版，第 161 页。

② ［古罗马］贺拉斯：《诗艺》，见《诗学·诗艺》，罗念生译，人民文学出版社 1962 年版，第 153 页。

③ ［古罗马］贺拉斯：《诗艺》，见《诗学·诗艺》，罗念生译，人民文学出版社 1962 年版，第 154 页。

④ 参见阎国忠：《古希腊罗马美学》，北京大学出版社 1983 年版，第 241 页。

响很大。

3. 贺拉斯对创作提出了三个要求：一是要求作家加强哲学修养。"苏格拉底的文章能够给你提供材料；有了材料，文字也就毫不勉强地跟随而至。"[①] 一是强调作家的社会责任感，强调作家的道德修养。一个作家应懂得他对国家、社会的责任是什么，懂得爱什么、恨什么，懂得贵族的要求和规范，这样才能使自己的作品合情合理。一是要求作家深入生活。作家应到生活中、到风俗习惯中去寻找典型，从中汲取活生生的语言，并了解公众的鉴赏趣味。对于创作，贺拉斯反对平庸，强调独创，反对"假意奉承"的批评。

贺拉斯的《诗艺》，可以说是古典主义的奠基之作，对后世影响很大。他的理论主张虽有可取的一面，但理论上的贡献并不大，把文学创作引向理性化、类型化，为文艺创作制定了一些清规戒律。

第三节　朗吉弩斯的《论崇高》

一、《论崇高》的发现和它的作者问题

《论崇高》是用希腊文写的，具体写作年代不清。这篇论文是在公元10世纪时被发现的，至16世纪（1554年）由意大利学者劳鲍特里（Frencis Robortelli）将此文公开印行，署作者的名字为"狄奥尼修斯或朗吉弩斯"。狄奥尼修斯是公元前1世纪希腊修辞学家，在奥古斯都时代住罗马多年，著有《罗马史》及一些修辞学和文学批评的文章。

朗吉弩斯历史上有两个：一个是公元3世纪雅典修辞学家，做过叙利亚的帕尔米拉的韧诺比亚王后顾问的卡苏斯·朗吉弩斯（Casius Longinus，213—273）。19世纪研究《论崇高》的学者认为，可能是公元1世纪的另一个朗吉弩斯。鲍桑葵（Bernard Bosanquet，1848—1923）在《美学史》中说："最权威的学者现在都认为，整个来说，这部著作是奥古斯都时代以后的作品。"[②]《西洋文学批评史》的作者也认为《论崇高》的作者应是公元1世纪的人物。[③]

《论崇高》共分44节；每节长短不一，长的逾千字，短的仅百余字，第2、

---

① ［古罗马］贺拉斯：《诗艺》，见：《诗学·诗艺》，罗念生译，人民文学出版社1962年版，第154页。

② ［英］鲍桑葵：《美学史》，张今译，商务印书馆1985年版，第139页。

③ 参见［美］卫姆塞特、布鲁克斯：《西洋文学批评史》，颜元叔译，台湾志文出版社1984年版，第85页。

3、8、9、12、13、18、19、30、31、37、38各节之间都有部分散失,结尾部分也有散失,散失部分共占全文约三分之一。1958年第2期《文艺理论译丛》发表了钱学熙的译文,重要节是全译,一些节是说明和摘译。《西方文论选》中选了其中的主要内容(译文也有补充)。全译文见缪灵珠译稿。《论崇高》产生的时代不同于贺拉斯的《诗艺》。那是一个腐败的、遍地荆棘的时代,世风日下,思想僵化,因此作者重视培养诗人的灵魂。

二、《论崇高》的基本内容

朗吉努斯在《论崇高》中,第一次从审美范畴上全面地提出和论述了"崇高"的问题。有的学者仅从修辞学上来认识这篇著作是有片面性的,我认为朱光潜先生的看法是正确的。①

(一)"崇高"的概念

1.广义的"崇高"

广义的"崇高"包括自然、社会、文艺作品等各方面所表现的"崇高"。朗吉努斯在论文中所说的"伟大"、"不平凡"、"雄伟"、"壮丽"、"尊严"、"高远"、"高雅"、"遒劲",都属于"崇高","崇高"等于刚性美。他认为"崇高"的对象存在于客观世界和人类对"崇高"事物的主观追求。在论文的第35节中,他说:

> 天之生人,不是要我们做卑鄙下流的动物;它带我们到生活中来,到森罗万象的宇宙中来,仿佛引我们去参加盛会,要我们做造化万物的观光者,做追求荣誉的竞赛者,所以它一开始便在我们心灵中植下一种不可抵抗的热情——对一切伟大的、比我们更神圣的事物的渴望。所以,对于人类的观照和思想所及的范围,整个宇宙也不够宽广,我们的思想往往超过周围的界限。你试环视你四围的生活,看见万物的丰富、雄伟、美丽是多么惊人,你便立刻明白人生的目的究竟何在。所以,在本能的指导下,我们决不会赞叹小小的溪流,哪怕它们是多么清澈而且有用,我们要赞叹尼罗河、多瑙河、莱茵河,甚或海洋。我们自己点燃的燐火虽然永远保持它那明亮的光辉,我们却不会惊叹它甚于惊叹天上的星光,尽管它们常

---

① 参见朱光潜:《西方美学史》上卷,人民文学出版社1979年版,第114页。

常是黯然无光的;我们也不会认为它比埃特纳火山口更值得赞叹,火山在爆发时从地底抛出巨石和整个山丘,有时候还流下大地所产生的净火的河流。①

这段论述尽管几个译文不尽相同②,但可以说明,朗吉弩斯所说的"崇高",绝不仅仅是修辞学的文体风格问题,它与后来柏克、康德讲的"崇高"是一致的。朗吉弩斯是"崇高"这一美学范畴的最早探索者。他肯定"崇高"的对象是不平凡的、伟大的、雄伟的、惊心动魄的事物;对"崇高"的渴望,则是人的一种天性(从主观上去认识)。

2. 狭义的"崇高"

朗吉弩斯认为,崇高是"伟大心灵的回声"。③这是《论崇高》的核心,是贯穿整个论文的一条红线。可贵之处在于,朗吉弩斯第一次从审美主体上来探讨"崇高"的本质。

朱光潜先生认为,朗吉弩斯的《论崇高》是古典主义者所崇奉的"人道主义"最早的文献,"崇高"的效果是提高人的情绪和自尊感。这一点只要我们联系论文产生的背景,看得就更清楚。在第44节中,作者明确写道:奴隶主专制政治已成为"灵魂的笼子,公众的监牢",④社会风气日下,"生活的堕落在恶性循环中逐步完成",⑤人们只去追求利欲,而不珍惜不朽的灵魂的发展。他感叹地说:"今日的人心所以耗损殆尽,全是由于心灵的冷漠,除了少数人外,大家都在冷漠中虚度一生,既不奋发有为,又无雄心壮志,除非是为了博人赞美和追求享乐,但永不是出于热情的和高尚的动机造福世人。"⑥作者写《论崇高》的目的,就是出自对奴隶制度的反抗,对奴隶们做人的尊严的重视,对古希腊文艺中的"崇高"精神的赞美,引导人们走上一条追求"崇高"的道路,以反当时文坛上泛滥成灾的形式主义颓风。

从方法论上讲,朗吉弩斯与贺拉斯不同,不是要给作家定出些清规戒律,而是从自然现象与文艺现象入手,探讨"崇高"美的本质。他也不像亚里

---

① 《缪灵珠美学译文集》第1卷,章安祺编订,中国人民大学出版社1987年版,第114页。

② 参见朱光潜:《西方美学史》上卷,人民文学出版社1979年版,第114—115页;伍蠡甫主编:《西方文论选》上卷,上海译文出版社1979年版,第129页。

③ 伍蠡甫主编:《西方文论选》上卷,上海译文出版社1979年版,第125页。

④ 伍蠡甫主编:《西方文论选》上卷,上海译文出版社1979年版,第130页。

⑤ 《缪灵珠美学译文集》第1卷,章安祺编订,中国人民大学出版社1987年版,第134页。

⑥ 《缪灵珠美学译文集》第1卷,章安祺编订,中国人民大学出版社1987年版,第134—135页。

士多德那样,用客观的科学方法去分析悲剧,从审美感受的心理学方面来分析问题,而是偏重主观的感觉与直观的方法。在这点上他与柏拉图接近,可又从根本上不同于柏拉图的"理式"论。柏拉图的审美理想具有明显的贵族性质,朗吉努斯的则具有民主性质。

(二)"崇高"风格在作品中的主要表现

1. 在作品中恰到好处地表现出"崇高"的思想

《论崇高》第1节中说:"一个崇高的思想,如果在恰到好处的场合提出,就会以闪电般的光彩照彻整个问题,而在刹那之间显出雄辩家的全部威力。"[①] "崇高"的思想是一种追求真理、高瞻远瞩、心胸豁达、意志昂扬的精神。朗吉努斯在第13节中特引证柏拉图《理想国》中的一段话:"那些缺乏智慧和善良,而终日游宴作乐的人看来是在往下走,就这样终身彷徨下去。他们从不翘首展望真理,也不抬起头来高瞻远瞩,他们享受不到纯洁持久的快乐,只是像畜生一样,两眼永远朝下,看着土地,看着他们的食槽;它们吃饲料,长肥肉,繁殖下代;为了追求欢乐,满足自己无餍的欲望,它们用铁角和铁蹄互相踢撞,以至于互相残杀。"[②] 朗吉努斯所追求的不是柏拉图批评的那种利欲熏心、堕落腐化的精神生活,而是一种向上的、为真理而斗争的伟大思想。

"崇高"的思想在作品中表现为高远的意境、慷慨激昂的热情和引起人们"扬举"的效果。"一个毫无装饰、简单朴素的崇高思想,即使没有明说出来,也每每会单凭它那崇高的力量而使人叹服"。[③]

2. 语言热情、豪放,格调雄浑、高亢、悲壮,情感真诚、高尚。

《论崇高》第1节就讲"所谓崇高,不论它在何处出现,总是体现于一种措辞的高妙之处,而最伟大的诗人和散文家之得以高出侪辈并获享不朽的盛誉,总是因为有这一点,而且也只是因为有这一点。"[④] 第34节中,朗吉努斯在评价古希腊雄辩家德谟斯提尼的"崇高"风格时说:他伟大的才华,显示出"崇高的格调,生动的热情,丰富,敏感,恰到好处的迅速,使人望尘莫及的劲势和力量,并且集中了一切堪称神授的(称为人性的就不敬了)奇妙的品赋在自己身上,从而以他所独有的优点往往战胜所有对手,仿佛为了补救他所没有的优点,他以迅雷急电之势打倒世世代代的雄辩家。真的,你宁可睁

① 伍蠡甫主编:《西方文论选》上卷,上海译文出版社1979年版,第122页。

② 伍蠡甫主编:《西方文论选》上卷,上海译文出版社1979年版,第126页。

③ 伍蠡甫主编:《西方文论选》上卷,上海译文出版社1979年版,第125页。

④ 伍蠡甫主编:《西方文论选》上卷,上海译文出版社1979年版,第122页。

开眼睛看着雷霆轰击,而不愿注视着他那不断爆发的激情。"①

在第8节中他还说:"我要满怀信心地宣称,没有任何东西像真情的流露得当那样能够导致崇高;这种真情如醉如狂,涌现出来,听来犹如神的声音。"②

3. 能够引起人们的"狂喜",具有强大的鼓舞人们向上的艺术力量。

《论崇高》第1节中说:"崇高的语言对听众的效果不是说服,而是狂喜。一切使人惊叹的东西无往而不使仅仅讲得有理、说得悦耳的东西黯然失色。相信或不相信,惯常可以自己做主;而崇高却起着横扫千军、不可抗拒的作用;它会操纵一切读者,不论其愿从与否。"③

"狂喜"——是艺术欣赏过程中出现的一种大喜若狂、热情奋发、意志昂扬、心荡神驰的心理状态,类似失去了理性的控制,观众激动的心情不能自制,以至于行动起来。这是作者所追求的作品所能产生的最好的效果。

(三)"崇高"风格的来源

《论崇高》第8节专门讲了"崇高"风格的来源问题,他提出五个来源。这五点也是论文总纲。其他各节都分别从不同角度来论述这五个方面的问题。他说:

> 崇高语言的主要来源,可以说,有五个。这五个来源所共同依靠的先决条件,即掌握语言的才能。这是必不可少的。第一而且是最重要的是庄严伟大的思想,如我在论色诺芬的作品时所曾指出的。第二是强烈而激动的情感。这两个崇高的条件主要是依靠天赋的,其余的却可以从技术得到些助力。第三是运用藻饰的技术,藻饰有两种:思想的藻饰和语言的藻饰。第四是高雅的措辞,它可以分为恰当的选词,恰当的使用比喻和其他措辞方面的修饰。崇高的第五个原因总结全部上述的四个,就是整个结构的堂皇卓越。④

这五条来源不是并列关系,而是一个由里向外逐步显现的五个层次。(1)在这五个来源中,最根本最重要的是庄严伟大的思想。在第9节中作者讲道:"我已经说过,在这全部五种崇高的条件之中,最重要的是第一种,一种高尚的心胸。因此,虽然这是一个天生而非学来的能力,但是尽可能也锻

---

① 《缪灵珠美学译文集》第1卷,章安祺编订,中国人民大学出版社1987年版,第123页。

② 伍蠡甫主编:《西方文论选》上卷,上海译文出版社1979年版,第125页。

③ 伍蠡甫主编:《西方文论选》上卷,上海译文出版社1979年版,第122页。

④ 伍蠡甫主编:《西方文论选》上卷,上海译文出版社1979年版,第125页。

炼了我们的灵魂,使之达到崇高,使之永远孕育着高尚的思想。"①

　　崇高的思想是"崇高"的内容及其表现形态的本原。作者的结论是:崇高就是"伟大心灵的回声"。庄严伟大的思想来源于伟大的心灵,高尚的人格。人不是高尚的人、有道德的人、有理想的人,就谈不上有了伟大的心灵,也就不可能产生庄严伟大的思想。第9节中讲:"真正的才思只有精神慷慨高尚的人才有。因为把整个生活浪费在琐屑的、狭窄的思想和习惯中的人是决不能产生什么值得人类永久尊敬的作品的。思想充满了庄严的人,言语就会充满崇高;这是很自然的。因此,崇高的思想是当然属于崇高的心灵的。"②

　　思想属理智思维的结果,是理性的产物,但人却不是理性抽象的人。一个具有伟大思想的人,必然是有血有肉、有着七情六欲的人。因此他的情感必然表现得纯洁、高尚、强烈而激动。"崇高"的感情,与一般的热情不同。热情可以有种种,但不等于每种热情都是"崇高"的,有的可能是卑微的,如怜悯、烦恼、恐惧、嫉妒、吝啬等热情,就不属于"崇高"的感情。"崇高"的感情,是一种纯洁、高尚的感情,是一种仰慕伟大事物的热情,是一种为正义事业而献身的激情。

　　有崇高的思想和崇高的感情,还不能构成"崇高"的作品。朗吉弩斯所说的"思想的藻饰和语言的藻饰",重点是讲的构思问题,通过想象,形成一个活生生的意象。在《论崇高》第15中说:"风格的庄严、雄浑、遒劲,年青人啊,多半是赖'意象'产生的。有人称之为'心象'。所谓想象作用,一般是指不论如何构想出来而形之于言的一切观念,但是这个名词现在用以指这样的场合:即当你在灵感和热情感发之下仿佛目睹你所描述的事物,而且使它呈现在听众的眼前。你别忘记,想象在雄辩中是一回事,在诗歌中又是另一回事。诗的意象以使人惊心动魄为目的,演讲的意象却是为了使观念明晰"。③ 在构思过程中形成意象,朗吉弩斯认为作家不仅应具有丰富的想象能力,而且应具有选择特征事物使之构成一个有生命的整体的能力。在第10节中,他说:"我们现在可以考虑一下究竟有没有其它能够导致文辞崇高的任何事物。在一切事物里总有某些因素和它们的本质并存着,这是大自然的一个规律。正因如此,所以崇高的原因之一是选择所写事物的特点和把它们联合成一个有生命的整体的能力。读者是既为特点的选择所吸引又为

---

　　① 伍蠡甫主编:《西方文论选》上卷,上海译文出版社1979年版,第125页。

　　② 伍蠡甫、胡经之主编:《西方文艺理论名著选编》上卷,北京大学出版社1985年版,第120页。

　　③《缪灵珠美学译文集》第1卷,章安祺编订,中国人民大学出版社1987年版,第99页。

联合它们的技能所吸引的。"①

要注重语言修辞的表达技巧。在构思中,意象已呼之欲出,就产生了一个语言表达问题。如何表达出伟大的心声,崇高的思想和感情,朗吉弩斯认为"辞格乃是崇高风格的自然盟友,反过来又从这盟友取得惊人的助力。"②他结合古希腊文学中的实例,总结了多种表达"崇高"精神的语言技巧,如设问式、散珠式、辞格的联用,变数、变时、变人称,比喻、夸张、隐喻等等。

结构要完整、宏伟。在第40节中,朗吉弩斯认为:

> 在使文章达到崇高的诸因素中,最主要的因素莫如各部分彼此配合的结构。正如在人体,没有一个部分可以离开其他部分而独自有其价值的。但是所有部分彼此配合则构成了一个尽善尽美的有机体;同样,假如雄伟的成分彼此分离,各散东西,崇高感也就烟消云散;但是假如它们结合成一体,而且以调合的音律予以约束,这样形成了一个圆满的环,便产生美妙的声音。在这种圆满的句子中,雄浑感几乎全靠许多部分的贡献。然而,我们曾充分地阐明,许多散文家和诗人,虽则没有崇高的品赋,甚或绝无雄伟的才华,而且多半是使用一般的通俗的词儿,而这些词儿也没有甚么不平凡的意义,可是单凭文章的结构和字句的调和,便产生尊严、卓越、不同凡响的印象。③

朗吉弩斯的结构论是对亚里士多德有机统一的"整体说"的继承和发展,他把结构的整体性看作是"崇高"风格的重要因素。

总之,朗吉弩斯所讲的"崇高"风格的来源是一个多层次的系统。"崇高"的思想——"崇高"的感情——"崇高"的意象——"崇高"的语言——"崇高"的结构。总的根源是"崇高"的人格,总的结果是"崇高"的作品。

(四)达到"崇高"境界的途径

如何达到"崇高"的境界? 朗吉弩斯首先是从主观方面来论述的。要达到"崇高"的境界,首先是培养具有"崇高"思想感情的人。要发现天才,并培养"崇高"的天才。在第2节中他说:

---

① 伍蠡甫、胡经之主编:《西方文艺理论名著选编》上卷,北京大学出版社1985年版,第120页。

② 《缪灵珠美学译文集》第1卷,章安祺编订,中国人民大学出版社1987年版,第98页。

③ 《缪灵珠美学译文集》第1卷,章安祺编订,中国人民大学出版社1987年版,第129页。

究竟有没有使文章崇高或渊深的这种技术？因为，有人以为，要把这些问题纳于规律是完全错误的想法。据说，崇高的天才是天生的，不能传授，而天分就是唯一能产生崇高的技术。所以，他们认为，天才的作品，绳之以僵硬的清规戒律，就不啻焚琴煮鹤。而我却以为不然，试想在情绪高涨之时，人的性情固然往往不知守法，但仍不是天马行空，不可羁縻，可见他们的道理适得其反。虽则自然是万物的主因和原型，但是决定程度之强弱，机缘之是否适当，乃至训练和使用的准则，乃是科学方法的能事。况且，激昂的情绪，若不以理性控制，任其盲目冲动，随波逐流，有若无舵之舟，定必更加危险。[①]

否认天才的观点，朗吉弩斯是不赞成的；完全强调技术规则，就会束缚人的创造性；但对天才又必须正确地培养，使他掌握事物的规律，正确地"训练和使用"准则。

培养"崇高"的天才，首先应从培养其高尚的人格入手。他说："既然第一个因素，我指崇高的天才，较其余的因素更为重要。所以，虽然这是天生而非学来的能力，我们也要努力陶冶我们的性情，使之达到高远的意境，仿佛使之孕育着高尚的灵感。"[②] 其次，应训练掌握创作的规律和技巧。他认为崇高的境界固然有赖于崇高的天才，但是天才也必须靠技巧的帮助。"在一切场合都应该以技巧来帮助天然。这两者的结合大抵能达到尽善尽美。"[③]

在天才与技巧的关系上，贺拉斯偏重苦练掌握技巧；朗吉弩斯则侧重天才，认为技巧应使天才不致乱用。

对于天才问题，朗吉弩斯有不少精辟的见解，如：天才不同于庸才，天才决不是十全十美。"十全十美的精细容易陷于琐屑；伟大的文章，正如巨大的财富，不免偶有疏忽。低能或平庸的才情，因为从来不敢冒险，永不好高骛远，多半也不犯过失，最为稳健，而伟大的才情却因其伟大所以危险——这也许是理所当然的。"[④] 他还认为天才必须有点"超人的因素"。在第36节中，他说："在技巧我们赞美精确，在自然则赞美雄伟，然而人的文艺才能却是自然所赋予。我们固然要求人像须像人，但在文学上，我曾说过，则要求一点

① 《缪灵珠美学译文集》第1卷，章安祺编订，中国人民大学出版社1987年版，第80页。
② 《缪灵珠美学译文集》第1卷，章安祺编订，中国人民大学出版社1987年版，第87页。
③ 《缪灵珠美学译文集》第1卷，章安祺编订，中国人民大学出版社1987年版，第125页。
④ 《缪灵珠美学译文集》第1卷，章安祺编订，中国人民大学出版社1987年版，第121页。

超人的因素。"① 所谓"超人的因素",一是指精神上应有高于常人的"崇高"因素;一是指创作上不仅反映事物的外形,更重要的是要反映出"崇高"事物的"崇高"精神,要有比常人所写作品更高的文学因素(独创性,巨大的感染力等)。

在对"崇高"作品的评价上,他提出了一个时间效果标准:

> 如果一个颇有见识而又熟识文艺的人再三听取一篇文章,但觉得它不能使人心胸豁达,意志昂扬,或者听过后不能留下一点思想,值得低徊寻味,而愈仔细研究,愈觉得它无甚可取,那末,那就未必是真正的崇高,因为它不过是耳边风,不能经久。真正伟大的作品,是百读不厌的,很难甚且不可能抵抗它的魅力,它留给你牢固的、不可磨灭的印象。一般地说,凡是古往今来人人爱读的诗文,你可以认为它是真正美的、真正崇高的。因为若果不同习惯、不同生活、不同嗜好、不同年龄、不同时代的人们,对于同一作品持同一意见,那末,各式各样批评者的一致判断,就使我们对于他们所赞扬的作品深信不疑了。②

他明确提出:"关于文艺的公允判断乃是长久经验的结果。"

其次,从古代伟大的作品中学习培养"崇高"的风格。朗吉弩斯也是一个古典主义者,提倡以古希腊为典范,但他学习的重点是学习古代作品中蕴含的"崇高"的精神,而不仅仅从技巧上去考虑。即使谈到技巧,也是谈如何表现"崇高"风格的技巧。他在第13节中说:

> 还有另一条引向崇高境界的道路。这条是甚么和怎样的道路呢? 就是摹仿古代伟大散文家和诗人们,并且同他们竞赛。朋友们,让我们咬紧牙关,努力达到这个目的吧。因为许多人就是这样子从别人的精神获得灵感的……所以从古代作家的伟大精神有一绪潜流注入慕古者的心灵中,好像从神圣的口发出启示,受了这种感召,即令不大能有灵感的人也会因别人的伟大精神而同享得灵感。③

---

① 《缪灵珠美学译文集》第1卷,章安祺编订,中国人民大学出版社1987年版,第125页。
② 《缪灵珠美学译文集》第1卷,章安祺编订,中国人民大学出版社1987年版,第85—86页。
③ 《缪灵珠美学译文集》第1卷,章安祺编订,中国人民大学出版社1987年版,第97页。

　　他提出同古人竞赛的观点,包含着学习古人又要超越古人的思想,将学习、借鉴与创造结合起来。这种观点又是他超出前人的。从客观方面讲,要达到"崇高"的境界,必须创造一个具有民主、自由的社会环境。

　　朗吉弩斯对于罗马时代的专制制度和社会风气深为愤慨。专制政治成了"灵魂的笼子,公众的监牢",真正"崇高"的天才几乎已经绝迹。社会风气是利欲横流,趣味低下,"道德瘟疫"泛滥,使"崇高"精神得不到发扬。

> 　　金钱的贪求,(这个毛病,目前我们大家都犯得很凶)和享乐的贪求,促使我们成为它们的奴隶,也可以说,把我们整个身心投入深渊。唯利是图,是一种痼疾,使人卑鄙,而但求享乐,更是一种使人极端无耻、不可救药的毛病……人们一崇拜了自己的内心速朽的、不合理的东西,而不去追求那不朽的东西,上述的情况,就必然会发生。他们再也不会向上看了;他们完全丧失了对于名誉的爱惜,他们生活败坏,每况愈下,直至土崩瓦解,不可收拾。他们灵魂中一切崇高的东西渐渐褪色、枯萎,以至于不值一顾。[1]

　　当时的社会制度不是培养"崇高"的天才,而是专门培植一些奉迎拍马的侏儒。当时的社会条件没有也还不能产生改革罗马专制制度的新的思想体系,因此,朗吉弩斯只能向古希腊去寄托自己的理想。他高扬民主和自由的旗帜:借用一位哲人的口气说"民主是天才的好保姆,卓越的文才是只能和它同盛衰的";他认为自由"能保持竞争的火焰和争取高位的雄心",[2]可以使"崇高"的天才得到合理的培养和发展。因此,只有建立起民主制度,发扬自由精神,才能培养出"崇高"的天才,才能产生具有"崇高"美的伟大作品。

　　总之,朗吉弩斯的《论崇高》标志着古希腊古罗马美学思想和文艺思想的重大转折。在论文中,他以"崇高"范畴为中心,提出并论述了一个不同于传统"摹仿说"的表现"伟大心灵"说。他的整个理论体系可以图示为:

---

[1] 伍蠡甫主编:《西方文论选》上卷,上海译文出版社1979年版,第131页。

[2] 伍蠡甫主编:《西方文论选》上卷,上海译文出版社1979年版,第130页。

朱光潜先生认为:"朗吉弩斯的理论和批评实践都标志着风气的转变:文艺动力的重点由理智转到情感,学习古典的重点由规范法则转到精神实质的潜移默化,文艺批评的重点由抽象理论的探讨转到具体作品的分析和比较,文艺创作方法的重点由贺拉斯的平易清浅的现实主义倾向转到要求精神气魄宏伟的浪漫主义倾向。英国诗人屈莱顿认为朗吉弩斯是'亚里士多德以后最伟大的希腊批评家',这个估价不是过分的。"①

当然,我们也应看到,朗吉弩斯的理论由于脱离了社会实践,就不可免地仍有唯心主义色彩。他所说的"伟大的心灵",是天赋的,带有神秘性,他所说的追求"崇高"境界的途径,也带有空想的性质。从消极方面讲,再发展一步,就与基督教神学靠拢了。

《论崇高》这篇著名论文在当时影响不大,但文艺复兴以后,特别是17、18世纪影响很大。布瓦洛在1674年将它译成法文本,并写了《朗吉弩斯〈论崇高〉读后感》。英国、德国的文艺理论家如弥尔顿、德莱登、蒲白、柏克、温克尔曼、康德都程度不同地受到朗吉弩斯《论崇高》的影响。

---

① 朱光潜:《西方美学史》上卷,人民文学出版社1979年版,第115—116页。

第四章　新古典主义的经典文本

——《法兰西学院关于悲喜剧〈熙德〉对某方面所提意见的感想》与布瓦洛的《诗的艺术》

古典主义,是欧洲文艺思想史上出现的一股文艺思潮,它主张学习古希腊文艺作品,以古希腊作品为典范进而发扬古希腊的文艺传统。古罗马时期贺拉斯与朗吉弩斯提出向古代借鉴的原则,后世文学史家称之为古典主义。贺拉斯与朗吉弩斯不仅提倡学习古典作品,而且主张以经过千秋百世检验的优秀作品为典范。因此,古典主义就含有"学古"与"法上"两层意思。

古典主义有其历史发展过程,不同时期不同国家有不同的内容和特点。如古罗马时期的古典主义、文艺复兴时期的古典主义、17世纪法国的古典主义。史学家讲古典主义,主要是指17世纪法国的古典主义。这种理论是欧洲由封建主义向资本主义过渡时期形成的文艺理论。为了区别于其他时期的古典主义,我们称17世纪法国的古典主义为新古典主义,在创作上以高乃依、拉辛、莫里哀为代表,理论上以布瓦洛为代表。在英国,创作上以蒲白为代表,理论上以德莱登、约翰生为代表。我们重点讲一下法国的古典主义。

法国的新古典主义是在什么样的历史条件下产生的? 它的哲学基础是什么? 又是怎样形成的? 在文艺理论上主要代表人物及其理论主张是什么?

第一节　新古典主义产生的历史条件和哲学基础

新古典主义是欧洲十七世纪的文学主潮。文艺复兴运动发展到16世纪末叶,已经衰退。西方的文化中心,已由意大利转移到法国。为什么新古典主义在法国能得到蓬勃的发展？这与法国的历史条件是密切相关的。

（一）新古典主义是法国的君主制度的直接产物

马克思说："君主专制发生在过渡时期，那时旧封建等级趋于衰亡，中世纪市民等级正在形成现代资产阶级，斗争的任何一方尚未压倒另一方。"①16世纪末到17世纪，是法国封建制度向资本主义制度过渡的时代。1598年法国结束了"30年战争"，但战后王权旁落，各省贵族和地方势力形成封建割据局面。因此，当时实行中央集权制的封建专制制度，还有一定的积极意义。那时的法国，资本主义原始积累过程在继续进行；工场手工业的生产在迅速发展；行会制度在日趋瓦解；资产阶级形成，并日益迫切的要求振兴自然科学，废除国内的关卡税及其他的各种封建束缚，进一步发展资本主义，提高生产力。资产阶级当时还没有强大到能够战胜贵族，在政治上建立自己统治的地步。法国社会基本上还是个农业国，与英国相比还比较落后。在法国确立和巩固中央集权化的过程中，国王一方面利用城市资产阶级的力量，打击大贵族的封建割据势力，实现国家的统一；另一方面城市资产阶级由于需要统一的国内市场因而支持王权，支持中央集权制。国家的统一，在某种程度上促进了资本主义的发展。1594—1610年，亨利第四执政时期依靠资产阶级重振王权，采取了一系列奖励工商业的政策。亨利四世被刺死后，路易十三即位（九岁），由其母后摄政，大主教黎塞留任首相，继续强化了中央集权制度。1643年路易十三死后，路易十四（五岁）上台，由其母后安娜摄政，马扎林任首相，施行重商主义政策。路易十四22岁独揽大权，他以"君权神授"、"朕即国家"的名义，公开宣布："从今以后，我就是我自己的首相。"因用太阳做国徽，故又号称"太阳王"。

在文艺政策方面，法国君主专制政权一直非常重视并采取了一系列组织措施：

1. 奖金制度。布瓦洛曾写了三首诗送给路易十四，为他歌功颂德。路易十四听他朗诵一首《论和平的益处》（1669）后，当即赐给他一千法郎的年金。

2. 年薪制度。古典主义先驱马莱伯由于写了几首赞美王室的颂歌，就被请入宫廷，作为"波旁王朝的官方诗人"供养起来。1662年财政大臣柯尔伯委托沙波兰（或译夏普兰）拟定作家名册，正式确立了官方颁发年金的制度，年薪为十万法郎。

---

① 《马克思恩克斯选集》第1卷，人民出版社1972年版，第179页。

3. 书刊检查制度。检查作品是否违反政府、宗教的法规和封建道德，通过后才准予复印。

4. 成立法兰西学院。精心挑选全国文艺、学术方面最杰出的代表40人，称为"不朽者"，组成最高学术团体。其目的是为了建立一套适应君主专制需要的统一规范。他们要求一切要有统一标准，一切要有法则，一切都要实行规范化。

新古典主义就是17世纪法国中央集权的专制制度在文艺领域的集中表现，它的基本特点是：政治上拥护和歌颂封建王权；思想上提倡以"自我克制"、"温和折衷"为内容的"理性"，尊重君主专制政治所需的道德规范；题材上借用古代的故事，突出宫廷和贵族阶级的生活，并赋予它崇高悲壮的色彩；文学体裁上，与封建等级观念相适应，划分高低不同的类别，并严格按照各种体裁的法则进行创作。当时的文学体裁主要是戏剧，其次是书信、散文、诗歌、讽刺诗等。在戏剧中，认为悲剧是高贵的题材，用来表现帝王将相；喜剧是"卑下的"体裁，应该取笑资产者和平民。创作上都应遵循"三一律"。在艺术上，要求结构严谨完整，语言简洁明晰典雅，避免粗俗，风格则矫揉造作。

（二）笛卡尔的唯理主义是法国新古典主义的哲学基础

新古典主义是法国理性主义哲学思潮在文艺学、美学中的反映。理性主义的代表人物是笛卡尔（Rena Descartes，1596—1650）。笛卡尔从小就喜爱自然科学，教会学校毕业后，周游欧洲，去读"世界这本大书"，1629年定居荷兰。他是西方近代哲学的创始人之一。他把认识论提到首位，在哲学美学史上，从他开始将研究的重点由本体论转向认识论。他提倡理性，反对盲目信仰，以怀疑论反对经院哲学。他主张精神物质并存，是二元论者。他的主要著作有：《方法论》（1637）、《形而上学的沉思》（1641）、《哲学原理》（1644）、《论灵魂的感情》（1649）。他本人也是一个大数学家，他的《几何学》是数学史上打开新纪元的解析几何；在美学上他写了《论音乐》的专著。

笛卡尔唯理主义的基本内容包括以下这些：

首先，它的出发点是"我思故我在"，或译为"我在思想，所以有我。"缪灵珠先生译为"我疑故我在"。这是一个认识论的命题，从狭义的范围提出了认识的对象和主体的问题。"我在思想""我在怀疑"，就是我在认识的意思。"所以有我"，即肯定了与思想连在一起的"我"，即"思想者"。这就是说思想离不开思想者，认识论既要有对象，又要有主体。他承认心外有物，他把"我"这个思维者叫做灵魂或心灵,认为是一种实体。这里还留有经院哲学的唯心论形而上学的痕迹。他所说的"思想",是指精神现象,包括理解、意愿、想象、感觉。这思想是"我"的属性。

我思,首先是我怀疑一切。他的认识论先从怀疑开始。他说:"由于我们在长大成人之前当过儿童,对呈现在我们感官面前的事物做过各种各样的判断,而那时我们还没有充分运用自己的理性,所以有很多先人的偏见阻碍我们认识真理,因此我们要摆脱这些偏见的束缚,就必须在一生中有一次对一切稍有可疑之处的事情统统加以怀疑。"[①] "这并不是摹仿怀疑派,学他们为怀疑而怀疑……只是为了使自己得到确信的根据,把浮土和沙子挖掉,以便找出磐石和硬土。"[②]

为了发展科学,首先必须清理地基,把一切迷信、愚昧不可靠的东西推倒。他怀疑传统留下的一切,怀疑古代典籍,怀疑经院哲学,怀疑传统的教育等等。他的这种怀疑精神是一种独立思考、破除迷信的时代精神,并不是否定一切,而是推倒假恶丑的东西,肯定和追求真善美的东西。

其次,笛卡尔认为理性是判断真理的唯一标准。笛卡尔认为迷信和幻觉不符合实际,要鉴别认识是否符合实际,最高的标准就是我们自己的理性。他认为不是靠权威,不是靠道听途说,或鲁莽武断、胡思乱想,而是需要用精确意义的理性。我们的感觉常常欺骗我们:一座方塔,远看却是圆的;一根手杖插在水里,看来却像是折断的;而且我们还会做梦,梦中的现实都不真实,如果单用感官,实在无法觉察这类骗局。因此,感官只能得到个别的片面的知觉,只有理性才能获得普遍的必然的认识。他的认识论的核心是:凡属理性清楚明白的认识到的都是真的。

笛卡尔认为,每一个人心里都有各种观念代表着心外的客体。凡是符合客观实际的观念就是真的,不符合的就是假的。观念有三类:a. 是通过感官获得的,如日月星辰、山河大地、虫鱼鸟兽的观念;这些观念并不一定都是真的,有的也可能是幻觉。b. 是通过理性清楚明白的见到的,例如等量加等量其和相等,我的思想所以有我之类;这类观念一定是真的,因为其反面是不可设想的。c. 是我们幻想出来的,如金山银岛之类,一定不正确。笛卡尔这种以理性为标准来衡量观念真假的办法,一般称之为"融贯

---

① 汝信、王树人、余丽娥主编:《西方著名哲学家评传》第4卷,山东人民出版社1984年版,第123页。

② 汝信、王树人、余丽娥主编:《西方著名哲学家评传》第4卷,山东人民出版社1984年版,第123—124页。

说"。他的真理标准本质上还是观念与实际的符合。这些观念是他所说的第二类观念,即清楚明白、毫无矛盾、一望而知的观念。他认为"清楚明白的概念就是真理。"他把这些清晰明白的观念称之为与生俱来的"天赋观念"。如几何学上的公理就是这类观念,因此也可找出一些关于事物本体的公理、观念。理性 = "天赋概念" = 良知,都来自上帝,他认为上帝是心与物的共同来源,是心与物之间的桥梁。上帝(绝对实体)用一个模子,即天意(自然规律),创造了两个相对的实体:灵魂与形体。灵魂的属性是思想,形体的属性是广延。理性也是天意的反应,是自然规律的反应。他认为理性是完美无缺的,是绝对真理。它既是试金石,可以用来鉴别错误的认识;又是点金石,可以用来使一般的认识成为科学真理。他在《方法论》中说:"良知是世界上分配得最均匀的东西,因为每一个人都认为自己在这一方面有非常充分的秉赋……那种正确地作判断和辨别真假的能力,实际上也就是我们称之为良知或理性的那种东西,是人人天然地均等的;因此,我们的意见之所以不同,并不是由于一些人所具有的理性比另一些人更多,而只是由于我们通过不同的途径来运用我们的思想,以及考察的不是同样的东西。因为单有良好的心智是不够的,主要在于正确地运用它。"①

人的理性之所以能够完美无缺,"是由一个真正比我更完满的本性把这个观念放进我心里来的,而且这个本性具有我所能想到的一切完满性,就是说,简单一句话,它就是上帝。"②

笛卡尔的理性主义,虽有其积极意义,但最终仍滑入唯心论。

再次,笛卡尔有自己的方法论。他以数学方法作为哲学方法的基础。笛卡尔对数学、物理学都有很大贡献,它又是机械唯物论的创始人。恩格斯说:"笛卡尔的变数是数学中的转折点。因此运动和辩证法便进入了数学。"③笛卡尔所运用的数学方法,主要是几何学中的排除法与演绎法。这两种方法的特点是:在否定了一切不合理的假设之后,确立一个清晰明白的前提,再从这一前提演绎出一系列的定理。反映在他们的哲学研究上,就是以怀疑法(排除法)为前提,从理性演绎出它的整个体系来。他的思维方式,大

---

① [法]笛卡尔:《谈方法》,见《西方哲学原著选读》,北京大学哲学系外国哲学史教研室编译,商务印书馆1987年版,上卷第361—362页。

② [法]笛卡尔:《谈方法》,见《西方哲学原著选读》,北京大学哲学系外国哲学史教研室编译,商务印书馆1982年版,上卷第375页。

③ [德]恩格斯:《自然辩证法》,人民出版社1960年版,第217页。

体经过这样四个步骤：

第一，决不把任何我没有明确地认识其为真的东西当作真的加以接受，也就是说，小心避免仓卒的判断和偏见，只把那些十分清楚明白地呈现在我的心智之前，使我根本无法怀疑的东西放进我的判断之中。

第二，把我所考察的每一个难题，都尽可能地分成细小的部分，直到可以而且适于加以圆满解决的程度为止。

第三，按照次序引导我的思想，以便从最简单、最容易认识的对象开始，一点一点上升到复杂的对象的认识，即便是那些彼此间并没有自然的先后次序的对象，我也给它们设定一个次序。

第四，把一切情形尽量完全地列举出来，尽量普遍地加以审视，使我确信毫无遗漏。①

这整个思考的过程，采用演绎法，注重推理，不重实证，经过分析、解剖、排列、综合四个步骤，力求观念与实际相符合。

最后，笛卡尔的理性主义方法，反映在美学和文艺学上，就是主张创立一些严格、稳定的规则，是艺术体现理性的标准。他提出，"所谓美和愉快所指的都不过是我们的判断和对象之间的一种关系"，② 而艺术美，则是在全体结构中各个部分的"恰到好处的协调和适中"。他在致巴尔扎克的信中说，"这些书简里照耀着优美和文雅的光辉，就像一个十全十美的女人身上照耀着美的光辉那样，这种美不在某一特殊部分的闪烁，而在所有各部分总起来看，彼此之间有一种恰到好处的协调和适中，没有哪一部分突出到压倒其他部分，以致失去其余部分的比例，损害全体结构的完美。"③ 在对人的认识上，它把灵与肉对立起来，强调用"理性"和意志控制感情。在艺术创作中，也应以理性抑制感情的冲动。

笛卡尔的理性主义对法国古典主义作家影响很大，形成他们重理智、规则和标准，要求结构明晰、逻辑性强等特点。沙波兰、布瓦洛的文艺理论主张，更是直接受它的影响。

---

① ［法］笛卡尔：《谈方法》，见《西方哲学原著选读》上卷，北京大学哲学系外国哲学史教研室编译，商务印书馆1987年版，第364页。

② 北京大学哲学系教研室编：《西方美学家论美和美感》，商务印书馆1980年版，第78页。

③ 朱光潜：《西方美学史》上卷，人民文学史出版社1979年版，第185页。

第二节　"熙德之争"与沙波兰的《法兰西学院关于
悲喜剧〈熙德〉对某方面所提意见的感想》

　　1636年,高乃依的剧本《熙德》上演,轰动当时的法国文坛。剧本是以西班牙民族英雄熙德的故事为题材而创作的。在这出五幕诗剧中,作者以深刻而真切的道德心理描写,展示了女主人公施曼娜及公主等人物的内心感情世界,最后由国王出面让施曼娜同杀死他父亲的唐罗狄克结了婚。由于剧本反映了爱情和"义务"之间的矛盾,有损国王和大臣的尊严,触动了封建道德的训条,因此引起了一场激烈的"《熙德》之争"。根据传统的封建观念,个人的幸福、爱情,必须绝对服从荣誉和义务,而剧本却强烈的表达了主人公追求个人爱情的要求,反映了"自然人性"。虽然最后结局表现了封建阶级与资产阶级意识形态的妥协调和,但仍引起了卫道者的反对。贵族阶级的代表人物斯鸠德理(Scudery)和迈烈(Mairet)从道德标准和艺术标准两方面进行了猛烈抨击,其主要论点:首先,剧作违犯了道德标准,施曼娜因爱情而忘记父仇,唐罗狄克杀了伯爵之后,又与施曼娜结婚。其次,从艺术规则上讲,《熙德》不能恪守三一律;快乐的收场破坏悲剧的传统;内容庞杂、穿插太多,不符合有机统一的要求,以史诗的题材用于悲剧显得不合式。斯鸠德理等把意见提到刚刚成立不久的法兰西学院,要求其主持公道,评判是非。法兰西学院在首相黎塞留授意下,对《熙德》进行了严厉的批评,批评意见由沙波兰(Jean Chapelain)执笔,三易其稿写成《感想》一文。该文可以说是官方公布的法国新古典主义宣言式的文献。

　　《感想》一文所阐明的新古典主义原则如下:

　　第一,以"理性"和"近情理性"作为评判作品的最高标准。

　　《感想》中认为,《熙德》"既缺乏寻常的近情理性,也缺乏非寻常的近情理性。因为一个在作者笔下以贞淑的面目出场的姑娘,在行动上可没有遵守礼义之节,居然和杀父的仇人结为夫妇。"[①]

　　《感想》中所说的"读者不能否认施曼娜是个过于多情而不知羞耻、有违女训的姑娘;是忘了父亲的养育之恩的不孝的女儿。不管她的爱情多么深厚,使她无力抵抗,她也决不该忘掉为父报仇的义务,更不应同意下嫁杀死父亲的凶手。"在这里,施曼娜的行为即使不能说不道德,至少也应认为是

---

　　① 古典文艺理论译丛编辑委员会编:《古典文艺译丛》5,人民文学出版社1963年版,第105页。

可以非议的。作品由于有这些描写，所以是有缺点的。它在这里违背了诗应该使人受教益的宗旨，我们不是说这种教益不可能从伤风败俗的行为中获得，而是说，伤风败俗的行为是不能产生什么教训的，除非它在剧终时受到惩罚……"① 这种近情理性，从伦理学上讲，就是不能违反封建道德规范。

第二，从艺术表现上，要严格按照"三一律"创作。人物塑造上，要求定型化、类型化。

《感想》中说："艺术所要求的是事物的普遍性，它需要把历史由于它严格的规律而不得不容纳的特殊的缺点和非正规的东西从这些事物里排出去。"② 要使作品的人物产生近情理之感，作家必须注意时间、地点、环境、年龄、习性、情感的不同，在作品里，"每一个角色必须依照已经给他认定的性格来行动。譬如一个歹人便不应该有善良的意图。我们要求对时间地点等等作严格的注意，其理由是神奇的成分由于它合人心意，容易讨人喜爱，而由于这种喜爱，容易使人受教得益。"③ 类型说与三一律，相辅相成，成为新古典主义在戏剧创作上的金科玉律。马克思曾指出："毫无疑问，路易十四时期的法国剧作家从理论上构想的那种三一律，是建立在对希腊戏剧（及其解释者亚里斯多德）的曲解上的。但是，另一方面，同样毫无疑问，他们正是依照他们自己艺术的需要来理解希腊人的，因而在达西埃和其他人向他们正确解释了亚里斯多德以后，他们还是长时期的坚持这种所谓的'古典'戏剧。"④

亚里斯多德在《诗学》中只要求"动作或情节的整一"，没有提出过时间、地点的整一问题。可见"三一律"和与之相应的类型说，都是法国君主专制制度的产物，是强加在作家头上的清规戒律。

第三，关于艺术的"象真性"问题。

沙波兰依据理性的原则，推演出艺术的"近似性"和"象真性"的概念。《感想》中说："提意见人提出了两种近情理的事物：一是寻常事物，其中包括按照个人的情况、年龄、生活习惯、好恶、爱憎而一般发生的事情，比如商人追求利润，儿童做事不慎，挥霍无度的人陷于极端贫困，胆怯的人见危险退缩不前和其他由此而产生的种种；其次是非寻常的事物，其中包括不易遇见的超乎寻常的真实性的事情；比如聪明人或凶恶人受人愚弄，势力强大的

① 古典文艺理论译丛编辑委员会编：《古典文艺译丛》5，人民文学出版社1963年版，第109页。

② 古典文艺理论译丛编辑委员会编：《古典文艺译丛》5，人民文学出版社1963年版，第105页。

③ 古典文艺理论译丛编辑委员会编：《古典文艺译丛》5，人民文学出版社1963年版，第104页。

④ 《马克思恩格斯全集》第30卷，人民出版社1974年版，第608页。

暴君被人击败,等等。这一类里还包括一切出人意料的事件,人们称之为巧遇的事情,只需它们的产生通过了寻常事情的连锁关系,除这两种之外,别无所谓近情理的东西。"① 他所说的近似性,就是近情理,从文艺与现实关系上讲,即应按照亚里斯多德所说的或然律和必然律;从伦理学上讲即应符合封建贵族阶级的情和理;在艺术表现上讲,即应表现"自然人性",描绘出人物性格的普遍性。他所说的"象真性",则是寻常的义理与合理的统一。他们是以"近情近理,必然如此"的标准,区别艺术中的"象真性"与"真实性"的界限。《感想》对剧本结尾的分析就是依据这样的标准。他说"戏剧的收场也只凭国王费迪南未加考虑的判决,他像在舞台布景里自天而降的一个神道,发一道命令叫二人结婚,而据理来讲,这样的事情,他连建议也是不应该的。这件事情的确含着神奇的成分,但这是一种近乎怪诞的神奇,观众看了不是受教得益而只能感到骇怪和愤怒。正在这些地方,诗人应该重视其近情理性,而不是重视的事实;他宁可用一件虚拟的、但合乎理性的事件作为题材。如果他不得不挑选这类性质的历史故事,拿到舞台上来,他也应该使它适应礼节的限制,即使事实的真相要受些影响;这时诗人必须把事实加以彻底改造,而不能留一个与艺术的规律不相容的污点。"②

第三节　《诗的艺术》所阐明的
新古典主义的诗学原则

沙波兰在《感想》中所阐发的观点,布瓦洛在《诗的艺术》中进一步加以系统化,显得更加完善。布瓦洛用了5年时间(从1669—1674)写成诗体的文艺理论著作《诗的艺术》,在美学史上一向被称为新古典主义的法典。

布瓦洛(Nicolas Boileau,1636—1711),生于巴黎,其父是法国最高法院的主庭书记官。青年时期读神学,攻读法律,获得律师职位。1657年继承一笔遗产,转向美学,从事文学创作。主要作品有:《讽刺诗集》(共12篇,1660—1705),《书简诗》(共12篇,1669—1695),《传奇英雄的对话》和《诗的艺术》等。当时与莫里哀、拉辛、博马舍等齐名。1674年发表了长达1100诗行的《诗的艺术》和《朗吉弩斯〈论崇高〉的读后感》,轰动文坛,并为法国新古典主义建立了有体系的理论纲领。《诗的艺术》出版后,受到路易十四皇帝的青睐,路易十四认为首相马札林替国家作了政治的整顿,诗人布瓦洛

---

① 古典文艺理论译丛编辑委员会编,《古典文艺译丛》5,人民文学出版社1963年版,第104页。

② 古典文艺理论译丛编辑委员会编:《古典文艺译丛》5,人民文学出版社1963年版,第105页。

则替国家作了文学的澄清工作,因此把布瓦洛列为有功于王室者之一。次年与拉辛一起被奉为王室的史官。1684年被选入法兰西学院。

《诗的艺术》共四章,第一章是总论,讲诗歌创作的总的原理——理性原则;第二章、第三章论诗歌的种类:先讲牧歌、悲歌、颂歌、讽刺诗、风趣诗、歌谣等,再讲悲剧、史诗、喜剧;第四章讲作家的修养。《诗的艺术》所阐明的主要诗学原则:

第一,理性。法国文学史家朗生说:"《论诗艺》的出发点,就是《论方法》的出发点:理性。"① 布瓦洛在《诗的艺术》中明确写道:

> 因此,要爱理性,让你的一切文章
> 永远只从理性获得价值和光芒。②

理性原则,是贯穿《诗的艺术》的一条红线,是作家判断是非的准绳,是选材、写人、用韵、构思、情节结构安排等方面依据的总原则。他认为:"不管写什么题目,或庄严或是谐谑,都要情理和音韵永远的互相配合,两者似乎是仇敌却并非不能相容;音韵不过是奴隶,其职责只是服从。如果我们为找韵肯先用一番功夫,习惯很容易养成,韵自然一找就有;在义理的控制下韵不难低头听命,韵不能束缚义理,义理得韵而愈明。但是你忽于义理,韵就会不如人意;你越想以理就韵就越会以韵害义。"③ 布瓦洛所说的理性或译为"义理",同笛卡尔说的"良知",含义是一致的。它是人生来就有的一种辨别美丑善恶的能力,是普遍永恒人性的重要组成部分。尽管时代、国家、阶级不同,但人人凭借理性或良知,就可以求得真理。一切优秀的作品都必须合乎理性,美的东西必须是合乎理性的东西,美的就必然是真的,没有真就没有美,因为真是美的根本条件。在布瓦洛看来,理性、真与美实为一体。它在《书简诗》中说:

> 只有真才美,只有真才可爱,
> 真应该到处统治,寓言也非例外;

---

① 朱光潜:《西方美学史》上卷,人民文学史出版社1979年版,第186页。

② 朱光潜:《西方美学史》上卷,人民文学史出版社1979年版,第186页。

③ [法]布瓦洛:《诗的艺术》,任典译,见伍蠡甫、胡经之主编:《西方文艺理论名著选编》上卷,北京大学出版社1985年版,第181—182页。

> 一切虚构中的真正的虚假，
>
> 都只为使真理显得更耀眼。①

第二，摹仿自然。新古典主义者所理解的自然，不是指大自然或自然风景，也不是指现实社会生活。他们所说的"自然"，指"自然人性"——也即是抽象的人性、人情。如朱光潜先生所说："新古典主义者所了解的'自然'并不是自然风景，也还不是一般感性现实世界，而是天生事物（'自然'在西文中的本义，包括人在内）的常情常理。往往特别指'人性'。自然就是真实，因为它就是'情理之常'。新古典主义者都坚信'艺术摹仿自然'的原则，而且把自然看作是与真理同一，由理性统辖着的，这就着重自然的普遍性与规律性。"②

布瓦洛让作家把"自然"作为自己唯一的研究对象，要作家"永远一步也不要离开自然"。他所说的自然人性，实质是一种性格类型。《诗的艺术》中写道：

> 作家啊，若想以喜剧成名，
>
> 你们唯一能钻研的就应该是自然人性，
>
> 谁能善于观察人，并且能鉴识精审，
>
> 对种种人情衷曲能一眼洞彻幽深，
>
> 谁能知道什么是风流浪子、守财奴，
>
> 什么是老实、荒唐、什么是糊涂、嫉妒，
>
> 那他就能成功地把他们搬上剧场，
>
> 使他们言、动、周旋，给我们妙呈色相。
>
> 搬上台的各种人处处要天然形态，
>
> 每个人像画出时都要用鲜明的色彩。
>
> 人性本陆离光怪，表现为各种容颜，
>
> 它在每个灵魂里都有不同的特点；
>
> 一个轻微的动作就泄漏个中消息，
>
> 虽然人人都有眼，却少能识破玄机。③

---

① 朱光潜：《西方美学史》上卷，人民文学出版社1979年版，第187页。

② 朱光潜：《西方美学史》上卷，人民文学出版社1979年版，第188页。

③ ［法］布瓦洛：《诗的艺术》，见伍蠡甫、胡经之主编：《西方文艺名著选编》上卷，北京大学出版社1985年版，第206页。

　　布瓦洛将贺拉斯《诗艺》中关于性格类型的观点几乎完整地搬了过来，强调写传统人物性格要定型、一贯，写不同的年龄、职业的人物要写出其性格类型特点。结合《诗的艺术》的具体论述，可以看出，他所说的自然人性、性格类型，实际上是在一层抽象的人性面纱下掩盖着的贵族的阶级性，体现了贵族阶级的艺术趣味，把贵族阶级的"德性"看作普遍的人性。

　　作家在作品中是否写出了自然人性，布瓦洛提出了应以"象真性"加以衡量，他说：

> 切莫演出一件事使观众难以置信；
> 有时候真实的事演出来可能并不逼真。
> 我绝对不能欣赏一个背理的神奇，
> 感动人的绝不是人所不信的东西。[①]

　　人物要具有象真性，就必须服从理性的规范，服从封建贵族的道德规范。从理性原则出发，以这种自然人性为对象写出的人物必然是抽象化、类型化、定型化的人物，使人物变成某种抽象品质的化身：

> 为着使我们入迷，一切都拿来利用，
> 一切都有了灵魂、智慧、实体和面容。
> 任何抽象的品质都变成一个神祇，
> 弥涅瓦代表英明，是维纳斯代表妍美。[②]

　　作家要描写自然人性，就要研究自然，为此，布瓦洛提出了"认识都市""研究宫廷"的口号。

　　第三，学习古人的原则。首先布瓦洛把经过时间考验的古希腊作品看作是文艺作品的最高典范，实践检验标准是衡量文艺作品价值的主要标准。他在《朗吉纳斯〈论崇高〉读后感》中说："实际上只有后代的赞许才可以确定作品的真正价值。不管一个作家在生前怎样轰动一时，受过多少赞扬，我们不能因此就可以很准确地断定他的作品是优秀的。一些假光彩，风格的

---

　　① ［法］布瓦洛：《诗的艺术》，见伍蠡甫、胡经之主编：《西方文艺理论名著选编》上卷，北京大学出版社 1985 年版，第 195 页。

　　② ［法］布瓦洛：《诗的艺术》，任典译，人民文学出版社 1959 年版，第 41 页。

新奇,一种时髦的耍花枪式的表现方式,都可以使一些作品风行一时;等到下一个世纪,人们也许要睁开眼睛,鄙视曾经博得赞赏的东西……大多数人在长久时期里对显有才智的作品是不会看错的。例如在现时,人们已不再追问荷马,柏拉图,西塞罗和维吉尔是否伟大;这是一个没有争论的定论,因为这是两千多年以来人们一致承认的……一个作家的古老对他的价值并不是一个准确的标准,但是人们对他的作品所给的长久不断的赞赏却是一个颠扑不破的证据,证明人们对他们的赞赏是应该的。"[①]在批评论上,布瓦洛提出了时间考验与读者赞赏的标准。他以此衡量,认为古希腊罗马时期的文学是最有价值的。

在布瓦洛看来,古典作品之所以成为典范,是因为它真正是从自然中来的,表现了普遍的人性。他说:

> 荷马之令人倾倒是从大自然学来,
> 他仿佛向维纳丝盗得了百媚宝带。
> 他的书是众妙之门,并且是取之不尽:
> 不论他拈到什么,他都能点石成金。
> 一经到他的手里臭腐也变为神奇;
> 他处处叫人欣赏,永远不使人疲惫。
> 一种适当的热情使他的文词奔放:
> 他绝不会迷失在过长的抹角转弯。
> 他的诗中的层次并没有固定法程,
> 他的题材自然会发挥得齐齐整整;
> 一切都不需牵强,想出来便自容易,
> 每句诗,每一个字都直接奔赴话题。
> 你爱他的作品吧,但必须爱的诚挚;
> 你知道加以欣赏就算是获益匪浅。[②]

他认为法国当代的伟大作家,都是学习古典的结果。其次,学习古典,摹仿古典。贺拉斯在《诗艺》中就把学古作为主要的信条,把古代作品和古

---

① 〔法〕布瓦洛:《朗吉弩斯〈论崇高〉读后感》,朱光潜译,见伍蠡甫主编:《西方文论选》上卷,上海译文出版社1978年版,第304—305页。

② 〔法〕布瓦洛:《诗的艺术》,任典译,见伍蠡甫、胡经之主编:《西方文艺理论名著选编》,北京大学出版社1985年版,第202—203页。

代理论奉为经典,要作家"日夜揣摩"。布瓦洛像贺拉斯一样,更加强调学习古典、摹仿古典。他说:"我们法国伟大的作家们的作品的成功正要归功于这种摹仿,你能否认吗?"[①] 他认为,高乃依、拉辛都是从古典作品中吸取了经验,创造出优秀作品。

摹仿古人,就是摹仿自然(人性),这样就可以抓住普遍永恒的东西。"古典就是自然,摹仿古典,就是运用人类心智所曾找到的最好的手段,去把自然表现得完美。"[②]

新古典主义要求把摹仿古典与遵守他们通过曲解古人而定出的"规则""义法"统一起来,把艺术创作加以程式化、理性化、用清规戒律束缚作家的创造性,突出的如布瓦洛在《诗的艺术》中对"三一律"的阐释和强调,他说:

> 剧情发生的地点也需要固定,说清。
> 比利牛斯山那边诗匠能随随便便,
> 一天演完的戏里可以包括许多年,
> 在粗糙的演出里时常有剧中英雄,
> 开场的黄口小儿,终场是白发老翁。
> 但是我们,对理性要服从它的规范,
> 我们就要求艺术地布置剧情发展;
> 要用一地、一天内完成一个故事
> 从开头到末尾维持着舞台充实。[③]

新古典主义在强调规则的同时,又注重技巧的掌握,劝告作家使用的文学语言,要力求明晰和纯洁。

总之,布瓦洛所代表的新古典主义比较集中的反映了法国封建宫廷的文艺理想,具有鲜明的封建贵族性。高贵性与明晰性是古典主义的主要特征。在理论上,布瓦洛从理性出发,强调学习古人,表现自然人性,注重事物的普遍性、类型性;在艺术表现上,主张程式化、模式化,忽视艺术想象和

---

① [法]布瓦洛:《1770年给贝洛勒的信》,见伍蠡甫主编:《西方文论选》上册,上海译文出版社1979年版第305页。

② 朗生:《法国文学史》,见朱光潜:《西方美学史》上卷,人民文学史出版社1979年版,第187页。

③ [法]布瓦洛:《诗的艺术》,见伍蠡甫、胡经之主编:《西方文艺理论名著选编》上卷,北京大学出版社1985年版,第195页。

艺术的创造性。

在欧洲新古典主义思潮的发展中,各个国家的理论家,主张虽有其共同性的一面,但也有其各自强调的重点。如英国的古典主义评论家德莱登(1631—1700)在《悲剧批评的基础》中,一方面论述了性格创造的原则,这些原则基本属于新古典主义主张的类型化原则;另一方面,他又十分重视朗吉弩斯的观点,对激情作了一些精辟的论述。这与英国的文学传统也有着密切的关系。

第五章　人类童年时代的美学与诗学

——维柯的《新科学》

第一节　维柯：人类文化学的伟大先驱

维柯（Giambattista Vico,1668—1744）生于意大利南部的那布勒斯,是意大利著名的历史学家、法学家、语言学家、文化人类学家、美学家和文艺理论家,也是欧洲启蒙运动中涌现出的最杰出的思想家之一。他幼年在一个天主教小学读书,大部分时间靠自学,后在一个西班牙贵族罗卡家当过9年家庭教师。因其家藏书很多,维柯在此学了很多东西。后在那布勒斯大学学过罗马法和修辞术。

在意大利启蒙运动中,维柯继布鲁诺和伽利略之后成了卓越的领导人物。罗马教皇的宗教裁判所对布鲁诺和伽利略的迫害对维柯思想影响很大。维柯一方面是一个虔诚的天主教徒,同时又是一个宣传自由思想的战士。1699年他被任命为那布勒斯的皇家历史编纂。1744年1月去世。

他的代表作是《新科学》。中译本是朱光潜先生晚年留下的译著,1986年由人民文学出版社出版。朱光潜认为,维柯的《新科学》和摩尔根的《古代社会》,使这两人成为人类学科学的先驱。克罗齐把维柯视为西方美学的奠基人。韦勒克认为："在不持克罗齐观点的人看来,维柯倒是一位历史哲学家,甚至是个尝试建立一套历史演化论的社会学家。"[①]赫尔德和黑格尔将其引为自己创建历史哲学的先驱。

维柯的《新科学》1725年第一版时书的题名是:《关于各民族本性的一

---

① ［美］雷纳·韦勒克:《近代文学批评史》第一卷,杨岂深、杨自伍译,上海译文出版社1997年版,第178页。

门新科学的原则,凭这些原则见出部落自然法的另一体系的原则》,因第一版所依据的原稿已遗失,所用的标题似为《关于人类原则的新科学》。1744年7月,维柯死后,该书第三版时用的标题为:《维柯的关于各民族的共同性的新科学的一些原则》。

《新科学》的标题,说明维柯所指的科学是广义的,它包括自然科学与社会科学,而主要是指历史科学或社会科学。法学、历史学、语言学、诗学、哲学都在他的"科学"范围之内。总的题目是人类学,他在第一版的附信中就称他的著作是论"人类原则"的。

"新科学"的名称在意大利早已存在,伽利略写过《新科学的对话录》,他所说的"新科学"主要指自然科学,特别是数学、天文学和物理学。维柯的雄心却是在创建一种"人类社会的科学",像伽利略、牛顿在"自然世界"那样,做出卓越的成绩。在他看来,霍布斯已在这门新科学的创立中做过尝试,他"从全人类整个社会中去研究人"。因此,维柯的《新科学》的主题是"部落自然法",由自然科学上升到社会科学=历史科学=广义的自然科学或"人学"。在《维柯自传》中,他自己就声称,他经过多年研究,"发现了哲学方面的一些新的历史原则,首先是一种人类的形而上学,这就是一切民族的自然神学"。[1] 他还说:"本科学所描绘的是每个民族在出生、进展、成熟、衰微和灭亡过程中的历史,也就是在时间上经历过的一种理想的永恒的历史。"[2] 他要探讨的是各民族的起源和发展,人类思维的起源和发展,进而揭示其普遍性的规律。他的结论是:"因此,本科学就成了既是人类思想史,人类习俗史,又是人类事迹史。"[3] 维柯对文艺学的研究,也是在人类学这个大题目下进行的,他对诗学的研究,"诗性智慧的研究",又加深了他对人类学普遍规律的认识。他说:"我们发现各种语言和文字的起源都有一个原则:原始的诸异教民族,由于一种已经证实过的本性上的必然,都是些用诗性文字(Poetic Characters)来说话的诗人。这个发现是打开本科学的万能钥匙,它几乎花费了我的全部文学生涯的坚持不懈的钻研"。[4] 韦勒克说,维柯在《新科学》中阐发了一种截然不同的诗歌和文学史的观念。"诗歌与理智是冰炭不相容的,它同感官发生联系,与想象和神话融为一体。诗人属于人类

---

① [意]维柯:《新科学》,朱光潜译,人民文学出版社1986年版,第659页。

② [意]维柯:《新科学》,朱光潜译,人民文学出版社1986年版,第145页。

③ [意]维柯:《新科学》,朱光潜译,人民文学出版社1986年版,第156页。

④ [意]维柯:《新科学》,朱光潜译,人民文学出版社1986年版,第28页。

早期的英雄时代,那时候人们说的是一种比喻的语言,真正的符号语言。"①
韦勒克认为,维柯最早告诉我们,诗歌是自然的一种必然产物,是人类心智
的最初活动。

从《新科学》全书的结构和章节安排,也可看出作者所要探讨和研究的
总的题目是"人类社会的科学"。全书包括序论部分:置在卷首有一个图形
说明,下分五卷:(一)一些原则的奠定;(二)诗性的智慧;(三)发现真正的
荷马;(四)诸民族所经历的历史过程;(五)各民族在复兴时所经历的各种
人类制度的复归历程,最后是全书的结论。中译本附有《维柯自传》和中译
者的译后记及英译者的前言和引论。卷前的图形说明是全书的总纲,它既
列举了人类各种活动和制度的要素,又说明了它们的发展和演变过程。

人类学就是要研究人的本质,人类起源及其历史的发展。新科学是"从
天神意旨的角度去研究各异教民族的共同本性,发现诸异教民族中神和人
两类制度的起源,从而建立了一套部落自然法体系。"②

第二节　维柯《新科学》的方法论原则

在学术生涯中,维柯对方法论问题非常重视,他不赞成笛卡尔的唯理
主义,同时又深受柏拉图、塔西佗和培根的影响。自己在研究方法上另辟
蹊径,有所发展和创新。他的学生克罗齐对此深有体会,他说:"一个把类
似概念放到一边,以多种新方法理解幻想、洞察诗和艺术的真正本性,并
在这种意义上讲发现了美学科学的革命者,是意大利人乔巴蒂斯达·维柯
(Giambattista Vico)。"③美国学者吉尔伯特和德国学者库恩在合著的《美学
史》中也承认,在维柯著作中所洞察到的,不是一种新思想方法的那种"微
弱的闪光"(glimmerings),而是一种"勇敢的、革命的精神"。④透过《新科
学》所显示出的维柯提出并遵循的新的方法论原则,具有以下两个显著的
特点:

---

① [美]雷纳·韦勒克:《近代文学批评史》第1卷,杨岂深、杨自伍译,上海译文出版社1997年版,第177页。

② [意]维柯:《新科学》,朱光潜译,人民文学出版社1986年版,第26页。

③ [意]尼季托·克罗齐:《作为表现的科学和一般语言语言学的美的历史》,王天清译,中国社会科学出版社1984年版,第64页。

④ [美]凯·埃·吉尔伯特、[联邦德国]赫·库恩合:《美学史》上卷,夏乾丰译,上海译文出版社1988年版,第355页。

一、理性和经验结合

《维柯自传》中说：

> 　　维柯就自幸不曾拘守一家之言，而是落在一片荒野森林里凭自己的才能去摸索出自己的科研大道，就循此前进，不受派系成见的搅扰。①

在17—18世纪，欧洲的哲学思潮，有经验派与理性派的矛盾斗争。经验派以培根为代表，理性派以笛卡尔、莱布尼茨为代表。直到康德、黑格尔为代表的德国古典哲学，才从哲学美学思想上统一这两大派，他们既重视理性，又重视经验。维柯在这种哲学思潮合流中起了桥梁作用。他抛弃了经验哲学那种蔑视客观和感性经验抽象的"批判法"，接受了培根的影响，认为培根"以一人而兼备无人可比得上的普遍智慧和玄奥智慧，在理论和实践两方面都是一个全人，一位少有的哲学家和一位伟大的英国国务大臣。"②

从确凿可凭的历史事实出发去研究历史，从中得出科学的原则，这是维柯坚持的一条重要原则。他说："凭这些原则我们对确凿可凭的历史事实就可以追溯出它们最初的起源，这些事实靠最初的起源才站得住，彼此才可融会贯通。"③ 同时他又坚信理性的力量，认为"一切关于神和人的学术研究都有三个因素，即知识、意志和力量，其唯一原则是心思(the mind)，用理性作为它的眼睛，神把永恒真理的光传到这眼睛"。④ 在这里又表现出维柯思想中的唯心主义和他的思想体系存在着矛盾，他声言各科学术的一些原则都来自神。"一切事物都来源于神，都经过一种循环返回到神，都要在神身上见出它们的融贯一致性；离开了神，它们就会是黑暗和谬误。"⑤

经验与理性结合，具体来讲就是史料学问与哲学批判结合，就是语言学与哲学的结合。哲学默察理性或道理，从而达到对真理(the true)的认识；语言学观察来自人类选择的东西，从而达到对确凿可凭的事物(the certain)的

---

①　[意]维柯《新科学》，朱光潜译，人民文学出版社1986年版，第633页。

②　[意]维柯：《新科学》，朱光潜译，人民文学出版社1986年版，第638页。

③　[意]维柯：《新科学》，朱光潜译，人民文学出版社1986年版，第81页。

④　[意]维柯：《新科学》，朱光潜译，人民文学出版社1986年版，第652页。

⑤　[意]维柯：《新科学》，朱光潜译，人民文学出版社1986年版，第652—653页。

认识。他所说的语言学是广义的,它"既包括历史,即语言的事实和事件的历史(无论是真实的历史还是神话寓言),又包括希伯来,希腊和拉丁三种语言。"① 维柯正是依据他所理解的"语言学原则"与哲学批判方法,去探讨人类如何从野蛮生活转入文明时代,探讨世界各民族的起源和发展。

二、历史主义的原则

朱光潜先生指出:"维柯对美学最大的贡献就在于初步运用历史观点和历史方法。他的历史发展观点和历史方法有一个总的原则作为出发点:'凡是事物的本质不过是它们在某种时代以某种方式发生出来的过程'"。② 在《新科学》中,维柯已经有了初步的历史发展观点,并开始以现代发生学方法去进行他的新科学的研究。他说:"每个民族在时间上都要经历过这种理想的永恒历史,从兴起、发展、成熟到衰败和灭亡。"③

历史从哪里开始,就应从哪里研究起。他说:"凡是学说(或教义)都必须从它所处理的题材开始时开始。"④ 人类史的研究起点应从动物开始以人的方式来思维的时候开始。他说,依据"关于人类原则的科学","我们的研究起点应该是这些动物开始以人的方式来思维的时候,在他们的野蛮状态和毫无约束的野兽般的自由中,没有什么办法可以驯服他们的野蛮或约束他们的自由,只有对某种神的畏惧才是唯一强有力的办法使失去控制的自由归顺于职责,为着发现在异教世界中的人类思维是怎样起来的,我碰上一些令人绝望的困难,花了足足二十年光阴去钻研"。⑤ 从而认识到研究人类史,就要"远从神圣历史(《圣经》)的一些起源去找本科学的最初起源。"⑥

文明是怎样发生和发展的? 诗与美是在什么特殊的条件和情况下显露出它的魅力? 人的思维又是怎样发展的? 诸如此类的人类学中的大问题,维柯都是以发展的观点,历史地、宏观地去观察和研究。他首先把宇宙看作一个发展过程,进而又把人类世界史划分为三个大的时期:神的时代、英雄时代、人的时代。这三个不同时代各自有着不同的语言、宗教、政治、法,有着不同的心理和艺术。在神的时代,人类处于野蛮状态,过着野兽般的生活,

① [意]维柯:《新科学》,朱光潜译,人民文学出版社1986年版,第651页。
② 朱光潜:《西方美学史》上卷,人民文学出版社1979年版,第332页。
③ [意]维柯:《新科学》,朱光潜译,人民文学出版社1986年版,第110页。
④ [意]维柯:《新科学》,朱光潜译,人民文学出版社1986年版,第129页。
⑤ [意]维柯:《新科学》,朱光潜译,人民文学出版社1986年版,第139页。
⑥ [意]维柯:《新科学》,朱光潜译,人民文学出版社1986年版,第658页。

他们没有语言,没有自我意识,缺乏理性思维能力。是体魄健壮的"巨人",想象力特别丰富,"诗性智慧"开始萌发和发展起来。进入英雄时代(荷马时代),出现了赫尔库里斯、阿喀琉斯那样体现时代精神的英雄的化身。随着阶级的出现,进入了人的时代。人本身也有自己的发展过程,人的感觉、想象、思维方式都是历史的。维柯把原始的人类比作人的历史的儿童期。他从儿童心理学中一些经验事实出发,去探寻人类思维和人类文化的发展轨迹。维柯是历史的循环论者,他认为人类文明发展到一定阶段,社会就变坏了(已有异化思想的萌芽),于是人类又循环回到野蛮时代,三个时代周而复始。在他看来,西罗马帝国灭亡进入中世纪,即是进入了"黑暗时代",回到了野蛮时代,文艺复兴又进入了英雄时代,但丁是第二个荷马,他研究的重点是古希腊罗马的历史。

人类历史是由人类自己创造出来的。他认为人类历史发展的动力是人类自身,是人类自身的创造活动。这是维柯思想观点中最有价值的成分,是他历史观的核心。他关于这方面的论述不少。他从研究最古老的事物中,看到了"毕竟毫无疑问地还照耀着真理的永远不褪色的光辉,那就是:民政社会的世界确实是由人类创造出来的,所以它的原则必然要从我们自己的人类心灵各种变化中就可找到。任何人只要就这一点进行思索,就不能不感到惊讶,过去哲学家们倾全力去研究自然世界,这个自然界既然是由上帝创造的,那就只有上帝才知道;过去哲学家们竟忽视对各民族世界或民政世界的研究,而这个民政世界既然是由人类创造的,人类就应该希望能认识它。"① 这里显示出维柯思想中的历史唯物主义萌芽,他批判了长期存在的上帝创世说,这在18世纪是有重大理论意义和革命意义的。他把人类世界是人类自己创造的看作是他新科学的一条无可争辩的大原则。他说:"这个包括所有各民族的人类世界确实是由人类自己创造出来的。(我们已把这一点定为本科学的第一条无可争辩的大原则。因为我们从哲学家们和语言学家们那里已费尽心思想找出这样大原则而终于使我们绝望了)"。② 由于人类各民族世界是人类自己创造的,因此,人类历史,应从人类本身来研究,应研究人类的产生和发展史。"如果谁创造历史也就由谁叙述历史,这种历史就最确凿可凭了。"③ 当然,维柯的世界观并未完全否定上帝创造世界,他认为上帝只是创造了自然界,而人类世界则是由人类自己创造的。这在当时真

---

① [意]维柯:《新科学》,朱光潜译,人民文学出版社1986年版,第134—135页。

② [意]维柯:《新科学》,朱光潜译,人民文学出版社1986年版,第573页。

③ [意]维柯:《新科学》,朱光潜译,人民文学出版社1986年版,第145页。

可谓是石破天惊的大发现。维柯的思想,应当说是与马克思相通的。马克思十分重视维柯的观点,他在《资本论》的一个注释中就说:"如维柯所说的那样,人类史同自然史的区别在于,人类史是我们自己创造的,而自然不是我们创造的。"① 马克思批判地继承了维柯的观点,创立了历史唯物主义,从而真正科学地阐明了人类创造了自己历史的原理。把人类学、历史学等作为一门科学看待,应当说维柯建有不朽的功绩。这一点连系统论的创始人贝塔兰菲都承认。他说:"科学是研究规律的——在自然事件能够重复与再现的事实基础上确立规律。但相反历史是不会重复的,它只出现一次,而且因此历史只能是独特的,亦即描述离今或近或远发生的事件。与这种正统历史学家的观点不同,出现了异端,它们试图通过用于历史过程的规律来建立理论的历史。这个流派始于18世纪初的意大利哲学家的维柯,后来在黑格尔、马克思、斯宾格勒、托因比、索罗金、克劳伯等人的哲学体系与研究工作中继续。这些体系之间显然有差别。但它们都同意历史过程不完全是偶然的,而是遵循可以确定的规则或规律。"②

维柯方法论原则的基础是普遍人性论。维柯把人类发展史上出现的各民族共同人性,看作是提出一切公理的基础,而人本身则是衡量一切事物的标准。他说:"正如血液在动物躯体里流行那样,这些要素也流行在本科学里,灌输生气给它对各民族的共同性所作的一切推理",③"由于人类心灵的不确定性,每逢堕在无知的场合,人就把他自己当作权衡一切事物的标准。"④他一方面提倡"要从全人类整个社会中去研究人",同时又主张人类对于它所不认识的一切,都要"把自己当作衡量宇宙的标准。""人们在认识不到产生事物的自然原因,而且也不能拿同类事物进行类比来说明这些原因时,人们就把自己的本性移加到那些事物上去"。⑤

普遍的人性是从人类的需要和效益的基础上形成的人类"共同意识",而这又是人类所共有的判断一切事物的原则。他说:"人类的选择在本性上是最不确凿可凭的,要靠人们在人类的需要和效益这两方面的共同意识(常识)才变成确凿可凭的。人类的需要和效益就是部落自然法的两个根源。共同意识(或常识)是一整个阶级、一整个人民集体、一整个民族乃至整个人

① [德]马克思:《资本论》第1卷,人民出版社1975年版,第395页。

② [奥]L.贝塔兰菲:《一般系统论》,秋同、袁嘉新译,社会科学文献出版社1987年版,第166页。

③ [意]维柯:《新科学》,朱光潜译,人民文学出版社1986年版,第82页。

④ [意]维柯:《新科学》,朱光潜译,人民文学出版社1986年版,第82页。

⑤ [意]维柯:《新科学》,朱光潜译,人民文学出版社1986年版,第97页。

类所共有的不假思索的判断。"① 但他又把人类的共同意识准则看作是上天给予的旨意："起源于互不相识的各民族之间的一致的观念必有一个共同的真理基础。这条公理是一个大原则,它把人类的共同意识规定为由天神意旨教给诸民族的一个准则"。②

从普遍人性出发,维柯研究了人类各民族发展的一致性和规律,探讨了人类发展的未来,提出了自己的社会理想。他追求的是建立一个"人道的政府","人道的法""在这种政府里由于人的特性在理智性的平等,在法律下面,人人都被看成平等的,因为人人在他们的城市里都生来就是自由的,这就是一些自由民主城市的情况,其中全体或大多数人组成城市的公正的武装力量,因此,他们就是民众自由体制的主宰。"③ 这里充分体现了维柯的人道、民主、自由的倾向。

第三节　"诗性智慧":人类童年时代诗学的生动体现

吉尔伯特和库恩在他们合著的《美学史》中指出:"《新科学》一书的主要美学思想是,诗人的想象是人类处在儿童期的天然表现;因此,儿童的心理活动,包括它的自发性和有形性,是唯一应该考虑和重视的。维柯敏锐的审美洞察力使他能够认识到,虚构和神话是人天真无邪的精神所固有的适当语言,而不是为某种不恰当的逻辑标准所判定的一种语言。"④ 在《新科学》中,维柯从人类文化学的观点,历史地探讨了原始社会,即人类发展的童年时期的艺术与美的起源与特征,提出和系统阐发了以"诗性智慧"为核心的一种全新的诗学与美学观念。他认为诗与理智是不相容的,它是感觉和情欲物化的产物。他说:"诗的最崇高的工作就是赋予感觉和情欲于本无感觉的事物。"⑤ 他认为世界在它的幼年时代是由一些诗性或能诗的民族所组成的。

　　　　人们起初只感触而不感觉,接着用一种迷惑而激动的精神去

---

　　① [意]维柯:《新科学》,朱光潜译,人民文学出版社1986年版,第87页。

　　② [意]维柯:《新科学》,朱光潜译,人民文学出版社1986年版,第88页。

　　③ [意]维柯:《新科学》,朱光潜译,人民文学出版社1986年版,第466页。

　　④ [美]凯·埃·吉尔伯特、(联邦德国)赫·库恩:《美学史》上卷,夏乾丰译,上海译文出版社1988年版,第351页。

　　⑤ [意]维柯:《新科学》,朱光潜译,人民文学出版社1986年版,第98页。

感觉,最后才以一颗清醒的心灵去反思。

这条公理就是诗性语句的原则,诗性语句是凭情欲和恩爱的感触来造成的,至于哲学的语句却不同,是凭思索和推理来造成的,哲学语句愈升向共相,就愈接近真理,而诗性语句却愈掌握住殊相(个别具体事物),就愈确凿可凭。①

在这里维柯从诗的语言形式入手,区分了诗与哲学的不同特点:诗是凭情欲和恩爱的感触来造成的,哲学是凭思索和推理来造成的;诗以掌握殊相(个别具体事物)为特征,哲学则以体现和升向共相为特征。这两点对我们把握诗的本质特征,有重要的启示。

从维柯谈诗与哲学的不同特点看,他是表现说的先驱,但从本质上讲他仍然是"摹仿说"的提倡者。他认为最初各民族的人民都是些人类儿童,首先创造出各种艺术世界,然后逐渐创造出科学世界。由于儿童最长于摹仿,因此人类的儿童也是从摹仿开始。他的结论是:"诗不过是摹仿,""各种艺术都只是对自然的摹仿,因此,在某种意义上都是实物的诗(real poetry)。"②

"诗性智慧"是《新科学》全书探讨研究的重点,是维柯美学和诗学思想体系的核心范畴。维柯为了发现和阐明"诗性智慧",用了20多年的时间。按照希腊原文,"Posis"(诗)这个词的含义就是创造。"诗人"就是制作者或是创造者。"诗性智慧"就是创造或构造的智慧,但它区别于以后发展起来的反思推理的玄学(哲学)智慧。维柯把理解"诗性智慧"看作是打开新科学的万能钥匙。

朱光潜先生把诗性智慧看作形象思维,是有道理的。但形象思维问题是近代的概念,它远比维柯说的"诗性智慧"要复杂得多。如果说艺术创造时的主要特征是在形象中的思维,那当然是对的。从这个意义上说,朱先生下面一段话是正确的:

读过《新科学》的人不难看出:没有形象思维,就不但不能有人类历史发展的起点,而且也就不能有诗或文艺以及诗学或文艺理论。③

①　[意]维柯:《新科学》,朱光潜译,人民文学出版社1986年版,第105页。

②　[意]维柯:《新科学》,朱光潜译,人民文学出版社1986年版,第231页。

③　朱光潜:《维柯》,见《西方著名哲学家评传》第5卷,山东人民出版社1984年版,第584页。

　　研究历史文献,我认为我们还是按文献的本来面貌研究好一些,因此叫"诗性智慧"比称"形象思维"为好。由此出发,我们再进一步看一下,维柯是怎样论述诗性智慧的特征、功用及其历史发展的。其实维柯本人也反对后来的学者把自己的认识强加给古人。他说:"至于流传到我们的诗性智慧起源所享有的那种巨大而崇高的尊敬,则起源于两种虚骄讹见,一种是民族的,另一种是学者们的,更多的是第二种。"①学者们的虚骄讹见主要表现在"他们认为他们所知道的一切就和世界一样古老。"②

一、诗性智慧的基本特征

(一)诗性智慧是"世界中最初的智慧",是人类童年时代的一种认识

　　维柯认为,诗真正的起源,"要在诗性智慧的萌芽中去寻找。这种诗性智慧,即神学诗人们的认识,对于诸异教民族来说,无疑就是世界中最初的智慧。"③要研究诗性智慧,就要从研究古希腊神话开始。各异教民族所有的历史全部从神话故事开始。神话故事是"世界通史的正当的起点。"④在世界的童年时代,人类按本性说都是些崇高的诗人。古希腊人当时正处于世界的童年时代,连他们最初的哲人也是些神学诗人。不仅希腊人,"最初各族人民到处都是些天生的诗人。"⑤

　　哲学思维或称玄学思维是在诗性智慧的基础上发展起来的。因此在人类史上诗的产生先于哲学和科学。维柯的这一思想已被现代心理学和人类学所证实。

　　在"诗性智慧"这一章中,维柯开头一章先论述了什么是"智慧"。不同于一般的智慧的概念,他说:"智慧是一种功能,它主宰我们为获得构成人类的一切科学和艺术所必要的训练。"⑥

　　柏拉图认为:"智慧是使人完善化者"。⑦人作为人,是由心灵和精气构成的,或者说,是由理智和意志构成的,智慧的功能就在于完成或实现人的这两个部分。智慧是从缪斯女神开始的,《奥德赛》中关于智慧的定义是"关

---

① 〔意〕维柯:《新科学》,朱光潜译,人民文学出版社1986年版,第151页。
② 〔意〕维柯:《新科学》,朱光潜译,人民文学出版社1986年版,第84页。
③ 〔意〕维柯:《新科学》,朱光潜译,人民文学出版社1986年版,第7页。
④ 〔意〕维柯:《新科学》,朱光潜译,人民文学出版社1986年版,第43页。
⑤ 〔意〕维柯:《新科学》,朱光潜译,人民文学出版社1986年版,第147页。
⑥ 〔意〕维柯:《新科学》,朱光潜译,人民文学出版社1986年版,第152页。
⑦ 〔意〕维柯:《新科学》,朱光潜译,人民文学出版社1986年版,第152—153页。

于善与恶的知识",以后叫占卜术。因此一切民族的凡俗智慧,最初的特性是指"凭天神预兆来占卜的一种学问。"神学诗人们都精通这种凡俗智慧。后来"智慧"发展为"对自然界神圣事物的知识,这就是形而上学 metaphysic 或玄学,因此也叫做神的学问。"① 在希伯莱人中,在基督教中,"智慧就叫做神所启示的关于永恒事物的科学知识。"②

维柯又把神学分为诗性的神学、自然的神学、基督教的神学。"天神意旨已把人类制度安排成这样:从诗性神学开始,这种神学调节人类制度,是用某些可感觉到的符号来象征由天神遣送给人们的神旨"。③ 因此,古代人的智慧是神学诗人的智慧,神学诗人就是异教世界最初的哲人。

（二）诗性智慧是粗糙的智慧,它起源于一种粗糙的玄学。它的基础是无知,它的基本特点是:强烈的感觉力、生动的想象力和创造力

维柯写道:"诗性的智慧,这种异教世界的最初的智慧,一开始就要用的玄学就不是现在学者们所用的那种理性的抽象的玄学,而是一种感觉到的想象出的玄学,像这些原始人所用的。这些原始人没有推理的能力,却浑身是强旺的感觉力和生动的想象力。这种玄学就是他们的诗,诗就是他们生而就有的一种功能（因为他们生而就有这些感官和想象力）;他们生来就对各种原因无知。无知是惊奇之母,使一切事物对于一无所知的人们都是新奇的。"④

原始人生活在极端艰难的条件下,生产力低下,只有靠自己的体力去与大自然搏斗,才能维持生命。他们没有认识事物本质规律的能力,没有推理反思的能力。"原始人心里还丝毫没有抽象、洗炼或精神化的痕迹,因为他们的心智还完全沉浸在感觉里,爱情欲折磨着,埋葬在躯体里。"⑤ 他们在粗鲁无知中"只凭一种完全肉体方面的想象力"去进行创造。"能凭想象来创造,他们就叫做'诗人','诗人'在希腊文里就是'创造者'（汉语就是'作者'——中译注)"。⑥ 他们的想象力,是从感受中的个别事物把握想象性的类概念,并保存在自己的记忆力中。因此,诗性智慧,是在无知的基础上,发展起来的一种对待世界感性的、个别的、在想象中支配和创造世界的能力。

---

① ［意］维柯:《新科学》,朱光潜译,人民文学出版社1986年版,第154页。

② ［意］维柯:《新科学》,朱光潜译,人民文学出版社1986年版,第154页。

③ ［意］维柯:《新科学》,朱光潜译,人民文学出版社1986年版,第154—155页。

④ ［意］维柯:《新科学》,朱光潜译,人民文学出版社1986年版,第161—162页。

⑤ ［意］维柯:《新科学》,朱光潜译,人民文学出版社1986年版,第164页。

⑥ ［意］维柯:《新科学》,朱光潜译,人民文学出版社1986年版,第162页。

二、"诗性智慧"的诸范畴

维柯的重要贡献是具体地论述了人类童年时代所特有的"诗性智慧"的范畴概念。它所提出的重要范畴有：

（一）**惊奇** "惊奇是无知的女儿，惊奇的对象愈大，惊奇也就变得愈大。"① 惊奇的前提是对事物的无知，它的结果是新知识的产生，它是由人们的好奇心引起的一种感觉。维柯认为，"好奇心是人生而就有的特性，它是蒙昧无知的女儿和知识的母亲。当惊奇唤醒我们的心灵时，好奇心总有这样的习惯，每逢见到自然界有某种反常现象时，例如一颗彗星，一个太阳幻相，一颗正午的星光，就要问它意味着什么。"② 类似的论述，《新科学》中不少，如他还说："好奇心是无知之女，知识之母，是开人心窍的，产生惊奇感的。凡俗人至今还保留着这种特性，每逢看到一颗彗星，一种太阳幻相或其他自然界的离奇事物，特别是天象中的怪事，他们就马上动起好奇心，急于要了解它有什么意义。他们看到磁石对铁的巨大作用就感到惊奇。就连在现代，人的心智已受到哲学的教导和感发了，他们还认为磁石对铁有一种奥秘的同情，因而把整个自然界看作一个巨大的躯体，能感到情欲和恩爱。"③

（二）**想象** 《新科学》中维柯把想象看作是诗性智慧的主要推动力，可以说没有想象，就没有诗人的创造，就没有诗性智慧可谈。1725年《新科学》出现在18世纪初期的南欧是想象理论方面的伟大事件。因为在整个理性时代，只有少数先驱者从事捍卫感情和幻想的工作。④ 缪越陀里认为：想象力是机智选择的判断力，是人的道德力量和理智力量的奴仆。而维柯则解放了想象力，他认为：想象力不是其他任何之物的女儿或仆人、侍从，而是一种独立存在，拥有独立价值的能力。⑤ 维柯说："凡是认识功能都要涉及想象，"⑥ 而想象不过是记忆的复现，记忆是诗神的母亲。"记忆"在拉丁文中是"phantasis"，就是想象或幻想，诗人的发明也不过是在所记忆的事物上的加工。维柯在1725年致盖拉多·德衣·安琪奥利的信中认为，想象是来自人自身的功能，是诗歌创作的主要特征，他说：

---

① ［意］维柯：《新科学》，朱光潜译，人民文学出版社1986年版，第98页。

② ［意］维柯：《新科学》，朱光潜译，人民文学出版社1986年版，第99页。

③ ［意］维柯：《新科学》，朱光潜译，人民文学出版社1986年版，第163页。

④ 参见［美］凯·埃·吉尔伯特赫·库恩《美学史》上卷，上海译文出版社1989年版，第351页。

⑤ 参见［美］凯·埃·吉尔伯特赫·库恩《美学史》上卷，上海译文出版社1989年版，第354—355页。

⑥ ［意］维柯：《新科学》，朱光潜译，人民文学出版社1986年版，第361页。

　　　　阁下所处的是一个被分析方法搞得太细碎、被苛刻标准搞得太僵滞的时代。使这个时代僵滞的是一种哲学，它麻痹了心灵里一切来自肉体的功能，尤其是想象；想象在今天被憎厌为人类各种错误之母。换句话说，在阁下所处的时代里，有一种学问把最好的诗的丰富多彩冻结起来了。诗只能用狂放淋漓的兴会来解释，它只遵守感觉的判决，主动地模拟和描绘事物、习俗和情感，强烈地用形象把它们表现出来而活泼地感受它们。①

　　诗的创作如果没有想象，它就会停滞、僵化走向死亡。想象与感觉判断，与情感、具体形象都不可分。想象是维柯美学和诗学体系中所阐发的主要内容。关于这一点，克罗齐的看法是对的。他认为维柯反对所有他以前的诗学理论，他提出的新的诗学原则，就是想象的原则，他由此出发，建立了他的诗学新体系。他的"那些关于语言、神话、文字和符号象征论的所有理论都是从这一'诗的新原则'里产生出来。"②韦勒克对于维柯想象的理论，给予了很高的评价。他说：维柯在《新科学》中，"阐发了一种迥然不同的诗歌和文学史的观念。诗歌与理智是冰炭不相容的，它同感官发生联系，与想象和神话融为一体。……荷马对于希腊民族来说无非是个用诗歌讲述民族的历史的名字……自然，而非艺术，想象，而非理性——这似乎可以概括维柯的理论。"③

　　（三）隐喻、替换、转喻、比喻　维柯在"诗性智慧"第二章中把隐喻看作是诗性逻辑的重要定理。他认为最常用的比喻就是隐喻（metaphor）。诗性智慧最基本的思维方式就是以己度物的隐喻。它的特点是"使无生命的事物显得具有感觉和情欲。最初的诗人们就用这种隐喻，让一些物体成为具有生命实质的真事真物，并用以己度物的方式，使它们也有感觉和情欲，这样就用它们来造成一些寓言故事。"④隐喻是从各种哲学正在形成的时期开始出现的。隐喻的定理是具有普遍性的。他说："值得注意的是在一切语种里大部分涉及无生命的事物的表达方式都是用人体及其各部分，以及用人

---

　　① 中国社会科学院外国文学研究所外国文学研究资料丛刊辑委员会编：《外国理论家、作家论形象思维》，中国社会科学出版社1979年版，第24页。

　　② ［法］克罗齐：《作为表现的科学和一般语言学的美学的历史》，王天清、袁华清译，中国社会科学出版社1984年版，第75页。

　　③ ［美］韦勒克：《近代文学批评史》第一卷，杨岂深、杨自伍译，上海译文出版社1987年版，第177—178页。

　　④ ［意］维柯：《新科学》，朱光潜译，人民文学出版社1986年版，第180页。

的感觉和情欲的隐喻来形成的。"① 例如用"首"（头）来表达顶或开始，天或海"微笑"，风"吹"，物体在重压下"呻吟"等。人正是在无知中把自己当作衡量世间一切事物的标准，在上述例子中人把自己变成整个世界了。"这种想象性的玄学都显示出人凭不了解一切事物而变成了一切事物"。面对世界的各种事物，"人在理解时就展开他的心智，把事物吸收进来，而人在不理解时却凭自己来造出事物，而且通过把自己变形成事物，也就变成了那些事物。（这些就是近代美学中的'移情作用'，empathy——中译注）。"②

替换（synecdoche）是以局部代全体或全体代部分。在诗性逻辑中，通过隐喻，而产生的最具体的感性意象。这种具体的感性意象就是替换和转喻（metonymy）的来源。

转喻有几种情况：用行动主体代替行动，原因于行动主体的名称比起行动的名称较常用；用主体代替形状或偶然属性的转喻，原因在于还没有把抽象的形式和属性从主体上面抽出来的能力；以原因代替结果的转喻。

他认为隐喻比替换和转喻更具有普遍性。替换和转喻的结合只显露出原始村野时代表现方式的贫乏。"在把个别事例提升成共相，或把某些部分和形成总体的其他部分相结合在一起时，替换就发展成为隐喻（metaphor）。"③

（四）变形　这是维柯谈的诗性智慧的重要范畴。他说："诗的奇形怪物（monsters）和变形（metamor-phoses）起于这种原始人性中的一种必要，即没有把形式或特性从主体中抽象出来的能力。按照他们的逻辑，他们须把一些主体摆在一起，才能把这些主体的各种形式摆在一起，或是毁掉一个主体，才能把这个主体的首要形式和强加于和它相反的形式剥离开来。把这种相反的观念摆在一起就造出诗的奇形怪物。"④ "把一些观念分别开来，就造成各种变形。"⑤ 古老的寓言故事，就是一种变形形式。维柯认为学者们把攸里赛斯与普罗图斯在埃及博斗的寓言故事解释为最初人类的愚笨和糊涂产生出崇高的学问。"他们正像婴儿一样，看着镜子试图抓住自己的印象，根据他们自己的形状和姿势的各种不同的变形，就想到一定有一个人在水里，老是在变成各种不同的形状。"⑥

---

① ［意］维柯：《新科学》，朱光潜译，人民文学出版社1986年版，第180页。

② ［意］维柯：《新科学》，朱光潜译，人民文学出版社1986年版，第181页。

③ ［意］维柯：《新科学》，朱光潜译，人民文学出版社1986年版，第182页。

④ ［意］维柯：《新科学》，朱光潜译，人民文学出版社1986年版，第183—184页。

⑤ ［意］维柯：《新科学》，朱光潜译，人民文学出版社1986年版，第184页。

⑥ ［意］维柯：《新科学》，朱光潜译，人民文学出版社1986年版，第357页。

（五）符号与象征 维柯认为："最初的人类都是用符号说话,自然相信电光箭弩和雷声轰鸣都是天神向人们所作的一种姿势或记号。……他们相信天帝用些记号来发号施令,这些记号就是实物文字,自然界就是天帝的语言。"① 这种符号分为:自然符号(或称实物符号)、语言、文字符号。

符号是研究语言文字起源的重要范畴。维柯就是从研究符号入手论述语言的起源及其发展阶段的。他研究语言、文字的起源所依据的原则有三条:"(1)异教世界的原始人都凭一些有生命而哑口无言的实体,凭想象来构思成事物的意象或观念;(2)他们都通过与这些意象或观念有自然联系的姿势或具体事物去表达自己……(3)他们因此是用一种具有自然意义的语言来表达自己。"② 维柯从语言发生学的视角去研究诗性智慧的历史。他认为世界经历了神、英雄和人三个时代,与这三个时代相适应的有三种语言:一是象形文字;二是象征的,用符号或英雄们的徽纹表达的语言;三是书写语言,"供相隔有些距离的人们用来就现实生活的需要互通消息时所用的语言。"③与英雄时代相适应出现的语言,是一种象征性的符号,这里有英雄的徽帜,是一些哑口无言的比喻。进而通过隐喻、意象、类比和比较等全部诗性方式或手段,发展成为有声语言。

符号本身,开始就带有象征性。在神话传说中阿波罗象征文明的光辉,"凭这种文明光辉就辨认出英雄们之所以成为美的那种文明的美。女爱神维纳斯(venus)就象征这种文明的美。后来物理学家们把这种文明的美看作自然的美,甚至看作全部成形的自然的美。"④

（六）典型 维柯在《新科学》中已明确提出了典型的概念,不过他所说的典型仍然属于类型的范畴。维柯在关于诗性智慧的探讨中,发现诗的起源应从诗的本质即诗性人物性格中去找。他认为:新喜剧所描绘的是当前人类习俗,即苏格拉底派哲学家们所思索的人类习俗。希腊诗人深受这派哲学的影响,因而"能创造出一些光辉的范例,显示出一些观念(或理想)中的人物典型,用来唤醒一般村俗人。……但是悲剧展现在剧场上的却是英雄们的仇恨,侮慢,忿怒和复仇这些都起自英雄们的崇高本性。这些本性自然而然地发泄于情绪,语言方式和行动,通常都是野蛮,粗鲁和令人恐怖的。"⑤

---

① ［意］维柯:《新科学》,朱光潜译,人民文学出版社1986年版,第165页。

② ［意］维柯:《新科学》,朱光潜译,人民文学出版社1986年版,第194页。

③ ［意］维柯:《新科学》,朱光潜译,人民文学出版社1986年版,第195页。

④ ［意］维柯:《新科学》,朱光潜译,人民文学出版社1986年版,第357页。

⑤ ［意］维柯:《新科学》,朱光潜译,人民文学出版社1986年版,第422页。

维柯谈典型时着重其理想性、普遍性的特征,他的观点在这方面与亚里士多德、贺拉斯一派相承。他写道:"亚里斯多德在《诗学》里说,只有荷马才会制造诗性的谎言('把谎说得圆'——中译注)。因为荷马的诗性人物性格具有贺拉斯所称赞的无比崇高而妥帖的特征。他们都是些想象性的共性(imaginative unversals)……希腊各族人民把凡是属于同一类的各种不同的个别具体事物都归到这类想象性的共性上去。(这里说的就是'典型','典型'不是抽象的共相——概念,而是想象的共相;即用形象形成的共相能代表某一类的人物性格。——中译注)例如阿喀疏斯原是《伊利亚特》这部史诗的主角,希腊人把英雄所有的一切勇敢属性以及这些属性所产生的一切情感和习俗,例如暴躁,拘泥繁文缛节,易恼怒,顽强到底不饶人,狂暴,凭武力僭夺一切权力(就像贺拉斯在《论诗艺》里替他所总结的)这些特征都归到阿喀琉斯一人身上。"①

维柯关于典型的观点可概括为:第一,典型是想象的产物,是诗人创造出的"诗性的谎言"。第二,典型是"想象性的共性"。朱先生解释,它是用形象形成的共相,能代表某一类人的人物性格。是一种具有高度概括性的人物性格。第三,典型不是抽象化的人物性格,而是一种"恰如其分"的诗性人物性格。维柯说:"凡是最初的人民仿佛就是人类的儿童,还没有能力去形成事物的可理解的类概念(class concepts),就自然有必要去创造诗性人物性格,也就是想象的类概念(imaginative class concepts),其办法就是制造出来某些范例或理想的画像(ideal portraits),于是把同类中一切和这些范例相似的个别具体人物都归纳到这种范例上去。"② 第四,典型具有"整体的和谐"的特征。在谈到维纳斯女神的性格时,维柯认为,一个代表民政美的诗性人物性格,含有高贵、美和德行的意义。"第一种是'高贵',应理解为特属于英雄们的民政的美。第二种'美'就是自然的美,这是由人用感官去领会的,但是只有那些兼有知觉和领悟的人才知道怎样辨认各部分及其整体的和谐(美的本质就主要在此)。"③ 第五,典型体现民族的共同意识,是全民族所创造出来的。维柯以《伊利亚特》中的阿喀琉斯和《奥德赛》中的攸里赛斯为例说明,诗性的人物性格,"由于都是全民族所创造出来的,就只能被认为自然地具有一致性(这种一致性对全民族的共同意识(常识)都是愉快的,只有它才形成一种神话故事的魔力和美);而且由于这些神话故事都是凭生动强烈

---

① [意]维柯:《新科学》,朱光潜译,人民文学出版社1986年版,第423页。

② [意]维柯:《新科学》,朱光潜译,人民文学出版社1986年版,第180页。

③ [意]维柯:《新科学》,朱光潜译,人民文学出版社1986年版,第280页。

的想象创造出来的,它们就必然是崇高的。从此就产生出诗的两种永恒特性,一种是诗的崇高性(poetic sublimity)和诗的通俗性(popularity,人人喜闻乐见)是分不开的,另一种是各族人民既然首先为自己创造出这些英雄人物性格,后来就只凭由一些光辉范例使其著名的那些人物性格来理解人类习俗。①（就像凭阿喀琉斯和攸里赛斯来理解希腊社会习俗,在我国曹操和诸葛亮,李逵和宋江,薛宝钗和林黛玉等等各角色也起着同样的作用——中译注）"。总之,维柯对典型理论是有贡献的,他虽未摆脱贺拉斯的影响,但他从诗性智慧的角度,特别突出了想象性的诗性,这就弥补了亚里士多德、贺拉斯理论中的重大缺陷。另外,他对典型的魔力和美的理解,也是很有启示的。

维柯在《新科学》中,在阐明他的新的诗学原则,阐明"诗性智慧"的含义、特征和范畴的同时,对诗的功能也有所论述。他说:"'诗人'在希腊文里就是'创造者'（汉语就是'作者'——中译注）。伟大的诗都有三重劳动:(1)发明适合群众知解力的崇高的故事情节;(2)引起极端震惊,为着要达到所预期的目的;(3)教导凡俗人们做好事,就像诗人们也会这样教导自己……"②他在《诗的形而上学》中,进一步发挥了这一思想,具体阐明了诗的任务:"伟大的诗有三重任务:(1)发明适合于群众了解的崇高的神话故事;(2)为着达到所想的目的,要使人深受感动;(3)教普通人按照诗人所教导去做合乎道德的事。从人类事物的这种性质就产生出一种永恒的特性,像塔什陀的名句所说的:'他们一旦虚构出,就立刻信以为真'"。③这些论述,在意大利启蒙运动中,不仅新鲜而且有价值。

第四节　维柯对西方美学和诗学发展的贡献和影响

维柯是西方近代美学、文艺学和文化人类学的奠基人之一。他的学生,继承者克罗齐认为,维柯是"发现了美学科学的革命者,"维柯的"真正的新科学就是美学。"④当然这一说法不太准确,史学家一般认为鲍姆嘉通才是正式提出"美学"的学者,到康德、黑格尔才使美学成为一门独立的科学。但维

---

① ［意］维柯:《新科学》,朱光潜译,人民文学出版社1986年版,第424页。

② ［意］维柯:《新科学》,朱光潜译,人民文学出版社1986年版,第162页。

③《朱光潜全集》第6卷,安徽教育出版社1990年版,第365—366页。

④ ［意］克罗齐:《作为表现的科学和一般语言学的美的历史》,王天清译,中国社会科学出版社1984年版,第64、75页。

柯在西方美学史上的贡献是彪炳史册的。

首先在方法论上,维柯一反笛卡尔的唯理主义,他与笛卡尔的"我思故我在"相对,提出了"认识真理凭创造"的口号。他在西方哲学史上是理性主义与经验主义者辩证统一的过渡人物,起了承上启下的作用。他认为认识的本原是一种诗性智慧活动,是一种以想象为动力的创造和构成的活动。认识又是从诗性智慧发展到科学智慧的。维柯是在西方美学、文艺学研究上,运用历史发展的观点和方法的伟大先驱。尽管还有其幼稚和形而上学的一面,但他的贡献是不可忽视的。西方美学家鲍桑葵等人,忽视维柯这方面的贡献是片面和错误的。

在西方美学、文艺理论史上,维柯又是人类文化学、比较文学、神话学(原型批评)的伟大先驱。他对古希腊两部伟大史诗的研究,对西方文学史研究有开创性的意义。在《新科学》第三卷"发现真正的荷马"的《附编》中,他简要地论述和勾勒了戏剧和抒情诗作者们的理性历史,探讨了悲剧的产生和发展。朱光潜先生认为这个《附编》,可以说是希腊罗马文学史的简明纲要。"这在近代西方是一篇最早编写文学史的尝试,话不多,却有不少的深刻的启示,是比较文学的典范。"①

维柯对诗学的研究一个突出的特点,用我们今天的话讲,就是宏观的历史比较研究。他不仅从人类历史发展,从哲学上、从语言学、心理学、美学等方面研究诗学问题,而且特别注意纵向的历史比较。在《维柯自传》中有一段话很说明这个问题:"他一天隔着一天轮流地把西塞罗和薄伽丘摆在一起、维吉尔和但丁摆在一起、贺拉斯和帕屈拉克摆在一起来研究,渴望要分辨他们之间的差别。他从阅读中认识到在所有的三种对比中,拉丁语比意大利语都优越得多。他的办法是按计划每一次都要把这两种语言中最优秀的作家们阅读三遍。第一遍把每一作品作为整体来掌握。第二遍注意起承转合的布局。第三遍更注意细节,搜集思想和语言的美妙特点,在书上作出标志而不另外记在笔记簿上,他认为这种办法在需在利用原文时可以照顾到上下文而不至于断章取义,上下文是衡量有效的思想和表达方式的唯一尺度。"② 这里不仅说明了维柯的研究方法,同时也叙述了他学习、研究的态度和习惯。维柯不只是注意研究社会科学,还学习研究几何学、物理学、地理学等自然科学。这一切无疑对他的诗学研究都有直接的影响和作用。维柯不同于一些专业美学、文艺学家,把自己的视域局限在较窄狭的领域,他

---

① 汝信、王树人、余丽嫦主编:《西方著名哲学家评传》第5卷,山东人民出版社1986年版,第573页。

② [意]维柯:《新科学》,朱光潜译,人民文学出版社1986年版,第620页。

的视野是广阔的,天文、地理、历史、数学、语言、心理等等,无不在他涉猎的范围之内。像克罗齐那样说他的《新科学》就是美学科学未免绝对,但说维柯是在人类文化的大题目下研究诗学、文艺学和美学的,还是符合实际的。

在《新科学》中维柯对"诗性智慧"的特点、范畴的探讨是独具特色的,是他对文艺学建设最有价值的部分。他的有关论述对西方近代文艺学研究有重大影响,特别对我们理解文艺的本质特征,理解长久争论的"形象思维"等问题,都是有意义的。

维柯思想的影响开始不大,但以后对意大利、德国和整个西欧影响是巨大的。克罗齐是维柯的大弟子,他在整理维柯的著作、宣传维柯的思想方面起了重大的作用。维柯的思想对赫尔德、歌德、黑格尔也有影响。歌德在他的《意大利游记》(1787年3月5日)就写过见到维柯《新科学》的心情。他说:"我把他们当作神圣礼物赠给我的《新科学》浏览一遍,认识到其中包含着女仙式的预言,预见到今后将会或应该实现的美好公正的世界,这些预言是以对生活和传统的深思熟虑为根据的。一个民族有这样一位老父亲(Altervater)真是一件幸事。"①韦勒克断言歌德不一定看过《新科学》是无根据的。维柯的历史发展观点,对德国古典美学家的历史主义有着直接的影响。维柯与法国启蒙领袖卢梭、孟德斯鸠、狄德罗也有思想上的联系。卢梭的《论各种语言的起源》一书的前六章基本上复述了维柯的论点。狄德罗则把维柯看作是孟德斯鸠的先驱。维柯本人受培根、霍布斯的影响是明显的。他的思想对英国的柯勒律治、罗伯特·弗林特、克林伍德都有影响。马克思在《资本论》中,对维柯的观点,特别是他关于"人类历史是由人类自己创造的"的看法尤为重视,认为维柯的这一观点已具有历史唯物主义的萌芽。

维柯的美学、文艺学思想,并非十全十美。他的历史主义并未上升到历史唯物主义。"由于他对历史与对哲学同样混淆,他否定最初人类的任何知性逻辑,把他们的物理、天地形质、星象、地势学,甚至于伦理、经济和政治都理解为诗学,这样,人类具体的历史阶段都成了诗的阶段。这样的阶段是根本不存在的,也是不可理解的。伦理、政治、物理,由于它们的不完善性,总是必然要有知性行为的。"②克罗齐批评的这一点应当说是有道理的,对于人类文化发展的复杂性,维柯讲得自然有点绝对,但他指出诗性智慧先于科学思维又是逐渐为历史的发展所证实。

---

① 汝信、王树人、余丽嫦主编:《西方著名哲学家评传》第5卷,山东人民出版社1986年版,第595页。

② [意]克罗齐:《作为表现的科学和一般语言学的美的历史》,王天清译,中国社会科学出版社1984年版,第76页。

第六章　法国启蒙运动与
狄德罗的启蒙美学
——读《狄德罗美学论文选》

第一节　法国启蒙运动与狄德罗战斗的一生

启蒙运动是18世纪欧洲文化思想的主潮。历史学家往往把启蒙运动称之为"光明观念"的运动。其意义包括两方面：一方面，人以理性的光明突破宗教所造成的愚昧和封建专制制度所造成的欺骗与迷信，照亮人们的头脑；另一方面，指人们追求真理的光辉和知识的明亮，仿佛一旦云散天晴，露出光辉四射的理性的太阳，就可在人间建立起"理性王国"。所以启蒙运动一般被理解为理性的启迪和科学知识的光明战胜了经院哲学的愚昧和封建势力的黑暗。

法国启蒙运动是欧洲启蒙运动的高潮。法国启蒙运动时期，指从路易十四上台的1715年到1789年资产阶级大革命这一段时间。法国启蒙运动是在英国启蒙思想影响下产生的。英国当时比法国先进，资产阶级走上政治舞台，拥有海上霸权，工商业发达，开始进行产业革命。这一时期，英国哲学上出现了培根、霍布斯、洛克等伟大人物。他们对宗教的批判，他们的经验主义、悟性论（白板论），已从哲学上动摇了宗教哲学的根基，对法国启蒙主义者影响很大。马克思恩格斯指出："法国唯物主义有两个派别，一派起源于笛卡尔，一派起源于洛克。"[①] 在文学上，英国文学也对法国文学产生了巨大影响。莎士比亚的作品被翻译到法国，理查逊的感伤主义小说及英国的感伤剧也被介绍到法国。卢梭、孟德斯鸠等人，都长期在英国生活过。英

---

① 《马克思恩格斯全集》第2卷，人民出版社1957年版，第160页。

国的政治制度、哲学观点、美学思想和文艺观点等诸多方面,都给予了法国启蒙主义者以深刻的影响。

法国启蒙运动产生于法国封建专制制度全面崩溃的前夜。18世纪上半期,法国经济接近崩溃的边缘,路易十四死时欠债达35亿法朗,引起农民和城市中产阶级的不满、反抗情绪达到一触即发的程度。在意识形态领域,虽经文艺复兴运动,但基督教和封建势力在以法国为代表的欧洲大陆上的统治,仍根深蒂固。人民群众完全处于无权的地位,文化教育大权掌握在僧侣和贵族手中,他们独尊《圣经》,扼杀任何自由的思想。历史已向革命者提出:经济上要复兴,必须进行产业革命,进行技术改造;政治上必须来一次人权革命,推翻贵族和宗教的专制制度;在意识形态上必须冲破愚昧和黑暗的思想牢笼。

18世纪法国启蒙运动,是继文艺复兴运动以后又一次伟大的思想解放运动,这次运动的斗争锋芒直接指向封建专制制度及一切腐朽的意识形态。它为1789—1794年的法国资产阶级大革命做了舆论准备。

法国启蒙运动的思想家在反封建、反教会的斗争中,高举理性的旗帜,适应资本主义发展的需要,逐渐形成了一整套完整的思想体系:在哲学上,以自然神论、无神论、唯物论反对基督教的神学体系;在政治上,鲜明地提出了自由、平等、博爱的口号,反对封建专制制度;在思想上,继承了文艺复兴时期的人文主义传统,以人性论、人道主义为武器,反对专制制度和宗教对人性的扼杀,反对愚昧主义、禁欲主义;在文艺上,反对新古典主义的理论教条和规则,反对为帝王将相歌功颂德,提出了比较系统的启蒙美学思想和文艺理论,并努力在实践上加以运用和体现。

恩格斯在《反杜林论》中对启蒙运动的性质、内容、意义以及它和科学社会主义的关系作了精辟的论述。他说:

现代社会主义……就其理论形式来说,它起初表现为18世纪法国伟大启蒙学者们所提出的各种原则的进一步的、似乎更彻底的发展。……在法国为行将到来的革命启发过人们头脑的那些伟大人物,本身都是非常革命的。他们不承认任何外界的权威,不管这种权威是什么样的。宗教、自然观、社会、国家制度,一切都受到了最无情的批判;一切都必须在理性的法庭面前为自己的存在作辩护或者放弃存在的权利。思维着的知性成了衡量一切的唯一尺度。……以往的一切社会形式和国家形式、一切传统观念,都被当作不合理的东西扔到垃圾堆里去了；到现在为止，世界所遵循的只是一些成见；过去的一切只值得怜悯和鄙视。只是现在阳光才照射出来。从今以后，迷信、非正义、特权和压迫，必将为永恒的真理，为永恒的正义，为基于自然的平等和不可剥夺的人权所取代。①

恩格斯还明确提出，他们所追求的"理性的王国不过是资产阶级的理想化的王国；永恒的正义在资产阶级的司法中得到实现；平等归结为法律面前的资产阶级的平等；被宣布的为最主要的人权之一的是资产阶级的所有权；而理性的国家，卢梭的社会契约在实践中表现为，而且也只能表现为资产阶级的民主共和国"。②

在这种环境下，围绕《百科全书》的编辑和出版而形成了"百科全书派"。启蒙运动中的代表人物为了推进社会改革，首先抓了舆论工作：破除宗教迷信与黑暗势力的统治，宣扬理性和近代自然科学与技术。当时在法国，宣扬启蒙思想的重要阵地，就是以狄德罗为首组织、编辑和出版的法国"百科全书"。

在 17、18 世纪的欧洲，编写辞书的风气很盛，法兰西学院曾编《学院辞典》，以宣传新古典主义思想，影响一时。佩耳（Pierre Bayle）编《历史批判辞典》，伏尔泰编《哲学辞典》，都以此宣传启蒙思想，批判封建教会的黑暗、愚昧。

1745 年，巴黎印行《王室年鉴》的书商勒·勃勒东（Le Breton）拟将1728—1729 年在伦敦出版的《钱伯斯百科全书》译成法文出版。由于科学的进步，这部书已显得落后，书商邀请狄德罗编写一部新的法国百科全书。狄德罗以极大的热情投入这一工作，并为此战斗了一生。

在《狄德罗传》中记载：

百科全书的宗旨是汇集世界上分散的各种知识，向现时同我们一起活着的人们阐述它们的普遍体系，并将此书传之于我们的后人，从而使得过去时代的业绩对未来的时代不是无用的东西，让我们的子弟因为更有知识，从而更有道德，也更幸福，使我们与世长辞时无愧于人的称号……③

① 《马克思恩格斯选集》第 3 卷，人民出版社 1995 年版，第 355—356 页。
② 《马克思恩格斯选集》第 3 卷，人民出版社 1995 年版，第 356 页。
③ ［法］安德烈·比利：《狄德罗传》，张本译，商务印书馆 1984 年版，第 62 页。

因此,《百科全书》的内容包括自然科学和社会科学的各个方面。此书集法国的天文、地理、数学、生物、物理、化学等自然科学,以及文学、艺术、历史、政治、经济、法律等社会科学的思想之大成,全面地阐明了启蒙时代所形成的新的观念、新的思想体系。

《百科全书》的主编是狄德罗(Denis Diderot,1713—1784)和数学家达朗贝尔(Jean Le Rond d' Alembert,1717—1783)。1750年狄德罗发表编写《百科全书》的"说明书",1751年达朗贝尔发表《预告词》,详细阐明了从古至今人类思想发展的过程和各种科学的分类。在"全书"编写过程中,两次遭到当局的勒令禁止。达朗贝尔面临困难和危险退却了,于1759年宣布退出《百科全书》的编辑工作,此后由狄德罗独立承担起繁重而巨大的主编任务。狄德罗用了20年时间,自己就撰写一千多条,共计有四大卷,约占百科全书总篇幅的四分之一左右,内容包括哲学、美学、政治学、心理学、语言学、应用科学、工艺等。当时各种艺术与行业的条目,别人难以承担,狄德罗全部包下来。手工行业、农业和农村经济由他写,"金银手饰雕缕术由他写! 别针、甲胄、煤、纸板和马车由他写! ……镜子和喷泉由他写! 钟表、雕刻、印刷、内衣和床上用品、眼镜制造、泥瓦工程、马蹄业、皮革业、细木工、镶嵌业、制纸、羊皮纸制造、烟斗、石膏、羽饰、火药、饰带、纺织物、锁、糖和桶统统由他执笔……""他跑遍了工场和车间","阅读、摘录、抄录了上千本解释性和描述性的小册子"[①]。

《百科全书》于1772年问世,共计32卷,包括正文17卷,附录4卷,图片11卷。

"百科全书"的撰稿人,集中了18世纪法国自然科学与社会科学的精英,他们大都是启蒙运动时期的领袖和主要代表人物,如伏尔泰、孟德斯鸠、卢梭、爱尔维修、霍尔巴赫、布封等。

伏尔泰(Voltaire,1694—1778)是启蒙运动的领袖,著名哲学家、美学家、作家。韦勒克在《近代文学批评史》中称伏尔泰为"法国大革命的一位先锋,同时又可被视为路易十六时代的殿军"[②]。伏尔泰热情支持狄德罗、达朗贝尔主编的《百科全书》,认为这是为法国增光的空前巨著,是法兰西民族的纪念碑,并积极撰写条目。他的《哲学辞典》,就是他为"全书"所写哲学条目的汇编。

---

① ［法］安德烈·比利:《狄德罗传》,张本译,商务印书馆1984年版,第69页。

② ［美］韦勒克:《近代文学批评史》第1卷,杨岂深、杨自伍译,上海译文出版社1987年版,第62页。

伏尔泰在哲学上是自然神论者,是教会的无情批判者,他认为宗教迷信和教会统治是人类理性的主要敌人,一切社会罪恶都源于教会所散布的蒙昧主义,造成了社会上普遍的愚昧和宗教的狂热。在事实方面,伏尔泰搜集大量事例,揭露全部教会史是充满迫害、抢劫、谋杀等暴行的历史,是教会僧侣煽动宗教狂热和偏见的罪恶史。中世纪以来的所谓宗教裁判所,是反人性的罪恶的渊薮。伏尔泰运用各种形式(包括运用文艺形式)同封建专制与宗教迷信作斗争,尤其善于运用悲剧和诗。从1718年他的第一部悲剧《俄狄浦斯王》上演,到1778年逝世前亲自主持首演他的最后一部悲剧《伊兰纳》,他一生致力于以戏剧的方式宣扬理性、科学、信仰自由和宗教宽容思想。他的史诗《亨利亚特》,痛斥迷信和宗教狂热,激发人民反宗教的情绪。长篇叙事诗《奥尔良的处女》出版后,被专制政府当众焚毁,连排印这首诗的工人都被罚服苦役。伏尔泰积极地反抗教会的统治,与教权主义进行了长期的斗争,有两个突出的例子很能说明问题。

一个是哄动欧洲的卡拉冤案(1762年)。新教徒让·卡拉的儿子马克·安东因债务缠身自缢,有人却诬告卡拉因安东改信天主教而将其谋杀,教会宣布安东为殉道者,逮捕卡拉施以酷刑,并将他的其他子女也囚禁在修道院中,1762年3月9日,卡拉被车裂而死。伏尔泰愤怒揭发教会的罪行,亲自聘请优秀律师,发表反教权的论文和书信,要求法国最高法院审理此案,为卡拉平反昭雪。他还把欧洲各国的进步舆论发动起来。通过几年的斗争,终于迫使最高法院撤销了原判,伏尔泰和他的同道者取得完全胜利。

另一件是巴尔冤案事件。新教徒巴尔(19岁)被控告与他的朋友一起玷污了一座桥上的木制基督像,这青年被判处火刑。法王路易十五批准了这一判决。反动分子丧心病狂地折磨巴尔,先是拔去他的舌头,砍掉他的右手,然后在广场上将他活活烧死。反动当局在他身上搜出伏尔泰的《哲学辞典》,也成为罪证,这使伏尔泰十分愤怒。他写文章大声疾呼:民族竟允许这样的暴行,我为被拔掉舌头的孩子哭泣! 他称这些反动势力为"吃人者",说"我简直不愿意同你们呼吸同一种空气"。①

伏尔泰在文艺理论方面的代表作是《论史诗》。他强烈地反对几何式的思维方法和极端的理性主义,反对新古典主义的拟古主义,强调民族文学的重要性,主张以客观的态度承认民族趣味上的差别。但他对莎士比亚的评价是简单粗暴的,说莎士比亚无非是个"乡下来的丑角","怪物","醉醺醺

---

① 伏尔泰对教会的批判,参见汝信、王树人、余丽嫦主编:《西方著名哲学家评传》第5卷,山东人民出版社1984年版,第80—90页。

的生番"、"挑水夫",因而不能一味地"往一个野蛮的戏子脸上抹金。"

孟德斯鸠(Charles Louis de Secondat Montesquieu,1689—1755)是《百科全书》的主要撰稿人,又是资产阶级国家学说和法学的奠基人。他还是一位杰出的美学家、小说家。《波斯人信札》是他的代表作品。

孟德斯鸠在狄德罗主编的《百科全书》中写有"美学"条目。《论趣味》是他的主要美学论文。他认为自然是艺术的源泉。审美对象,包括艺术作品在内,其特点就是要使人感到快乐、高兴,使人在感情上得到满足。他将快乐、趣味分为两大类:

> ① 自然的快乐（精神本身固有的快乐）——自然的趣味；
>
> ② 得来的快乐（来自感官的快乐）——得来的趣味。

自然的趣味不是一种理论的认识,而是对于人们所不知道的规律的一种迅速和精巧的应用;得来的趣味则与人的审美教育有关。

他主张艺术创作应当遵循一定的规则,说"一切艺术作品都有一般的规则,这些规则有指导的作用,是任何时候都不应当忘记的。"同时艺术家还必须注意艺术趣味。他说:"艺术产生规则,而趣味产生例外;趣味告诉给我们,在什么样的情况下艺术应当服从,在什么样的情况下应当服从艺术。"他强调艺术作品应当是"以理性为基础",不要违反常识、违背逻辑、违反事实。

他提出了关于艺术魅力的问题。他认为所谓魅力,就是一种很能吸引人的力量。这是一种不可名状的东西,是"一种主要建筑在惊讶之上的效果"。美貌的女子不一定就有魅力,而不美丽的女子却往往由于具有许多优良品质而有诱人的地方,能够得到人们的喜爱。维纳斯之所以具有魅力,主要的不在于她外貌的美,而在于她兼有天真、纯朴、温和、智慧等等一系列优美的品质。魅力决不是牵强和做作的举止,不是人为可以取得的。要有魅力,首先得天真。

孟德斯鸠重视艺术的教育作用,认为艺术创作绝不是目的自身,而是培养人们的优良品质(高贵、崇高、伟大、尊严等)的手段。①

卢梭(Jean Jacques Rousseau,1712—1778)是启蒙运动时期伟大的思想家、美学家和文艺理论家。父亲是钟表匠,母亲生下他一周后就去世了。在

---

① 参见汝信、王树人、余丽嫦主编:《西方著名哲学家评传》第5卷,山东人民出版社1984年版,第161—166页。

他 10 岁时,父亲被迫远走他乡。他长期过流浪生活,当过学徒,16 岁时已独立进入社会,是自学成才的伟大人物。他自幼爱好音乐,有"音乐癖"。《百科全书》音乐方面的条目由他撰写,后来编成《音乐辞典》。主要著作有《论科学和艺术》《社会契约论》《论人类不平等的起源和基础》及书信体小说《新爱洛绮丝》、讨论教育的《爱弥尔》、自传性的《忏悔录》等。他是音乐简谱法的发明者。

卢梭美学和文艺思想的出发点是"自然人"。他认为现今的人是坏的,天性腐化。他到远古时期去寻找理想,认为人类在进入社会状态以前,曾生活在"自然状态"中。自然人是天性善良的,有着怜悯自己同类的天然感情,他们没有作恶的天然倾向和客观的条件。他们过着孤独、离群索居的生活,有两种出于理性的天然感情:关切自身的保存即"自爱心"及对自己同类的怜悯。他们过着本能的生活,野心、贪婪、嫉妒、虚伪、竞争、渴望受他人尊重和出人头地等社会情感和欲望,在离群索居的、质朴的自然人中是不存在的,现今社会中的那种政治的、精神的不平等也是不存在的。① 他的自然人观点虽是抽象的、向后看的,但从方法论来讲,自然状态的真正重要性在于它作为一个比较概念,作为"文明"的对立物所具有的意义。② 我们对卢梭的自然绝不能单纯把它看作是对"文明"的反动和想要回到被误解了的自然生活中去,而应视为对"18 世纪大踏步走向成熟的'市民社会'的预感"③。

卢梭的自然观有更深的含义。丹麦哲学史家霍甫丁曾提出过一种为学界广泛采用的解释,他认为卢梭是从三种不同意义上交错使用"自然"的概念:第一,所谓"自然"的神学概念是指与通过人粗制滥造的产物相对立的上帝的原始作品,或者用卢梭自己的话说,"出自造物主之手的东西,都是好的,而一到了人的手里,就全变坏了";④ 第二,所谓"自然"的历史概念,指的是人的史前状态,《论不平等》中对原始状态的详尽描绘就是明证;第三,所谓"自然"的心理学概念,指的是人性中的基本趣味和倾向。卢梭把这些基本倾向能在其中获得充分发展的状态称为自然状态,它的意义在于在确立

① 见汝信、王树人、余丽嫦主编:《西方著名哲学家评传》第 5 卷,山东人民出版社 1984 年版,第 192—193 页。

② 见汝信、王树人、余丽嫦主编:《西方著名哲学家评传》第 5 卷,山东人民出版社 1984 年版,第 195 页。

③《马克思恩格斯全集》第 2 卷,人民出版社 1995 年版,第 1 页。

④ 〔法〕卢梭:《爱弥儿》上卷,李平沤译,商务印书馆 1986 年版,第 5 页。

一种标准,以判断人类的现状。①

卢梭的自然人观点与他提倡的个性自由和个性解放的思想是一致的。自然人是生而独立的自由人,他既不依赖他人,也不依赖社会;既不受迷信、舆论和偏见的束缚,也不受任何政治的压迫和奴役。他是完整的道德主体,是独立的"绝对的存在"。与当时流行以理性的发展程度作为衡量人的价值高低的标准、作为人的道德性基础的看法相反,他认为,人按照自己的本能、情感和良知,遵循良心的声音的呼唤和内心的是非标准去行动,这才是构成人的价值的基本因素,才能充分表现出人的善良本性。②

卢梭从"自然人"出发,认为人的本质是自由,由此确立了他的政治观。他认为任何强力都不能成为合法政治权利的根据,合法的国家只能是基于人民自由意志的社会契约的产物。而社会契约的目的,则是为了保障人民的自由、平等、人身和财富。③

卢梭是百科全书派中自觉地坚持有神论并对唯物论、无神论展开论战的思想家。在文艺思想上,卢梭又是欧洲浪漫主义的先驱。在理论上,他提出的"回到大自然去"成了后来整个浪漫主义运动的口号。这一口号,标明文艺对象的转变,文学应写人的情感和心理状态,以自然景物为主要内容。文学应有独特的语言,应以个性、情感、天才、创造性的想象取代理性和机械摹仿。

爱尔维修(Claude Adrien Helvétius,1715—1771)是《百科全书》哲学方面的主要撰稿人之一。代表作:《论精神》《论人》。在《论精神》中,他否定灵魂不死和全部宗教的"真理"。巴黎大主教称他的思想"像地狱一样狰狞可怕"。1759年2月,皇家律师奥美尔·奥利指控《百科全书》的撰稿人有组织地"维护唯物主义,消灭宗教,鼓吹自由思想,促使道德败坏",并指控《论精神》为《百科全书》的摘要和缩影。1769年,爱尔维修写成《论人》,在序言中说:"如今只有在禁书里找到真理,别的书全是谎话。"他的书在他死后才在海牙和伦敦发表。④ 马克思指出:"爱尔维修也是以洛克的学说为出发点的,他的唯物主义具有真正法国的性质。爱尔维修也随即把他的唯物主义

---

① 参见汝信、王树人、余丽嫦主编:《西方著名哲学家评传》第5卷,山东人民出版社1984年版,第204—205页。

② 见汝信、王树人、余丽嫦主编:《西方著名哲学家评传》第5卷,山东人民出版社1984年版,第205页。

③ 见汝信、王树人、余丽嫦主编:《西方著名哲学家评传》第5卷,山东人民出版社1984年版,第209—210页。

④ 见汝信、王树人、余丽嫦主编:《西方著名哲学家评传》第5卷,山东人民出版社1984年版,第387—390页。

运用到社会生活方面(爱尔维修《论人》)。"[①]他提出了"人的一切差别是后天获得的","人是环境的产物"的著名原理。

霍尔巴赫(Paul Henri Dietrich d'Holbach, 1723—1789)生于德国,12岁随父移居法国。1749年,霍尔巴赫在荷兰莱顿大学毕业后回国,在巴黎结识了狄德罗,二人建立了经久不渝的友谊。霍尔巴赫热情支持狄德罗编辑《百科全书》的工作,狄德罗在《百科全书》第2卷前言中曾说:"我们应该特别感谢这样一个人:他的祖国语言是德文,他在地质学、冶金学和物理学方面非常精通。他在这些不同学科方面给我们写了大量精彩条目……"霍尔巴赫为《百科全书》撰写了376个条目,并把国外大量的先进自然科学技术著作翻译介绍到法国。[②]他是一个彻底的唯物主义者,坚信物质第一性原则,承认物质运动特性,但仍有机械的形而上学缺点。他以唯物主义的经验论,驳斥了笛卡尔唯心的"天赋观念"。

布封(Georges Louis Leclerc de Buffon, 1707—1788)是法国著名博物学家、作家、文艺理论家。他用40年时间写成了36巨册的《自然史》。他也是《百科全书》的撰稿人之一。

在文艺理论上,他的《论风格》对后世影响很大,得到黑格尔和马克思的肯定和赞扬。韦勒克说:"他将以《风格论》一文永载批评史册。这是一位科学家的呼吁,要求文章言之有物,思想丰富持之有故。"[③]布封的理想是追求一种伟大而崇高的风格。

总之,狄德罗主编的《百科全书》,得到了当时法国一百多位思想家和科学家的支持。他们在启蒙运动的共同目标下团结起来,各自从不同的领域,以不同的视角,撰写了大量的在当时具有最高学术水平的《百科全书》的条目。对此,恩格斯给予了高度的评价,他说:

　　"唯物主义从英国传到法国……但是,不久,它的革命性就显露出来。法国的唯物主义并不是只批判宗教信仰问题;他们批判了当时的每一个科学传统或政治体制;为了证明他们的学说可以普遍适用,他们选择了最简便的方法:在他们由此得名的巨著《百科全书》中,他们大胆地把这一学说应用于所有的知识对象。这样,唯物主义就以其两种形式的这种或那种形式——公开的唯物主义

①《马克思恩格斯全集》第2卷,人民出版社1957年版,第165页。

② 汝信、王树人、余丽嫦主编:《西方著名哲学家评传》第5卷,山东人民出版社1984年版,第510页。

③ [美]韦勒克:《近代文学批评史》第2卷,杨岂深、杨自伍译,上海译文出版社1987年版,第87页。

或自然神论,或为法国一切有教养的青年信奉的教义。它的影响很大,在大革命爆发时,这个由英国保皇党孕育的学说,竟给予法国共和党人和恐怖主义者一面理论旗帜,并且为《人权宣言》提供了底本。①

狄德罗是《百科全书》的组织者和主编。他坚定地为之奋斗了20年。《百科全书》的命运与狄德罗的命运紧密相联。

在"百科全书"派中,狄德罗是最彻底的唯物主义者,他的思想是他那个时代所能达到的最高水平,在他的《拉摩的侄儿》中还闪烁出辩证法的光辉。在准备编写《百科全书》过程中,反动统治者因他的《论盲人书简》宣传无神论,否认上帝的存在,将狄德罗投入文桑监狱。狄德罗性格耿直,不趋时,不随波逐流。他和一般学者不同,不是深居简出,而是走向社会,接触群众,从青年到老年,各种人物各种事物都吸引他,促使他思考。不管遇到什么挫折和困难,他始终如一,查禁、坐牢都动摇不了他编定《百科全书》的决心。他认为,放弃《百科全书》的编写工作,畏葸不前,恰好是迫害我们的敌对势力所希望的。"无论付出任何代价,我都要抓住《百科全书》不放……不能安然死于我古老的祖国的穷乡僻壤之中。一个人必须工作,必须有用,必须认识和发挥自己的才能要对人有用啊!"②在编写《百科全书》的过程中,他坚定地无视权威,反对陈腐的传统观念,反对宗教教义,同时他又努力使全书形成一个完整的体系,避免粗制滥造。他重视人的认识能力,人的思维活动,希望通过《百科全书》的传播,开阔人们的眼界,解放人们的思想,扫除弥漫于封建社会中的旧思想、旧意识,推翻一切镇压人民的权势,恢复人之所以为人的地位。编写浩瀚的《百科全书》巨著,是一项持久而复杂的劳动,分配课题,整理手稿,改正大样,编辑出版,事无巨细,狄德罗几十年如一日,把这副重担挑了起来。在这一过程中他表现出一些永远为人敬仰的品质:坚定顽强,机警谨慎,牢牢地掌握计划,一步步建造起一座科学文化知识的大厦。《百科全书》从发布之日起,它就不仅仅是一部辞典,还是投向旧世界的一颗重型炸弹,是在法国大革命前建造起来的一座万有的思想宝库。

狄德罗在与反动势力斗争时充分表现出了英雄的气概和献身的精神。当他被捕入狱时,他仍坚持写作,刮削石板,研制粉末,与酒混合,做成墨水,

---

① 《马克思恩格斯选集》第3卷,人民出版社1995年版,第710页。

② 汝信、王树人、余丽嫦主编:《西方著名哲学家评传》第5卷,山东人民出版社1984年版,第323页。

又用牙签作笔,在被捕时偶然装在口袋里的弥尔顿《失乐园》的空白页和页边的空白处,记录下他的思想。他为了《百科全书》的出版,为了传播科学真理,献出了自己的一切。他的女儿在回忆他的生活时曾写道:

> 他一生中四分之三的时间是用来帮助那些需要他金钱、才能和鼎力相助的人。我看到他的书斋在二十五年中完全成了一个顾客不断的店铺。这种随和的态度时常招致很多麻烦。他有几个才能极为出众的朋友,但才智之士太了解时间的宝贵,不会为他人浪费光阴。他向一切来访者敞开大门,引来了一些他应该甚为厌恶的人,既然他们使他损失休息和工作。
>
> 奈戎对他说:"您抱怨生命短促,可您让别人偷去您的生命。"
> 他回答道:"没有人偷我的生命,我献出生命。"①

狄德罗在描述自己对正义和真理的追求和献身时说道:

> 我无法告诉您正直和真理对我有多么重大的影响!如果目睹不义,有时使我义愤填膺,以致我丧失评断义愤的能力,在一阵狂热中,我会去杀戮,去毁灭;同样,目睹正义,使我十分愉快,使我为热情和兴奋所激动,以致如果要献出生命,我也会在所不惜:那时候,我会觉得我心在体内扩张,它在飘浮,一种无以名之的突至的甜蜜感觉传遍我周身;我几乎不能呼吸了;发抖一样颤动遍及了我的全身,特别是额头上部,头发根部感觉最明显;随后,我脸上赞叹和愉快的表情和欢乐的表情混成一气,我眼内充满了泪水。②

1762年9月,当《百科全书》第8卷完成时,狄德罗写道:

> 它充满迷人的东西和各种杂色。有时,我忍不住要给您抄上几段。随着时间推移,这部著作肯定会在人们思想中产生革命,我希望暴君、压迫者、宗教狂和排斥异己者不能从中占到什么便宜。我们将为人类服务,但是,等到人们对我们表示感谢,我们早已化

---

① ［法］安德烈·比利:《狄德罗传》,张本译,商务印书馆1984年版,第280页。
② ［法］安德烈·比利:《狄德罗传》,张本译,商务印书馆1984年版,第284—285页。

作冰冷的无知觉的灰烬了。①

由于出版商的擅自删节,狄德罗十分沮丧和愤怒,但他仍然忍受着苦痛,坚持把最后的工作做完。

1765年7月25日,他在给索菲·沃朗信中说:

> 八天或十天后,我将看到这事业结束了,它花去了我二十个春秋,远远没有使我富有,数次使我要离开祖国和失去自由,消耗了我本可更为有益、更为光荣的一生。②

《百科全书》的全称为《一个文人学者团体编纂的百科全书或科学、艺术、手工业详解词典》。这部巨著是狄德罗一生心血的结晶,"在知识文化史上,它是继印刷术之后最伟大的里程碑"③。

对于狄德罗的一生,恩格斯曾给予很高的评价:

> 关于人类(至少在现时)总的说来是沿着进步方向运动的这种信念,是同唯物主义和唯心主义的对立绝对不相干的。法国唯物主义者同自然神论者伏尔泰和卢梭一样,几乎狂热地抱有这种信念,并且往往为它付出最大的个人牺牲。如果说,有谁为了"对真理和正义的热诚"(就这句话的正面的意思说)而献出了整个生命,那末,例如狄德罗就是这样的人。④

狄德罗一生的著作,除编纂《百科全书》外,还著有:《对自然的解释》(1754)、《生理学基础》《达朗贝和狄德罗的谈话》(1769)、《关于物质和运动的哲学原理》(1770);小说:《拉摩的侄儿》(1761)、《修女》《定命论者雅克和他的主人》;剧本:《私生子》《一家之主》;学术著作:《关于美的根源及其本质的哲学探讨》(1752),《关于〈私生子〉的谈话》(1757)、《论戏剧诗》(1758)、《演员奇谈》(1769)、《画论》(1766)、《沙龙随笔》(1759—1781)等

---

① [法]安德烈·比利:《狄德罗传》,张本译,商务印书馆1984年版,第311页。

② [法]安德烈·比利:《狄德罗传》,张本译,商务印书馆1984年版,第317页。

③ [法]安德烈·比利:《狄德罗传》,张本译,商务印书馆1984年版,第343页。

④《马克思恩格斯选集》第4卷,人民出版社1995年版,第232页。

文学理论、美学著作。

狄德罗逝世于1784年7月30日晨,最后的遗言是:

迈向哲学的第一步,就是怀疑。①

第二节 狄德罗的美学思想及其代表著作

——《关于美的根源及其本质的哲学探讨》

狄德罗是启蒙美学,也是近代唯物主义美学的奠基人和开拓者。他的美学思想主要集中在他为"百科全书"撰写的《关于美的根源及其本质的哲学探讨》的长篇论文中。其他美学观点还散见于《论戏剧诗》《画论》《沙龙随笔》等论著中。1984年人民文学出版社出版的《狄德罗美学论文选》,收集了他的主要美学论著。

一、狄德罗美学思想的哲学基础

狄德罗的哲学思想有一个发展过程:从有神论、自然神论到无神论、到彻底的唯物主义者。

狄德罗1713年10月5日生于法国外省小城朗格尔(Langres)的一个制刀师傅家里。少年时代他一度剃度入教,成为一名司铎。直到15岁,他对从事宗教职务仍然具有信念。当司铎的舅舅死后,他甚至想发誓苦修、禁食、穿苦衣、睡稻草床。不久他去巴黎耶稣会学院,在那里接受了古典哲学和人文主义思想。后又进路易大帝学院学习。1732年9月2日成了巴黎大学文科硕士。伏尔泰的《哲学信札》对他影响很大。他这时隐约预感到了"一个伟大的任务:改造祖国的灵魂,引进新的道德观念——一种健康的、顺乎自然的、合乎人类内在本性的,终于摆脱传统腐朽和愚昧的人类内在本性的道德观念"②。

狄德罗站在时代科学发展的前列,学习、吸收了自然科学的成果,自己的思想很快倾向于牛顿等人的自然神论。他认为神只能推动宇宙,在一定程度

① [法]安德烈·比利:《狄德罗传》,张本译,商务印书馆1984年版,第388页。
② [法]安德烈·比利:《狄德罗传》,张本译,商务印书馆1984年版,第41页。

上它含有秩序、规律的意义,而不是创造者和主宰者。当他还是一个自然神论者时,他所了解的自然,多是从物理学、生物学的角度来观察事物,从物理学出发可导致机械论,从生物学出发则在一定程度上保留着目的论观念。

1747年他在为《百科全书》写的《伊壁鸠鲁主义》条目已表现出无神论思想,1749年的《论盲人书简》则彻底摆脱了神学的阴影。

作为一个彻底的唯物主义者,狄德罗把自然理解为运动着的物质。他认为客观世界在自然规律的支配下,一切事物都体现着一定的关系,这些关系又是不断变革的。万物的各种错综复杂的关系网,将世界构成了一个有机的整体。他认为整个世界是一个大系统,存在于系统中的无非是时间、空间和物质;那里也有秩序,不过这种秩序只有暂时性,新的秩序不断代替旧的秩序,整个世界是一个不断运动的过程,在自然整体中各种事物不分高下,都服从自然本身的规律。他在本体论上,承认世界的物质的统一性,而又把物质和运动联系在一起。他说:"设想位于物质宇宙以外的任何东西是不可能的。永远不要作这样的设想,因为不能从中推论出什么。"这样就排除了任何神秘的因素。他还进一步提出了联系与整体的观念。他认为:"如果现象不是彼此联系着,就根本没有哲学。"① 他十分重视整体观念,他说:"一个单独事实的绝对独立是和全体的观念不相容的;而没有全体的观念,也就没有哲学了。"② 他重视联系(关系)整体和运动变化的观念,把唯物主义哲学推向了一个新的高度。变化产生于运动,运动是变化的源泉,运动是物质的一种属性。"物体就其本身说来,就其固有性质的本性说来,不管就它的分子看,还是就它的整体看,都是充满着活动和力的。"③ 狄德罗的唯物主义,已开始表现出辩证思想,恩格斯称赞他的《拉摩的侄儿》是"辩证法的杰作",就是突出的一例。

狄德罗继承并发扬了培根、洛克的唯物主义和经验主义传统,同时也受孔狄亚克思想的影响。他肯定一切观念都来源于感觉,感觉又是认识活动的基础。他说:"在形而上学中什么也没有证明;如果这一古老的原理,即'凡是存在于理智中的,没有不是先已存在于感性知觉中的',不是一个首要箴言的证明,那末,无论是关于我们智慧的能力或者是关于我们知识的起源和进展,则一无所知。"④ 他反对先验论,不承认思维是存在的尺度;同时又反

---

① 见汝信、王树人、余丽娥主编:《西方著名哲学家评传》第5卷,山东人民出版社1984年版,第340页。

② [法]狄德罗:《狄德罗哲学选集》,江天骥、陈修斋、王太庆译,商务印书馆1983年版,第60页。

③《十八世纪法国哲学》,北京大学哲学系编译,商务印书馆1979年版,第356页。

④ 见汝信、王树人、余丽娥主编:《西方著名哲学家评传》第5卷,山东人民出版社1984年版,第349页。

对贝克莱的主观唯心主义的感觉论,即唯我论。贝克莱认为"有感觉的钢琴以为它是世界上仅有的一架钢琴,宇宙的全部和谐都发生在它身上"①。狄德罗总结了自然科学的经验,强调感觉与思维或观察与思考是人类认识的基础,此外还有实验,检验认识正确与否;三者必须并重,不可偏废,而且彼此相接,不容分割。他说:"我们有三种主要的方法:观察自然、思考和实验。观察收集事实,思考联结事实,实验证实联结的结果。观察必须勤奋,思考必须深刻而实验则必须精确。"②他的认识路线是:客观世界——感觉——思考——感觉。他说:"人们几乎感觉不到钻研真理的法则多么严峻,而我们的方法的数目又是多么有限。一切都归结为从感觉回到思考,又从思考回到感觉:不断地反身向内和从中离去,这是蜜蜂的工作。"③当时实验的观念还不同于今天的实践观念,他主张现代物理学的实验。当然这里已有实践的内容,是它的一个方面。他的认识论虽未达到现代科学认识论的高度,但已"非常接近现代唯物主义的看法。"④狄德罗的唯物主义自然观和认识论构成了他的美学思想的哲学基础。

二、关于美的根源问题

狄德罗认为美的根源存在于客观自然事物之中。狄德罗所说的"自然",与笛卡尔有所不同,他着重指的是客观世界的自然,包括:物质世界的自然,人类社会的自然(包括社会生活中人与人之间的关系),精神生活中的自然(精神生活的外在表现)。

美的根源在哪里?他从哲学的高度进行了探讨。狄德罗在《关于美的根源及其本质的哲学探讨》一文中,首先分析了柏拉图、奥古斯丁、克鲁萨、哈奇生等美学家对美的根源和美的本质的看法,进而提出了自己的观点。

他认为人的感官本身,不是美产生的根源,美的概念是建筑在经验之上的,通过感官而从客观事物中得来的。他说:"我们感觉和思维的机能是与生俱来的,思维机能的第一步在于对感觉进行考察,加以联系、比较、组合,看到其相互之间的协调和不协调的关系,等等。我们有与生俱来的需要,这

---

①　见汝信、王树人、余丽娥主编:《西方著名哲学家评传》第5卷,山东人民出版社1984年版,第350页。

②　见汝信、王树人、余丽娥主编:《西方著名哲学家评传》第5卷,山东人民出版社1984年版,第353—354页。

③　见汝信、王树人、余丽娥主编:《西方著名哲学家评传》第5卷,山东人民出版社1984年版,第354页。

④　《列宁选集》第2卷,人民出版社1972年版,第30页。

些需要迫使我们求助于各种不同的手段,我们往往根据我们所期待于这些手段的效果以及它们所产生的效果而认为其中有好的,坏的,迅速的,简便的,完整的,不完整的等等……这就是我们的需要和我们的机能最直接的运用,而自我们出生,它们便共同向我们提供关于秩序、配合、对称、结构、比例,统一的概念;所有这些概念都来自感官,是人为的;于是我们从大量配合得当的、匀称的、组合的、对称的,人为的和自然的物体的概念过渡到关于比例失调,秩序紊乱和杂乱无章的反面的抽象概念。"①

　　传统观念中认为美在于秩序、对称、结构、比例,这一切都来自客观,来自客观存在的"人为的和自然的物体"。人们产生的有关美的这些概念,"与其他一切概念一样,建筑于经验之上;我们也是通过感官而获得这些概念的。即使没有上帝,我们也同样会有这些概念;它们存在于我们心中远远地先于上帝存在的概念,它们与长、宽、深、量、数的概念同样实在,同样清晰,同样明确,同样真实"。②狄德罗这样既批评了客观唯心主义的观点,认为美存在于理念,存在于神的国度,又批评了主观唯心主义的观点,认为美的现实性来自人的所谓"第六感官"(哈奇生)。狄德罗是一个彻底的美的客观论者,认为"在我们身上所发生的一切,存在于我们身外的一切,已往世纪所遗留下来的一切,我们同时代人的技巧、思考、发明,在我们眼前所显示的一切"③,都是客观存在的。

三、美的本质:美在"关系"说

　　在美学史上,关于美的本质,有着很多种不同的回答,如美在和谐说,美在有机统一说,美在秩序、完整与鲜明,美在理式,美在对称和比例的恰当,美在于统一中的变化和变化中的统一等。狄德罗认为美是复杂的,他不满于历史上出现的各种关于美的学说,自己另辟探讨美的本质的新途径,他说:

　　　　在我们称之为美的一切物体所共有的品质中,我们将选择哪个品质来说明以美为其标记的东西呢? 哪个品质? 很明显,我以为只能是这样一个品质:它存在,一切物体就美,它常在或不常

---

① [法]狄德罗:《狄德罗美学论文选》,张冠尧等译,人民文学出版社1984年版,第22—23页。
② [法]狄德罗:《狄德罗美学论文选》,张冠尧等译,人民文学出版社1984年版,第23页。
③ [法]狄德罗:《狄德罗美学论文选》,张冠尧等译,人民文学出版社1984年版,第24页。

在——如果它有可能这样的话,物体就美得多些或少些,它不在,物体便不再美了;它改变性质,美也随之改变类别;与它相反的品质会使最美的东西变得讨厌和丑陋,总而言之,是这样一个品质,美因它而产生,而增长,而千变万化,而衰退,而消失。然而,只有关系这个概念才能产生这样的效果。①

明确地把"关系"作为美学的最高范畴,是狄德罗的重大贡献,它使人们对美的思考更为宏观和实际。他的"美在关系"说的基本要点是:
第一,美是由关系构成的。他说:

一个物体之所以美是由于人们觉察到它身上的各种关系,我指的不是由我们的想象力移植到物体上的智力的或虚构的关系,而是存在于事物本身的真实的关系,这些关系是我们的悟性借助我们的感官而觉察到的。

然而,我认为,不论是怎样的关系,美总是由关系构成的,我不是指与好看相对的狭义的美,而是指另一层意义,我敢说那种意义更具有哲理性,更符合一般的美的概念以及语言和事物的本质。②

狄德罗是从本体论上来看待"关系"这个概念的。他认为"关系"二字可以概括美学上一切关于美的概念。秩序、明确、比例、安排、对称、合适等都可以用"关系"加以概括,"把美归结为对关系的感觉,你就会获得自古以来美的发展史;如果你挑选一个你喜欢的其他品质来作为一般的美的特性,那么,你的概念将立刻被限制在空间和时间的某一点上"③。
第二,美随着关系的变化而变化。
狄德罗明确说:"美总是随着关系而产生,而增长,而变化,而衰退,而消失,正如我们前面说的那样。"④他以高乃依的悲剧中老人说的"让他死!"为例说明,随着关系的变化这句话也变得美和崇高了。
老贺拉斯说:"让他死!"死者是他最后一个儿子,死者的对手是杀死他

---

① [法]狄德罗:《狄德罗美学论文选》,张冠尧等译,人民文学出版社1984年版,第24—25页。
② [法]狄德罗:《狄德罗美学论文选》,张冠尧等译,人民文学出版社1984年版,第31页。
③ [法]狄德罗:《狄德罗美学论文选》,张冠尧等译,人民文学出版社1984年版,第34页。
④ [法]狄德罗:《狄德罗美学论文选》,张冠尧等译,人民文学出版社1984年版,第29页。

两个兄弟的敌人,这场战斗关系到祖国的荣誉和家族的命运。因此,这句话显示出老人的思想之美及死者形象的崇高。接着狄德罗又说:"如果把环境和关系改变一下,把'让他死'从法国戏剧里搬到意大利舞台上,从老贺拉斯口中搬到司卡班口中,这句话就将变成滑稽的了。"① 由于关系的变化和人思想的变化,因而使美呈现出千差万别的形态。"对关系的感觉创造了美这个字眼。随着关系和人的思想的变化,人们创造出好看的,美丽的,迷人的,伟大的,崇高的,绝伦的,以及诸如此类与物质和精神有关的无数字眼。这就是美的千差万别。"②

第三,关系不同,美的性质也就不同。

狄德罗谈的"关系"具有不同的含义。关系表明事物之间的联系。关系同哲学上的联系具有同一含义。如果说没有联系就没有哲学;那么,在美学上,没有关系就没有美。从联系的含义上,关系有:(1)个别事物本身内部的关系;(2)同类物体之间的关系;(3)此物体与其他类物体之间的关系。狄德罗说:"一切物体在相互之间,在它们自身各部分之间,在和其他物体之间都可能构成关系,没有任何物体不能被安排,整理,使之对称。"③

从审美关系上讲,关系主要指主体与对象的关系。狄德罗更多谈论的是对象与人的关系(主客观的关系)。由此将美分为"外在于我的美"与"关系到我的美"。他说:

> 我把凡是本身含有某种因素,能够在我的悟性中唤起"关系"这个概念的,叫作外在于我的美;凡是唤起这个概念的一切,我称之为关系到我的美。④

"外在于我的美"即是客观事物本来存在着的美;"关系到我的美",即已引起主体产生美感的事物,这与前者还是有差别的。"外在于我的美"是具有可能唤醒关系观念,而主体还未接触到客观美的事物,如一座宫殿,虽我还未见到,但它并不因为我未见到而失其为美。而"关系到我的美",则是主体接触到的而且实际已在其心中唤起关系观念的美的事物,如我已在观赏某座宫殿,它的形象已在脑中形成了美的映象。狄德罗这种分析实际

---

① [法]狄德罗:《狄德罗美学论文选》,张冠尧等译,人民文学出版社1984年版,第29页。
② [法]狄德罗:《狄德罗美学论文选》,张冠尧等译,人民文学出版社1984年版,第33页。
③ [法]狄德罗:《狄德罗美学论文选》,张冠尧等译,人民文学出版社1984年版,第30页。
④ [法]狄德罗:《狄德罗美学论文选》,张冠尧等译,人民文学出版社1984年版,第25页。

是从物与我之间形成的审美关系出发的。这里他强调的仍然是客观的美的事物,他称之为"真实的美和见到的美"。他说:"我的悟性不往物体里加进任何东西,也不从它那里取走任何东西。不论我想到还是没想到卢浮宫的门面,其一切组成部分依然具有原来的这种或那种形状,其各部分之间依然是原有的这种或那种安排;不管有人还是没有人,它并不因此而减其美,但这只是对可能存在的、其身心构造一如我们的生物而言,因为,对别的生物来说,它可能既不美也不丑,或者甚至是丑的。由此得出结论,虽然没有绝对美,但从我们的角度来看,存在着两种美,真实的美和见到的美。"① 由于对关系观察的角度不同,因而就出现了不同性质的美,如:从道德方面观察关系——道德美;从文学作品方面观察关系——文学美;从音乐作品方面观察关系——音乐美;在大自然的作品观察中关系——自然美;在人类的机械工艺中观察关系——摹仿美。结论:"不论哪个物体,不论你从哪个角度来观察同一物体中的关系,美将获得不同的名称。"②

如果从物体自身内部的关系观察,如孤立地观察这朵花、这条鱼,在它们的构成部分之间看到了秩序、安排、对称、关系,这种美是"真实的美",如果把这朵花、这条鱼同别的花、鱼联系起来观察,即在它们同类的物体中,在花类和鱼类中的关系观察,进而推广到一种植物或动物,由于这一切关系并不都属于同一性质,因此美也就有了不同程度的差别。用这种新方法来观察物体,就有了美和丑,即相对的美和相对的丑。他说:

　　我们可以向读者断言,不论他们是从大自然中,还是从绘画,道德,建筑,音乐中借取例证,他们将发现,他们把那些本身含有某种因素能够唤起"关系"这个概念的一切,叫做真实的美,而把凡能唤起与应作比较的东西之间的恰当关系的一切叫做相对的美。③

总的来说,他把"关系"分为三个大的方面:真实的关系,见到的关系和虚构的关系。他说:

　　由此得出结论,尽管从感觉上说,关系只存在于我们的悟性

---

① 〔法〕狄德罗:《狄德罗美学论文选》,张冠尧等译,人民文学出版社1984年版,第25页。
② 〔法〕狄德罗:《狄德罗美学论文选》,张冠尧等译,人民文学出版社1984年版,第26页。
③ 〔法〕狄德罗:《狄德罗美学论文选》,张冠尧等译,人民文学出版社1984年版,第26页。

里,但它的基础则在客观事物之中,而且我还要说,每当一个事物
具有这些品质,以至身心构造如我这样的生物去观察它时,不能不
设想有其他的物体或品质存在,或是存在于这个事物身上,或是存
在于它之外,每当这个时候,这事物本身就具有真实的关系。我把
关系分成真实的关系和见到的关系两种。但还有第三种关系,智
力的或虚构的关系,即似乎由人的悟性放进事物里去的关系。①

图示:

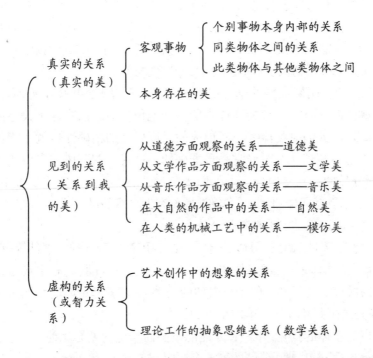

第四,关系的变化与差异直接影响到审美判断的差异。

狄德罗说:"我们现在要研究的是人们对美所抱的分歧意见根源何在。
这项研究将最后肯定我们的原则,因为我们将证明这一切分歧都来自人们
在大自然或艺术的产品中所见到的或引进的各种不同的关系。"②狄德罗认
为美在关系,而他所说的审美趣味就是指对各种关系的感知。审美鉴赏就
在于感知各种复杂的关系。狄德罗具体分析了审美判断之所以出现差异分

---

① [法]狄德罗:《狄德罗美学论文选》,张冠尧等译,人民文学出版社1984年版,第30页。

② [法]狄德罗:《狄德罗美学论文选》,张冠尧等译,人民文学出版社1984年版,第34页。

歧的12种原因:

（1）是否抓住了美的关系的"度"。

客观事物的美的关系,有一个限度,"作品不达到这一点会因缺乏关系而陷于单调,超过这一点又会因关系过多而显得累赘。这就是产生判断分歧的第一个原因"①。

从审美主体说,因人们知识、经验、判断、思考以及观察的习惯有深有浅,智力的天赋也各不相同,因此对美的关系的认识程度自然就出现了差异。

（2）关系的复杂性,决定审美的难度和差异。

"人们看到大量各种各样的关系:有的相互加强,有的相互削弱,有的互相调剂。人们抓住全部关系还是只抓住一部分的关系,这就决定了人们对一个物体的美有截然不同的看法! 这就是产生判断分歧的第二个原因。"②

（3）衡量美的关系的尺度或标准不同,而出现的差异。

如衡量男、女、小孩、高矮的概念,"我们似乎不仅仅观察物体本身,而且还联系到它们在大自然,在大的整体中所占的地位。但人们对这个大整体的认识有深有浅,人们对物体大小所形成的尺度标准的精确性也就大相径庭,但我们永远不知道什么时候它是最准确的。这就是在摹仿艺术中产生趣味和判断分歧的第三个原因。大师们宁愿自己的尺度过大而不是过小,但他们中间谁也没有同样的尺度,大概谁也没有大自然的尺度。"③

（4）社会原因造成了审美判断的分歧。

"利益、情欲、愚昧、偏见、习惯、风俗、气候、习俗、政府、信仰、事件等等,对于我们周围的物体来说,或者妨碍它们或者促使它们在我们心中唤起或不唤起好几种概念,消灭其中的十分自然的关系,而建立起偏颇的和偶然的关系。这就是产生判断分歧的第四个原因。"④

（5）因审美主体的技艺、知识和才能的不同而产生的差异。他认为"不同的才能和知识是产生判断分歧的第五个原因。"⑤

（6）缺乏对美的关系正确而基本的认识,或缺乏觉察这些关系的必要感官,同样产生判断的分歧。

他说:"如果他缺乏组成这个本质的简单概念中的任何一个概念,如果

---

① ［法］狄德罗:《狄德罗美学论文选》,张冠尧等译,人民文学出版社1984年版,第35页。

② ［法］狄德罗:《狄德罗美学论文选》,张冠尧等译,人民文学出版社1984年版,第35页。

③ ［法］狄德罗:《狄德罗美学论文选》,张冠尧等译,人民文学出版社1984年版,第36—37页。

④ ［法］狄德罗:《狄德罗美学论文选》,张冠尧等译,人民文学出版社1984年版,第37页。

⑤ ［法］狄德罗:《狄德罗美学论文选》,张冠尧等译,人民文学出版社1984年版,第37页。

他缺乏觉察这些概念的必要的感官,或者,如果这个感官是无可挽救地败坏了,那么,没有任何一个定义能够使他产生他事先未能通过感官来觉察的概念。这就是使人们对于描写的美产生判断分歧的第六个原因"。① 由于人艺术修养的差别和艺术感官的缺乏和差别,审美判断必然出现差别。

（7）语义符号的不准确和理解运用的准确程度不同而造成的分歧。

"在精神物体的问题上,人们也不见得更一致。精神物体都是由符号来代替的,而任何符号都不大可能如此精确,以至它的涵义不会被这个人理解得广泛些,被那些人理解得狭窄些。"②

（8）教育、教养的差别而形成审美判断的分歧。

"不论我们判断什么物体,教育、教养、偏见,或者我们思想中某些人为的秩序观念所引起的对这些物体的爱好和厌恶,全都立足于我们的观点,即我们对这些物体的优点和缺陷的看法,而对于这些品质,我们都各有相应的感官或官能去感受。这就是产生判断分歧的第八个原因。"③

（9）不同时间感觉认识的不同,产生判断的差异。

"对于简单的概念,不同的人在同一时间里有不同的看法,同一个人在不同的时间里也有不同的看法。我们的感官是处在不断的变化中,今天,人们视而不见,明天,人们听而不闻,而人们看的,感觉的,听的,每天都不一样。这就是同年龄的人们,或同一个在不同年龄时产生判断分歧的第九个原因。"④

（10）审美主体情绪的变化,影响对美的事物的正确判断（偶然性影响）。

"令人厌恶的概念偶尔也会附在最美的物体上……我在这家剧院里被喝倒采,这家剧院并不因此就不美,而我一看见它,耳边便响起了倒采声;在这条过道里,我看见的只是我断气的朋友,我再感觉不到它的美了。这就是产生判断分歧的第十个原因。"⑤

（11）能使人们引起不愉快事物的联想,也会影响审美判断的分歧。

"当我们判断既具有自然形式又具有人为形式的复合物体时,如建筑里的花园、装饰等等,我们的趣味便建立在另一类半理性、半随意性概念的联想上：与某个有害物体的举止、呼声、形状、颜色有稍稍相似之处,国家的舆论,

---

① ［法］狄德罗：《狄德罗美学论文选》,张冠尧等译,人民文学出版社1984年版,第38页。
② ［法］狄德罗：《狄德罗美学论文选》,张冠尧等译,人民文学出版社1984年版,第38页。
③ ［法］狄德罗：《狄德罗美学论文选》,张冠尧等译,人民文学出版社1984年版,第38页。
④ ［法］狄德罗：《狄德罗美学论文选》,张冠尧等译,人民文学出版社1984年版,第39页。
⑤ ［法］狄德罗：《狄德罗美学论文选》,张冠尧等译,人民文学出版社1984年版,第39页。

同胞们的风尚等等,这些都影响我们的判断。"① 这实际上是一种心理的因素。

(12)由于无知、迷信、崇拜神灵和名作家,而造成的判断错觉。

产生审美判断分歧的原因,仍应在现实和客观的真实关系中。"不论是哪些原因使我们产生判断分歧,我们毫无理由认为真实的美,即寓于关系的感觉中的美是虚幻的。"由于审美主体的个性不同,因此,"地球上也许没有两个人会在同一物体中看到完全相同的关系,会认为它具有同等程度的美。"②

狄德罗关于产生审美判断差异的原因,具体图示如下:

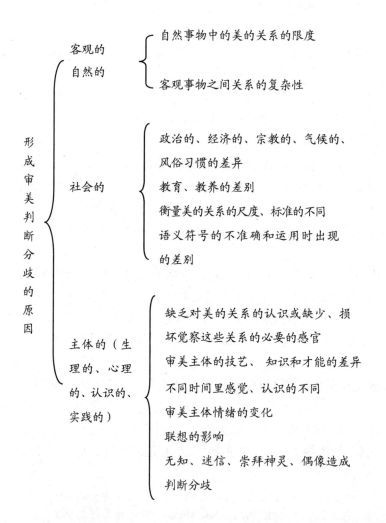

①［法］狄德罗:《狄德罗美学论文选》,张冠尧等译,人民文学出版社1984年版,第39页。
②［法］狄德罗:《狄德罗美学论文选》,张冠尧等译,人民文学出版社1984年版,第40页。

狄德罗《关于美的根源及其本质的哲学探讨》一文是他为《百科全书》撰写的论美的条目,发表于1752年出版的《百科全书》第2卷。它的哲学基础是他的自然哲学,对美的社会性问题虽有所触及,但很含糊,不明确。狄德罗提出的"美在关系"的命题是重大的,开辟了美学研究的一条新路。他的这个观点即使在今天,也仍然有一定的价值,对我国美学家在不同方面都有影响。狄德罗的世界观属于旧唯物主义,因而机械的形而上学因素仍很明显,反映在"美在关系"说中,没有辩证地讲清审美主体与审美客体的关系,讲客观美又与人全然无关系,且"关系"二字又过于宽泛,无所不包,难以具体界定美的内涵。

第三节　狄德罗关于文艺创作的理论

狄德罗提出的"美在关系"是他整个美学思想与文艺思想的核心。在《关于〈私生子〉的谈话》《论戏剧诗》《演员奇谈》《画论》《沙龙随笔》等著作中,他从文学艺术的不同方面,全面论述了自己的理论。他的文艺观基本上属于现实主义理论,是近代现实主义文艺理论的奠基者之一,在世界文艺理论史上作出了卓越贡献。他的文艺美学理论,中心点是文艺与自然的关系,由此论述到文艺创作的一系列重大问题。

一、自然、真实的原则

狄德罗继承了亚里士多德文艺摹仿自然的理论,并从"美在关系"说出发,大大发展了这一理论。他坚持唯物主义立场,认为自然是文艺的源泉和基础,"是艺术的第一个模特儿"[1],文艺的本质是对自然的真实的摹仿。

首先,他对"自然"的理解不同于新古典主义,甚至是针对古典主义创作中那种矫揉造作,模式化、公式化的创作的。他积极倡导艺术家应冲破新古典主义的清规戒律。他反对理性化的自然,主张应写出真实的自然,写出自然、社会、人的精神生活的复杂性。他在艺术创作上提倡的描写自然,与自由、真实联系在一起。他认为一个民族越文明、越彬彬有礼,他们的风尚就越缺乏诗意,一切都由于温和化而失掉了力量。他说:"诗人需要的是什么? 是未经雕琢的自然,还是加过工的自然;是平静的自然,还是动荡的自

---

① 李醒尘:《西方美学史教程》,北京大学出版社1994年版,第228页。

然？他喜欢纯净肃穆的白昼的美呢,还是狂风阵阵呼啸,远方传来低沉而连续的雷声,或闪电所照亮的上空中黑夜的恐怖？他喜欢波平如镜的海景,还是汹涌的波涛？他喜欢宫殿的冷落静默,还是漫步在废墟之中？喜欢人工建筑的大厦,人工栽种的园地,还是茂密的古森林和荒岩间的野穴？喜欢平静的湖水、池塘、清泉,还是下泻时通过岩石折成数段,咆哮声远远传至在山上放牧的童子耳边的奔腾澎拜的瀑布？诗需要的是巨大的、野蛮的、粗犷的气魄。①

他反对的是僵化、死寂的社会风气和艺术趣味。他直言不讳:"如果一个民族的风尚萎靡、琐屑、造作;谈吐纯粹是鹦鹉学舌,只是一连串做作的、愚蠢的、低级的言辞;既不率直,又不纯朴;父亲呼儿子为先生,母亲呼女儿为小姐;公众仪典毫无庄重气概;家庭内的举止毫无动人、诚挚之处;老是一本正经,毫无真诚可言。在这种环境里诗人有什么办法?"② 在这种环境、风尚下,一个作家,如果没有一点勇气和真诚,一味趋时,他的作品必然是瞒和骗,充满了虚伪而且近乎传奇性的了。狄德罗说:

> 什么时代产生诗人？那是在经历了大灾难和大忧患以后,当困乏的人民开始喘息的时候。那时想象力被惊心动魂的景象所激动,就会描绘出那些未曾亲身经历的人所不了解的事物。③

如果我们把狄德罗提出的描写自然同他所处的那个大变革、大动荡:"山雨欲来风满楼"的时代联系起来,同古典主义文艺思潮弥漫欧洲的风尚联系起来,就可看出其清新、深刻而丰富的涵义。

第二,狄德罗明确提出了摹仿"美的自然"的原则。在《对自然的解释》中他提出:

> 人们若不企图更严格地摹仿自然,艺术的产品将是平凡的、不完善的和软弱的。④

摹仿自然是一切门类艺术本身的目的。他说:"如果不想摹仿自然——

---

① [法]狄德罗:《狄德罗美学论文选》,张冠尧等译,人民文学出版社1984年版,第206页。
② [法]狄德罗:《狄德罗美学论文选》,张冠尧等译,人民文学出版社1984年版,第207页。
③ [法]狄德罗:《狄德罗美学论文选》,张冠尧等译,人民文学出版社1984年版,第207页。
④ [法]狄德罗:《狄德罗哲学选集》,江天骥、陈修斋、王太庆译,三联书店1965年版,第81页。

最严格的自然,那么抒情剧能好得了么? 有什么必要把不值得一写的东西写成诗呢? 有什么必要把不值得歌唱的东西谱成歌曲呢? 越需要我们花力量上去的题材就越应该是好的题材。使哲学、诗歌、音乐、绘画和舞蹈表现荒谬不合理的题材,不就等于糟蹋这些艺术吗? 这些艺术每一门类本身的目的都是摹仿自然;而现在为了利用它们联合起来的魔力,却选择一个荒诞的故事! 难道幻象离开现实不是已经够远了么? 事物的普遍秩序应该永远是诗歌理性的基础,这种普遍秩序和变形化貌、魔法妖术有何共同之点呢? 我们这个时代,某些天才人物已经把哲学从理性世界带回到现实世界中来了。难道找不出一个有天才的人为抒情诗效同样的力,使抒情诗从神奇的幻境回到我们所居住的大地上来吗? ”[1]

狄德罗这里强调的仍是文艺应反映自己的时代,反映现实的生活,不应脱离生活进入虚幻的境界。

第三,关于艺术的真实与美的关系和真、善、美的统一问题。

在《关于〈私生子〉的谈话》中,狄德罗借多华尔的口,表达了真与美的统一的观点,说:

> 只有建立在和自然万物的关系上的美才是持久的美。如果把万物设想在时移物易的一刹那之中;一切描写只不过代表转瞬的时刻,那么,一切摹仿就都将是无益的了。艺术中的美和哲学中的真理有着共同的基础。真理是什么? 就是我们的判断符合事物的实际。摹仿的美是什么? 就是形象与实体相吻合。[2]

艺术摹仿自然,最基本的要求就是要表现出最美的关系。“在艺术中,如同在自然界一样,一切都是相互联系着的,人们如果接近真实的某一方面,也就会接近它的很多别的方面。”[3]作家不仅应写出表面的真实,更重要的是应写出内在的真实,运动中的真实,也就是要求写出美的关系的运动、发展和规律。

他认为诗的真不同于哲学的真,也不同于历史的真。他说:“诗里的真实是一回事,哲学里的真实又是一回事。为了真实,哲学家说的话应该符合

---

① ［法］狄德罗:《狄德罗美学论文选》,张冠尧等译,人民文学出版社1984年版,第115页。

② ［法］狄德罗:《狄德罗美学论文选》,张冠尧等译,人民文学出版社1984年版,第114页。

③ ［法］狄德罗:《狄德罗美学论文选》,张冠尧等译,人民文学出版社1984年版,第77页。

事物的本质,诗人说的话则要求和他所塑造的人物性格一致。"① 把诗与历史比较,他认为"诗的目的比历史的目的更广泛"②。历史只是简单地、单纯地写下所发生的事实,而诗人重视的是写下他认为最感人的东西。"他会想象出一些事件。他可以杜撰些言词。他会对历史添枝加叶。对于他,重要的一点是做到奇异而不失为逼真"。③

真实是衡量一切时代、地域的艺术美与不美的首要标准,但这种真实必须是取自自然。在他给黎柯博尼夫人的复信中,这一点讲得很清楚:

> 因为只有真实才适合于一切时代、一切地点。我们在一切方面都追求某种统一,正是这种统一构成美;或是真实的美,或是臆想的美。一旦我们假定了某种情况,其他情况便随之而来,如果假定的情况取之于自然,形成的整体便是真实的,反之,如果它出自一时的习俗或奇想,整体就是虚伪的。④

狄德罗在论述真与美的关系的同时,也一再强调艺术创作追求的最高境界应是真、善、美的统一。在《拉摩的侄儿》中,他说:

> 真、善、美有他们正当的权利。一开始,人们会对他们有所争议,但到最后必然赞赏他们。没有打上这一标记的东西,可能一时为人们赞赏,但到最后,人们就要打呵欠了。打呵欠吧,先生们! 放开打吧,先生们,不要拘束! 自然的王国,也是我所说的三位一体的王国,地狱的大门永远压不倒它。'真'是圣父,他产生了'善',即'圣子':由此又出现了'美',这就是圣灵了。这个自然的王国,也是我所说的三位一体的王国,定会慢慢建立起来。⑤

在《画论》中他进一步论证说:

> 真善美是紧密结合在一起的。在真和善之上加上一种稀有的

① [法]狄德罗:《狄德罗美学论文选》,张冠尧等译,人民文学出版社1984年版,第196页。
② [法]狄德罗:《狄德罗美学论文选》,张冠尧等译,人民文学出版社1984年版,第161页。
③ [法]狄德罗:《狄德罗美学论文选》,张冠尧等译,人民文学出版社1984年版,第160—161页。
④ [法]狄德罗:《狄德罗美学论文选》,张冠尧等译,人民文学出版社1984年版,第240页。
⑤ [法]狄德罗:《狄德罗美学论文选》,张冠尧等译,人民文学出版社1984年版,第355页。

光辉灿烂的情境，真或善就变成美的了。如果在一张纸上画出的三个点只是代表关于三个物体运动问题的答案，那就没有什么，不过是一条纯然抽象性的真理。假如这三个物体之中，一个是在白天里给我们放出光辉的太阳，一个是在黑夜里给我们照明的那个月亮，而其余的一个则是我们住在上面的地球：这样一来，真理就立刻变成伟大了，美了。①

这一思想在《论戏剧诗》中，表现得更为明确。他十分重视戏剧在培养人们的新的品德方面的作用。

二、狄德罗的典型论：现实美与理想美的统一——"理想的范本"

文艺创作如何创造性地去摹仿自然？狄德罗提出了一个重要概念，即"理想的范本"。这个问题实际上是他的典型化理论。他把艺术家是否能取得他行动的范本，看作是艺术创作的规律。他说："诗人在事物的一般秩序的罕见情况中，取得他行动的范本。这就是他的规律。"② 现实生活中的美是分散的、偶然的、个别的，它只是艺术创作中理想美的基础：理想美是经过艺术家选择加工，并赋予它以生命的美的事物，它是"最美的自然"的生动体现。那么，什么是狄德罗所说的"理想的范本"？

第一，"理想的范本"是一个来自现实，而又比现实更美的形象。在《演员奇谈》中，他说：

甲：你的画，还有你的表演所显示的仅仅是个别人的肖像，这些肖像大大不如诗人描给的那个普遍概念和我期待的那个理想范本。你的女邻居长得美，非常美；这我同意。不过她不是美本身。你的作品和你的模特儿之间的差距，相当于你的模特儿和理想范本之间的差距。

乙：这个理想范本莫非可望而不可即？

甲：不然。

① 朱光潜：《西方美学史》上卷，人民文学出版社1979年版，第278页。
② ［法］狄德罗：《狄德罗美学论文选》，张冠尧等译，人民文学出版社1984年版，第163页。

乙：但是，既然它是理想的，它就是不存在的。不过凡是我们的悟性能够理解的，都应该是我们的感觉体验过的。

甲：说得对。不过我们还是来从头考察一门艺术，譬如说雕刻吧。雕刻首先摹仿碰到的第一个范本，后来发现另一些瑕疵较少的范本，比第一个更好，就根据这许多范本进行修改，先是纠正明显的缺陷，然后补救小毛病，经过持续不断的劳作，最终完成了一个形象。不过这个形象已不复是自然了。①

第二，"理想的范本"是一个活的形象，是真善美的结晶。

他在《论戏剧诗》中说："我第一眼就看到，我所寻找的理想的人既然是和我一样的一个复合体，古时的雕塑家在决定他们视为最美的比例时已经把我的典范部分地制成了……。是的。就用这座雕像，使它活起来吧……。把人类所能具备的最完美的感官给他，把一个人所能获得的一切优秀品质赋予它，我们的理想典范就完成了……。毫无疑问……。可是这要经过多么浩繁的研究工作！多么艰巨的劳动啊！我们需要掌握多少物理、自然和伦理知识啊！任何一项科学，任何一项艺术，我都需要深入钻研才能掌握……。这样，我才会有真、善、美的理想典范……。"② 狄德罗所说的理想典范，不是现实中的个别画像，而是最完美、最理想的"最高限度的美"。但它又不同于柏拉图的"理式"（相或型），它根源于现实，而又比现实的美的事物更美、更理想。狄德罗认为，肖像的仿制者与天才的艺术家之间的区别主要在于：仿制者依照自然本来的样子忠实地描写自然，而艺术家则探求事物的内在真实，探求第一流的范本。以雕塑为范例，他说拉奥孔和他的两个儿子是群像中最单纯、最美的一群，是雕塑艺术中最完美的一件艺术品。

第三，"理想的范本"是以某一个人的精确肖像显示出某一群人的"最普遍最显著的特点"。他在《演员奇谈》中说：

甲：……你是一个伪君子、吝啬鬼、厌世者，你演你自己会演得很好。不过你绝对做不到诗人做到的事情，因为他创造了标准的伪君子、标准的吝啬鬼和标准的厌世者。

乙：某一伪君子和标准（朱光潜译为"准"）伪君子有什么差

---

① ［法］狄德罗：《狄德罗美学论文选》，张冠尧等译，人民文学出版社1984年版，第310—311页。

② ［法］狄德罗：《狄德罗美学论文选》，张冠尧等译，人民文学出版社1984年版，第231页。

别呢？

甲：比亚科员是某一伪君子，格里则尔神父是某一伪君子，但是都不是标准的伪君子。金融家杜那尔是某一吝啬鬼，但是他不是标准吝啬鬼。标准吝啬鬼和标准伪君子是根据世上所有的杜那尔和格里则尔创造出来的。这要显示他们最普遍最显著的特点，而不是其中某一个人的精确肖像，因此任何一个人都不能在这里面认出他自己。"①

比亚、格里则尔都是现实生活中的人物，是"自然"中的人物，而"标准伪君子"才是艺术作品。它是艺术家创造的理想化的人物，是"理想的范本"。他在《波旁的两朋友》中对此进一步作了论述。他说："一个画家在画布上画了一个头像，各部分都画得有力、雄健而又匀称，这幅画可以说是最完美最罕见的一个整体。当我望着这幅画的时候，顿时产生了尊敬、赞赏而又恐惧的感情。我努力在生活中寻找它的模特儿，然而徒劳。生活中的模特儿无力、渺小而又俗气。'啊！这是一个理想化的头像！'我这样想，也这样对自己说。但是，画家若是在这个头像的前额上添一颗痣，太阳穴上添一道疤，嘴唇上添一条隐约可见的伤痕，这幅如此理想化的头像，就会立即变成一幅肖像画。眼角或是鼻子旁边加上一个小小的斑点，这张女人的脸就不再是维纳斯而是我的某个邻居的画像了。"②狄德罗所说的"理想的范本"，实际就是今天通常所说的典型人物。他适应启蒙运动的要求，在小说、悲剧创作中，要求表现人物的个性，表现人物复杂的感情，同时又应在这个人物身上显示出"真理"，显示出社会中人物最普遍的特征。但在他的有关论述中仍有形而上学的一面，如"标准"二字的提法就不确切，在喜剧人物上，仍主张写类型化的人物。

第四，"理想的范本"体现了第三等级的审美理想。

狄德罗极力主张用现实生活中的普通人物去取代新古典主义作品中的王公贵族，作家应在自己塑造的人物身上，反映出时代的气息。他说："摹仿性的艺术要有些粗犷、原始、出奇、惹眼的东西。"③联系他的创作实践，如《拉摩的侄儿》《修女》《定命论者雅克和他的主人》，这个问题看得就更清楚。

---

① ［法］狄德罗：《狄德罗美学论文选》，张冠尧等译，人民文学出版社1984年版，第309页。

② ［法］狄德罗：《狄德罗美学论文选》，张冠尧等译，人民文学出版社1984年版，第348—349页。

③ ［法］狄德罗：《狄德罗美学论文选》，张冠尧等译，人民文学出版社1984年版，第407页。

狄德罗认为"理想的范本"有三种：

> 我的朋友，范本有三种：自然造成的人，诗人塑造的人和演员
> 扮演的人。自然造成的人比诗人塑造的人小一号，诗人塑造的人
> 又比演员扮演的人小一号，后者是三种范本里最夸大的。演员扮
> 演的人踩着诗人塑造的人的肩膀，他把自己装在一个巨大无比的
> 用柳条编成的人体模型里，而他自己就成了这个模型的灵魂。他
> 操纵起这个模型来甚至能使诗人感到害怕，叫诗人认不出这就是
> 他自己塑造的那个范本。①

他在这里的比较，是指后者以前者为蓝本，为基础，而后者又比前者更
集中、具体、生动。当然演员要想真正再创造出诗所创造的人物，也不是那
么容易的。

三、艺术创作中的想象和激情问题

艺术家的创造性劳动具有什么特点？如何将自然美变成艺术美？狄
德罗做了深入的探讨，他对作家的创作过程及其规律做了许多精辟的分
析，突出的是关于想象、虚构、情感、激情等方面的论述。朱光潜先生认为
狄德罗的美学思想不只有现实主义的一面，还有浪漫主义的一面，他在"由
新古典主义过渡到浪漫主义的发展过程中起了很大的促进作用"②。这是符
合实际的。

（一）想象在创作中的作用及对想象涵义的界定

狄德罗认为：

> 想象，这是一种素质，没有它，人既不能成为诗人，也不能成为
> 哲学家、有思想的人、有理性的生物，甚至不能算是一个人。③

这里所指的想象，是广义的想象，是人类思维的一种表现方式，它与我

---

① ［法］狄德罗：《狄德罗美学论文选》，张冠尧等译，人民文学出版社1984年版，第342页。
② 朱光潜：《西方美学史》上卷，人民文学出版社1979年版，第274页。
③ ［法］狄德罗：《狄德罗美学论文选》，张冠尧等译，人民文学出版社1984年版，第161页。

们今天说的形象思维基本是一致的。诗人有,科学家也有。

想象对于诗人尤为重要,是诗人主要的思维方式。诗人靠想象才能创造出艺术作品。历史的内容是已经发生的事,而悲剧和喜剧则是诗人的创造。诗人是凭着自己的想象在历史之外加上自己认为可以提高兴趣的东西。艺术的真实虽是现实中没有,但使人更感到可信、真实。这主要是想象的作用。狄德罗认为:

> 假使大自然从来不以异常的方式把事件组合起来,那么诗人超出一般事物简单平淡的一致性而想象出来的一切就会是不可信的了。但是事实并不如此。诗人怎么办呢? 他或者是采纳这些异常的组合,或者自己想象些类似的组合。不过,在自然界中我们往往不能发觉事件之间的联系,同时由于我们不认识事物的整体,我们只在事实中看到命定的相随关系,而诗人却要在他的作品的整个结构中贯穿一个明显而容易觉察的联系。所以比起历史学家来,他的真实性虽少些,而逼真性却多些。①

虽然诗人、哲学家、科学家都需要想象,但是否具有丰富的想象力,则是诗人能否成为诗人的主要特质。他说:

> 诗人在较高程度上从自然取得了把天才和普通人,把普通人和愚昧的人区别开来的那个品质;这个品质就是想象力,如果没有它,言词就变为把声音组合起来的机械习惯了。②

一切罕见的艺术大师都是感情丰富的人,想象力丰富的人。"诗人是想象力丰富的人、善感,对自己所创造出来的鬼魂也感到害怕。"③

狄德罗关于想象的定义谈了两点:"想象是人们追忆形象的机能。"④"想象是一种重现不在眼前的事物的能力。"⑤ 想象是人的一种机能,它与人们的理性紧密联系在一起,而且始终伴随着形象。狄德罗说:

---

① [法]狄德罗:《狄德罗美学论文选》,张冠尧等译,人民文学出版社1984年版,第157页。

② [法]狄德罗:《狄德罗美学论文选》,张冠尧等译,人民文学出版社1984年版,第163页。

③ [法]狄德罗:《狄德罗美学论文选》,张冠尧等译,人民文学出版社1984年版,第396—397页。

④ [法]狄德罗:《狄德罗美学论文选》,张冠尧等译,人民文学出版社1984年版,第161页。

⑤ 缪朗山:《西方文艺理论史纲》,中国人民出版社1985年版,第501页。

　　想象是人们追忆形象的机能。一个完全失去这种机能的人是一个愚昧的人,他的全部知识功能将限于发出他在儿时学会组合的声音,机械地在生活中应用。①

想象既然是一种"追忆形象"、"重现不在眼前的事物"的机能,就同样应以客观事物为基础,包括在现实关系中自己看到的、听到的、体验到的事物。同时狄德罗又认为想象与记忆不同,当记忆停止起作用时,想象才显示出它的作用。狄德罗把想象和记忆联系起来是他的高明之处,是唯物主义的见解,但把二者对立起来,又是机械的、形而上学的。传统的看法只把记忆看作是一种"重复"和"再现"过去感知过的事物的心理活动,而不把想象中的记忆看作是一种再创造的心理活动。狄德罗是这样说的:

　　那么,在什么时候才停止应用记忆而开始运用想象呢? 那是当你以一个接一个的问题迫使他想象的时候;也就是说由抽象的、一般的声音转化为比较不抽象的、比较不一般的声音,一直到他获得某一种明显的形象表现,也就是到达理智的最后一个阶段,即理智休息的阶段。到这时候,他成了什么呢? 他就成了画家或者诗人。②

　　在生物界中,触觉分化为无穷尽的方式和程度,在人身上就叫作视觉、听觉、嗅觉、味觉和知觉。他接受各种印象,让这些印象保留在他的感官中,然后用字词来区别它们,并且就用这些字词或用形象来追忆它们。③

想象则是将过去感知的事物和具体的形象运用必然律、可然律、因果律加以推理,发现它们之间必然性的逻辑和内在的规律。诗人与哲学家只是因所选用的目标不同而有所区别。狄德罗说:"把一系列必然相联的形象按照它们在自然中的先后顺序加以追忆,这就叫做根据事实进行推理。如已知某一现象,而把一系列的形象按照它们在自然中必然会先后相联的顺序加以追忆,这就叫做根据事实进行推理,或者叫做想象;按照你所选的不同

---

① 〔法〕狄德罗:《狄德罗美学论文选》,张冠尧等译,人民文学出版社1984年版,第161—162页。

② 〔法〕狄德罗:《狄德罗美学论文选》,张冠尧等译,人民文学出版社1984年版,第162页。

③ 〔法〕狄德罗:《狄德罗美学论文选》,张冠尧等译,人民文学出版社1984年版,第163页。

目标,你就是哲学家或者诗人。"① 狄德罗的这些论述,基本没有逃出亚里士多德的观点,仍是从形式逻辑上观察想象这样一个极为复杂的心理现象。

想象是感性和理性统一的思维活动,但又需要理性加以控制。他说:"诗人不能完全听任想象力的狂热摆布,诗人有他一定的范围。诗人在事物一般秩序的罕见情况中,取得他行动的范本。这就是他的规律。"②

他所说的诗人想象有它一定的范围,是指它不能离开诗人的生活经验、审美判断力。他说:"没有想象力的作用,决不会找到真实的情节起伏。如果没有经验和缺乏审美力,也就不能正确地估量这一场戏应该持续多久。"③ 在《泰伦斯赞》中,他认为艺术家只有将感受力、想象力、判断力、组织能力结合起来,才能达到艺术的最高境界。他说:"感觉敏锐,想象力丰富,具有高度周密的组织能力和精细正确的判断,对性格、思想和言谈又能做出严格估价的人,几乎绝无仅有。这样的人吸取了千百年鉴赏力的精华,并处处以之为准则。我认为,泰伦斯就是这样的人。他好比古希腊遗留下来的某些宝贵的雕像,如维纳斯美神像和安提努斯像。这些雕像没有爱情、没有性格,甚至连一点动作也没有,但它们非常纯洁,典雅,真实,使人百看不厌。它们的美是内在的,含蓄的,需要长期观察才能充分体会。凭着印象和感觉是体会不到的,必须反复欣赏,因此,直到今天,人们还在反复欣赏这些雕像。"④

(二)关于创作中的情感与激情问题

如果说狄德罗对后来的浪漫主义运动有所促进的话,那么他对创作中的情感与激情问题的重视,也是一个重要的因素。狄德罗在更多场合、在基本的方面,有现实主义倾向,强调理智、冷静地反映现实生活,但是对一个行将到来的伟大革命的思想家来说,他又不可能忽视创作的感情与激情问题。

他认为,懂不懂得感情,是区别艺术家、有鉴赏力的人与没鉴赏力的人的基本分界。狄德罗认为:"懂得感情与不懂得感情的人对艺术家的作品有截然不同的看法。第二种人对作品根本不懂。"⑤ 他认为不管是什么人,要研究人性,第一件事情就是要研究人的七情六欲。他说:"最先精心研究人性者的第一件事是注意分清人的七情六欲,认识它们,标出它们的特征。有一个人找出七情六欲的抽象概念,这个人就是哲学家;另一个人给概念以形体

① 〔法〕狄德罗:《狄德罗美学论文选》,张冠尧等译,人民文学出版社1984年版,第163页。
② 〔法〕狄德罗:《狄德罗美学论文选》,张冠尧等译,人民文学出版社1984年版,第163页。
③ 〔法〕狄德罗:《狄德罗美学论文选》,张冠尧等译,人民文学出版社1984年版,第197页。
④ 〔法〕狄德罗:《狄德罗美学论文选》,张冠尧等译,人民文学出版社1984年版,第272页。
⑤ 〔法〕狄德罗:《狄德罗美学论文选》,张冠尧等译,人民文学出版社1984年版,第517页。

和动作,这个人就是诗人。第三个人按照形体和动作去雕刻大理石,这个人就是人像雕刻家。第四个人使人像雕刻家俯伏在自己的作品脚下,这个人就是教士。多神教的神是按人的形体塑造的。荷马、埃斯库罗斯、欧里庇得斯和索福克勒斯的作品里的神是什么? 人类的罪恶、德行和人格化了的自然的伟大景象等,这就是真正的诸神族谱。"① 因此,不研究人的感情,不体验人的七情六欲,就无法当诗人。

在狄德罗的理论中,艺术作品是否具有魅力,如何表现感情是一个首要的问题。他认为,要使作品中描写的人物感动人,就必须使情境突出,表现强烈的感情。"只有这个办法才能使这些冷漠而被压抑的灵魂吐出人性的声音,没有这人性的声音,就不能产生伟大的效果。"② 一部优秀的作品绝不是因为一句漂亮的诗句而获得的掌声,而是长时间静默的抑压以后发自内心一声深沉的叹息,待它发出以后心灵才松一口气。

> 假使你生来就有艺术天才,假使你能预感到它的全部魔力,你就可以设想得出的:那就是使全国人民因严肃地考虑问题而坐卧不安。那时人们的思想将激动起来,踌躇不决,摇摆不定,茫然不知所措;你的观众将和地震区的居民一样,看到房屋的墙壁在摇晃,觉得土地在他们的足下陷裂。③

狄德罗的这一看法,在今天仍有重要意义。文学史的事实表明,探寻时代的脉搏和人民的心声,提出现实生活中的重大问题,这对一个作家艺术家来说,是决定其创作成败的重要方面。

狄德罗还认为,表现人的心曲,表现人的复杂多变的感情始终是艺术临摹的范本。狄德罗在《理查生赞》中,高度赞扬作者小说中对人物心理的描写和情感的表达。他说:"热情迸发的声音时常冲进你们的耳朵;可是热情的语调和表情里蕴含的秘密,你们却很少觉察。每种热情都有它的表情,所有这些表情陆续在一张脸上出现,而脸始终是同一张脸,伟大诗人和伟大画家的艺术,就是使你们看见一个你们所忽略过去的瞬间的状况。"④ "人的心

---

①　[法]狄德罗:《狄德罗美学论文选》,张冠尧等译,人民文学出版社1984年版,第112—113页。

②　[法]狄德罗:《狄德罗美学论文选》,张冠尧等译,人民文学出版社1984年版,第111页。

③　[法]狄德罗:《狄德罗美学论文选》,张冠尧等译,人民文学出版社1984年版,第139页。

④　[法]狄德罗:《狄德罗美学论文选》,张冠尧等译,人民文学出版社1984年版,第253页。

曲在过去、现在和将来始终如一,它是你临摹的范本。"① 对于作家、艺术家来说,就应善于捕捉人们面部表情变化的规律。他认为"表情就是情感的形象。"② "在世界每一个洲中的每一个国家,每一个国家中的每一个省,每一个省中的每一个城市,每一个城市中的每一家,每一家中的每一个人,每一个人的每一个时刻,都有其特定的相貌和表情。一个人有时生气,有时专心,有时好奇,有时爱,有时恨,有时蔑视,有时高傲,有时叹赏;他心灵的每一个活动都表现在他的脸上……应该说是在他的嘴上,在他的面颊上,在他的眼睛里,在他脸上的每一部分。眼睛有时发亮,有时暗淡,有时无神,有时茫然,有时凝视;画家丰富的想象力是所有这些表情的无穷宝库。我们每一个人也都有一点儿想象力,这就是我们借以判断美丑的基础。"③ 当然艺术家表现人的情感的变化,绝不是只抓住脸部上的一点,而应是通过描绘脸部的活动,通过一个窗口,看出他的感情变化的规律。他说:

> 我并不强求你们画一个鼻子,一张嘴,一只眼睛,而是在脸的活动中,抓住控制脸上各部分的感应规律,而这种规律的控制方式对艺术家来说,永远是新的课题,即使艺术家具有最令人难以置信的想象力,或者进行过上千年的研究,也是如此。④

充满激情是天才艺术作品的重要特征,也是天才艺术家创作的重要特征。在《狄德罗传》中有这么一段记载,狄德罗认为:"凡是激情引起的一切,我都原谅。只有后果使我不快。而且,您也知道,我任何时候都是强烈感情的辩护者;只有它才能激动我。无论它引起我的赞叹或惊恐,我都强烈地感受到。天才的艺术与这种激情一起诞生,一起熄灭;也正是它产生出恶棍以及把恶棍描绘得惟妙惟肖的热诚的人。如果败坏我们本性的残暴行为由它犯下,那也正是需要通过它去进行美妙的尝试,振兴我们的本性……"⑤

在《关于〈私生子〉的谈话》中,狄德罗具体论述了激情产生的根源和激情出现时的状态。他认为:

① [法]狄德罗:《狄德罗美学论文选》,张冠尧等译,人民文学出版社1984年版,第257页。
② [法]狄德罗:《狄德罗美学论文选》,张冠尧等译,人民文学出版社1984年版,第390页。
③ [法]狄德罗:《狄德罗美学论文选》,张冠尧等译,人民文学出版社1984年版,第391页。
④ [法]狄德罗:《狄德罗美学论文选》,张冠尧等译,人民文学出版社1984年版,第531页。
⑤ [法]安德烈·比利:《狄德罗传》,张本译,商务印书馆1984年版,第286页。

这世界上惟有德行和真理值得我念念于怀……热情产生于大自然的物体。当精神观察到这件物体的种种动人面貌，它就念念不忘，为之激动、不安。想象力活跃了，热情迸发了。人们不断地为之惊奇、感动、气愤、恼怒。如果没有热情，人们就缺乏真正的思想，即便偶然遇到，也无法追踪……诗人感觉到这种热情的时刻，这是在他冥想以后。他身上的一阵战栗宣告它已来临，这阵战栗发自他的胸膛，愉快而迅速地扩展到四肢，很快它不再是战栗，而是变成一种强烈而持久的热力，它使他燃烧，气喘，使他心劳神疲，烧毁他，但它却把灵魂和生命赋予他手指所触到的一切。如果这种热力继续上升，他眼前的怪影就会倍增，他的激情几乎上升到疯狂的程度。他只有把那些挤挤攘攘、彼此冲撞、相互追逐、如山洪暴发般的思想发泄出来才能感到轻快。①

这段话说明，激情来源于大自然，来源于德行和真理。激情是热情的迸发，是一种强烈持久的热力。激情的表现形态：它由一阵战栗宣告它的来临，它使作家燃烧、气喘、不断为之惊奇、感动、气愤、恼怒，其热力上升到近乎疯狂的地步。激情又是一种理性与非理性统一、意识与下意识统一的情感的爆发。关于这一点，狄德罗是这样描述的："我们看到一个人因某种强烈的感情而激动，这时是什么打动我们呢？是他的辞令吗？有时是。但是，必然打动我们的，却是呼叫声，含糊不清的片言只语，嘶哑的嗓音，断断续续吐出的单音字，以及在喉头里，牙缝里发出的喃喃低语。激烈的感情使人呼吸短促，神志错乱，因此，词句时断时续，人从这个思想飞跃到那个思想；他张口说很多很多的事，可是一件事也没有说清楚；除了他在激情初起时表达出来的，后来又一再重复的某些感情以外，其余的只是一连串细弱而模糊的微响，有气无力的弱音，压抑的声调。"② 一个人往往在激情迸发时，最能显示出本色，才能吐真言，发心声，生活中长期积淀的一些情绪可以不自觉地，又非常真实地表现出来。一对情人在一起喃喃低语，有时他们自己也不知在讲什么。《红楼梦》中宝、黛有时表现出的痴呆，正是他们爱情真挚的集中表现。在激情迸发时，一些虚伪、僵死的教条、偏见都会被摒弃，当然激情有时也会偏离真理、动摇真理。狄德罗说：

① ［法］狄德罗：《狄德罗美学论文选》，张冠尧等译，人民文学出版社1984年版，第58—59页。
② ［法］狄德罗：《狄德罗美学论文选》，张冠尧等译，人民文学出版社1984年版，第61—62页。

激情比哲学更能摧毁偏见。谎言怎能抗拒激情呢？激情有时，还能动摇真理……在激情剧烈的冲击下，没有一个人，无论是多么正直的人，不在心灵深处渴望德行的荣誉和恶行的利益的。①

在激情迸发期间，人的感情瞬息万变，狄德罗要求艺术家认真地观察、体验，并真实地表现人们激情的差别。这时人们的心灵状态，即使最好的哲学家，凭他的全部智慧也无法分析，"指导并启发他们的，不是戒律，而是另一种更直接、更深刻、更难捉模、也更可靠的东西"②。比如激情期间人的语言声调就变化多端，"这是一个捉摸不定而又细致入微的东西，我不知道有什么东西比它更使人强烈地感觉到一切现存的和已往的语言是多么贫乏……人们把低沉的和尖锐的、急促的和缓慢的、柔和的和强烈的字眼结合起来，然而网总是拉不紧，什么也留不住"③。这时往往只有靠艺术家、作家的敏锐感受力、高度的审美鉴赏力才能捕捉住。狄德罗认为，激情迸发在人的脸部上往往会表现出不同的颜色。"每种激情里是不是各有各的颜色呢？各种激情是不是在任何时刻都具有同样的颜色呢？忿怒的颜色有各种各样细微的差别。如果忿怒使脸发红，眼睛便像火一样地炽烈；如果忿怒到极点，那就使心脏紧缩而不是使它舒展，眼睛会惘然若失，前额和脸颊会泛出苍白，嘴唇会抽搐而且发白。"④一个艺术家只有准确地把握并表现出人物复杂的表情变化，才能达到或接近艺术的最高境界。

狄德罗关于艺术创作中谈及的上述问题，有着重大的审美价值。

第四节　狄德罗对戏剧理论的贡献

——《论戏剧诗》及其他

狄德罗有一句很有名的话："希望有一天，一位天才会感觉到，在前人走过的老路上是不可能赶上前人的，于是他毅然决然改辙易途，只有如此才能使我们从哲学所未能攻破的偏见中解脱出来。"⑤狄德罗的美学理论，在各方

---

①　[法]狄德罗：《狄德罗美学论文选》，张冠尧等译，人民文学出版社1984年版，第83页。
②　[法]狄德罗：《狄德罗美学论文选》，张冠尧等译，人民文学出版社1984年版，第64页。
③　[法]狄德罗：《狄德罗美学论文选》，张冠尧等译，人民文学出版社1984年版，第63页。
④　[法]狄德罗：《狄德罗美学论文选》，张冠尧等译，人民文学出版社1984年版，第377—378页。
⑤　[法]狄德罗：《狄德罗美学论文选》，张冠尧等译，人民文学出版社1984年版，第75页。

面都显示出他的独创性和原创性。戏剧理论是他整个美学思想体系中的重要组成部分。其代表作是:《关于〈私生子〉的谈话》《论戏剧诗》《演员奇谈》。他的戏剧理论的中心议题是关于严肃剧问题。

一、严肃剧理论提出的现实基础

在启蒙运动时期,法国文坛上居于统治地位的仍是新古典主义戏剧。当时法国戏剧界有的作家由于接近现实生活,也写出了一些好的剧本,如莫里哀,但又不可否认更多的作家由于离现实生活较远,他们的作品不能反映新兴资产阶级的审美趣味和政治要求,不能适应时代的需要。同时新古典主义的一些清规戒律如三一律,也束缚着作家的手脚。狄德罗提倡严肃剧就是要打破传统的戏剧观念、批判古典主义的教条。

当时的新古典主义戏剧主要特征是:

1. 学古、仿古。

以古罗马艺术为仿效的典范。把戏剧体裁仅限于悲剧和喜剧两种。悲剧被称为"高贵"的体裁,专用来为帝王贵族歌功颂德;喜剧被认为是"卑下"的体裁,讽刺嘲笑第三等级人民群众。

2. 理性化。

古典主义戏剧的基本主题是公民的职责、义务和理性,战胜个人的理想、愿望和感情。

3. 类型化。

人物是扁平的,不是凸圆的。

4. 程式化。

"三一律"的法规;语言必须用韵文,反对口语化。

到启蒙运动时期新古典主义已近末流,趋向衰落;不改革,戏剧就没有生命,就不能满足时代的要求,人民的要求,特别是上升的资产阶级的要求。

二、严肃剧理论提出的艺术实践基础与理论上的继承关系

16世纪英国戏剧走上了高峰,出现了莎士比亚。莎翁的戏剧创作打破了悲喜剧的绝对界限。17—18世纪,英国又出现了一种"感伤剧",或称之为"流泪"喜剧,并开始使用散文化的日常语言写剧本。狄德罗认为,这种剧种适合第三等级的要求。

在理论上提倡严肃剧的先驱是意大利文艺复兴时期的理论家瓜里尼（Battista Guarini, 1538—1612）。他的剧本《牧羊人裴多》就打破了悲喜剧的界限。由于遭到传统势力的指责，他专门写了一篇题为《悲喜混杂剧体诗的纲领》(1601)。他认为，悲喜剧成分的结合，绝不是违反自然的常规，更不能说它违反艺术的常规。他举马与驴交配生了骡子这一自然现象，说明二者的混合并非违背自然之理。悲喜混杂剧的特点："它是悲剧的和喜剧的两种快感揉合在一起，不至于使听众落入过分的悲剧的忧伤和过分的喜剧的放肆。这就产生一种形式和结构都顶好的诗，不仅符合完全由调节四种液体来组成的那种人体方面的混合，而且比起单纯的悲剧或喜剧都较优越，因为它既不拿流血死亡之类凶残的可怕的无人性的场面来使我们感到苦痛，又不至使我们在笑谑中放肆到失去一个有教养的人所应有的谦恭和礼仪……悲喜混杂剧可以兼包一切剧体诗的优点而抛弃它们的缺点；它可以投合各种性情，各种年龄，各种兴趣，这不是单纯的悲剧或喜剧所能做到的，它们都有过火的毛病。"①

西班牙的维加 (Lope Felix de Vega caprio, 1562—1635)，在写了名剧《羊泉村》的同时，还写了《当代编剧的新艺术》(1609)，提倡悲剧和喜剧混合，"使得它一部分严肃，一部分滑稽；因为这种多样化能引起大量的愉快。大自然给了我们很好的范例，因为通过多样化，它才成为美丽的。"②他主张剧作家应采用民间的朴素语言，破除创作上的陈规旧习。

瓜里尼与维加已提出悲喜剧混合的问题，但并未系统化。这一新的剧种在文艺复兴以后的文艺实践中已经出现，但真正从理论上加以总结，并阐明它的性质、特点和规律的则是狄德罗。从这个意义上，狄德罗又是近代戏剧理论的奠基人。

三、严肃剧的涵义、特点和种类

狄德罗认为，在悲喜剧之间应该有新的剧种，它兼有悲剧与喜剧的成分。他说：

> 一切精神事物都有中间和两极之分。一切戏剧活动都是精神
> 事物，因此似乎也应该有个中间类型和两个极端类型。两极我们

---

① 伍蠡甫主编：《西方文论选》上卷，上海译文出版社1979年版，第198页。

② 伍蠡甫主编：《西方文论选》上卷，上海译文出版社1979年版，第220页。

有了,就是喜剧和悲剧。但是人不至于永远不是痛苦便是快乐的。因此喜剧和悲剧之间一定有个中心地带。①

他以泰伦斯的剧本《婆母》为例,说明这出戏剧既不是悲剧,也不属于喜剧。"可是剧里仍有令人感兴趣的东西。任何戏剧作品,只要题材重要,诗人格调严肃认真,剧情发展复杂曲折,那么即使没有使人发噱的笑料和令人战栗的危险,也一定有引起兴趣的东西。而且,据我看来,由于这些行动是生活中最普遍的行动,以这些行动为对象的剧种应该是最有益、最具普遍性的剧种。我把这种戏剧叫做严肃剧。"②

严肃剧是一种介于悲剧和喜剧之间的新的剧种,它兼有悲剧和喜剧的成分和特点。由于严肃往往同正派联系在一起,因此狄德罗有时又把它称为正剧。"严肃剧处在其他两个剧种之间,左右逢源,可上可下,这就是它优越的地方。喜剧和悲剧就不是这样。喜剧的一切不同色调都可以包括在喜剧本身和严肃剧之间;悲剧的一切不同色调也可以包括在严肃剧和悲剧之间……喜剧和悲剧是戏剧创作的真正界标。但是,如果说,喜剧求助于滑稽就不能不使自己降格,悲剧扩张到神奇就不能不失真,那么,这两个处在两头的剧种就是最感人、最难写的剧种了。"③

(一)严肃剧的特点包括以下几种:

1.严肃感人。

严肃剧是一种严肃而感人的戏剧。严肃性首先是指题材的重要和格调的严肃认真。严肃性侧重强调剧本的思想的深刻性,要求主题的严肃,格调的健康,并对社会有益。狄德罗反对传统的喜剧把普通人民群众仅看作嘲讽的对象。他认为严肃喜剧,应描写人类的美德和责任。严肃剧、家庭悲剧,应以写人民群众普遍关心的问题为主。他强调一部作品应表现真理和德行,反映时代精神。他说:"我把真理和德行看成两尊巨大的石像,它们矗立在地面上,它们周围的一切都被破坏而化为废墟,唯它们屹立不动。这些巨像有时也蒙上云雾,于是人们便在黑暗中行动,这是愚昧和罪恶的时代,狂热和征战的时代,但是总有一朝云开雾散,于是俯伏在地的人们认出了真理并向德行致敬。"④ "一部作品,不论是什么样的作品,都应该

---

① [法]狄德罗:《狄德罗美学论文选》,张冠尧等译,人民文学出版社1984年版,第90页。
② [法]狄德罗:《狄德罗美学论文选》,张冠尧等译,人民文学出版社1984年版,第90页。
③ [法]狄德罗:《狄德罗美学论文选》,张冠尧等译,人民文学出版社1984年版,第91页。
④ [法]狄德罗:《狄德罗美学论文选》,张冠尧等译,人民文学出版社1984年版,第84页。

表现时代精神。道德观是否净化,偏见是否削弱,人们是否乐于对万事慈悲为怀,对有益事物的爱好是否广为传播,牧师的作为是否引起人民的兴趣,即使在喜剧中,也必须使人看到这一切。"[1] 在《沙龙随笔》中,他还说:"艺术家们,如果你们希望你们的作品能传之久远,我劝你们一定要坚持正派的主题。一切向人们宣扬堕落的作品都是注定要短命的,画越画得好它的寿命就越短。"[2]

2. 描写现实生活的真实性。

戏剧创作,应面向现实,面向普通人的日常生活。作家的题材、主题应从现实生活中吸取。狄德罗在与多华尔谈到他的剧本《私生子》时明确说:"我们的表达法,我们的思想是从和我们交谈,和我们生活在一起的人那里借取来的。按照我们对他们的评价,我们的心灵或深或浅地染上了他们心灵的色彩。"[3] 他强烈反对新古典主义创作脱离生活、矫揉造作,提倡戏剧反映普通人的日常生活。针对当时法国戏剧舞台的现状,他深感戏剧脱离现实就不能产生"奇异"的效果。只有当戏剧表现现实生活,表现了人民的心灵和他们所关心的问题时,戏剧才能吸引群众。他既害怕去看戏,又克制不住地想去看戏。"那时,诗人不再像现在那样勉强满足于转瞬即逝的激动、稀稀落落的掌声、有限的几滴眼泪。相反,诗人将会震撼人们的精神,将混乱和恐怖带到人们的心灵中去。于是,古代悲剧中那些具有如此巨大可能性,而又如此不被人相信的现象将重见于今日。"[4]

正因为如此,狄德罗强调严肃剧的剧情一定要简单并带有家庭性质,而且一定要和现实生活很接近。

戏剧表现日常生活,应自然、真实,要像索福克勒斯写菲罗克忒忒斯一样的真实。主人公可以穿着破烂衣衫在地上打滚、号叫,发出含糊不清的声音,甚至有些是粗野的。剧中不讲排场,只有真实的声音,真实的语言,简单而自然的剧情。"剧中人在舞台上或坐或立,情态如此自然、真实,如被画家忠实地描绘出来,在画布上也会使我喜欢的。"[5]

严肃剧强调真实、自然,但并非不要想象、幻象。狄德罗认为,严肃剧这个体系应包括尽可能大的范围,它"把真实和虚幻、想象世界和现实世界都

---

① [法]狄德罗:《狄德罗美学论文选》,张冠尧等译,人民文学出版社1984年版,第85页。

② [法]狄德罗:《狄德罗美学论文选》,张冠尧等译,人民文学出版社1984年版,第507页。

③ [法]狄德罗:《狄德罗美学论文选》,张冠尧等译,人民文学出版社1984年版,第81页。

④ [法]狄德罗:《狄德罗美学论文选》,张冠尧等译,人民文学出版社1984年版,第72页。

⑤ [法]狄德罗:《狄德罗美学论文选》,张冠尧等译,人民文学出版社1984年版,第51页。

包括进去"①。为了使戏剧写得真实、自然,狄德罗认为一切自觉有戏剧天才的青年作家都应首先练习写严肃剧。他提倡戏剧家要像画家先从裸体开始描绘那样,去练习写现实中的人物。这样艺术家就可以在普通阶层中或者在上层社会中选择主题,随心所欲地描绘人物的衣服,但观念仍然可以感到在人物衣褶下的那个赤裸的躯体。

3. 采用散文体,风格有力,语言口语化,创作不受"三一律"等框框的限制。

狄德罗说:"严肃剧也有自己的诗律学,这种诗律学也是非常广泛的。"②狄德罗对于新古典主义的清规戒律十分厌烦,认为戏剧作家不应受框框的限制,而应充分发挥自己的创造性。他说:"我对戏剧艺术愈深入思考,就愈对那些戏剧理论家起反感。他们根据一系列特定的法则,制订出普遍的教条。他们看见某些事件产生了良好的效果;马上强迫诗人必须用同样的方法去获致同样的效果;可是如果他们再仔细观察一下,就会发觉相反的方法倒会产生更大的效果。就这样,艺术中规则充斥,而作者由于奴颜婢膝地拘守这些规则,常常费了很大气力却写不出象样的东西。"③

他对"三一律"采取了具体分析的态度,认为它虽不易遵循,但有一定的合理性。至于严肃剧的创作,则最自由,不受"三一律"的限制。他说:"如果说严肃剧是一切剧种中最容易的一种,反过来说,它又最不受时间地点的变迁所影响。你尽管把裸体像带到世界上你喜欢的任何地方,如果它画得好,它就一定会吸引别人注意。如果你善于写严肃剧,那么,无论在什么时代、什么民族中间,你都会博得人们的喜爱。它从旁系剧种借用的不同色调并不足以使它失去本色。"④严肃剧为了表现日常生活,语言应接近群众,实行口语化、散文化,不宜用韵体。他认为英国有散文体悲剧,如《伦敦商人》和《赌徒》。莎士比亚的悲剧是半诗体半散文体。他主张悲、喜剧都用散文体。只有这样,才能使戏剧为群众所接受。对于严肃剧或正剧的各组成部分的特点,狄德罗也作了概括性地描述:主题真实、深刻;人物多样、新颖、独特;风格有力、庄严、高尚。他说:

> 让我们考察一部正剧的各个部分,看是怎么回事。评定一部

---

① [法]狄德罗:《狄德罗美学论文选》,张冠尧等译,人民文学出版社1984年版,第91页。
② [法]狄德罗:《狄德罗美学论文选》,张冠尧等译,人民文学出版社1984年版,第93页。
③ [法]狄德罗:《狄德罗美学论文选》,张冠尧等译,人民文学出版社1984年版,第174—175页。
④ [法]狄德罗:《狄德罗美学论文选》,张冠尧等译,人民文学出版社1984年版,第92页。

正剧是不是应该根据它的主题呢？在正派严肃的戏剧里，主题并非不如在轻松愉快的喜剧里重要，而且还应该用更真实的方法去处理它。是不是应该根据人物性格来评定呢？在正剧里，人物性格仍然可能是多种多样、新颖独特的，而且作者还应该更有力地去刻划他们。是不是应该根据激情来评定呢？在正剧里，激情表现得越强烈，剧本的趣味就越浓。是不是应该根据风格来评定呢？在正剧里，风格应是更有力，更庄严，更高尚，更激烈，更富于我们叫做感情的东西。没有感情这个因素，任何风格都不可能打动人心。①

狄德罗突出地强调严肃剧中的感情成分，强调激情问题，这一反古典主义剧本中的理性化，体现了启蒙运动的时代特点。

严肃剧的种类是多种多样的。艺术种类不是固定不变的，它随着社会的发展、艺术对象的变化而变化。狄德罗认为"任何一个民族都需要适合于他们的戏剧"，"一个民族并非同样擅长所有种类的戏剧体裁。"②他说：悲剧更符合共和政体的精神；喜剧尤其是轻松的喜剧，更接近君主政体的性质。狄德罗在强烈反对新古典主义戏剧的同时，大力提倡创作严肃剧，并对严肃剧的种类作了些分析。

（二）严肃剧的种类：

1. 家庭和市民悲剧或市民家庭悲剧。

以英国的散文体悲剧《伦敦商人》和《赌徒》为代表的这类严肃剧，剧情简单和带有家庭性质，而且和现实生活接近。③"严肃剧倾向于悲剧而不是倾向于喜剧。"④

从题材上讲，它描写日常生活，表现普通人的性格和命运。在关于《私生子》谈论中，狄德罗写道："这种悲剧距离我们比较近。它描写了我们周围的不幸。怎么！一个现实的场面、真实的服装、和动作协调合拍的谈吐、简明的动作、一些你不可能不曾为你的双亲、朋友和你自己担过忧的危险等等，这一切会给你什么印象，你难道想象不出来么？厄运的突然降临，对身败名裂的恐惧，穷困的境遇，使人走向倾家荡产、从倾家荡产走向绝望、从绝

---

① ［法］狄德罗：《狄德罗美学论文选》，张冠尧等译，人民文学出版社1984年版，第135页。
② ［法］狄德罗：《狄德罗美学论文选》，张冠尧等译，人民文学出版社1984年版，第204页。
③ ［法］狄德罗：《狄德罗美学论文选》，张冠尧等译，人民文学出版社1984年版，第93页。
④ ［法］狄德罗：《狄德罗美学论文选》，张冠尧等译，人民文学出版社1984年版，第94页。

望走向轻生的激情等,这些并不是罕见的事情。"①

在艺术形式上,市民家庭悲剧不能采用诗的形式,而应采用散文体。

2. 严肃喜剧。

"喜剧最令人发笑的特点和严肃剧最感人的特点杂然并陈,时而像喜剧,时而又像严肃剧。"② 它以人的美德和责任为对象,不是以人民群众的缺点和可笑之处为对象。

图示:

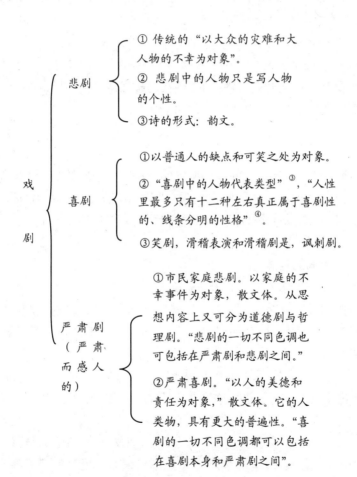

悲剧
- ① 传统的"以大众的灾难和大人物的不幸为对象"。
- ② 悲剧中的人物只是写人物的个性。
- ③诗的形式: 韵文。

喜剧
- ①以普通人的缺点和可笑之处为对象。
- ② "喜剧中的人物代表类型"③,"人性里最多只有十二种左右真正属于喜剧性的、线条分明的性格"④。
- ③笑剧,滑稽表演和滑稽剧是,讽刺剧。

严肃剧(严肃而感人的)
- ①市民家庭悲剧。以家庭的不幸事件为对象,散文体。从思想内容上又可分为道德剧与哲理剧。"悲剧的一切不同色调也可包括在严肃剧和悲剧之间。"
- ②严肃喜剧。"以人的美德和责任为对象,"散文体。它的人类物,具有更大的普遍性。"喜剧的一切不同色调都可以包括在喜剧本身和严肃剧之间"。

戏剧

① [法]狄德罗:《狄德罗美学论文选》,张冠尧等译,人民文学出版社1984年版,第103页。

② [法]狄德罗:《狄德罗美学论文选》,张冠尧等译,人民文学出版社1984年版,第92页。

③ [法]狄德罗:《狄德罗美学论文选》,张冠尧等译,人民文学出版社1984年版,第94页。

④ [法]狄德罗:《狄德罗美学论文选》,张冠尧等译,人民文学出版社1984年版,第107页。

四、严肃剧的重要范畴

狄德罗整个文艺思想体系有三个重要的概念即：关系、整体、变化。这些概念在他的戏剧理论中，进一步产生了情境、幻象、对比（冲突）的概念。

（一）情境

狄德罗从人物与环境的关系的角度，把情境提到了首位，看来与亚里士多德相似，但又有所发展。他在《关于〈私生子〉的谈话》中说：

> 你想，每天都有新的情境在形成，你要知道，世界上也许没有任何东西比各种社会情境对我们更为陌生、更应该使我们发生兴趣的了。我们在社会里每个人都有自己的处境，但是我们要和各种不同社会处境的人打交道。
>
> 社会处境！从这块土壤里能抽出多少重要的情节、多少公事和私事、多少尚未为人所知的真理、多少新的情况啊！各种社会处境之间，难道不和人类个性之间一样具有矛盾对比么？诗人难道不能把这些社会处境对立起来么？
>
> 但这些主题并不单属于严肃剧。随着抓住这些主题的人的天性不同，这些主题可以成为喜剧或者悲剧主题。①

情境是指人的各种社会关系及其发展变化在戏剧中的体现。狄德罗主要是指家族关系、职业关系、敌友关系等。戏剧的主题从这里提炼，戏剧的情节从这里吸取，人物的性格从这里显示。它包括人物的社会地位、社会义务、各种遭遇（顺境、逆境与危险境地）和全部生活条件、社会处境。

关于情境与性格的关系。狄德罗认为情境更为重要。他说："到目前为止，在喜剧里，性格是主要对象，处境只是次要的。今天，处境却应成为主要对象，性格只能是次要的。过去，人们从性格引出情节线索，一般是找些能烘托出性格的场合，然后把这些情景串起来。现在，作为作品基础的应该是人物的社会地位、其义务、其顺境与逆境等。依我看，这个源泉比人物性格更丰富、更广阔，用处更大。因为只要人物性格渲染过分些，观众心里就会想，这人物并不是我。但他不能不看到在他面前展示的情境正是他的处境；

---

① ［法］狄德罗：《狄德罗美学论文选》，张冠尧等译，人民文学出版社1984年版，第108页。

他不能不承认自己的责任。他不能不把耳朵听到的和自己联系起来。"①

狄德罗从唯物主义立场,第一次在戏剧创作中明确提出了人物性格与环境的关系问题,反映在剧本中就是性格与情境的关系。他认为性格是由情境决定的,并通过情境的变化显示出来。"人物的境遇愈棘手愈不幸,他们的性格就愈容易确定。"② 只有通过对情境的真实自然的描绘,才能引起观众的艺术兴趣。但狄德罗对于人的性格的主动性还未认识到,这与他缺乏社会实践的观点有关。

(二)幻象

狄德罗很重视艺术的效果。从创作的角度,他提出了"幻象"的概念。他认为幻象是小说与戏剧的共同目的。"幻象从何而生? 情景。他认为,情景决定产生幻象的难易"③。"人们是否可以让我用数学家的语言来谈一会儿? 我们知道他们所说的方程式是什么东西。幻象单独构成方程式的一边。它是一个常数,等于某些或正或负的项的总和;这些正负项的数目和组合可以变化无穷,而其总值永远相同。正项代表普通的情景,负项代表异常的情景,它们应该互相增减以求平衡。"④

他还说:"幻象是一种不自觉的东西。如果有人说:我要制造一个幻象;那就仿佛说:我有一个我将对它毫不留意的生活经验。当我说幻象是一个常数时,那是指同一个人判断不同的作品而言,而不是指不同的人们。或许全世界都不会有两个人在衡量事物的确实性方面具有完全相同的尺度;然而诗人却有为一切人同样地制造幻象的任务!"⑤

狄德罗对幻象很重视,认为:①幻象是戏剧与小说创作的共同的目的,作家的任务就是要为一切人创造幻象;②幻象是情境变化的整体效果,情境可以变化无穷,幻象的值则等于情景的总和;③幻象是虚构想象的产物,"是一种不自觉的东西"。它来源于作家的生活经验,但又完全不同于作家的生活经验,因此,狄德罗说:"我要制造一个幻象;那就仿佛说:我有一个我将对它毫不留意的生活经验。"幻象的特点是"谎言与真实"⑥巧妙地结合在一起。

---

① [法]狄德罗:《狄德罗美学论文选》,张冠尧等译,人民文学出版社1984年版,第107页。
② [法]狄德罗:《狄德罗美学论文选》,张冠尧等译,人民文学出版社1984年版,第179页。
③ [法]狄德罗:《狄德罗美学论文选》,张冠尧等译,人民文学出版社1984年版,第158页。
④ [法]狄德罗:《狄德罗美学论文选》,张冠尧等译,人民文学出版社1984年版,第158页。
⑤ [法]狄德罗:《狄德罗美学论文选》,张冠尧等译,人民文学出版社1984年版,第159页。
⑥ [法]狄德罗:《狄德罗美学论文选》,张冠尧等译,人民文学出版社1984年版,第160页。

(三)冲突与对比

狄德罗正式提出了戏剧冲突的概念,并加以具体化,以对比的方法来展开冲突。他在《论戏剧诗》第13章中说:"情境要有力地激动人心,并使之与人物的性格发生冲突,同时使人物的利害互相冲突。应该使一个人不破坏别人的意图就不能达到自己的目的;或者使大家关心同一件事,然而每个人希望这件事按照他的打算进展。"①

关于冲突,狄德罗讲了两种表现形态:

第一,性格与情境之间的冲突。

人物的性格是由情境决定的,所以"人物的境遇愈棘手愈不幸,他们的性格就愈容易确定。考虑到你的人物所要度过的二十四小时是他们一生中最动荡最严酷的时刻,你就可以把他们安置在尽可能大的困境之中"②。

第二,人物性格之间的冲突和对比。

性格之间的冲突,其根源是利益之间的冲突。作家之所以要采用性格冲突和对比的方法,是为了把人物性格表现得更为突出。但对比必须符合故事的真实性,不应该强拉来对比。对比方法的运用,在不同体裁中有不同的方式。狄德罗认为,在史诗、抒情短诗和其他几种高级的诗歌体裁中,采取情感或形象的对比,这是"天才的最明显的特性之一;那是在心灵中同时怀有极端的和相反的感觉的艺术,也可以说是从相反的方向去扣动心弦,在心灵中激起交织着痛苦和快乐、苦涩和甜蜜、温柔和恐怖的颤动。"③荷马史诗、卢克莱修描写爱情的诗、贺拉斯的抒情短诗中,都有这类成功的对比和描写。关于冲突问题,以后黑格尔以辩证法的观点作了更为深刻的论述。狄德罗仅是提出了问题,但并未解决这个问题。

关于性格对比,狄德罗认为性格当中有三种对比。一是道德的对比,一是恶习的对比,一是情感对比。狄德罗关于对比的看法大都是依据莫里哀的成功喜剧提出的,他不主张在严肃创作中硬套这一方法。他说"这条关于对比的规律也和其它许多规律一样,是根据某一部天才作品订出来的。"但不能断言"人们不用对比就写不好"④。

在《画论》中他还说:"造成矫揉造作的最可悲的原因之一就是不能正确理解对比。真正的对比是从行动的深处产生的,或者是从器官的不同或

① [法]狄德罗:《狄德罗美学论文选》,张冠尧等译,人民文学出版社1984年版,第179页。
② [法]狄德罗:《狄德罗美学论文选》,张冠尧等译,人民文学出版社1984年版,第179页。
③ [法]狄德罗:《狄德罗美学论文选》,张冠尧等译,人民文学出版社1984年版,第184页。
④ [法]狄德罗:《狄德罗美学论文选》,张冠尧等译,人民文学出版社1984年版,第187页。

利害不同当中产生的。"① 他高度赞扬拉斐尔和勒絮尔绘画中的对比,认为那才是真实的,其他的对比都是不真实的。为此,画家必须全面观察艺术的对象,找出自然物本身体现出的对比关系。

五、严肃剧的社会功能

狄德罗提倡严肃剧的一个重要目的,是要让戏剧成为鼓舞人们向善的重要工具,起到移风易俗的巨大作用。

第一,严肃剧应促进新的道德观念的形成,这是作家创作的重要目标。他说:"当人们写作的时候,心目中应该总是想到道德观念和有德行的人。"② "啊! 倘使一切摹仿性艺术都树立起一个共同的目标,倘使有一天它们帮助法律引导我们热爱道德而憎恨罪恶,人们将会得到多大的好处! 哲学家应该发出这样的呼吁,他应该向诗人、画家和音乐家大声疾呼:天才的人们,上天为什么赋予你们天才? 假使他的呼声被接受了,那么不久的后,淫秽的图画不会再挂满大厦的四壁;我们的歌唱不再成为罪恶的喉舌,而高尚的趣味和习俗可以更加得到培养。"③

第二,自然的本性是向善的,人的本性是向善的,只有通过戏剧,好人与坏人的感情才能沟通。他认为人的本性是好的,即使坏人身上,也有好的品格。应该谴责的是那些败坏人们的可恶的成规,而不是人类的本性。狄德罗反对的是封建专制制度和封建的道德、规范,而把新兴资产阶级的道德看作是"人类的本性"。戏剧,可以使好人与坏人的感情沟通起来,使人们恢复善的本性,起到惩恶扬善的审美教育作用。他说:"只有在戏院的池座里,好人和坏人的眼泪才融汇在一起。在这里,坏人会对自己可能犯过的恶行感到不安,会对自己曾给别人造成的痛苦产生同情,会对一个正是具有他那种品性的人表示气愤。当我们有所感的时候,不管我们愿意不愿意,这个感触总是会铭刻在我们心头的;那个坏人走出包厢,已经比较不那么倾向于作恶了,这比被一个严厉而生硬的说教者痛斥一顿要有效得多。"④ 严肃剧特别在风俗败坏的民族中间的成功将必超过其他任何地方。他们只有在观剧的时候,才能看到人类应该是什么样子,而与之同声相应,同气相投。真正的严

---

① [法]狄德罗:《狄德罗美学论文选》,张冠尧等译,人民文学出版社1984年版,第369页。
② [法]狄德罗:《狄德罗美学论文选》,张冠尧等译,人民文学出版社1984年版,第134页。
③ [法]狄德罗:《狄德罗美学论文选》,张冠尧等译,人民文学出版社1984年版,第138页。
④ [法]狄德罗:《狄德罗美学论文选》,张冠尧等译,人民文学出版社1984年版,第137页。

肃剧可以使人们在不知不觉中和善良人的命运相联系,"把我从宁静安乐的环境中拽出来,携我同行,把我带进他隐居的山洞,让我和他在诗人借以锻炼恒心毅力的一切困厄横逆之中甘苦与共。"①

第三,严肃剧应提出人民群众普遍关心的问题,使他们看了戏之后,坐卧不安,引起感情的震动,激励人民起来改变自己的环境。这一方面反映了新兴的革命要求,同时他的这一主张也从理论上为后来产生的"社会问题剧"做了先声。

六、关于艺术家的修养问题

艺术家首先应是一个有德行的人。他说:"你想当作家吗? 你想当批评家吗? 那就请首先做一个有德行的人。如果一个人没有深刻的感情,别人对他还能有什么指望? 而我们除了被自然中的两项最有力的东西——真理和美德深深地感动以外,还能被什么感动呢?"一个吝啬鬼,"他一心只想着自己,不知仁慈为何物"。"假使他想去描写同情、慷慨、好客、对国家和对人类的爱这一切高尚的情操,他从哪儿去找到这些颜料呢? 在他心目中,这些美德仅仅是变态心理和荒诞不经而已。"②

艺术家应该"经验加研究",努力提高自己的艺术感受力和艺术鉴赏力。狄德罗说:"经验加研究,这是创作者和评论者必需具备的两项先决条件。其次我还要求敏感。"③

狄德罗认为"鉴赏力是人类千万年辛劳的结晶。"④"艺术鉴赏力究竟是什么呢? 这就是通过掌握真或善(以及使真或善成为美的情景)的反复实践而取得的,能立即为美的事物所深深感动的那种气质。"⑤但是只有艺术鉴赏力而无艺术感受力也不能做艺术家。"自然和摹仿自然的艺术在迟钝或者感情冷漠的人身上起不了什么作用,在无知的人身上所起的作用也很有限。"⑥可能有的人有鉴赏力而不够敏感,有的人则敏感但缺乏鉴赏力。"敏感到了极点就会使人失却明辨之智,任何事物都毫无区别地使他感动。有鉴赏力而不够敏感的人会冷冰冰地说:'这是真的!'敏感而缺乏鉴赏力的

---

① [法]狄德罗:《狄德罗美学论文选》,张冠尧等译,人民文学出版社1984年版,第138页。
② [法]狄德罗:《狄德罗美学论文选》,张冠尧等译,人民文学出版社1984年版,第227页。
③ [法]狄德罗:《狄德罗美学论文选》,张冠尧等译,人民文学出版社1984年版,第431页。
④ [法]狄德罗:《狄德罗美学论文选》,张冠尧等译,人民文学出版社1984年版,第272页。
⑤ [法]狄德罗:《狄德罗美学论文选》,张冠尧等译,人民文学出版社1984年版,第430—431页。
⑥ [法]狄德罗:《狄德罗美学论文选》,张冠尧等译,人民文学出版社1984年版,第430页。

人则感情激动,如醉如痴。"① 最理想的是二者的结合。

艺术家要注重师承与创造。狄德罗既重视师承关系,又注重艺术家的独创。他说:"真正的着色大师之所以很少出现,其原因在于他的师承。在相当长的时间里,学生总是依样画葫芦地照抄老师的画作,却不去观察自然界;这就是说,他习惯于用别人的眼睛去观察一切,而使自己的眼睛丧失了作用。久而久之,一种技巧就束缚着他,使他无法摆脱,不能自拔。这是一条锁住他眼睛的铁链,就像锁住奴隶的脚的铁链一样。这就是虚伪的色彩所以为此充斥于世的根源所在。"② 作家、艺术家只有用自己的眼睛去观察自然,才能真实地写出自然,才会有自己的声音。历史上艺术大师的作品要学习、要研究,还要学习历史、学习哲学,但都代替不了自己的生活实践、自己的观察体验、自己的创造。

艺术家还应该到生活中去观察自然。他说:"如果你想认识真理,那到生活中去吧……去熟悉各式各样的社会情形,到乡村里往上一阵子,访问那些小屋,详细问问住在那的人,或者,最好是瞧瞧的他们的卧床、食物、住屋、衣服,那就会了解,逢迎你们的人竭力在隐瞒你们。"③ 在《画论》中他也劝告青年画家,应走出画院,到生活中去观察、体验,这样才能反映出自然的本性。

在严肃剧创作中,艺术家要刻画各个不同性格,除了有知识之外,还需要有对生活场景的深刻体验来予以补充。"我是说还必须从各个方面研究过人生的幸福与痛苦:战争、饥荒、瘟疫、水灾、雷雨、风暴;研究过动荡中的心灵和大自然。还必须翻阅历史家的著作,熟读诗篇,深思诗人们刻划的形象。"④ 这些见解都是很深刻的。

七、关于戏剧表演的理论

狄德罗在戏剧理论上的另一个重大贡献,是他关于演员表演的理论。这是传统戏剧理论中比较被忽视的一个问题。当时流行的观点是,演员表演时不须冷静的理智,应凭自己的感情来传达角色的感情,这样才能感动观众。狄德罗排除众议,发表了《演员奇谈》,看来是奇谈怪论,实质是正确的奇特的见解。狄德罗在文中提出了演员表演中的基本矛盾问题:即自然与

---

① 〔法〕狄德罗:《狄德罗美学论文选》,张冠尧等译,人民文学出版社1984年版,第431页。

② 〔法〕狄德罗:《狄德罗美学论文选》,张冠尧等译,人民文学出版社1984年版,第179页。

③ 〔苏〕阿尔泰莫诺夫:《十八世纪外国文学史》上册,上海文艺出版社1958年版,第352—353页。

④ 〔法〕狄德罗:《狄德罗美学论文选》,张冠尧等译,人民文学出版社1984年版,第394页。

艺术、情感与理智的矛盾。

狄德罗认为一个伟大的演员应是一个冷静的、理智的、不动感情的旁观者,在理智与感情的矛盾问题上,他是一个理性主义者。他说:"不过在最重要的一点上你那位作者与我的见解完全相反,那就是做一个伟大的演员必须具备的根本品性。我要求伟大的演员有很高的判断力,对我来说他必须是一个冷静的、安定的旁观者,因此我要求他有洞察力,不动感情,掌握摹仿一切的艺术,或者换个说法,表演各种性格和各种角色莫不应付裕如。"① 他从几个方面来论述这个问题:

第一,动感情的、凭感情去表演的演员与凭理智去表演的演员进行效果比较。

图示:

凭感情去表演	凭理智去表演
①"好坏无常","忽强忽弱,忽冷忽热,忽而平庸,忽而卓越"②。	①"始终如一,每次表演用同一方式,都同样完美","表演的热潮有发展,有飞跃,有停顿,有开始,有中途,有顶点"③。
②凭感情表演,不能自制,容易失去理智,似痴着迷,不再看到自己在演戏,忘掉自己在台上,甚至忘掉一切。	②能"控制得住自己,不动感情地复演自己"④,是双重人格。不是凭感情,而是用头脑去完成一切,用冷静的头脑来节制热情的冲动。
③凭感情去表演,演员始终是他自己,所以观众始终蔑视他。	③观众上剧场不是为了看演员自己的流泪,而是为了听到能引出自己眼泪的台词,"伟大的演员是一切人,或者谁也不是。"⑤

第二,自然本性不等于艺术,多情善感,凭感情驱使,是人软弱性的表现。

狄德罗认为:"过分忠实地摹仿真实的自然,即便是最美的自然,也是不允许的;有一些界限是不应该逾越的。——这些界限是谁确定的? ——出于常识,我们不能让一种才能损害另一种才能。"⑥ 他认为只有自然没有艺术,不能造就伟大的演员。演员和自然的关系,类似"奴隶与镣铐的关系;奴

① 〔法〕狄德罗:《狄德罗美学论文选》,张冠尧等译,人民文学出版社1984年版,第280—281页。
② 〔法〕狄德罗:《狄德罗美学论文选》,张冠尧等译,人民文学出版社1984年版,第281页。
③ 〔法〕狄德罗:《狄德罗美学论文选》,张冠尧等译,人民文学出版社1984年版,第282页。
④ 〔法〕狄德罗:《狄德罗美学论文选》,张冠尧等译,人民文学出版社1984年版,第283页。
⑤ 〔法〕狄德罗:《狄德罗美学论文选》,张冠尧等译,人民文学出版社1984年版,第312页。
⑥ 〔法〕狄德罗:《狄德罗美学论文选》,张冠尧等译,人民文学出版社1984年版,第343页。

隶学习怎样戴着镣铐自由行动,一旦他习惯了戴着镣铐生活,他既感不到镣铐的重量,也不觉得行动受到限制。"① 舞台上的真实,并不是事物的本来面目,而是符合艺术的"理想的范本"。他说:"你且想一想戏剧里所谓真是什么意思。指的是不是按照事物的本来面目表现它们? 绝对不是。要这么理解,真就成了普通常见的。那么舞台上的真到底是什么东西呢? 这里指的是剧中人的行动、言词、面容、声音、动作、姿态与诗人想象中的理想范本保持一致,而且演员往往还要夸大这个理想范本。妙就妙在这里。这个范本不仅影响到语调,它甚至改变步伐和仪态。因此同一个演员在台上和在街上判若两人。"② 伟大的演员虽然从自然的丰富宝藏中汲取养分,但他不是凭感情而是凭头脑去完成一切。当灵感来临时,天才的艺术家置身于自然和他们自己的构思之间,他们把专注的目光交替投向一方和另一方。他说:"舞台好比是一个秩序井然的社会,每个人要为了整体和全局的利益牺牲自己的某些权利。谁最能把握这一牺牲的分寸呢? 是热情奔放的人? 是着了迷的人? 当然都不是。在社会上,唯有贤明的人,在剧坛,唯有头脑冷静的演员,才能把握牺牲的分寸"。③ 他把舞台与人生这部大剧相比,认为在社会人生这部大剧里,所有热心肠的人都在舞台上,所有的才子都在台下。第一种人是疯子;第二种人用心摹仿第一种人的疯狂行径,他们是智者。智者的眼睛抓住各色各样人物的可笑之处,加以描绘。他让你嘲笑这些使你身受其害的讨厌家伙,也嘲笑你自己。他观察你,并且依据这个讨厌鬼和你吃到的苦头,描绘出喜剧性摹本。

狄德罗把多情善感看作是软弱的人的本性的表现,任情感办事,难以把事情办好。他说:"如果我们把这种表现一切自然,甚至凶猛的自然的本领叫做多情善感,那我们在用词上可是大错特错了。根据迄今为止人们给词下的定义,我以为多情善感是伴随着器官的软弱性而产生的,它是横膈膜活动灵便、想象力活跃、神经纤细的结果。有这种禀赋的人富于同情心,容易颤抖,赞叹,害怕,发慌,哭泣,晕倒,助人,逃跑,失去理智,夸张,蔑视,鄙夷不屑,往往对真、善、美没有任何明确的概念,对人不公正,易于发疯。多情善感的人增多,各种各样的好事、坏事以及过分的赞扬和斥责就成比例地增多。"④ 他的结论是:演员不能按自己的本能去演戏,不能把感情丰富、细腻看

① [法]狄德罗:《狄德罗美学论文选》,张冠尧等译,人民文学出版社1984年版,第335页。
② [法]狄德罗:《狄德罗美学论文选》,张冠尧等译,人民文学出版社1984年版,第291页。
③ [法]狄德罗:《狄德罗美学论文选》,张冠尧等译,人民文学出版社1984年版,第293页。
④ [法]狄德罗:《狄德罗美学论文选》,张冠尧等译,人民文学出版社1984年版,第314页。

作是演员的首要品质。"伟大演员的灵魂是用一种微妙的元素组成的。哲学家认为正是这种元素充斥宇宙。它不冷不热,不轻不重,没有固定形态,能够同样方便地采取所有的形态,但是不保留任何一种形态。"[①] "自然只给了他一张脸,即他自己的脸;他的其他面貌都来自艺术。"[②]

第三,演员创造角色的过程。

狄德罗认为,演员首先应当有"人的品格、仪表、声音、判断能力、灵敏的感觉"等自然禀赋,进而"需要研究伟大的典范、了解人心、练达人情世故、勤奋工作、积累经验、熟悉戏剧这个行当,通过这些才能使自然的禀赋趋于完善"[③]。

演员创造角色的前提是一定的自然禀赋和长期的生活经验,创造角色的过程是:

第一步,了解和研究剧本中的角色。狄德罗认为:"伟大的演员是另一种奇妙的傀儡,操纵他的是诗人。诗人在每一行诗句里都指示他应该采取什么形式。"[④] 剧作家写下的最明白、最准确、最有力的文字,只能是表达一种思想、一种感情、一个念头的近似的符号,演员的任务就要把这些符号的意义,用动作、姿态、语调、脸部表情、眼神和特定的环境加以补足。正因为这样,演员的第一步,不是动感情,需要的是"观察、研究、描绘",是用头脑思考一切,准确地理解人物。

第二步,研究"理想的典范"。根据自己的人生体验和生活经验,去研究剧本所塑造的人物,进而在自己头脑中塑造出一个理想的范本,并尽可能地使它崇高、伟大、完美。"这个范本是她从戏剧脚本中取来的,或是她凭想象把它作为一个伟大的形象创造出来的,并不代表她本人。"[⑤] 演员经过不断地观察、体验、修改、加工自己的范本,逐渐使它接近理想的境界。

第三步,反复地练习和记忆,按照"理想的范本"一次次表演、提高。当演员一旦上升到塑造的理想范本的高度时,就应控制自己,不动感情地复演自己。有时演员需经过长期的揣摩,练习上百遍,才能恰如其分地表现自己的角色,才能在表演时掌握住火候。

在戏剧史上,狄德罗是戏剧表演理论中表现派的开创者和代表人物,他

---

① 〔法〕狄德罗:《狄德罗美学论文选》,张冠尧等译,人民文学出版社1984年版,第317—318页。

② 〔法〕狄德罗:《狄德罗美学论文选》,张冠尧等译,人民文学出版社1984年版,第313页。

③ 〔法〕狄德罗:《狄德罗美学论文选》,张冠尧等译,人民文学出版社1984年版,第278—279页。

④ 〔法〕狄德罗:《狄德罗美学论文选》,张冠尧等译,人民文学出版社1984年版,第318页。

⑤ 〔法〕狄德罗:《狄德罗美学论文选》,张冠尧等译,人民文学出版社1984年版,第282页。

不同意当时已出现后来为前苏联著名和戏剧家斯坦尼斯拉夫斯基极力倡导和实践的戏剧体验派的观点。狄德罗认为演员在表演过程中,绝不能感情冲动,他一再"声明:'极易动感情的是平庸的演员;不怎么动感情的是为数众多的坏演员;唯有绝对不动感情,才能造就伟大的演员。'演员的眼泪从他的头脑中往下流;易动感情的人的眼泪是从他的心头往上涌。对于易动感情的人来说,他肺腑中的感受不加节制地搅乱了他的头脑;对于演员来说,他的头脑偶尔把暂时的不安带给他的肺腑。演员的哭泣好比一个不信上帝的神甫在宣讲耶稣受难;又好比好色之徒为引诱一个女人,虽不爱她却对她下跪;还能比做一个乞丐在街上或者在教堂门口辱骂你,因为他无望打动你的怜悯心;或者比做一个娼妓,她晕倒在你的怀抱里,其实毫无真情实感。"①

第四步,熟练地摹仿理想范本的外部特征。狄德罗认为:"一个人就是他自己,这是出于自然;一个人成为另一个人,却是出于摹仿。人们为自己假设的心并非人们实际上有的那颗心。那么什么是真正的才能呢?这便是熟悉借来的灵魂的外部特征,诉诸听我们说话,看我们动作的那些人的感觉,摹仿这些外部特征以便欺骗他们。这种摹仿应该把他们头脑里的一切都加以放大,成为他们判断力的尺度,因为除此之外不可能有别的方法估量我们心里发生的事情。至于他们是否动了感情,与我们本不相干,只要我们不去计较它。因此最伟大的演员就是最熟悉这些外在标志,并且根据塑造得最好的理想范本最完善地把这些外在标志扮演出来的演员。"②

狄德罗关于表演的理论,有它特有的价值,他可以说是戏剧表演的"表演派"或称"旁观派"的始祖(另一派是"分享派"或称"体验派"),但他将理智与感情对立起来,太绝对化了,不免陷入形而上学。在演员对角色的再创造过程中,他对演员的主体性重视不够,这也是明显的不足。

狄德罗在美学和文艺学方面的贡献是巨大的。他的美学思想和文艺思想对我国也有明显的影响。就美来说,以蔡仪先生为代表的客观美学派,从渊源上讲,可以追溯到狄德罗这里。他的"美在关系"说、理想的范本、最高限度的美等观点,与"美在典型"说有着一定的联系。认真研究狄德罗的美学思想,对于正确认识和总结美学发展的历史经验是不无益处的。狄德罗的启蒙美学和文艺理论,特别是他的"美在关系"说,虽有其历史的和学理上的局限,但并未完全成为过去,在当代仍有其美学的价值和现实的意义。

---

① [法]狄德罗:《狄德罗美学论文选》,张冠尧等译,人民文学出版社1984年版,第287—288页。
② [法]狄德罗:《狄德罗美学论文选》,张冠尧等译,人民文学出版社1984年版,第326页。

第七章　德国"新文学之父"莱辛

——《拉奥孔》和《汉堡剧评》

第一节　莱辛："近代德国所产生的第一个伟大的文坛巨子"

高特荷德·埃夫拉姆·莱辛（G.E.Lessing,1729—1781）是18世纪德国启蒙运动的杰出代表,优秀的剧作家、文艺批评家,德国民族文学和现实主义戏剧理论的奠基人之一。车尔尼雪夫斯基曾说："莱辛是历史的必然律令为了使他的祖国活跃起来所召唤来的活动家中的第一代的主要人物。他是德国新文学之父。他以一种专制独裁的威力支配着它。凡是最近德国作家中一切最卓越的人,甚至席勒,甚至在活动的全盛期的歌德本人,也都是他的学生。"[1] 韦勒克在《近代文学批评史》中称："他是近代德国所产生的第一个伟大的文学巨子:他被称为近代德国文学的奠基人和解放者（就是说,他把德国文学从平庸的戈特舍德所代表的法国新古典主义的统治下解放了出来）。"[2]

18世纪中叶,莱辛所处的时代,是资产阶级启蒙运动蓬勃发展的时代,欧洲社会生活的中心问题是反对封建专制制度,反对教会的斗争,为行将到来的资产阶级大革命进行舆论准备。18世纪的德国,在政治、经济、文化等各方面都比较落后。资本主义生产关系虽然已经产生,但是比较微弱。

---

[1] ［俄］车尔尼雪夫斯基:《车尔尼雪夫斯基论文学》中卷,辛未文译,上海译文出版社1979年版,第265页。

[2] ［美］雷纳·韦勒克:《近代文学批评史》第1卷,杨岂深、杨自伍译,上海译文出版社1987年版,第202页。

关于当时德国社会的现实,恩格斯曾经写道:"这是一堆正在腐朽和解体的讨厌的东西。没有一个人感到舒服。国内的手工业、商业、工业和农业极端凋敝。农民、手工业者和企业主遭到双重的苦难——政府的搜刮,商业的不景气。贵族和王公都感到,尽管他们榨尽了臣民的膏血,他们的收入还是弥补不了他们日益庞大的支出。一切都很糟糕,不满情绪笼罩了全国。没有教育,没有影响群众意识的工具,没有出版自由,没有社会舆论,甚至连比较大宗的对外贸易也没有,除了卑鄙和自私就什么也没有;一种卑鄙的、奴颜婢膝的、可怜的商人习气渗透了全体人民。一切都烂透了,动摇了,眼看就要坍塌了,简直没有一线好转的希望,因为这个民族连清除已经死亡了的制度的腐烂尸骸的力量都没有。""这个时代在政治和社会方面是可耻的,但是在德国文学方面却是伟大的。"恩格斯说:"唯有在我国的文学中才能看出美好的未来。"① 当时欧洲启蒙运动的中心在法国,德国的启蒙运动是在法国的影响下发生的。德国启蒙运动的直接目的是实现德国的民族统一,进而为资本主义的发展扫清道路。由于德国资产阶级力量的软弱,因此他们没有像法国那样立即准备进行政治革命的条件。德国启蒙运动的领袖们从莱辛、赫尔德到歌德、席勒,虽然看出德国当时的反封建、反教会的任务首先要从政治的统一来解决,但是他们又主张政治的统一可以不假道于政治革命,只要通过建立统一的德意志民族文化就可以实现。因此他们的主要活动都是在文学艺术方面。文艺理论领域的斗争显得尤为尖锐和突出。

德国启蒙运动初期的代表人物是戈特舍德(Johann Christoph Gotsched,1700—1766),他的理论著作《为德国人写的批判诗学试论》(1730),可以说是布瓦洛的《诗的艺术》的翻版。他把法国新古典主义的理论和创作视为典范,移植到德国土壤上来,企图以此指导德国民族文学的发展。他强调文艺的本质和任务是对人进行理性和道德的教育;认为悲剧的主人公只能是王公贵族等"大人物",而市民阶级的"小人物"只能成为喜剧讽刺的对象;还为各种文学体裁制定了规范,坚持悲剧必须遵守"三一律"。戈特舍德领导的古典主义文学运动,在当时德国处于四分五裂状态的政治条件下,也未尝没有其进步的意义。它使德国文艺逐渐接近现代文明社会,开始走向规范化、统一化,语言文学开始纯洁化,促进了德国文学的发展。戈特舍德是莱比锡大学的教授,他的信徒甚多,又大半集中在莱比锡,因此形成了所谓"莱

① 《马克思恩格斯全集》第2卷,人民出版社1957年版,第633—634页。

比锡派"。

由于法国新古典主义维护的是封建君主制度,投合的是封建宫廷的艺术趣味,因此它不可能适应正在兴起的德国资产阶级的要求。戈特舍德以继承摹仿法国新古典主义文学代替了自己的创造,忽视了结合德国民族的传统和时代的要求加以革新,因此必然遭到代表市民阶级知识分子的反对。于是便酿成了所谓莱比锡派和屈黎西派(以瑞士屈黎西的波特玛和布莱丁格为代表)的大论战。屈黎西派反对戈特舍德把法国新古典主义理论奉为金科玉律,强调作家不应把法国的高乃依和拉辛作为创作的楷模,而应学习中世纪德国民间文学,学习荷马史诗和英国文学,特别应学习莎士比亚的戏剧、密尔顿的史诗以及汤姆逊和扬恩等感伤派诗人描绘自然的抒情诗。由于屈黎西派的理论较符合当时德国市民阶级的需要,所以在论战中赢得了胜利。

与莱比锡派和屈黎西派论战相联系的是希腊古典文艺日益代替拉丁古典文艺而成为新兴资产阶级的崇拜对象。在德国,对古希腊文艺研究的开创者是温克尔曼(J.J.Winchelmann,1717—1768)。他在1755年发表《论古代雕刻绘画作品的摹仿》一文,提出了希腊古典理想是"高贵的单纯和静穆的伟大"的观点,并以拉奥孔雕像群为例来说明自己的主张;同时,在这篇论文中他还论述了诗画一致说。这些观点,在1764年发表的他的名著《古代艺术史》中得到进一步发挥。温克尔曼的观点后来成为莱辛写《拉奥孔》的一个直接起因。

到了18世纪后半期,德国经济已从30年战争的创伤中逐渐恢复过来,资本主义生产关系有了一定的发展。在新兴的资产阶级中逐渐形成了一种新的精神状态:他们渴望自由,渴望民主,渴望从封建专制制度下得到解放,实现民族的统一。他们已不满足于推崇理性、脱离现实、脱离政治的倾向,统一和抗暴成了当时的政治口号。德国启蒙运动发展到莱辛才真正走上了高潮。

莱辛1729年1月22日生于萨克森的卡门茨的一个牧师家庭。少年时期入拉丁文学校,毕业后被推荐入迈森"圣阿芙拉公爵学校"求学。精通希腊文、拉丁文、英文和法文,涉猎了宗教、哲学、数学等学科,爱好希腊、罗马古典文学和德国文学,创作了第一个喜剧剧本《年轻的学者》。1746年9月进莱比锡大学。1748年11月到柏林,开始了自己的文学生涯,成为德国文学史上第一个靠写作维持生活的职业作家。1752年在维滕贝格研究德国宗教改革时期的历史和罗马文学,在柏林主持出版《戏剧文库》;与门德尔松、尼科莱合办《关于当代文学的通讯》杂志。1759—1760年秋他共写了55篇关于当代文学的评论,结集为《当代文学书简》。他的《文集》6卷也在这时出版。他还翻译了《狄德罗先生的戏剧》,介绍狄德罗的戏剧理论。1766年撰写《拉奥孔,或称论画与诗的界限》。1767年完成喜剧《明娜·封·巴尔赫姆,或军人之福》。1769年《汉堡剧评》出版。为了回答哈勒大学教授克劳茨对《拉奥孔》的攻击,在此期间,莱辛还连续发表了55篇《关于古文明的通讯》(1768—1769)。1772年完成悲剧《爱米丽娅·迦洛蒂》。1775年写出悲剧《萨拉·萨姆逊小姐》。1779年写成《智者纳旦》。1781年2月15日因脑溢血在不伦瑞克逝世,终年52岁。

莱辛是在德国启蒙运动酝酿和形成的历史时期成长起来的。他站在新兴资产阶级的立场,以高度的爱国主义热情,用文学批评和戏剧艺术作武器,积极投入了反封建专制、反教会的斗争。在莱比锡派和屈黎西派的论战中,他清楚地看到正在形成的德意志文学所应走的道路,不应是法国新古典主义的道路,而应结合启蒙运动的反封建任务,批判继承德国民间文学、英国文学和古希腊文艺来建立德意志民族的新文学。他英勇顽强地在文学战线上向德国腐朽的封建势力进行全面地进攻。在《爱米丽娅·迦洛蒂》中,他直接把矛头指向了封建宫廷的最高统治者,用梅林的话说"在这座抗暴的巨厦里,永恒的抗暴精神顺着每一根廊柱直冲霄汉。"① 在《明娜·封·巴恩赫姆,或军人之福》中,"他行使了诗人的权力,惩罚了人世间的法律触及不到的那些大人物",辛辣地讽刺和鞭挞了封建专制制度,揭露了普鲁士的军国主义的残酷。在《智者纳旦》中,那些"半吊子的启蒙运动家"设法把正在觉醒的群众关进凑凑合合搭起来的"理性的基督教"的羊圈里,对此莱辛进行了无情地嘲笑。在《寓言和故事》中又抨击了封建统治者的专横和教会的愚昧,并对文学领域中那种专事摹仿、不求创新、华而不实、矫揉造作的倾向进行了讽刺。莱辛以自己的文学实践为德国文学的发展开启了一条崭新的道路。

莱辛在文艺理论和美学方面的代表著作有三部:《当代文学书简》《拉奥孔》和《汉堡剧评》,而尤以后两部最为著名。在《拉奥孔》中,他从解剖典型的艺术作品入手,探讨了诗与画的特殊规律,批判了传统的诗画一致说,纠正了温克尔曼把古希腊艺术理想归结为"高贵的单纯和静穆的伟大"的片面观点;在《汉堡剧评》中,莱辛与狄德罗相呼应,奠定了近代现实主义戏剧

_____

① ［德］梅林:《莱辛的〈爱米丽娅·迦洛蒂〉》,见梅林《论文学》,张玉书等译,人民文学出版社1982年版,第1页。

理论的基础。下面我们重点讲一下《拉奥孔》和《汉堡剧评》中所阐明的文艺理论主张。

第二节　莱辛的美学思想和文艺理论的根本出发点和方法论

莱辛作为德国启蒙运动的主要代表人物,他的一切活动都服从和服务于当时反封建、反专制、反教会的伟大斗争,他的文艺创作和文艺批评活动体现了新兴资产阶级变革社会的要求。当时德国先进知识分子提出建立统一德国民族文化与文学的问题,是德国历史发展必然提出的时代要求。而这也恰恰是莱辛的美学思想和文艺理论总的出发点。他的著名理论著作《拉奥孔》和《汉堡剧评》,都是围绕着建立统一的德国民族新文学这一总题目而展开的。我们只有抓住了这个总题目,才能理解:他为什么要专门探讨诗与绘画的界限? 为什么要反对温克尔曼的静穆理想? 为什么要批判法国新古典主义的理论教条? 为什么要提倡市民戏剧? 莱辛的文艺观,在政治上体现了新兴资产阶级的艺术理想和要求;在理论上结合德国的实际,批判、继承和发扬了亚里士多德、狄德罗的现实主义美学思想;在创作实践上则以希腊古典文艺和莎士比亚为榜样,努力同新古典主义划清界限,强调创作真实地反映德国现实关系的作品。

莱辛与他的先驱者戈特舍德不同,他认为文艺首先应当着眼于平民,而不应当像法国新古典主义那样着眼于王公贵族。莱辛认为:"王公和英雄人物的名字可以为戏剧带来华丽和威严,却不能令人感动。我们周围人的不幸自然会深深侵入我们的灵魂;倘若我们对国王们产生同情,那是因为我们把他们当作人,并非当作国王之故。他们的地位常常使他们的不幸显得重要,却也因而使他们的不幸显得无聊。往往是全体人民都被牵连进去;我们的同情心要求有一个具体对象,而国家对于我们的感觉来说是过于抽象的概念。"① 他赞成法国百科全书派作家的观点,认为如果有人相信贵族的爵位能感动我们,那是对人类心灵的冤屈,是对人的本性的误解。朋友、父亲、情人、妻子、儿子、母亲,总而言之,凡是人神圣的名字,比一切都能令人感动,他们总是永远保持着自己的权利。他从民主主义的人道主义理想出发,强调作家应表现人的独立和尊严,他说:"我早就认为宫廷不是作家研究天性

① ［德］莱辛:《汉堡剧评》,张黎译,上海译文出版社1981年版,第74页。

的地方。但是,如果说富贵荣华和宫廷礼仪把人变成机器,那么,作家的任务,就在于把这种机器再变成人。"①莱辛所说的人,主要是指新兴的资产阶级和广大人民群众。正因为如此,作家在创作的时候,首先应了解和熟悉自己描写的对象,要着眼于自己的时代,着眼于自己时代最优秀的人。他说:

> 一个有才能的作家,不管他选择哪种形式,只要不单单是为了炫耀自己的机智、学识而写作,他总是着眼于他的时代,着眼于他国家的最光辉、最优秀的人,并且着力描写为他们所喜欢,为他们所感动的事物。尤其是剧作家,倘若他着眼于平民,也必须是为了照亮他们和改善他们,而绝不可加深他们的偏见和鄙俗思想。②

莱辛嘲笑古典主义作家高乃依笔下的人物,"都喘着英雄主义的粗气,甚至连不应该有英雄主义气质或者确实没有英雄主义气质的人物——作恶者——都是如此"。③他强调文艺的功利作用,目的是为了对人民群众进行"启蒙"教育,"照亮他们和改善他们",促使他们的觉醒,积极投入反封建、反专制、反宗教的伟大斗争。莱辛对莎士比亚的创作推崇备至。他把莎士比亚同荷马相比,说:"关于荷马的一句话——你能剥夺海格力斯的棍棒,却不能剥夺荷马的一行诗——也完全适用于莎士比亚。他的作品的最小的优点也都打着印记,这印记会立即向全世界呼喊:我是莎士比亚的!"④他认为莎士比亚的戏剧同法国趣味的悲剧相比,"犹如一幅广阔的壁画和一幅绘在戒指上的小品画。"⑤他提倡学习莎士比亚,是为了以莎士比亚为榜样,积极创建德国民族的戏剧,描绘德意志民族的高尚性格,反对奴颜婢膝地崇拜外国。他对当时的德国文坛十分不满。"几乎可以说,德国人不想要自己的性格。我们仍然是一切外国东西的信守誓约的摹仿者,尤其是永远崇拜不够的法国人的恭顺的崇拜者;来自莱茵河彼岸的一切,都是美丽的,迷人的,可爱的,神圣的;我们宁愿否定自己的耳目,也不想作出另外的判断;我们宁愿把粗笨说成潇洒,把厚颜无耻说成是温情脉脉……"⑥

① [德]莱辛:《汉堡剧评》,张黎译,上海译文出版社1981年版,第308—309页。
② [德]莱辛:《汉堡剧评》,张黎译,上海译文出版社1981年版,第9页。
③ [德]莱辛:《汉堡剧评》,张黎译,上海译文出版社1981年版,第161页。
④ [德]莱辛:《汉堡剧评》,张黎译,上海译文出版社1981年版,第374页。
⑤ [德]莱辛:《汉堡剧评》,张黎译,上海译文出版社1981年版,第375页。
⑥ [德]莱辛:《汉堡剧评》,张黎译,上海译文出版社1981年版,第512页。

在为创建统一的德国民族文学的斗争中,莱辛一方面坚决反对把法国的新古典主义奉为金科玉律,反对亦步亦趋地对法国新古典主义作品的抄袭和摹仿;同时他又不赞成温克尔曼的静穆理想,特别反对把静穆理想应用到诗里去。他说:"诗人固然也追求一种理想美,但是他的理想美所要求的不是静穆而是静穆的反面。因为他们所描绘的是动作而不是物体,而动作则包含的动机愈多,愈错综复杂,愈互相冲突,也就愈完善。"①静穆是一种忍耐克制的精神在艺术上的表现。这种精神状态必然满足于现状,从而取消了对反动势力的斗争和反抗精神。在封建专制制度的残酷压迫下,以静穆精神来克制忍受生活的痛苦,不怨不愤,苟安偷活,这正是当时德国统治者所需要的一种庸人哲学。在艺术中描绘和表现静穆美当然是可以的,但作为一种艺术理想来加以提倡,这自然是与启蒙运动时期的时代精神相悖的。莱辛强调文学所要求的"不是静穆而是静穆的反面",诗应描绘人物的动作和真实的表情,这是莱辛的民主主义革命精神和侧重实践行动的人生观在艺术上的反映。正如朱光潜所说:"温克尔曼更多地朝后看,倾向静止的世界观,这种世界观很容易满足现状,和现实妥协,莱辛更多地朝前看,倾向变动发展的世界观,这种世界观必然要求变革现实。拿叙述动作的诗来和描绘静态的画相对立,拿表情的真实来和静穆的美相对立,骨子里都是用实践行动去变革现实的人生观和跟现实妥协的静观的人生观相对立。"②我们只有从德国启蒙运动的任务和莱辛的世界观、人生观的高度上去认识《拉奥孔》与《汉堡剧评》,才能领会其精神实质,弄清它的性质、内容、特点和意义。

莱辛的美学和文艺理论专著《拉奥孔》和《汉堡剧评》在方法论上有四个鲜明的特点:

第一,论战的方法,在破中立,破立结合。海涅在《论浪漫派》中说:莱辛是一个完人,"他用论战文章给陈旧老朽之物以毁灭性的打击,同时自己也创造了一些新颖而更加美好的东西。有一位德国作家说:'他和那种虔诚的犹太人相仿,当他们第二次修建神庙的时候,往往受到敌人侵袭的骚扰,于是他们一手抗击敌人,一手继续建造神庙。'"③在《拉奥孔》中,他一开始就抓住温克尔曼美学思想的核心——静穆美,以论辩的方式加以具体分析,并联系实际,作出自己的新解释,提出自己的艺术理想。温克尔曼认为拉奥孔雕像群的优点在于出色地表现出"一种伟大而沉静的心灵",显示出"一种

---

① [德]莱辛:《拉奥孔》,朱光潜译,人民文学出版社1979年版,第204页。

② 朱光潜:《拉奥孔》译后记,见莱辛:《拉奥孔》,人民文学出版社1979年版,第220页。

③ [德]海涅:《论浪漫派》,张玉书译,人民文学出版社1979年版,第21页。

节制住的焦急的叹息"。"高贵的单纯和静穆的伟大"是希腊古典艺术表现出的最一般的特征。莱辛用荷马史诗中描写的事实,具体反驳了温克尔曼的观点。女爱神维纳斯只是擦破了一点皮也大声地叫起来。这不是显示这位欢乐女神的娇弱,而是让遭受痛苦的自然(本性)有发泄的权利。就连铁一般的战神在被狄俄墨得斯的矛头刺痛时,也号喊得很可怕,仿佛有一万个狂怒的战士同时在号喊一样,惹得双方军队都胆战心惊起来。因此,"尽管荷马在其它方面把他的英雄们描写得远远超出一般人性之上,但每逢涉及痛苦和屈辱的情感时,每逢要用号喊、哭泣或咒骂来表现这种情感时,荷马的英雄们却总是忠实于一般人性的。在行动上他们是超凡的人,在情感上他们是真正的人。"[①]莱辛的论战,高屋建瓴,所向披靡,不迷信任何权威。他所论战的对象都是当时国内外的一些著名权威和作家,如法国的高乃依、拉辛,英国的伏尔泰,德国莱比锡大学教授戈特舍德,哈雷大学教授克洛茨,汉堡大主教葛茨等。在论战中,尽管也有某些矫枉过正的成分,如对伏尔泰,但就论战的实质来讲,莱辛符合时代的要求,服务于德国启蒙运动的总任务。

第二,典型分析的方法。通过对带有典范性艺术作品的具体分析,探讨艺术的特殊规律。莱辛的文学批评和美学理论研究,一个重要特点,就是从具体的艺术作品出发,特别是从分析典范性的艺术品,如拉奥孔的雕像群,回答时代提出的问题,总结艺术史的经验,进而上升到理论。因此,读他的理论专著,一直感到有一种魅力在吸引着你,具体、生动而又有一种说服力。朱光潜先生在《拉奥孔·译后记附记》中,对西方文艺理论史上的理论著作两种不同的写作方式(实际是两种不同的研究方式和途径的表达形式),作了一个概括,并且特别指出了莱辛《拉奥孔》研究方法的特点。他说,过去西方的一般理论著作在写作方式上可分两种。一种是总结研究成果,主要是作出一些结论,得出结论后,便"过河拆桥",不让人看出得到结论所必须经历的摸索和矛盾发展过程。这种结论只是盛在盘里已成熟的果子。另一种则把摸索和解决矛盾的发展过程和盘托出,也作出结论,但结论却是生在树上有根有叶的鲜果。前一种让读者看到的只是已成形的多少已固定化的思想,后一种则让读者看到正在进行的活生生的思想。属于前一种的是大多数理论著作,典型的代表是亚里士多德的《诗学》,布瓦洛的《诗的艺术》和斯宾诺莎的《伦理学》,少数属于后一种的有柏拉图的《对话集》,狄德罗的

---

① 〔德〕莱辛:《拉奥孔》,朱光潜译,人民文学出版社1979年版,第8页。

《论演员》和《拉摩的侄儿》和莱辛的《拉奥孔》。《拉奥孔》的正文结合附录的两个提纲和一些笔记遗稿来读,就更能见出这部著作在作者思想中的生长过程,这样就更能启发读者如何学习,如何结合实际经验和书本知识进行独立钻研和思考,如何批判继承前人的遗产,从而建立自己的新观点。①《拉奥孔》在世界美学史和文艺理论史上是一部著名的历史文献,不仅以它的见解深刻、卓著而影响后世,而且其生动具体的表现方式和典型分析的方法也对后来学者发生重大影响。

第三,比较的方法。在《拉奥孔》与《汉堡剧评》中,运用比较方法研究文艺问题,可以说处处可见。这里既有国与国、民族与民族文学之间的比较(如英、法文学的比较),又有国与国、民族与民族文学之间相互影响的研究(如法国新古典主义文学对德国文学的影响);既有不同艺术类型之间的比较研究(如雕刻、绘画与诗的比较),又有相同艺术类型内部的不同艺术种类的区别分析(如对寓意画和历史画的分析);既有纵的比较,又有横的比较。莱辛时代没有比较文学的名称,比较文学的兴起是19世纪末20世纪初以来的事情。但是对比较研究方法的运用,在历史上却不乏其例。莱辛就是运用这一方法研究文艺问题的伟大先驱。他的名著《拉奥孔》,从某种意义上说,可谓当今比较文学的重要源头。在《汉堡剧评》中,莱辛在批判法国新古典主义理论时,是以亚里士多德的《诗学》为武器的。然而法国新古典主义者也是从《诗学》中来找自己的理论根据。莱辛通过理论上的比较研究,尖锐地指出了新古典主义者对《诗学》曲解的错误。比如他对"三一律"的批评就是一个突出的例子。他说:"有的人听任规则摆布;有的人确实重视规则。前者是法国人干的;后者似乎只有古代人懂得。行动整一律是古人的第一条规则;时间整一律和地点整一律仿佛只是它的延续,古人对待后者并不象对待前者那样严格。"②毫无疑问,马克思是赞成莱辛对法国古典主义的批评的。他明确指出:"路易十四时期的法国剧作家从理论上构想的那种三一律,是建立在对希腊戏剧(及其解释者亚里士多德)的曲解上的。但是,另一方面,同样毫无疑问,他们正是依照他们自己艺术的需要来理解希腊人的,因而在达西埃和其他人向他们正确解释了亚里士多德以后,他们还是长时期地坚持这种所谓的'古典'戏剧。"③

① 参见朱光潜:《拉奥孔》译后记·附记,见莱辛:《拉奥孔》,人民文学出版社1979年版,第232页。
② [德]莱辛:《汉堡剧评》,张黎译,上海译文出版社1981年版,第241页。
③ [德]马克思:《致斐·拉萨尔》(1861年7月22日),见《马克思恩格斯全集》第30卷,人民出版社1972年版,第608页。

　　第四,符号研究方法。在《拉奥孔》中,莱辛在论述诗与画的界限时,自然就牵扯到诗与画所用媒介的不同。他首次提出了艺术中的人为符号与自然符号的概念,并以此作为研究诗与画不同特点的重要依据。他说:"我只不过才开始研究诗和绘画的一个差别,这个差别起于它们所用符号的差别,一种符号在时间中存在,另一种符号在空间中存在。这两种符号都同样可以是自然的或是人为的;因此,绘画和诗都有两种,高级的和低级的。绘画所用的符号是在空间中存在的,有自然的也有人为的;这种差别在诗所特有的在时间上先后承续的符号中也可以看到。说绘画只能用自然的符号,和说诗只能用人为的符号,都同样是不正确的。但是有一点却是确凿无疑的:绘画脱离自然的符号愈远,或是愈把自然的符号和人为的符号夹杂在一起,它离开它所能达到的完美也就愈远;而就诗方面来说,它愈使它的人为的符号接近自然的符号,也就愈接近它所能达到的完美。"[1]莱辛还具体论述了人为符号的局限性和优越性,自然符号的特征和力量,以及人为符号与自然符号的结合问题等。这些对于研究绘画、诗、音乐、戏剧的审美特征都是不无意义的。莱辛关于人为符号与自然符号的区别和联系的研究,可以说开了近代美学的符号学、语义学研究的先河。

　　莱辛的美学思想和文艺理论总的出发点与方法论,是我们学习、研究他的《拉奥孔》《汉堡剧评》时首先必须解决的问题。

第三节　美学与诗学个案分析的范例

——《拉奥孔,或称论画与诗的界限》

　　韦勒克在具体评析《拉奥孔》与《汉堡剧评》中说过,"莱辛当然决不仅仅是一位仅重视实际的批评家,他是一位介乎文学与美学之间的文学理论家。不能将他归于康德一类的从事一般哲学性美学领域的人物;莱辛对美和趣味本身基本上没有进行过一般性的探讨。毋宁说他所着眼是非常具体的文学理论问题,甚至对这些问题也缺乏意义的论述"。[2]韦勒克的这一看法,既符合实际,又非常中肯。然而,又恰恰在这里,莱辛从解剖具体艺术作品入手探讨艺术的规律和实践,为后人树立了个案分析的美学、文

---

　　① 莱辛给尼柯莱的信(1869年3月26日),[德]莱辛:《拉奥孔》,朱光潜译,人民文学出版社1979年版,第205—206页。

　　② [美]雷纳·韦勒克:《近代文学批评史》第一卷,杨岂深、杨自伍译,上海译文出版社1987年版,第213页。

艺学的范例。

莱辛于1766年出版的《拉奥孔》,副标题是论画与诗的界限,是美学史上的一部重要的历史文献。莱辛从拉奥孔这座雕像群所表现出的感情与维吉尔在史诗《伊尼特》中所描绘的拉奥孔的形象谈起,具体探讨了造型艺术和诗的区别及其特殊规律。莱辛所提出和论述的问题,都是美学与文艺学上带有根本性的问题。

拉奥孔(Laokoon)是1506年1月4日由意大利考古学家德·佛列底斯(Felix de Fredis)在古罗马皇宫的废墟中挖掘出来的一座雕像群。现代考古家在罗德斯(Rhodes)岛上发现一些碑文证明,它是阿革山德罗斯、波利多鲁斯和阿典诺多鲁斯三位罗德斯岛的艺术家在公元前42年—公元前21年之间创作的,发掘出的雕像拉奥孔的右手臂已残缺,后来由著名艺术大师米开朗基罗(Michelangelo Buonarroti)、蒙托索理(Montorsoli)、考提勒(Cortile)修补完整。据希腊传说,拉奥孔是特洛伊国日神庙的司祭。他的名字最早见于荷马之后关于特洛伊的传说中,他的故事在罗马诗人维吉尔的史诗《伊尼特》里最后形成。特洛伊国王巴里斯访问希腊,带着美女海伦私奔回国。希腊人动员全国人民组成远征军去攻打特洛伊,打了9年不胜。第10年,希腊将领奥地苏斯提出了一个"木马计",将精兵藏于大木马的腹内,放在特洛伊城门外。希腊人假装撤退以后,特洛伊人好奇地把木马拖进城内,这时司祭拉奥孔极力劝阻,结果触怒了偏爱希腊人的海神。海神便遣两条大蛇把他和他的两个儿子缠住。拉奥孔雕像所表现的就是这个题材。这座雕像是西方艺术史家理论探讨的一个重要课题。

关于诗与画的界限问题,在莱辛以前,西方大多数学者强调诗画一致说。古希腊诗人西摩尼德斯说:"画是一种无声的诗,诗是一种有声的画。"以后贺拉斯在《论诗艺》中也认为"画如此,诗亦然"。这种诗画一致说一直延续到莱辛时代,都被理论界奉为经典的看法。不但英国的斯彭司和法国的克路斯宣扬诗画一致说,就连屈黎西派和温克尔曼也是诗画一致说的信徒。这种观点由于反映了封建贵族阶级的艺术趣味,因此长期居于统治地位。新古典主义宣扬这种观点,目的是要为当时宫廷贵族所爱好的寓意画(用人物来象征某一抽象概念如"自由"、"贞洁"、"虔诚"之类)和历史画(写历史上伟大人物和伟大事迹来奉承当时统治阶级)作辩护;屈黎西派宣传诗画一致说,这是因为他们要为当时在德国盛行的受英国汤姆逊和扬恩一派影响的描绘自然的诗歌作辩护。温克尔曼通过对拉奥孔雕像的分析,突出地宣扬了他"高贵的单纯和静穆的伟大"的艺术理想。这种传统的诗画一致说,对于当时正在蓬勃发展的德国启蒙运动是无益的。它的实质在于引导艺术家脱离现实的斗争生活,削弱艺术的审美教育作用。莱辛尖锐地批评诗画一致说,主要目的是为了建立统一的德国民族新文学,引导艺术家与现实的反封建、反宗教的斗争生活紧密结合,走现实主义的道路。他在《拉奥孔·前言》中就清楚地阐明诗画一致说对文艺创作和文艺批评带来的危害。他说:

> 这种虚伪的批评对于把艺术家们引入迷途,确实要负一部分责任。它在诗里导致追求描绘的狂热,在画里导致追求寓意的狂热;人们想把诗变成一种有声的画,而对于诗能画些什么和应该画些什么,却没有真正的认识;同时又想把画变成一种无声的诗,而不考虑到画在多大程度上能表现一般性的概念而不至于离开画本身的任务,变成一种随意任性的书写方式。
>
> 这篇论文(指《拉奥孔》——引者)的目的就在于反对这种错误的趣味和这些没有根据的论断。①

德国传统的批评界学者企图抹杀《拉奥孔》在德国启蒙运动中所起的巨大的战斗作用,这是极其片面的。前苏联学者格里勃公正地指出:"《拉奥孔》首先是个政论性的作品,政治抨击性的论著,但这丝毫也不降低它理论上的意义,相反地,却充实和巩固了它的理论上的意义。如果有谁企图把《拉奥孔》的理论逻辑从它的社会逻辑那儿割裂出来,那么他就给自己堵了门道,永远也不会理解莱辛这一名著的真正意义。"②

科学研究的主要任务就是要探讨和研究一事物区别于他事物的特殊的矛盾、特点和规律。莱辛的《拉奥孔》的可贵之处,就在于他不仅看到并论述了诗与画的共同性的规律,最主要的是他着重探讨和论述了诗与画的特殊规律。什么是诗与画的共同性规律? 什么是诗与画的特殊规律? 这是我们学习《拉奥孔》这部著作时应注意的基本问题。莱辛认为:

> 诗和画固然都是摹仿的艺术,出于摹仿概念的一切规律固然同样适用于诗和画,但是二者用来摹仿的媒介或手段却完全不同,

---

① [德]莱辛:《拉奥孔》,朱光潜译,人民文学出版社1979年版,第3页。
② 见《现代文艺理论译丛》第6辑,人民文学出版社1984年版,第47页。

这方面的差别就产生出它们各自的特殊规律。①

在诗与画的共同规律问题上,莱辛继承了亚里士多德《诗学》中所阐发的艺术摹仿自然而又比自然更美的主张。莱辛既反对自然主义的照抄自然,又反对新古典主义理论家主张的那种脱离现实生活美化自然的观点。他所说的自然是现实的社会生活。在对待艺术与自然的关系上,显示出了他的文艺观中的唯物主义成分和辩证法因素。他强调"真实与表情应该是艺术的首要的法律"。②艺术理想"毕竟须服从逼肖原身的要求"。③他嘲笑那种不加选择、概括和集中的摹仿。在《拉奥孔》中,莱辛对康斯旦丁·玛拿赛斯写的一段关于海伦的诗,认为作者"是多么愚蠢"。尽管诗中用了一大堆词藻,但是"我读到这段诗时,仿佛看到把一些石头滚上山头,要用它们在山顶上建成一座堂皇的大厦,但是它们一滚到山顶,又自动地滚下山那边去了"。④在《汉堡剧评》中,他对艺术与自然的关系进一步作了说明,他说:

> 在自然里,一切都是互相联系的,一切都是互相交错的,一切都是互相变换的,一切都是互相转化的。但是就这种无限的多样性来说,它只是为具有无穷智慧的人演出的戏剧。为了让智慧有穷尽的人同样欣赏这部作品,他们必须获得赋予自然本身所没有的局限性的能力,必须有进行鉴别的能力,并能随心所欲地驾驭自己的注意力。
>
> 在生命的每一瞬间,我们都在运用这种能力。没有这种能力我们便根本不可能有生命;在各种各样的感情面前,我们将无所感受,我们将成为表面印象的永久的俘虏;我们在做梦的时候,也不知道自己梦见些什么。
>
> 艺术的使命,就是使我们在这种鉴别美的领域里得到提高,减轻我们对于自己的注意力的控制。我们在自然中从一个事物或一系列不同的事物,按照时间或空间,运用自己的思想加以鉴别或者试图鉴别出来的一切,它都如实地鉴别出来,并使我们对这个事物

---

① ［德］莱辛:《拉奥孔》,朱光潜译,人民文学出版社1979年版,第181页。

② ［德］莱辛:《拉奥孔》,朱光潜译,人民文学出版社1979年版,第18页。

③ ［德］莱辛:《拉奥孔》,朱光潜译,人民文学出版社1979年版,第13页。

④ ［德］莱辛:《拉奥孔》,朱光潜译,人民文学出版社1979年版,第113页。

或一系列不同的事物得到真实而确切的理解,如同它所引起的感
情历来做到的那样。①

　　莱辛这段对自然的看法和对艺术的使命的看法,是他整个文艺思想的
基础。他所理解的自然,充满了无限多样的关系,一切都是互相联系、互相
变换、互相转化的。他重视艺术家的注意力和鉴别力,艺术家在摹仿自然时
应按照事物在时间和空间上的种种表现加以鉴别和选择,作家应"把现实
世界的各部分加以改变,替换,缩小,扩大,由此造成一个自己的整体,以表
达自己的意图"②。他强调艺术对现实生活的影响,认为艺术帮助人们提高
鉴别美的能力,影响美的人物的成长。他说:"美的人物产生美的雕像,而
美的雕像也可以反转过来影响美的人物,国家有美的人物,要感谢的就是美
的雕像。"③

　　对于绘画或造型艺术与诗(主要是叙事诗、史诗)的特殊规律问题,莱辛
进行了卓有见识的探讨,在理论上有重大的建树。在《拉奥孔》中最主要的
有三个方面应重点研究一下。

　　第一,空间艺术与时间艺术的特殊规律。

　　莱辛的文艺思想体系中,时间与空间是两个重要的概念。他认为绘画、
雕刻属空间艺术,它受空间规律的支配;诗是时间艺术,它受时间规律的支
配。莱辛是从绘画与诗用来摹仿的媒介或手段、摹仿的对象、产生的效果等
方面来探讨空间艺术与时间艺术的特殊规律的。

　　首先从媒介或手段来看,"绘画运用在空间中的形状和颜色。诗运用在
时间中明确发出的声音。前者是自然的符号,后者是人为的符号,这就是诗
和画各自特有的规律的两个源泉。"④但是在文艺作品中,有时诗中有图画,
造形艺术中也有图画,那么这二者又怎样区别呢? 莱辛说:"诗的图画与造
形艺术的图画的分别是从哪里起来的,是从绘画与诗所用的符号的分别起
来的。绘画所用的符号是在空间中存在的,自然的;而诗所用的符号却是在
时间中存在的,人为的。"⑤人为符号指的就是语言符号。艺术家既可以运用
这种符号,"把一个物体的各部分描绘得既象它们在自然中并列的样子,也

---

①　[德]莱辛:《汉堡剧评》,朱光潜译,上海译文出版社1981年版,第359页。

②　[德]莱辛:《汉堡剧评》,朱光潜译,上海译文出版社1981年版,第179页。

③　[德]莱辛:《拉奥孔》,朱光潜译,人民文学出版社1979年版,第13页。

④　[德]莱辛:《拉奥孔》,朱光潜译,人民文学出版社1979年版,第181—182页。

⑤　[德]莱辛:《拉奥孔》,朱光潜译,人民文学出版社1979年版,第171页。

可以是先后承续的"①。语言符号反映生活的广阔性丰富性,最适宜于创作。但是自然符号与人为符号在文艺创作中也不是绝对的。"绘画所用的符号并非全都是自然的","诗所用的符号也不单纯是人为的。文字作为音调来看待,可以很自然地摹仿可以耳闻的对象"②。诉诸听觉的先后承续的人为符号和诉诸听觉先后承续的自然符号的结合,是诗与音乐、舞蹈的结合。戏剧艺术因为有演员的表演,所以它是人为符号与自然符号的巧妙结合。当然,二者的完美结合是不容易的,还有不同系列、不同层次、不同艺术种类的差别。"把多种美的艺术结合在一起,以便产生一种综合的效果,这种可能性和难易程度就要随这些艺术所用的符号的差异而定"③。

其次,从摹仿的对象来看,诗与绘画或造型艺术也是有区别的。莱辛认为:"规律仍然有效,那就是:时间上的先后承续属于诗人的领域,而空间则属于画家的领域。"④他说:"我的结论是这样:既然绘画用来摹仿的媒介符号和诗所用的确实完全不同,这就是说,绘画用空间中的形体和颜色而诗却用在时间中发出的声音;既然符号无可争辩地应该和符号所代表的事物互相协调;那么,在空间中并列的符号就只宜于表现那些全体或部分本来也是空间中并列的事物,而在时间中先后承续的符号也就只宜于表现那些全体或部分本来也是在时间中先后承续的事物。全体或部分在空间中并列的事物叫做'物体'。因此,物体连同它们的可以眼见的属性是绘画所特有的题材。全体或部分在时间中先后承续的事物一般叫做'动作'(或译为'情节')。因此,动作是诗所特有的题材。"⑤总之,绘画宜于描绘属于相对静态的物体,表现那些全体或部分在空间中并列的事物,它的主要目的在于追求物体美的理想。而物体美包括形体美和精神美,通过形体美表现出精神美。诗宜于表现动态的事物,描绘那些全体或部分在时间中先后承续的事物,它的主要目的是通过动作或行为的描写反映事物的动态美。"诗的理想却必须是一种关于动作(或情节)的理想"⑥。当然绘画和诗摹仿的对象也不是绝对的,而是相对的。"绘画描绘物体,通过物体,以暗示的方式,去描绘运动。诗描绘运动,通过运动,以暗示的方式,去描绘物体。"⑦莱辛说,"绘画的最高法律

---

① 〔德〕莱辛:《拉奥孔》,朱光潜译,人民文学出版社1979年版,第91页。

② 〔德〕莱辛:《拉奥孔》,朱光潜译,人民文学出版社1979年版,第174页。

③ 〔德〕莱辛:《拉奥孔》,朱光潜译,人民文学出版社1979年版,第189页。

④ 〔德〕莱辛:《拉奥孔》,朱光潜译,人民文学出版社1979年版,第97页。

⑤ 〔德〕莱辛:《拉奥孔》,朱光潜译,人民文学出版社1979年版,第82—83页。

⑥ 〔德〕莱辛:《拉奥孔》,朱光潜译,人民文学出版社1979年版,第177页。

⑦ 〔德〕莱辛:《拉奥孔》,朱光潜译,人民文学出版社1979年版,第195页。

是美"①。诗与造型艺术区别的真正理由是"美的规律"。他所说的美,主要是指对称、比例、和谐美等形式美。这种观点说明莱辛对美的看法基本上沿袭了亚里士多德的观点。

再次,从诗与画的效果来看,画是通过自然符号直接用眼睛来感受的,视觉能够把在空间中并列的事物同时摄入眼帘,所以适宜于感受静态美。莱辛说:"我们对一个占空间的事物,怎样才能获得一个明确的意象呢? 首先我们逐一看遍它的各个部分,其次看各部分的配合,最后才看到整体。"②莱辛说:"凡是不能按照组成部分去描绘的对象,荷马就使我们从效果上去感觉到它。诗人啊,替我们把美所引起的欢欣,喜爱和迷恋描绘出来吧,做到这一点,你就已经把美本身描绘出来了!"③莱辛极力赞扬荷马对海伦的美的描写,认为这是"典范中的典范"。荷马写海伦的美,主要是从美的效果上显示出海伦的美。比如他写海伦走到特洛亚元老会议场里的那一段诗,这些元老们见了海伦,交头接耳,彼此私语道:

> 没有人会责备特洛亚人和希腊人,
> 说他们为了这个女人进行了长久的痛苦的战争,
> 她真象一位不朽的女神啊!

荷马"能叫冷心肠的老年人承认为她战争,流了许多血和泪,是值得的,有什么比这段叙述还能引起更生动的美的意象呢? "④莱辛认为诗显示美的另一重要途径是"化美为媚"。"媚就是在动态中的美"。⑤化静为动,在动态中显示出美的理想,这是莱辛的一个重要美学思想。莱辛以文艺复兴时期意大利诗人阿里奥斯陀(Ludocico Ariòsto,1474—1533)在《疯狂的罗兰》中塑造的阿尔契娜的形象为例,说明这个人物的魅力全在于她的媚。"她那双眼睛所留下的印象不在黑和热烈,而在它们娴雅地左顾右盼,秋波流转,爱神绕着它们飞舞,从它们那里放射出他箭筒中所有的箭。她的嘴荡人心魂,并不在两唇射出天然的银朱的光,掩盖起两行雪亮的明珠,而在从这里发出那嫣然一笑,瞬息间在人世间展开天堂;从这里发出心畅神怡的语言,叫莽

---

① [德]莱辛:《拉奥孔》,朱光潜译,人民文学出版社1979年版,第206页。

② [德]莱辛:《拉奥孔》,朱光潜译,人民文学出版社1979年版,第91页。

③ [德]莱辛:《拉奥孔》,朱光潜译,人民文学出版社1979年版,第120页。

④ [德]莱辛:《拉奥孔》,朱光潜译,人民文学出版社1979年版,第120页。

⑤ [德]莱辛:《拉奥孔》,朱光潜译,人民文学出版社1979年版,第121页。

撞汉的心肠也会变得温柔。"①

第二,时间与空间的辩证关系,选择最富有包孕性的顷刻的艺术规律。

莱辛在探讨诗与绘画和造型艺术的特殊规律时,显示出他美学思想中的辩证因素。他认为在诗与绘画中,时间与空间不是绝对的界限,只是相对的界限。他重点阐明了在造型艺术中如何寓时于空,在诗中又是如何寓空于时,提出了选择最富有包孕性的顷刻的艺术规律。他说:

> 一切物体不仅在空间中存在,而且也在时间中存在。物体持续着,在持续期中的每一顷刻中可以现出不同的样子,处在不同的组合里。每一个这样顷刻间的显现和组合是前一顷刻的显现和组合的后果,而且也能成为后一顷刻的显现和组合的原因,因此仿佛成为一个动作的中心。因此,画家也能摹仿动作,不过只是通过物体来暗示动作。
>
> 就另一方面来说,动作不是独立自在的,必须隶属于某人某物。这些人和物既然都是物体,诗也就能描绘物体,不过只是通过动作来暗示物体。
>
> 绘画在它的并列的布局里,只能运用动作中某一顷刻,所以它应该选择孕育最丰富的那一顷刻,从这一顷刻可以最好地理解到后一顷刻和前一顷刻。
>
> 诗在它的先后承续的摹仿里,也只能运用物体的某一特征,所以诗所选择的那一种特征应该能使人从诗所用的那个角度,看到那一物体的最生动的感性形象。②

时间与空间是世界是一切事物存在的基本形式。按照莱辛的观点,绘画、雕刻摹仿的对象是物体及其感性特征;诗摹仿的对象则是动作。但是物体的静态美只是相对的,它不能与动态美截然分开。莱辛从事物的静态美与动态美的关系上,阐明了绘画、雕刻与诗的区别。造型艺术是"通过物体来暗示物体",在事物的静态美中显示出它的动态美,以有限的富有包孕性的顷刻,显示出无限的丰富而深远的意蕴;诗则"通过动作来暗示物体",选择某一特征,表现出诗的艺术整体。

---

① [德]莱辛:《拉奥孔》,朱光潜译,人民文学出版社1979年版,第121页。

② [德]莱辛:《拉奥孔》,朱光潜译,人民文学出版社1979年版,第182页。

　　莱辛关于选择最富有包孕的顷刻的观点,是一个十分有价值的美学观点。莱布尼兹(Leibniz)曾经说过:"现在包孕着(gros)未来而负担着(charge)过去。"莱辛的观点使莱布尼兹对时间的普遍界说获得了特殊意义。在生活的长河中,时间的每一顷刻都是背着负担而怀着胚胎的;在具体人生经验里,每一顷刻又有其不同的价值和意义。它所负担的过去或轻或重,或则求卸不能,或则欲舍不忍;它所包孕的未来有的尚未成熟,有的即可产生,有的是恰如期望的,有的是大出意料的。艺术家就根据这种种来挑选合适的情景。① 在永远变化的自然中,艺术家无法全面地描绘出这种时间的流动性,特别是在造型艺术中,它只能选用某一顷刻中的某一情景。为了使艺术作品让人玩味欣赏,产生最大的效果,选择什么样的顷刻最好呢? 莱辛认为"最能产生效果的只能是可以让想象自由活动的那一顷刻了。我们愈看下去,就一定在它里面愈能想出更多的东西来"② 。这一富有包孕性的顷刻,既是前一顷刻的显现和组合的后果,又是后一顷刻的显现和组合的原因。正因为如此,这一顷刻不能选在一种激情发展的顶点。到了顶点就到了止境,眼睛就不能朝更远的地方去看,想象就被捆住了翅膀,因为想象跳不出感官印象,就只能在这个印象下面设想一些较软弱的形象,对于这些形象,表情已达到了看得见的极限,这就给想象划了界限,使它不能向上超越一步。莱辛认为,拉奥孔雕像,选择拉奥孔在叹息时的那一顷刻,是最富有包孕性的顷刻,它给欣赏者的想象以最充分的自由活动的余地。人们通过他的叹息,既可想象他走过来的道路和内心的矛盾与痛苦,又可以想象他未来的命运,仿佛听得见他的哀号。假如艺术家选择拉奥孔哀号的顷刻,那就到了顶点,"想象就不能往上面升一步,也不能往下面降一步;如果上升或下降,所看到的拉奥孔就会处在一种比较平凡的因而是比较乏味的状态了。想象就只会听到他在呻吟,或是看到他已经死去了。"③ 因此,在艺术创作里,凡是可以让人想到只是一纵即逝或按其本质只是忽来忽去的东西,只能在某一顷刻暂时存在的现象,就不应该在那一顷刻表现出来。为了进一步说明问题,莱辛又以古希腊两幅画美狄亚的画作了比较。一幅是古希腊的著名画家提牟玛球斯画的,他画美狄亚,并不选择她杀亲生儿女那一顷刻,而是选择杀害前不久,她还在母爱与妒忌相冲突的顷刻。欣赏者可以从这一顷刻的情景预见到冲突的结果,可以想象到很远。另一幅是一位不知名的画家画的,他选

---

① 参见钱锺书:《读〈拉奥孔〉》,见《文学评论》,1962年第5期。

② [德]莱辛:《拉奥孔》,朱光潜译,人民文学出版社1979年版,第18—19页。

③ [德]莱辛:《拉奥孔》,朱光潜译,人民文学出版社1979年版,第19页。

择了美狄亚极端疯狂地杀害子女的顷刻,因而违反了一切自然的本性。两相比较,提牟玛球斯的画,真正显示出了美,博得了热烈的赞赏;而后一位画家则遭到人们的谴责。比如谴责他的一位诗人所说:"你就这样永远渴得要喝自己儿女的血吗? 就永远有一位新的伊阿宋,永远有一位新的克瑞乌萨,在不断地惹你苦恼吗? 滚到地狱去吧,尽管你是在画里!"① 从这里也可以看出,莱辛提出的选择最富有包孕性的顷刻的艺术规律,实际是古希腊绘画和雕刻艺术经验的总结。

选择最富有包孕性的顷刻的规律,不仅适用于绘画和雕刻,对于戏剧艺术和诗也是有效的。莱辛自己就说:"戏剧要靠演员所刻划出来的生动的图画,也许因此就必须更严格地服从用物质媒介的绘画艺术的规律。"② 他并以索福克勒斯的《菲罗克忒忒斯》为例说明,剧本使读者感到最强烈的同情是在看到菲罗克忒忒斯的弓被人夺去的那一顷刻。莱辛虽然说过,诗人没有必要把他的描绘集中到某一顷刻,他可以随心所欲地就他的每个情节(即所写的动作)从头说起,通过中间所有的变化曲折,一直到结局,都顺序说下去,但是他并没有排除诗可以利用富有包孕性的顷刻的原则。钱锺书先生就以莱辛赞许过的但丁《地狱》篇里描写饥饿的诗句为例说明:富有包孕性的顷刻,不但指图画里剑锋相直或骰子旋转的状态,也很适用于但丁诗里这个情景。"诗歌里的描叙是'继续'或'进展'性的,可以把一桩动作原原本本、自始至终地传达出来,不像绘画只局限于事物同时并列的一个场面;但是它有时偏偏见首不见尾,不写顶点,让读者想象得之。换句话说,文字艺术也能利用'有包孕的片刻'的原则。"③ 钱锺书先生结合中外文学史的实际论证了这一观点,既肯定了莱辛提出的原则,又纠正了莱辛的偏颇。

第三,美的规律与表现"有人气的英雄"。

莱辛在《拉奥孔》中,从讨论诗与绘画的界限入手,批评了温克尔曼的静穆美的艺术理想,反对斯多噶派所宣扬的禁欲主义,适应时代的需求,提出了表现"有人气的英雄"的艺术理想。在绘画雕刻等造型艺术上,莱辛对温克尔曼作了些让步,他的观点接近温克尔曼的观点。他认为美的规律是艺术的首要规律,"凡是为造形艺术所能追求的其他东西,如果和美不相容,就须让路给美;如果和美相容,也至少须服从美"④。他强调摹仿对象的表情

① [德]莱辛:《拉奥孔》,朱光潜译,人民文学出版社1979年版,第21页。

② [德]莱辛:《拉奥孔》,朱光潜译,人民文学出版社1979年版,第23页。

③ 参见钱锺书:《读〈拉奥孔〉》,见《文学评论》,1962年第5期。

④ [德]莱辛:《拉奥孔》,朱光潜译,人民文学出版社1979年版,第14页。

和激情都必须服从美的规律，不能越出艺术的范围。表情在艺术中表达到什么地步，要以表情能和美与尊严结合到什么程度为准。在谈到丑时，他认为，丑可以入诗，丑在诗里可以加强喜剧的可笑性和悲剧的可怖性；但是丑在绘画中却不然，作为美的艺术来讲，"绘画却拒绝表现丑"①。莱辛在谈到人体美的理想时认为："身体美的表现就是绘画的目的，所以身体的最高美就是艺术的最高目的。但是身体的最高美只有人才有，而人之所以有这种最高美是由于理想。这种理想只以较低级的形式存在于动物界，植物界或无生命的自然界都见不出这种理想。"②在艺术理想问题上，莱辛注意到了绘画与诗的共同性及其不同的表现形式。他认为："绘画中美的理想也许导致了诗中道德完善的理想。不过这里应该想到理想怎样应用于动作。动作的理想在于（1）缩短时间，（2）提高动作的动机，排除偶然的东西，（3）打动感情。"③由此出发，莱辛对西塞罗所宣扬的禁欲主义美学思想，表现出了极大的反感。他强调，艺术特别是悲剧艺术一定要显示情感，反对把人物写成一些缺乏情感和激情的"格斗士"。接着他便以索福克勒斯的《菲罗克忒忒斯》为范例，提出了"有人气的英雄"的艺术理想。他说：

> 浮夸不能激发起真正的英雄气概，正如菲罗克忒忒斯的哀怨不能使人变得软弱。他的哀怨是人的哀怨，他的行为却是英雄的行为。二者结合在一起，才形成一个有人气的英雄。有人气的英雄既不软弱，也不倔强，但是在服从自然的要求时显得软弱，在服从原则和职责的要求时就显得倔强。这种人是智慧所能造就的最高产品，也是艺术所能摹仿的最高对象。④

莱辛在这里明确地阐明了自己的艺术理想和社会理想。这一思想同他的启蒙主义立场紧密联系在一起。他的目的就是要通过艺术来培养德国新型的资产阶级英雄人物的理想。莱辛提倡的表现"有人气的英雄"的思想，打破了古典主义把英雄人物抽象化、寓意化、概念化的理论教条，这不仅在当时，而且在今天都有现实的意义。

"有人气的英雄"，这就是说，艺术所描绘的人物形象，首先是一个普通

---

① ［德］莱辛：《拉奥孔》，朱光潜译，人民文学出版社1979年版，第135页。

② 见朱光潜：《西文美学史》上卷，人民文学出版社1979年版，第314页。

③ ［德］莱辛：《拉奥孔》，朱光潜译，人民文学出版社1979年版，第172页。

④ ［德］莱辛：《拉奥孔》，朱光潜译，人民文学出版社1979年版，第30页。

的人,具有普通人的思想感情。他是一个人,不是一个超凡脱俗的神;同时他又有比普通人更为高尚的品质,他是一个有血有肉的生活在现实生活中的优秀人物。莱辛认为索福克勒斯描写的菲罗克忒忒斯就是一个"有人气的英雄"。他既有丰富的感情,又是一个"岩石般的人",具有"坚定的风度",和出于自由意志的行动而表现出的"真正的勇敢"和"英雄的气概"。荷马史诗中所写的英雄也是一些有人气的英雄。维吉尔在诗中描写的拉奥孔也是这样一个人物。他在激烈的痛苦中放声哀号,并不损他英雄的品质。因此我们不把他的哀号归咎于他的性格,而只把它归咎于他所遭受的人所难堪的痛苦。

艺术家要表现"有人气的英雄",绝不应片面地把人物的英雄品质抽象化,应当充分表现出人物的情感和激情,显示出其复杂的内心世界。他说:"替人类情感定普遍规律,从来就是最虚幻难凭的。情感和激情的网是既精微而又繁复的,连最谨严的思辨也很难能从其中很清楚地理出一条线索来,把它从错综复杂的牵连中一直理到底。就假定这是可能的,那又有什么用处呢? 自然界从来就没有任何一种单纯的情感,每一种情感都和成千的其他情感纠缠在一起,其中任何最细微的一种也会使基本情感完全发生变化,以至例外之外又有例外,结果那个所谓普遍规律就变成只是少数几个事例的经验。"① 莱辛这里批评的是英国经济学家亚当·斯密在《道德情操的学说》中指责菲罗克忒忒斯的呻吟、哀号,有失体统,说他没有以足够的忍耐精神去忍受哪怕是最难堪的痛苦,而违反情感的"普通规律"。这位英国人规定情感的普遍规律,实质是新古典主义者的一种清规戒律。这种看法同西赛罗宣扬克制情欲的观点没有多少区别。莱辛提倡表现"有人气的英雄",重点强调的就是要充分表现出英雄人物的感情和激情,不应把人物写成某种抽象品质的化身。莱辛在创作上实践了自己的理论主张,他的剧本《萨拉·萨姆逊小姐》就是很好的佐证。对此车尔尼雪夫斯基有一段公正的评价,他说:"《萨拉·萨姆逊小姐》在德国文学史中,也像狄德罗的戏剧在法国文学中占据同样的地位,产生同样的影响。在这里,外表上一种寒森森的光辉以及空洞无聊的伟大,第一次让位给真正的热情,手执纸剑的英雄第一次让位给真正的人。"②

莱辛在《拉奥孔》中富有独创性地对诗与画特殊规律的探讨,对文艺

---

① ［德］莱辛:《拉奥孔》,朱光潜译,人民文学出版社1979年版,第28页。

② ［俄］车尔尼雪夫斯基:《莱辛,他的时代,他的一生与活动》,见《车尔尼雪夫斯基论文学》中卷,辛未艾译,上海译文出版社1979年版,第418页。

学、美学的发展是有重大意义的。但是他的观点,也不无片面性。他的基本弱点,赫尔德(Johann Gottfried von Herder,1744—1803)在《批评之林》中指出,主要是缺乏历史发展的观点,尽管莱辛在论述诗与画的分界时也结合当时反封建、反教会的斗争,但是具体论述时,又仿佛把文艺看成一种孤立的自然现象,与社会基础并无直接的关联,他从来不去考虑社会历史因素对诗与画的性质、特点的影响问题。由于他缺乏历史主义的辩证发展观点,因而也就不可能认识到古希腊的绘画、雕刻和诗与近代艺术和文学的区别。他把荷马史诗和希腊悲剧奉为典范,并把从中概括出的规律,作为评价一切时代文学艺术的标准。这种做法本身,说明莱辛还未完全摆脱新古典主义的桎梏。

第四节　现实主义的戏剧理论和文艺批评的历史文献
——《汉堡剧评》

1766年莱辛在完成《拉奥孔》之后,被汉堡民族剧院聘为艺术顾问和戏剧评论家。剧院从1767年4月22日发预告正式开张,到1768年4月19日,莱辛根据上演的52场戏,写了104篇剧评,1769年以《汉堡剧评》为名正式出版。这一著作是世界戏剧理论史和文艺批评史上的重要历史文献。书中莱辛与法国启蒙运动领袖狄德罗遥相呼应,大力提倡市民戏剧,批判新古典主义的戏剧理论和创作,继承和发展了亚里士多德以来的现实主义戏剧理论,并结合具体的艺术实践,探讨了戏剧艺术创作的规律。车尔尼雪夫斯基在论述启蒙运动时期的戏剧理论时说过,当时"在理论中站在首创地位的,毫无疑问就是狄德罗。莱辛自己也说,他是向狄德罗学习的;然而通过实践来证明理论,——也就是说,对理论进行充分解释,莱辛所获得的成功却比这个理论的发明者更早"。[①]莱辛在《汉堡剧评》中涉及的问题很多,我们着重讲三个问题。

第一,关于市民剧的理论。

亚里士多德在《诗学》中,根据古希腊戏剧艺术的实践,论述了悲剧和喜剧两种戏剧类型的特点。启蒙运动时期,狄德罗适应时代的需要,提倡一种严肃戏剧。莱辛倡导的市民剧与狄德罗提出的严肃戏剧的基本精神一致。在他心目中的市民剧,实际上既不是悲剧,也不是喜剧,而是一种由莎士比

---

① 〔俄〕车尔尼雪夫斯基:《车尔尼雪夫斯基论文学》中卷,辛未艾译,上海译文出版社1979年版,第418页。

亚型的悲喜混杂剧演变出来的法国"泪剧"和英国的"市民悲剧"。关于市民剧的产生及其特点,莱辛作了如下的说明:

> 我想谈一谈戏剧体诗在我们的时代所发生的变化。无论是喜剧还是悲剧都没有逃脱这种变化。喜剧提高了若干度,悲剧却降低了若干度。就喜剧来说,人们想到对滑稽玩艺的喜笑和对可笑的罪行的讥嘲已经使人腻味了,倒不如让人轮换一下,在喜剧里也哭一哭,从宁静的道德行为里找到一种高尚的娱乐。就悲剧来说,过去认为只有君主和上层人物才能引起我们的哀怜和恐惧,人们也觉得这不合理,所以要找出一些中产阶级的主角,让他们穿上悲剧角色的高底鞋,而在过去,唯一的目的是把这批人描绘得很可笑。喜剧的变化造成提倡者所称的打动情感的喜剧,而反对者则把它称为啼哭的喜剧。悲剧经过变革,成为市民的悲剧……前一种变化是法国人造成的,后一种变化是英国人造成的。我敢说这两种变化都起于这两个民族的特殊习性。法国人的习性是想显出自己比实际较伟大一点,而英国人的习性却喜欢把一切伟大的东西拖下来,拖到自己的水平。法国人不喜欢看到自己老是在滑稽可笑的一方面被人描绘出来,他骨子里有一种野心驱遣他把类似他自己的人物描绘得比较高贵些。英国人则不高兴让戴王冠的头脑享受那么多的优先权,他认为强烈的情感和崇高的思想不见得就只属于戴王冠的头脑们而不属于他自己行列中的人。[1]

莱辛提倡市民戏剧,应真实、自然地反映现实生活,特别应反映广大市民阶级日常的社会生活。莱辛激烈地反对新古典主义的矫揉造作,竭力去投合封建贵族的艺术趣味,而把市民阶级的人物一律写成被嘲笑的对象。因此他提出了自己的市民喜剧理想,认为喜剧应当表现市民的日常生活,在喜剧里也可以哭一哭,"从宁静的道德行为里找到一种高尚的娱乐",并以高尚的道德行为去感动广大市民观众,而不应把市民阶级人物尽写成些被嘲笑的人物。他说:"喜剧要通过笑来改善,但却不是通过嘲笑;既不是通过喜剧用以引人发笑的那种恶习,更不是仅仅使这种可笑的恶习照见自己的那种恶习。它的真正的、具有普遍意义的裨益在于笑的本身;在于训

---

[1]　见朱光潜:《西文美学史》上卷,人民文学出版社1979年版,第317—318页。

练我们发现可笑的事物的本领；在各种热情和时尚的掩盖之下，在五花八门的恶劣的或者善良的本性之中，甚至在庄严肃穆之中，轻易而敏捷地发现可笑的事物。"① 莱辛站在新兴资产阶级立场，赞扬英国的市民悲剧，反对以高乃依为代表的法国古典的悲剧。他提倡市民剧的目的就是要清除新古典主义在德国的恶劣影响，建立一种德国民族的新戏剧。他说，高乃依是造成危害最多的人，"尤其是他的理论，被整个民族（直至一两个自命博学的人，如海德伦、达希埃，这些人连自己都常常是无所适从）奉为至理名言，被一切后辈作家奉为金科玉律。按照这些理论进行创作，——恕我一点一点加以证明——只能产生最空洞、最乏味、最不具有悲剧精神的东西。"② 在悲剧中绝不能"只让戴王冠的头脑享受那么多的优先权"，这是一种历史颠倒的现象，中产阶级（即资产阶级）理应成为悲剧的主角。悲剧专为王公贵族歌功颂德，不可能感动广大市民观众，只有让中产阶级的人物成为悲剧主人公，真实地描写市民阶级的日常社会生活，才会打动人民群众的心。在艺术表现形式上，莱辛提倡的市民剧，主张打破新古典主义的清规戒律，不受所谓"三一律"的限制，语言上也应朴素自然、通俗易懂，便于广大人民群众接受。他认为"感情绝对不能与一种精心选择的、高贵的、雍容造作的语言同时产生。这种语言既不能表现感情，也不能产生感情。然而感情却是同最朴素、最通俗、最浅显明白的词汇和语言风格相一致的"③。莱辛的伟大之处，不仅在理论上为市民剧的创作指明了方向，开辟了道路，而且在实践上为市民剧提供了范例。他的戏剧创作本身就是他的戏剧理论的很好的体现。他的《萨拉·萨姆逊小姐》是德国第一部市民悲剧。他的《爱米丽娅·迦洛蒂》则是德国最杰出的市民悲剧。弗·梅林说："在上一世纪（指18世纪——引者）的德国觉醒起来的市民阶级的阶级意识，在某种意义上来说，在《爱米丽娅·迦洛蒂》一剧中达到了顶峰。此剧的命运也反映了当时市民阶级的命运。"④ "1868年左右，莱辛在汉堡重新把这出悲剧拿来加工时，他正处于创作力最旺盛的时候。这部作品的写作，正好可以检验他在《汉堡剧评》中写下的那些有关剧评的认识。"⑤

---

① ［德］莱辛：《汉堡剧评》，张黎译，上海译文出版社1981年版，第152页。

② ［德］莱辛：《汉堡剧评》，张黎译，上海译文出版社1981年版，第413—414页。

③ ［德］莱辛：《汉堡剧评》，张黎译，上海译文出版社1981年版，第307—308页。

④ ［德］弗·梅林：《莱辛的〈爱米丽娅·迦洛蒂〉》（1894年9月），见梅林《论文学》，张玉书译，人民文学出版社1982年版，第9页。

⑤ ［德］弗·梅林：《论文学》，张玉书译，人民文学出版社1982年版，第6页。

第二，戏剧的审美教育功能。

莱辛作为一个德国启蒙运动的思想家和艺术家,十分重视戏剧艺术的审美教育功能。他认为艺术既要反映市民阶级的生活,又要起着照亮他们、改善他们的作用。优秀剧作家创造人物、安排情节,都包含着远大的目的:"即教导我们应该做什么或者允许做什么的目的;教导我们认识善与恶,文明与可笑的特殊标志的目的;向我们指出前者在其联系和结局中是美的,是厄运中之幸运;后者则相反,是丑的,是幸运中之厄运的目的;还有一个目的,即在那些没有直接竞争,没有对我们直接威吓的题材中,至少让我们的希望和憎恶的力量借适当的题材得到表现,并使这些题材随时显出其真实的面貌,免得我们弄得是非颠倒,该我们希望的却遭到憎恶,该我们憎恶的却又寄予希望。"① 艺术的使命就是要使人民在鉴赏美的领域里得到提高,受到教育。莱辛说:"真正的艺术批评家,不从自己的鉴赏趣味中引出规律,而是按照事物的自然本性所要求的规则来形成自己的鉴赏趣味。"② 莱辛的全部艺术批评活动,都是从艺术与现实的审美关系中探讨艺术的规律,引导人们提高自己的鉴赏趣味,并在美的鉴赏中陶冶和净化自己的思想感情。

莱辛特别重视美与善的统一。他把剧院看作是"道德世界的大课堂"③。在舞台上表现的一切,在道德世界里,都必须保持其合理的进程,人物行为的动机,必须是按照严格的真实性产生出来的。戏剧在人民的社会生活中,对规范社会道德起着法律所起不到的巨大精神作用。因此,他认为戏剧是"法律的补充"。莱辛所说的戏剧艺术的道德教育,不同于基督教的道德自我完善的殉难者的教育,而是一种健康的、理性的、体现着启蒙运动时代精神的教育。他说:"现在我们生活在一个健康理性的呼声广为传播的时代,而那时每一个狂怒的人都会轻率地、毫无必要地怀着对他的一切公民职责的轻蔑走向死亡,以猎取殉难者的称号。现在我们懂得区分真假殉难者,我们鄙视假殉难者,尊敬真殉难者,而且他们最多只能引起我们为他们的盲目与荒谬淌几滴伤感的眼泪,这是因为我们在他们身上总还能看到人性的作用。"④ 莱辛懂得,戏剧的道德教育,不是抽象的道德说教,而是通过真实生动的情节自然而然地影响观众的心灵。莱辛声明:"我并不是想说,戏剧作家安排他的剧情为说明或者证实任何一个伟大的道德真理服务是错误的。但

① 〔德〕莱辛:《汉堡剧评》,张黎译,上海译文出版社1981年版,第181页。

② 〔德〕莱辛:《汉堡剧评》,张黎译,上海译文出版社1981年版,第100页。

③ 〔德〕莱辛:《汉堡剧评》,张黎译,上海译文出版社1981年版,第10页。

④ 〔德〕莱辛:《汉堡剧评》,张黎译,上海译文出版社1981年版,第9页。

是,我敢说,剧情的这种安排是必要的,这样可以产生不以表达某一格言为目标的非常有教益的完美作品;如果把古代人各种悲剧的结尾的最后一句格言看成似乎全剧都是为它而存在,那就错了。"① 莱辛非常赞赏莎士比亚戏剧的艺术性,戏剧作家在安排剧情时,从来不愿意事先泄露自己的行动,"人们可以把听众要达到的目标表现给他,但达到这目标的不同的道路,则必须完全隐藏起来"②。莱辛强调艺术家在安排剧情时,应把明显不同且相互矛盾的感受,有机地网成一个艺术的整体,只有在剧情的有机联系中,才能产生强烈的艺术感染力量。他说:"谁若是想同我们的心灵说话,并唤起我们的同情,必须像要娱乐和启迪我们的理智一样注意联系。没有联系,没有各部分的内在的联结,最好的音乐也不过是一堆无用的沙粒,不可能给人以持久的印象;只有联系才能使它们成为一块坚实的大理石,在这样一块大理石上,艺术家的手才能雕出不朽的作品。"③

对于悲剧和喜剧的审美教育作用的不同特点和途径,莱辛分别作了考察和研究。

在悲剧的审美教育功能问题上,莱辛针对当时德国文坛上对亚里士多德《诗学》的歪曲,进一步阐发了亚里士多德的观点,他采取的方法是"处处用亚里士多德来说明亚里士多德"。④ 针对高乃依等人认为悲剧应该激起的是怜悯与恐怖,暴君、歹徒也可成为正面的悲剧主人公的观点,莱辛依据亚里士多德的《诗学》和《修辞学》中的有关论述,说明把悲剧的激情分成怜悯与恐怖,显然不是亚里士多德的观点。亚里士多德说是怜悯与恐惧,并非怜悯与恐怖;他所说的恐惧,绝非另外一个人面临的厄运在我们心里引起的为他感到的恐惧,这是我们看见不幸事件落在这个人物身上时,唯恐自己也遭到这种不幸事件的恐惧,这是我们唯恐自己变成怜悯对象的恐惧。总而言之,这种恐惧是我们对自己的怜悯。怜悯的情感不能脱离为我们自己所产生的恐惧而单独存在。正因为如此,莱辛认为悲剧是一首引起怜悯的诗。按其性质来说,它是对一个行动的摹仿,像史诗和喜剧一样;然而按其体裁来说,它是对一个引起怜悯的行动的摹仿,悲剧正是借助怜悯与恐惧,使观众的这种类似的激情得到净化,而不是像高乃依所说的那样,无区别地净化一切激情。那种作恶多端、披着人皮的魔鬼的厄运,绝不能引起我

---

① [德]莱辛:《汉堡剧评》,张黎译,上海译文出版社1981年版,第64—65页。

② [德]莱辛:《汉堡剧评》,张黎译,上海译文出版社1981年版,第142页。

③ [德]莱辛:《汉堡剧评》,张黎译,上海译文出版社1981年版,第144页。

④ [德]莱辛:《汉堡剧评》,张黎译,上海译文出版社1981年版,第383页。

们的怜悯。对于这种人物，我们可以眼巴巴地望着他被打入十八层地狱，而丝毫不同情他。

喜剧的审美教育功能又有不同于悲剧的特点。莱辛说："任何体裁都不能改善一切；至少不能把每个人都改善得像别人一样完善；一种体裁最擅长的，正是另一种体裁所不及的，这就构成了它们的特殊作用。"① 喜剧的特殊手段是"笑"，通过笑使人发现社会生活的矛盾，预防一切坏的倾向，以保持社会的健康向上状态。应当承认，即使莫里哀的《悭吝人》也从未改善一个吝啬鬼。雷雅尔的《赌徒》，也从未改善一个赌徒。喜剧通过笑，"能使健康人保持健康状况，也就满足了"。"对于慷慨的人来说，《悭吝人》也是有教益的；对于从来不赌钱的人来说，《赌徒》也有教育意义；他们没有的愚行，跟他们共同生活的其他人却有；认识那些可能与自己发生冲突的人是有益的；防止发生那些例举的印象是有益的。预防也是一帖良药，而全部劝化也抵不上笑声更有力量，更有效果。"② 莱辛站在新兴资产阶级立场上，反对新古典主义者用嘲笑来对待市民群众，这在当时无疑有其进步的一面；但他把嘲笑从喜剧中排除，又不免失之偏见颇。

第三，戏剧人物性格论。

莱辛在《拉奥孔》中，已谈到刻画人物的个性、表现人物的性格特征问题。他认为在艺术创作中，"所谓主要的东西是指让人物行动起来，通过行动来显出人物的性格特征"③。在《汉堡剧评》中，他在评述戏剧人物的创造时，进一步强调了描写人物的性格特征，并且具体论证了性格的内在真实性、性格的一致性和性格的目的性问题。亚里士多德在《诗学》中，把情节摆在戏剧创作的首要地位。莱辛在反对新古典主义的斗争中，继承了《诗学》的传统，同时他又根据新时代的实际而有所突破和发展。与亚里士多德不同，他把性格问题摆到了戏剧艺术创作的首要地位。他说："对一个作家来说，性格远比事件更为神圣。首先是因为，如果对性格进行了仔细的观察，那末事件，只要它们是性格的一种延续，便不可能有多少走样儿；因为相反，可以由完全不同的性格当中引出相同的事件。第二，因为丰富的教育意义并非寓于单纯的事件，而是寓于认识。这种性格在这种情况下通常会引起这样的事件，而且必须引起这样的事件。"④ 他把事件看作是某种偶然的、许

---

① ［德］莱辛：《汉堡剧评》，张黎译，上海译文出版社1981年版，第396页。

② ［德］莱辛：《汉堡剧评》，张黎译，上海译文出版社1981年版，第152页。

③ ［德］莱辛：《汉堡剧评》，张黎译，人民文学出版社1979年版，第62页。

④ ［德］莱辛：《汉堡剧评》，张黎译，上海译文出版社1981年版，第176页。

多人物可能共有的东西,性格则是某种本质的和特有的东西。正因为如此,他强调指出:"一切与性格无关的东西,作家都可以置之不顾。对于作家来说,只有性格是神圣的,加强性格,鲜明地表现性格,是作家在表现人物特征的过程中最当着力用笔之处;最微小的本质的改变,都会失掉为什么他们用这个姓名而不用别的姓名的动机;而再也没有比使我们脱离事物的动机更不近情理的了。"① 戏剧作家创造的性格,首先应符合性格本身发展必然性与可能性,绝不能违反性格的内在的真实性。他说:"作者如果不以原来历史人物的性格赋予他的剧中人物,他所犯的过失比违反他所自由选择的人物性格本身,——即违反性格的内在真实性,或教育目的来说——要轻微得多。"② 对于一部作品来讲,"只要它在艺术上是真实的,只要我们承认,这样的性格,在这样的情况下,处在这样的激情中,只能做出这样的判断,也就够了"。③ 作家创造的性格的内在真实性,是现实的生活真实的反映,它是作家"把现实世界的各部分加以改变,替换,缩小,扩大,由此造成一个自己的整体"。④ 作家创造的性格具有两个重要的特征:性格的一致性和目的性。性格的一致性,要求人物性格不能有相矛盾之处,应具有自己的内在逻辑的一致性。如果人物性格失去它的一致性,那么它就不可能是真实的。性格的目的性是指作家在创造性格时应有一定的审美教育目的。莱辛认为,"一个缺乏教育性的性格是缺乏目的性的。有目的的行动,使人类超过低级创造物;有目的的写作,有目的的摹仿,使天才区别于渺小的艺术家。后者只是为写作而写作,为摹仿而摹仿,他们采用低劣的手法来满足低级趣味,他们把这种手法当成全部目的,并且要我们也满足于这种低级趣味,而这种低级趣味恰恰产生自他们对于自己的手法的巧妙的、但毫无目的的运用。"⑤ 莱辛强调性格的目的性,这与他的积极变革现实的进步立场分不开,同他提倡表现"有人气的英雄"性格是一致的。

在《汉堡剧评》第87和89篇中,莱辛还针对狄德罗关于喜剧表现类型、悲剧表现个性的看法,具体论述了人物性格的普遍性和个别性统一的问题,并且提出了性格创造中的个性化问题。莱辛认为:"悲剧的性格必须像喜剧

① ［德］莱辛:《汉堡剧评》,张黎译,上海译文出版社1981年版,第125页。
② 见伍蠡甫主编:《西文文论选》上卷,上海译文出版社1979年版,第427页。
③ ［德］莱辛:《汉堡剧评》,张黎译,上海译文出版社1981年版,第14页。
④ ［德］莱辛:《汉堡剧评》,张黎译,上海译文出版社1981年版,第179页。
⑤ ［德］莱辛:《汉堡剧评》,张黎译,上海译文出版社1981年版,第181页。

的性格一样,是具有普遍性的。狄德罗所主张的那种区别,是错误的。"① 他主张悲剧性格应既有个别性,又有普遍性。他同意英国批评家哈德的看法,即:悲剧性格必须具有个别性,但这不是说,性格当中应当得到表现的那些特征,不应该具有普遍性。"具有普遍性的事物在我们的想象中是一种存在方式,它与具有个别性的事的真实存在的关系,犹如具有可能性的事与具有真实性的事的关系一样。"② 在《汉堡剧评》第93篇的一个注释中,莱辛总结古代戏剧的经验,指出:"古代剧作家懂得,不用幽默也可以使作品,使他们的人物个性化。是的,所有古代作家都是如此。" 他还打算搜集更多的例子,"希望从中找出规律"③。在艺术史上他找到了拉奥孔雕像,从这个高度个性化的典型雕像入手,探讨了诗与画的规律。

　　在性格与环境的关系问题上,莱辛比狄德罗又有所前进,明确主张塑造在特定的环境中的人物性格。他说:"我们不应该在剧院里学习这个人或者那个人做了些什么,而是应该学习具有某种性格的人,在某种特定的环境中做些什么。"④ 莱辛认为作家所设想的特定环境,应将其内在的可能性与历史的真实性统一起来。作家只有描绘出某种性格在特定的环境中做些什么,才能真正显示出人物的性格,反映出历史的真实。如果脱离了特定环境孤立地去表现人物性格,这种性格则往往是不真实的。莱辛曾以莎士比亚的《哈姆雷特》中的鬼魂同伏尔泰作品中的鬼魂相比,认为莎士比亚的描写是真实的,独一无二的;伏尔泰的描写则是可笑的,不成功的。其原因莱辛认为:"莎士比亚的鬼魂真是从那个环境里产生的。因为它出现在庄严肃穆的时刻,出现在恐怖的寂静的夜间,出现在充满着忧郁、神秘气氛的环境中,犹如我们当年和乳母在一起等待和想象鬼魂时一样。"⑤ 而伏尔泰笔下的鬼魂纯系一个冷静的作家为了迷惑和恐吓我们却不知从何下手时创造出来的一个东西。莱辛还以高乃依描写的伊丽莎白为例说明作家的最高任务就是塑造特定环境下具有真实性格的艺术典型。莱辛的这些论述,对于我们理解后来恩格斯提出的"真实地再现典型环境中的典型人物"的著名原则,也是有意义的。

　　在西方文艺理论发展史上,莱辛是从古典主义类型说开始转向性格特征

---

① ［德］莱辛:《汉堡剧评》,张黎译,上海译文出版社1981年版,第463页。

② ［德］莱辛:《汉堡剧评》,张黎译,上海译文出版社1981年版,第465页。

③ ［德］莱辛:《汉堡剧评》,张黎译,上海译文出版社1981年版,第470页。

④ ［德］莱辛:《汉堡剧评》,张黎译,上海译文出版社1981年版,第101页。

⑤ ［德］莱辛:《汉堡剧评》,张黎译,上海译文出版社1981年版,第61页。

说的重要代表人物之一,但是他在典型性格问题上,也仍然没有最终冲破类型说的樊篱。比如,他认为"普遍的性格",或称"超载性格","这与其说是性格化的人物,毋宁说是拟人化的性格观念。但就另一层意思来说,普遍的性格则是这样一种性格,在他身上有着从许多个别人,或者从一切个别人身上观察来的东西,体现了某种平均值,体现了一种中间比例;简言之,这是一个'常见性格',不仅性格是常见的,而且性格的程度和限度也是常见的。"①莱辛把普遍的性格看作是"某种平均值"的体现,实质就是一种类型。由于莱辛思想上缺乏历史主义观点,因此在论述戏剧人物性格时同样也暴露了出来。

莱辛在《汉堡剧评》中,对于表演艺术的理论,文学鉴赏批评问题,以及如何正确对等古典文化遗产和外来文化等问题,都不乏精辟的见解。总之,莱辛通过自己的戏剧批评实践,从理论上说明了当时在思想界和文艺界并未解决的一系列文学艺术的基本理论问题。如同韦勒克所说,莱辛同英国的约翰逊博士和法国的狄德罗一起"所形成的文学概念后来成了构成19世纪心理的和社会的现实主义的基础"。②

第五节　《拉奥孔》《汉堡剧评》对后世的深远影响

被称为德国新文学之父的莱辛,他的理论和实践,促成了德国启蒙运动的高潮,为德国民族文学的建立和发展起了巨大的推动作用。他的戏剧理论和创作,在德国建立了资产阶级所需要的市民剧,在欧洲戏剧发展史上占有重要的地位。莱辛处在欧洲新古典主义到浪漫主义的过渡时期,他的反封建专制制度、反教会的民主主义精神,他对新古典主义的批判,他对诗与画和戏剧艺术的特殊规律的探讨,他对亚里士多德《诗学》的阐发和对古典艺术的态度,他的卓越的理论建树和成功的创作实践经验,对德国以及整个欧洲都发生了不可忽视的影响。他的著名美学、文艺学专著《拉奥孔》,不仅在方法论上有重大的意义,而且对当时德国青年一代的思想是一次大解放。歌德曾经回忆当时的情景,说:"卓越的思想家从幽黯的云间投射给我们的光辉是我们所最欢迎的。我们要设想自己是青年,才能想象莱辛的《拉奥孔》一书给予我们的影响是怎样,因为这本著作把我们从贫乏的直观的世界摄引到思想的开阔的原野了。给人误解那么久的'诗如图画'(ut pictura

---

① [德]莱辛:《汉堡剧评》,张黎译,上海译文出版社1981年版,第479页。

② [美]雷纳·韦勒克:《近代文学批评史》第1卷,杨岂深、杨自伍译,上海译文出版社1987年版,第233页。

poesis)的原则一旦摒弃,造型艺术和语言艺术的区别了然自明,纵然它们彼此的基础是那样互相交错,但是两者的顶点这时却显出是截然分开了……莱辛这种卓越的思想的一切结果,像电光那样照亮了我们,从前所有的指导的和判断的批评,都可以弃如敝屣了,我们认为已从一切弊病解放出来,相信可以带着怜悯的心情来俯视从前视为那样光辉的16世纪了。"① 车尔尼雪夫斯基对莱辛也是十分敬仰,莱辛的一生直接影响了这位伟大的俄国革命民主主义者。车尔尼雪夫斯基说:"《汉堡剧评》是《葛兹·封·柏利兴根》《浮士德》《强盗》以及《威廉·泰尔》根据它而产生的法典。歌德与席勒的诗的共同精神就是接受了《拉奥孔》的启迪。《汉堡剧评》给他们的悲剧制定下法则。"② 弗·梅林对莱辛的理论与创作给予高度的评价,他称莱辛是个"辩证的战士"。"美学对于莱辛来说,归根到底,只是达到目的的手段;他在文学领域清扫积秽,为的是加强和促进市民意识,这种意识只有在这个战场上才能得到证实;对于莱辛来说,凡是适合于这个目的的,都是他的榜样。他摈弃了高谢特立下的规则,可是对于亚里士多德的权威连他也是深信不疑的。"③ 梅林在20世纪90年代写的评论莱辛的文艺评论巨著《莱辛传奇》,受到恩格斯的热情赞扬。马克思在青年时代,认真钻研过莱辛的《拉奥孔》,并做过摘记。马克思对莱辛在德国历史上所起的巨大作用,给予充分肯定的评价。他说:"如果一个德国人回顾一下他的历史,他会发见莱辛以前德国政治发展迟缓和文学情况凄惨的主要原因之一在于所谓'有资格的作家们',各守门户,享有特权的专行学者们,博士们和其他权威人士们,十七八世纪大学里一些没有性格的作家们,披着浆过的假发,卖弄他们的学问,写作他们的分辨毫发的小论文,就是这些人是站在人民和精神之间,生活和科学之间以及自由和人之间的障碍物。创造我们德国文学的是些'没有资格的作家'。在高特雪特和莱辛之中,谁是'有资格的作家',谁是'没有资格的作家',由你去选择吧!"④ 在马克思看来,莱辛显然是创造德国文学"没有资格的作家"的代表人物。

---

① [德]歌德:《歌德自传·诗与真》,刘思慕译,人民文学出版社1983年版,第323页。

② [俄]车尔尼雪夫斯基:《莱辛,他的时代,他的一生与活动》,见《车尔尼雪夫斯基论文学》中卷,辛未艾译,上海译文出版社1979年版,第437页。

③ [德]梅林:《论文学》,张玉书译,人民文学出版社1982年版,第37—38页。

④ 见朱光潜《西方美学史》上卷,人民文学出版社1979年版,第323页。

第八章　康德的《判断力批判》：
打开西方近代美学的钥匙

> 有两样东西，人们越是经常持久的对之凝神思索，
> 它们就越是使内心充满常新而日增的惊奇和敬畏：
> 我头上的星空和我心中的道德律。①

——康德

　　康德是世界历史上的哲学巨人，是伟大的启蒙主义理论家和美学家。他的《纯粹理性批判》《实践理性批判》《判断力批判》，即"三大批判"，是人类思想宝库中的璀璨瑰宝。《判断力批判》是"三大批判"的有机组成部分，也是康德的美学思想和文艺思想的最具代表性著作。重新研究康德，重新阅读和研究康德的《判断力批判》，自有其重大的学术价值和现实意义。

第一节　康德的生平、著述和思想发展路程

　　伊曼努尔·康德（Immanuel·Kant,1724—1804）祖籍苏格兰，1724年4月22日出生于东普鲁士的首府哥尼斯堡，现属俄罗斯加里宁格勒。该城在历史上其归属发生过几次变化，康德生活的时代属东普鲁士王国的领域，第二次世界大战结束后，根据雅尔塔和波茨坦协议，正式划归苏联。康德的父亲是一个马鞍匠，母亲是一位虔诚的教徒。康德于1742年入哥尼斯堡大学，

---

　　① 这段话见于《实践理性批判》，邓晓芒译、杨祖陶校，人民出版社2003年版，第220页。同时这段话又是现在俄罗斯加里宁格勒的康德墓碑铭文。

攻读物理学、数学、地理学、哲学和神学。大学毕业后,从1746年开始,当了9年家庭教师。1755年6月,他以一篇拉丁文论文《论火》获硕士学位,9月又提出第二篇拉丁文论文《对形而上学认识论基本原理的新解释》,通过答辩后,开始担任哥尼斯堡大学的"私讲师"(未经国家任命,由学生负担其薪金)。每周上课三十五六个小时,讲授过数学、物理学、逻辑学、形而上学、伦理学、地理学、人类学和自然神学、教育学、哲学大全等。传说他还讲过要塞建筑术和烟火制造术。他的知识之渊博可见一斑。1770年被任命为哥尼斯堡大学的逻辑学和形而上学编内正教授,并通过答辩就职论文《论感觉界和理智界的形式和原则》。1786年被选为哥尼斯堡大学校长和柏林科学院院士,1794年被选为彼得堡科学院院士。1801年退休,1804年2月12日逝世。

康德的一生平凡而伟大,他的一生是走向批判哲学之路的一生。1746年当22岁的康德大学毕业时,他完成了他的第一部学术专著《关于活力的真正测算的思想》。在书的前言中,他引了塞涅卡《论幸福生活》第一章中的一句话:"最需要遵循的是,我们不要按照牲畜的习惯追随前面的畜群,走的不是应当走的路,而是他人未走过的路。"他要独立思考,探索一种新的科学之路。他向世人庄严地宣布:"从现在起,倘若牛顿和莱布尼茨的声望与真理的发现相悖,人们也能够敢于大胆地认为它一文不值,并且除了知性的牵引之外,不服从任何其他的劝说。"① 他说:"我已经给自己标出了我要遵循的道路。我将踏上自己的征程,任何东西都不应阻碍我继续这一征程。"②

康德踏上自己的征程,他要探寻和研究的问题是什么呢? 这一点后来他自己做了明确的回答:

> 我们理性的一切兴趣(思辨的以及实践的)集中于下面三个问题:
>
> 1. 我能够知道什么?
> 2. 我应当做什么?
> 3. 我可以希望什么?
> 第一个问题是单纯思辨的……
> 第二个问题是单纯实践的……
> 第三个问题,即:如果我做了我应当做的,那么我可以希望什

① 《康德著作全集》第1卷,中国人民大学出版社2003年版,第6页。

② 《康德著作全集》第1卷,中国人民大学出版社2003年版,第9—10页。

么？这是实践的同时又是理论的，以至于实践方面只是作为引线而导向对理论问题以及（如果理论问题提高一步的话）思辨问题的回答。①

1793年5月4日康德在致卡尔·弗里德里希·司徒林的信中，进一步阐明和补充了自己一生所研究的问题。他说：

> 很久以来，在纯粹哲学的领域里我给自己提出的研究计划，就是要解决以下3个问题：1. 我能够知道什么？（形而上学）；2. 我应该做什么？（道德）；3. 我可以希望什么？（宗教）；接着是第四个、也是最后一个问题：人是什么？（人类学，20多年来，我每年都要讲授一遍）。在现在给您的著作《纯粹理性范围内的宗教》中，我试图实现这个计划的第3部分。在这一著作中，严格认真的精神和对基督教的真诚敬意，当然还有恰如其分地直言不讳这个基本原则，使我没有隐瞒什么东西，而是象我相信的那样，我已经认识到，基督教与最纯粹的实践理性的结合是可能的，我要开诚布公地发表自己的意见。②

在康德走上批判哲学之路的征程中，上述四个问题始终萦绕在他的心头，这四个问题又与作为他的座右铭的两样东西紧密相连。在《实践理性批判》中，他说：

> 有两样东西，人们越是经常持久地对之凝神思索，它们就越是使内心充满常新而日增的惊奇和敬畏：我头上的星空和我心中的道德律。对这两者，我不可当作隐蔽在黑暗中或是夸大其辞的东西到我的视野之外去寻求和猜测；我看到它们在我眼前，并把它们直接与我的实存的意识联结起来。前者从我在外部感官世界中所占据的位置开始，并把我身处其中的联结扩展到世界之上的世界、星系组成的星系这样的恢宏无涯，此外还扩展到它们的循环运动及其开始和延续的无穷时间。后者从我的不可见的自我、我的

---

① ［德］康德：《纯粹理性批判》，邓晓芒译，杨祖陶校，人民出版社2004年版，第611—612页。
② ［德］康德：《康德书信百封》，李秋零编译，上海人民出版社1992年版，第200—201页。

人格开始并把我呈现在这样一个世界中,这个世界具有真实的无
限性,但只有对于知性才可以察觉到,并且我认识到我与这个世界
(但由此同时也就与所有那些可见世界)不是像在前者那里处于只
是偶然的联结中,而是处于普遍必然的联结中。①

关于康德思想发展的历程,学界一般以1770年为界划分为"前批判期"
和"批判期"。"前批判期"从他大学毕业于1746年完成第一部学术专著《关
于活力的真正测算的思想》算起,到1770年发表《论感觉界和理智界的形式
和原则》。在前批判期中,康德关注的中心是"头上的星空",他在勇敢地探
索宇宙奥秘。衡量力的原则,太阳系的起源和发展,地球的历史及其发展,
潮汐摩擦力的宇宙作用,有机体合目的性构造的起源,等等,都在他的研究、
探索的范围之内。他以牛顿的力学定律为基础,创造性地解说了天体的起
源和宇宙的发展,在1755年发表的《自然通史和天体论》(又译《宇宙发展史
概论》),提出了"星云假说",有力地冲击和突破了形而上学的宇宙观。恩格
斯指出:"在这种僵化的自然观上打开第一个缺口的,不是一位自然研究家,
而是一位哲学家。"②"康德关于所有现在的天体都从旋转的星云团产生的学
说,是哥白尼以来天文学取得的最大进步。认为自然界在时间上没有任何
历史的那种观念,第一次被动摇了。在那以前人们都认为,各个天体从最初
起就始终在同一轨道上并且保持同一状态;即使在单个天体上单个有机体
会消亡,人们总认为类和种是不变的。虽然自然界明显地处在永恒的运动
中,但是这一运动看起来好像是同一过程的不断重复。康德在这个完全适
合于形而上学思维方式的观念上打开了第一个缺口,而且用的是很科学的
方法,致使他使用的大多数论据,直到现在还有效"。③在前批判期,康德还相
继发表了《论火》(1755),《对形而上学认识论基本原理的新解释》(1755),
《物理单子论》(1756),《运动和静止的新学说》(1758),《试对乐观主义作若
干考察》(1759),《三段论法四格的诡辩》(1763),《论自然神学和道德的原
则的明晰性》(1764),《对美和崇高的情感的观察》(1764)等。

1770年康德被任命为哥尼斯堡大学正式编内的逻辑学和形而上学教
授,结束了当了15年的"私讲师"。按当时国家法律规定,教授任职应提交一

---

① [德]康德:《实践理性批判》,邓晓芒译,杨祖陶校,人民出版社2003年版,第220页。
② 恩格斯:《自然辩证法》,见《马克思恩格斯选集》第4卷,人民出版社1995年版,第266页。
③ 恩格斯:《反杜林论》,见《马克思恩格斯选集》第3卷,人民出版社1995年版,第397页。

篇答辩论文,康德提交的《论感觉界和理智界的形式和原则》。"这篇著名论文一般公认为标志着康德'前批判期'哲学思想发展的终结和'批判时期'哲学思想发展的开端"。① 从1770—1800年,是康德批判哲学发展的高峰期,这期间康德的注意力,从自然科学转向的哲学、美学、宗教学和人类学。主要著作是三大批判:《纯粹理性批判》(1781),《实践理性批判》(1788),《判断力批判》(1790)。这期间发表的其他著作还有:《能够作为科学的任何未来形而上学导论》(1783),《道德形而上学原理》(1785),《单纯理性范围内的宗教》(1793),《永久和平论》(1795),《法学形而上学原理》(1797),《伦理学的形而上学原理》(1797),《学科间的纷争》(1798),《实用人类学》(1798)等。康德生前由他朋友编辑出版的著作有:《逻辑学》(1800),《自然地理学》(1802)和《教育学》(1803)。康德在《实用人类学》中,回答了他一生探讨的最后一个问题:人是什么。他说:"人具有一种自己创造自己的特性,因为他有能力根据自己所采取的目的来使自己完善化;他因此可以作为天赋有理性能力的动物(animal rationabile)而自己把自己造成为一个理性的动物(animal rationale)。"② 康德对人类的未来又是充满希望的,他坚信:"人类应该而且能够自己成为自己幸福的创造者,不过这一点不能先验地从我们所知道的人类禀赋中推来,而只能从经验和历史中,带着建立于某必要性之上的期望推出来,这种必要性在于,不能对人类的善的进步绝望,而是(每个轮到头上的人)都要以一切聪明和道德的示范来促使对这个目的的逼近"。③

康德走向批判哲学之路,分为"前批判期"和"批判期"两个阶段,这一点国内学界的看法是一致的。但具体以哪一年为分界线,认识上是有分歧的。1999年出版的蒋孔阳、朱立元主编的《西方美学通史》中,由曹俊峰先生撰写的《康德的美学思想》部分明确指出:"两个阶段的分界为1777年(普鲁士皇家科学院编《康德全集》把这一分界年份定在1777年,这是权威的分法,一般认为的1770年是不正确的)。康德美学也相应地分为'前批判期'和'批判期'两个阶段,但分界点与整个批判哲学并不一致。"④ 我认为曹俊峰先生的这一看法,自然有其理论的依据,不失为一家之言。

对于康德一生的精神风貌和真实的生活,传统的说法是哲学巨人康德不过是一个古板封闭的学者。他一生中几乎没有离开过哥尼斯堡,活动的

---

① 杨祖陶:《康德黑格尔哲学研究》,武汉大学出版社2001年版,第139页。

② [德]康德:《实用人类学》,邓晓芒译,重庆出版社1987年版,第232—233页。

③ [德]康德:《实用人类学》,邓晓芒译,重庆出版社1987年版,第241页。

④ 蒋孔阳、朱立元主编:《西方美学通史》第4卷,德国古典美学,上海文艺出版社1999年版,第8页。

范围不超过100公里。每天生活十分有规律,早晨5点钟准时起床,喝一杯茶,吸一支烟,然后就是写作、讲课、进餐、散步,一切都按规定的时间完成。有的居民甚至以每天康德散步经过的时间来对钟表的时间。甚至连影响颇大的阿尔森·古留加写的《康德传》中也如是说:"哲学家一生的标志就是他的那些著作,而哲学家生活中那些最激动人心的事件就是他的思想……他既不追逐功名,也不攫取权力,无论是公务还是爱情都不能使他受到无端的烦扰。他一辈子没结婚。康德的外表生活,秩序井然,千篇一律,比起从事这种工作的其他人来,显得更为单调刻板"。[①] 在2004年,全世界性的纪念康德逝世200周年活动中,出版了一系列学术专著,从各国学者、特别是德国学界的研究成果中,使我们看到,过去被描述为不食人间烟火的哲学家康德,原来是一个同普通人一样有着七情六欲的、有血有肉、潇洒幽默、富有生活情趣的伟人。据德国《世界报》的一篇文章介绍,当时哥尼斯堡的年轻女士们的眼光一直追逐着穿着雅致的康德硕士,他是社交场合的灵魂。他虽然个子不高,但眼睛炯炯有神,言谈风趣、幽默。康德一生虽然孤身一人,但也并非没有谈情说爱。实际上他在任家庭教师期间,一直暗恋着中年丧偶的凯塞林克伯爵夫人。这位伯爵夫人端庄美丽、气质洒脱,康德每天都坚持到夫人家去上课,以便能看一眼他心中情人,而伯爵夫人对康德同样也有爱慕之情,并特意在沙龙场所自己的座位旁边常年为康德保留一个空位子。但是由于世俗的禁锢,凯塞林克伯爵夫人于1763年嫁给了另一个贵族。康德也不得不悲伤地辞去了心爱的家庭教师工作。但在康德的心目中,伯爵夫人的形象不能被任何女性所取代,以后康德也没有再对任何女性产生过爱慕之情。[②] 从这里我们可以更全面地了解和认识康德的真实生活和思想风貌。

第二节　康德哲学是"法国革命的德国理论"

康德生活的时代,正是启蒙运动在欧洲蓬勃发展并逐渐走向高潮的时代。以狄德罗为代表的"百科全书派",经过艰苦卓绝的斗争,已在意识形态领域取得了重大胜利,有力地促进当时的思想解放运动,直接为1789—1794年法国资产阶级大革命做了舆论准备。恩格斯指出:"在法国为行将到来的革命启发过人们头脑的那些伟大人物,本身都是非常革命的。他们不承认

---

① [苏]阿尔森·古留加:《康德传》,贾泽林、侯鸿勋、王炳文译,商务印书馆1997年版,第1页。
② 参见2004年3月14日《光明日报》:《德国哲学家康德的真实生活》。

任何外界的权威,不管这种权威是什么样的。宗教、自然观、社会、国家制度,一切都受到了最无情的批判;一切都必须在理性的法庭面前为自己的存在作辩护或者放弃存在的权利。思维着的知性成了衡量一切的唯一尺度……以往的一切社会形式和国家形式、一切传统观念,都被当作不合理性的东西扔到垃圾堆里去了;到现在为止,世界所遵循的只是一些成见;过去的一切只值得怜悯和鄙视。只是现在阳光才照射出来。从今以后,迷信、非正义、特权和压迫,必将为永恒的真理,为永恒的正义,为基于自然的平等和不可剥夺的人权所取代"。①法国的启蒙运动和由此而爆发的资产阶级大革命,影响和推动了德国启蒙运动的发展。但是由于德国资产阶级的软弱,因此他们没有像法国思想家那样,去积极准备和创造进行政治革命的条件,而是寄希望于统治者的自上而下的改革。康德对于自己所处的时代和德国的现实,有着清醒的认识。在1784年康德专门写了一篇论文《回答一个问题:什么是启蒙?》,他说:

　　启蒙就是人从他自己造成的未成年状态中走出。未成年状态就是没有他人的指导就不能使用自己的知性。倘若未成年状态的原因不在于缺乏知性,而在于缺乏无须他人指导就使用自己知性的决心和勇气,那么,这种状态就是自己造成的。Sapere aude!〔要敢于认识!〕要有勇气使用自己的知性! 这就是启蒙的格言。②

　　文中论述了启蒙运动的本质、必要性和前提条件。他特别强调为了实行这种启蒙,除了自由之外,不需要任何别的东西。而且,所需要的自由是一切能够被称作自由的东西中最无害的自由,即在一切事物中公开地使用自己理性的自由。他认为,"理性的公开使用必须在任何时候都是自由的,唯有这样的使用才能在人群中实现启蒙"。③任何一个民族,"放弃启蒙就是侵犯和践踏人的神圣权利"。④ 在康德看来,启蒙的重点是要打破封建专制的控制,实行宗教的启蒙。而要肃清宗教的愚昧,就需要理性。启蒙的根本精神就是要反对盲从,提倡自由思想和独立思考。针对当时德国的现实情况,康德认为德国并未完成启蒙,而是正处于一个启蒙的时代。他说:

---

①　《马克思恩格斯选集》第3卷,人民出版社1995年版,第355—356页。
②　〔德〕康德:《康德书信百封》,李秋零编译,上海人民出版社1992年版,第271页。
③　〔德〕康德:《康德书信百封》,李秋零编译,上海人民出版社1992年版,第273页。
④　〔德〕康德:《康德书信百封》,李秋零编译,上海人民出版社1992年版,第275页。

"如果现在要问：我们生活在一个启蒙了的时代吗？回答是：不！但是,我们生活在一个启蒙的时代。正如事情本身所显示的那样,从整体上来看,要说人们已经能够在宗教事务中不用他人的指导就可以有信心地、正确地使用自己的知性,或者说人们已经被置于这样的状况,实在还相差甚远。然而,要说这个领域现在已为人们敞开,可以自由地探讨,普遍地启蒙,或者说从他们自己造成的未成年状态走出的障碍已经逐渐在减少,对此,我们却看到了清晰的迹象。由此看来,这个时代是启蒙的时代,或者是弗里德利希的世纪"。①

康德的启蒙主义思想和批判哲学的形成,牛顿和卢梭给予了决定性的影响。科学与民主是启蒙运动时期的时代精神。在自然科学方面,牛顿的经典力学给予康德重大影响,他的宇宙学与天文学的研究,就是根据牛顿的力学定理对整个宇宙的结构及其力学起源立论和展开论述的。他认为:"在自然科学所研究的各种课题中,没有哪一个课题比整个宇宙的真实结构,一切行星的运动规律及其运行的内部发动机构的研究,更能得到正确而可靠的解决了。只有牛顿的哲学才具有这种洞察力,这是任何别的哲学都达不到的"。②在人文科学方面,则是卢梭给予了康德以决定性的影响。卢梭在《社会契约论》《论科学与艺术》《论人类不平等的起源和基础》等著作中所阐发的启蒙主义理论和思想,极大地吸引和影响了康德。1762年卢梭的教育哲理小说《爱弥儿》出版,轰动欧洲,康德见到后爱不释手,居然在两天内中断了他几十年连续每天下午散步的习惯,一口气读完此书。卢梭的启蒙思想直接影响了康德的价值观、哲学观、道德观、教育观和美学观。突出地表现在以下几个问题上:

第一,人的主体意识的觉醒。

卢梭在著作中关注的中心是人,追求人的价值,提倡个性的解放。他从"自然人"的观点出发,认为只有那些返朴归真、生活在原始的自然状态的人,才是最有道德的人。他说:

> 人的确是他所居住的地球上的主宰;因为,他不仅能驯服一切
> 动物,不仅能通过他的勤劳而布置适合于生存的境界,而且在地球

---

① 〔德〕康德:《康德书信百封》,李秋零编译,上海人民出版社1992年版,第276页。

② 〔德〕伊曼努尔·康德:《宇宙发展史概论·前言》,全增嘏译,王福山校,上海译文出版社,第9—10页。

上只有他才知道怎样布置这种境界,只有他才能够通过思索而占有他不能达到的星球。①

> 没有哪一种物质的存在其本身是能动的,而我则是能动的。人们徒然地同我争论这一点,因为这是我感觉得到的,这种感觉对我的影响,比同它相斗争的理性对我的影响更强烈。……②

康德在卢梭谈人的思想中找到了二人思想的契合点,并从中得到很大的启发,改正了自己的偏见,进而以人和人的思维能力、人的终极关怀为研究的主线,走上了人类学、伦理学、美学、宗教学等批判哲学之路。康德在自己学习卢梭的著作而写下的笔记中,曾这样说:

> 我天生是一个探索者。我渴求知识,总是不安于现状,而且要在知识中向前推进,并以取得的每一个进步为乐事。我曾经相信这就构成了人类的光荣,而看不起那些无知的民众。卢梭在这个问题上纠正了我。这盲目的偏见消失了。我学会了尊重人,并且感到:除非我相信自己的这种探索者的态度能在建立人类权力方面给予所有人的价值,否则我就不比普通的劳动者更有用。③

对于人的尊重,对于人的主体性和人的价值的尊重,对人的终极关怀,康德与卢梭的思想是相通的,但康德对卢梭以"自然人"为出发点的看法,并不赞成。他说:"卢梭,他运用综合的方法,并且是从自然人出发;我用分析的方法,并且是从文明人出发。"④ 不管是卢梭的"自然人",还是康德的"现代人",实际都是18世纪新兴的"市民社会"出现的个人。马克思指出:"这种18世纪的个人,一方面是封建社会形式解体的产物,另一方面是16世纪以来新兴生产力的产物,而在18世纪的预言家看来(斯密和李嘉图还完全以这些预言家为依据),这种个人是曾在过去存在过的理想,在他们看来这种个人不是历史的结果,而是历史的起点。因为按照他们关于人性的观念,这种

---

① 参见[法]卢梭:《爱弥儿》下卷,李平沤译,商务印书馆1986年版,第396页。
② 参见[法]卢梭:《爱弥儿》下卷,李平沤译,商务印书馆1986年版,第396页。
③ 参见张龙祥:《西方哲学笔记》,北京大学出版社2005年版,第304页。
④ [德]康德:《康德美学文集》,曹俊峰译,北京师范大学出版社2003年版,第78页。

合乎自然的个人并不是从历史中产生的，而是由自然造成的。这样的错觉是到现在为止的每个新时代所具有的"。①

　　第二，自由、民主、平等、博爱的社会理念。卢梭在启蒙运动中，是自由、民主、平等、博爱思想的倡导者和鼓吹者。他认为自由是人的本质，"人是生而自由的"。②"放弃自己的自由，就是放弃自己做人的资格，就是放弃人类的权利，甚至就是放弃自己的义务"。③他认为任何强力都不能成为合法政府权力的根据，合法的国家只能是基于人民自由意志的社会契约的产物，而社会契约的目的，则是为了保障人民的自由、平等、人身和财富。卢梭为现代资产阶级民主制度的建立提供了理论的依据。在《爱弥儿》中他还谆谆告诫青年人，"我们要经常记住，社会契约是一种特殊的社会契约，这就是说，人民作为整体来说就是主权者，而每一个个人就是属民，这是政治机器在构造和运用方面非具备不可的条件，只有这个条件才能够使其他的契约合理、合法而且不至于给人民带来危险；如果没有它，其他的契约就是荒唐的和专制的，并且还容易产生巨大的流弊"。④

　　康德深受卢梭的影响。康德以哲学家的视角，认为自由"是人类理性的根本权利，人类理性只承认也即它自身的人类理性为裁判者，在普遍的人类理性中，每个人都有他的一份；并且，由于我们的状况所能获得的一切进步都必定从普遍的人类理性而来，所以这种权利是神圣的，并且不难加以限制"。⑤康德强调理性必须是自由的，"凡是真正的意志便不能不具有自由"。⑥在《关于一种出自世界公民意图的普遍历史的观念》中，他认为："对于人类来说，自然迫使人不得不解决的最大难题，就是实现一个对权利实行普遍管理的公民社会。这个社会拥有最大的自由，因而也就拥有它的成员的普遍对立，当然，也拥有对这种自由的界限最精确的规定和保证，以便使这种自由能够与他人的自由共存"。⑦康德继卢梭之后，明确说："立法权可以只属于人民的统一意志"。⑧康德强调卢梭的分权思想，主张实行立法权、行政权、司法权三权分立，认为共和政体是唯一适合自由的条件。他同情和赞扬法

---

①《马克思恩格斯选集》第2卷，人民出版社1995年版，第2页。

② ［法］卢梭：《社会契约论》，何兆成译，商务印书馆1980年版，第8页。

③ ［法］卢梭：《社会契约论》，何兆成译，商务印书馆1980年版，第16页。

④ ［法］卢梭：《爱弥儿》下卷，李平沤译，商务印书馆1986年版，第709页。

⑤ ［德］康德：《纯粹理性批判》，蓝公武译，商务印书馆1960年版，第752页。

⑥ ［法］卢梭：《爱弥儿》下卷，李平沤译，商务印书馆1986年版，第401页。

⑦ 参见［德］康德：《康德书信百封》，李秋零编译，上海人民出版社1992年版，第260页。

⑧ 参见［苏］互·费·阿斯穆斯：《康德》，孙鼎国译，王太庆校，北京大学出版社1987年版，第64页。

国资产阶级大革命,赞扬民主共和主义的政治制度。他说:"在我们这个时代,我们已经看到一个思想丰富的民族进行了革命,这种革命可能会成功或者失败,它可能会充满了不幸和残暴行为,以致如果第二次进行这种革命,那么,一位心地善良的人可能会希望它顺利地进行,但他永远也不会决定进行这种代价高昂的试验。我认为,这种革命如愿以偿地在所有观众(他们自己并没有卷入这种活动中去)的心灵中找到了一种同情,这种同情几乎近于狂热,它的表现是非常危险的,它的原因不可能是别的,只能是人类的道德禀赋"。① 康德同情美国独立战争,把北美新建的民主共和国看作是理想的国家形式。1795年康德,又用法律条款的形式撰写了《永久和平论》,他主张各国间建立一种保证避免战争、实现永久和平的国际法。为了使世界走向永久和平,每个国家都应实行共和制,国与国的关系应以建立自由国家的联盟制度为基础,世界公民之间应以普遍友好为条件,以促进世界的永久和平。康德的这些思想在今天也仍然有着积极的意义。

第三,追求真、善、美的价值趋向。康德在走向批判哲学之路的过程中,开始为什么曾深深地为卢梭的哲理小说《爱弥儿》所打动? 在我们仔细阅读这部作品以后,就不难找到问题的答案。卢梭的这部曾风靡欧洲的带有启蒙性质的哲理小说,以第一人称的生动、流畅的笔触,描述了主人公爱弥儿和苏菲如何摆脱传统的精神枷锁,走向追求真善美和把自己培养成作为真善美的象征的理想人物的过程。主人公如何爱真理,又是怎样走向探索真理的道路? 作者写道:

> 我在心中默默地沉思人类悲惨的命运,我看见它们漂浮在人的偏见的海洋上,没有舵,没有罗盘,随他们的暴风似的欲念东吹西打,而它们唯一的领航人又缺乏经验,既不识航线,甚至从什么地方来到什么地方去也不知道。我对自己说:"我爱真理,我追求它,可是我找不到它,请给我指出它在哪里,我要紧紧地跟随它,它为什么要躲躲闪闪地不让一个崇敬它的急切的心看见它呢?"②

> 由于我把我心中对真理所怀抱的爱作为我的全部哲学,由于我采用了一个既简单容易又可以使我撇开空空洞洞的论点的法则

---

① 参见[德]康德:《康德书信百封》李秋零编译,上海人民出版社1992年版,第286页。

② [法]卢梭:《爱弥儿》下卷,李平沤译,商务印书馆1986年版,第379页。

作为唯一的方法,因此我按照这个法则又检验了我所知道的知识,
我决定把我不能不真心实意地接受的种种知识看作是不言而喻
的,把同它们似乎是有必然的联系的知识则看作是真实的;至于其
余的知识,我对它们则保持怀疑,既不否定也不接受,既然它们没
有实用价值,就用不着花我的心思去研究它们。①

主人公思索着这些探索真理的问题,去请教那些持独断论和怀疑论的
哲学家们,他们"不仅没有解除我的不必要的怀疑,反而使那些纠缠在我心
中的怀疑成倍地增加,一个也得不到解决"。②主人公困惑和思索而提出的问
题,实际是卢梭思考和提出的问题,这是一些时代发展必然要提出的哲学问
题。也正是这些问题打动了探索者康德的心,触动了他的哲学神经。康德
在1765年12月31日致约翰·亨利希·兰贝特信(注意这是在康德读了《爱
弥儿》两年多之后)中,明确地认识到:"错误哲学是在呆笨的百音盒发声器
中缓缓地死去的。假如它以深刻而又错误的沉思、以严格的方法为装饰品
进入坟墓,情况只能更糟。在真正的世界智慧复兴之前,旧的世界智慧自行
毁灭是非常必要的。而且,就像每当一个新的东西产生之前,总要首先发生
一种最完美的解体腐败一样,在一个仍然不乏优秀人物的时代,学问的危机
使我产生了最好的希望:长期以来为人们所希冀的科学大革命已经为期不
远了"。③面对时代提出的重大课题,康德决心"力图改造长期以来半个哲学
界劳而无功地研究的那门科学",义无反顾地要把"布满荆棘的坚硬地基平
整完毕,为普遍的研究作好准备之前,决不受到任何成名欲的引诱,去到一
个比较轻松、比较随意的领域中寻求荣誉"。④

在卢梭看来,与追求真理一样,向善也是人的本性。他说:"当我思索人
的天性的时候,我认为我在人的天性中发现了两个截然不同的本原,其中一
个本原促使人去研究永恒的真理,去爱正义和美德,进入智者怡然沉思的知
识领域;而另一个本原则使人故步自封,受自己的感官的奴役,受欲念的奴
役……当我觉得我受着两种矛盾的运动牵制和冲击时,我便对自己说:'不,
人的感受不是单独一方面的;我有意志,我又可以不行使我的意志,我既觉

---

① 〔法〕卢梭:《爱弥儿》下卷,李平沤译,商务印书馆1986年版,第382页。

② 〔法〕卢梭:《爱弥儿》下卷,李平沤译,商务印书馆1986年版,第381页。

③ 〔德〕康德:《康德书信百封》,李秋零编译,上海人民出版社1992年版,第18页。

④ 〔德〕康德:《康德书信百封》,李秋零编译,上海人民出版社1992年版,第39页。

得我受到奴役,同时又觉得我很自由;我知道什么是善,并且喜欢善,然而我
又在作恶了;当我听从理智的时候,我便能够积极有为,当我受到欲念的支
配的时候,我的行为便消极被动;当我屈服的时候,我最感到痛苦的是,我
明知我有抵抗的能力,但是我没有抵抗'。"①卢梭在自己的著作中反复阐明
的社会理想和道德伦理观点,毫无疑问感染了、触动了康德的情感和思想,
以致使他一生都把"道德律令"看作是照耀自己前行的一盏明灯。康德认
为:"在人类本性中有某种不纯正性,它最终却毕竟如同一切由本性而来的
东西一样,必然包含有一种趋向于善的目的的素质"。②康德在《学院间的争
论》第二章中,谈到"重新提出的问题:人类是否在不断地向善进步?"时明
确写道:

> 现在,我向人类宣布,根据我们时代的外貌和征兆,无须先知
> 者的头脑就能预告这种目的的实现,因而同时也就能够预告人类
> 向善的进步从今以后不再完全逆转。人类历史中的这样一种现
> 象不会再忘掉自身,因为在人的本性中发现了一种向善的禀赋和
> 能力。③

在康德看来,人类始终处在向善的进步中,以后将继续进步,"这不仅
是一个心地善良的、出自实践意图值得推荐的命题,而且违背所有无信仰者
的意愿,即使对于最严格的理论也站得住脚的命题"。④康德的《实践理性批
判》,实际就是研究和回答这一时代提出的哲学命题。

卢梭在《爱弥儿》中明确提出了"对人类审美原理作哲学的研究"⑤的问
题,这一点直接启发了康德关于判断力批判的构思与研究。卢梭认为:"审
美力量是对大多数人喜欢或不喜欢的事物进行判断的能力。不这样来看,
你就无法明白审美是怎样一回事情……需要注意的是,这里的问题并不是
说:我们爱什么东西是因为它对我们有用,我们恨什么东西是因为它对我们
有害。我们的审美力量只用在一些不关紧要的东西上,或者顶多也只是用
在一些有趣味的东西上而不用在生活必需的东西上的,对于生活必需的东

---

① 〔法〕卢梭:《爱弥儿》下卷,李平沤译,商务印书馆1986年版,第397—398页。

② 〔德〕康德:《纯粹理性批判》,邓晓芒,杨祖陶校,人民出版社2004年版,第576页。

③ 〔德〕康德:《康德书信百封》,李秋零编译,上海人民出版社1992年版,第288页。

④ 〔德〕康德:《康德书信百封》,李秋零编译,上海人民出版社1992年版,第289页。

⑤ 〔法〕卢梭:《爱弥儿》下卷,李平沤译,商务印书馆1986年版,第500页。

西是用不着审美的,只要我们有胃口就行了。正是这个缘故,我们在审美方面要作出纯正的判断是很困难的"。① 卢梭还特别指出:对审美力进行研究时,还要区别它在精神的领域中的规律和它在物质的领域中规律的不同;要注意人的审美力的相同性与差别性以及审美标准的地域性、社会性等问题。

在如何培养青少年的审美观和提高审美能力的问题,他重视通过各种艺术形式进行审美的教育和训练,重视对大自然的摹仿,认为"一切真正美的典型是存在在大自然中的"。② 卢梭提出审美力和审美力培养问题,目的在于培养他心目中的集真善美于一身的理想的人。如他所描绘的爱弥儿那样,"他富于感情,富于理智,心地十分仁慈和善良;他有很好的品德,有很好的审美能力,既爱美又乐于为善;他摆脱了种种酷烈的欲念的支配和偏见的束缚,他一切都服从于理智的法则,他一切都倾听友谊的声音;他具有许多有用的本领,而且还通晓几种艺术"。③ 卢梭以审美问题为切入点将人类求真、向善、爱美的本性统一起来,将智、情、意统一起来,探讨未来社会发展的历史趋向问题,这对于康德构建自己的批判哲学体系,无疑起了决定性的影响。在康德阅读卢梭的《爱弥儿》以后的第二年,即 1763 年写出的《对美感和崇高感的观察》一书中,就明显地看到卢梭播下的启蒙思想的种子,已在康德的美学研究领域生根、发芽。

第四,哲学领域的"哥白尼式革命"。在世界哲学史上康德处于近代西方哲学发展中的关键性的转折点。在康德以前西方哲学分两大派:一是以笛卡尔、莱布尼茨、伍尔夫为代表的大陆理性派,他们主张先验的理性直观、天赋观念、同一律、演绎法与目的论。这一派的哲学家被康德称之为独断论者。另一派是从培根开始,经洛克、休谟发展起来到经验派,他们认为一切知识以感性经验为基础,而否认必然性、普遍性,他们运用的是归纳法。两派一直相互冲突,致使一向被称之为"一切科学的女王"的哲学,"明显地遭到完全的鄙视","人类理性也就跌入到黑暗和矛盾冲突之中"。④ 面对哲学发展的这种境况,康德敏锐地预感到一场新的哲学革命出现的必然性。他说:"今天,当一切道路(正如人们所以为的)都白费力气地尝试过了之后,在科学中占统治的是厌倦和彻底的冷淡态度,是浑沌和黑夜之母,但毕竟也有这

---

① [法]卢梭:《爱弥儿》下卷,李平沤译,商务印书馆 1986 年版,第 500 页。

② [法]卢梭:《爱弥儿》下卷,李平沤译,商务印书馆 1986 年版,第 502 页。

③ [法]卢梭:《爱弥儿》下卷,李平沤译,商务印书馆 1986 年版,第 634 页。

④ 参见康德:《纯粹理性批判》第一版序,见邓晓芒译,杨祖陶校《纯粹理性批判》,人民出版社 2004 年版,第 1—2 页。

些科学临近改造和澄清的苗头,至少是其序幕,它们是由于用力用得完全不是地方而变得模糊、混乱和不适用的"。① 康德认为,他所处的时代,"是真正批判的时代,一切都必须经受批判"。哲学家"不能够再被虚假的知识拖后腿了",理应开展对纯粹理性的批判。康德自告奋勇地承担起了这项时代赋予的批判哲学的任务。他说:"现在我走上了这条唯一留下尚未勘查的道路,我自认为在这条道路上,我找到了迄今使理性在摆脱经验的运用中与自身相分裂的一切谬误得以消除的办法"。② 他还说:"在长期以来的形而上学的研究中,我和其他人一样忽视了这种东西,但实际上这种东西构成了揭示这整个秘密的钥匙,这个秘密就是至今仍把自身藏匿起来的形而上学"。③

康德在《纯粹理性批判》第二版序中,将自己从事的纯粹理性批判自诩为是知识领域中的一项"哥白尼式革命"。他说:

> 我不能不认为,通过一场一蹴而就的革命成为今天这个样子的数学和自然科学,作为范例,也许应予以充分的注意……向来人们都认为,我们的一切知识都必须依照对象;但是在这个假定下,想要通过概念先天地构成有关这些对象的东西以扩展我们的知识的一切尝试,都失败了。因此我不妨试试,当我们假定对象必须依照我们的知识时,我们在形而上学的任务中是否会有更好的进展。这一假定也许将更好地与所要求的可能性、即对对象的知识的可能性相一致,这种知识应当在对象被给予我们之前就对对象有所断定。这里的情况与哥白尼的最初的观点是同样的,哥白尼在假定全部星体围绕观测者旋转时,对天体运动的解释已无法顺利进行下去了,于是他试着让观测者自己旋转,反倒让星体停留在静止之中,看看这样是否有可能取得更好的成绩。现在,在形而上学中,当涉及到对象的直观时,我们也能够以类似的方式来试验一下。④

他着重阐明了自己对纯粹理性的批判,主要是学习自然科学成功的范例,遵循"哥白尼式革命"所遵循的原理,不是"一切知识都必须依照对象",而是"对象依照我们的知识"。由此,康德改变了传统的形而上学研究方向,

---

① [德]康德:《纯粹理性批判》第一版序,邓晓芒译,杨祖陶校,人民出版社2004年版,第2—3页。

② [德]康德:《纯粹理性批判》第一版序,邓晓芒译,杨祖陶校,人民出版社2004年版,第4页。

③ [德]康德:《康德书信百封》,李秋零编译,上海人民出版社1992年版,第32页。

④ [德]康德:《纯粹理性批判》第二版序,邓晓芒译,杨祖陶校,人民出版社2004年版,第15页。

他不再像唯理论与经验论那样,去追问知识的对象是什么,给知识下定义,而是去追问知识何以可能,它的合法性、条件、界限和范围是什么。这样以来,康德便把哲学的研究,由客体转向了主体,把认识围绕客观对象而旋转,改变为以认识主体自我为中心而旋转,突出了认识主体的先验能力在认识过程中的能动作用。对此,布罗德(C.D.Broad)先生有一段很好的说明:古老的前批判的形而上学就像哥白尼之前的天文学,它把我们的心灵当作镜子,被动地反映物自身。犹如旧天文学者认为地球是静止的,行星的表象运动与它们自身的实际运动是一致的。康德则认为,我们关于对象的知识不同于物自身,而是我们心灵起作用而创造的产物。[①]康德经过11年的精心研究,于1781年5月发表《纯粹理性批判》。正是这部巨著标志着18世纪已来发生在德国的哲学革命取得了辉煌的胜利,它改变了西方近代哲学发展的方向和进程,奠定了批判哲学体系的基础,使德国古典哲学走向了一个空前的繁荣发展时期,进而为马克思主义哲学的创立提供了丰厚的理论前提。

对于康德的批判哲学,马克思恩格斯给予高度评价。马克思指出,要 "公正地把康德的哲学看成是法国革命的德国理论。"[②]恩格斯认为德国发生的哲学革命,是由康德开始的,他的哲学思想推翻了欧洲各大学所采用的陈旧哲学体系。他说:

> 在法国发生政治革命的同时,德国发生了哲学革命。这个革命是由康德开始的。他推翻了前世纪末欧洲各大学所采用的陈旧的莱布尼茨的形而上学体系。[③]

生活在欧洲启蒙运动高潮中的康德,深受法国启蒙主义思想家特别是卢梭的影响,以高度的时代责任感,从德国当时的国情出发,与法国发生的政治大革命相呼应,积极投入了对传统哲学的批判和改造工作,在哲学领域发动了一场 "哥白尼式的革命",即恩格斯所说的发生在德国的 "哲学革命"。康德改变了西方哲学发展的方向,并对人类文化的发展产生了积极深远的影响。康德是德国古典哲学的奠基人,也是西方近代哲学的开拓者和奠基人。

---

① 参见范进:《康德文化哲学》,社会科学文献出版社1996年版,第84页。
② 《马克思恩格斯全集》第1卷,人民出版社1965年版,第100页。
③ 《马克思恩格斯全集》第1卷,人民出版社1965年版,第588页。

第三节 康德：西方近代美学的真正奠基人

康德既是西方近代哲学的奠基人，又是西方近代美学的真正奠基人。

康德将自己的哲学思想运用到美学研究上，提出了一个系统但又充满矛盾的美学体系。他调和理性派与经验派美学，建立了自己独立的美学理论。受经验主义美学的影响，康德主要是从生理学和心理学的角度考察有关美学问题。他的《对美感和崇高感的观察》，就明显受了柏克的影响。他的《纯粹理性批判》主要是对理性的哲学思考，他又不同意鲍姆嘉通将鉴赏判断完全归于理性原则之下。他既不同意经验派把美的与愉快的等同起来，把美感与快感等同起来，又不同意理性派用"完满"来说明审美活动。他严格区分了审美活动与其他认识活动的区别，深入研究了审美判断的特点和规律，研究了艺术创作与鉴赏的规律。尽管他的美学理论在性质上属主观的先验主义，但它有价值的成分值得我们研究和吸取。

康德的美学思想是他哲学体系的组成部分。

第一，康德第一个全面地提出了以人的主体性为核心的美学思想体系。这不仅对西方美学研究影响很大，而且对我国美学界也有重大影响。李泽厚先生在《康德哲学与建立主体性论纲》中说："康德哲学的巨大功绩在于，他超过了也优越于以前的一切唯物论和唯心论者，第一次全面地提出了这个主体性问题，康德哲学的价值和意义主要不在他的'物自体'有多少唯物主义的成分和内容，而在于他的这套先验论体系（尽管是在谬误的唯心主义框架里），因为正是这套体系把人性（也就是把人类的主体性）非常突出地提出来了。现在的问题主要用马克思主义哲学来分析康德所提出的问题。"[1] 这一见解符合康德美学思想发展的实际，对我们领会康德体系是有意义的。

第二，康德为美学开辟了新的研究领域和新的研究途径。原苏联阿斯穆斯说："康德美学既是古典唯心主义美学的开端，同时也是康德之前四十年间发展起来的德国美学的完成。"[2] 康德继承和发展了苏尔策尔、门德尔松、温克尔曼、莱辛的美学思想，开创了德国唯心主义的哲学的美学研究。

在欧洲美学史上，长期以来美学并未形成一门独立的科学，唯理派将美学与哲学、伦理学混同，强调美与真、善的统一；经验派则将美学与生理学等

---

① 《论康德黑格尔哲学》，上海人民出版社1981年版，第3页。

② ［苏］瓦·费·阿斯穆斯：《康德》，孙鼎军译，北京大学出版社1987年版，第314页。

自然科学混同。理性主义者鲍姆嘉通1750年首先提出"美学"概念,但他把美归之于感性认识的完满性,仍属哲学领域。康德第一次提出"无目的的合目的性"的命题,指出美不同于真和善。真与善是凭借客体对象的概念,而美却凭借对于主体心理机能的适应,它居于"知"与"意"的中间,是哲学与伦理学的中介,属于情感领域,是沟通二者的桥梁。因此美学研究既不能只用理性主义方法,也不能只采用经验主义方法,应是理性与感性的统一。他提出了"二律背反"的命题,包涵着辩证法的合理成分,开始逐渐摆脱了形而上学的倾向。康德对美学的研究,不是基于直接的艺术经验,(席勒歌德等都有艺术实践经验)。而是一种哲学的美学研究。他的美学著作《判断力批判》本身就是他整个哲学体系中重要的一部分。但美学研究又不属哲学领域,美学有自己独特的研究领域,它研究的是属于情感领域中愉快和不愉快的情感问题。这一点康德又区别于那些把美学等同于哲学研究的美学家。

　　第三,康德深刻地分析和论证审美判断的特征、规律和范畴,比较充分地揭露了审美过程中的矛盾,如对美和崇高的分析,对感性与理性、无目的与合目的、主观与客观、美的理想与审美意象等方面的分析都富有启发性。韦勒克在《近代文学批评史》中说:"康德的《判断力批判》(1790)应当是一切讨论的起点,因为它提出的方法和问题对于以后所有的德国艺术思想都产生了巨大影响……在这部著作中,康德十分坚决地使美学范畴脱离了科学、道德、功利的范畴,他的论据是,审美心境完全不同于我们对愉快的、有用的、真实的、善的这几个方面的知觉。康德首创了著名的美的定义:'审美快感是超脱利欲的满足',但是,如果认为这种说法是意在提出某种艺术至上论,那就可能引起很大的误解。"[①]康德关于艺术与自然关系的论述,关于天才问题的论述,关于想象力在艺术创作中的作用分析,关于游戏活动的分析,关于艺术分类等方面的研究,都提出了一些有价值的而又富有启发性的观点。

　　列宁在评述康德哲学思想的特征时说:

　　　　康德哲学的基本特征是调和唯物主义与唯心主义,使二者妥协,使各种相互对立的哲学派别结合在一个体系中。当康德承认在我们之外有某种东西、有某种自在之物同我们表象相符合的时

---

　　① 〔美〕雷纳·韦勒克:《近代文学批评史》第1卷,杨岂深、杨自伍译,上海译文出版社1987年版,第302—303页。

候,他是唯物主义者;当康德宣称这个自在之物是不可认识的、超验的、彼岸的时候,他是唯心主义者。在康德承认经验、感觉是我们知识的唯一泉源时,他是在把自己的哲学引向感觉论,并且在一定的条件下通过感觉论而引向唯物主义。在康德承认空间、时间、因果性等的先验性时,他就把自己的哲学引向唯心主义。由于康德的这种不彻底性,不论是彻底的唯物主义者,或是彻底的唯心主义者(以及'纯粹的'不可知论者即休谟主义者),都同他进行了无情的斗争。唯物主义者责备康德的唯心主义,驳斥他的体系的唯心主义特征,证明自在之物是可知的,此岸的,证明自在之物和现象之间没有原则的差别,证明不应当从先验的思维规律中而应从客观现实中引出因果性等等。不可知论者和唯心主义者责备康德承认自在之物,认为这是向唯物主义、'实在论'或'素朴实在论'让步。此外,不可知论者在抛弃了自在之物,也抛弃了先验主义,而唯心主义者则要求不仅从纯粹思想中彻底地引出先验的直观形式,而且彻底地引出整个世界(把人的思维扩张为抽象的**自我**或'绝对观念'、普遍**意志**等等)。①

康德思想体系的庞大、精深、复杂、矛盾成了近代哲学美学各个不同流派的重要源头。运用马克思主义的观点和方法全面、系统地研究批判康德的思想体系和它在世界、在中国的影响,对于哲学的发展,对于马克思主义的中国化,都有现实的、迫切的意义。这在美学、文艺学领域显得尤为突出。

第四节　《判断力批判》在康德哲学体系中的地位

一、题解

《判断力批判》晦涩难懂,我们阅读时首先遇到许多术语,对它的含义就搞不清。

(一)"批判"

"批判"的含义和我们今天用法上意义不尽相同。《判断力批判》的译者

---

① 《列宁选集》第2卷,人民出版社1972年第2版,第200页。

宗白华解释:"康德所谓批判(Kritik),就是分析、检查、考察。批判的对象在康德首先就是人对于对象所下的判断。分析、检查、考察这些判断的意义、内容、效力范围,就是康德批判哲学的任务。"①

蒋孔阳先生认为:自文艺复兴以后,理性的权威逐步取代了宗教的权威,理性成了衡量一切的唯一尺度。以后英国休谟提出了感觉是认识的唯一极限,否认人类的理性能够认识外部世界的可能性。休谟的怀疑主义启发了康德,他不愿盲目地相信理性的力量,要把理性拿来加以检查,衡量,看看它到底有多大的能力,它的活动能够达到多大的范围。他说:在我们研究对于事物的认识以前,先应当对于人类理性认识能力的本身进行批判。康德的"批判"就是从这个意义上讲的。②

朱光潜先生认为,"批判"是和"教条主义"对立的。假定知识可能就是"教条主义的","批判"就是要追问知识是否可能和如何可能。③

王元化先生认为:"这里所说的批判,决不能理解作大批判式的批判,而是指对于概念进行清理,淘汰其中模糊不清的杂质,使之通体透明、清晰、准确。"④

李泽厚先生具体论述了"批判"认识与康德以前哲学的区别,康德以"批判"反对莱布尼兹、沃尔夫的"独断论"。康德认为旧唯理论的独断哲学,从笛卡尔用所谓"清楚、明晰"当作真理的标尺起,把感性看作只是模糊的观念,主张真理在于理性,先天理知主宰一切,由此推出所有知识,但实际已超越经验范围,不得不陷入崩溃。至于经验派的怀疑哲学,由感知出发,反对存在普遍必然的客观真理,从而根本上否定了科学知识,因而它同独断论一样,应该遭到厌弃。但是自然科学不断前进,素称科学之王的哲学却处于争辩的黑暗中。"要解救它,只有重新作起,即探讨、考虑、分析、审察人的认识能力,指出它有一个不能超越的范围或界限。这是康德使用'批判'一词和把他的哲学叫做'批判哲学'的原故。"⑤

苏联学者阿斯穆斯认为:"首先,康德把'批判'理解为准确地弄清楚每一个知识部门和哲学部门都要借重的认识能力或精神能力。其次,康德所谓'批判'是指研究理论理性和实践理性、艺术哲学和自然哲学由于意识本

---

① 宗白华:《美学散步》,上海人民出版社1981年版,第214页。
② 参见蒋孔阳:《德国古典美学》,商务印书馆1982年版,第62页。
③ 朱光潜:《西方美学史》下卷,人民文学出版社1981年版,第214页。
④ 王元化:《文学沉思录》,上海文艺出版社1983年版,第3页。
⑤ 李泽厚:《批判哲学的批判》,人民出版社1979年版,第59页。

身的结构造成的那些无权超越的界限。"①

康德认为,要改造全部哲学、伦理学、美学等,应以批判地研究这些哲学部门所依赖的认识能力为前提。他的批判哲学的任务:一是探讨、研究、分析、检查人的认识能力(或精神能力);一是确定各种认识能力(精神能力)所能达到的范围和界限。康德在1787年12月28日致 K·L 莱因霍尔德的信中指出:"我现在正忙于鉴赏力的批判。在这里,将揭示一种新的先天原则,它与过去所揭示的不同。因为心灵具有三种能力:认识能力,快乐与不快的感觉,欲望能力。我在纯粹(理论)理性的机制里发现了第一种能力的先天原则,在实践理性的批判里发现了第三种能力的先天原则。现在,我试图发现第二种能力的先天原则,虽然我过去曾认为,这种原则是不能发现的。对上述考察的各种能力的解析,使我在人的心灵中发现了这个体系。赞赏这个体系,尽可能地论证这个体系,为我的余生提供了充足的素材。这个体系把我引上了这样一条道路,它使我认识到哲学有三个部分,每个部分都有它自己的先天原则。"② 正是《纯粹理性批判》《实践理性批判》和《判断力批判》这三大批判,构成了康德批判哲学的完整体系。

(二)"判断力"

判断力是把特殊、个别寓于普遍、一般之中的思维能力。它不是逻辑判断中的"判断",而是指人心灵所具备的一种认识能力。这种认识能力,能够把个别纳入一般之中来进行思考。但"判断力"又不是一种独立的能力,它既不能像知性那样提供概念,也不能像理性那样提供理念。它是在普遍与特殊之间寻求关系的一种心理功能。康德说:"判断力一般是把特殊包涵在普遍之下来思维的机能。"③

康德认为判断力有两种,他在《逻辑讲义》中说:"判断力是双重的,或者是决定的,或者是反思的。前者由一般到特殊,后者由特殊到一般。后者只有主观的有效性,因为它所趋向的一般,只是经验的一般——仅仅是一逻辑类"④。

从普遍到特殊,从一般到个别,这是决定判断或定性的科学判断;从特殊到普遍,从个别到一般,这是审美判断或反思判断。

图示如下:

---

① 〔苏联〕瓦·费·阿斯穆斯:《康德》,孙鼎军译,王太庆校,北京大学出版社1987年版,第18页。

② 〔德〕康德:《康德书信百封》,李秋零编译,上海人民出版社1992年版,第110页。

③ 〔德〕康德:《判断力批判》上卷,宗白华译,商务印书馆1964年版,第16页。

④ 参见李泽厚:《批判哲学的批判》,人民出版社1979年版,第357页。

判断力

A、决定判断力（"定性判断"），有的还译为"规定的"判断力。它是指辨识某一特殊事物是否属于某一普遍规律的能力。它是从一般到个别。根椐一般规律去说明某一特殊事物的性质，如说："花是美的。"这种判断力是康德在《纯粹理性批判》中着重提出的问题。以康德看，这种能力是"天赋的能力"，只能锻炼而没法教授。决定判断力的普遍规律是由理知提供的。这些规律是判断力先天地确定的。

B、反思判断力或反省判断力。这是一种从特殊的事实、感受出发去寻觅普遍的能力。这种判断是对个别、有限，具体的事物表示主观态度的一种判断，从中窥视到一般、无限、普遍的能力。它与情感结合在一起。"反思判断力"与"决定判断力"不同，在这里，特殊、个别是既定的，它的任务是从中去寻找普遍、一般。康德说："反省着的判断力的任务是从自然中的特殊上升到普遍"。

反思判断力

A、审美判断。是指对于个别事物表示主观感受的情感上的判断，它是关于感情的一种认识能力。它是根据快感和不快感来判断形式的（主观的）合目的性的能力。

B、目的判断。目的是"指造物主在造物时设计安排所存在的目的"。[①] 目的论判断力指的是根据理智和理性来判断现实的（客观的）自然的合目的性的能力。

关于反思判断力，康德是这样区分的："判断力批判区分为审美的和目的论的判断是建基在这上面的：前者我们了解为通过愉快或不快的情感来判定形式的合目的性（也被称为主观的合目的性）的机能，后者是通过悟性和理性来判定自然的实在的（客观的）合目的性的机能。"[②]

（三）无目的的合目的性、客观合目的性和主观合目的性

目的性问题开始是作为自然的合目的性问题提出来的。这是18世纪哲学和科学中的一个中心问题。在当时物理学和天文学中，机械因果性成了科学解释自然界一切过程和一切现象的钥匙。在宇宙和自然哲学服从宗教的时代，自然的合目的性问题是在宗教世界观的背景下解决的，按神学的观点，整个宇宙（包括有机界）中看到的合目的性的发端和原因，是神本身。正是神赋予有机体的合目的性结构，安排了统一完备的宇宙的所有部分。18世纪以后，科学需要承认自然界中有合目的性这一事实，但同时科学本身又不可能科学地解释这个事实。如生命的起源问题，机械的因果律就解释不清。如何解释有机体生命各个器官的合目的性结构，器官之间的合目的性

---

① 朱光潜：《西方美学史》下卷，人民文学出版社1979年版，第356—357页。

② ［德］康德：《判断力批判》上卷，宗白华译，商务印书馆1964年版，第32页。

关系,以及有机体与外部世界的关系的合目的性等。用神、用机械的因果来说明自然社会各种事物形式的合目的性都不行,康德转向从人的主体的角度来思考这个问题。目的是人主观能动性的表现,它是指人在思维中对活动的结果事先建立起来的主观观念形式,同时它又是引起指导、控制、调节活动的自觉的动因,并作为规律决定着人的对象性活动的方式和性质。

"无目的的合目的性"。"无目的"指审美判断没有目的,即不涉及利害和欲念,也不考虑事物的内容是否完善或完满。"合目的性"指事物形式符合审美判断的目的,即给我们的审美带来美感。合目的性是生物有机体的生存和人类的活动在同周围环境的关系中所表现出来的一种特性。合目的性在生物世界表现为生物有机体对环境的适应性,在人类活动领域则表现为人通过有目的的活动自觉地改造世界。人类活动的自觉目的是合目的性的最高形式。唯心主义和神学家把合目的性引向神创世的思想体系。

康德把目的和合目的性概念引进美学。他把概念的对象叫做目的,而这个概念被看成对象的原因。他把概念对其对象的因果性叫合目的性。把对象的形式或者存在设想成只有凭借它的概念才能起作用这样的思考,就是目的判断。

客观合目的性。康德所说的客观合目的性是指事物的内容存在合乎某种先天的目的。他说:"对于我们的认识机能而言,自然必须被看作是按照一个目的性的原理的……这个自然的合目的性的超验概念既不是一个自然的概念,也不是一个自由的概念,因为它没有赋予对象(自然)以任何东西,而仅是以唯一的样式来表述我们在关于自然对象的反省里取得一个相互联系的经验整体时必须怎样地进行,结果是判断力的一个主观的原理(原则)"。[①] 如果我们把有机物和自然界看作是一个有机的系统,部分与整体、部分与部分之间有着一种因果的联系,那么就需要一种自然的合目的的理念,但是,这种自然合目的性,并不能从自然本身中找到经验的证实,并不是自然对象中所客观具有的,而是人们为了认识自然所必须采取的一种主观的先验原理,是人们认识自然的主观上的前提条件。它只是人们把对象设想为有目的,并不是肯定对象自身确有的目的。所以,自然合目的性不是自然本身的原理,也不是决定行为的道德律令,而是人们去探究自然统一经验所必须的引导规范。客观事物的合目的性,又分为外在目的和内在目的,外在目的是相对的目的,如有用的目的,马可拉车,牛可耕地,森林可以保持生

　① [德]康德:《判断力批判》上卷,宗白华译,商务印书馆1964年版,第22页。

态平衡,头发可以保护人的头脑等;内在目的,或称"绝对目的",它自身既是因又是果,它们各有自己的本质规范目的,如果它们的形式符合本质规范,就是"完善"的而不是畸形或有缺陷的,从而显示出客观的合目的性。如《三国演义》中曹操送给关羽的"赤兔马",就符合马的"完善"概念。因此,这种从本质规范上使人们认识到事物的形式符合它们自己的,因而显得完善的就是目的判断(或称审目判断)。

主观合目的性。康德所说的主观合目性,是就自然与人的客观与主观的关系方面来谈的。它主要是指自然的形式符合人的主观认识能力的目的。一方面人先天地具有主观认识的能力;同时,自然事物经造物主的安排又恰好符合人的这种主观认识能力。审美判断力所表现的主观合目的性,对主体的人来讲就是指对象的某种形式,恰与人们主体的某些心理功能(知性和想象力)相符合,使人们从主观情感上感到了某种合目的性的愉快。这种主观合目的性没有也不显示出对主体有任何确定目的(如有用、功利)或概念,是一种"无目的合目的性",或形式的合目的性。因此,主观合目的性同无目的合目的性实质上是同一的。鉴赏力判断就是把对象的合目的性形式作为自己的基础。合目的性的形式就是表象的因果性,审美判断涉及的只是我们的表象能力相互间的关系。它不是由概念决定的,但同时作为某种感染所有人的东西,它只能由主观的合目性产生。这种主观合目的性或无目的的合目的性也就是审美判断的根本特征。康德的《判断力批判》上册主要讲的就是审美判断,下册讲目的判断。

(四)感性、知性、理性。康德、黑格尔把认识划分为感性——知性——理性三种,这是认识的三个不同阶段

我们哲学教科书习惯把认识分为两类:感性和理性。认为感性是对事物的片面的、现象的和外在关系的认识;理性是对事物的全面的、本质的和内在联系的认识。

知性介于感性与理性之间的认识阶段。知性又译为悟性。它具有以下三个特点:

第一,知性是人的一种主动下判断的能力。它重视事物的固定特征和多种特性间的区别,凭借理智的区别作用对具体对象持分离的观点。它把我们知觉中的多样的具体内容进行分解,辨析其种种特征,把那些原来结合在一起的特性拆散开来。

第二,知性注重事物的抽象的普遍性研究。它将具体对象拆散成许多抽象成分,并将它们孤立起来观察,这样就使多样性统一的内容变成简单的概念和稀薄的抽象。

第三，知性不是一种综合的活动。注重形式同一性的研究，对于对立的双方执非此即彼观点，并把它作为最后的范畴。它认为对立的一方有其本身的独立自在性，或者认为对立统一的某一方面，在其孤立状态下的本质性与真实性。

康德对知性在认识中的地位很重视，他说："一种正确的知性，只有当它与其运用的目的具有概念上相适合的性质时，才是健全的知性。就是说，充分性(sufficientia)和准确性(praecisio)结合起来，就构成适合性，即不多不少正是包含对象所要求的东西的那种概念特征(Conceptus rem adaequans)。所以在诸智性能力中，正确的知性是第一位的、首要的，因为它用最少的手段来满足它的目的。"① 但康德的知性论是主观唯心主义的。他认为人借助于感性的先天形式(时空)与知性的先天形式(因果性等12个范畴)，把感觉素材组织起来，构成井井有条的普遍经验，即"现象"。知性所能认识的只是现象，理性才能探索本体。

知性与理性比较虽有其局限性和片面性，但在一定限度内也是有一定功用的，它是认识不可缺少的环节。比如知性作为分析的理智，对于区别事物的质料、力量、类别是必需的。对于艺术研究也不能离开知性的作用，它可以帮助我们区别性质不同的美的形式。在艺术创作中，可以帮助我们分析人物性格的确定性。但知性不能认识世界的总体，不懂得事物都在流动，都在不断地变化，不断地产生和消亡。只有理性才能克服知性分析的片面性，在知性分析的基础上，将一些简单的规定加以综合达到多样的统一。马克思所说的从抽象上升到具体的方法就是从知性分析上升到理性分析的方法。② 在《判断力批判》中，康德把判断力看作是知性——理性的中介。他说："正确的知性，熟练的判断力和周密的理性构成知性认识能力的整个领域。"③

二、《判断力批判》在康德批判哲学体系中的地位

康德的《判断力批判》全书分三大部分，包括：导论，审美判断力的批判

---

① 〔德〕康德：《实用人类学》，邓晓芒译，重庆出版社1987年版，第86页。

② 参见王元化：《思辨随笔》，上海文艺出版社1994年版，第120—125页。

③ 〔德〕康德：《实用人类学》，邓晓芒译，重庆出版社1987年版，第86页。

（上卷），目的论判断力批判。《判断力批判》的《导论》康德写了两稿。第一稿写于1789—1790年间。对第一个导论，康德认为它的分量同《批判》本身的规模不成比例。后康德又以另一个压缩的《导论》代替。（而这个压缩摘要式的导论，又是由编辑贝克压缩的，1793年出版时用的）。第一个《导论》的全文，直到1914年恩斯特·卡西勒才将它的原文发表。

　　《判断力批判》的《导论》，既是康德美学体系的概论，又是康德批判哲学体系的概论。在导论中，作者概述了全书的基本观点，重点阐明了判断力批判在他哲学体系中的地位和作用，阐明了美学问题同康德认识论和伦理学的关系。审美判断力批判是全书的核心部分，它是纯粹理性批判与实践理性批判的中间环节，起着沟通两大批判的桥梁作用，正由于这一批判，使康德的思想形成了一个完整的理论体系。审美判断批判又包括审美判断力的分析论和辩证论。

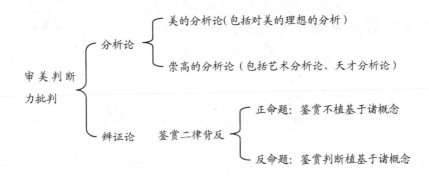

　　在目的论判断力批判中，有一个导言，点明在这部分中主要讲自然的客观目的性。包括两大部分和一个附录。

```
                  ┌── 目的论判断力　分析论
  目的论判断力批判 ┤
                  └── 目的论判断力　辩证论（自然目的性的二律背反）
```

　　附录中，讲了目的论判断力的方法理论。重点阐明了他思想体系的核心：人就是目的。"只有作为道德的存在者的人才是我们承认为世界的目的的。"正因为如此才"把世界看为一个按照目的而相互联系的整体，看为种种最后原因的体系。"①

最后康德又在关于目的论的一般解说中,说明人的个人价值是人能成为最后目的的唯一条件。

关于判断力批判在康德整个哲学体系中的地位和作用,康德在《判断力批判·导论》中有一段话作了基本的说明:

> 现在,在自然概念的领域,作为感觉界,和自由概念的领域,作为超感觉界之间虽然固定存在着一个不可逾越的鸿沟,以致从前者到后者(即以理性的理论运用为媒介)不可能有过渡,好像是那样分开的两个世界,前者对后者绝不能施加影响;但后者却应该对前者具有影响,这就是说,自由概念应该把它的规律所赋予的目的在感性世界里实现出来;因此,自然界必须能够这样地被思考着:它的形式的合规律性至少对于那些按照自由规律在自然中实现目的的可能性是互相协应的。——因此,我们就必须有一个作为自然界基础的超感觉界和在实践方面包含于自由概念中的那些东西的统一体的根基。虽然我们对于根基的概念既非理论地、也非实践地得到认识的,它自己没有独特的领域,但它仍使按照这一方面原理的思想形式和按照那一方面原理的思想形式的过渡成为可能。②

康德《纯粹理性批判》与《实践理性批判》中把世界分为现象界与物自体,进而在知性和理性、有限和无限、必然和自由、理论和实践之间划上一条鸿沟。他要在两大批判之间架起一座桥梁,以便将三者统一起来。他在《纯粹理性批判》中发现了人的认识者能力的先天原则,在"实践理性批判 中发现了愿望的能力的先天性原则。《判断力批判》就是要研究快感与不快感的先天性原则。

康德认为人的心灵为认识、快与不快的感情和愿望三部分,也就是知、情、意三个部分。适应这三个部分,人有三种认识能力,即知性(悟性)、判断力和理性。他说:

> "心灵的一切机能或能力可以归结为下列三种,它们不能从一

① [德]康德:《判断力批判》下卷,韦卓民译,商务印书馆1964年版,第111页。
② [德]康德:《判断力批判》上卷,宗白华译,商务印书馆1964年版,第13页。

个共同的基础再作进一步的引申了,这三种就是:认识机能,愉快及不愉快的情感和欲求的机能。对于认识机能,只是悟性立法着,如果它(像应该做的那样,不和欲求机能混杂着,只从它自己角度来观察)作为一个理论认识的机能联系到自然界,对于这自然界(作为现象)我们只能通过先验的自然概念,实际上即是纯粹的悟性概念而赋予诸规律。——对于欲求机能,作为一个按照自由概念而活动的高级机能,仅仅是理性在先验地立法着(只在理性里面这概念存在着)。——愉快的情绪介于认识和欲求机能之间,像判断力介于悟性和理性之间一样。所以目前至少可以推测:判断力同样地在自身包含着一个先验的原理,并且又因愉快和不快的感情必然地和欲求机能结合着(它或是和低级欲求一起先行于上述的原理,或是和高级欲求一起只是从道德规律引申出它的规定),它将做成一个从纯粹认识机能的过渡,这就是说,从自然诸概念的领域达到自由概念的领域的过渡,正如在它的逻辑运用中它使从悟性到理性的过渡成为可能。"①

康德分几个层次来论述这个问题:

康德的《纯粹理性批判》是讲的认识论,属于或限于自然感性领域,感性、知性(悟性)在起作用,主要任务是认识客观世界的规律性(真)的问题,

---

① [德]康德:《判断力批判》上卷,宗白华译,商务印书馆1964年版,第15—16页。

但他是要客观服从主观,以主观的先验原理(如十二个范畴)去套客观事物。在《实践理性批判》中,是超感性的"物自体"领域,理性探索的是"本体论"问题,达到精神自由境界。他认为"物自体"是不可知的。只能是主观意志和自由律令在起作用。这两大批判各自形成一个封闭的体系,互不搭界,判断力批判则起着沟通二者的桥梁作用。《实践理性批判》是为了满足实践意志的要求,要人们首先应对物自体抱信仰的态度。对于道德的实践理性来讲不在于应知道什么,而在于应当做什么,这是一种道德的职责,绝对的命令。在道德领域不能靠强制,完全出于内心的自由意志。康德所说的理性,不依赖于经验,不是经验的归纳、概括而是一种确定、建立普遍必然规则的能力,没有这种能力,人则无异于动物。这种理性与知性对立,是以关于宇宙整体的各种理念,如物自体、上帝、灵魂不朽、自由等作为对象的理性,是道德信仰上的实践理性,是指超感觉的,要求把握物自体,把握宇宙整体的那种理性。如何把自然与自由感性、知性与理性、认识与伦理沟通起来? 康德提出了判断力的问题。现在的问题是为什么判断力,主要是审美判断力具有这种桥梁作用,中介作用?

首先这与判断力(主要讲的反思判断)的性质有关。反思判断力的基本特点是从个别的特殊的事物出发去显现一般、普遍,以有限去显示无限。它一方面因受自然界的刺激而有所感受,产生爱憎的情感,同时它又有所追求并把自己的追求变成行动。这样就把自然与自由、认识与伦理结合起来。反思判断力,一方面与自然领域搭界,它所面对的是个别的自然现象,要求感性知性起作用,另一方面它又要求个别上升到普遍,有限体现出无限,这就要靠理性的作用,与"物自体"理性挂起钩来,这样就使感性、知性与理性统一了。

其次,康德从反思判断的自然合目的性方面,论述了判断力的中介作用。人先天具有的主观的认识能力,人所追求的目的,与自由领域联系在一起,审美过程中,一方面它所面对的是个别和感性的自然事物,受知性的作用;同时由于外物的刺激和感受,自然的形式符合了人的主观认识的目的,并产生了一种带有普遍性和必然性的满足或快乐的感情。在康德心目中,审美判断产生的快感是一种多级的或理性的快感,它不是在感觉材料上来满足欲求的结果,而是在理性制定的规则上得到协调,它在自然的合规律性、必然性中看到了自由,在自然的杂多的个别中看到了普遍性。审美判断的合目的性既与知性的原因系列相联系,又与理性的"最后目的"相联系,而不是与具体、实际的目的相联系。从这个意义上说,审美判断力又把自然与自由联系起来了。

由自然到自由,由感性、知性到理性,这是一个过程,如同李泽厚先生所说,"过渡本身是一个历史的进程,由自然的人到道德的人。但它的具体中介或桥梁、媒介,在康德却成了人的一种特殊心理功能,这就是所谓'判断力'。康德说'判断力'并不是一种独立的能力,它既不能像知性那样提供概念,也不能像理性那样提供理念。它只是在普遍与特殊之间寻求关系的一种心理功能。"①

第三,康德从审美判断的心理特征,论述了判断力的中介作用。鉴赏判断既是个人主观的一种感情体验,又具有普遍性。他说:"令人惊异的和产生分歧的地方就在于它不是一个经验概念,而是一个愉快的情感(因而完全不是概念),但它却通过鉴赏判断使每个人都承认它,好像它是一个和客体的认识相结合的宾词,并且它应该和它的表象联结着。"②这种审美判断(鉴赏判断)之所具有普遍性,是因为理性的制定规则的作用,在情感领域里起着一种调节的作用,它使直觉的能力与概念能力,即诸认识能力得到协调和谐,这其中想象起着核心的作用。想象力一方面与知性协调一致,在知性的约束下受到限制;同时在审美的企图里,想象力又是充分自由的,它可以自由地飞翔在自然世界与自由世界的领空。正是自由地飞翔使想象力将感性、知性与理性联系起来,将自然与自由联系起来。

第五节　康德美学思想的出发点:"人是目的"

关于康德《判断力批判》的出发点问题,蒋孔阳先生认为,在情感领域是否能建立一个独立的先天原则,用"判断力"来沟通自然与自由是它的两个出发点。蒋先生并认为《目的判断力批判》"是他的自然观,与美学关系不大;前一部分则是他的审美观,也就是他的美学的主要部分。"③朱光潜先生也认为《判断力批判》关系到美学的只是第一部分,即"审美判断力批判"。④

关于这个问题,宗白华先生和李泽厚先生的观点较符合原著的实际。

宗白华说:"《判断力批判》(1790年第1版,1993年第2版),这书是把两

---

① 李泽厚:《批判哲学的批判》,人民出版社1979年版,第356页。

② [德]康德:《判断力批判》上卷,宗白华译,商务印书馆1964年版,第29页。

③ 蒋孔阳:《德国古典美学》,商务印书馆1982年版,第71页。

④ 朱光潜:《西方美学史》下卷,人民文学出版社1979年版,第357—358页。

系列各别的独立的思考,由于一个共同观点(即'合目的性'的看法)结合在一起来研究的。即一方面是有机体生命界的问题,另一方面是美和艺术的问题。……这种把'鉴赏的批判'和'目的论的自然观的批判'结合在一起的企图在一七八九年才完全实现。"①

宗白华先生以"合目的性"将两个批判结合成一体,这一看法是符合原著的精神的。

李泽厚则进一步发展了宗先生的观点,明确说:"处于卢梭与黑格尔的中间,整个康德哲学的真正核心、出发点和基础是社会性的'人'。它既区别于卢梭、斯宾诺莎和法国唯物主义的'自然',更区别于中世纪以来的'神',同时也区别于以后黑格尔完全淹没个体(人)的'绝对理念'。康德的'人'以社会性(尽管还是抽象的和超阶级的)作为'先验'本质(见本书第九章),但又仍是感性个体的自然存在。在认识论,正因为'人'是这种存在,他只有感性直观,而没有知性直观(这种直观只有神才具有),因之才有认识的普遍必然性从何而来的根本问题。在伦理学,正因为'人'是这种存在,他具有感性情欲,而不是纯理性的'天使',因之才有'应当'服从道德律令的根本问题。可见,围绕着'人',康德所讲的理性与感性的关系实际乃是总体与个体,社会(普遍必然)与自然(感性个体)之间的关系。康德所谓沟通认识与伦理的截然对峙,其实是企图解决这个根本关系。前两个《批判》本身有这个问题,这两个《批判》之间又有这个问题。这使得康德终于写出第三个《批判》。而这第三个《批判》,也就把以'人'为中心这一特点展现得最为明朗和深刻。康德晚年提出的'人是什么',其实际的答案就在此处。"②

对于《判断力批判》中的两大部分,李泽厚说:"一般常说《判断力批判》这两个部分没有联系。其实,康德自己倒是企图把它们联系、衔接起来的。这个衔接点在自然美最后作为'道德的象征',即把自然本身看作有目的地趋向于道德的人,自然界以道德的人为其最终目的。"③对于《判断力批判》的出发点和康德美学思想的核心问题,我是赞成宗白华、李泽厚先生的意见的。

关于批判哲学美学的出发点问题,康德自己也不是没有论述的。他说:

---

① 宗白华:《美学散步》,上海人民出版社1981年版,第213页。
② 李泽厚:《批判哲学的批判》,人民出版社1979年版,第354—355页。
③ 李泽厚:《批判哲学的批判》,人民出版社1979年版,第383页。

　　我们出发点不是对上帝存在、灵魂不朽等等的研究,而是纯粹理性的二律背反:"世界有一个开端,世界没有一个开端",等等。直到第四个二律背反:"人有自由;以及相反地:没有任何自由,在人那里,一切都是自然的必然性"。正是这个二律背反,把我从独断论的迷梦中唤醒,使我转到对理性本身的批判上来,以便消除理性似乎与它自身矛盾这种怪事。①

　　结合《判断力批判》,我们可以清楚地看出,全书是一个有机的整体,审美判断力批判与目的判断力批判不能分开,它以人的主体性联结在一起。关于这方面书中有许多论述,主要表现在以下几个方面:

　　1. 人是目的,不是工具。从自然到人这是一个历史过程,人本身就是创造的最后目的。

　　在《实践理性批判》《道德形而上学基础》《实用人类学》中,康德已反复阐述了人是目的,不是工具这样一个基本观点。在他看来,"他的存在即是目的自身,没有什么其他只用作工具的东西可以代替它。否则宇宙间绝不会具有绝对价值的事物了。"② 在宇宙的生成过程中,自然界的一切都是为人而存在,人就是创世的最终目的。他说:

　　　　最后就有了这个问题:这一切上面的自然各界又是为了什么目的和什么缘故的呢? 我们说,是为着人类的,而且是为着人类的理智告诉人如何在许多的用途上来利用这一切的种种生命的形式的。人就是现世上创造的最终目的,因为人乃是世上唯一无二的存在者能够形成目的的概念,能够从一大堆有目的而形成的东西,借助于他的理性,而构成目的的一个体系的。③

　　在《实用人类学》的前言中,第一句话就是:"在人用来形成他的学问的文化中,一切进步都有一个目标,即把这些得到的知识和技能用于人世间;但在他能够把它们用于其间的那些对象中,最重要的对象是人:因为人是他

---

　　① ［德］康德:《康德书信百封》,李秋零编译,上海人民出版社1992年版,第244页。
　　② 李泽厚:《批判哲学的批判》,人民出版社1979年版,第281页。
　　③ ［德］康德:《判断力批判》下卷,韦卓民译,商务印书馆1964年版,第89页。

自己的最终目的。"① 整个世界是一个以人为中心的系统的整体,只有作为有道德的人的存在,才是世界的目的。他说:"只有作为道德的存在者的人才是我们承认为世界的目的的。因此,我们首先就有一个理由,至少也是最主要的条件,来把世界看为一个按照目的而相互联系的整体,看为种种最后原因的体系。"②

康德所说的"人",不是卢梭说的"自然人",他不是从自然状态的个体出发,而是从文明人出发。在他的哲学体系中,人是作为世界的本体出现的。人是自然的产物,又是区别于一切自然物的有目的行动的生物。他说:"这类的存在者就是人,可是是作为本体(noumenon)看的人。人乃是唯一的自然物,其特别的客观性质可以是这样的,就是叫我们在他里面认识到一种超感性的能力(即自由)而且在他里面又看到因果作用的规律和自由能够以之为其最高目的的东西,即世界的最高的善"。③

2. 自然是为人而美,美只适用于人类。

康德认为,自然美是客观存在的,但它的存在又是合目的性的。他说:"关于花卉的,羽毛的,贝壳的美,按照着它们的色彩和形状,这一切我们可以认为是大自然和它的机能,在它的自由中没有特别为此的目的,按照着化学的规律,通过沉淀。即对有机体的构成必要的物质,也审美地——合目的性地来塑造。"④

自然物体的美,从世界作为一个大的整体(包括人在内)来看,它就是为人而美,为人而显示出它的魅力。康德写道:"一经为有机体里面实际上对我们呈现出来的自然目的所支持的对自然的目的论鉴定,使我们能够形成关于自然目的的一个巨大的系统这个观念,那时我们就可以从这种观点来甚至看自然的美了,这种美乃是自然和我们从事于抓住并且鉴定自然所出现的东西的认识能力的自由活跃的一致。因为那时,我们就可以把自然的美看为自然在其整体作为一个系统(人也就是这个系统的一部分)的一种客观目的性了。我们可以把它看为自然给与我们的一种好意,因为除了给与我们以有用的东西之外,它还这样大量地分送美和魅人的力量"。⑤ 康德认

---

① [德]康德:《实用人类学》,邓晓芒译,重庆出版社1987年版,第1页。

② [德]康德:《判断力批判》下卷,韦卓民译,商务印书馆1964年版,第111页。

③ [德]康德:《判断力批判》下卷,韦卓民译,商务印书馆1964年版,第100页。

④ [德]康德:《判断力批判》上卷,宗白华译,商务印书馆1964年版,第197页。

⑤ [德]康德:《判断力批判》下卷,韦卓民译,商务印书馆1964年版,第30—31页。

为自然美，"它们的存在是为着在我们里面引起快感"①。实质上，康德是说我看出了自然对我（主体）的好意，所以自然美是为我而存在。同自然为人而美相联系，康德进而得出了美只对人类才有效的结论。在《判断力批判》讲美的分析时他说：

> 快适，是使人快乐的；美，不过是使他满意；善，就是被他珍贵的，赞许的，这就是说，他在它里面肯定一种客观价值。快适也适用于无理性的动物。美只适用于人类，换句话说，适用于动物性的又具有理性的生灵——因为人不仅是有理性（就是说，有灵魂）的，但同时也是一种动物。善却是一般地适用于一切有理性的动物。②

审美判断就是一种高级的情感的判断，只有对于人类才有效，在动物界是无所谓的。康德，从美只适用于人类这样的观点出发，初步接触到了美的社会性问题。他说：

> 从经验角度来说，美只有在社会中才能引起兴趣。如果我们承认向社会的冲动是人类的自然倾向，承认适合社会和向往社会的要求，即适应社会性，对于人（作为指定在社会中生存的动物）是一种必需，也就是人性的特质，我们也就不可避免地要把审美趣味看作用来审辨凡是便于我们借以互相传达情感的东西的判断力，因而也就是把它看作实现每个人自然倾向所要求的东西所必用的一种媒介。
> 如果一个人被抛弃在一个孤岛上，他就不会专为自己而去装饰他的小茅屋或是他自己，不会去寻花，更不会去栽花，用来装饰自己。只有在社会里，人才想到不仅要做一个人，而且要做一个按照人的标准来说是优秀的人（这就是文化的开始），要被看作优秀的人，他就须有把自然的快感传达给旁人的愿望和本领，他就不会满足于一个对象，除非他能把从那对象所得到的快乐拿出来和旁人共

---

① ［德］康德：《判断力批判》下卷，韦卓民译，商务印书馆1964年版，第31页原注。
② ［德］康德：《判断力批判》上卷，宗白华译，商务印书馆1964年版，第46页。

享。同时,每个人都要求每个旁人重视这种普遍传达——这仿佛是根据人性本身所制定的一种原始公约。在最初涉及到的东西当然还只是小装饰品,例如纹身用的颜料(西印度群岛中加利比人所用的橙黄,北美印第安人所用的银朱),或是花卉、贝壳、色彩美丽的羽毛,后来又加上一些形式美好的东西(如小船、衣服之类),这些东西本身本不足以给人什么满足或享受,在社会中却变成重要的东西,引起很大的兴趣。等到文化发展到高峰的时代,上述倾向就几乎变成有教养的爱好中的主要项目。对各种感受的估价高低,也要以它们能否普遍传达为准。到了这个阶段,每个人从一个对象中所得到的快感是微不足道的,就它本身来说,不能引起多大兴趣,但是它的普遍可传达性的感觉就几乎无限度地把它的价值提高。①

康德在这段论述中,已经开始注意到美感的社会性质,并已流露出历史发展观点的萌芽,但他并未进一步向前发展。

3. 重视人的主观能动性。这是康德整个哲学(美学)体系中,贯穿着的一条红线。在《纯粹理性批判》中强调人的认识的能动性;在《实践理性批判》中强调人的行为的能动性;在《判断力批判》中则强调人在审美判断中的能动性——主观合目的性;在艺术创作中则强调作家的有目的与合目的性的创造性的劳动。康德以启蒙主义者的立场,强调人的独立、尊严和价值,强调个人幸福,使整个人类成为有文化的、有德行的人。他所说的有文化、向善的人,是指摆脱了自然的欲望,又以现代文化科学知识武装起来的,能够按着自己的目的去利用自然,实现最高目的的人。他说:"在一个有理性的存在者里面,产生一种达到任何自行抉择的目的的能力,从而也就是产生一种使一个存在者自由地抉择其目的之能力的就是文化。因之我们关于人类有理由来以之归于自然的最终目的的只能是文化。"②作为世界上唯一拥有知性、理性的存在者,他确有资格做自然的主人。他的审美判断力批判,也正是从知性通向理性,从自然到自由发展的必经途径和桥梁。

抓住人是目的和人的主体性问题,是研究和批判继承康德美学思想的一把钥匙。

---

① 朱光潜:《西方美学史》下卷,人民文学出版社1979年版,第372—373页。参见[德]康德:《判断力批判》上卷,宗白华译,商务印书馆1964年版,第141—142页。

② [德]康德:《判断力批判》下卷,韦卓民译,商务印书馆1964年版,第95页。

第六节　康德对美与崇高的分析

一、美的分析

康德对美的分析部分,首先将鉴赏力判断作为审美判断来加以分析。进而把鉴赏力判断与逻辑型的推理判断区别开来。他认为:"鉴赏乃是判断美的一种能力。判定一对象为美时所要求是些什么呢,这必须从分析鉴赏判断才能发现。"①

康德对美的分析是从主观态度方面加以分析的。他明确说:"至于审美的规定根据,我们认为它只能是主观的,不可能是别的……用自己的认识能力去了解一座合乎法则和合乎目的的建筑物(不管它是在清晰的或模糊的表象形态里),和对这个表象用愉快的感觉去意识它,这两者是完全不同的。在这里,这表象是完全连系于主体,并且是在快感或不快感的名义下连系于主体的生活情绪,这就建立了一种十分特殊的判别力和判断力,但并无助于认识,而只是在主体里使得一定的表象和那全部表象能力彼此对立着,使得心灵在情感里意识到它的状态。"② 在康德看来,美的问题,完全是一个主观感情体验问题,因此主体的主观态度如何,就成了决定美与不美的重要依据。

根据质、量、关系和情状四组范畴,他对美的鉴赏特征,作了具体分析:

首先,他是从质上来分析,认为审美判断的特点是无利害感,是超功利的。审美的东西不仅从认识范围中分离出来,而且也从全部道德范围分离出来,审美判断是完全自主和独立的。美是无利害的快感。他说:"如果说一个对象是美的,以此来证明我有鉴赏力,关键是系于我自己心里从这个表象看出什么来,而不是系于这事物的存在。每个人必须承认,一个关于美的判断,只要夹杂着极少的利害感在里面,就会有偏爱而不是纯粹的欣赏判断了。人必须完全不对这事物的存在存有偏爱,而是在这方面纯然淡漠,以便在欣赏中,能够做个评判者。"③ 审美判断,不是要去占有某物,它不受客体性质的限制,只要使主观感情上得到满足就可以了。感觉上的快适与道德上的善都是有利害感的,而审美的判断,则无任何利害上的欲求,是一种"自由

---

① ［德］康德:《判断力批判》上卷,宗白华译,商务印书馆1964年版,第39页。

② ［德］康德:《判断力批判》上卷,宗白华译,商务印书馆1964年版,第39—40页。

③ ［德］康德:《判断力批判》上卷,宗白华译,商务印书馆1964年版,第41页。

的愉快"。如说这朵玫瑰花是红的,这是逻辑判断,因为"花"和"红",主词和宾词都是概念。审美判断不是逻辑判断,不是求知,不是认识活动,而是凭借想象力做出的情感上的判断,看它是否引起主体的快感或不快感。

康德以前的经验主义者,混淆了美感与快感,康德区分了三种不同的快感:一是生理上的快感,二是道德上引起的快感即善或道德感,三是欣赏美引起的快感,即美感。这是唯一无利害关系的自由的愉快。如"红杏枝头春意闹。"如果摘下红杏,那就不是审美活动了。

其次,康德从量上来分析,认为审美判断没有概念的普遍性。"美是那不凭借概念而普遍令人愉快的。"①作为审美的对象,是具体的、单个的形象,但它又要有普遍性。这个普遍性可与抽象概念无关,不同于逻辑判断。康德不把美看作认识的对象,而只把它看作是情感的对象。在审美判断过程中,不是愉快在先,而是判断在先,如果由愉快而生判断,那么这个判断就会失去普遍的有效性,而只是个体的、经验的、动物性的。审美判断的普遍性,不是来自客观。而是来自自己主观的普遍有效性。因为人类具有一种先天的"共同感觉力"。在康德看来,对象的存在不存在无任何意义,重要的是看能否普遍引起主体的愉快。

再次,康德认为审美判断具有无目的的合目的性。他所说的"关系"是审美对象和它的目的之间的关系。因审美判断与利害无关、与概念无关,因而它没有什么具体明确的目的。这是从事物的客观目的上讲,审美判断是无所求,没有目的;但在形式上又是有目的,这是说对象的形式符合主体的想象力与知解力的自由活动与和谐合作。形式上的合目性,也就是主观上的合目的性。他说:"美,它的判定只以一单纯形式的合目的性,即一无目的的合目的性为根据的。"②他又说:

> 一个审美判断是判断中独特的一种,并且绝不提供我们对于一对象的认识(那怕是一模糊的认识),只有逻辑的判断才能提供认识。与此相反,审美判断只把一个对象的表象连系于主体,并且不让我们注意到对象的性质,而只让我们注意到那决定与对象有关的表象诸能力底合目的的形式。这种判断正因为这原故被叫做审美的判断,因为它的规定根据不是一个概念,而是那在心意诸能

---

① [德]康德:《判断力批判》上卷,宗白华译,商务印书馆1964年版,第57页。

② [德]康德:《判断力批判》上卷,宗白华译,商务印书馆1964年版,第64页。

力的活动中的协调一致的情感（内在感官的），在它们能被感觉着
的限度内。①

　　在康德看来，规定美的基础不是对象的概念，而是主体的情感。由于审
美判断不是某个具体的、明确的客观目的，而是主观感情体验上的一般合目
的性，所以叫做没有具体目的的一般合目的性。又由于这种主观的合目的
性只联系对象的形式，所以又可称为没有目的的合目的性形式。比如我们
看见一朵百合花，除了植物学家了解它的组织结构各部分的特定功能以外，
作为一般欣赏者不需要也不会觉察这种特定的客观目的，它所唤起的只是
一种从情感上觉得愉快的主观的合目的性。也就是说，对象（百合花）的形
式（外在形象）完全符合欣赏主体的心理功能的自由运动，这就构成了一种
无特定具体目的的主观合目的性形式。美是形式的主观的合目的性。他说：
"所以除掉在一个对象的表象里的主观的合目的性而无任何目的（既无客观
的目的也无主观的目的）以外，没有别的了。因此当我们觉知一定对象的表
象时，这表象中合目的性的单纯形式，那个我们判定为不依赖概念而具有普
遍传达性的愉快，就构成鉴赏判断的规定根据。"②
　　李泽厚认为：就哲学说，目的与"无目的的目的性"确乎不同，后者对内
具有各部分相互依存的有机组织的整体含义，对外又具有并不从属于某一
特定目的的广泛可能性的含义，它的确形成了一种独特的"关系"，实际是人
与自然相统一的一种独特形式。③ 就美学讲，康德说的"非功利而生愉快"，
"无概念而趋于认识"也就是"无目的的目的性"，即它既不是目的（功利、有
概念），而又是合目的性（与伦理、认识以及感性均有牵连）。
　　现实的审美判断是一种复杂的精神现象。其中个人审美的、认识的、道
德的和社会的动机，不可分割地结合在一起。康德不去研究这些动机的现
实联系，弄清它们的隶属关系，试图将审美"纯"而又"纯"的抽象出来，这
种知性分析方法，有很大的片面性。由于康德认为美与功利无关、与概念无
关，但在审美过程中，又说不明白。因此，遇到矛盾（因世界上的事物内容与
形式不能绝然分开）他便把美分为两种：一种称为自由美，或称之为纯粹美。
它不以对象的概念为前提，是事物为自身而存在的美。这种能引起纯鉴赏

---

① ［德］康德：《判断力批判》上卷，宗白华译，商务印书馆1964年版，第66—67页。
② ［德］康德：《判断力批判》上卷，宗白华译，商务印书馆1964年版，第59页。
③ 参见李泽厚：《批判哲学的批判》，人民出版社1979年版，第368页。

力判断的快乐的美,不涉及概念内容,所以最自由,最纯粹。一种称为附庸美,或依存美,有条件的美。它以"这样的一个概念并以按照这概念的对象完满性为前提",是有条件的美,而归于那些隶属于一个特殊目的的概念之下的对象。比如,"一个人的美(即男子或女子或孩儿的美),一匹马或一建筑物(教堂、宫殿、兵器厂、园亭)的美,是以一个目的的概念为前提的,这概念规定这物应该是什么,即它的完满性的概念,因此仅是附庸的美。就像快适(感觉的)和美的结合(美本来只涉及形式)妨碍鉴赏判断的纯粹性那样,善(即多样性,它对于物本身按照它的目的是好的)和美的结合破坏着它的纯粹性。"①

康德谈的依存美,似乎与自己谈的自由美有矛盾,实际上这里面的确包括着二律背反的思想,有辩证的因素,即同一事物,既可只抓住其形式美,又可抓住其依存美。"一个人是依照着他眼前的东西,另一个人是依照着在他思想里面的东西。经过这种区分人们可以消除鉴赏评判者们中间关于美的争吵,人可以指出:这个人是抓住了自由美,那个人抓住了附庸美,前者下了一个纯粹的,后者下了一个应用的鉴赏判断。"②

最后,从情状上来看,"美是不依赖概念而被当作一种必然的愉快对象。"③审美判断不只要求可能性、现实性,而且要求必然性。但这种必然性不是从概念来推论,也不是来自现实的经验,而是来自一种先验的"共通感"。"一个鉴赏判断所要求的必然性的条件是共通感的观念"。④这种共通感,与一般的感觉不同,它"不理解为外在的感觉,而是从我们的认识诸能力的自由活动来的结果",是一个主观性的原理,这原理只通过情感而不通过概念,但仍然能普遍有效地令人愉快或不快。先验唯心主义是康德哲学的重要特点。康德认为一切超出经验范围的东西都是先验的。他把时间、空间、因果性、必然性等范畴都称为先天的、先于经验的认识形式。康德所说的先验的"共通感",是指"一个共同的感觉的理念,这就是一种评判机能的理念,这评判机能在它的反思里顾到每个别人在思想里先验地的表象样式,以便把他的判断似乎紧密地靠拢着全人类理性"。⑤这种不涉及概念,不同于感官快适的先天共通感是康德所假定的一种"人同此心,心同此理"的普遍心

① ［德］康德:《判断力批判》上卷,宗白华译,商务印书馆1964年版,第68页。
② ［德］康德:《判断力批判》上卷,宗白华译,商务印书馆1964年版,第69页。
③ ［德］康德:《判断力批判》上卷,宗白华译,商务印书馆1964年版,第79页。
④ ［德］康德:《判断力批判》上卷,宗白华译,商务印书馆1964年版,第76页。
⑤ ［德］康德:《判断力批判》上卷,宗白华译,商务印书馆1964年版,第137—138页。

意状态。这种"人同此心,心同此理"的共同心意状态,既是主观的、个别的,又是普遍的、必然的,它是人类先天就共同具有的一种普遍的心意状态。但是这种审美判断的先天共通感,又具有后天的社会性,它只有通过社会环境才能实现其普遍的有效性。

康德对美的分析,比之前人提出了一系列富有启发性的问题,揭示了审美过程中的矛盾及其复杂性,这为后人对美的研究,打开了更为广阔的思路。

二、对崇高的分析

康德把审美判断分为"美的分析"与"崇高的分析"两部分。由美的分析到崇高的分析,这是康德纯粹理性批判向实践理性批判过渡中的两步。

在西方,最早系统论述崇高问题的是罗马时代的朗吉弩斯,但他主要是从文学风格方面和修辞学角度来谈的。而把崇高看作是美学中的重要范畴,是从18世纪英国的柏克开始。柏克在《论崇高与美两种观念的根源》中,认为崇高是一种先抑后扬,人在恐惧的面前克服了痛感之后产生的一种快感,它和人的自豪感、胜利感联系在一起。温克尔曼在《古代艺术史》中曾指出,大海景致首先使心灵感到压抑,接着就使心灵伸张和提高。这些观点都对康德有影响。但康德并不去重复前人的论述,他在探讨崇高这个范畴的过程中,将美学同他的伦理学联系起来,认识能力(即想象力和理智)同理性联系起来,艺术学说同自然学说联系起来,人类学同先验哲学联系起来。康德认为崇高判断是审美判断的一种方式,它有自己的一些特点。

(一)美与崇高的一致性与差别性

康德认为,美与崇高是两个有联系而又有区别的美学范畴。二者既有共性,又有个性和差异。美与崇高,都属审美判断的范畴,都是一种无利害、无目的、无概念而又令人愉快的,它们具有主观的合目的性和普遍可传达性,是一种情感判断。它们又都是一种反思的判断,不是感性判断,也不是逻辑判断。同时它与美的判断一样,都是单个判断,是从个别、具体、感性的事物中显现出一般,从有限之中体现出无限。美与崇高就量来说都是普遍有效的,与概念无关,就质来说无利害感,就关系来说是主观合目的性,就情状来说须表象为必然的。

美与崇高的区别,崇高不同于美的特殊性是康德探讨的重点。

第一,美与对象的形式有关,是形式的主观合目的性,因而美只涉及形式,美受形式的限制。而崇高对象的特点是无形式、无限制、无规律,在数量上无限广大(如星空、大海、山岳等),在力量上有无比威力。在直观美的对象时,快乐与质的表象结合在一起;在直观崇高对象时,快乐则与量的表象结合在一起。他说:"高耸而下垂威胁着人的断岩,天边层层之堆叠的乌云里面挟着闪电与雷鸣,火山在狂暴肆虐之中,飓风带着它摧毁了的荒墟,无边无界的海洋,怒涛狂啸着,一个洪流的高瀑,诸如此类景象,在和它们相较量里,我们对它们抵拒的能力显得太渺小了。但是假使发现我们自己却是在安全地带,那么,这景象越可怕,就越对我们有吸引力。我们称呼这些对象为崇高,因为它们提高了我们的精神力量越过平常的尺度,而让我们在内心里发现另一种类的抵抗的能力,这赋予我们勇气来和自然界的全能威力的假象较量一下。"[①] 而美却只涉及对象的形式,它的对象是有形式和限制的,美所表现的是来自感性、知性的不确定的概念,而崇高则是来自于理性的不确定的概念。伴随着崇高的愉快,更多涉及量的方面,而美则更多地涉及质。

第二,在美感的性质方面,美是直接的、单纯的、积极的快感,崇高却是由痛感转化成的快感。美的东西直接引起观赏者愉悦的情感并有助于生命;出自崇高的东西引起的快乐则不是直接产生的,它要求生命力经受瞬间的抑制,然后再以加倍的能量溢出。同时,出自美的快乐是肯定的快乐,出自崇高的快乐则是否定的快乐,它与惊奇、敬重接近。康德说:

> 美的愉快和崇高的愉快在种类上很不相同,美直接引起有益于生命的感觉,所以和吸引力与游戏的想象很能契合。至于崇高感却是一种间接引起的快感,因为它先有一种生命力受到暂时阻碍的感觉,马上就接着有一种更强烈的生命力的洋溢迸发,所以崇高感作为一种情绪,在想象力的运用上不象是游戏,而是严肃认真的,因此它和吸引力不相投,心灵不是单纯地受到对象的吸引,而是更番地受到对象的推拒,崇高所生的愉快与其说是一种积极的快感,无宁说是惊讶或崇敬,这可以叫做消极的快感。[②]

这就是从快感类别来看,美是直接的、单纯的、积极的快感,是一种促进

---

① 〔德〕康德:《判断力批判》上卷,宗白华译,商务印书馆1964年版,第101页。

② 参见自朱光潜:《西方美学史》下卷,人民文学出版社1979年版,第375—376页。

生命力的感觉,它同对象的吸引力和游戏的想象力相契合,心灵处于平静安息状态;崇高感是一种间接的快感,是一种先抑后扬,由痛感转化而来的快感,是一种消极的快感。

第三,在主体的思维形式中的差别:美是想象力与知性的和谐运动,崇高则是想象力与理性的相互争斗,它是想象力借助于理性的帮助,飞翔在理性观念的无限自由境界。在审美判断中,美的对象好像是事先注定的其合目的性形式引起观赏者的快乐;而在崇高的直观中却隐藏着矛盾,崇高的对象就其形式来说,是违反与观赏者的表现能力不相称的目的的。美与崇高的内在分别是美可以在对象的形式中找到根据;崇高的根据则完全是主观的,崇高是无形式的,它只涉及理性的观念。

康德说:"崇高和美的最重要的和内在的差异是这样的:如果我们在这里正当地把崇高就它在自然对象上来观察(艺术里的崇高常常是局限于和自然和谐的条件之下),自然美(那独立性的)自身在它的形式里带着一种合目的性,对象由于这个对于我们的判断力好像预先被规定着了,而这样就自身构成一个愉快的对象;与此相反,在我们内心,不经过思维,只在观赏中激起崇高情绪的,就形式说来它固然和我们的判断力相抵触,不适合我们的表达机能,而因此好像对于想象力是强暴的,但却正因此可能更评赞为崇高。"[①]崇高只涉及理性的观念,不含有任何感性形式,它在自然事物中找不到,它只能在主体的心灵中找到。

(二)数量的崇高与力学的崇高

数量的崇高:是指体积的无限大。我们如果直观一个绝对大的对象而产生快乐的话,这就是一种出自数学性崇高的快乐。康德认为,数量崇高是"一切和它较量的东西都是比它小的东西。[②]"这是说,由于自然对象的体积,已超过感官或想象力所能达到的极限,于是在主体的心中唤起一种要求对对象予以整体把握的理性理念,但这种理念并无明确的内容和目的,仍只是一种主观合目性的不确定的形式。因此,这种判断仍属审美判断。他认为真正的崇高,只能在评判者的人情里寻找,不能在自然里寻找。"谁会把杂乱无章的山岳群,它们的冰峰相互乱叠着,或阴惨的狂野的海洋唤做崇高呢?但是心情感到在它的欣赏里自己被提高了,当他在观照这些对象时不顾及它们的形式,而让自己放任着想象力和一种——虽然没有连结着一个固定目

---

① [德]康德:《判断力批判》上卷,宗白华译,商务印书馆1964年版,第84页。

② [德]康德:《判断力批判》上卷,宗白华译,商务印书馆1964年版,第90页。

的——单是扩张着它们的理性,然而同时却又发现想象力的全部势力仍然不能应合它的诸观念。"①康德把自然事物的体积在主体心灵中引起无限大的观念,称之为崇高。但康德在论述中也有自相矛盾之处,如讲建筑雕刻艺术,不足以称为崇高,可在例子中又举了埃及的金字塔和罗马的圣彼得堡教堂,认为它是崇高的。虽有矛盾,可在论述中也道出了崇高感的特征:努力想整体地把握而自己的想象力又达不到它的极点。我们的想象力和理性的矛盾决定了可能有崇高情感。在想象中,有一种趋向无限运动的意图。在理性中,有对无条件的合目的性的真实理念的要求。在康德看来自然界事物数量的能力,同这个理念相比是不相称的。这个不相称,使我们产生了一种超感性能力的情感,康德引沙法理(Savary)的报告,说:人们要想感受金字塔之大,不可走得太近,也不要离得太远。在后面这场合里被把握的各部分(相互积累的石块)只是模糊地被表象着,它们的表象对于主体的审美判断不产生影响了。如果太近了,眼睛需要一些时间才能完成从基础到顶尖的把握,而当构象力尚未把握上面顶尖时,下层却又部分地消失掉了,全面的把握永远不能完成。但是这也足够解释人们第一步踏进圣彼得大教堂时所感到的震惊和惶惑。这种感觉,感到自己的构象力不再能适合这大全体的观念,来把它表达出,构象力在这观念里达到它的顶点了,而在努力再把它扩张时就会回头沉落到自己里面,却因此陷进一动人的愉快里。②

力学的崇高,是指巨大的威力。康德仍把它局限在自然中。力学的崇高也是一种审美判断,在这种审美判断中自然被看成一种力量,但却是一种不以强力的方式作用在观赏者身上的力量。康德说:"自然,在审美的评赏里看作力,而对我们不具有威力,这就是力学的崇高。"③

自然界力学的崇高,一方面是说力学崇高的事物有着巨大的威力,在主体的想象力已不足以获得一个对它的领域做审美性的大的估量的相应尺度,使人产生一种恐惧感;同时,这种威力对主体又不能成为支配力,形成危害,因而使人产生一种对自然的优越感。"在这里人类在我们的人格里面不被降低,纵使人将失败在那强力之下。照这样,自然界在我们的审美判断里,不是在它引起我们恐怖的范围内被评为崇高,而是因为它在我们内心里唤起我们的力量(就这些角度来看我们固然是屈服在它们的下面的)",④ 在有

　　① [德]康德:《判断力批判》上卷,宗白华译,商务印书馆1964年版,第95—96页。

　　② [德]康德:《判断力批判》上卷,宗白华译,商务印书馆1964年版,第91页。

　　③ [德]康德:《判断力批判》上卷,宗白华译,商务印书馆1964年版,第100页。

　　④ [德]康德:《判断力批判》上卷,宗白华译,商务印书馆1964年版,第102页。

巨大威力的自然事物面前,尽管我们在理性上不能抗拒它,有所恐惧;但在精神上却能无所畏惧。力学的崇高,指的正是主体心理上精神上表现出来的一种战胜自然的力量和气魄。它要求唤起理性理念(人的伦理力量)来掌握和战胜对象,由对自然对象恐惧的痛感转而成为对自身的尊严、力量肯定的崇高感。

人之所以能在威力无比的自然现象面前,由恐惧产生无畏的崇高感,这就使审美判断与道德判断联系起来(实践理性判断)。面对巨大的自然对象,通过想象力唤起人的伦理,首先是精神力量与之抗争,并从精神力量上压倒自然对象,从而产生一种快感,这种快感就是主体对自己的伦理道德力量的胜利而产生的崇高感。主体战胜自然威力的崇高感,与人的文化教育、道德修养有直接的关系。"事实上,若是没有道德诸观念的演进发展,那么,我们受过文化陶冶的人所称为崇高的对象,对于粗陋的人只现得可怖。"① 对于大自然的力的崇高的判断,不仅需在文化修养,而且还需有道德的修养。但康德认为:"对于(实践的)诸观念(即道德的诸观念)的情感是存在天赋里的。"② 康德在力学的崇高理论中,表现出他的高度人道主义倾向。体验着崇高情感的人,面对准备以其无限的威力压死、毁灭他的强大自然力,体验到自己的优势的人,不是"地上的一条虫",不是有"奴隶意识的"人,而是自然中的强者。个人有尊严的情感有战胜自然威力的精神,这样的人不仅是审美的人,而且首先是高尚的人。

康德谈力学的崇高,虽主要谈的是自然中的崇高,但实际也涉及了社会中性的崇高。但只是淡淡地一提即过。

总之,康德对美的鉴赏,着重于对象的形式,而对崇高的鉴赏,则要通过对象的"无形式"唤起理性的理念,即主体心灵世界中的伦理力量,所以崇高比美更具有主体性。

第七节 美的理想、审美意象与"美是道德的象征"

康德在《判断力批判》"美的分析"第17节中,专门论述了美的理想,在论述艺术天才与艺术创造时,又提出了审美意象问题,这两个问题实际上谈的是艺术典型问题。

---

① [德]康德:《判断力批判》上卷,宗白华译,商务印书馆1964年版,第105页。

② [德]康德:《判断力批判》上卷,宗白华译,商务印书馆1964年版,第106页。

一、关于美的理想

康德首先提出美的理想与经验性的一般范本不同。

经验性的一般范本，是指在一定范围内经验性的共同标准，它是一种平均值。他说："从同一种类的多数形象的契合获得一平均率标准，这平均率就成为对一切的共同的尺度。人都曾经见到过成千的成人男子。如果他要判定用比较的方法以测算的规范的尺寸，那么（照我的意见）想象力让一个大数目的（大概每一千人）形象相互消长，如果允许我在此地运用视觉的表现来类推，在那大多数形象集合的空间里和在那最强色彩涂沫的轮廓线之内，这里就会显示出平均的大小，它在高和阔的方面是和最大的及最小的形体的两极端具有同样的距离，这是对于一个美男子的形体。"①

他认为，如果以同样机械的方法寻找平均值，可以寻找平均的头、平均的鼻子，这种具有平均值的形体，就可以作为在同一范围内进行比较的美男子这个规范观念的基础。这种经验性的一般范本，具有相对性。"一个黑人在这些经验的条件下较这白人必然具有另一种的规范观念。一个中国人比欧洲人也具有另一种。关于一匹美马或狗（一定的种类的）的模范也是这样。这规范观念不是从那自经验取得的诸比例作为规定的规律导引出来的；而是依照它（按指规范观念）评定的规律才属可能。它是从人人不同的直观体会中浮沉出来的整个种族的形象，大自然把这形象作为原始形象在这种族中做生产的根据，但没有任何个体似乎完全达到它。它绝不是这种族里美的全部原始形象，而只是构成一切美所不可忽略的条件的形式；所以只是表现这种族时的正确性。它是规则准绳……正因为这样它也不能具含着何等种别的特性的东西；否则它就不是对于这种类的规范观念了。"②这段叙述充分说明，经验性的一般规范，是种属类别，无个性的普遍。在艺术创造里，则属于抽象的类型。

其次，美的理想，是以个别具有特征的事物显现出某一理念的形象。"理念本意味着一个理性的概念，理想则是一个适合于理念的个体存在的表象。"③康德说：

　　　　审美趣味的最高范本或原型只是一种观念或意象，要由每个
　　　　　　　　　　　　　　　　　　　　　　　·　·　·　·　·

---

① ［德］康德：《判断力批判》上卷，宗白华译，商务印书馆1964年版，第72页。
② ［德］康德：《判断力批判》上卷，宗白华译，商务印书馆1964年版，第73页。
③ 参见李泽厚：《批判哲学的批判》，人民出版社1979年版，第375页。

人在他自己的意识里形成,他须根据它来估价一切审美对象,一切审美判断的范例,乃至每个人的审美趣味。观念在本质上是一种理性概念,而理想(ideal)则是把个别事物作为适合表现某一观念的形象显现。因此,这种审美趣味的原型一方面既涉及关于一种最高度(Maximum)的不确定的理性概念;另一方面又不能用概念来表达,只能在个别形象里表达出来,它可以更恰当地叫作美的理想。我们虽然原来不曾有这种理想,却努力在自己心里把它形成。但是它只能是一种想象力方面的理想,因为它不基于概念而基于形象显现。而形象显现的功能就是想象力。①(着重号引者加)

因此,美的理想首先是一种理性理念的表象,是最高限度的范本;其次是通过个别形象显现出来的;再次它不是客观存在的,而是在主体心里、通过想象力形成的。它基于先驱的"一切人所共有的东西"。值得重视的是,康德谈美的理想时,已对古典主义的类型说有所突破,开始强调特性,表现突出的东西,认为不具有特性,是平庸的,只有具有特性、具有突出特性的形象,才是天才的作品。这一点,他在一个注释里讲得很清楚。他说:

　　人们将见到,一个完全合规则的脸,画家请他坐着做模特儿的,通常是无所表现的:因为这脸不具有特性,亦即较之个性的特殊点更多地表达着种的观念。这种的特性夸张过分,便破坏了标准观念(种的合目的性),这就唤做漫画。经验也指出,那完全合规则的脸在内心里也通常暴露着一个平庸的人,我猜想(如果假定自然界是在外表表现着内在的诸比例)是由于这原因:因为假使从心意诸禀赋里没有一种突出所必需的比例,这只能构成一个没毛病的人,而不能从他期待人所唤作天才的那东西,在天才里自然界好像从心意诸能力的通常的关系中趋向唯一 一种能力的优势。②

美的理想不是纯粹的美,而是依存美,它是通过人的形象体现出来的。康德认为美的花朵,美的家具、美的风景等的理想(典范)是不可想象的;一些低等层次的依存美的事物,如一座美的住宅,一个美丽的花园也无理想可

---

① 参见朱光潜:《西方美学史》下卷,人民文学出版社1979年版,第395页。

② 〔德〕康德:《判断力批判》上卷,宗白华译,商务印书馆1964年版,第73页原注。

以表象,那合目的性是那么松散自由地在空洞美那里一样。他说:

> 只有人,他本身就具有他的生存目的,他凭借理性规定着自己
> 的目的,或,他必须从外界知觉里取得目的的场合,他仍然能比较
> 一下本质的和普遍的目的,并且直感地(审美地)判定这两者的符
> 合:所以只有"人"才独能具有美的理想,像人类尽在他的人格里
> 面那样;他作为睿智,能在世界一切事物中独具完满性的理想。①

为什么只有在人身上,才独具美的理想? 这里因为在人身上才把个体
性与最高限度的理念结合起来,他说:

> 美的理想,由于上述理由,我们只能期待于人的形体。在人的
> 形体上理想是在于表现道德,没有这个这对象将不普遍地且又积
> 极地(不单是消极地在一个合规格的表现里)令人愉快。内在地支
> 配着人的道德观念的可看见的表现固然只能从经验获得;但是它
> 和一切我们的理性道德的善在最高合目的性的联系中相结合着,
> 即那心灵的温良,或纯洁或坚强或静穆等等在身体的表现(作为内
> 部的影响)中使它表达出来:谁想判定这,甚至于谁想表现它,在他
> 身上必须结合着理性的纯粹观念及想象力的巨大力量。②

康德在谈美的理想时,已不能说是一个形式主义者,而完全谈的是内容
方面的东西。美的理想与最高的道德规范联系起来,并与他的社会理想是
一致的。他所追求的那种完善的有道德的人在审美判断领域的感性体现,
就是美的理想。他说的最高合目的性的那种心灵的温良、纯洁、坚强、静穆,
又带有明显的抽象人性的性质。

二、关于审美意象

康德在美的分析中谈了"美的理想"与经验性的一般范本的区别,揭示
了理想的理念的个性的感性显现的本质特征;在崇高的分析中,他则提出了
一个审美意象的问题,意在给艺术理想的创造探讨一条途径。美的理想与

---

① [德]康德:《判断力批判》上卷,宗白华译,商务印书馆1964年版,第71页。
② [德]康德:《判断力批判》上卷,宗白华译,商务印书馆1964年版,第74页。

审美意象是一个问题的两个方面,前者在于揭示美的本质,后者是从美的创造角度论述的,是从创作心理"天才"的角度提出的。康德在谈到艺术天才时谈到,有些艺术作品虽然指不出什么毛病来,然而它却没有精神(灵魂)。"精神(灵魂)在审美的意义里就是那心意赋予对象以生命的原理。而这原理所凭借来使心灵生动的,即它为此目的所运用的素材,把心意诸力合目的地推入跃动之中,这就是推入那样一种自由活动,这活动由自身持续着,并加强着心意诸力。"① 这个能使审美观念表现出来的机能,就是想象力。天才的艺术家就是通过想象,赋予对象以生命力。关于审美意象,康德认为,这是指想象力所形成的一种形象显现,它能引人想到很多,把它变成可以理解的很多的东西,在有限的形象里显示出无限的理性内容,但它又不可能由任何明确的思想或概念把它充分表达出来,因此也没有语言能完全适合,把它变成可以理解的。审美意象具体有两层次含义:A.审美意象是理性观念的对立物,是一种形象的显现,感性的形象;B.审美意象又包含着丰富的意味,它只可体味,不可言传。他说:"我所了解的审美观念(朱光潜译为审美意象——引者)就是想象力里的那一表象,它生起许多思想而没有任何一特定的思想,即一个概念能和它相切合,因此没有语言能够完全企及它,把它表达出来。人们容易看到,它是理性的观念的一个对立物(Pendant),理性的观念是与它相反,是一个概念,没有任何一个直观(即想象力的表象)能和它相切合。"② 审美意象,既来自自然,又是"超越自然的东西"。它是艺术家凭借想象力而创造出来的第二自然。"固然是大自然对我提供素材,但这素材却被我们改造成为完全不同的东西,即优越于自然的东西。"③ 艺术家不仅可以把自然中存在的创造成新的意象,而且可以将现实中不存在的东西,超经验的东西,加以对象化、具体化,表现出一定理性理念的内容。康德说:"想象力所造成的这种形象显现可以叫做意象,一方面是由于这些形象显现至少是力求摸索出经验范围之外的东西,也就是力求接近理性概念(即理智性的观念)的形象显现,使这些理性概念获得客观现实的外貌;但是主要的一面还是由于这些形象显现(作为内心的直觉对象)是不能用概念去充分表达出来的。例如诗人就试图把关于不可以眼见的事物的理性概念(如天堂、地狱、永恒、创世等)翻译成为可以用感官去察觉的东西。他也用同样的方法去对待在经验界可以找到的事物,例如死亡、忧伤、罪恶、荣誉等等,也是越出经

① ［德］康德:《判断力批判》上卷,宗白华译,商务印书馆1964年版,第159—160页。
② ［德］康德:《判断力批判》上卷,宗白华译,商务印书馆1964年版,第160页。
③ ［德］康德:《判断力批判》上卷,宗白华译,商务印书馆1964年版,第160页。

验范围之外,借助于想象力,追踪理性,力求达到一种'最高度',使这些事物获得在自然中所找不到的那样完满的感性显现。特别是在诗里,这种形成审美意象的功能可以发挥到最大限度。"① 可见,康德所说的"审美意象"是一种"最高度"的理性观念的"完满的感性显现"。它一方面是感性的、具体的、个别的形象显现,不是抽象的概念的表现;另一方面它又蕴涵着无限的理性的内容。它是以有限的感性形象显示出无限的、没有任何语言可以穷尽的丰富的理性内容。康德虽然没有具体论述艺术典型问题,但他的审美意象说,实际上标志着典型学说在西方由类型说向特征说、理想说的转变。他的这种观点直接影响了黑格尔。"美是理念的感性显现",可以说是康德的美的理想与审美意象说的必然发展。

三、美是道德的象征

康德关于美在《判断力批判》中有三种说法:

1．"美是一对象的合目的性的形式,在它不具有一个目的的表象而在对象身上被知觉时。"② 人们依据这个观点,认为康德是"美在形式"说的提倡者。实际康德的这一观点是讲的自由美或纯粹美。这是一个无目的的表象而合乎主观的先验的目的形式。但他在讲美的理想时,重点讲的是依存美,是人的形象美。这是善与美的统一,美向善的发展。

2．"美(无论是自然还是艺术美)一般可以说是审美意象的表现:所不同者在美的艺术里,这个意象须由关于对象的概念引起(即须先对作品的目的有一个概念——引者注),而在美的自然里,只须对既定的观照对象加以反思,不须对这对象究竟是为什么的先有一种概念,就足以引起以这对象作为表现的那个意象,并且把它传达出去。"③ 美是审美意象的表现,已与前一说法有了进一步发展,虽着重指的是艺术美,但自然美也有这个成分,这里美的含义,已是理性的理念的具体感性显现。

3．《判断力批判》以"论美作为道德性的象征"为题对美的本质作了分析。康德写道:"现在我说:美是道德的象征;并且也只有回顾这一层(这

---

① 朱光潜:《西方美学史》下卷,人民文学出版社1979年版,第399—400页。

② [德]康德:《判断力批判》上卷,宗白华译,商务印书馆1964年版,第74页。

③ 朱光潜:《西方美学史》下卷,人民文学出版社1979年第2版,第403页。又见《判断力批判》上卷,第51—167页,二人译文有出入。宗译文:"人们能够一般地把美(不论它是自然美还是艺术美)称做审美诸观念的表现。"

对每个人是自然的,也要求着每个人作为义务),美使人愉快并提出人人同意的要求,在这场合人的心情同时自觉到一定程度的醇化和昂扬,超越着单纯对于感官印象的愉快感受,别的价值也按照着它的判断力的类似的规准被评价着。"① 对于"美是道德的象征",我们具体可作如下理解:

第一,美首先是一种象征。在审美判断里,一方面由知性趋向理性,由自然的概念过渡到自由的概念;同时理性的理念、自由的概念又要求感性化、现实化。自由的概念、理性的理念的感性化,在审美领域内,则只能是象征。关于象征,康德作了这样的解释:"因象征的只是直觉的一种。后者(直觉的)能够分类为图式的和为象征的表象样式。两者都是Hypotyposen,这就是表现(exhibi liones):不单是表征(characterismen),这表征是通过偕伴着的感性的符号对概念的标示,这是完全不含有着属于客体的直观的东西,而只是按照想象力联想规律,即在主观的意图里对于再现的手段服务着;这类的东西或是言语或是可见的符号(代数的以至于是拟容的)作为概念的单纯表现。"② 象征,那是一个概念,"只是理性能思索它而无任何感性的直观和它相应"。所以象征,是以感性的符号体现某一理性的理念内容。

第二,从目的论的角度探讨美的本体,由人是目的得出美是道德象征的结论。康德指出:"这种目的论的判断构成审美判断的基础和条件,我们必须顾念到这点。"③ 在康德看来,整个宇宙是以人为中心的系统整体。整个宇宙、自然的历史,就是一个向人生成的历史,就是一个向有道德的人发展的历史,自然界是以有道德的人为其最终目的。当世界上所有的人都有道德的时候,世界就真正进入了自由的境界、理想的境界、美的境界。

从美本身发展的不同阶段来说,康德认为只有人的美,才是美的理想,自然的美是为人而存在。人的美就是有道德的人的美,就是有自由意志的人的美。这样"美是道德的象征",最终将自然与自由、自然与人统一起来。

第三,"美是道德的象征",点明了审美判断的根本目的。康德认为,审美判断是"每个人的义务"。通过审美,不仅能使人愉快,得到美的享受,而且"在这场合人的心情同时自觉到一定程度的醇化和昂扬",可以把人引到一个更高的境界。作为主体的人的高级的认识诸机能都为此目的而协调着。"在这个机能里判断力看不到,怎样在经验的判定场合服从着一种经验诸规

① 〔德〕康德:《判断力批判》上卷,宗白华译,商务印书馆1964年版,第201页。

② 〔德〕康德:《判断力批判》上卷,宗白华译,商务印书馆1964年版,第200页。

③ 〔德〕康德:《判断力批判》上卷,宗白华译,商务印书馆1964年版,第157—158页。

律的他律性：它在一个这样纯粹的愉快的诸对象的关系里赋予自己以规律，类似理性在欲求机能的关系里那样做的。并且见到自己由于这种主体内的内在可能性，也由于一个以此和它相协合一致的大自然的外在可能性，和那在主体内部以及外面的某物相关涉——这某物不是自然，也不是自由，却仍是和自由的根柢，即那超验性的，相结合着。在这里面，理论的机能和实践的在共同的和不可识知的方式里结合成为统一体。"① 这段论述从心理学角度进一步说明"美是道德的象征"，正是感性与理性、客体与主体的统一的感性显现。

在阐明"美是道德的象征"的同时，康德又具体区别的美与道德的差异性，具体是从四个方面来加以比较的：

1. 美直接使人愉快（但只是在反味着的直观里，不像道德在概念里）。

2. 它使人愉快而没有任何利益兴趣（道德的善固然必然和一兴趣相联结着，但不是这样一个先行于对愉快的判断的，而是通过这个才生起的）。

3. 想象力（即我们的机能的感性）的自由将在美的评定中被表象为和悟性的规律性相一致（在道德判断里，意志的自由被思考为意志和自身的协调，按照着普遍的理性诸规律）。

4. 美的评定的主观的原理被表象为普遍的，这就是对每个人有效，但不能通过任何概念来认识。（道德的客观原理也被说明为普遍的，这就是对于一切主体，同时也对于这同一主体的一切行动，在这场合通过一普遍的概念。）因此道德判断不但是能有规定的构成性的诸原理，而且只是通过把规准建基于这道德原理和它们的普遍性上面才有可能。②

道德的象征不是与道德等同，只是与道德的主观类比。"鉴赏基本上既是一个对于道德性诸观念的感性化——通过对于两方的反思中某一定的类比的媒介——的评定能力"③。这种类比方法，即以某一客观事物类似于一定

---

① ［德］康德：《判断力批判》上卷，宗白华译，商务印书馆1964年版，第201—202页。

② ［德］康德：《判断力批判》上卷，宗白华译，商务印书馆1964年版，第202页。

③ ［德］康德：《判断力批判》上卷，宗白华译，商务印书馆1964年版，第204页。

的理性的道德观念,使某一道德理念感性化,如称某建筑物或树木为壮大,称田野欢笑为愉快,称某种色彩为清洁、谦逊、温柔等。因这些感性化的事物所引起的感觉和道德判断,所引起的心境情况有类似之处,所以这事物才能成为道德的象征。康德自己曾举了百合花的例子:"百合花的白色导引我们的心意达到纯洁的观念,并且按照着从红到紫的七色秩序,达到:(1)崇高;(2)勇敢;(3)公明正直;(4)友爱;(5)谦逊;(6)不屈;(7)柔和等观念。"① 李泽厚先生认为中国古代艺术中的松、菊、竹、梅四君子象征道德的高尚贞洁,就与康德说的意思相一致。②

关于康德的"美是道德的象征"的命题,在我国研究不够,强调美是自由的象征的说法是不少的。道德的象征、自由的象征有它的一致性,但又不能等同。康德提出的这个美学的命题,包含着他的社会理想与深刻的历史观念,不单是一个自由的问题。这个问题值得我们进一步研究。

第八节　康德艺术理论中的几个问题

康德关于艺术理论,在《判断力批判》中,也作了多方面的探讨。除上面已涉及的问题以外,我们重点谈以下几个问题:

一、关于艺术的本质特征问题

艺术区别于自然,艺术是一种自由的合目的性的创造活动。它既不同于自然,也不同于科学、手艺和技术。康德的艺术理论是根据他的美学理论建立起来的。他把艺术活动看作是人的能动性的表现。这种能动性的目的是创造美的东西。他把艺术视为我们能力的主观和谐在对象上的投影。康德认为,艺术虽来自自然,但又优越于自然。动物的活动是它们的本能,而人的艺术活动,则是一种合目的性的自由的创造。他以蜜蜂为例说明了这个问题。他说:"正当地说来,人们只能把通过自由而产生的成品,这就是通过一意图,把他的诸行为筑基于理性之上,唤做艺术。因为,虽然人们爱把蜜蜂的成品(合规则地造成的蜂窝)称作一艺术作品,这只是由于后者对前者的类似;只要人一思考,蜜蜂的劳动不是筑基于真正

---

① ［德］康德:《判断力批判》上卷,宗白华译,商务印书馆1964年版,第147页。

② 参见李泽厚:《批判哲学的批判》,人民出版社1979年版,第377页。

的理性的思虑,人们就会说,那是她的(本能的)天性的成品,作为艺术只能意味着是一创造者的作品。"① 康德认为在艺术里面,"必须有某物被思考为目的,否则人们不能把它的成品归隶艺术,那将单是一偶然性的产物了。"② 他还说:"艺术永远先有一目的作为它的起因(和它的因果性),一物品的完满性是以多样性在一物品内的协调合致成为一内面的规定性作为它的目标。"③ 康德的这一思想,若与马克思在《资本论》中一段论述相比较,就可以看出康德的真正意图:艺术家在创造之前,已在自己的头脑中有一个完整的想法或目的性,然后又自觉地将它变成感性的具体的形象。"产生这一物的原因是自己设想过一个目的,这物的形式当归原于这一目的。"④

艺术又不同于科学,科学使人知晓事物的规律;艺术是一种创造,需要的是实践的能力,需要的是技巧。艺术也不同于手工艺。艺术是自由的,人们看来"好像只是游戏,这就是一种工作,它是对自身愉快的,能够合目的地成功。"⑤ 正是在自由的特性上,康德认为艺术与游戏是相似的。在艺术创作中,精神的自由与自然界中的必然是统一的。"在一切自由的艺术里,某些强迫性的东西,即一般所谓'机械'(套规),仍是必要的(例如须有正确的丰实的语言和音律),否则心灵(在艺术里必须自由的,只有心灵才赋予生命以作品)社会没有形体以致消失于无形。"⑥ "作为对于自己困苦而不愉快的,只是由于它的结果(例如工资)吸引着,因而能够是被逼迫负担的。"⑦ 手工艺的劳动是雇佣劳动,不自由,无愉快可谈,是强制性的。因此,他认为要促进自由艺术的发展,"最好的途径就是把它从一切强制解放出来,并且把它从劳动转化为单纯的游戏。"

美的艺术是一种意境,它具有无目的的合目的性的特征。康德认为美的艺术不同于机械的艺术。"迎合着一可能对象的认识,单纯为了把它来实现,进行着为这目的所必要的动作,那它就是机械的艺术"。⑧ 审美的艺术因快感性质的不同,又分为快适的艺术与美的艺术。快适的艺术单纯以享乐

① [德]康德:《判断力批判》上卷,宗白华译,商务印书馆1964年版,第148页。
② [德]康德:《判断力批判》上卷,宗白华译,商务印书馆1964年版,第156页。
③ [德]康德:《判断力批判》上卷,宗白华译,商务印书馆1964年版,第157页。
④ [德]康德:《判断力批判》上卷,宗白华译,商务印书馆1964年版,第148页。
⑤ [德]康德:《判断力批判》上卷,宗白华译,商务印书馆1964年版,第149页。
⑥ 朱光潜:《西方美学史》下卷,人民文学出版社1979年第2版,第385页。
⑦ [德]康德:《判断力批判》上卷,宗白华译,商务印书馆1964年版,第149页。
⑧ [德]康德:《判断力批判》上卷,宗白华译,商务印书馆1964年版,第150页。

为它的目的,如筵席间的谐谑与欢笑,只是为了欢娱消遣,又如酒吧间的音乐也只是为了给人一刺激。美的艺术则不同,他说:"美的艺术是一种意境,它只对自身具有合目的性,并且,虽然没有目的,仍然促进着心灵诸力的陶冶,以达到社会性的传达作用。"①美的艺术不是单纯追求官能感觉的快乐,它没有明确的、实际的目的,但具有一般愉快的普遍传达性,在形式上是合目的的。因此对于一件美的艺术作品,"人们必须意识到它是艺术而不是自然。但它在形式上的合目的性,仍然必须显得它是不受一切人为造作的强制所束缚,因而它好像只是一自然的产物。⋯⋯自然显得美,如果它同时像似艺术;而艺术只能被称为美的,如果我们意识到它是艺术而它又对我们表现为自然。"②艺术作品像自然,是成功的一个条件,它遵循艺术创作的规律,但又一点不露出人工的痕迹。

二、天才问题

什么是天才?　康德回答:"天才就是那天赋的才能,它给艺术制定法规。既然天赋的才能作为艺术家天生的创作机能,它本身是属于自然的,那么,人们就可以这样说:天才是天生的心灵禀赋,通过它自然给艺术制定法规。"③

在这里,康德把"天才"理解为一种特殊的才能,或者说是一种天生的创造典范艺术作品的能力。这种典范作品为艺术提供规则。这一点他在《实用人类学》中讲得很清楚。他说:"发明的才能就叫做天才⋯⋯一个人的天才就是'才能的典范式的独创性'(就艺术作品的这种或那种形式而言)"。④

康德认为美的艺术有规律,"每一艺术是以诸法规为前提",但这法规不是摹仿来的,是造物主给予艺术家的一种天生之才。"所以美的艺术不能为自己想出法规来,他却只能按照着这法规来完成制作。但是没有先行的法规,一个作品是永不能唤做艺术的,因此必须是大自然在创作者的主体里面(并且通过它的诸机能的协调)给予艺术以法规,这就是说,美的艺术只有作为天才的作品才有可能。⑤

天才的艺术家与一般的艺术家相比,具有四个鲜明的特征,康德说:

---

① 〔德〕康德:《判断力批判》上卷,宗白华译,商务印书馆1964年版,第151页。
② 〔德〕康德:《判断力批判》上卷,宗白华译,商务印书馆1964年版,第151—152页。
③ 〔德〕康德:《判断力批判》上卷,宗白华译,商务印书馆1964年版,第152—153页。
④ 〔德〕康德:《实用人类学》,邓晓芒译,重庆出版社1987年版,第118页。
⑤ 〔德〕康德:《判断力批判》上卷,宗白华译,商务印书馆1964年版,第153页。

人们从这里看出来,天才(一)是一种天赋的才能,对于它产生的东西不提供任何特定的法规,它不是一种能够按照任何法规来学习的才能;因而独创性必须是它的第一特性;(二)也可能有独创性的,但却无意义的东西,所以天才的诸作品必须同时是典范,这就是说必须是能成为范例的。它自身不是由摹仿产生,而它对于别人却须能成为评判或法则的准绳。(三)它是怎样创造出它的作品来的,它自身却不能描述出来或科学地加以说明,而是它(天才)作为自然赋予它的法规,因此,它是一个作品的创作者,这作品有赖于作者的天才,作者自己并不知晓诸概念是怎样在他内心里成立的,也不受他自己的控制,以便可以由他随意或按照规划想出来,并且在规范形式里传达给别人,是他们能够创造出同样的作品来。(因此,"天才 genie"这个字可以推测是从 genius〔拉丁文〕引申而来的,这就是一特异的,在一个人的诞生时付予他的守护和指导的神灵,他的那些独创性的观念时从这里来的);(四)大自然通过天才替艺术而不替科学定立法规,并且只是在艺术应成为美的艺术范围内。①

在康德看来,天才是一种天赋的才能,它的主要特征是独创性、典范性、神秘性和自由创造性,它在艺术领域里表现得最为突出。

在《判断力批判》第49节关于构成天才的心意诸能力中,康德认为,构成天才的心灵能力是想象力和知性。对于天才的特征,康德进一步作了阐释和界定,他说:"第一点,天才是一种对于艺术的才能,而不是对于科学的,在科学里必须是已被清楚认识了的法则先行着,并规定着它科学里面的手续;第二点,天才作为艺术才能是以一个关于作品作为目的的概念为前提的,因而它是一个悟性,但也是一(尽管是未被规定着的)关于材料,即直观的表象,以便表达出一概念,这也就是一种想象力对于悟性的关系。第三点,不仅是在表现出一规定的概念里实现着预定的目的,更多地是在表达或表现审美的观念里显示出来——这些审美观念具含着对此目的的丰富的素材——因而使想象力在它的不受规则束缚的自由活动里仍能对我们表现出它对于表现那给予的概念是合目的的。最后第四点,在想象力对于悟性规律性的自由协和里这没意图的、非做作的主观合目的性是以这些机能的一种这样的比例和情调为前

---

① 〔德〕康德:《判断力批判》上卷,宗白华译,商务印书馆1964年版,第153—154页。

提。"①综合起来，康德对天才做了一个具体的界定："天才就是：一个主体在他的认识诸机能的自由运用里表现着他的天赋才能的典范式的独创性。"②康德在这里，除继续发挥了前面提出的观点，特别强调了在艺术创作中想象力与知性（悟性）自由的和谐运动，强调了艺术表达的主观合目的性。

康德虽然是先验的天才论的鼓吹者，但他并没有忽视艺术家后天的学习和训练。他说："天赋才能的独创性是构成天才品质的本质的部分，所以一些浅薄的头脑相信，只要他们从一切规律的束缚中解放了，他们就是开花结果的天才了，并且相信，他们骑在一匹狂暴的悍马上会比跨在一匹训练过的马要威风些。天才仅能为美术的成品提供丰富的素质，这些素质的加工和它的形式要求着一位经过学校陶冶过的才能，以便使用这些素质，能够在批判力面前获得通过。"③在谈到艺术创作中的想象力与鉴赏力的关系时，他指出："鉴赏（口味）和判断力一般是天才的训育（或管束），剪掉天才的飞翼，使它受教养和受磨练。但同时也指导它在那些方面和多么广阔的领域内它能够扩张自己而同时仍在合目的的范围内。又由于它（指鉴赏）把清晰和秩序带进它的思想富饶之内，就会把诸观念结实起来，能够获得持久，同时获得普遍的赞许，后人的继承和永远前进的改善……所以美的艺术需要想象力，悟性，精神和鉴赏力。"④康德的这些观点，今天看来也是有价值的。

三、关于想象力的问题

康德认为想象力与知性（悟性）的结合是构成天才艺术家的重要条件。他说："只从事于认识的想象力是在悟性的约束之下受到限制，以便切合于悟性的概念。但在审美的企图里想象力的活动是自由的，以便在它对概念协合一致以外对悟性供给未被搜寻的，内容丰富的，未曾展开过的，悟性在它的概念里未曾顾到的资料，在这场合里悟性运用这资料不仅为着客观地达到认识，而是主观地生动着认识诸力，因而间接地也用于认识；所以天才本质地建立于那幸运的关系里，这关系是没有科学能讲授也没有勤学能学习的，以便对于一给予的概念寻找得诸概念，另一方面对这些观念找到准确

① ［德］康德：《判断力批判》上卷，宗白华译，商务印书馆1964年版，第164页。
② ［德］康德：《判断力批判》上卷，宗白华译，商务印书馆1964年版，第164页。
③ ［德］康德：《判断力批判》上卷，宗白华译，商务印书馆1964年版，第156页。
④ ［德］康德：《判断力批判》上卷，宗白华译，商务印书馆1964年版，第166页。

的表达。"① 这里康德明确指出想象力是一种充分自由的心理机能,它可以达到悟性(知性)所达不到的领域,想到悟性(知性)未顾及到的资料;但想象力它必须受悟性(知性)的约束,只有二者很好的结合,才构成天才艺术家的心意能力。艺术家在艺术创作过程中,正是凭借着想象力和悟性(知性)的和谐自由的结合,才能使自然和自由统一起来,进而达到艺术的最大的真实性。"在诗的艺术里一切进行得诚实和正直。它自己承认是一运用想象力提供慰乐的游戏,并想在形式方面和悟性的规律协和一致,并不想通过感性的描写来欺骗和包围悟性。"②

康德认为:"把过去的事情在眼前回忆起来的能力是记忆力,想象将来的事情的能力则是预见力。在感性范围,两者都建立在把主体过去和将来的情况与现在的情况相联系的观念的联想之上。并且,虽然不是直接的知觉,但它们能把知觉在时间中联结起来,即把现在已不存在的东西通过现在存在的东西,和现在还不存在的东西结合在一个连贯的经验之中。"③

记忆力。它不同于复制性的想象力,记忆能够把过去的观念任意地复制出来。"把事情立刻在记忆中抓住,轻而易举地回想起来,并长久地保持住,这是记忆的形式上的完善。"④

预见力。它是与一定的利益、欲望联系在一起。"具有这种能力比拥有其他的能力都更与利益悠关,因为它是一切可能的实践和目的之条件,而人对自身能力的使用是指向这些实践和目的的。一切欲望都包括一个对自己能力所能达到的东西的(确定或不确定的)预见。"⑤

标记能力。"以当前事物为媒介,把预见未来事情的观念与对过去事情的观念联结起来的认识能力就是标记能力。由这种联结所引起的心灵动作就是标记(Signatio),它也被称为标识,其更大的程度则被称为标志。"⑥

与标记相联的是象征,康德认为:"当事物的形象(直观)只是被概念用作观念的手段时,它就是象征,而由此形成的知识就称为象征的或比喻的知识(speciosa)。特性还不是象征,因为象征甚至只能是间接的(非直接

---

① 〔德〕康德:《判断力批判》上卷,宗白华译,商务印书馆1964年版,第163页。
② 〔德〕康德:《判断力批判》上卷,宗白华译,商务印书馆1964年版,第174页。
③ 〔德〕康德:《实用人类学》,邓晓芒译,重庆出版社1987年版,第66—67页。
④ 〔德〕康德:《实用人类学》,邓晓芒译,重庆出版社1987年版,第67页。
⑤ 〔德〕康德:《实用人类学》,邓晓芒译,重庆出版社1987年版,第71页。
⑥ 〔德〕康德:《实用人类学》,邓晓芒译,重庆出版社1987年版,第77页。

的)符号、它本身没有什么意义,而只能由它的加入引向直观,由直观引向概念。"①

由标记、象征引出符号。康德把符号划分为三大类:任意的(艺术的)符号、自然的符号和奇迹的符号。

艺术的符号又有8种之多:1. 表情的符号(表演的符号,它部分也是自然的);2. 文字符号(字母,它是为了读意的);3. 音符(乐谱);4. 仅仅为了视觉而在单位之间所约定的符号(数目字);5. 那些以世袭特权为荣耀的自由人的等级符号(文章);6. 在法定装束(制服和号衣)上的职务符号;7. 表示功勋荣誉符号(勋带);8. 耻辱符号(烙印等等)。在这章里则有逗号、问号或感叹号、惊叹号(数字符号)。② 属于任意的,即艺术的符号的最重要的一种符号则是语言。康德说:"一切语言都是思想的标记,反之,思想标记的最优越的方式,就是运用语言这种最广泛的工具来了解自己和别人。"③

自然符号是,在被标记的事物的符号关系上按时间来看有推证关系、纪念关系和预测的关系。

如推证关系的标记(符号):脉搏向医生标志着病人当下的体温状况;烟标志着火;试剂向化学家揭示存在于水中隐秘元素;风信旗指示风向。

纪念关系的标志(符号):坟丘和陵园是对死者的纪念的符号。金字塔是对在埃及某位国王的伟大权力的永恒纪念。海洋的陆地上的贝壳层,火山口遗迹,为考古学提供了某些标志。

预测的关系标志(符号):"预测的符号在一切符号中是最能带来利益的,因为在事物变化的序列中当前只不过是一瞬,而欲望能力的规定性基础只是为了未来的结果(ob futnra Consequentia),并主要是着眼于这结果,才把当前的事物牢记在心。"④ 自然预测的符号,如垂死的面容(这是经验为基础)。

奇迹的符号,指在其中颠倒了事物本性的那些东西,如人畜的怪胎,天上的征象和奇观,如彗星,掠过高空的光球,北极光以至于日蚀和月蚀等,许多这类征象汇集在一起,并可能真地给人们带来某种大的灾难的符号。

康德关于符号的理论,图示如下:

---

① [德]康德:《实用人类学》,邓晓芒译,重庆出版社1987年版,第77页。

② 参见[德]康德:《实用人类学》,邓晓芒译,重庆出版社1987年版,第79页。

③ [德]康德:《实用人类学》,邓晓芒译,重庆出版社1987年版,第79页。

④ [德]康德:《实用人类学》,邓晓芒译,重庆出版社1987年版,第81页。

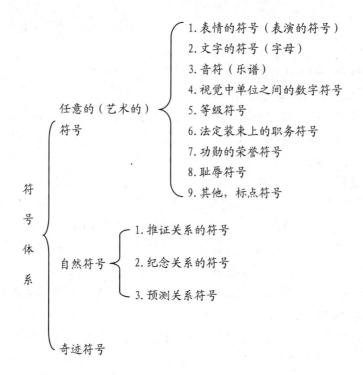

　　想象力的本质特征是自由。他认为："属于天才本身的领域是想象力，因为它是创造性的，并且比别的能力更少受到规则的强制，却正因此而更有独创力。"① 想象一方面借联想的规律与自然界联系在一起，在经验的范围内使用着。在《实用人类学》中康德说："想象力是一个很伟大的艺术家，甚至是个魔术家，然而它却不能创造出什么，而必须从感官那里汲取自己形象的素材。"② 同时想象又与悟性和谐的运动着，追逐着理性，审美地扩张到无限的自由境地。他说："在这场合，想象力是创造性的，并且把知性诸观念（理性）的机能带进了运动，以致于在一个表象里的思想（这本是属于一个对象的概念里的），大大地多过于在这表象里所能把握和明白理解的。"③

　　想象是一种直观性的知性，它的基本规律是从整体的直观到特殊，而不是像推论的知性那样，从普遍——特殊——个别，以概念和规律（必然性）为中介。康德在《目的论判断力批判》中，将知性分为两种：

　　推论的知性，这是关于概念的能力。"知性是从分析性的普遍

<hr />

① ［德］康德：《实用人类学》，邓晓芒译，重庆出版社1987年版，第119页。

② ［德］康德：《实用人类学》，邓晓芒译，重庆出版社1987年版，第50页。

③ ［德］康德：《判断力批判》上卷，宗白华译，商务印书馆1964年版，第161页。

(Analytisch=Allgemeinen),即从概念,到特殊的,换句话来说,是从概念到所与的经验直观的"。① 在这种知性过程中。"通过概念和规律的中介,特殊不得不与普遍相符合以求其能被包摄在普遍之下。"②

而直观性的知性"在其里面一个目的的表象是作为起决定作用的根据而起作用的"。③ 这种知性,直观性是它的重要特征。康德说:"直观也是在知识中的一种因素,而直观的完全自发能力就会是不同于感性而且完全是不依靠感性的一种认识能力。因此,它就应该是在其最广义上的一种知性。这样,我们也就能够想象到一种直观性的知性——所谓想象,是指消极的思维说的,或者是单纯不是推理的思维说的——这种直观性的知性不象我们用某概念的知性,是不从普遍到特殊的,从特殊到个别的。"④ 直观性知性,既然不是推论的,而是直观的,"那就是从综合性的普遍(Synthetisch=Allgemeinen),或者说从整体作为整体的直观到特殊,那就是说,从整体到部分。为了使这个整体的明确形式成为可能的,并不在这样一种知性里或者在其整体的表象里含蕴着各种部分的综合之一种不必然性。但是那正是我们的知性所需要的。它必须从作为普遍想到的原理的各部分前进到要包摄这些原理之下作为其后果的种种不同的可能形式。"⑤ 这是说,在想象的过程中,不是按正常的逻辑规律、知性规律发展,将各部分的综合成为一个整体,而是一切从一个整体出发来将各部分构成一个完整的整体。他说:"一个整体的表象可以包含着那整体的形式以及那个形式所包含的各部分的联系的形式之可能性的根源。这就是我们唯一的途径。"⑥ 所以,"整体便是一种结果(产物),其表象就被看为它的可能性的原因了。""因之我们就得出结论说,只是从我们知性的特殊性格出来的结果,我们才想象到自然产物是按照一种不同于物质的自然规律的因果作用才是可能的,那就是说,只按照目的及最后的原因才是可能的。"⑦ 从康德的论述来看,想象力是一种直观性的整体到特殊的思维能力,它是从整体的目的论出发的一种特殊的反思判断能力。想象的规律是符合目的论的规律的。他说:"凡是在这个自然里面是必然的东西作为感官的对象的,我们都应该按照机械的规律进行判定。可是种种特殊规律以及从而产生的附属形式的相互一致与统一性

① [德]康德:《判断力批判》下卷,韦卓民译,商务印书馆1964年版,第65页。
② [德]康德:《判断力批判》下卷,韦卓民译,商务印书馆1964年版,第64页。
③ [德]康德:《判断力批判》下卷,韦卓民译,商务印书馆1964年版,第63页。
④ [德]康德:《判断力批判》下卷,韦卓民译,商务印书馆1964年版,第64页。
⑤ [德]康德:《判断力批判》下卷,韦卓民译,商务印书馆1964年版,第65页。
⑥ [德]康德:《判断力批判》下卷,韦卓民译,商务印书馆1964年版,第65—66页。
⑦ [德]康德:《判断力批判》下卷,韦卓民译,商务印书馆1964年版,第66页。

（这些规律与形式对于机械的规律说来，我们必须认为是不必然的），都是在自然中作为理性的对象的，整体自然作为一个系统来看也是这样的，这一切我们也应该按照目的论的规律来考虑。所以我们是应该根据两种的原理来判定自然的。"① 康德的这些关于推理的知性与直观的知性的论述，对我们认识学界争论不休的逻辑思维与形象思维问题，对于我们认识形象思维的特点和规律是富有启发性的。由于他的目的论最后引到上帝那里，因此，他从目的论出发论述的直观性的知性发展的规律，也有神秘主义的味道。如果联系创作实践来思考这个问题，他所阐发的直观性知性的规律及其特征，还是有其真理性的。

关于想象力是一种直观能力的问题，康德在《实用人类学》中作了更为具体的发挥。他说："想象力（facultas imaginandi）作为一种即使对象不在场也能具有的直观能力，要么是创制的，这就是本原地表现（exhibitio originaria）对象的能力，因而这种表现是先于经验而发生的；要么是复制的，即派生地表现（exhibitio derivativa）对象的能力，这种表现把一个先前已有的感性直观带回到心灵中来。"②

创作的想象或称构想性的想象，这也就是我们通常所说的创造性想象。首先必须以感觉材料为前提。在谈到这个问题时，康德表现出一种唯物主义倾向。他说："对于在七色中从来没有见到过红色的人，别人永远不能使他了解红色的感觉，生来盲目的人则完全不能了解任何颜色感觉。"③ 他还说："来自五官的感觉不能够由想象力从它们的组合中产生出来，而必须由感官机能本原地引出来。"④

康德把想象的感性创造力，分为三种类型，它们是："在空间中直观的构成类型（imaginatia plastica），在时间中直观的联想类型（imaginatio associans）和出自共同起源的诸观念相互亲和的类型（affinitas）。"⑤

1. 构成的感性创造力。

它的特点是："在艺术家能够表现出一个具体的（仿佛可以触摸的）形象之前，他必须在想象力中把它完成，而这个形象因此才是一种创造。"⑥ 在想象中不自主完成的构想形象，如在梦中，属幻想；如果受意志

---

① ［德］康德：《判断力批判》下卷，韦卓民译，商务印书馆1964年版，第67—68页。
② ［德］康德：《实用人类学》，邓晓芒译，重庆出版社1987年版，第49页。
③ ［德］康德：《实用人类学》，邓晓芒译，重庆出版社1987年版，第49页。
④ ［德］康德：《实用人类学》，邓晓芒译，重庆出版社1987年版，第50页。
⑤ ［德］康德：《实用人类学》，邓晓芒译，重庆出版社1987年版，第57页。
⑥ ［德］康德：《实用人类学》，邓晓芒译，重庆出版社1987年版，第57—58页。

的控制的,则称为作品、创造。想象在作家心理中,既有自觉的受理性控制的想象,也有不受理性控制的不自觉的想象。实际早在弗洛伊德之前,康德已提出了"无意识"的问题。他说:"当我唤起想象力的时候,我在自己心里对各种不同的想象力进行观察固然对于反省是有价值的,对逻辑和形而上学也同样是必要的和有用的;但甚至当想象力是不招自来地进入心灵时,(这是由想象力下意识的创造活动所造成的),也要来窥察自身,这就是对认识能力中的自然秩序的歪曲了。"① 康德把这种下意识或无意识到的那些感性直观和感觉,称为人的模糊观念,这是"人心中最大的领域",也是"不可测度的"领域。可以意识到的则是清楚的观念,只占意识的极少数地区。"仿佛在我们心灵的巨大地图上只有很少地方被照亮着。"②

2. 联想的感性创造力。

康德说:"联想的法则是,经常接踵而来的感性观念在心灵中造成一种习惯:如果一个观念被产生,另一个观念也会产生。"③ 这种想象力属于在时间中直观的联想类型(imaginatio associans)。"观念的这种相联系关系经常是走得很远的,并且想象力常常从一百到一千跳得飞快,以至于好像在观念的链条中完全跳过了某些中间环节,虽然人们只是没有意识到它们。"④

3. 亲和性的感性造力。

它属于出自共同起源的诸观念相互亲和的类型(affinitas)。亲和性这个词提示着一种取自于化学,并与这种知性的联结相类似的相互作用,这个作用使两种性质上各不相同的有形元素发生最内在的相互关系并趋于统一。这种结合形成了某个第三者。

康德对想象的感性创造力的分析,对于我们研究艺术创造的心理特征和规律是有意义的。

想象力最基本的作用,是根据自然提供的素材,创造出第二自然,并给予理性的理念具体感性的现实性外观。

他说:"想象力(作为生产的认识机能)是强有力地从真的自然所提供给它的素材里创造一个像似另一自然来。"⑤ 他又说:"人们能够称呼想象力的

---

① 〔德〕康德:《实用人类学》,邓晓芒译,重庆出版社1987年版,第10页。
② 〔德〕康德:《实用人类学》,邓晓芒译,重庆出版社1987年版,第12页。
③ 〔德〕康德:《实用人类学》,邓晓芒译,重庆出版社1987年版,第59页。
④ 〔德〕康德:《实用人类学》,邓晓芒译,重庆出版社1987年版,第59页。
⑤ 〔德〕康德:《判断力批判》上卷,宗白华译,商务印书馆1964年版,第160页。

这一类表象做观念；这一部分因为它们对于某些超越于经验界限之上的东西至少向往着，并且这样企图接近到理性诸概念（即智的诸观念）的表述，这会给予这些观念一客观现实性的外观；另一方面，并且主要的是因为对于它们作为内在的诸直观没有概念能完全切合着它们。诗人敢于把不可见的东西的观念，例如极乐世界，地狱世界，永恒界，创世等等来具体化；或把那些在经验界内固然有着事例的东西，如死，忌嫉及一切恶德，又如爱，荣誉等等，由一种想象力的媒介超过了经验的界限——这种想象力在努力达到最伟大东西里追逐着理性的前奏——在完全性里来具体化，这些东西在自然里是找不到范例的。本质上只是诗的艺术，在它里面审美诸观念的机能才可以全量地表示出来。但这一机能，单就它自身来看，本质上仅是（想象力的）一个才能。"① 康德认为，想象力一方面可以依据经验界（自然）提供的素材，并把它加工、改造，创造出另一个自然来；同时想象力可以进入自由的理性世界（即超经验界），将现实中不存在的事物，不可见的事物加以具体化，全面地表现出理性的诸观念。想象力甚至能使现实中丑的事物变成艺术中的美。康德说：

> 美的艺术正在那里面标示它的优越性，即它美丽地描写着自然的事物，不论它们是美还是丑。狂暴，疾病，战祸等等作为灾害都能很美地被描写出来，甚至在绘画里被表现出来。只有一种丑不能照实在的那样表现出来，而不毁灭一切审美的愉快，毁灭艺术的美，这就是那令人作呕的现象。因为在这一奇异的，纯粹基于想象作用的感觉里，那对象好像是逼迫着我们来容受，而我们却强力地抗拒着，因而对象的艺术的表象和这一对象自身的性质在我们的意识里不能区别开来，从而前者不可能作为美来看待。②

因此，康德认为，有些丑恶现象不能直接描写，只能用寓意或属性来表达，这样才便于使人乐于接受。

四、关于艺术分类问题

康德关于艺术分类的理论直接与他的鉴赏力分析和天才理论联系在一

---

① ［德］康德：《判断力批判》上卷，宗白华译，商务印书馆1964年版，第160—161页。
② ［德］康德：《判断力批判》上卷，宗白华译，商务印书馆1964年版，第158页。

起。康德把艺术的划分建立在艺术与人类语言表达方式的类比上。他认为人们的言说能力是由三种传达手段结合决定的。语词,或发音;动作或手势;腔调,或变调。对于艺术分类的原则,在《判断力批判·导论》中说:"理性科学的分类完全是基于对象之间的歧异性,对于这种歧异性的认识是需要不同的原理的"①。康德对艺术分类的原则,基本上是沿袭亚里士多德关于按照艺术表现的对象、媒介和方式不同来分类的。他将美的艺术分为:语言的艺术,造型的艺术,感觉的自由游戏的艺术。

图示如下:

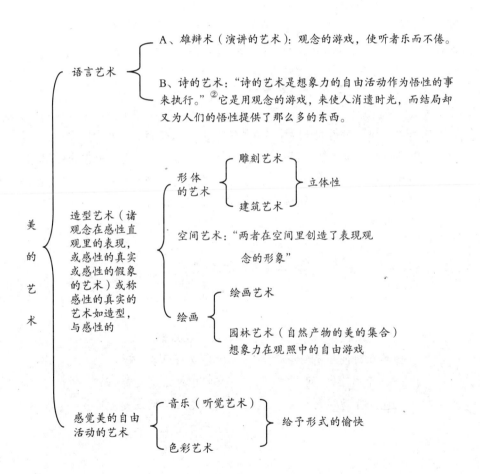

①　[德]康德:《判断力批判》上卷,宗白华译,商务印书馆1964年版,第9页。
②　[德]康德:《判断力批判》上卷,宗白华译,商务印书馆1964年版,第168页。

　　康德还提出了各门艺术成分相互结合而成为一种新的艺术的问题。他说："雄辩术能用绘画的表现方式和他的主题和对象在一演剧里,诗和音乐在歌唱里,这歌唱又同时能和一画意的(演剧的)的表现在一歌剧里,诸感觉的游戏在一音乐里和形象的游戏在舞蹈里等等结合着。"① 这些不同的成分的结合,本质的东西在于合目的性的形式,具有一定的道德教育作用。

　　在康德看来,各种艺术,重要的都不是感觉材料,而只是形式适宜于考察和艺术评价。康德所说的"形象"的东西是在鉴赏力判断中被认为美的或者漂亮的对象的形体或者轮廓,或者是在空间中的形状的表演,或者是在时间中进行的感觉的表演。在绘画中指外形,在音乐中指结构(形式)。正是这种美的形式的艺术,能把人的精神提高到理念。

五、关于鉴赏的二律背反

　　康德在《纯粹理性批判》中,提出和论说了二律背反的问题。"'二律背反'就是矛盾对立的意思。或译'先验矛盾',亦可"。② 这一命题的提出,是康德对辩证宇宙观发展作出的一个重大贡献。在《纯粹理性批判》第二卷第二章中,康德从量、质、关系、模态四个方面提出和论证了他的宇宙论的四个二律背反。具体如下:

纯粹理性的二律背反

先验理念的第一个冲突

正题	反题
世界在时间中有一个开端,在空间上也包含于边界之中。	世界没有开端,在空间中也没有边界,而是不论在时间还是空间方面都是无限的。③

① [德]康德:《判断力批判》上卷,宗白华译,商务印书馆1964年版,第172页。

② 参见李泽厚:《批判哲学的批判》,人民出版社1979年版,第208页。

③ [德]康德:《纯粹理性批判》,邓晓芒译,杨祖陶校,人民出版社2004年版,第361页。

先验理念的第二个冲突

正题

在世界中每个复合
的实体都是由单纯的部分
构成的,并且除了单纯的
东西或由单纯的东西复合
而成的东西之外,任何地
方都没有什么东西实存着。

反题

在世界中没有什么
复合之物是由单纯的部分
构成的,并且在世界中任
何地方都没有单纯的东西
实存着。①

先验理念的第三个冲突

正题

按照自然律的因果性
并不是世界的全部现象都
可以由之导出的惟一因果
性。为了解释这些现象,
还有必要假定一种由自由
而来的因果性。

反题

没有什么自由,相反,
世界上一切东西都只是按
照自然律而发生的。②

先验理念的第四个冲突

正题

世界上应有某种要么
作为世界的一部分、要么
作为世界的原因而存在的
绝对必然的存在者。

反题

任何地方,不论是在
世界之中,还是在世界之外
作为世界的原因,都不实存
有任何绝对必然的存在者。③

二律背反是康德批判哲学的重要出发点,也正是这个二律背反把他

---

① [德]康德:《纯粹理性批判》,邓晓芒译,杨祖陶校,人民出版社2004年版,第366—367页。
② [德]康德:《纯粹理性批判》,邓晓芒译,杨祖陶校,人民出版社2004年版,第374页。
③ [德]康德:《纯粹理性批判》,邓晓芒译,杨祖陶校,人民出版社2004年版,第380页。

从独断论的迷梦中唤醒，真正走上了纯粹理性批判、实践理性批判和判断力批判的道路。康德说："如果各种独断学说的任何一个整体都是正论(Thetik)的话，那么我把背反论(Antithetik)不是理解为反面的独断主张，而是理解为那些依据幻想的独断知识之间的(thesin cum antithesi)冲突，我们并不把要求赞同的优先权利赋予一方而不赋予另一方。所以背反论所研究的根本不是片面的主张，而只是根据这些片面主张的相互冲突及其原因来考察理性的普遍知识。先验的背反论是对纯粹理性的二律背反，它的原因和结果的一种探讨"。① 康德的晚年，于1798年9月21日致克里斯蒂安·伽尔韦信中，明确说明二律背反是自己从事批判哲学的出发点，他说：

> 我的出发点不是对上帝存在、灵魂不朽等等的研究，而是纯粹理性的二律背反："世界有一个开端，世界没有一个开端"，等等。直到第四个二律背反："人有自由；以及相反地：没有任何自由，在人那里，一切都是自然的必然性"。正是这个二律背反，把我从独断论的迷梦中唤醒，使我转到对理性本身的批判上来，以便消除理性似乎与它自身矛盾这种怪事。②

我们看到，康德正是从二律背反出发，运用反证法（证明对方无理），在《纯粹理性批判》中，提出了有限与无限、部分与整体、自由与必然、绝对与相对的矛盾对立，揭露了认识过程中的矛盾。在《判断力批判》中，则揭露了鉴赏判断过程中的矛盾。康德说："一个判断力，如果他应是辩证的话，就须先是论议的；这就是说它的诸判断必须提出对于普遍性，并且是先验的权利的要求：因为在这类判断的对立中存立着辩证法"。③

关于鉴赏原理显示出的二律背反是：

（一）正命题　鉴赏不植基于诸概念，因否则即可容人对它辩论（通过论证来决定）。

（二）反命题　鉴赏判断植基于诸概念；因否则，尽管它们中间

---

① ［德］康德：《纯粹理性批判》，邓晓芒译，人民出版社2004年版，第357—358页。

② ［德］康德：《康德书信百封》，李秋零编译，上海人民出版社1992年版，第244页。

③ ［德］康德：《判断力批判》上卷，宗白华译，商务印书馆1964年版，第184页。

有相违异点,也就不能有争吵(即要求别人对此判断必然同意)。①

在鉴赏判断的正命题和反命题中所说的"概念"并不是在同一个意义上来理解的。正命题所说的概念,是指确定的逻辑概念;反命题所说的概念,则是想象所趋向的非确定的概念。康德说:"鉴赏判断是必然联系到任何一概念上去的;因否则它就绝不能提出对每个人必然有效的要求。但它又不应从一个概念来论出,因一个概念或是能规定的,或是在自身无规定的,也同时是不能规定的。前一种是悟性概念,它是能通过那感性直观的宾词——这直观能和它相应着——来规定的。第二种却是那超感性界的先验的理性概念——它构成一切那种直观的根柢——所以它是不再能理论地的来规定的"。② 由于在鉴赏判断正命题与反命题所指的"概念"是在不同意义上使用的,因此二律背反的两个命题的矛盾并非是不可解决的。"二律背反可能解开的关键是基于两个就假相来看是相互对立的命题,在事实上却并不相矛盾,而是能够相并存立,虽然要说明它的概念的可能性是超越了我们认识能力的"。③

在《判断力批判》的目的论判断力辩证论中,康德进一步对判断力的二律背反作了阐述。他认为,确定性(或规定性)的判断力并不具有任何作为客体概念之根据的原则,它并不是一种自律,因此,"它并不遭受任何从它固有的二律背反或它的原理的冲突而来的危险"。④ 而在反思的判断力中,它只有一条对于对象反思的原理,但是对于这些对象在客观上没有什么规律,"或者说完全没有对象的概念,足以用为一条原理适合于在我们面前的一切特殊事例的。可是由于没有原理就不容许有认识能力的使用,所以反思的判断力就必须在这样的情况下作为它自己的原理"。⑤ 这样一来,在反思判断力所必需的准则之间就可能发生冲突,"而其结果就是二律背反。这也就提供了辩证的根据;如果这些互相冲突的准则之中,每一条都是在我们认识能力的本性里有其基础的,那么这种辩证便可称为一种自然的辩证,而就形成一种不可避免的幻想,揭露它,解决它,使它不致迷惑我

① [德]康德:《判断力批判》上卷,宗白华译,商务印书馆1964年版,第185页。
② [德]康德:《判断力批判》上卷,宗白华译,商务印书馆1964年版,第186页。
③ [德]康德:《判断力批判》上卷,宗白华译,商务印书馆1964年版,第187页。
④ [德]康德:《判断力批判》下卷,韦卓民译,商务印书馆1964年版,第36页。
⑤ [德]康德:《判断力批判》下卷,韦卓民译,商务印书馆1964年版,第36页。

们,就是批判哲学的责任"。①

在处理自然作为外感官的集合体时,判断力在其反思过程中是按照两条准则进行活动的,"其一条是它在验前从单纯的知性得来的,而其他一条是为那些按照一条特殊原理而作出对于有形体的自然与其规律的鉴定,因而是引起理性的活动的经验所激起的"。② 其结果便使判断力在其反思中出现了二律背反现象:

> 这样的反思的第一条准则就是这个正题:物质的东西与其形式的所有产生都是必须按单纯的机械规律鉴定才有其可能的。
>
> 其第二条准则这个反题:有些物质自然的产物是不能按单纯的机械规律鉴定为可能的(那就是为了做出它们的鉴定,需要有完全不同的因果律,也就是需要有最后原因的规律)。
>
> 如果这两条研究的制约性原理,变为对象本身可能性的组织性原理的话,它们就会读为:
>
> 正题:物质东西的所有产生都是按单纯的机械规律有其可能的。
>
> 反题:这样的东西的有些产生按单纯的机械规律是不可能的。
>
> 在这种后面的形式上,作为确定性的判断力的客观原理,它们是相互矛盾的,因而两者之一必然会是假的。但是那就会一定是二律背反,虽然不是判断力的二律背反,而反为是理性的立法中的一种冲突。③

在康德看来,自然界只有机械的因果关系,因此探求自然知识,应按照机械的因果规律来推进我们的研究,而不能到自然中去找到什么目的。与此相反,作为目的论的反思判断力,则从主观上引导人们用目的的观念去研究自然的奥秘。"对于反思性判断力来说一条完全正确的原理就是:必须为如此明显的按照目的因的物的联结设想一个与机械作用不同的原因性,即一个按照目的来行动的(有理智的)世界原因的原因性;尽管这条原理对于规定性的判断力来说会是过于匆忙和无法证明的"。④

---

① 〔德〕康德:《判断力批判》下卷,韦卓民译,商务印书馆1964年版,第37页。

② 〔德〕康德:《判断力批判》下卷,韦卓民译,商务印书馆1964年版,第38页。

③ 〔德〕康德:《判断力批判》下卷,韦卓民译,商务印书馆1964年版,第38页。

④ 〔德〕康德:《判断力批判》,邓晓芒译,人民出版社2002年版,第242页。

康德的"二律背反"的命题,提出和发现了认识论、伦理学和美学中的各种矛盾,是一大功绩,但他并没有真正解决这些复杂的矛盾,为后人的研究留下了广阔的空间。谢林说,"二律背反是战胜(独断论)的永恒的纪念碑,是真正哲学的永恒的入口"。①

第九节　康德《判断力批判》的深远影响和现代意义

康德在《判断力批判》中所深刻阐明的美学思想,不论在当时还是对后世都产生了重大而深远的影响。

在18世纪90年代初,《判断力批判》一问世,就轰动了德国文坛。歌德一见到此书就爱不释手,兴奋不已,他说:"《判断力批判》落到我的手上,我度过了我一生中最幸福的时期之一应归之于这部著作。这儿我看到了极为歧异的思想被统一起来,艺术作品和自然作品以同样方法得以处理,审美判断力和目的论判断力之间相互阐明"。②海涅在《论德国》一书中也谈到康德著作产生的巨大影响。他说:"康德引起这次巨大的精神运动,与其说是通过他的著作的内容,倒不如说通过他著作中的那种批判精神,那种现在已经渗入一切科学之中的批判精神。所有学科都受到它的侵袭。是的,甚至连文学也未能免受它的影响"。③

康德的美学思想在西方美学史上起着承上启下的枢纽作用。康德继承并企图总结英国经验派美学和大陆理性派美学,在唯心主义的先验论的基础上建立起一个完整的美学思想体系,使美学继鲍姆嘉通给予命名之后,真正从理论上变成一门独立的学科。它不仅有自己的研究对象和领域,而且有自己不同于知性和理性的思维方式和研究方法,有自己的一系列的范畴概念。吉尔伯特和库恩在他们合著的《美学史》中甚至这样说:

> "康德"和"体系"是可以互相交换的两个词,可以说,倘若在这点上不承认他的独创性,则是全部不承认他的独创性。康德美学体系的出现,这是从根本上震撼世界的事件。因为这体系证明了,美感如果在道德、逻辑和现实方面保持着它唯一而独特的性质,那它就比物理学更有多样性和哲理性。尤其因为,康德在最初

① 参见[苏]瓦·费·阿斯穆斯:《康德》,孙鼎国译,北京大学出版社1987年版,第216页。
② 参见范进:《康德文化哲学》,社会科学文献出版社1996年版,第254页。
③ [德]亨利·海涅:《论德国》,薛华、海安译,商务印书馆1980年版,第306页。

积极证明物理学的必要前提时,就努力证明鉴赏的哲理前提,尽管他采用了同样的方法。康德的这种努力,包括他以前所从事的一切活动,旨在圆满地完成他的整个的智力体系。①

康德的美学、文艺学思想,直接受他的哲学观的制约,是他哲学体系一个不可或缺的环节。他把审美判断确定为一种情感判断,强调对象的形式是审美快感的源泉,他否认审美属性的客观意义,强调审美的主观性。这些方面构成了康德美学、文艺学的重要特征。他的学说中的价值与矛盾,对后来西方美学都发生了重大影响。研究康德的美学思想和文艺思想,是我们学习研究西方美学史上各种不同流派(特别从18世纪以来)美学思想的一把钥匙。不了解康德,就不懂德国古典美学,就很难从西方当代美学思想的万花筒中看清其渊源和流向。没有康德的《判断力批判》,不仅不可能有席勒的《审美教育书简》,谢林的《艺术哲学》和黑格尔的《美学》,也不可能有谢林和黑格尔的自然哲学。西方现代美学的诸流派,几乎都可以在康德那里找到它的源头。朱光潜先生在系统地研究了西方美学史之后,深有体会地说:

> 康德在《审美判断力的批判》揭露出审美与艺术创造中的许多矛盾现象,这就指出了美学中的一些复杂问题。在西方美学经典著作中没有哪一部比《判断力批判》显示出更多的矛盾,也没有哪一部比它更富于启发性。不理解康德,就不可能理解西方美学的发展。他的毛病在于处处看到对立,企图达到统一,却没有达到真正的统一,只做到了调和与嵌合。从社会根源看,康德的失败原因在于当时德国知识分子的"庸俗市民"的妥协性和不彻底性。从思想方法的渊源看,他的许多矛盾都起于他的主观意图虽倾向辩证,而实际上他沿用了理性派的侧重分析理性概念的形而上学的思想方法。他经常把本来统一的东西拆开,抽象地去考虑它的对立面,把对立加以绝对化,然后又在弄得无法调和的基础上设法调和。单就美学来说,在纯粹美与依存美、美与崇高、自然美与艺术美、审美趣味与天才(即欣赏与创造)、美与善这一系列的对立面问

---

① 〔美〕凯·埃·吉尔伯特,〔德〕赫·库恩:《美学史》下卷,夏乾丰译,上海译文出版社1989年版,第428页。

题上,康德的方法程序都是如此。^①

对康德美学思想的贡献和局限,朱先生的分析应当说是实事求是的。

康德虽然离我们而去200多年,但他的批判哲学,他的美学、文艺学思想并未成为过去,仍有现实的价值和意义。我国著名康德研究学者郑昕先生说:"超过康德,可能有新哲学,掠过康德,只能有坏哲学"。^②康德的《判断力批判》及其他著作,对我们最大的启示,是他的批判精神和独立思考精神。他反复地告诫人们,要求知,要追求真理,就要打破种种精神枷锁,既要从经验论的束缚中走出来,又要从独断论的迷梦中惊醒,要用自己的头脑去思考、去追问、去鉴别。他说:

> 人心中最大的革命在于:"从人自己所造成的受监护状态中走出来"。在这个时候,他才脱离了至今为止还由别人代他思考、而他只是摹仿或让人在前搀扶的状态,而敢于用自己的双脚在经验的地面上向前迈步,即使还不太稳。^③

康德批判哲学体系的建立和他的美学、文艺学思想,都是他以批判的思维方式在对前人的理论成果进行反思、批判、检验的基础上,独立思考的结晶。

贯穿康德哲学——美学体系的一条红线,是对人的主观能动性(或曰主体性)的高度重视。康德关于人的实践的观念,自由的观念,真、善、美的观念,对人的终极关怀和世界永久和平的观念,在我们的现实生活中,日益显示出它的强大生命力。康德提出的和他一生致力于研究的四大问题(我能够知道什么? 我应当做什么? 我可以希望什么? 人是什么?)仍然是当今时代哲学研究的基本命题。

马克思主义经典作家高度重视以康德为代表的德国古典哲学和德国古典美学,充分肯定和赞扬康德提出的人的主体性和人的自由解放的问题。马克思把人的问题看作是全部哲学的根本。他说:"理论只要说服人〔ad hominem〕,就能掌握群众;而理论只要彻底,就能说服人〔ad hominem〕。所谓彻底,就是抓住事物的根本。但是感性的人的根本就是人本身"。^④在《关

---

① 朱光潜:《西方美学史》下卷,人民出版社1979年版,第406页。
② 郑昕:《康德学述》,商务印书馆1984年版,第1页。
③ 〔德〕康德:《实用人类学》,邓晓芒译,重庆出版社1987年版,第124页。
④ 《马克思恩格斯选集》第1卷,人民出版社1995年版,第9页。

于费尔巴哈的提纲》中，马克思在以唯物史观科学地阐明人的本质的同时，肯定了以康德为代表的德国古典哲学对人的主观能动性的合理内核，认为"从前的一切唯物主义（包括费尔巴哈的唯物主义）的主要缺点是：对对象、现实、感性，只是从**客体**的**或者直观**的形式去理解，而不是把它们当作感性的人的活动，当作**实践**去理解，不是从主体方面去理解。因此，和唯物主义相反，**能动的**方面，却被唯心主义抽象地发展了，当然唯心主义是不知道现实的、感性的活动本身的"。① 马克思批评费尔巴哈"对于实践则只是从它的卑污的犹太人的表现形式去理解和确定，因此，他不了解'革命的'、'实践批判的'活动的意义"。② 康德虽然重视人的主观能动性，提出了实践的问题，并精心写了《实践理性批判》，但是他所理解的实践，主要是指人类内心的道德修养。马克思说："康德只谈'善良意志'，哪怕这个善良意志毫无效果他也心安理得，他把这个善良意志的实现以及它与个人的需要和欲望之间的协调都推到彼岸世界"。③ 由于割裂主体和客体统一的关系，将必然和自由、认识和实践对立起来，把"全部知识老是停留在主观性之内，在主观性之外便是外在的物自体"。④ 因此，康德就无法找到主客统一的前提和基础，他提出的从必然王国达到自由王国的途经，也就只能成了后来为席勒在《审美教育书简》中所深刻发挥了的审美乌托邦。马克思批判地继承了康德、黑格尔的实践观，进一步以唯物辩证法和历史唯物论的观点，提出了自己的实践观，论述了人化自然与自然人化又是如何以实践为中介，建立起了双向互动的发展关系。马克思指出："全部社会生活在本质上是**实践**的，凡是把理论引向神秘主义的神秘东西，都能在人的实践中以及对这个实践的理解中得到合理的解决"。⑤ 从康德开始，到马克思的实践的唯物主义观点，人化自然与自然人化以及人的本质力量对象化的观点，对中国美学界产生了深远的影响，在一定意义上可以说，它是中国美学界建构自己美学大厦的理论基石。

---

① 《马克思恩格斯选集》第1卷，人民出版社1995年版，第54页。

② 《马克思恩格斯选集》第1卷，人民出版社1995年版，第54页。

③ 《马克思恩格斯全集》第3卷，人民出版社1960年版，第211—212页。

④ ［德］黑格尔：《康德哲学论述》，贺麟译，商务印书馆1962年版，第35页。

⑤ 《马克思恩格斯选集》第1卷，人民出版社1995年版，第56页。

第九章　《歌德谈话录》与歌德《论文学艺术》

第一节　歌德
——文学世界奥林匹斯山上的宙斯

歌德(Johan Wolfgang Goethe,1749—1832),世界文学史上伟大的诗人和剧作家,著名的文艺理论家。与歌德同时代的弗·施莱格尔早在18世纪末就把歌德与但丁、莎士比亚并列,他高度赞扬《浮士德》,认为它将超过莎士比亚的《哈姆雷特》,因为它更富有哲学的意味和形象的真实,并称歌德是一个全新的艺术时代的肇始者。[1]马克思在《自白》中也明确宣布他最喜爱的诗人是"莎士比亚、埃斯库罗斯、歌德"。[2]青年时代的马克思是歌德诗歌的崇拜者,并亲自写14行诗两篇,对歌德和他在作品中表现出的"浮士德精神"加以颂扬。原诗如下:

十四行诗两首

歌德

一

从那巍峨矗立的连绵远山,
走下了一个有魅力的大汉,
一群神仙环绕着他在飞翔,
奇异的凉气到处飘拂轻扬。

---

① 参见高中甫:《歌德接受史》,社会科学文献出版社1993年版,第36、42页。

② 马克思、恩格斯:《论艺术》第4卷,中国社会科学出版社1985年版,第357页。

他莞尔而笑,抬头眺望远方,
看芸芸众生在浮华中空忙,
而他胸中却是光明与安祥,
同他们的幻想与悲哀无缘!

随后,他拿起自己的琵琶信手弹,
乐声像太阳与宇宙星宿在运转,
琵琶声里有不朽的上帝的灵感,
它到处倾泻光辉与迷人的力量。
虽说他没有把天堂带到尘世上,
他却把尘世的火苗抛上了天堂。

二

天使在世界精神的深处诞生,
他们身上盈溢魅力,引人入胜;
人们向往着创造性,趋向光明,
便从低洼的原野往高处飞腾。
七弦琴声声弹奏,弦上诉说着
幸福、奇异和永恒之美的激情,
这激情,有时虽周遭笼罩阴影,
却因它绚丽之美而焕发光明。
上帝绝不会感到是和你们同在,
众神向来是自得其乐,自舒襟怀,
命运已赏赐给他们一片安乐土,
他们看不见我们这儿浊流一派。
请到上帝那片高在云端的国土——
光明将近在咫尺,黑夜远在天涯。①

　　恩格斯从青年时代起,也是一个歌德的崇拜和赞颂者。直到恩格斯在
1888年发表的《路德维希·费尔巴哈和德国古典哲学的终结》中,他仍给予

---

①《马克思恩格斯全集》第40卷,人民出版社1982年版,第748—750页。

歌德以很高的评价,同时也指出了歌德的局限。他在分析和评价黑格尔思想体系的同时,谈到了歌德,说:

> 黑格尔是一个德国人,而且和他的同时代人歌德一样,拖着一根庸人的辫子。歌德和黑格尔在各自的领域中都是奥林波斯山上的宙斯,但是两人都没有完全摆脱德国庸人的习气。①

其实在恩格斯之前,已有人把歌德称作天神。1787年 A·特里帕尔专为歌德塑了一个大理石胸像,称歌德是奥林波斯山上观景宫(Belvedere)中阿波罗。1808年作家维尔纳把歌德看作"永不变老的阿波罗"。1833年海涅则把歌德比做是众神之父朱庇特(罗马神话中的朱庇特也就是古希腊神话中的天神宙斯)。②恩格斯借鉴了当时德国人民和文艺界人士对歌德的赞颂,同时指出了他和黑格尔一样,还没有完全摆脱德国庸人的习气,"拖着一根庸人的辫子"。

歌德1749年8月28日生于莱茵河畔的的法兰克福,1832年3月22日在魏玛逝世。歌德除创作大量的诗歌、戏剧、小说以外,在美学、文艺学、哲学、造型艺术和自然科学许多领域,都有卓越的成就。歌德活了83岁,一生跨着两个世纪,处于欧洲社会大动荡、大变革的年代。封建制度日趋崩溃,资产阶级革命运动迅猛发展,科学技术有了长足进步,这一切促使歌德不断接受进步的社会思潮的影响。他自己就说:"我出生的时代对我是个大便利。当时发生了一系列震撼世界的大事,我活得很长。看到这类大事一直接二连三的地发生,拿破仑的覆灭以及后来的一些事件。我都是一个活着的见证人。因此我所得到的经验教训和看法是凡是现在才出生的人都不可能得到的。"③他的主要著作有:历史剧《葛兹·冯·伯里欣根》(1773),未完成的诗剧《普罗米修斯》(1773),中篇小说《少年维特之烦恼》(1774),剧本《哀格蒙特》(1788),《塔索》(1789),长篇叙事诗《列那狐》(1793),自传体小说《诗与真》(1811),长篇小说《威廉·迈斯特》(1829)和长篇诗剧《浮士德》(第一、二部)等。此外还发表了《迷娘曲》等大量的抒情诗、评论文章和自然科学著作《植物变态学》《色彩学》等。歌德全集达143卷之多。

---

① 《马克思恩格斯选集》第4卷,人民出版社1995年版,第218—219页。

② 参见高中甫:《歌德接受史》,社会科学文献出版社1993年版,第148页。

③ [德]爱克曼辑录:《歌德谈话录》,朱光潜译,人民文学出版社1978年版,第30页。

歌德在青年时代就接受了荷兰哲学家斯宾诺莎的唯物主义和泛神论思想。"歌德很不喜欢跟'神'打交道；他很不愿意听'神'这个字眼，他只喜欢人的事物，而这种人性，使艺术摆脱宗教桎梏的这种解放，正是他的伟大之处。在这方面，无论是古人，还是莎士比亚，都不能和他相比。"[①] 歌德在赫尔德的影响下，培养起了对德国民间文学、对荷马史诗和莎士比亚剧作的强烈爱好。在美学观点和文艺思想上，他受狄德罗和莱辛的影响最深。歌德结合自己丰富的创作实践经验，继承和发展了他们的现实主义观点。由于时代和科学的进步，歌德的美学观点和文艺思想，比起启蒙主义美学家来说，具有更多的辩证法因素。他在德国古典美学家中，是最注重实际、反对以抽象的哲学思辨指导创作的突出代表。他深广的文艺修养和科学修养，使他能够从理论和实践的结合中总结历史经验，并回答现实创作中提出的理论问题。

歌德的美学观点和文艺思想极其丰富。歌德有关的言论和主张散见于他的大量著作中，而又多半通过一些零星片段的感想、谈话和通信表达出来。1978年由人民文学出版社出版的爱克曼辑录、朱光潜先生翻译的《歌德谈话录》与上海社会科学院出版社于2001年出版的由吴象婴、潘岳、肖芸译的《歌德谈话录》（全译本）和2005年上海人民出版社出版的由范大灿、安书祉、黄燎宇等译的歌德《论文学艺术》，比较集中地表达出了歌德一些最基本的美学观点和文艺理论主张。我们在学习歌德的文艺思想时，除了认真阅读《浮士德》《少年维特之烦恼》《诗与真》等作品外，应联系其他有关的论述，重点学习《歌德谈话录》与歌德《论文学艺术》。下面我们分几个问题，谈一下歌德对文学理论的贡献。

第二节　关于民族文学与世界文学发展的理论建树[*]

歌德不仅在文学创作实践中，是一个与莎士比亚齐名的世界大文豪，而且在文学理论上也提出了一些极富原创性的重要思想和理论主张。这在他关于民族文学建设与世界文学的发展方面，表现得尤为卓尔不群。

---

① 马克思恩格斯：《论文学与艺术》（一），人民文学出版社1982年版，第471页。

* 本节内容曾以《全球化视域中的民族文学与世界文学——从歌德的总体性文学观谈起》为题，发表在《江西社会科学》2007年第2期，收入《新世纪文论读本》中的《全球化与复数的"世界文学"》（中国社会科学出版社2011年版）。

一、关于民族文学建设问题

　　歌德是德意志民族伟大的儿子,他的作品是德意志民族精神的象征。如同海涅所说:"精神到了他的手里,变成物质,他赋与它优美可爱的形式。于是歌德变成我们文坛上最伟大的艺术家,凡是他写的东西,都变成圆润光洁的艺术品"。① 歌德一生精心创作的《浮士德》,便成了"德国人世俗的圣经"。②

　　歌德是德国历史上伟大的爱国主义诗人,但他又最少狭隘民族主义观念。在西方文艺史上,他鲜明地反对世界文化的"欧洲中心论",大力提倡发展民族文学,并且第一个从理论上提出了"世界文学"的概念。

　　恩格斯说:"歌德在德国文学中的出现是由这个历史结构安排好了的。"③ 歌德作为德国民族的伟大作家,非常希望德国能够实现统一,他说:"德国应统一而彼此友爱,永远应统一以抵御外敌。他应统一,使德国货币的价值在全国都一律,使得我们的旅行箱在全境36邦都能通行无阻,用不着打开检查,而一张魏玛公民的通行证就像外国人的通行证一样,在德国境内邻邦边界上不被官吏认为不适用。德国境内各邦间不应再说什么内地和外地。此外,德国在度量衡、买卖和贸易以及许多其他许多不用提的细节方面也都应统一。"④ 实现德国统一是发展德国民族文化的重要条件;大力发展民族文化,又是实现德意志民族统一的重要途径。歌德说:

　　　　德国假如不是通过一种光辉的民族文化平均地流灌到全国各地,它如何能伟大呢? 但是这种民族文化不是从各邦政府所在地出发而且由各邦政府支持和培育的吗? 试设想自从几百年以来,我们在德国只有维也纳和柏林两都城,甚或只有一个,我倒想知道,在这种情况下德国文化会像什么样,以及与文化携手并进的普及全国的繁荣富足又会像什么样! ⑤

　　歌德总结了古希腊以后欧洲各民族文学形成的经验,以历史发展的观点,论述了民族文学的建立问题。他说:

---

① [德]海涅:《论浪漫派》,张玉书译,人民文学出版社1979年版,第49页。

② [德]海涅:《论浪漫派》,张玉书译,人民文学出版社1979年版,第55页。

③ 马克思恩格斯:《论文学与艺术》(一),陆梅林辑注,人民文学出版社,第492页。

④ [德]爱克曼辑录:《歌德谈话录》,朱光潜译,人民文学出版社1978年版,第175页。

⑤ [德]爱克曼辑录:《歌德谈话录》,朱光潜译,人民文学出版社1978年版,第176页。

　　一个经典的民族作家在什么时候和什么地点会产生呢？在这样的情况下：他在自己民族的历史上发现了伟大的事件同它们的后果处在幸运和意义重大的统一之中，他不放过他的同胞的思想中的伟大之处，不放过他们感情中的深沉，不放过他们行为中的坚定不移和始终如一，他自己充满民族精神，并且由于内在的禀赋感到有能力既对过去也对现在产生共鸣；他发现他的民族已有很高的文化，因而他自己受教育并不困难；他搜集了很多资料，眼前有他的前人做过的完善或是不完善的试验，如此众多的外在与内在的情况汇总在一起，使他不必付高昂学费就可以在他风华正茂之年构思安排一部伟大的作品，并能一心一意地完成它。①

　　在这段论述中，歌德清楚地表明，一定民族文学的建立，一位伟大的民族文学作家的产生，不能离开一定时代的民族生活的土壤。"作家与普通人一样不能制造他降生和工作的条件。每个人，包括最伟大的天才在内，在一些方面受他所处的那个世纪的苦处，正如在另外一些方面会从它那里受益一样。因此一个出类拔萃的民族作家的产生，我们只能向民族要求"。② 在歌德看来，民族的统一是形成民族文学的重要前提，同时民族文学的形成与发展，又不能脱离本民族的优秀文化传统的继承与弘扬。一个优秀的民族作家，只有在汲取自己民族一切伟大的前辈和同辈的有益的东西的基础上，将民族精神与自己的思想感情融为一体，并在行动上、在创作实践中体现出来，他才有可能对民族文学的发展作出新的贡献。歌德曾以自己的体会说明这个问题。他说："如果我能算一算我应归功于一切伟大的前辈和同辈的东西，此外剩下来的东西也就不多了"。③ 莱辛、温克尔曼、康德都对歌德发生过影响，席勒、施莱格尔兄弟虽比歌德年轻，但是歌德也从他们身上"获得了说不尽的益处"。

　　在歌德的时代，也有人认为，诗人需要的只是他自己，而且必须在孤独中才能最确切地听到文艺女神的启示，创造出不朽的作品。歌德说："所有这一切只不过是自我欺骗，要知道，假如诗人和造型艺术家在他们之前，没有千百年来各民族的创作——他们作为最杰出人物的成员献身于这种创

① 〔德〕歌德：《论文学艺术》，范大灿、安书祉、黄燎宇等译，上海人民出版社2005年版，第12页。
② 〔德〕歌德：《论文学艺术》，范大灿、安书祉、黄燎宇等译，上海人民出版社2005年版，第12页。
③ 〔德〕爱克曼辑录：《歌德谈话录》，朱光潜译，人民文学出版社1978年版，第88页。

作,并且努使自己无愧于这样一批人物——那么他们将会是什么呢?如果一位艺术家不了解最高尚的公众并且总是在心中记住他们,那么艺术品创作出来有什么用呢?那些赢得声誉的古人,他们之所以能达到艺术之巅峰,不正是因为全民族都参加了他们的奋斗吗?不正是因为他们有机会仿效同行并同他们一起创作吗?不正是因为可贵的竞争心需要每一个人用最大的努力去完成我们力所能及的事业吗?"[①] 歌德认为,对于作家、艺术家来说,需要的不是闭门不出的孤独,而是作家与他人相互交往,作家之间的相互交往。在无拘无束的、开诚布公的相互交往中,可以得到最大的启示和满足。"一个暗示,一句话,一个忠告,一阵掌声,一个异议往往能在适当的时候在我们心中开启一个时代。"[②] 歌德在自己的创作历程中,不断从人民生活中吸取丰富的养料,从民族的文学传统中吸取力最。他在临终前几个星期,曾对自己一生的创作下了这样一个评语:"老实说,如果我具有看见和听清周围世界的一切、然后再传达给别人的天才和爱好的话,那么我的作品不仅归功于自己,还要归功于成千上万的现象和人们。他(它)们给了我以创作的素材。在他们当中,有头脑清醒的人和糊涂人,有聪明人和蠢人,有孩子、青年和德高望重的老人。他们把自己的智慧告诉我,而我只不过是汲取这些智慧和收割他人播种的庄稼而已……我的创作是用歌德这个姓氏的集体创造物。"[③] 歌德的体会,深刻地说明了作家、艺术家同民族生活的关系,同人民群众的关系,它对于我们今天的作家成长,也是有教益的。

歌德在阐述民族文学的建设时,一再告诫作家、艺术家,一定要认识自己民族的特点,并在作品中显示出民族的特点;文艺作品越具有民族特点,越有利于各民族文学的相互交往,越有普遍的价值。他说:"人们必须认识每一民族的特点,这样才能使它保持这些特点并且通过这些特点同它交往……一个真正的、全面的宽容肯定能以做到,如果人们使每一个别的人和民族的特点能够自己保存下来,因为他们确信,真正有价值的东西会因此而显露出来,而它是属于全人类的"。[④]

在进行民族文学建设过程中,绝不应拒绝吸取外来民族的优秀文学传统,但吸取外来民族的东西,必须与本民族的文学实际结合,并化成本民族的东西。歌德说:

---

① [德]汉斯—尤尔根·格尔茨:《歌德传》,伊德、赵其昌、任立译,商务印书馆1982年版,第91页。

② [德]汉斯—尤尔根·格尔茨:《歌德转》,伊德、赵其昌、任立译,商务印书馆1982年版,第91页。

③ [德]艾米尔·路德维希:《歌德传》,甘木等译,天津人民出版社1982年版,第623页。

④ [德]汉斯—尤尔根·格尔茨:《歌德传》,伊德、赵其昌、任立译,商务印书馆1982年版,第182页。

真正具有绝对独创性的民族是极为稀少的，尤其是现代民族，更是绝无仅有。如果想到这一点，那么，德国人根据自己的情况从外部吸收营养，特别是吸收外国人的诗的意蕴和形式，就用不着感到羞耻。

不过，外来的财富必须变成我们自己的财产。要用纯粹是自己的东西，来吸收已经被掌握的东西，也就是说，要通过翻译或内心加工使之成为我们的东西。①

歌德提倡民族文学是与他的爱国主义思想分不开的。他说："我希望找到一种爱国主义精神，每个王国、每个地区、每个行省、甚至每个城市都有权拥有这样精神。如果一个个人能不受环境支配，并进而能支配和征服环境，那我们就赞扬他的这种性格。同样，如果一个民族、一个民族的分支能有这样一种性格，我们也向它们表示敬意，这种性格是由一名艺术家或其他方面的杰出人物体现出来的。"② 歌德本人，正是这样一位充分体现德意志民族精神的杰出作家，在他的作品中爱国主义精神与民族精神达到了完美的统一。

二、关于"世界文学"的理论主张

随着科技的进步和人类文明的发展，歌德对世界历史各民族间相互关系的了解和认识，也日益宽广和深入，他的文学观念也在相应的发生变化。歌德既是民族的，也是世界的。从青年时代起，他不仅熟悉和精通本民族的文学，而且通晓拉丁文的和希腊、英国、法国的主要文学作品，他力图系统地了解世界各民族文学的全貌。他通过研究伊斯兰教诗人的诗集，进入了近东世界。自1820年开始，他又试图了解印度文学和中国文学。③在这个历史过程中，歌德以艺术家的敏感，清楚地觉察到一个世界性文化艺术交流的新时代已经开始了，他确信带有普遍性的世界文学将要形成，而德国民族文学必将在其中占有一个荣誉的地位。1827年1月31日，他在同爱克曼谈话时，首次明确提出了"世界文学"快要来临的问题，并且以

① ［德］歌德：《论文学艺术》，范大灿、安书祉、黄燎宇等译，上海人民出版社2005年版，第180页。
② ［德］歌德：《论文学艺术》，范大灿、安书祉、黄燎宇等译，上海人民出版社2005年版，第214页。
③ 参见彼得·伯尔纳：《歌德》，关惠文等译，人民文学出版社1986年版，第118页。

欣喜的心情希望所有的作家、艺术家都应该以自己的实际促使它的早日到来。他说：

> 诗是人类的共同财富。……我们德国人如果不跳开周围环境的小圈子朝外面看一看，我们就会陷入上面说的那种学究气的昏头昏脑，所以我喜欢环视四周的外国民族情况，我也劝每个人都这么办。民族文学在现代算不了很大的一回事，世界文学的时代已快来临了。现在每个人都应该出力促使它早日来临。不过我们一方面这样重视外国文学，另一方面也不应拘守某一种特殊的文学，奉它为模范。……对其他一切文学我们都应只用历史眼光去看。碰到好的作品，只要它还有可取之处，就把它吸收过来。①

从1827年到1830年间，歌德多次谈到"世界文学"的形成与发展问题。他还在国外的报刊上介绍和阐释自己的见解。他说："我在法国报刊上介绍的那些情况，其目的绝不仅仅是回忆我的过去，回忆我的工作。我已怀着一个更高的目的，现在我想谈的就是这个目的。人们处处都可以听到和读到，人类在阔步前进，世界关系以及人的关系前景更为广阔。不管总体上这具有什么样的特性，而且研究和进一步界定这一整体也不是我的职务，但我仍然愿意从我这方面提醒我的朋友们注意，一种世界文学正在形成，我们德国人在其中可以扮演光荣的角色。"②

歌德为什么说"世界文学正在形成"？综合他的观点我认为其主要理由有三：

首先，歌德看到，由于科学技术的进步，"世界关系及人的关系前景更为广阔"，世界各民族的科学与艺术、各民族文学之间的合作、交流，不仅仅必要，而且逐渐成为现实。他说："这里特别提到那些竭力想在艺术和科学的领域中大展宏图的朋友们之间的思想交流，是理所当然的，虽然日常的生活也应当重视。不过，对科学和艺术来说，不仅这种更为紧密的合作十分重要，而且就是同读者或观众的关系也同样重要，因为它成为一种需要。人们想到的和做到的一旦具有了普遍性，它就属于世界，而且世界从个人的成就中

---

① ［德］爱克曼辑录：《歌德谈话录》，朱光潜译，人民文学出版社1978年版，第113—114页。
② ［德］歌德：《论文学艺术》，范大灿、安书祉、黄燎宇等译，上海人民出版社2005年版，第378页。

获得有利于自己的东西,也使世界本身趋于成熟。"① 随着视野的扩大,歌德
亲自体会到,在审美范畴方面,本民族德国是"最虚弱的","看到现今英法德
之间的文化交流如此密切是令人欣喜的,我们能够相互更正。这是世界文
化最伟大的效用,它将日益显现出来"。② 在文学艺术领域,民族文学走向世
界文学,已成为文学艺术发展的必然趋势。歌德所说的"世界文学",正是指
这种顺应历史潮流,"充满朝气并努力奋进的文学家们彼此间十分了解,并
且由于爱好和集体感而觉得自己的活动应具有社会性质"。③

其次,歌德的思想是开放的,认为整个世界是一个统一体,特别随着对
东方世界及其文学艺术的了解,对希伯莱人、阿拉伯人、波斯人、中国人和古
希腊人及其诗歌和文化的了解,使他突破了传统的"欧洲中心论",逐渐形成
和提出了"世界文学"的理念。在《西东诗集》中,他以诗的语言宣布:

> 东方诗人比我们西方诗人
> 更为伟大,这一点你得承认!
> 但要说敌视跟我们同等的人,
> 这方面我们却完全超过他们。④

在《希吉勒》一诗中,他称东方为"纯洁、正义之地",可以"欣赏青春的
境地","使你返老还童"。⑤ 由此,他进一步表达出了东西方融为一体,相互
交流、学习,共同推进世界文学发展的思想。他写道:

> 了解自己和别人的人,
> 也会在这里认识到:
> 东方和西方
> 不再相互分开。
> 我承认,我深思地
> 摇摆在两个世界之间;

① 〔德〕歌德:《论文学艺术》,范大灿、安书祉、黄燎宇等译,上海人民出版社2005年版,第48页。
② 《歌德谈话录》全译本,〔德〕爱克曼辑录,吴象婴、潘岳、肖芸译,上海社会科学院出版社2001年版,第302页。
③ 〔德〕歌德:《论文学艺术》,范大灿、安书祉、黄燎宇等译,上海人民出版社2005年版,第379页。
④ 参见《歌德文集》第8卷,冯至等译,人民文学出版社1999年版,第272页。
⑤ 参见《歌德名诗精选》,钱春绮译,太白文学出版社1997年版,第353—354页。

因此在东方和西方之间

就向最好的方面转移。①

　　最后，歌德提倡"世界文学"，一个重要的理论支点是："诗是人类的共同财富"。他认为民族性与人类性（即人性）虽有区别，但从根本上说又是统一的。在歌德看来，人类出现在地球上，虽然有不同的种族和民族，但作为人，它就有其相似性、共同性和普遍性。他说："人的普遍的东西在所有的民族中都存在，但如若是以陌生的外表，在远方的天空出现，这就表现不出本来的利益；每个民族最特殊的东西只会使人诧异，就像我们还不能用一个概念加以概括的，我们还没有学会把握的一切别具有特色的东西一样，它显得奇特，甚至常常令人反感。因此，必须从总体上看待民族的诗，因为只有这样才能看到和判断出，是丰富还是贫乏，是狭窄还是宽广，是根底深厚还是平庸肤浅。"②人的生理结构的相同性，不同民族的诗人在生活、爱情和情感上的相似性，决定了文学艺术中"真正值得赞扬的东西，所以不同反响，乃是因为它属于全人类"。③莎士比亚的诗作，之所以能够引起世界各族人民的共鸣，是因为它们生动地揭示出了人性的丰富和多样。在他的作品中，世界变得完全透明，"我们突然发现，我们对美德与陋习，伟大与渺小，高贵与卑贱都非常熟悉，而且这一切，甚至还不只这一切，却是用最简单的方式实现的"。④更为高明的是，莎士比亚是为我们的眼睛写作……"莎士比亚完全是对着我们的内在感官说话，通过内在感官想象力所编织的图像世界立即有了生命，像活的一样，于是就产生了一种完整的效应，对于这种效应我们不知道如何解释"。⑤

　　"世界文学"的发展，与各民族文学的相互交往、对话、相互切磋、讨论、争鸣是分不开的。歌德认为："科学如同一切具有纯真基础的事物一样，与其说通过一致，不如说通过争论反而常常获得更多的收益。但是，争论同样也是一种交往，而不是孤独，于是我们在这里甚至通过矛盾而被引上一条正确的道路。"⑥歌德特别感谢书籍印刷和印刷自由给各民族文学交流带来的方便和不可估量的利益。通过交流对话，相互学习吸取，大大促进了各民族文学的发展，

---

①　参见汉斯—尤尔根·格尔茨：《歌德传》，伊德、赵其昌、任立译，商务印书馆1982年版，第164页。

②　［德］歌德：《论文学艺术》，范大灿、安书祉、黄燎宇等译，上海人民出版社2005年版，第336页。

③　［德］歌德：《论文学艺术》，范大灿、安书祉、黄燎宇等译，上海人民出版社2005年版，第367页。

④　［德］歌德：《论文学艺术》，范大灿、安书祉、黄燎宇等译，上海人民出版社2005年版，第217页。

⑤　［德］歌德：《论文学艺术》，范大灿、安书祉、黄燎宇等译，上海人民出版社2005年版，第217—218页。

⑥　［德］汉斯—尤尔根·格尔茨：《歌德传》，伊德、赵其昌、任立译，商务印书馆1982年版，第91页。

进而为正在形成的"世界文学"增添了具有不同民族特色的艺术珍品。

第三节　关于自然与艺术的关系

——艺术家既是自然的主宰,又是自然的奴隶

　　自然与艺术的关系,是歌德诗学与美学思想中的一个根本问题。从古希腊罗马到德国古典美学,对这个问题的认识,不同时代的文艺理论家和美学家,一直存在着重大的分歧。歌德对此有着唯物而又辩证的深刻理解。

　　恩格斯在谈到歌德的思想与创作时,曾经指出:"歌德过于博学,天性过于活跃,过于富有血肉,因此不能像席勒那样逃向康德的理想来摆脱鄙俗气;他过于敏锐,因此不能不看到这种逃跑归根到底不过是以夸张的庸俗气来代替平凡的鄙俗气。他的气质、他的精力、他的全部精神去向都把他推向实际生活,而他所接触的实际生活却是很可怜的。"[①] 歌德总结自己的创作实践经验,清醒地认识到一切文学艺术都是来自现实生活,来自自然,而不能脱离现实生活,脱离自然。他认为,"对艺术家提出的最高要求就是:他应依靠自然,研究自然,摹仿自然,并创造出与自然现象毕肖的作品来"。[②] "假使一个艺术家不是紧紧地依靠自然和思考自然,他就会越来越远离艺术的基本原则,而他的虚拟离简单摹仿和独特风格就越远,也就越空洞,越没有意义"。[③]1823年9月18日,歌德在同爱克曼谈话时指出:

　　　　世界是那样广阔丰富,生活是那样丰富多彩,你不会缺乏做诗的动因。但是写出来的必须全是应景即兴的诗。也就是说,现实生活必须提供诗的机缘,又提供诗的材料。一个特殊具体的情境通过诗人的处理,就变成带有普遍性和诗意的东西。我的全部诗都是应景即兴的诗,来自现实生活。从现实生活中获得坚实的基础。我一向瞧不起空中楼阁的诗。

　　　　不要说现实生活没有诗意。诗人的本领,正在于他有足够的智慧,能从惯见的平凡事物中见出引人入胜的一个侧面。[④]

　　① 《马克思恩格斯全集》第4卷,人民出版社1972年版,第256页。

　　② [德]歌德:《论文学艺术》,范大灿、安书祉、黄燎宇等译,上海人民出版社2005年版,第49页。

　　③ [德]歌德:《论文学艺术》,范大灿、安书祉、黄燎宇等译,上海人民出版社2005年版,第9—10页。

　　④ [德]爱克曼辑录:《歌德谈话录》,朱光潜译,人民文学出版社1978年版,第6页。

　　歌德这里说的："诗"，泛指一切文学作品。现实生活不仅为作家提供作诗的动机，而且为作家的创作提供丰富的材料和坚实的基础。因此，作家必须面向现实生活，研究现实生活，生动地显示出生活的诗意。歌德在与爱克曼谈话中，坚决反对作家脱离现实生活去深思苦想埋头搞大部头作品。反对作家从抽象的哲学思辨观念出发。他认为这种倾向对德国人是特别有害的。他一再赞扬席勒的创作，但他又不只一次地指出："席勒对哲学的倾向损害了他的诗。因为这种倾向使他把理念看得高于一切自然，甚至消灭了自然。凡是他能想到的，他就认为一定能实现。不管它是符合自然，还是违反自然。"① 歌德诚恳地劝告爱克曼应从观念中解放出来，深入到现实生活中去，对所描写的每一个别事物，都要做仔细观察，进行深入彻底的研究，去探索和发现生活中的突出的、具有意义的东西。他说："我只劝你坚持不懈，牢牢地抓住现实生活。每一种情况，乃至每顷刻，都有无限的价值，都是整个永恒世界的代表。"②

　　在歌德的作品和谈话中，说到"自然"的地方很多。他所说的"自然"包括人类的社会生活和整个大自然界。他从"泛神论"的观点出发，把自然看成一个客观存在的并遵循着一定规律运动的整体。1802年，歌德在一首《自然和艺术》的诗中写道：

> 自然和艺术，好像在互相回避，
> 刹那之间，它们又碰在一起；
> 我也不再感觉到对它的厌恶，
> 两者好像对我有同样的吸力。
>
> 重要的只是在于切实的努力！
> 只要我们能勤奋地处心积虑，
> 在恰当时光完全献身给艺术，
> 自然又会燃烧在我们的心里。
> 对一切文化，情形也都是如此：
> 不受束缚的天才，它枉费苦心
> 要想获得完美的极高的造就。
> 谁要成大事，就必须集中全力，

① ［德］爱克曼辑录：《歌德谈话录》，朱光潜译，人民文学出版社1978年版，第13页。
② ［德］爱克曼辑录：《歌德谈话录》，朱光潜译，人民文学出版社1978年版，第12页。

> 在限制中者显出大师的本领，
> 只有规律才能够给我们自由。①

歌德在另一首诗中，还写道：

> 我觉得，我认识你，自然
> 所以我必须抓紧你。
> ……
> 自然啊，我对你多么怀念，
> 忠诚爱慕地探索你！
> 你将射出快活的喷泉，
> 从那无数的水管里。②

歌德断然反对和拒绝新古典主义为艺术家制订的诸如"三一律"等艺术的规则，认为"地点的统一犹如监牢一般可怕，情节和时间的统一是我们想象力难以忍受的枷锁……我若不向他们宣战，若不每天都寻思捣毁他们的牢狱，那我的心就要爆裂了"。③同时，歌德又承认艺术有它自己的规律，艺术家只有自觉地掌握艺术的规律才能获得真正的艺术自由。歌德在评狄德罗的《画论》的论文中，批评狄德罗仅仅满足于摹仿美的自然的观点，他认为"完全摹仿自然从任何意义上讲都不可能……艺术家的目标是要创造物体的外表和那诉诸于我们所有的感性和精神力量的，刺激我们欲望的，升华我们的精神并使我们感到一种占有的快乐的生机勃勃的整体，创造那充满活力的，强健的，丰满的美丽的事物"。④关于艺术与自然的关系，他从理论上提出了不同于狄德罗的观点，他说：

> 艺术并不追求与大自然较量广度和深度，它将自己局限于自
> 然现象的表面，但是，它有自己的深度，自己的力量。它把这些表
> 面现象的最高的因素记录下来，因为它承认其中有必然规律，承认

---

① 《歌德文集》第8卷，冯至、钱春绮、绿原、关惠文译，人民文学出版社1999年版，第221—222页。
② 《歌德诗集》(下)，钱春绮译，上海译文出版社1982年版，第209—210页。
③ ［德］歌德：《论文学艺术》，范大灿、安书祉、黄燎宇等译，上海人民出版社2005年版，第2页。
④ ［德］歌德：《论文学艺术》，范大灿、安书祉、黄燎宇等译，上海人民出版社2005年版，第113页。

其中有符合目的的完美比例，以及登峰造极的美，高贵的意义，澎湃的激情。

大自然似乎是为其自身的目的运转，艺术家则是作为人，并为了人而创造。我们一生中只能从大自然提供的材料中提炼出可怜巴巴的一点心爱的，可以享受的东西；而艺术家所给予人们的都应当使感官理解、愉快，应当刺激人，吸引人，应当使人享受并使人满足，应当哺育、造就升华精神。这样艺术家怀着对创造了他自己的大自然的感激之情，奉还给大自然一个第二自然；但这是一个有感情、有思想、由人创造的自然。

要做到这一点，天才，即负有使命的艺术家，就必须按照大自然给他立的规律、规则行动，这些规律和规则并不与自然相矛盾，它们是天才的最大的财富，因为他由此学会了掌握和利用自然的财富和他的心灵的财富。①

歌德的可贵之处，在于他以朴素的唯物主义和辩证法观点，论述了艺术与自然的关系。文学艺术既要从现实生活出发，服从自然，又要超越自然，创造出"第二自然"。他说：

艺术家对于自然有着双重关系：他既是自然的主宰，又是自然的奴隶。他是自然的奴隶，因为他必须用人世间的材料来进行工作，才能使人理解；同时他又是自然的主宰，因为他使这种人世间的材料服从他的较高的意旨，并且为这较高的意旨服务。②

歌德用吕邦斯的绘画为例说明艺术家既要反映自然，又要在作品中"显示出他本着自由精神站得要比自然要高一层，按照他的更高的目的来处理自然。"③艺术家在细节的描写上，要恭顺地摹仿自然，忠于自然。比如，画一个动物，就不能任意改变其骨骼的构造和筋络的部位。如果任意改变就会破坏那种动物的特性。这就无异于消灭自然。但是，在艺术创造的较高境界里，艺术家就可借助于虚构和想象，用自由大胆的精神创造出既来自自

---

① ［德］歌德：《论文学艺术》，范大灿、安书祉、黄燎宇等译，上海人民出版社2005年版，第116—117页。

② ［德］爱克曼辑录：《歌德谈话录》，朱光潜译，人民文学出版社1978年版，第137页。

③ ［德］爱克曼辑录：《歌德谈话录》，朱光潜译，人民文学出版社1978年版，第136页。

然,而又高于自然的优美作品。艺术家是"自然的奴隶",这是说艺术创造,必须以现实生活为基础,要受客观世界规律的限制和制约。艺术家是"自然的主宰",这是说艺术创作是艺术家的主观能动性的表现,是一种有目的的创造性的活动,艺术家不仅可以认识自然的规律,并且可以通过形象的描绘更集中地显示出自然的规律,创造出来自现实而又高于现实的"第二自然"。歌德说:"我们眼前的整个世界,就好像建筑师面前巨大的采石场一样,只有当建筑师用这些偶然的自然物质把出自其精神的理想同最大的节约、目的性和坚固性结合在一起时,他才配得上这个名称。我们以外的一切只不过都是元素,甚至我完全可以这样说,我们身上的一切也同样都是元素;但是,我们的内心深处却有这样一种创造力量,它能创造出应该是那样的东西,而不容我们得到安宁,直到我们在我们以外或在我们身上用某种方法表现出这种东西来为止"。[①] 与歌德同时代的黑格尔,虽然也十分重视艺术家在艺术创作中的主观能动作用,认为艺术美高于自然。但他却从根本上否认现实生活是文艺创作的基础,颠倒意识和存在的关系,把艺术美看作是由心灵产生和再生的美。而歌德的观点,可以说比后来的俄国唯物主义美学家车尔尼雪夫斯基的看法都高出一筹,他结合自己的创作实践经验,辩证地回答了自然与艺术的关系问题。

第四节　古典的与近代的,现实主义与浪漫主义,自然的形式与写作手法

　　歌德没有提出现代意义上的比较文学的概念,但他已从世界文学的总体上,开始进行了跨文化的不同民族和国家文学艺术的比较研究,开始进行不同时代、不同民族和地区的文学艺术的研究。特别值得注意的是他还从不同的创作方法、流派和思潮等方面进行比较研究。基于这样一些情况,我们也可以说歌德是近代兴起的比较文学的先驱。就目前我们见到的史料来说,歌德是第一个在美学史和文艺理论史上提出创作方法概念、区分现实主义与浪漫主义的作家和理论家。1830年3月21日,他在同爱克曼谈话中说:

　　　　我力图使一切在古典意义上具有鲜明的轮廓,丝毫没有符合浪漫派创作方法的那种暧昧模糊的东西。

---

　　① 参见［德］汉斯—尤尔根·格尔茨:《歌德传》,伊德、赵其昌、任立译,商务印书馆1982年版,第112页。

　　古典诗和浪漫诗的概念现已传遍全世界,引起许多争执和分歧。这个概念起源于席勒和我两人。我主张诗应采取从客观世界出发的原则。认为只有这种创作方法才可取,但是席勒却用完全主观的方法去写作。认为只有他那种创作方法才是正确的。为了针对我来为他自己辩护,席勒写了一篇论文。题为《论素朴的诗和感伤的诗》。他想向我证明:我违反了自己的意志,实在是浪漫的,说我的《伊菲革涅亚》由于情感占优势,并不是古典的或符合古代精神的,如某些人所相信的那样。施莱格尔弟兄抓住这个看法把它加以发挥,因此,它就在世界传遍了,目前人人都在谈古典主义和浪漫主义,这是五十年前没有人想到的区别。①

　　歌德这里所说的古典主义实际上就是现实主义。这种创作方法最基本的特点如歌德所说是"采取从客观世界出发的原则"。根据当时德国文坛的实际情况,歌德大力提倡现实主义,反对"软弱的、感伤的、病态的"浪漫主义。他说:"我把'古典的'叫做'健康'的,把'浪漫的'叫做'病态的'。这样看,《尼伯龙根之歌》就和荷马史诗一样是古典的,因为这两部诗都是健康的、有生命力的。最近一些作品之所以是浪漫的,并不是因为新,而是因为病态、软弱;古代作品之所以是古典的,也并不是因为古老,而是因为强壮、新鲜、愉快、健康。如果我们按照这些品质来区分古典的和浪漫的,就会知所适从了。"②歌德在《说不尽的莎士比亚》一文中,他进一步将古典的与浪漫的区别作了比较,并列出了表:

古典的	现代的
朴素的	感伤的
异教的	基督教的
英雄的	浪漫的
现实的	理想的
必　然	自　由
应　当	愿　望③

①　[德]爱克曼辑录:《歌德谈话录》,朱光潜译,人民文学出版社1978年版,第220—221页。
②　[德]爱克曼辑录:《歌德谈话录》,朱光潜译,人民文学出版社1978年版,第188页。
③　[德]歌德:《论文学艺术》,范大灿、安书祉、黄燎宇等译,上海人民出版社2005年版,第222页。

　　歌德认为："古代文学作品中占统治地位的是应当与现实之间的不协调，而在近代文学作品中则是愿望与现实之间的不协调。我们暂且把这一根本性的区别跟其他的对比放在一起，看看这样做是否有好处。我刚才说，在这两个不同的时代中，时而这一面，时而那一面占统治地位，可是因为应当与愿望在一个人的身上不能截然分开，因此这两个侧面总是同时存在，虽然其中一个占优势，另一个处于从属地位。"① 歌德不仅分析了古代的现实主义与近代的浪漫主义的根本性区别，同时又指出，这两种不同的创作原则，在不同时代又可相互转化，其中一个处于优势地位，另一个处于从属地位，二者往往是同时存在。在世界文学史上，"莎士比亚热情洋溢地将古与今结合起来，在这一方面他是独一无二的……可是莎士比亚却以他自己的方式接近于我们今天的思想。他使必然的东西具有了道德意义，从而把古代世界和近代世界衔接起来，还令我们愉快和惊讶"。② 在莎士比亚的作品中，虽然也出现过像预言和疯癫、梦魇、预感、异兆、仙女和精灵、鬼魂和巫师这样一些神秘魔幻的要素，但这些虚幻的形象绝不是他作品中的主要成分，"而真实的生活和精干的生命才是他的著作立足的伟大基础，因此出自他笔下的一切我们都觉得纯真和实在"。③ 歌德认为古典的、朴素的、现实的诗的基础是真实的生命，而现代的、感伤的、浪漫的诗，追求的是理想和自由，往往忽视现实的真实性。莎士比亚不属于感伤的浪漫派，而是属于纯朴的现实派。歌德认为古典的、朴素的、现实的诗更注重真实性，"莎士比亚的伟大多半要归功于他那个伟大而雄强的时代"。④ 可贵的是，歌德开始注意从发展的观点，研究不同时代的特点，寻找产生古典和浪漫作品的根源。他对爱克曼说："现在我要向你指出一个事实，这是你也许会在经验中证实的。一切倒退和衰亡的时代都是主观的，与此相反，一切前进上升的时代都有一个客观的倾向。我们现在这个时代是一个倒退的时代，因为它是一个主观的时代。这一点你不仅在诗方面可以见出，就连在绘画和其他许多方面也可以见出。与此相反，一切健康的努力都是由内心世界转向外在世界，像你所看到的一切伟大的时代都是努力前进的，都是具有客观性格的"。⑤ 歌德并不反对作品

---

① ［德］歌德：《论文学艺术》，范大灿、安书祉、黄燎宇等译，上海人民出版社2005年版，第222页。
② ［德］歌德：《论文学艺术》，范大灿、安书祉、黄燎宇等译，上海人民出版社2005年版，第223—224页。
③ ［德］歌德：《论文学艺术》，范大灿、安书祉、黄燎宇等译，上海人民出版社2005年版，第221页。
④ ［德］爱克曼辑录：《歌德谈话录》，朱光潜译，人民文学出版社1978年版，第16页。
⑤ ［德］爱克曼辑录：《歌德谈话录》，朱光潜译，人民文学出版社1978年版，第97页。

应展现美好的理想,并不反对浪漫主义作品,相反他对拜伦这样的浪漫主义诗人非常敬仰。他反对的只是在他那个时代流行的一种病态的、伤感的消极的浪漫主义文学。因此他对作家们的种种现实主义的探索和努力,都充分加以肯定。他说:"由于寻求现实主义的欲望而产生感觉上的各种的错误倾向,总比那表现为寻找理想主义的欲望而产生的错误倾向要好得多"。① 从歌德对莎士比亚创作的论述和他自己的创作实践可以看到,在创作方法上,他是在探求和寻找古典主义(现实主义)与浪漫主义的某种程度上的结合。歌德的基本思想,是强调创作应从客观现实生活出发,在真实的基础上,表达出某种性格的"自由的必然性"。接着歌德写了下面一段意味深长的话:

> 如果有什么东西要向他(指莎士比亚,引者)学习的话,那么就是这一点我们必须在他的学校里去学习。我们也许既不该责备也不该抛弃我们的浪漫主义文学,但把它过分地绝对地颂扬,或片面地迷恋着它,这种做法会使它的坚强、壮实、精干的那一面被误解或受到损害,我们应该企图把那个巨大的、似乎不能结合的矛盾在我们胸中结合起来,尤其因为一个伟大的、独一无二的大师,这位我们极其敬重的、往往说不出理由地推崇得多于一切的大师,已经真正做出了这个奇迹了。②

歌德自己的创作,也始终没有与浪漫主义相脱离。他从浪漫主义到古典主义,而追求的则是古典主义(现实主义)与浪漫主义相结合。这种结合又是以莎士比亚的创作为榜样的。他在诗剧《浮士德》最后描写的主人公与古希腊的美女海伦的结合,就充分表现出了歌德在艺术实践上的这种探求。

歌德在结合欧洲文学史的实际,论述和区别了古典的、现实主义与现代的、浪漫主义的同时,还对文学的自然形式和叙事文学的写作手法进行研究。他说:"文学只有三种真正的自然形式,即清楚叙述的形式,情绪激昂的形式和人物行动的形式,也就是叙事体、诗歌体和戏剧体。这三种文学创作方式,既可以合在一起,也可以分开来。在一首最小的诗里,人们也常常发现三者皆有,正好是因为在最小的空间里实现了这种结合,它们才产生出像

---

① [德]歌德:《歌德的格言和感想集》,程代熙、张惠民译,中国社会科学出版社1982年版,第91页。

② 参见《欧美古典作家论现实主义和浪漫主义》(二),中国社会科学院外国文学研究所外国文学研究资料丛刊编委会编,中国社会科学出版社1982年版,第290页。

各民族最有价值的叙事谣曲那样的最壮美的产物"。① 在《论叙事文学与戏剧文学》中他还强调指出：叙事文学作家和戏剧文学作家都必须服从普通的文学规律，特别要服从统一和展开的规律；此外他们叙述的对象相似，而且可以采用各种各样的母题。他们两者之间的基本区别则在于叙事文学作家把事件当作完全过去的事情来讲述，而戏剧文学作家则把事件当作完全是眼前发生的事情来表现。歌德总结叙事文学创作的经验，认为叙事作品结构情节一般有五种写作手法：

　　一、推进式的，它推动情节的发展，戏剧主要采用这种手法。

　　二、倒退式的，它使情节离它的最终目标越来越远，叙事体作品几乎只采用这种手法。

　　三、延缓式的，它阻挡情节的发展进程或延长发展的途经，两种文学类别都可以采用这种手法，且好处为显著。

　　四、追述式的，通过它补叙作品讲述时间以前发生的事情。

　　五、超前式的，通过它预先假定作品讲述时间以后发生的事情。为了使作品完整，后两种方法叙事文学作家和戏剧文学作家都需要。②

　　关于艺术风格的理论，歌德继承和发挥了法国启蒙运动时期著名的博物学家和作家布封的观点。1824年4月15日，歌德同爱克曼谈话时说：

　　法国人在风格上显出法国人的一般性格。他们生性好社交，所以一向把听众牢记在心里。他们力求明白清楚，以便说服读者；力求饶有风趣，以便取悦读者。总的来说，一个作家的风格是他的内心生活的准确标志。

　　所以一个人如果想写出明白的风格，他首先就要心里明白；如果想写出雄伟的风格，他也首先就要有雄伟的人格。③

　　世界上没有相同的两个人，每个人都有自己不同的特点。"每一个人都必

　　① ［德］歌德：《论文学艺术》，范大灿、安书祉、黄燎宇等译，上海人民出版社2005年版，第232页。

　　② ［德］歌德：《论文学艺术》，范大灿、安书祉、黄燎宇等译，上海人民出版社2005年版，第24页。

　　③ ［德］爱克曼辑录：《歌德谈话录》，朱光潜译，人民文学出版社1978年版，第39页。

须按照他自己的方式去思考。"① 在实践中形成的艺术风格,是作家创作个性的具体体现,歌德不仅研究了风格的主观因素,并且注意研究了艺术风格的客观因素。在《自然的单纯摹仿·作风·风格》一文中,他具体划分了艺术的各种表现方式:自然的单纯摹仿,偏重于单纯的客观性;作风,偏重于单纯的主观性;风格则是以其客观性为基础,达到主观性与客观性的统一。他认为这是艺术的最高境界。他说:"通过对自然的摹仿,通过竭力赋予它以共同语言,通过对于对象的正确而深入的研究,艺术终于达到了一个目的地。在这时,它以一种与日俱增的精密性领会了事物的性质及其存在方式;最后,它以对于依次呈现的形象的一览无遗的观察,就能够把各种具有不同特点的形体结合起来加以融会贯通的摹仿。于是,这样一来,就产生了风格,这是艺术所能企及的最高境界,艺术可以同人类最崇高的努力相衡的境界。"② 他对摹仿作风、风格的界定为:

> 单纯的摹仿以宁静的存在和物我交融作为基础,作风是用灵巧而精力充沛的气质去攫取现象;风格则奠基于最深刻的知识原则上面,奠基在事物的本性上面,而这种事物的本性应该是我们可以在看得见触得到的形体中认识到的。③

歌德注意从艺术描写对象本身的性质及其存在方式的角度,来论述风格形成的基础,这是一种独创性的见解。

第五节　艺术规律,特征美与"显出特征的整体"

歌德作为一个伟大的诗人和剧作家,他在实践中自觉地探索艺术的规律,并从理论上明确提出:"艺术并不完全服从自然界的必然之理,而是有它自己的规律"。④ 他还说:"对象以及表现对象的方式得服从于感性的艺术规律,就是说,必须服从有序、明了、对称、对照等艺术规律,从而使眼睛觉得它美,这就叫做优美。美,此外,对象还得服从于精神美的规律,而精神美来自

① [德]歌德:《歌德的格言和感想集》,程代熙、张惠民译,中国社会科学出版社1982年版,第4页。
② [德]歌德:《自然的单纯摹仿·作风·风格》,见《文学风格论》,王元化译,上海译文出版社1982年版,第3—4页。
③ [德]歌德:《自然的单纯摹仿·作风·风格》,见《文学风格论》,王元化译,上海译文出版社1982年版,第3—4页。
④ [德]爱克曼辑录:《歌德谈话录》,朱光潜译,人民文学出版社1978年版,第136页。

节制,有教养的人在表现或者创造美时懂得一切都应有节制,甚至极端的东西也应如此。"① 歌德依据自己丰富的创作实践经验和长期的理论探索,认为艺术的基本规律是从现实生活出发,掌握和描述个别特殊的事物,发现和捕捉瞬间美、特征美,通过特殊显示一般,通过创造一个显出特征的有生命的整体,映现出一个独特的美的世界。

第一,在特殊中显示出一般。歌德提出了从客观世界出发的创作原则,主张现实主义与浪漫主义某种程度上的结合,在具体作品的创作上,歌德则强调作家不应为一般而找特殊,而应在特殊中显示一般。歌德总结了文学创作的历史经验,从理论上论述了为一般而找特殊和在特殊中显示一般这样两条不同创作路线的本质区别。1820年歌德编辑他同席勒的通信集时,曾写了下面一段重要的感想:

> 诗人究竟是为一般而找特殊,还是在特殊中显出一般(着重号引者加),这中间有一个很大的分别。由第一种程序产生出寓意诗,其中特殊只作为一个例证或典范才有价值。但是第二种程序才特别适宜于诗的本质,它表现出一种特殊,并不想到或明指到一般。谁若是生动地把握住特殊,谁就会同时获得一般而当时却意识不到,或只是到事后才意识到。②

在歌德时代,德国文艺界和理论界特别关心理想与特征的对立。温克尔曼强调显出"庄严的单纯和静穆的伟大"的"理想的美",忽视事物的个性特征。希尔特则强调"特性"的原则。歌德在强调掌握和描述"特征"方面同希尔特是一致的,但他又比希尔特向前跨进了一步,主张在特殊中表现出一般。希尔特对于事物的特征所要表现的内容并没有讲清楚,歌德则明确提出了"意蕴"的概念。他说:"古人的最高原则是意蕴,而成功的艺术处理的最高成就就是美。"③ 艺术之所以可以超越自然,就在于它在具体的个别中显现出了"意蕴",显示出了特征。"艺术家一旦把握住一个自然对象,那个对象就不再属于自然了;而且还可以说,艺术家在把握住对象那一顷刻中就是在创造出那个对象,因为他从那对象中取得了具有意蕴,显出特征,引人入胜的东

---

① 〔德〕歌德:《论文学艺术》,范大灿、安书祉、黄燎宇等译,上海人民出版社2005年版,第28页。

② 参见朱光潜:《西方美学史》下卷,人民文学出版社1979年版,第416页。

③ 参见〔德〕黑格尔:《美学》第1卷,朱光潜译,商务印书馆1979年版,第24页。

西,使那对象具有更高的价值。因此,他仿佛把更精妙的比例分寸,更高尚的形式,更基本的特征,加到人的形体上去。画成了停匀完整而具有意蕴的圆。'圆'指圆满形体)"①。歌德所说的"意蕴""特征"是一事物区别于其他事物本质的规定性。它既是普遍的、一般的、理性的,又是特殊的、个别的、感性的,是普遍与特殊、一般与个别、理性与感性的统一体。这样在歌德那里,已初步将"特征"说与"理想"说统一起来了。对此,黑格尔作了充分的肯定。他说:"按照这种理解,美的要素可分为两种:一种是内在的,即内容,另一种是外在的,即内容所借以现出意蕴和特性的东西。内在的显现于外在的;就借这外在的,人才可以认识到内在的,因为外在的从它本身指引到内在的。"②黑格尔的"美是理念的感性显现"说,就是从批判温克尔曼和希尔特以及发挥歌德的思想得来的。不过黑格尔是把歌德的"意蕴"说完全纳入了他的唯心主义美学体系。关于这一点蒋孔阳先生已经指出,他说:"在歌德看来,'意蕴'就是客观事物的特征。它是客观事物本身所具备的内在特性、特点和规律。而黑格尔说的'意蕴',却是'理念',来自绝对的精神,完全是精神的东西。"③

为一般而找特殊,还是从特殊显出一般,这是艺术创造中两种不同思想路线的反映。为一般而找特殊,实际是从抽象的观念或"理念"出发,进而把这种抽象的一般转化成有形的实体。历史上古典主义者,主张从"义理"出发,就是从抽象的"一般"出发,反映在人物创造上,就是从某种性格的平均值,即类型出发,而忽视人物的个性、特殊性。歌德认为类型说不能反映出自然的本质,不能显示出事物本来的丰富性和生动性。他说:"类型概念使我们漠然无动于衷,理想把我们提高到超越我们自己;但是我们还不满足于此;我们要求回到个别的东西进行完满的欣赏,同时不抛弃有意蕴的或是崇高的东西。这个谜语只有美才能解答。美使科学的东西具有生命和热力,使有意蕴的和崇高的东西受到缓和。因此,一件美的艺术作品走完了一个圈子,又成为一种个别的东西。这才能成为我们自己的东西。"④在歌德看来,客观世界呈现在人们面前的,是具体的,各具特征的事物,而不是抽象的概念。因此艺术家要认识生活、反映自然,就必须从认识和把握具体的、感性的、个别的东西入手,从显出特征开始,才能达到美。歌德同爱克曼说:在社会生活中,"我把每个人都看作一个独立的个人,可以让我去研究和了解他的一切特点。

① 参见朱光潜:《西方美学史》下卷,人民文学出版社1979年版,第427页。
② [德]黑格尔:《美学》第1卷,朱光潜译,商务印书馆1979年版,第25页。
③ 蒋孔阳:《德国古典美学》,商务印书馆1980年版,第160页。
④ 参见朱光潜:《西方美学史》下卷,人民文学出版社1979年版,第420页。

此外我并不向他要求同情共鸣。这样我才可以和任何人打交道,也只有这样我才可以认识各种不同的性格,学会为人处世之道。因为一个人正是要跟那些和自己生性相反的人打交道,才能和他们相处,从而激发自己性格中一切不同的方面使其得到发展完成,很快就感到自己在每个方面都达到成熟。你也该这样办。你在这方面的能力比你自己所想象的要大,过分低估自己是毫无益处的,你必须投入广大的世界里,不管你是喜欢还是不喜欢它。"① 从具体的、个别的事物出发,通过个别显示一般,这是为实践所证明了的一条正确的文艺创作的路线。恩格斯指出:"不研究个别的物和个别的运动形式,就根本不能认识物质和运动,并且通过认识个别的物和个别的运动形式,我们也就相应地认识物质和运动本身。"②一个进步的作家要在自己的作品中塑造出各种各样的典型人物来,就必须忠于现实生活,认真地去观察研究各种各样的人物的个性、特殊性。不注意研究各种人物的个性、特殊性,就不能真正认识自己所要描写的对象,就无法区别出这一个人和另外一些人的差别,进而也就不可能通过个性的刻画反映出现实关系发展的本质必然和规律。

　　第二,发现特征美,捕捉瞬间美,艺术的真正生命在于对个别特殊事物的掌握和描述。在歌德看来,大千世界中每一事物都有自己的特征,"人们会说你几乎找不到两张完全相同的叶子;同样,在一千个人中间,你也几乎找不到两个在思想方式和观点上完全相一致的人"。③ 而"特征同美的关系,犹如骨骼与活人的关系一样。谁也不会否认,骨骼是一切组织程度极高的形体的基础,它为形体奠定了基础,并决定了形体,但它本身并不是形体,更不会引起最后的现象,这种现象作为有机整体的缩影和外壳,我们称之为美"。④ 特征美与有生命的整体美不可分,但"特征化的东西是基础,在它的基础上建立起来的是质朴和尊严,艺术的最高目标是美,它的最后效果是优美的感觉"。⑤ 特征美、整体性,又是与瞬间美联系在一起。就人体来讲,它本身是一个活的有机体,但"人体只有在极其短暂的时间才可以被称作美……青春期的一瞬间对于两性来说都是形体可以变得最美的瞬间,可我们也可以说,这只是一瞬间"! ⑥ 这是因为,自然的最终产物是美的人。但不能使人"长久地处于完

① 〔德〕爱克曼辑录:《歌德谈话录》,朱光潜译,人民文学出版社1978年版,第41页。
② 《马克思恩格斯选集》第4卷,人民出版社1995年版,第343页。
③ 〔德〕爱克曼辑录:《歌德谈话录》(全译本),吴象婴、潘岳、肖芸译,上海社会科学院出版社2001年版,第85页。
④ 〔德〕歌德:《论文学艺术》,范大灿、安书祉、黄燎宇等译,上海人民出版社2005年版,第82页。
⑤ 〔德〕歌德:《论文学艺术》,范大灿、安书祉、黄燎宇等译,上海人民出版社2005年版,第84页。
⑥ 〔德〕歌德:《论文学艺术》,范大灿、安书祉、黄燎宇等译,上海人民出版社2005年版,第120页。

美状态并赋予那被创造出来的美以永恒。所以我们可以确切地说，美的人只美在瞬间"。① 拉奥孔群雕之所以具有永久性艺术魅力，正是因为它表现了一个美的瞬间。歌德说："一个造型的作品要想在我们的眼前真正动起来，那就必须选好一个正在消逝的瞬间，在这个瞬间之前，整体的任何一部分都还没有处在现在这种状态，而它之后每个部分又不得不离开现在这种状态。正因为如此，千千万万观赏者看到这一作品总觉得是那么新鲜，那么生动"。② 歌德对于拉奥孔，抱以无限赞叹的态度，甚至认为："群雕现在这种样子，是被固定的闪电，是在向海洋冲击的那一时刻突然停止不动的海浪。如果手里拿着火把观赏这一群雕，也会产生同样的效果"。③

在歌德看来，艺术家、作家必须闯过的真正高大的难关，就是对于个别特殊事物的掌握和描述。只有抓住个别、特殊、真正发现特征美，捕捉到瞬间美，进而通过特殊和瞬间显示出普遍和无限，这才称之为创作，也只有这样才适宜于表现艺术的本质和诗的本质。1823年10月29日他在同爱克曼比较集中地谈论了这个问题，他说：

> 我知道这个课题确实是难，但是艺术的真正生命正在于对个别特殊事物的掌握和描述。此外，作家如果满足于一般，任何人都可以照样摹仿；但是如果写出个别特殊，旁人就无法摹仿，因为没有亲身体验过。你也不用担心个别特殊引不起同情共鸣。每种人物性格，不管多么个别特殊，每一件描绘出来的东西，从顽石到人，都有些普遍性；因此各种现象都经常复现，世间没有任何东西只出现一次。④

在歌德看来，客观世界中的事物，"从顽石到人"，都是个别与一般、特殊与普遍的统一体，事物的普遍性寓于特殊性之中。如果作家创作中，只是抽象地描写事物的普遍性，那就显不出事物的差别。所描写的人物也就只能是千篇一律、类型化、概念化式的人物。如果作者通过自己的亲身体验，掌握了个别，并通过个别特殊的描述表现出一般，这样的艺术才能广泛地引起读者的共鸣。因此，文艺创作只有"到了描述个别特殊这个阶段，人们称为

---

① ［德］歌德：《论文学艺术》，范大灿、安书祉、黄燎宇等译，上海人民出版社2005年版，第386页。

② ［德］歌德：《论文学艺术》，范大灿、安书祉、黄燎宇等译，上海人民出版社2005年版，第30页。

③ ［德］歌德：《论文学艺术》，范大灿、安书祉、黄燎宇等译，上海人民出版社2005年版，第31页。

④ ［德］爱克曼辑录：《歌德谈话录》，朱光潜译，人民文学出版社1978年版，第10页。

'写作'(komposition)的工作也就开始了"。^① 歌德一再劝告,"诗人应该抓住特殊,如果其中有些健康因素,他就会从特殊中表现出一般。"^②

作家掌握和描述特殊并不是目的本身,这只是文艺创作真正的开始,目的是要"从这特殊中表现一般",达到美的境界。歌德论述的通过特殊表现一般,从显示特征开始以达到美的思想,在分析法国优秀画家克劳德·劳冉(1600—1682)的创作时,表述得很清楚,他对爱克曼说:

> 这一次你从这些画里看到了一个完全的人,他想到的和感觉到的都美,他胸中有一个在外界不易看到的世界。这些画都具有最高度的真实,但是没有一点实在的痕迹。克劳德·劳冉最熟悉现实世界,直到其中的最微小的细节,他用这些作为媒介,来表现他的优美的心灵世界,这正是真正的理想性,它会把现实媒介运用来产生一种幻觉,仿佛像是真的东西,像是实在的或实有其事。^③

克劳德·劳冉从现实世界出发,描绘了"一个完全的人",他通过选择的一系列"最微小的细节"的描绘,最真实地显示出了人物胸中在外界不易看到的世界——"他的优美的心灵世界"。歌德说:"这正是真正的理想性。"显然歌德所说的理想性,既不同于温克尔曼的抽象的"理想"说,又不同于黑格尔的客观唯心主义的"理念"说。他是把从现实世界出发,在特殊中显现一般,以外部的具体和感性的形象,反映出人物"优美的心灵世界",最后达到真、善、美的统一看作是真正的理想性。

第三,显出特征的艺术整体。艺术家通过个别来反映一般,这个显现着一般的个别又具有什么样的特点呢? 歌德认为作家根据现实生活熔铸而成的个别,应是一个显出特征的、优美的、生气灌注的整体。歌德这方面的论述很多。1772年写的《论德国建筑》中,歌德就提出了"显出特征的整体"^④的概念,他认为这种显出特征的艺术才是唯一真实的艺术。在同爱克曼谈话中又多次论述这个问题,在他对青年诗人的忠告时就说:

> 必须由现实生活提供做诗的动机,这就是在表现的要点,也

---

① 〔德〕爱克曼辑录:《歌德谈话录》,朱光潜译,人民文学出版社1978年版,第10页。

② 〔德〕爱克曼辑录:《歌德谈话录》,朱光潜译,人民文学出版社1978年版,第90页。

③ 〔德〕爱克曼辑录:《歌德谈话录》,朱光潜译,人民文学出版社1978年版,第193页。

④ 参见朱光潜:《西方美学史》下卷,人民文学出版社1979年版,第419页。

就是诗的真正核心,但是据此来熔铸成一个优美的、生气灌注的整体,这却是诗人的事了。①

在谈到处理题材时又说:

　　题材既是现成的,人物和事迹就用不着新创了,诗人要做的工作就只是构成一个活的整体。②

当他谈到艺术的基本特征时,进一步概括地说:

　　艺术要通过一种完整体向世界说话,但这种完整体不是他在自然中所能找到的,而是他自己的心智的果实,或者说,是一种丰富的神圣的精神灌注生气的结果。③

　　整体概念是歌德世界观中的一个重要概念。随着自然科学的进步,特别是生物学的发展,在歌德的时代,有机统一的整体观逐渐取代了机械观,强调事物的有机性和完整性。注意事物本身各部分互相依存、相反相成的内在规律。比如康德在《判断力批判》下卷中,就明确提出和论证了"自然是作为人在其中也是一个环节的系统整体"④的观点。歌德本身是一个伟大的艺术家,同时他对自然科学又有很深的造诣,他的整体观念含有丰富的内容和辩证法的因素。他说:"法国人用 komposition 来表达自然界的产品,也不恰当。我用一些零件来构成一部机器。对这样一种活动及其结果,我当然可以用 komposition 这个词,但是如果我想到的是一个活的东西,它有一种共同的灵魂贯串到各个部分,是一种有机整体,那么我就不能使用 komposition 这个词了。"⑤ 对于一件真正的艺术品,如莫扎特的乐曲《唐·璜》,绝不像一块糕点饼干,用鸡蛋、面粉和糖掺合而成,"它是一件精神创作,其中部分和整体都是从同一精神熔炉中熔铸出来的,是由一种生命气息吹嘘过的。"⑥ 最

---

① [德]爱克曼辑录:《歌德谈话录》,朱光潜译,人民文学出版社1978年版,第6—7页。

② [德]爱克曼辑录:《歌德谈话录》,朱光潜译,人民文学出版社1978年版,第8页。

③ [德]爱克曼辑录:《歌德谈话录》,朱光潜译,人民文学出版社1978年版,第137页。

④ 参见李泽厚:《批判哲学的批判》,人民出版社1979年版,第383页。

⑤ [德]爱克曼辑录:《歌德谈话录》,朱光潜译,人民文学出版社1978年版,第246页。

⑥ [德]爱克曼辑录:《歌德谈话录》,朱光潜译,人民文学出版社1978年版,第247页。

能体现歌德整体观的是他对艺术描写的对象——人的看法。他说："人是一个整体，一个多方面的内在联系着的能力的统一体。艺术作品必须向人的这个整体说话，必须适应人的这种丰富的统一体，这种单一的杂多"。① 在文艺理论发展史上，歌德将艺术的整体概念同现实生活中有生命的个人结合起来，加以论述，这是带有独创性的。由于人本身是一个整体，是一个多方面的有着内在联系的统一体，因此艺术家所精心创造的人物形象，它所显示的特征，也绝不应是某种概念的抽象品，而应是多种性格特征的有机统一的活的整体，各种性格属性之间都有一种内在的必然性的联系。而且是由某种基本性格特征，将其他各种次要特性有机地结合在一起。歌德说："在每个人物性格中都有一种必然性，一种承续关系，和这个或那个基本性格特征结合在一起，就出现某种次要特征。这一点是感性接触就足以令人认识到的。"② 歌德的这一观点，比起希尔特的"特征"说，显然是向前发展了，进一步丰富了关于典型创造的理论。在《浮士德》第一部中，歌德通过浮士德与靡非斯特一段对话，把"优美""典型"与"一个活人"统一于一体：

> 浮士德：你让我赶快再看看那面镜子！
> 　　　　那幅佳人的画像真是过于优美！
> 靡非斯特：不、不！那种的女性中的典型。
> 　　　　你立刻便要看见一个活人。③

歌德在谈到《少年维特之烦恼》中绿蒂这个典型人物的塑造时还说，"我写东西，我没有忘记美术家有机会从对于各种美女的研究中，塑造出维纳斯的形象来，这是多么幸运的事。因此，我也把许多美女的容貌和特征，用来作为我的绿蒂的原型。虽然主要的特征，还是从我所喜欢的女人那儿取来的。"④ 这就更清楚地说明了歌德的创作，是从现实生活中具体的人出发，经过选择和概括，抓住其主要特征，而不是取其所谓"平均值"来塑造典型的，这一点与莱辛的观点比较起来，也前进了一步，具有了更多的辩证法因素。

显出特征的整体，是一个生气灌注的活的整体，它是主观与客观、感性

---

① 参见朱光潜：《西方美学史》下卷，人民文学出版社1979年版，第431页。

② ［德］爱克曼辑录：《歌德谈话录》，朱光潜译，人民文学出版社1978年版，第34页。

③ ［德］歌德：《浮士德》第1部，郭沫若译，人民文学出版社1978年版，第129页。

④ 参见蒋孔阳：《德国古典美学》，商务印书馆1980年版，第169页。

与理性的统一体。歌德多次指出,艺术家所塑造的人物,应是一个活的整体,它虽然来自现实,但又不是在现实中所能找到的,它是艺术家自己心智的果实,是艺术家求助于虚构,用自由的精神创造出来的。他说:"一个伟大的戏剧体诗人如果同时具有创造才能和内在的强烈而高尚的思想情感,并把它渗透到他的全部作品里,就可以使他的剧本中所表现的灵魂变成民族的灵魂。"①

歌德特别推崇莎士比亚,在歌德的心目中,哈姆雷特就是在莎士比亚笔下诞生的一个显出特征的有生命的整体,这个世界文学史上的不朽典型是客观的历史真实性与作者的审美理想的结晶,是一个丰富多样完美统一的活的艺术整体。歌德在艺术上的整体观念不仅要求作品中的人物应是显出特征的活的整体,而且要求作者创作的整部作品,作品中的每个人物及其相互关系,作品中的部分与部分、部分与整体,作品的内容与形式都应是一个有机的统一体。在谈到写长篇作品时,歌德的这一思想表达的很明确。他说:"至于写大部头的诗,情况却不同,那就不免要把各个部分按计划编织成一个完整体。而且还要描绘得惟妙惟肖。"② "如果有些部分失败了,整体就会显得有缺陷,不管其他部分写得多么好。这样你就写不出什么完美的作品。"③ 歌德的长篇诗剧《浮士德》的创作。就是以浮士德这位传说中的有名人物的故事为一根线,使各个部分同其他部分在表现主人公的性格上融贯成一体的,而各部分的幕中各景,又都自成一个独立的小世界,在全书中则有一种精神气息在规定着每一组成部分的发展方向,凭着一种内在的规律,达到通体完美的境界。歌德说:"关键在于一部作品应该通体完美,如果做到了这一点,它也就会是古典的。"④ 海涅对歌德的创作有个评价,他说:"歌德最大的功绩正在于他所描绘的一切,全都完美无缺;在他的作品里,看不见那部分强,那些部分弱,看不见有的部分是工笔描绘,有的部分却是草率勾勒;没有局促窘迫的败笔,没有因袭的陈套,没有对细枝末节的偏爱。他的小说和剧本中的每个人物一出场,仿佛便是主人公,荷马和莎士比亚的作品也是如此,其实在一切大诗人的作品里都没有什么配角,每个人物在自己地位上都是主角。"⑤

---

① 〔德〕爱克曼辑录:《歌德谈话录》,朱光潜译,人民文学出版社1978年版,第128页。
② 〔德〕爱克曼辑录:《歌德谈话录》,朱光潜译,人民文学出版社1978年版,第7页。
③ 〔德〕爱克曼辑录:《歌德谈话录》,朱光潜译,人民文学出版社1978年版,第7页。
④ 〔德〕爱克曼辑录:《歌德谈话录》,朱光潜译,人民文学出版社1978年版,第174页。
⑤ 〔德〕享利希·海涅:《论浪漫派》,张玉书译,人民文学出版社1979年版,第53页。

关于歌德怎样在《浮士德》中,通过描绘显示特征的活的整体,反映出时代发展的本质方面,郭沫若在全部译完了诗剧之后写的《〈浮士德〉简论》中有一段很好的说明,他认为《浮士德》"确实是构成了一个整体,在构成一个整体上,它仍然是有一贯的脉络存在的。它是一部灵魂的发展史,一部时代精神的发展史。""它披着一件中世纪的袈裟,而包裹着一团有时是火一样的不知满足的近代人的强烈冲动,那看来分明就是矛盾,而这矛盾的外表也就形成了《浮士德》的庞杂性,不过我们不要为这庞杂的外表所震惊,尽管诗人在发挥着他的最高级的才华,有时是异想天开地闹得神奔鬼突,甚至乌烟瘴气,但你不要以为那全部都是幻想,那全部都是主观的产物。都是所谓'由内而外'。它实在是一个灵魂的忠实的纪录,一部时代发展的忠实反映。因此我也敢于冒险地说,这是一部极其充实的现实的作品,但它所充实着的不全是现实的形,而主要的是现实的魂。一个现实的大魂(时代精神)包括各种各样的现实的小魂(个性)。诗人的确是紧紧地把它们抓住了,而且时而大胆,时而细心地把它们形象化了,他以他锐敏的直觉,惯会突进对象的核心,大之更能朗豁地揭露世界进展的真理,他也把辩证法的精神把握住了。"①

歌德根据自己的实践经验,认为作家要创作出反映时代的显出特征的活的整体,就必须面向现实世界投身于发展的时代洪流,不断地实践,不断地创造,不断地追求。他谆谆地告诫作家,"要牢牢抓住不断前进的生活不放,一有机会就检查自己;因为,只有这样,才能表明我们现在是有生命力的,在日后的考察中才能表明我们曾经是有生命力的"。② 在《浮士德》中歌德通过主人公的口说道:

> 我要跳身进时代的奔波,
> 我要跳身进事变的车轮!
> 苦痛,欢乐,失败,成功,我都不问;
> 男儿的事业原本要昼夜不停。③

作家不仅要向生活学习,还应仔细地学习研究古今第一流作家,使自己的心灵得到高度的文化教养。特别值得我们注意的是歌德关于学习自然科学与文艺创作的关系的论述,他说:"如果我没有在自然科学方面的辛勤努

---

① 郭沫若:《〈浮士德〉简论》,见歌德《浮士德》第1部,人民文学出版社1978年版,第3页。
② [德]歌德:《论文学艺术》,范大灿、安书祉、黄燎宇等译,上海人民出版社2005年版,第375页。
③ [德]歌德:《浮士德》,郭沫若译,人民文学出版社1978年版,第83页。

力,我就不会学会认识人的本来面目。在自然科学以外的任何一个领域里,一个人都不能像在自然科学里那样仔细观察和思维,那样洞察感觉和知解力的错误以及人物性格的弱点和优点。一切都是多少具有弹性、摇摆不定的,一切都是可以这样或那样处理的,但是自然从来不开玩笑,她总是严肃的、认真的,她总是正确的;而缺点和错误总是属于人的。自然对无能的人是鄙视的;她对有能力的、真实的、纯粹的人才屈服,才泄露她的秘密。"① 他还说假如没有造型艺术和自然科学的基础,他就很难在那个恶劣时代及其每天都发生的影响下立定脚跟。1872年10月18日,黑格尔与歌德,在魏玛会见,两人关于辩证法的本质的对话中,歌德进一步阐明,在研究自然时,我们所探求的是无限的、永恒的真理,一个人如果在观察和处理题材时不抱着老实认真的态度,他就会被真理抛弃掉。那种使头脚倒置的唯心主义辩证法的毛病,也只有从研究自然中才能得到有效的治疗。歌德的这些见解,对我们今天作家来讲,也是有借鉴意义的。

歌德对文学典型理论的贡献是巨大的。它的基本倾向是现实主义的,并且具有辩证法的因素。但是由于他的历史观仍然是唯心主义的,因此,他的典型理论也没有彻底摆脱德国古典美学中普遍存在着的唯心主义和神秘主义的影响。比如,他认为从显示特征开始,最后达到美;而"美其实是一种本原现象(Urpanomen),它本身固然从来不出现,但它反映在创造精神的无数不同的表现中,都是可以目睹的,它和自然一样丰富多彩。"② 那么,这种"本原"现象又是什么呢? 歌德把人们可以接触到一切物理的和伦理的本原现象都看作"自出的神","神既藏在这种本原现象背后,又借这种本原现象而显现出来。"③ 在谈到人的道德品质时,他又说:"像一切美好的事物一样,道德也是从上帝那里来的,它不是人类思维的产品,而是天生的内在的美好性格。"④ 这一切,显然是唯心的,他所追求的完美性格,实际上不过是一种抽象的所谓"纯真人性"。⑤ 歌德也无力战胜当时德国的鄙俗气,就是在他所精心塑造的浮士德典型中,也不可避免地具有当时新兴的德国资产阶级的软弱的性质。

上面我们谈到的几点,仅是歌德文艺思想中的几个主要方面的内容。

① ［德］爱克曼辑录:《歌德谈话录》,朱光潜译,人民文学出版社1978年版,第183页。
② ［德］爱克曼辑录:《歌德谈话录》,朱光潜译,人民文学出版社1978年版,第132页。
③ ［德］爱克曼辑录:《歌德谈话录》,朱光潜译,人民文学出版社1978年版,第183页。
④ ［德］爱克曼辑录:《歌德谈话录》,朱光潜译,人民文学出版社1978年版,第127页。
⑤ ［德］爱克曼辑录:《歌德谈话录》,朱光潜译,人民文学出版社1978年版,第128页。

实际上《歌德谈话录》和歌德《论文学艺术》以及歌德其他著作中所表达出的文艺观点。远不只这些，如关于天才问题，关于艺术鉴赏问题，关于艺术独创性问题，关于作家作品的评论等方面，歌德都不乏精辟的见解，但是在《歌德谈话录》和歌德的其他著作中，也的确可以明确地看到歌德思想中庸俗的一面。关于歌德思想中的两重性，恩格斯在批判卡尔·格律恩的著名论文中，已经作了深刻的分析，恩格斯指出："歌德在自己的作品中，对当时的德国社会的态度是带有两重性的。有时他对它是敌视的；如在《伊菲姬尼亚》里和意大利旅行的整个期间，他讨厌它，企图逃避它；他像葛兹，普罗米修斯和浮士德一样地反对它，向它投以靡菲斯特斐勒司的辛辣的嘲笑。有时又相反，如在《温和的讽刺诗》诗集里的大部分诗篇中和许多散文作品中，他亲近它，'迁就'它，在《化装游行》里他称赞它，特别是在所有谈到法国革命的著作里，他甚至保护它，帮助它抵抗那向它冲来的历史浪潮。问题不仅仅在于，歌德承认德国生活中的某些方面而反对他所敌视的另一些方面。这常常不过是他的各种情绪的表现而已；在他的心中经常进行着天才诗人和法兰克福市议员的谨慎的儿子、可敬的魏玛的枢密顾问之间的斗争；前者厌恶周围环境的鄙俗气，而后者却不得不对这种鄙俗气妥协、迁就。因此，歌德有时非常伟大，有时极为渺小；有时是叛逆的、爱嘲笑的、鄙视世界的天才，有时则是谨小慎微、事事知足、胸襟狭隘的庸人。"①

　　歌德的美思想和文艺理论遗产是极其丰富的，在我国介绍和研究还很不够，这方面还需今后继续加强。

---

　　①　恩格斯：《诗歌和散文中的德国社会主义》，见陆梅林辑注，马克思恩格斯《论文学与艺术》（一），人民文学出版社1982年版，第494页。

第十章　世界美学史上的一座丰碑

——黑格尔《美学》

研究世界美学史和文艺理论史,有一部书是不能逾越,也不能忽视的。这就是黑格尔的巨著《美学》。这是世界历史上出现的一座巍峨的美学和诗学的丰碑。

第一节　围绕对黑格尔的评价出现的世纪之争

任何一个著作家和他的著作,在不同时代都有其不同的命运。黑格尔和他的《美学》也毫不例外。自黑格尔去世以后,学术界围绕着对黑格尔及其哲学和美学的评价,一直争论不休。肯定与否定、颂扬与批判已有一个半世纪之多的历史。这种论争,可以说从没停止过,直至今天论争仍然在继续。

在19世纪三四十年代,黑格尔的哲学(包括美学),几乎成为时代的哲学,在欧洲发生了巨大的影响,出现过一大群追随者,如青年黑格尔派。恩格斯曾具体描述了黑格尔在当时的影响。他说:"这是一次胜利进军,它延续了几十年,而且决没有随着黑格尔的逝世而停止。相反,正是从1830年到1840年,'黑格尔主义'取得了独占的统治,它甚至或多或少地感染了自己的敌手;正是在这个时期,黑格尔的观点自觉地或不自觉地大量渗入了各种科学,也渗透了通俗读物和日报,而普通的'有教养的意识'就是从这些通俗读物和日报中汲取自己的思想材料的。"[①]到19世纪40年代以后,黑格尔哲学在欧洲遭到冷遇,黑格尔本人甚至被某些学者、文人要当作一条"死

---

① 《马克思恩格斯选集》第4卷,人民出版社1995年版,第220页。

狗”抛掉。叔本华(1788—1860)是最早批判黑格尔的哲学家。他曾与黑格尔同时在柏林大学教过课。叔本华于1840年出版的《基本问题》一书中,他就无情地嘲讽了黑格尔的思想体系,说:"这个庞大的神秘体系将给子孙后代提供无尽的笑料","他不仅在哲学上,而且在德国文学的所有形式上都造成了一种破坏性的、或者更严格地说一种麻醉人的,也可以说是一种瘟疫般的影响,随时对这种影响进行有力的反击,是每个能够进行独立批判的人的责任。因为如果我们沉默,还有谁来说话呢!"① 与叔本华完全否定黑格尔的态度相反,马克思恩格斯却主张正确地对待黑格尔,批判地继承黑格尔留下的理论遗产。1873年马克思在《资本论》第一卷第2版跋中就说过,"正当我写《资本论》第一卷时,今天在德国知识界发号施令的愤懑的、自负的、平庸的摹仿者们,却已高兴地像莱辛时代大胆的莫泽斯·门德尔松对待斯宾诺莎那样对待黑格尔,即把他当作一条'死狗'了。因此,我要公开承认我是这位大思想家的学生"。② 进入20世纪,对待黑格尔哲学,出现了两种截然不同的态度:一方面表现为马克思主义者从"左"的方面对黑格尔思辨哲学的批判,从中吸取其有价值的成分进而加以创造性的发挥和发展,如列宁的《哲学笔记》、毛泽东的《实践论》《矛盾论》;另一方面则表现为西方一些唯心主义哲学家、美学家,从"右"的方面对黑格尔加以批判、歪曲和否定。美国当代哲学家怀特说,"几乎20世纪的每一种重要的哲学运动,都是以攻击那位思想庞杂而声名赫赫的19世纪的德国教授的观点开始的。"③ 逻辑实证主义创始人罗素,在他的影响颇大的《西方哲学史》中,公开声称"黑格尔的学说几乎全部是错误的"。④ 在美学领域,"在经验主义者看来,那种对美的思辨的、形而上学的探讨已毫无意义。甚至像桑塔耶那、杜威这样原来信奉黑格尔主义的美学家,也怀着沮丧的心情摈弃了黑格尔主义"。⑤ 克罗齐在他的《黑格尔哲学中的活东西和死东西》一书中,随心所欲地把黑格尔哲学美学中的唯心的、神秘的成分称为"不生不灭"的"活东西",进而又把黑格尔的理性主义转向直觉主义、反理性主义。

　　恩格斯早在19世纪80年代,就对社会上出现的否定和抛弃黑格尔哲学

---

① 〔德〕叔本华:《基本问题》,见〔英〕卡尔·波普尔《开放社会及其敌人》第2卷,陆衡等译,中国社会科学出版社1999年版,第134页。

② 《马克思恩格斯选集》第2卷,人民出版社1995年版,第112页。

③ M.怀特:《分析的时代》,林任之等译,商务印书馆1986年版,第7页。

④ 〔英〕罗素:《西方哲学史》下卷,何兆武、李约瑟译,商务印书馆1976年版,第276页。

⑤ 参见朱狄:《当代西方美学》,人民出版社1984年版,第4页。

的思潮进行过批评,并指出:"简单地宣布一种哲学是错误的,还制服不了这种哲学。像对民族的精神发展有过如此巨大影响的黑格尔哲学这样的伟大创作,是不能用干脆置之不理的办法来消除的。必须从它的本来意义上'扬弃'它,就是说,要批判地消灭它的形式,但是要救出通过这个形式获得的新内容。"①

在20世纪,西方马克思主义美学家,并未完全抛弃黑格尔留下的丰富的美学遗产,他们不少人都在认真研究和批判地汲取黑格尔美学思想中有价值的成分。被韦勒克称之为20世纪四大文艺理论家之一的卢卡契就是一个重要的代表人物。他认为:"黑格尔对大量美学的基本问题都提出了全新的提法。"②黑格尔对西方传统的一切美学倾向,进行"百科全书式的批判总结"。③"黑格尔美学最大的功绩之一在于它试图把美学的基本范畴历史化。"④他在《精神现象学》"这部早期著作中就为美学范畴的历史辩证法奠定了基础。"⑤同时卢卡契也看到黑格尔美学思想的问题和片面,认为:"只有通过唯物主义的批判和颠倒,黑格尔美学中有生命力的、有用的内核才能得以保存,从而才能充分利用一切对美学科学来说具有进步性质的东西去进一步发展美学。"⑥面对20世纪哲学界、美学界出现的一股强大的否定黑格尔哲学(包括美学)的思潮,中国著名哲学家、美学家张世英先生,在21世纪伊始的新著《自我实现的历程》一书中,写的下面一段话,我认为是实事求是的、中肯而又富有启发的见解。他说:

> 黑格尔死后的西方现当代哲学则基本上已进入大超越"主体——客体"式的阶段。由古希腊的主客不分到近代的"主体——客体"式,又到现当代的超主客式,这就是西方哲学史几千年来所

① 《马克思恩格斯选集》第4卷,人民出版社1995年版,第223页。

② [匈]卢卡契:《黑格尔的〈美学〉》,见《卢卡契文学论集》Ⅰ,中国社会科学院外国文学研究所为外国文学研究资料丛刊编委会编,中国社会科学出版社1980年版,第415页。

③ 参见《卢卡契文学论集》Ⅰ,中国社会科学院外国文学研究所为外国文学研究资料丛刊编委会编,中国社会科学出版社1980年版,第409页。

④ 参见《卢卡契文学论集》Ⅰ,中国社会科学院外国文学研究所为外国文学研究资料丛刊编委会编,中国社会科学出版社1980年版,第424页。

⑤ 参见《卢卡契文学论集》Ⅰ,中国社会科学院外国文学研究所为外国文学研究资料丛刊编委会编,中国社会科学出版社1980年版,第411页。

⑥ 参见《卢卡契文学论集》Ⅰ,中国社会科学院外国文学研究所为外国文学研究资料丛刊编委会编,中国社会科学出版社1980年版,第431页。

走过的历程。黑格尔哲学居于第二阶段的顶峰,它结束了,也总结了西方过去几千年的古典哲学的时代,西方现当代哲学的许多流派为了登上新的历史顶峰都在从各不相同的角度批判黑格尔哲学。但又都以它为自己的发源地和出发点。可以毫不夸张地说,不懂黑格尔哲学,就既不能理解西方古典哲学,也不能理解西方当代哲学,它是通达西方哲学以至整个西方思想文化的一把钥匙。①

　　张世英先生的这段话对我们全面理解黑格尔哲学(包括美学)在世界哲学史、美学史上的地位和价值有重要启示意义。从美学来讲,黑格尔美学不仅总结了西方过去几千年的古典美学,而且又是西方现当代美学的重要发源地和出发点。如果在这一点上我们与张世英先生取得了共识,那么,我们对待黑格尔哲学体系和美学思想的基本态度,也就会自然地走向实事求是的科学的道路。

第二节　《美学》在黑格尔哲学大厦中的位置

　　格奥尔格·威廉·弗里德里希·黑格尔(Georg Wilhelm Friedrich Hegel),是一位伟大的哲学家,美学家,是世界史上著名的建构思想体系的大师。1770年8月27日,生于德国西南部符腾堡公国的首府斯图加特城,死于1831年11月14日。其父是公国税务局的书记官,母亲是一个虔诚的宗教徒。黑格于1785年进斯图加特市立文科中学,以通晓古典文学见长,他醉心于古希腊索福克勒斯和欧里庇得斯的悲剧。1788年10月进图宾根修道院的神学院学习,与诗人荷尔德林是同届同学,与哲学家谢林是前后级同学。1793年9月神学院毕业。先后在瑞士伯尔尼贵族施泰格尔和法兰克福商人戈格尔家当家庭教师。1801年1月到耶拿,8月在耶拿大学经答辩取得授课资格,作为编外讲师。1806年完成《精神现象学》,1807年正式出版。1808年12月开始任纽伦堡文科中学校长。1811年9月16日与比他小二十岁的玛丽·海伦娜·苏珊娜·冯·图赫尔结婚。1812年《逻辑学》第一卷出版。1816年8月被聘为海得堡大学教授。1817年《哲学全书》出版。1818年3月12日普鲁士国王任命他为柏林大学哲学教授。1821年出版《法哲学原理》。1829年10月当选为柏林大学校长。1831年荣获国家三级红鹰勋章。同年夏季和秋

---

① 张世英:《自我实现的历程——解读黑格尔〈精神现象学〉》,山东人民出版社2001年版,第26—27页。

季,增补、修订和再版《逻辑学》,并于11月7日为该书写了前言,11月14日5时15分,因胃病恶化逝世,终年61岁。

黑格尔比歌德小21岁。歌德所经历的美国独立战争,法国资产阶级大革命,拿破仑执政和失败等重大世界事件,黑格尔也都经历过了。黑格尔在青年时代,深受卢梭思想的影响。他认为法国大革命是卢梭思想的实践。1789年7月14日,当巴黎人民攻占巴士底狱的消息传到德国时,黑格尔的政治热情很高,是图宾根成立的政治俱乐部的积极分子。他与谢林、荷尔德林等一起参加了栽"自由树"的活动,主张共和政体,在保留下来的他的纪念册上记载了一些革命的口号:"反对暴君!""打倒妄想绝对统治心灵的暴政!""自由万岁!""卢梭万岁!"法国资产阶级大革命和黑格尔的学说血肉相连,甚至当黑格尔成了保守派以后,他还认为,如果没有这一场大变动,欧洲的历史是不可想象的。黑格尔和歌德一样,认为拿破仑是法国大革命的继承者,是一个革新家,他欢迎"拿破仑法典",他相信拿破仑的政策将摧毁旧的秩序,促进德国的民族复兴。他曾兴高采烈地写道:"我看见拿破仑皇帝——这个世界精神——在巡视全城。这位伟大人物……骑着马,驰骋全世界,主宰全世界……见他一面实在令人心旷神怡。"[1]恩格斯指出:"黑格尔本人,虽然在他的著作中相当频繁地爆发出革命的怒火,但是总的说来似乎更倾向于保守方面"。[2]黑格尔的革命性与保守性,集中表现在他提出的"凡是现实的都是合理的,凡是合理的都是现实的"这样一个命题中。前一句话显然是把当时德国社会现存的一切神圣化,是在哲学上替专制制度、替警察国家、替王室司法、替书报检查制度祝福,充分表现了黑格尔与封建专制制度妥协的一面。但是在黑格尔的命题中,又贯串了革命辩证法的精神。在他看来,现实的属性仅仅是属于那同时是必然的东西,现实性在其展开过程中表明为必然性。在社会生活的发展过程中,以前的一切现实的东西都会成为不现实的,都会丧失自己的必然性、自己存在的权利、自己的合理性;一种新的、富有生命力的现实的东西就会起来代替正在衰亡的现实的东西。正如恩格斯在《路德维希·费尔巴哈和德国古典哲学的终结》中所分析的,黑格尔的这个命题,由于黑格尔的辩证法本身,就转化为自己的反面:凡在人类历史领域中是现实的,随着时间的推移,都会成为不合理的;凡在人们头脑中是合理的,都注定要成为现实的,不管它和现存的、表面的现实多

---

[1] 参见[前苏联]阿尔森·古留加:《黑格尔小传》,刘半九等译,商务印书馆1980年版,第47页。

[2] 《马克思恩格斯选集》第4卷,人民出版社1995年版,第220页。

么矛盾。"按照黑格尔的思维方法的一切规则,凡是现实的都是合乎理性的这个命题,就变为另一个命题:凡是现存的,都是一定灭亡的。"①哲学革命是政治变革的前导。黑格尔哲学的革命性方面,诗人亨利希·海涅在1833年就看到了,他认为19世纪由黑格尔哲学总其成的德国哲学革命,是德国即将到来的民主革命的序幕。海涅曾经亲自听过黑格尔的课,连黑格尔本人也懂得他提出的命题是有革命意图的。关于这一点海涅说:"我有一天对于'凡是现实的都是合理的'这句话感到不高兴时,他怪笑了一笑,然后对我说:'也可以这么说,凡是合理的必然都是现实的。'连忙转过身来看看,马上也就放心了,因为只有亨利希·贝尔听到了这句话。只是在稍后我才懂得他这句话的意思。"②由于黑格尔哲学的革命方面,常常被"过分茂密的保守的方面所闷死",所以在当时很少有人能像海涅那样从他那笨拙枯燥的语句里面看出其革命精神。恩格斯说:"黑格尔是一德国人,而且和他的同时代人歌德一样,拖着一根庸人的辫子。歌德和黑格尔在各自的领域中都是奥林波斯山上的宙斯,但是两人都没有完全摆脱德国的庸人习气。"③

黑格尔生活的时代,在法国发生了政治大革命,在德国由于种种历史条件的原因,则发生了哲学革命。这场在世界史上影响深远的哲学革命,是由康德开始,而由黑格尔完成的。黑格尔与谢林还在图宾根生活的青年时代,他们就不满于当时在大学里盛行的一个旧的哲学体系,1795年2月4日谢林在给黑格尔信中,明确提出应把"由康德《纯粹理性批判》所带来的革命推向前进……我寄希望于哲学的这最后一步,希望它能清除尘封,把特权哲学家们的哲学妄信的蛛网撕碎。朝霞伴随着康德升起,在高耸的山峰浴沐着太阳光辉时,在谷地丛林中,这里那里还残留点迷雾,是不足怪的。"④谢林与黑格尔一起,以青年人特有的朝气,高喊着"理性和自由永远是我们的口号",⑤满腔热情地投入正在兴起的哲学革命的洪流之中。黑格尔在给谢林的信中,也充分表达了他对哲学革命的期待和决心,他说:"我从极其丰富的康德体系中,期待着在德意志大地上出现一个革命,这个革命要从现存的,并且还有必要的那些原则出发,通过合作的力量,来应用于

---

① 《马克思恩格斯选集》第4卷,人民出版社1995年版,第216页。

② [德]海涅:《论德国宗教和哲学的历史》,海安译,商务印书馆1974年版,第161页。

③ 《马克思恩格斯选集》第4卷,人民出版社1995年版,第218—219页。

④ [德]《黑格尔通信百封》,苗力田译编,上海人民出版社1981年版,第39—40页。

⑤ [德]《黑格尔通信百封》,苗力田译编,上海人民出版社1981年版,第38页。

迄今为止的全部知识。"①　他并且引用希坡尔于1778年写的《生命旅程》的诗句来鼓励自己：

> 朋友们，向太阳，
> 让人类的幸福之泉快快成熟！
> 几茎残枝，几片碎叶，
> 怎能把太阳的光辉遮住？
> 要穿过这些残枝和碎叶，
> 奔向太阳边去，
> 吸吮着它的热和光，莫虑！
> 最好莫过于，
> 让自己酣然永驻。②

　　黑格尔投身于德国哲学革命，开始蕴酿形成和正式建立自己的"新哲学"的庞大体系，始于耶拿大学时期。早在瑞士和法兰克福任家庭教师期间，他已着手研究哲学体系问题，留有写于1796年底—1797年2月9日的《德意志唯心主义的最早体系纲领》的残篇和《1800年体系残篇》，在前一残篇中，他把美看成是涵盖一切的最高理念。"结合一切的理念是美的理念，美这个问题是在更高的柏拉图的意义上来说的。我现在相信理性的最高活动是审美的活动，理性涵盖一切理念于此活动中，真和善只有在美中亲如兄弟姐妹。哲学家必须具有像诗人一样的审美力。没有审美感觉的人乃是我们的学究哲学家。精神哲学是一种审美的哲学……诗因而具有更高的尊严。"③　他的这一美学观点，已孕育着后来建构的庞大体系的胚胎。而后一残篇《1800年体系残篇》，据张世英先生研究，认为这是黑格尔从早期到他建立体系的成熟期的过渡期间的一篇重要作品。在这一"残篇"中，黑格尔又仅一般地用"有机体"、"生命"这样的概念来说明对立面的统一，而且特别阐发了反思、哲学与宗教的关系的理论。④　1800年11月2日黑格尔在给谢林的信中，充满自信，认为自己有能力参加耶拿的学术角逐，"我不能满足于开始于人类低级需要的科学教育，我必须攀登科学

---

① ［德］《黑格尔通信百封》，苗力田译编，上海人民出版社1981年版，第43页。

② ［德］《黑格尔通信百封》，苗力田译编，上海人民出版社1981年版，第44页。

③ 参见张世英：《自我实现的历程》，山东人民出版社2001年版，第9页。

④ 参见张世英：《自我实现的历程》，山东人民出版社2001年版，第11页。

高峰。我必须把青年时代的理想转变为反思的形式,也就是化为一个体系。现在我在问自己,我在什么时候才能着手这一工作,将怎样求得回到对人类生活的干预。"① 事实上,从1801年1月到1807年初在耶拿大学时期,正是黑格尔着手建立和形成自己的哲学体系时期。在耶拿大学黑格尔为了获得一个讲师的席位,于1801年7月完成了《费希特哲学体系与谢林哲学体系的差异》,文中具体分析了谢林哲学的"客观的主体——客体"体系与费希特的"主观的主体——客体"体系的区别,强调哲学必须有体系才能成为"科学"。黑格尔在耶拿大学任教期间讲授过"哲学的一般体系"、"自然哲学与精神哲学"、"逻辑学与形而上学"、"自然法、国家法与民法"等课程,在教学与研究的过程中思考着自己哲学体系的创建。在1805年5月他给沃斯的信中,还透露出他已在酝酿和构思艺术哲学,即美学的体系问题,并将把它作为自己哲学体系的组成部分问世。他打算进一步讲一讲"有关文艺方面的美学。许久以来我就想实现这个愿望,如果我能幸运地受到您的支持,那就不胜荣幸之至了。在秋季,我将把这一著作为一个哲学体系问世"。② 1805年冬黑格尔开始撰写《精神现象学》,1807年4月《精神现象学》正式出版。它标志着黑格尔经过长期研究而建构的未来哲学体系的诞生。

黑格尔构筑自己的哲学体系完全是自觉地有意识地进行的。一方面他认真地、全面地研究了自毕达哥拉斯、苏格拉底、柏拉图、亚里士多德以来西方哲学传统,密切注视着他所处时代正在德国发生的哲学革命的进展,批判地吸取康德、费希特、谢林、席勒、歌德、施莱格尔等人的研究成果;同时他又非常关注自然科学研究的每一新成就。他认为:"哲学实际上是科学之王,不论从它自身来说,还是从它和各种科学的关系来说,也是这样。科学从哲学得到它们的本质,它们的概念,它们的活力。哲学从其他科学汲取充实其内容的映象,并且推动其他科学,补足了它们在概念上的缺欠,它同样地为科学所推动,使它的抽象有了充实的内容。"③ 黑格尔的兴趣非常广泛,他学习、研究和讲授的内容几乎包括自然科学、社会科学各个领域的问题。在耶拿大学、海德堡大学、柏林大学,他讲授过全部哲学科学、思维生物学、自然哲学、精神哲学、自然法学、美学等等。他力图以德国化的哲学语言,去概括他那个时代人文科学与自然科学所达到的最高成就。在德国古典哲学中涌

---

① [德]《黑格尔书信百封》,苗力田编译,上海人民出版社1981年版,第58页。

② [德]《黑格尔书信百封》,苗力田编译,上海人民出版社1981年版,第202页。

③ [德]《黑格尔书信百封》,苗力田编译,上海人民出版社1981年版,第201页。

现出来的哲学家都非常重视自己哲学体系的建立,黑格尔对建立体系尤为重视。黑格尔说:

> 　　哲学若没有体系,就不能成为科学。没有体系的哲学理论,只能表示个人主观的特殊心情,它的内容必定是带偶然性的。哲学的内容,只有作为全体中的有机环节,才能得到正确的证明,否则便只能是无根据的假设或个人主观的确信而已。……真正的哲学是以包括一切特殊原则于自身之内为原则。①

体系与系统在英文中是一个词(system)。在黑格尔看来,作为体系,首先它应有一个核心概念作为逻辑起点;第二,它具有贯彻始终的统一的方法论原则;第三,它是由一系列有着内在联系的范畴构成;第四,体系又是一个过程,它是由"许多圆圈所构成的大圆圈。这里面每一圆圈都是一个必然的环节,这是特殊因素的体系构成了整个理念,理念也同样表现在每一个别环节之中。"② 黑格尔把"理念"(绝对精神)看作是他的整个体系的核心和逻辑起点,辩证法是贯串他整个体系的方法论原则,理念按照对立统一规律、沿着否定之否定的轨迹不断运动和发展着,他的整个体系又是有一系列范畴构成的整体。理念既是主体,又是过程,他的庞大哲学体系实际是一个理念的无穷的循环圈。黑格尔从《精神现象学》开始,到1817年《哲学全书》的出版,不断地充实和完善了他的哲学体系。

黑格尔是德国古典哲学的集大成者,他一生著述很多,构建起了一个百科全书式的世界史上前所未有的庞大的哲学体系。恩格斯说:"黑格尔完成了新的体系。从人们有思维以来,还从未有过像黑格尔体系那样包罗万象的哲学体系。逻辑学、形而上学、自然哲学、精神哲学、法哲学、宗教哲学、历史哲学,——这一切都结合成为一个体系,归纳成为一个基本原则。"③ 黑格尔生前,正式出版的著作有:《精神现象学》《逻辑学》《哲学全书》。对于《精神现象学》,马克思恩格斯称它是"黑格尔的圣经"④,是黑格尔哲学的"真

---

① 参见《西方哲学原著选读》下卷,北京大学哲学系外国哲学史教研室编译,商务印书馆1987年版,第376页。

② 参见《西方哲学原著选读》下卷,北京大学哲学系外国哲学史教研室编译,商务印书馆1987年版,第376页。

③《马克思恩格斯全集》第1卷,人民出版社1965年版,第588—599页。

④《马克思恩格斯全集》第3卷,人民出版社1960年版,第163页。

正诞生地和秘密"。① 该书在黑格尔的整个哲学体系中具有导言的性质。关于《逻辑学》(即《大逻辑》,分上下卷),列宁说:"黑格尔逻辑学的总结和概要、最高成就和实质,就是辩证的方法,——这是绝妙的。还有一点:在黑格尔这部最唯心的著作中,唯心主义最少,唯物主义最多。'矛盾',然而是事实。"② 《哲学全书》是黑格尔体系的代表作。包括:《逻辑学》(又称《小逻辑》),《自然哲学》《精神哲学》。《法哲学原理》,1821年出版。这是表现黑格尔的政治观点和立场最保守的著作。同时在这部著作中,"黑格尔宣布了德国资产阶级取得政权的时刻即将到来。"③ 黑格尔死后,由他的学生整理出版的著作有《历史哲学》《宗教哲学》《哲学史讲演录》《美学》等。黑格尔的《美学》,主要是由他的学生霍托根据听课笔记和黑格尔亲自写的讲课提纲,整理、编辑而成,于1835年正式出版。黑格尔生前多次讲过美学课程,1817年和1819年夏在海德堡大学讲过两次,后在柏林大学讲过四次:1820年第二学期,1823年第一学期,1826第一学期,1828年第二学期。霍托主要是用的1823年和1826年的听课笔记,还有黑格尔1817年写的讲课提纲(1820年又作了修改),但该提纲的手稿后来被编辑者丢失。《美学》于1935年首次出版。以后《黑格尔全集》的编辑者拉松(1864—1932),又根据他所能收集到的听课人的笔记,对霍托编辑的《美学》第一部分进行了仔细的校订。《美学》全书,由朱光潜先生根据德文原本,参考英俄法译本,已全部翻译到我国。1979年—1981年三卷本的《美学》全部出齐。这是朱光潜先生对中国美学建设做出的一项重要贡献。黑格尔的《美学》是他的庞大的哲学思想体系的组成部分。黑格尔的整个哲学体系分三大部分:一、精神现象学,是整个体系的导言部分;二、逻辑学,是全体系的核心部分;三、应用逻辑学,这是黑格尔所说的逻辑学和哲学的两种实在科学,即自然哲学和精神哲学。精神哲学又分主观精神、客观精神、绝对精神。绝对精神是精神从自在到自为发展的最高阶段。美学或艺术哲学、宗教和哲学则是绝对精神发展的三个阶段。美学或艺术哲学在黑格尔整个哲学体系中所占的地位,是属于绝对精神自我认识的低级阶段,哲学是理念发展的最高峰,是理念的全部目的的实现,以后它就不再发展了。关于黑格尔的哲学体系,我国著名哲学家和翻译家贺麟教授曾图示如下:

① 《马克思恩格斯全集》第42卷,人民出版社1979年版,第159页。
② 列宁:《哲学笔记》,中共中央学校出版社1991年版,第264—265页。
③ 《马克思恩格斯选集》第1卷,人民出版社1995年版,第492页。

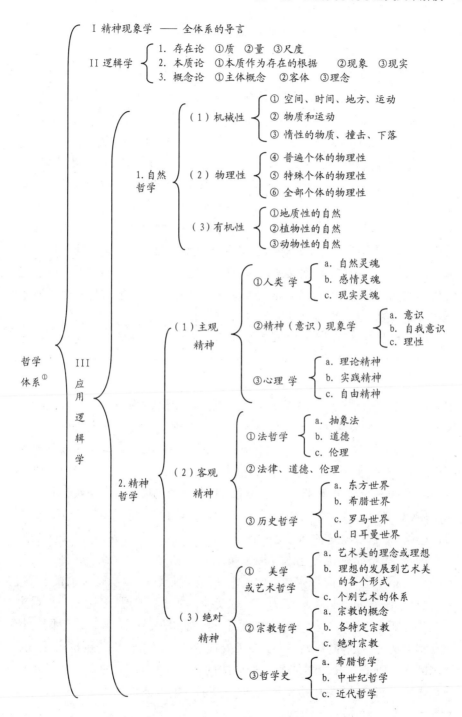

Ⅰ 精神现象学 —— 全体系的导言

Ⅱ 逻辑学
1. 存在论　①质　②量　③尺度
2. 本质论　①本质作为存在的根据　②现象　③现实
3. 概念论　①主体概念　②客体　③理念

哲学体系①

Ⅲ 应用逻辑学

1. 自然哲学
（1）机械性
① 空间、时间、地方、运动
② 物质和运动
③ 惰性的物质、撞击、下落

（2）物理性
④ 普遍个体的物理性
⑤ 特殊个体的物理性
⑥ 全部个体的物理性

（3）有机性
①地质性的自然
②植物性的自然
③动物性的自然

2. 精神哲学

（1）主观精神
①人类学
a. 自然灵魂
b. 感情灵魂
c. 现实灵魂

②精神（意识）现象学
a. 意识
b. 自我意识
c. 理性

③心理学
a. 理论精神
b. 实践精神
c. 自由精神

（2）客观精神
①法哲学
a. 抽象法
b. 道德
c. 伦理

②法律、道德、伦理

③历史哲学
a. 东方世界
b. 希腊世界
c. 罗马世界
d. 日耳曼世界

（3）绝对精神
① 美学或艺术哲学
a. 艺术美的理念或理想
b. 理想的发展到艺术美的各个形式
c. 个别艺术的体系

②宗教哲学
a. 宗教的概念
b. 各特定宗教
c. 绝对宗教

③哲学史
a. 希腊哲学
b. 中世纪哲学
c. 近代哲学

① 贺麟：《黑格尔哲学体系与方法的一些问题》，见《西方哲学史讨论集》，三联书店 1979 年版，第 153 页。

　　黑格尔的这个包罗万象的唯心主义哲学体系,是"头足倒立"的。在他的体系中,理念主宰一切,推动一切,也是世界历史发展的归宿。理念按照辩证法的规律,发展自己,实现自己,最后又复归到自身。

　　黑格尔关于"美是理念的感性显现"的著名理论,就是他的理念论的派生物。由于美(黑格尔主要是讲的艺术美),能够显现理念,认识理念,因此它是无限的、绝对的、自由的,在他整个哲学体系中属于精神哲学发展的最高阶段——绝对精神阶段。但是由于它毕竟不能离开感性而显现出理念,所以它又不能充分地全部地认识理念。这样美或艺术哲学就只好让位给宗教和哲学了。结果,最后又等于杜绝了美学的发展,进而否定了艺术和美学。这个问题是黑格尔的客观唯心主义体系和辩证法之间无法克服的矛盾所必然产生的。从黑格尔美学在他哲学体系中的地位中可以看出,他的美学有两个显著特点:一是理性主义的,美是理念的感性显现;一是人本主义的,他认为主要的美是艺术美,而艺术美又是以人为中心的。他对自然美的观点显然与此有关。

　　恩格斯指出:"黑格尔的体系作为体系来说,是一次巨大的流产,但也是这类流产中的最后一次。就是说,它还包含着一个不可救药的内在矛盾:一方面,它以历史的观点作为基本前提,即把人类的历史看作一个发展过程,这个过程按其本性来说在认识上是不能由于所谓绝对真理的发现而结束的;但是另一方面,它又硬说它自己就是这种绝对真理的全部内容。关于自然和历史的无所不包的、最终完成的认识的体系,是同辩证思维的基本规律相矛盾的;但是这样说决不排斥,相反倒包含下面一点,即对整个外部世界的有系统的认识是可以一代一代地取得巨大进展的。"[①]辩证法始终承认矛盾,对立统一规律是它的根本规律,黑格尔则宣布绝对精神完全回归到自己的阶段,就没有了矛盾,进入了和谐统一的无差别境界;辩证法是彻底的发展观,黑格尔则认为艺术发展的黄金时代在过去,不在未来,艺术发展的结果是取消艺术,而被宗教、哲学所代替;辩证法的本质是革命的、批判的,黑格尔则宣布普鲁士国家为"绝对精神"的完善体现,并且力图把君主说成是真正的"神人",把国家看成地上的"神物",极力为普鲁士王国的封建专制度辩护。这样以来,"方法为了要迎合体系就不得不背叛自己。"[②]黑格尔的客观唯心主义哲学体系和辩证法的矛盾,贯串在他的自然哲学和精神哲学中,自然在美学中也鲜明地表现出来。把辩证法和历史发展观点运

　　[①]《马克思恩格斯选集》第3卷,人民出版社1995年版,第363页。

　　[②]《马克思恩格斯选集》第4卷,人民出版社1995年版,第229页。

用到美学研究之中,是黑格尔美学思想最重要的特点和最主要的成就。他的辩证法为了迎合以理念为出发点和归宿的唯心主义体系,这样他在解释艺术美时,就不是到人类的现实生活中去找根源,去解释艺术冲突的产生和发展,而是从绝对理念的运动发展中去研究所谓"普遍力量"之间——实际是神与神之间的矛盾和冲突,这种观点的荒谬性是显而易见的。方法为了迎合体系的需要,这就使黑格尔不可能将辩证法的原则在美学中贯彻到底,加上他的政治上的妥协性,因此他所追求的最高艺术境界,仍然是矛盾的和解,"理想的静穆"。

黑格尔的唯心主义哲学体系和辩证法的矛盾,在其深刻的社会历史根源,它反映了德国资产阶级的软弱性和妥协性。

第三节　黑格尔《美学》的结构、 方法和体系的主要内容

黑格尔的《美学》虽然读起来感到抽象、晦涩、难懂。但是只要你认真钻进去,结合他的《精神现象学》《逻辑学》一起来读《美学》,你就会发现许多新鲜而有价值的东西。内容的丰富,结构的完整,在历史上是空前的,是世界美学史上的一座丰富的宝库。

《美学》按照黑格尔的理论逻辑系统,分为三大卷,一个序论。全书的结构由四大部分组成:第一,全书序论,这是黑格尔全部著作中最长的一篇序论,可以说是全书的纲。序论中的概括地讲了美学的范围和地位;美和艺术的科学研究方式;艺术美的概念;题材的划分。第二,第一卷讲的是艺术美的基本原理,论述了艺术美的理念或理想,自然美和艺术美的关系,艺术理想的本质特征和艺术家的想象、天才和灵感,作风、风格和独创性等问题。第三,第二卷讲艺术史,论述了理想发展为各种特殊类型的艺术美,历史地考察了象征型艺术、古典型艺术和浪漫型艺术的特点和发展演变。第四,第三卷最长,分上下两册,讲各门艺术的体系,具体论述了建筑、雕刻、绘画、音乐和诗(包括戏剧)这些门类艺术和特征的历史发展。他所讲的诗,实际指的是各类文学作品,他的诗论,就是讲的文学理论,由于黑格尔本人对诗有很高的修养和研究,因此他的诗论就成了《美学》中的精华所在。著名的黑格尔传记作家阿尔森·古留加曾经说过:黑格尔的美学是一座宏伟的建筑,"这部著作不仅以其系统性和逻辑—历史性结构,而且还有对于细节(个别艺术作品、个别艺术家的全部作品、全部艺术种类)的丰富而贴切

的分析,证实了作者渊博的知识,同时证实了他对艺术一往情深的热爱。"①

《美学》在方法论上最大的特点就是他成功地运用辩证法和历史主义来研究美学,坚持历史的观点与逻辑观点的统一。黑格尔与前人不同,他不是孤立地、静止地而是动态地去研究美和艺术,将美的艺术与整个精神现象领域联系在一起(与哲学、宗教、法、道德联系在一起研究),放在人类社会历史过程中加以研究,将理论与艺术实践、历史发展与逻辑结合在一起揭示艺术的特点和规律。恩格斯曾经指出:黑格尔的最大的功绩,就是恢复了辩证法这一最高的思维形式。黑格尔的思维方式不同于所有其他哲学家的地方,就是他的思维方式有巨大的历史感作基础。形式尽管是那么抽象和唯心,他的思想发展却总是与世界历史的发展紧紧地平行着,而后者按他的本意只是前者的验证。黑格尔在《美学》第一卷全书序论中,专门论述了美和艺术的科学研究方式。他历史地考察和评述了两种相反的研究美和艺术的方式,并在总结历史经验的基础上提出了第三种研究方式。

第一种是以经验作为研究出发点的方式。它最基本的特点是从现存的个别作品出发的。这种艺术的科学只围绕着实际艺术作品的外表进行活动,把它们造成目录,摆在艺术史里,或是对现存作品提出一些见解或理论,为艺术批评和艺术创作提供一些普遍的观点。以这种方式从事研究,艺术方面的博学所需要的不仅是渊博的历史知识,而且要有很专门的知识,还需要有很好的记忆力,锐敏的想象力,只有这样才能紧紧掌握住艺术形象的一切特色,进而才能拿它和其他艺术作品作比较。黑格尔充分肯定这种科学研究方式在历史上的科学价值和现实的指导意义。他说:"每个人要想成为艺术学者,都必须走这条路。"② 从经验出发的艺术科学,对于形成一些一般性的标准和法则,形成的各门艺术的理论,起过重要的作用,产生了一些著名的理论文献。黑格尔特别提到的,如亚里士多德的《诗学》,贺拉斯的《诗艺》和朗吉弩斯的《论崇高》。他认为:"这些著作中所作出的一些一般性的公式是作为门经和规则,来指导艺术创作的,特别是在诗和艺术到了衰颓的时代,它们就被人们奉为准绳。但是这些艺术医生的处方对于艺术所收的治疗功效还不如一般医生所开的。"③ 这种科研方式的不足之处,由于它所根据的是一个很狭小范围的艺术作品,尽管这些作品是好的,在艺术领域中却只是一小部分,它所概括出来的某些公式、规则,有一部分只是很琐屑的感想,

---

① 参见[苏]阿尔森·古留加《黑格尔小传》,刘半久等译,商务印书馆1980年版,第140页。

② [德]黑格尔:《美学》第1卷,朱光潜译,商务印书馆1979年版,第18—19页。

③ [德]黑格尔:《美学》第1卷,朱光潜译,商务印书馆1979年版,第19—20页。

不能解决艺术的具体问题,比如贺拉斯的《诗艺》就充满这样的公式。黑格尔说:"其实艺术哲学没有任务要替艺术家开方剂,而是要阐明美一般说来究竟是什么,它如何体现在实际艺术作品里,却没有意思要定出方剂式的规则。"① 这种以经验作为出发点的科学研究方式,在近代哲学史上被称之为经验派,是一种自下而上的研究方式,培根是这种科研方法的鼻祖。以后洛克又进一步发挥了培根的经验论,提出了白板论。关于哲学上对经验论的评价,黑格尔在《哲学史讲演录》中,曾作过具体的评述。

第二种是以理念作为研究出发点的方式。这是一种自上而下的研究方式。这种研究美和艺术的科学研究方式,与以经验作为出发点的研究方式正好相反,它运用理论思考的方式,它要认识美本身,深入理解美的理念。这种研究方式是从理念或概念出发,着重于理性、普遍性的方面,忽视个别的、特殊的、感性的因素。在美学史上柏拉图被认为是理念研究的奠基人和引路人。黑格尔一方面充分肯定柏拉图从理念出发的研究方式,他说:"理念就是前进,就是从抽象到具体,因为一切事物在开始时总是抽象的。这种前进被表明为自身从自身的前进和发展。总而言之,理念在自身本质上是具体的,是有差别的统一,而最高的统一,是概念和对象的统一。"② 在《美学》中他又说:"美既然应该从它的本质和概念去认识,唯一的路径就是通过思考的概念作用,无论是一般理念的逻辑的和形而上学的性质,还是美这种特殊的理念,都要通过这种思考的概念作用才能进入思考者的意识。"③ 同时黑格尔又指出柏拉图这种从理念概念出发的研究方式,很容易变成一种抽象的形而上学,这是因为柏拉图式的理念是空洞无内容的,是与具体事物相脱离的,因而它不能解决美究竟是什么这个基本理论问题。黑格尔在《逻辑学》中,对于单纯从理念概念出发的推论、演绎,曾讽刺说:"所谓规则、规律的演绎,尤其是推论的演绎,并不比把长短不齐的小木棍,按尺寸抽出来,再捆在一起的作法好多少,也不比小孩们从剪碎了的图画把还过得去的碎片拼凑起来的游戏好多少。"④ 黑格尔本人对美和艺术的研究也是从理念出发,不过他所说理念已不同于柏拉图的理念概念。柏拉图的理念是理念在个别之外,黑格尔则是理念在感性的个别之中。黑格尔说:"不错,我们在艺术哲学里也还是必须从美这个理念出发,但是我们却不应该固执柏拉图式理念的

---

① 〔德〕黑格尔:《美学》第1卷,朱光潜译,商务印书馆1979年版,第23页。

② 〔德〕黑格尔:《黑格尔书信百封》,苗力田编译,上海人民出版社1981年版,第240页。

③ 〔德〕黑格尔:《美学》第1卷,朱光潜译,商务印书馆1979年版,第27页。

④ 〔德〕黑格尔:《逻辑学》上卷,杨一之译,商务印书馆1981年版,第34—35页。

抽象性,因为那只是对美进行哲学研究的开始阶段的方式。"① 柏拉图所说的
"理念",是与现实的、个体的、个别的感性事物脱离的,实际是太空中虚无飘
渺的实体、共相或神。而黑格尔所说的理念,是与现实世界的具体、个别、感
性事物统一在一起的,尽管在其本质上与柏拉图的理念都是唯心的、神秘主
义的。列宁指出:"黑格尔确实证明了:逻辑形式和逻辑规律不是空洞的外
壳,而是客观世界的反映。更确切说,不是证明了,而是天才地猜测到了。"②
黑格尔的理念与柏拉图的理念的另一点不同则是黑格尔并不像柏拉图那
样,把理念看作是静止不动的,黑格尔认为理念一直是处于不断的发展过程
中,是一个在对立统一的矛盾运动中不断否定自己而又不断回复到自己的
发展过程。黑格尔明确说:"我的方法不过是从概念自身发展出来的必然过
程,除此之外再去寻找更好的理由、含义是徒劳的。"③

　　第三种是经验观点与理念观点统一的研究方式。这种方式就是德国古
典哲学中研究美和艺术的方式。黑格尔扼要地批判了经验派和理性派研究
方式的片面性,指出:"我们就必须把美的哲学概念看成上述两个对立面的
统一,即形而上学的普遍性和现实事物的特殊性的统一。只有这样,我们才
是按照它的真实性来理解它。"④ 在德国古典美学中,以康德为开端,打破了
从经验出发或从理念出发的传统研究方式,开始走上了按经验与理念统一
的方式研究美或艺术的新阶段。但是康德只是从主观方面看到了普遍性与
特殊性、概念与对象、目的与手段的辩证统一,而否定其客观性。黑格尔批判
继承了康德的辩证法思想,进一步论述了这种对立统一的关系,认为它不仅
存在于主观世界中,而且同样存在于客观世界之中。因此,只有克服康德的
缺点,"我们才能凭借这种概念去对必然与自由、特殊与普遍、感性与理性等
对立面的真正统一,得到更高的了解。"⑤ 在黑格尔看来,对美和艺术之所以
必须采取经验和理念的观点相统一的方式,这是由于艺术的内在必然性及
其历史发展所决定的。"从一方面看,美的哲学概念与空洞的片面抽象的思
考相反,它本身是丰产的,因为按照它的概念,它须发展为一些定性的整体,
而它的概念本身及其在生发中所得到的定性,都含有一种必然性,它必须要
有它特殊个体以及这些特殊个体的发展和互相转化。从另一方面看,转化

---

　　① [德]黑格尔:《美学》第1卷,朱光潜译,商务印书馆1979年版,第27—28页。

　　② [苏]列宁:《哲学笔记》,人民出版社1962年版,第192页。

　　③ [德]黑格尔:《黑格尔书信百封》苗力田编译,上海人民出版社1981年版,第242页。

　　④ [德]黑格尔:《美学》第1卷,朱光潜译,商务印书馆1979年版,第28页。

　　⑤ [德]黑格尔:《美学》第1卷,朱光潜译,商务印书馆1979年版,第76页。

所成的这些特殊主体也包含着概念的普遍性和本质,它们就作为这普遍性和本质所特有的特殊个体而出现。"①黑格尔提出的"经验观点和理念观点的统一"的研究方式,贯串了他的唯心主义的历史观和辩证法,具体体现了历史的和逻辑系统方法的统一。在《小逻辑》中,他概括地阐明了这种方法的基本特征。他说:"在哲学历史上所表现的思想进展的历程与在哲学系统里所发挥的思想进展的历程,原是相同的,不过在哲学系统里,解脱了历史的外在性或偶然性,而纯从思想的本质去发挥思想进展的逻辑历程罢了……哲学若没有系统,绝不能成为科学。没有系统的哲学理论,只能表示个人的主观的特殊心情,它的内容必是偶然而缺乏理则的。哲学的内容,只有为全体思想系统中的有机分子,方有其效率,此外,便只能认作无根据的假设或个人主观的确信而已。"②对于黑格尔论述的这一方法论原则,马克思主义创始人给予高度重视,并且批判地加以改造。恩格斯说:"逻辑的研究方式是唯一适用的方式。但是,实际上这种方式无非是历史的研究方式,不过摆脱了历史的形式以及起扰乱作用的偶然性而已。历史从哪里开始,思想进程也应当从哪里开始,而思想进程的进一步发展不过是历史过程在抽象的、理论上前后一贯的形式上反映;这种反映是经过修正的,然而是按照现实的历史过程本身的规律修正的,这时,每一个要素可以在它完全成熟而具有典型性的发展点上加以考察。"③黑格尔将历史的和逻辑系统的观点统一起来,将经验的和理念的观点统一起来,并且卓越地运用于美或艺术的研究之中,使他对美学和文艺学作出了重大的贡献。

黑格尔《美学》体系的主要内容。黑格尔把美学看作是他哲学体系的一个分支,而美学本身又是自成体系的。什么是美学,他在美学演讲中作了具体的界定:"我们的这门科学的正当名称却是'艺术哲学',或则更确切一点,'美的艺术的哲学'"。④这里就他的艺术哲学体系的主要内容讲几个问题。

一、什么是艺术美和美

黑格尔在论述了美和艺术的科学研究方式后,接着就从研究艺术美的概念开始,来构筑他庞大的美学体系。

①［德］黑格尔:《美学》第1卷,朱光潜译,商务印书馆1979年版,第28页。
②［德］黑格尔:《小逻辑》,贺麟译,商务印书馆1979年版,第67—68页。
③《马克思恩格斯选集》第2卷,人民出版社1995年版,第43页。
④［德］黑格尔:《美学》第1卷,朱光潜译,商务印书馆1979年版,第3—4页。

黑格尔把艺术和艺术美看作是美学研究的主要对象。因此他认为要对美学的对象作科学的研究,首先应该说明艺术美在现实领域里一般所占的地位,以及与哲学等其他部门的关系。在谈到艺术美在现实领域所占的地位时,黑格尔写道:

> 只要检阅一下人类生存的全部内容,我们就可以看出在我们的日常意识里种种兴趣和它们的满足有极大的复杂性。首先是广大系统的身体方面的需要,规模巨大组织繁复的经济网,例如商业、航业和工艺之类,都是为着满足这些需要而服务。比这较高一层的就是权利、法律,家庭生活,等级划分,以及整个的庞大国家机构。接着就是宗教的需要,这是每个人心里都感觉到而从教会生活中得到满足的。最后就是分得很细的科学活动,包罗万象的知识系统。艺术活动,对美的兴趣,以及美的艺术形象所给的精神满足也是属于这个范围的。这里就有这样一个问题:联系到世界中其他生活部门,这种需要有什么内在必然性呢? 首先我们看到这些范围的需要只是存在面前的事实。但是按照科学的要求,我们就得深入研究它们的本质上的内在联系和彼此之间的必然性。①

黑格尔的这段论述,把社会生活看作是一个大系统,而又把复杂的经济网看作是第一个层次,把庞大的国家机构看作是第二个层次,把宗教、艺术等精神生活看作是最高的层次,并要求从研究它们之间的内在联系和必然性,来确定艺术美的本质,这种观点是十分深刻的,其中可以说已含有历史唯物主义的萌芽。那么是"什么需要使得人要创造艺术作品呢? "黑格尔认为艺术是和整个时代和整个民族的一般世界观和宗教旨趣联系在一起的。值得注意的是,他特别将实践的观点引进了艺术创造活动之中。他说:"艺术的普遍而绝对的需要是由于人是一种能思考的意识,这就是说,他由自己而且为自己造成他自己是什么,和一切是什么。"②人是通过两种方式:一是认识的方式,二是以实践的方式,来认识自己,观照自己。人不仅可以认识人的内心世界,也可以认识外在世界,并且能够"把思考所发见为本质的东

① 〔德〕黑格尔:《美学》第1卷,朱光潜译,商务印书馆1979年版,第122页。
② 〔德〕黑格尔:《美学》第1卷,朱光潜译,商务印书馆1979年版,第38页。

西凝定下来"。更为重要的是，"人还通过实践的活动来达到为自己（认识自己），因为人有一种冲动，要在直接呈现于他面前的外在事物之中实现他自己，而且就在这实践过程中认识他自己。人通过改变外在事物来达到这个目的，在这些外在事物上面刻下他自己内心生活的烙印，而且发现他自己的性格在这些外在事物中复现了。"① 艺术表现的普遍需要，是一种理性的需要。人一方面把凡是存在的东西在内心里化成"为他自己的"（自己可以认识的），另一方面也把这"自为的存在"实现于外在世界，通过实践活动，把存在于自己内心世界里的东西，为自己也为旁人，化成观照和认识的对象，从而满足人的那种心灵自由的需要。黑格尔说："这就是人的自由理性，它就是艺术以及一切行为和知识的根本和必然的起源。"② 艺术创作是一种复杂的有目的的精神劳动。自由理性是艺术活动的根本起源。人的本质力量对象化，自然的人化和人化自然。马克思对于黑格尔把艺术看成是人的自我创造，人自己的外在现实，给予了肯定的评价。"黑格尔把人的自我创造看作一个过程，把对象化看作非对象化，看作外化和这种外化的扬弃；因他抓住了劳动的本质，把对象性的人、真正的因而是现实的人理解为他自己的劳动的结果。"③ 接着马克思又指出，黑格尔只知道而且只承认劳动的一种方式，即抽象的心灵劳动。把人的本质同自我意识等同起来，所谓人的本质的对象化，不过是抽象的、能思维的本质，即自我意识的外化。这样，他虽然提出了人的实践活动与艺术起源的关系问题，但由于是抽象的、唯心的理解，最终也就不可能科学地解释艺术的起源和本质。

理念是黑格尔哲学体系（包括美学体系）的逻辑起点和归宿。他认为："艺术的任务在于用感性来表现理念，以供直接观照，而不是用思想和纯粹心灵性的形式来表现，因为艺术表现的价值和意义在于理念和形象两方面的协调和统一，所以艺术在符合艺术概念的实际作品中所达到的高度和优点，就要取决于理念与形象能互相融合而成为统一体的程度。"④ 美和艺术的基本特质是以形象的鲜明性和感官性达到理性与感性的辩证统一。人同美的艺术作品的关系，既不是一种实践欲望的关系，也不是一种对于理智、纯粹的认识关系。因为理智所探求的是对象的普遍性、规律、思想和概念，它

① ［德］黑格尔：《美学》第1卷，朱光潜译，商务印书馆1979年版，第39页。

② ［德］黑格尔：《美学》第1卷，朱光潜译，商务印书馆1979年版，第40页。

③ 马克思：《1844年经济学——哲学手稿》，刘丕坤译，人民出版社1979年版，第116页。

④ ［德］黑格尔：《美学》第1卷，朱光潜译，商务印书馆1979年版，第90页。

不仅把个别事物丢在后面,而且把它转化成内在的,从一个感性具体的东西转化为一种抽象思考的东西,这就是把它转化为和感性现象根本不同的东西。正是在这一点上,使哲学或其他科学同艺术有了根本区别。人同艺术作品的关系,是一种个别的感性观照关系。正如艺术品借颜色、形状、声音等方面直接的感性的个别定性,显现为外在对象一样,艺术观照也不离开它所直接接触的对象。"由此可知,艺术兴趣和欲望的实践兴趣之所以不同,在于艺术兴趣让它的对象自由独立存在,而欲望却要把它转化为适合自己的用途,以至于毁灭它;另一方面,艺术观照和科学理智的认识性的探讨之所以不同,在于艺术对于对象的个体存在感到兴趣,不把它转化为普遍的思想和概念。"① 艺术、宗教、哲学同属于绝对心灵的领域。艺术的使命在于用感性艺术形象的形式去显现真实,从而使理念成为观照和感觉的对象。黑格尔说:"感性观照的形式是艺术的特征,因为艺术是用感性形象化的方式把真实呈现于意识,而这感性形象化在它的这种显现本身里就有一种较高深的意义,同时却不是超越这感性体现使概念本身以其普遍性相成为可知觉的。因为正是这概念与个别现象的统一才是美的本质和通过艺术所进行的美的创造的本质。"②

　　第一,理念是概念与客观存在的统一。美和艺术美的本质是理念,即是绝对理念,这是最高的真,指的是美的内容。在这里美与真是统一的。概念是指哲学逻辑里的那种纯理性的理念。而美或艺术的理念,则是与客观现实结合而成为概念与实在的统一体的那种理念。概念如果脱离它的客观存在,就不是真实的概念,理念如果没有现实存在而外在于现实存在,也就不是真实的理念。美只是最高真实的一种表现形式。他说:"只有作为现实的理念,美的理念才能存在,而理念的现实性,只有在具体个别事物里才能得到。"③ 黑格尔所说的理念,既是世界的主体、本体、本原,又是现象界一切具体事物的灵魂。实体就是主体。"就艺术美来说的理念并不是专就理念本身来说的理念,即不是在哲学逻辑里作为绝对来了解的那种理念,而是化为符合现实的具体形象,而且与现实结合成为直接的妥贴的统一体的那种理念。因为就理念本身来说的理念虽是自在自为的真实,但是还只是有普遍性,而尚未化为具体对象的真实;作为艺术美的理念却不然,它一方面具有明确的定性,在本质上成为个别的真实,另一方面它也是现实的一种个

---

① ［德］黑格尔:《美学》第1卷,朱光潜译,商务印书馆1979年版,第48页。
② ［德］黑格尔:《美学》第1卷,朱光潜译,商务印书馆1979年版,第129—130页。
③ ［德］黑格尔:《美学》第1卷,朱光潜译,商务印书馆1979年版,第185页。

别表现,具有一种定性,使它本身在本质上正好显现这理念。这就等于提出这样一个要求:理念和它的表现,即它的具体现实,应该配合得彼此完全符合。按照这样理解,理念就是符合理念本质而显现为具体形象的现实,这种理念就是理想。"① 由此可以看出,黑格尔所说的美的理念,既不是柏拉图式的抽象的形而上学定义,也不同于康德的先验主义、形式主义和不可知论的见解。美的理念不仅是概念与实在的统一,而且是普遍与个别、本质与现象的统一体。

第二,理念与感性显现的统一。"显现"有"现外形"和"放光辉"的意思。黑格尔说:"美的生命在于显现(外形)。"② 这个显现,是理念的自我显现。理念要显现自己,就必须与具体的、感性的、个别的事物联系起来,就必须找到表现自己的最恰当的形式,并且显示出自己是一个生命灌注的整体。"在艺术里,这些感性的形状和声音之所以呈现出来,并不只是为着它们本身或是它们直接现于感官的那种模样、形状,而是为着要用那种模样去满足更高的心灵的旨趣,因为它们有力量从人的心灵深处唤起反应和回响。这样,在艺术里,感性的东西是经过心灵化了,而心灵的东西也借感性化而显现出来了。"③ 心灵化就是理性化。感性的东西理性化,理性的东西感性化,理性与感性的统一,内容与形式的统一,这就是黑格尔所说的"感性显现"真正含义。当然在理性与感性、内容与形式的关系中,理性、内容,也就是理念,起着主导作用,是美的本原、基础和灵魂。因为黑格尔始终把艺术看成是由绝对理念本身生发出来的,并且把艺术的目的看成是绝对本身的感性表现。在他看来,"艺术的内容就是理念,艺术的形式就是诉诸感官的形象。艺术要把这两方面调和成为一种自由的统一的整体。"④ 在《哲学史讲演录》中,黑格尔更为具体地阐发了关于"美是理念的感性显现"的思想,他说:"美之为美即是感性的美,并不是在人所不知的无何有之乡;不过在感性上是美的东西,也正是精神性的。美的理念一般也是这样的情形。正如现象界的事物的本质和真理是理念,同样现象界的美的事物的真理也是这个理念。对于肉体的关系,就其为各种欲望间的关系,或者舒适的事物或有用的事物间的关系而言,并不是美的关系;这仅只是感性的关系,或个别与个别的关系。而美的本质只是在感性形态下作为一个事物而出现的简单的理性的理念,

---

① [德]黑格尔:《美学》第1卷,朱光潜译,商务印书馆1979年版,第92页。

② [德]黑格尔:《美学》第1卷,朱光潜译,商务印书馆1979年版,第7页。

③ [德]黑格尔:《美学》第1卷,朱光潜译,商务印书馆1979年版,第49页。

④ [德]黑格尔:《美学》第1卷,朱光潜译,商务印书馆1979年版,第87页。

这个美的事物除了理念外没有别的内容。"①

黑格尔提出的"美是理念的感性显现",不仅包含着辩证而又丰富的含义,而且在理论上也有重大的意义。在西方美学史上,自从鲍姆嘉通在1750年创立美学(Aesthetic)这门学科的名称以来,对于美的本质,理性派和经验派各执一端,争论不休。理性派认为美的基础是理性,经验派认为美的本质在感性,美只是在感性形象上,美的享受只是感官的享受。他们往往都是割裂感性与理性的关系,强调美只关感性的看法。黑格尔则以辩证的观点,明确提出"美是理念的感性显现",强调感性与感性的统一,这不论在美学史上,还是在艺术创作上,都有积极的意义。同时,我们又必须看到,黑格尔提出的美的定义,终究是一个唯心主义的定义。他把美和艺术,看成是绝对理念的派生物,这自然就否定了美和艺术的客观的现实的根源。在理念的感性显现中,他虽然强调理念与感性显现的统一,但它的核心、基础则是理念、是心灵。他说:"艺术美是由心灵产生和再生的美。"②"自然美只是属于心灵的那种美的反映"。③黑格尔从他的理念论出发,轻视和贬低自然美,认为自然美不是真正的美,不能成为美学研究的对象。但他承认自然美的存在,它只是美的低级阶段,同样是理念的表现或显现。无机的自然还没有生命,只有到了有生命的有机自然阶段,才显示出美。自然美只是"为我们,为审美的意识而美。"④总之,在黑格尔关于美的定义中,颠倒了艺术和现实的关系,因而他也不可能真正科学地揭示出美、艺术和自然美的本质。

二、艺术美与理想美:黑格尔的理想性格说

"美是理念的感性显现。"正如朱光潜先生所说,这是黑格尔关于美的定义,也是艺术的定义,其实也就是典型的定义。典型在他的《美学》里一般叫做"理想",它是理性内容与感性形象的统一。黑格尔把艺术美和艺术理想看作是同一的东西,他所说的艺术理想中的人物性格,或称理想性格,就是指的典型人物。黑格尔认为艺术发展到了成熟期,就必须用人的形象来表现,"因为只有在人的形象里,精神才获得符合它的在感性的自然界中的

---

① [德]黑格尔:《哲学史讲演录》第2卷,贺麟、王太庆译,商务印书馆1960年版,第267页。

② [德]黑格尔:《美学》第1卷,朱光潜译,商务印书馆1979年版,第4页。

③ [德]黑格尔:《美学》第1卷,朱光潜译,商务印书馆1979年版,第5页。

④ [德]黑格尔:《美学》第1卷,朱光潜译,商务印书馆1979年版,第160页。

实际存在。"① 因此,人物性格就成了理想艺术表现的真正中心。而艺术理想要求普遍性以抽象的形式表现出来,人物性格不应描绘成脸谱的面具。作为一个具有定性的理想,"有一个更迫切的要求,就是要性格有特殊性和个性。"② 在黑格尔看来,普遍性是个性现实存在的坚固基础和真正内容,它是作为个体所特有的内在本质必然在个体中的实现。"无论是在单纯的精神内容方面,还是在感性形式方面,普遍性和个性都必须处理得协调一致,然后彼此才能不可分割地结合起来"。③ 个性既使形式的普遍性由于体现在个别具体的形象里面而显得是活的,又使这具体形象的感性的实际存在成为精神灌注生命的完满表现。

黑格尔继承了莱辛、康德、歌德,对于艺术理想和典型的有价值的观点,辩证地论述了理想性格的基本特征。

第一,理想性格是一个具备各种属性的活的整体。它有丰富性,又有整体性,是多样性的统一。理想性格,不是像古典主义作品中的人物那样,只是抽象的、任某种情欲支配的性格,而是许多性格特征的充满生气的总和。它们"每个人都是一个整体,本身就是一个世界,每个人都是一个充满的有生气的人,而不是某种孤立的性格特征的寓言式的抽象品。"④ 艺术理想的人物性格,应是"自成整体的显出特征的个性"。⑤ 人物性格的整体性,是指人物性格中各种属性,即性格的各个侧面有机地融合成为一个完整的整体。黑格尔说:"艺术的统一就应只是一种内在的联系,把各部分联系在一起,成为一个有机的整体,而且没有着意联系的痕迹。只有这样由精神灌注生命的有机的统一体才是真正的诗。"⑥ 人物性格的整体性,不仅表现在广度上,把各部分属性结合成一体,而且在深度上使整体渗透到一切个性,整体实际就是一个完整的个性。在谈到戏剧人物性格时,黑格尔写道:"戏剧人物必须显得浑身有生气,必须是心情和性格与动作和目的都互相协调的定型的整体。这里的关键并不在于特殊性格特征的广度,而在把一切都融贯成为一个整体的那种深入渗透到一切的个性,实际上这个整体就是个性本身,而这种个性就是所言所行的同一泉源,从这个泉源派生出每一句话,乃至思

---

① [德]黑格尔:《美学》第2卷,朱光潜译,商务印书馆1979年版,第166页。

② [德]黑格尔:《美学》第1卷,朱光潜译,商务印书馆1979年版,第304页。

③ [德]黑格尔:《美学》第3卷,上册,朱光潜译,商务印书馆1979年版,第207页。

④ [德]黑格尔:《美学》第1卷,朱光潜译,商务印书馆1979年版,第303页。

⑤ [德]黑格尔:《美学》第3卷,上册,朱光潜译,商务印书馆1979年版,第286页。

⑥ [德]黑格尔:《美学》第3卷,下册,朱光潜译,商务印书馆1979年版,第35页。

想,行为举止的第一个特征。"① 正是因为这样,艺术家笔下的人物才成为自成整体的显出特征的个性。理想性格,只有靠整体才有生命;也只有灌注生气的整体,有生命的整体,会使理念得到感性显现。

第二,理想性格是以一个基本突出的性格特征为主导的生动完满且具有更大明确性的性格。黑格尔认为,理想性格不能停留在单纯的整体性方面,它必须是具有定性的理想,显出较明确的个性特征。艺术理想的人物性格,应是"每一个人有每一个人的特征,本身是一个整体,一个具有个性的主体。"② 人物性格中的各种属性,不是静止的、平面的呈现出来,由于特定的矛盾和冲突,使其显示出了界限明确的内容。他说:"要显出更大的明确性,就须有某种特殊的情致,作为基本的突出的性格特征,来引起某种确定的目的、决定和动作。但是如果这界限定得过分死板,以至使一个人物仅仅成为某种情致——例如爱情和荣誉感之类——的完全抽象的形式,那么,一切生气和主体性也就会完全消失了,而这种艺术表现也就会因此枯燥贫乏——例如法国的戏剧作品就是如此。所以性格的特殊性中应该有一个主要的方面作为统治方面,但是尽管具有这个定性,性格仍须保持住生动性与完满性,使个别人物有余地可以向多方面流露他们的性格,适应各种各样的情景,把一种本身发展完满的内心世界的丰富多彩性显现于丰富多彩的表现。"③ 理想性格中作为基本的突出的性格特征,不是作为某种单一情欲的完全抽象的形式表现出来,而是以一个主要的突出特征作为统治方面(或主导方面)的具有生动性与完满性的性格形式表现出来。基本的突出的性格特征,是人物性格的各种属性中最具有内在必然性的方面,抓住了它,就等于抓住了人物性格的要害;但若将它同其他性格属性孤立出来加以抽象化,那就会失去人物的生动性与完满性。因此,艺术家在显示基本性格特征的同时,必须写出人物性格的丰富性。描绘出人物性格的丰富性,又可以进一步衬托出基本的性格特征,使它有更大程度的可理解性和鲜明性以及达到艺术加工方面的圆满。

第三,从性格的发展来看,理想性格应具有本身一贯的坚定性。黑格尔认为,理想性格"必须是一个得到定性的形象,而在这种具有定性的状况里必须具有一种一贯忠实于它自己的情致所显现的力量和坚定性。如果一个人不是这样本身整一的,他的复杂性格的种种不同的方面就会是一盘散沙,

---

① 〔德〕黑格尔:《美学》第3卷,下册,朱光潜译,商务印书馆1979年版,第265页。

② 〔德〕黑格尔:《美学》第2卷,朱光潜译,商务印书馆1979年版,第343页。

③ 〔德〕黑格尔:《美学》第1卷,朱光潜译,商务印书馆1979年版,第304页。

毫无意义。和本身处于统一体,艺术里的个性的无限和神圣就在于此。从这方面看,对于性格的理想表现,坚定性和决断性是一种重要的定性。"① 人物性格之所以有这种坚定性与决断性,是由于它所代表的力量的普遍性与个别人物的特殊性融合在一起,而在这种统一中变成自身融会一致的主体性和整一性。理想性格应有自己的辩证的发展逻辑,它是根据自己的意志发出动作,不能让外人插进来替他作决定。在性格发展的每个阶段,虽然存在矛盾的对立和转化,但人物性格始终保持自己的统一性和内在发展的必然性。黑格尔尖锐地批评了长久在德国文坛占统治地位的那种感伤主义的内在的软弱,痛斥了那种以一些神奇鬼怪的东西破坏人物性格的统一性和坚定性的消极浪漫主义倾向。黑格尔特别推崇莎士比亚的人物性格描写。他说:"莎士比亚的特点正在于他把人物性格描绘得果断而坚强,纵然写的是些坏人物,他们单在形式方面也是伟大而坚定的。哈姆雷特固然没有决断,但是他所犹疑的不是应该做什么,而是应该怎样去做。"② 恩格斯对黑格尔的这一评价是充分肯定的,他在《致斐·拉萨尔》中指出:"我觉得一个人物不仅应表现他**做什么**,而且刻画表现在他**怎样**做;从这方面看来,我相信,如果把各个人物用更加对立的方式彼此区别得更加鲜明些,剧本的思想内容是不会受到损害的。**古代人**的性格描绘在今天是不再够用了,而在这里,我认为您原可以毫无害处地稍微多注意莎士比亚在戏剧发展史上的意义。"③

在《美学》中黑格尔不仅联系作品实际详细地论述了理想性格的基本特征,而且进一步论述了理想性格与环境的对立统一的关系。他认为在艺术作品里,人物必须在它周围的世界里自由自在,就像在自己家里一样,他的个性必须能与自然和一切外在关系相安,才显得是自由的。一方面是人物性格内在的统一;另一方面是外在的客观存在的统一,这两方面相互依存、彼此之间保持着本质性的联系,从而构成一个统一体。理想的性格,如果没有产生和形成它的社会环境、思想观念、风俗道德、一般世界情况,它就不会成为它现在所是的这个样子;同时,人又能够利用外界事物来满足他的需要,人把他的环境人化了。黑格尔所说的艺术理想的环境,包括自然环境、人化了的环境和复杂精神关系的总和,这三方面彼此保持着本质性的联系,形成一个完备的整体。理想性格在它生存于其中的复杂精神关系总和中,包含着引起动作的矛盾冲突。人们的性格与性格之间,由于阶级地位、

---

① [德]黑格尔:《美学》第1卷,朱光潜译,商务印书馆1979年版,第307页。

② [德]黑格尔:《美学》第1卷,朱光潜译,商务印书馆1979年版,第310—311页。

③ 《马克思恩格斯选集》第4卷,人民出版社1995年版,第558页。

出身情况、知识、教育、能力、思想方式的差别,最重要的是由于性格内心的"绝对"(黑格尔称之为理念的儿子和伦理性的实体)的不同,因此形成了对立面的斗争。通过在活动中的理想的差异对立,人物的性格就会自然地显现出来。"生活情况、行动和命运的总和固然是个人的形成因素,但是他的真正的性格,他的思想和能力的真正核心却无待于它们而能借一个情境和动作显现出来,在这个情境和动作的演变中,他就揭露出他究竟是什么样的人,而在这以前,人们只是根据他的名字和外表去认识它。"[①]

黑格尔的理想性格说,在西方文艺理论发展史上,把典型学说的发展推进到一个新的阶段。从我们概括的介绍中,黑格尔是力图用辩证法法去总结艺术史的经验,解释理想性格的普遍性与特殊性,共性与个性,理想性格的基本特征,以及理想性格与理想环境的关系,引导人们从整体上,从理性与感性、客观与主观、一般与个别、必然与偶然的对立统一中去认识艺术理想,理解人物的性格。他所说的理想性格,相当于我们今天所说的典型人物。他的理想性格说,直接成为马克思主义典型学说的理论前提。恩格斯在《致敏·考茨基》中说:"对于这两种环境里的人物,我认为您都用您平素的鲜明的个性描写手法刻画出来了;每个人都是典型,但同时又是一定的单个人,正如老黑格尔所说的,是一个'这个',而且应当是如此。"[②]黑格尔所说的一个"这个",最早见于他的《精神现象学》。在这部被称作"黑格尔的圣经"的著作中,黑格尔从最初、最简单的精神现象开始,通过对一个"这个"的分析,揭示出了辩证法的个别和一般对立统一的原则,并以此作为他的辩证法的最基本的原则。在《逻辑学》中,黑格尔进一步说:"'这个'是用来确定区别和确定被认为是肯定的某物。"[③]在《美学》中黑格尔对艺术理想的系统阐述,实际是他在《精神现象学》《逻辑学》中所说的一个"这个"的辩证法思想在艺术领域的具体运用和发挥。恩格斯称赞和借用黑格尔老人所说的一个"这个",主要是吸取其辩证法的合理内核,强调文艺作品中的典型人物,应当既是典型,又是鲜明独特的个性,是典型与个性的统一整体。

三、艺术发展的历史类型及其特征

黑格尔在《美学》最后说:"我们用哲学的方法把艺术的美和形象的每

---

①　[德]黑格尔:《美学》第1卷,朱光潜译,商务印书馆1979年版,第277页。

②　《马克思恩格斯选集》第4卷,人民出版社1995年版,第673页。

③　[德]黑格尔:《逻辑学》上卷,杨一云译,商务印书馆1981年版,第111页。

一本质性的特征编成了一种花环。编织这种花环是一个最有价值的事。它使美学成为一门完整的科学。艺术并不是一种单纯的娱乐、效用或游戏的勾当，而是要把精神从有限世界的内容和形式的束缚中解放出来，要使绝对真理显现和寄托于感性现象，总之，要展现真理。这种真理不是自然史（自然科学）所能穷其意蕴的，是只有在世界史里才能展现出来的。这种真理的展现可以形成世界史的最美好的方面，也可以提供最珍贵的报酬，来酬劳追求真理的辛勤劳动。因为这个缘故，我们的研究不能只限于对某些艺术作品的批评或是替艺术创作方法开出方单。它的唯一目的就是追溯艺术和美的一切历史发展阶段，从而在思想上掌握和证实艺术和美的基本概念。"① 黑格尔有着很高的艺术鉴赏力和渊博的艺术史知识，他从"美是理念的感性显现"这个最基本的概念出发，以历史的和逻辑的观点相统一的方法，联系人类社会的历史发展，具体考察了世界艺术的发展史，论述了不同历史阶段艺术的内容（理念、意蕴）与艺术形式之间必然出现的三种相互关系：物质表现形式压倒精神内容；物质表现形式与精神内容和谐一致；精神内容压倒物质表现形式。他认为在艺术发展中，起决定作用的总是内容、意义。按照艺术的概念（本质），艺术没有别的使命，它的使命只在于把内容充实的东西恰如其分地表现为如在目前的感性形象。因此，艺术哲学的主要任务就在于凭思考去理解这种充实的内容和它美的表现方式究竟是什么。他认为人类历史发展的各主要阶段都有自己时代所特有的艺术类型和种类。与各个不同历史阶段艺术的内容与形式的相互关系相适应，黑格尔把世界艺术发展的类型分为三种：象征型艺术——古典型艺术——浪漫型艺术。

（一）象征型艺术

黑格尔把人类艺术发展史看作是艺术理想自我运动的历史。象征型艺术是最初的艺术类型，它是理想概念发展为真正艺术的准备阶段。在论述艺术发展史时，任何一个艺术史家都不能不回答艺术的起源问题。黑格尔在研究象征型艺术的产生和发展时，也是以艺术起源作为起点的。他说："艺术起源是艺术理念本身所产生的结果。"② 绝对理念最初展现为自然现象，人们从自然现象中隐约地可以窥见绝对理念，于是就出现了用自然事物的形式来把绝对理念变成可以观照的最早的艺术。在人类的早期，人们对理念的认识还是朦胧的、模糊的、抽象的，还找不到理想的艺术表达方式，只能借客观事物的物质性外形来暗示和象征。因此，"象征"无论就它的概念来说，

---

① ［德］黑格尔：《美学》第3卷下册，朱光潜译，商务印书馆1979年版，第335页。

② ［德］黑格尔：《美学》第2卷，朱光潜译，商务印书馆1979年版，第33页。

还是就它在历史上出现的次序来说,都是艺术的开始,是"艺术前的艺术"。

对于"象征"的含义,黑格尔说:"象征一般是直接呈现于感性观照的一种现成的外在事物,对这种外在事物并不直接就它本身来看,而是就它所暗示的一种较广泛普遍的意义来看。"① 象征首先是一种符号,它以一种人们可以感性观照的现成的外在事物,暗示某种普遍性的意义。比如,狮子象征刚强,狐狸象征狡滑,圆形象征永恒,三角形象征神的三身一体。象征型艺术的主要特征,是物质的表现形式压倒精神的内容,形式和内容的关系仅是一种象征的关系,物质不是作为内容的形式来表现内容,而是用某种符号、某种事物,来象征一种朦胧的认识或意蕴。最有代表性的象征型艺术是埃及、波斯、印度等东方民族的建筑。比如:金字塔,这是埃及古代帝王或神牛、神猫、神鹭之类神物的坟墓的外围。黑格尔说:"它们是些庞大的结晶体,其中隐含着一种内在的(精神的)东西,它们用一种由艺术创造出的外在形象把这种内在的东西包围起⋯⋯标志这样一种内在精神的形象对于它所确定的内容(即精神)还只是一种外在精神的外围。"② 金字塔的每一部分都被赋予象征的意义。塔的尖顶,象征日光;塔内庞大的结构、曲折的通道,象征人生的奥秘;其他如凤凰、狮身人首、神兽等,也都具有一定的象征意义。像金字塔这类象征型艺术,是用体积庞大的物质的东西,来象征一个民族的某种朦胧的、抽象的理想,明显地表现出了物质形式与精神内容的不调和。象征型艺术的物质形式与精神内容的不相适应,原因主要是由于精神内容本身不是具体明确,而是暧昧的、抽象的、神秘的。在这个时期人类的认识还处于自在阶段,理念本身也还处于朦胧、含糊、不确定的状况,因而它还找不到适合感性显现的形象,于是就采取了以某种符号或外在事物作为象征的形式。象征型艺术可以说是艺术史前的艺术,它的根本特点是理念的抽象朦胧性、形象的物质性和形象对理念的象征性。黑格尔说:"我们把一般象征型艺术看作意义和表现形式还没有达到完全互相渗透互相契合的一种艺术形式。"③ 象征型艺术的发展,经历了不自觉的象征——崇高的象征——自觉的象征三个阶段。不自觉的象征艺术,是象征艺术的起点,象征的意义与形象的直接统一,是一种未经艺术意识加工过的象征。崇高的象征,自然事物都为神服务,以自然与人的渺小去反衬神的崇高和伟大。自觉的象征如《伊索寓言》等,形象只图解说明某种理念。随着历史的发展,人类逐渐从自在

① [德]黑格尔:《美学》第2卷,朱光潜译,商务印书馆1979年版,第10页。

② [德]黑格尔:《美学》第2卷,朱光潜译,商务印书馆1979年版,第71—72页。

③ [德]黑格尔:《美学》第2卷,朱光潜译,商务印书馆1979年版,第148页。

阶段走向自觉阶段,象征型艺术中的那种内容与形式不相适合的矛盾,开始向新的方向转化,进而过渡到较完美的古典艺术。

(二)古典型艺术

古典型艺术是完全符合黑格尔关于美的概念的理想的艺术。他说:"古典型艺术是理想的符合本质的表现,是美的国度达到金瓯无缺的情况。没有什么比它更美,现在没有,将来也不会有。"①

象征型艺术的表现方式是古典型艺术的前提。古典型艺术是从象征型表现方式的发展过程发展出来的。"进展的关键在于内容具体化为明确的自觉的个性。要表现这种个性,既不能运用基原自然的或动物的自然形象,也不能运用和自然形象胡乱混杂一起的人格化和人体形象,而是要用完全由精神灌注而显出生气的人的躯体。"②在这个阶段人的认识已进入自觉的阶段。因此艺术所表现的精神内容已不是抽象、模糊的了,而是具体的、明确的,并且找到了适合表现自己本质的形象。理念与明确的自觉的个性达到了完美的统一。艺术的内容与形式达到了和谐的统一。"比如希腊神话中的雅典娜是和平与智慧这一理念的具体化、个性化;阿波罗是光明、青春、艺术等理念的具体化、个性化;阿芙罗狄忒则是爱情这一理念的具体的、感性的、个性化的显现。黑格尔引用法国人一句谚语:上帝按照他自己的形象创造了人,但是人也回敬了上帝,按照人的形象把上帝创造出来了。在古典型艺术里,神总是作为人表现出来的,比如希腊神话中的诸神的内容(理念)都是从人的生活中汲取的,是人类心胸中所特有的东西。人首先是从他自身认识到绝对理念,而人的形体又是绝对理念最好的表现形式。人的形象固然与一般动物有许多共同处,但是人的躯体与动物的躯体的全部差别就只在于按照人体的全部构造,它显得是精神的住所,而且是精神的唯一可能的自然存在。正因为这样,所以只有人的形象才能以感性方式把精神的东西表现出来。

古典型艺术,最主要的特点是消除了象征型艺术的表现出的那种物质形式和精神内容不协调的矛盾,使内容与形式构成了一个有机的活的整体。黑格尔说:"内容和完全适合内容的形式达到独立完整的统一,因而形成一种自由的整体,这就是艺术的中心。"③古典型艺术理想的典范是古希腊艺术。黑格尔认为:艺术在希腊就变成了绝对精神的最高表现方式。古典美

---

① [德]黑格尔:《美学》第2卷,朱光潜译,商务印书馆1979年版,第274页。

② [德]黑格尔:《美学》第2卷,朱光潜译,商务印书馆1979年版,第175页。

③ [德]黑格尔:《美学》第2卷,朱光潜译,商务印书馆1979年版,第157页。

以及它在内容意蕴、材料和形式方面的无限广阔领域是分授给希腊民族的一份礼品。这个民族值得我们尊敬,因为他们创造出一种具有高度生命力的艺术。在人类艺术由象征型向古典型发展的转折点上,他们攀登上了美的高峰。在希腊艺术中,黑格尔认为最符合古典美理想的是雕刻。这种艺术形式一方面理想性较强,适宜于表现神们的静穆和悦的特点,而另一方面又把神们的性格个性化为完全具体的人类面貌,并使二者达到了完备程度。因此,"作为理想的这种表现方式,作为符合内在本质意义的外在形状,希腊的雕刻就是自在自为的理想,为自己而存在的永恒的形象,古典型造型艺术美的中心。"① 在对古典型艺术的具体论述中,表现出黑格尔进步的人道主义伦理观。他说:"我们曾把古典型艺术叫做具有客观真实的人道的理想。古典型艺术的想象以实体性的伦理情致的内容为中心。"② "形成真正的美和艺术的中心和内容的是有关人类的东西"。③ 而这些具有普遍性的东西,又需通过具体的个性化的人物形象显现出来。黑格尔的这些观点,一方面概括了希腊艺术的实际,同时也有益于艺术进一步的发展。

黑格尔根据他唯心的辩证法,认为理念一直处于运动发展过程之中。古典型艺术尽管精神内容与物质形式和谐统一,但由于精神内容(理念)是活跃的、自由的、普遍性的伦理实体将分化为许多具体的、个别的精神力量,这样精神内容就必然要溢出物质形式,使内容形式出现新的分裂,最后导致古典型艺术的解体。古典型艺术解体的形式是喜剧和讽刺。逐渐表现出精神与物质、理想与现实的分裂与对立,从而使古典艺术走向衰落。

(三)浪漫型艺术

黑格尔所说的浪漫型艺术和欧洲文学史上通常说的18世纪末的浪漫主义思潮有所不同,它的时间跨度从中世纪到黑格尔时代(18世纪末—19世纪初),内容包括的也比较广。

在浪漫型艺术中,精神内容压倒物质形式,内容与形式出现了新的不协调。"精神愈感觉到它的外在现实的形象配不上它,它也就愈不能从这种形象中去找到满足,愈不能通过自己与这种形象的统一去达到自己与自己的和解。"④ 内在主体性原则是浪漫型艺术的基本原则。浪漫型艺术的真正内容是绝对的内心生活,相应的形式是精神的主体性。它的内容全都集中到

---

① [德]黑格尔:《美学》第2卷,朱光潜译,商务印书馆1979年版,第236—237页。

② [德]黑格尔:《美学》第2卷,朱光潜译,商务印书馆1979年版,第317页。

③ [德]黑格尔:《美学》第2卷,朱光潜译,商务印书馆1979年版,第163页。

④ [德]黑格尔:《美学》第2卷,朱光潜译,商务印书馆1979年版,第285页。

精神的内在生活上,也就是集中到感觉、想象和心情上。它所追求的是自在自为的内心世界作为本身无限的精神主体性之美,把表现绝对人格、普遍人性看作是主体性原则的基本内容。黑格尔说:"浪漫型艺术的原则在于不断扩大的普遍性和经常活动在心灵深处的东西,它的基调是音乐的,而结合到一定的观念内容时,则是抒情的。抒情仿佛是浪漫型艺术的基本特征,它的这种调质也影响到史诗和戏剧,甚至于像一阵由心灵吹来的气息,也围绕造型艺术作品(雕刻)荡漾着,因为在造型艺术作品里,精神和心灵要通过其中每一形象向精神和心灵说话。"① 在基督教艺术和以后表现爱情题材的作品中主观抒情性的特点表现得很突出。浪漫型艺术的内在主体性原则,在以塑造人物为中心的叙事性作品中,主要体现在个别人物性格的独立性和完整性上面。黑格尔认为浪漫型艺术的出发点是孤立的主体无限性,人物的性格不是形式化、抽象化的面具,每个人都有每个人的特征,都有自己所特有的个体独立性和顽强实现自己的坚定性。如同我们在莎士比亚作品中所看到的人物,他们都是一些完全独立的个别人物,都是首尾融贯一致的,始终忠实于自己和自己的情欲的,他们所追求的特殊目的是只有他们才有的,他们是什么样的人,有什么样的遭遇,都是由他们自己凭自己坚定的性格来决定的。与古典型艺术的人物相比,古代的人物性格固然也很坚定,也导致不可挽救的矛盾对立,但是促使人物行动的力量,不是来自人物性格的内因,而是取决于"命运",人物之间的矛盾对立则是靠用机械降神的办法解决。从这种意义上说,浪漫型艺术比古典型艺术是前进了一步。黑格尔以历史主义观点,把浪漫型艺术的发展为三个阶段:一是宗教范围的浪漫型艺术,如基督教艺术;二是中世纪的"骑士风",主要是表现"荣誉、爱情和忠贞"三种情致;三是文艺复兴及近代艺术。

　　黑格尔在对艺术史发展类型的分析时,是与欧洲文学艺术发展的实际紧密相联的,抛开他一些理念转化的谬说,有许多深刻的精辟见解。黑格尔关于三种艺术类型的划分,分别表现出崇高、美和丑三种不同的艺术形态,艺术发展的规律不是直线的,按照辩证法规律,"始而追求,继而到达,终于超越"。② 因此他关于艺术历史发展类型的理论,实际是一部世界文化艺术史论,也是一部简明的人类艺术史,它宏观地勾勒了人类艺术如何从低级向高级发展的过程、特点和规律,尽管其形式是唯心的,结论是悲观的、错误的,但其学术价值是不可磨灭的。我们应该批判地加以吸取。黑格尔提出的一

---

① [德]黑格尔:《美学》第2卷,朱光潜译,商务印书馆1979年版,第287页。

② [德]黑格尔:《美学》第1卷,朱光潜译,商务印书馆1979年版,第103页。

些主要观点,今天仍闪烁着真理的光辉,如他明确地提出了艺术的时代性和民族性问题。他说:"每个人在各种活动中,无论是政治的,宗教的,艺术的还是科学的活动,都是他那个时代的儿子,他有一个任务,要把当时的基本内容意义及其必有的形象制造出来,所以艺术的使命就在于替一个民族的精神找到一个适合的艺术表现。"① 有些论述,又可以说是对现实主义艺术特点最恰当的分析和概括。他说:"人要在他的现实世界里凭艺术把现实事物本身按照它们的本来生动具体的样子再造出来(尽管要牺牲内容和表现两方面的美和理想性)。"② 黑格尔认为,现实生活领域可以包括的题材范围是无穷的。但是,所用的题材必须对于艺术是本身固有的,本乡本土的,也就是说,它应该是诗人和听众自己的民族生活。他以荷兰绘画为例,说明"艺术的任务首先就见于凭精微的敏感,从既特殊而又符合显现外貌的普遍规律的那种具体生动的现实世界里,窥探到它的实际存在的一瞬间的变幻莫测的一些特色,并且很忠实地把这种最流转无常的东西凝定成为持久的东西。"③ 通过特殊反映一般,通过有限反映无限,这恰恰是艺术反映现实生活的一条重要规律。

精神内容超出物质形式,进一步的发展就使内容与形式完全分裂。"因此浪漫型艺术就到了它的发展的终点,外在方面和内在方面一般都变成偶然的,而这两方面又是彼此割裂的。由于这种情况,艺术就否定了它自己,就显示出意识有必要找比艺术更高的形式去掌握真实。"④ 最后,就是艺术让位给宗教和哲学。这样,黑格尔就在世界艺术史领域完成了他的理念的循环圈。在这里不仅暴露了他的艺术史观的唯心主义和形而上学,而且表达出了他对艺术发展的悲观主义思想。

四、各门艺术的体系　诗论和悲剧冲突论

黑格尔在《美学》第三卷(上、下)以主要篇幅论述了各门艺术的体系。重点谈了艺术分类的标准和各门艺术的历史发展过程及其主要特征。他以巨大的历史感去努力探索每门艺术发展的内在规律。他说:"每一门艺术都有它在艺术上达到了完满发展的繁荣期,前此有一个准备期,后此有一个衰

---

① 〔德〕黑格尔:《美学》第2卷,朱光潜译,商务印书馆1979年版,第375页。

② 〔德〕黑格尔:《美学》第2卷,朱光潜译,商务印书馆1979年版,第340页。

③ 〔德〕黑格尔:《美学》第2卷,朱光潜译,商务印书馆1979年版,第370页。

④ 〔德〕黑格尔:《美学》第2卷,朱光潜译,商务印书馆1979年版,第288页。

落期。因为艺术作品全部都是精神产品,像自然界产品那样,不可能一步就达到完美,而是要经过开始、进展、完成和终结,要经过抽象、开花和枯谢。"①

从"美是理念的感性是显现"这个美的艺术的基本概念出发,黑格尔认为,研究各门艺术的体系,区别和分类各门艺术的真正标准只能根据艺术作品的本质,各门艺术都是由艺术总概念所含的方面和因素展现出来的。由此得出结论:"艺术作品既然要出现在感性实在里,它就获得了为感觉而存在的定性,所以这些感觉以及艺术作品所借以对象化的而且与这些感觉相对应的物质材料或媒介的定性就必然提供各门艺术分类的标准。"②黑格尔不满意传统分类标准,他认为传统的分类,把艺术区分为造型艺术、声音艺术和语言艺术,把感性因素作为分类的最后标准,来抓住艺术的本质。黑格尔是从内容和形式的统一中来进行艺术分类的。他以理念的感性显现的程度,即按精神内容与物质形成的相互关系来分类。由物质压倒精神——物质与精神平衡——精神超出物质的发展逻辑,来区分不同时期不同类型和体系的艺术品。他一方面吸取了传统分类法的合理成分,同时又贯穿了艺术发展的辩证法和历史主义。他认为,艺术的本质、理想及从艺术概念本身发展出来的普遍类型,是区分不同艺术种类的内在的定性,但这还不能最终使各门艺术区分开来,还需看美的理念如何体现在具体的艺术作品中,也就是要看这种艺术与表现内容相适应的感性物质材料是什么。"在用明确具体的形式使内容意义体现为实际存在(作品)之中。艺术就变成一种专门的艺术,我们从此可以谈到一门实在的艺术及其实际的起源"。③

黑格尔从审美主体的三种艺术的认识方式(视觉方式,听觉方式和感性的表象功能)出发,结合与之相适应的感性物质材料或媒介,将艺术分为三种:第一种是造型艺术,它把内容表现为外在客观可见的形状和颜色,如建筑、雕刻、绘画。第二种是声音艺术,即音乐。形成音乐内容意义的是它的精神主体性,即人的心灵、情感;它的感性材料是声音,它的形象表现是声音彼此之间的协调、划分、结合,对立矛盾和解决,具体表现为强弱、节奏、旋律等。第三种是诗,即语言的艺术。黑格尔再三讲明,艺术分类不能仅仅限于感觉和不同的感性材料,在艺术分类中起决定作用的是艺术本身的具体概念(理念)。他说:"艺术只有一个任务,那就是把真实的东西,按照它在精神里的样子,按照它的整体,拿来和客观感性事物调和(统一)起来,以供感性

① ［德］黑格尔:《美学》第3卷上册,朱光潜译,商务印书馆1979年版,第5页。

② ［德］黑格尔:《美学》第3卷上册,朱光潜译,商务印书馆1979年版,第12页。

③ ［德］黑格尔:《美学》第3卷上册,朱光潜译,商务印书馆1979年版,第27页。

观照。"① 不同的感性材料,由于它们显现理念功能的不同,于是各门艺术就有了明显的差别。各门艺术的发展过程同艺术类型的历史发展过程是一致的。依据这样的原则,黑格尔把各门艺术的系统划分为:建筑,雕刻,绘画,音乐,诗五个大的系统。

诗论在黑格尔《美学》中占了近四分之一的篇幅,是黑格尔研究各门艺术体系时注意的中心。他说:"诗比任何其他艺术的创作方式都要更涉及艺术的普遍原则,因此,对艺术的科学研究似应从诗开始,然后才转到其他各门艺术根据感性材料的特点而分化成的特殊支派。"② 黑格尔系统地论述了诗的本质、诗的表现和诗的分类,具体论述了史诗、抒情诗、戏剧体诗的性质、特征及其历史发展。因此,他的诗论实际就是他的文学理论,这一部分值得我们认真地加以批判地吸取。这里我们重点讲三个问题。

(一)三种掌握世界的方式

黑格尔为了具体地揭示诗的本质和特征,提出并且论证了散文的、诗的和哲学(或称玄学)的三种掌握世界方式的区别。

诗的艺术作品和散文的艺术作品的区别,首先由于诗的掌握方式不同于散文的掌握方式。散文的方式是单凭知解力去了解事物关系,不能从整体上把握事物的本质规律,它是一种孤立的和静止的思维方式。黑格尔说:"日常的(散文的)意识完全不能深入事物的内在联系和本质以及它们的理由,原因,目的等等,它只满足于把一切存在和发生的事物当作纯然零星孤立的现象,也就是按照事物的毫无意义的偶然状态去认识事物。"③ 散文的掌握方式是与日常实践活动联系在一起的单凭知解力的思维方式。黑格尔认为知解力对待繁复现象不外取两种方式:一种是认识的方式,从一般观点出发,把繁复的现象摆在一起来看,把它们抽象成为感想和范畴(概念);另一种是实践的方式,使它们服从某些具体的目的,因而使个别特殊的东西不能充分行使它们的独立自在权。

诗的本质在大体上是和一般艺术美、艺术作品的概念一致的。因此,诗的掌握方式不同于散文的掌握方式。"诗的观照把事物的内在理性和它的实际外在显现结合成的活的统一体"。④ 诗的创造活动,是一种创造性的想象(Phantasie),即形象思维。它首先要求艺术家具有掌握现实及其形象的资禀

---

① 〔德〕黑格尔:《美学》第3卷上册,朱光潜译,商务印书馆1979年版,第15页。
② 〔德〕黑格尔:《美学》第3卷下册,朱光潜译,商务印书馆1979年版,第14页。
③ 〔德〕黑格尔:《美学》第3卷下册,朱光潜译,商务印书馆1979年版,第23页。
④ 〔德〕黑格尔:《美学》第3卷下册,朱光潜译,商务印书馆1979年版,第23页。

和敏感。这种资禀和敏感,通过听觉和视觉,把现实世界丰富多彩的图形印入心灵里。艺术的想象,不仅要求艺术家应有捕捉形象的敏锐的感觉力,而且要有牢固的记忆力,能把多样图形的花花世界记住。当黑格尔面对作家的实践经验论述艺术想象时,有时颇似唯物主义美学家的看法。他说:"在艺术和诗里,从'理想'开始总是很靠不住的,因为艺术家创作所依靠的是生活的富裕,而不是抽象的普泛的观念的富裕。在艺术里不像在哲学里,创造的材料不是思想而是现实的外在形象。所以艺术家必须置身于这种材料里,跟它建立亲切的关系;他应该看得多,听得多,而且记得多。"①想象的任务是要把内在的理性的意蕴化为可以观照的感性具体的形象。因此在诗的创造里,艺术家一方面要求助于常醒的理解力,另一方面也要求助于深厚的心胸和灌注生气的情感。诗的掌握方式,"是一种还没有把一般和体现一般的具别个体事物割裂开来的认识,它并不是把规律和现象,目的和手段都互相对立起来,然后又通过理智把它联系起来,而是就在另一方面(现象)之中并且通过另一方面来掌握这一方面(规律)。"②一般和个别、规律和现象、理性和感性、必然和偶然不是互相脱离,而是在个别、现象、感性、偶然中显示出一般、规律、理性、必然的内容。诗的掌握方式,始终不脱离形象,不脱离情感,是寓于形象和感情中的思维。黑格尔说:"从诗的掌握和创作的角度来看,每一个部分和每一个细节都有独立的兴趣和生动性,所以诗总是喜欢在个别特殊事物上低徊复复,流连不舍,带着喜爱的心情去描写它们,把它们看成各自独立的整体。"③诗的创造的结果,是将理念(真理)在富有特征的生气灌注的形象整体中显现出来,用黑格尔的话说:"是真理和现实世界在现实现象本身中的和解,尽管这种和解采取的形式任然只是精神性的。"④

　　哲学的掌握方式或称玄学的思维方式,可以克服凭知解力的思维和日常散文意识的观照方式的缺陷,它与诗的想象有血缘关系,但又不同于诗的掌握方式。它是以概念的形式显示理念的内容。黑格尔说:"玄学的思维只以产生思想为它的结果,它把实在事物的形式变成纯概念的形式。纵使它也能按照现实事物的基本特殊性和客观存在去认识事物,也毕竟要把这些特殊性相提升为一般的观念性的因素,它只有靠这种一般的观念性的因素才能自由活动。因此,玄学的思维就造成一个和现象世界对立的新世界。

①　[德]黑格尔:《美学》第1卷,朱光潜译,商务印书馆1979年版,第357—358页。
②　[德]黑格尔:《美学》第3卷下册,朱光潜译,商务印书馆1979年版,第20页。
③　[德]黑格尔:《美学》第3卷下册,朱光潜译,商务印书馆1979年版,第31—32页。
④　[德]黑格尔:《美学》第3卷下册,朱光潜译,商务印书馆1979年版,第24—25页。

这个新的世界固然也显出现实世界的真理,但是这种真理在现实世界本身里却显不出自己就是它所特有的灵魂或使它成其为它的那种力量。玄学思维只是真理和现实世界在思维中的和解"。① 玄学的思维是从一般中推演出特殊,并且要求加以具体地论证和说明。它所创造的一个"新世界",是一个从感性上升到理性而又完全脱离了具体的现象世界的纯粹的理性世界。玄学思维与诗的思维相比较,这种精神形式也有缺点,它和抽象概念打交道,使思想因素作为纯然理想和普遍性来阐发,这就使人们不能通过具体而感性的观照认识到生活的真理。

黑格尔关于三种掌握世界的方式的论述,对于研究艺术的本质特征有重要的理论意义,它对于我们研究后来俄国大批评家别林斯基关于诗是寓于形象中的思维的理论和进一步学习和理解马克思在《〈政治经济学批判〉导言》中提出的对世界的理论的、艺术的、宗教的、实践精神的四种掌握方式,是有帮助的,从中可以看出它们之间的批判继承和改造的关系。

(二)诗的分类

黑格尔在各门艺术的分类中,把建筑看作是外在的艺术;雕刻是客观的艺术;绘画、音乐和诗是主体的艺术。广大的艺术之宫是作为美的理念的外在实现而建立起来的。诗同样需用精神性的东西,即美的理念作为内容,不过在对内容进行艺术加工之中,诗不能像造型艺术那样仅满足于提供感性观照的形象,也不能满足于像音乐那样从内心迸发出的声音,只让心灵去领会,此外也不能采取抽象思维的形式,而是要处在直接凭感官形象的生动性和情感思想的主体性这两极之间。诗要提供一个完整的世界,其中实体本质要以艺术的方式展现于人类动作、事件和情感流露所组成的客观现实。"诗的作品却只有一个目的:创造美和欣赏美。"② 诗是语言的艺术。"作为艺术整体,诗不再由于材料(媒介)的片面性而只限于某一种创作方式,它一般可以把各种艺术的各种创作方式用作它自己的方式。因此,诗的品种和分类标准就只能根据一般艺术表现的普遍原则。"③ 诗既可以采取造型艺术的客观原则,按照事物的本来的客观形状去描述客观事物,也可以诉诸人的灵魂深处,采取音乐艺术的主观抒情原则,还可以将客观性原则与主观性原则统一起来。依据这样的观点,黑格尔把诗分为三类:史诗、抒情诗、剧诗。

史诗在希腊文里是(Epos),原义是"平话"或故事,它是一个民族的"传

---

① [德]黑格尔:《美学》第3卷下册,朱光潜译,商务印书馆1981年版,第24页。

② [德]黑格尔:《美学》第3卷下册,朱光潜译,商务印书馆1981年版,第46页。

③ [德]黑格尔:《美学》第3卷下册,朱光潜译,商务印书馆1981年版,第98页。

奇故事"、"书"或"圣经"。"史诗以叙事为职责,就须用一件动作(情节)的过程为对象,而这一动作在它的情境和广泛的联系上,须使人认识到它是一件与一个民族和一个时代的本身完整的世界密切相关的意义深远的事迹。所以一种民族精神的全部世界观和客观存在,经过由它本身所对象化成为具体形象,即实际发生的事迹,就形成了正式史诗的内容和形式。"① 史诗的主要特点是反映和描写现实生活的客观性,它像其他诗作品一样,也须构成一个本身完满的有机体。诗人作为主体必须从所写对象退到后台,客观地实事求是地描述一个有内在理由的,按照本身的必然规律来实现的世界。史诗的主人公往往是一些一定民族在历史形成过程中涌现出来的英雄人物。如荷马史诗中就写了阿喀琉斯、阿伽门侬、奥德赛等传说中的希腊民族的英雄人物。在对史诗的论述中,很明显地流露出了黑格尔的"西方中心论"的错误观点,比如他公开宣称:"过去时代的史诗都描绘出西方对东方的胜利,也就是欧洲人的权衡力和受理性节制的个性美对亚洲的组织简陋、联系松散、貌似统一而经常濒于瓦解的那种宗法社会的耀眼浮华的胜利。"② 黑格尔称小说是"近代市民阶级的史诗"。在这种体裁里,一方面像史诗叙事一样,充分表现出丰富多彩的旨趣、情况、人物性格,生活状况乃至整个世界的广大背景;但是另一方面却缺乏产生史诗的那种原始的诗的世界情况。近代意义的小说要以已安排成为具有散文性质现实世界为先行条件,在这种基地之上,在既定的前提许可之下,小说在事迹生动性方面和人物及其命运方面,力图恢复诗已丧失的权利。谈到小说的特点,从渊源上同史诗的特点联系起来,他说:"小说最常用的而且也适合于它的一种冲突就是心的诗和对立的外在情况和偶然事故的散文之间的冲突。这种冲突可以用悲剧的或喜剧的方式解决。关于描述方式,正式小说也和史诗一样,也要求有一个世界观和人生观的整体,其中多方面的题材和内容意蕴也要在一个具体事迹的范围之内显现出来,这个事迹就为全部作品提供了中心点。关于构思和创作细节,作者可以发挥作用的范围愈大,他也就愈难免沉没到对现实生活散文的描绘中去,而自己却不投身到散文性的日常生活中去。"③ 对于当时刚刚处于萌芽状态的现代小说来说,黑格尔的这些见解是颇具创见的。他并且预言:"关于现代民族生活和社会生活,在史诗领域有最广阔天地的要算

① [德]黑格尔:《美学》第3卷下册,朱光潜译,商务印书馆1981年版,第107页。
② [德]黑格尔:《美学》第3卷下册,朱光潜译,商务印书馆1981年版,第129—130页。
③ [德]黑格尔:《美学》第3卷下册,朱光潜译,商务印书馆1981年版,第167—168页。

长短程度不同的各种小说。"①

抒情诗的出发点是诗人的内心和灵魂,它不同于接近造型艺术的史诗以客观冷静的态度去描述对象的外在形状,它所依据的是诗的主体性原则,其基本特点是主观抒情性。抒情诗既是个别主体的自我表现,而又能通过诗人所抒发的情感和情境,反映出带有普遍性意义的情致。它的内容是多种多样的,可以涉及民族生活的各个方面,在各民族发展的任何阶段都可以出现。"一纵即逝的情调,内心的欢呼,闪电似的无忧无虑的谑浪笑傲、怅惘、愁怨和哀叹,总之,情感生活的全部浓淡色调,瞬息万变的动态或是由极不同的对象所引起的零星的飘忽的感想,都可以被抒情诗凝定下来,通过表现而变成而持久的艺术作品。"② 可贵的是,黑格尔辩证地论述了抒情诗中的主观与客观因素的关系,他说:在史诗里诗人把自己淹没在客观世界里,让独立的现实世界的动态自生自发下去;在抒情诗里却不然,诗人把目前的世界吸引到他的内心世界里,使它成为经过他的情感和思想体验过的对象。只有在客观世界已变成内心世界之后,它才能由抒情诗用语言掌握住和表现出来。抒情诗要求极复杂的变化多样的音律和多种多样的内部结构。它把诗人瞬息涌现的情感和思想按发展次序表现为时间上的先后承续。黑格尔称赞东方抒情诗的卓越成就,但对中国古典诗歌又显然不了解。

戏剧体诗是诗和一般艺术的最高层。它的基本特点是将史诗的客观性原则与抒情诗的主观性原则统一起来,他说:"在各种语言的艺术之中,戏剧体诗又是史诗的客观原则和抒情诗和主体性原则这二者的统一,这就是说,戏剧把一种本身完整的动作情节表现为实在的,直接摆在眼前的,而这种动作既起源于发出动作的人物性格的内心生活,其结果又取决于有关的各种目的,个别人物和冲突所代表的实体性。"③ 戏剧体诗一方面要客观地展开动作和情节,同时又要通过动作和情节展示人物的内心世界,刻画人物的性格。对于戏剧的动作和情节的原因和动力,黑格尔不是到外在因素去找,而是从自觉的活动的主体的内因去解释。人物行动的目的、人物之间的矛盾斗争及其结局都是以某种内在的普遍力量为依据。黑格尔认为戏剧的任务是按照它的实际发展把一个完整自足的动作(情节)在观众面前展现出来。由于戏剧体诗是以目的和人物性格的冲突以及这种斗争的必然解决为中心,所以它的分类基础只能是个别人物及其目的与内容主旨这两方面之

---

① 〔德〕黑格尔:《美学》第3卷下册,朱光潜译,商务印书馆1981年版,第187页。
② 〔德〕黑格尔:《美学》第3卷下册,朱光潜译,商务印书馆1981年版,第192页。
③ 〔德〕黑格尔:《美学》第3卷下册,朱光潜译,商务印书馆1981年版,第241页。

间的关系。这种关系的具体情况对于戏剧的冲突及其解决的特殊方式起着决定性作用,因此提供了全部剧情进程在生动的艺术表现中所具有的基本类型。戏剧的种类有:悲剧、喜剧和正剧。

(三)悲剧论

悲剧在黑格尔的整个艺术体系中占有最高的地位。他认为诗在各类艺术中处于最高层,戏剧体诗又站在诗的最高层,悲剧则是戏剧诗的最高形式。黑格尔在《美学》中关于悲剧问题虽然谈的篇幅并不多,但对悲剧理论发展的贡献,却是值得我们重视的。正如西方有人所说,"如果谈论黑格尔的艺术哲学而不去考察他关于悲剧的本质的概念,那就几乎等于演《哈姆雷特》这出戏缺了丹麦王子的角色。"① 英国研究黑格尔的学者布拉德雷也说:"亚理斯多德曾经论述过悲剧,而且照例以后人无从匹敌的妥贴与朴素的笔法,勾勒出他的题目的要点,此后唯一以既独创又深入的方式探讨悲剧的哲学家就是黑格尔。"②

黑格尔哲学体系的精华是他的辩证法。事物对立统一的矛盾法则是他的辩证法思想核心和实质。在《美学》中同样贯穿和运用了矛盾的法则,理念在自己的运动过程中,必然一分为二,形成对立面的统一和斗争。"谁如果要求一切事物都不带有对立面的统一那种矛盾,谁就是要求一切有生命的东西都不应存在。因为生命的力量,尤其是心灵的威力,就在于它本身设立矛盾,忍受矛盾,克服矛盾。在各部分的观念性的统一和在实在界的互相外在的部分之间建立矛盾而又解决矛盾,这就形成了继续不断的生命过程,而生命就只是过程。"③ 黑格尔的悲剧理论就是建立在他唯心主义的辩证法的矛盾法则基础之上,他对悲剧理论的卓越贡献和明显的局限性,也都与此有关。

运用对立统一的矛盾法则解释悲剧冲突,揭示悲剧的实质,是黑格尔对悲剧理论发展的最大贡献。他把冲突看作是戏剧的最高的情境,只有当情境显出对立统一、导致冲突的时候,情境才开始显现出它的严肃性和重要性。他认为戏剧冲突一般可以分为三种:第一种是由物理的或自然的情况所产生的冲突;第二种是由自然条件,实际是社会条件产生的精神冲突;第三种是由精神本身的差异而产生的分裂、形成的冲突。最后一种精神冲突是形成悲剧的真正的冲突。黑格尔认为,形成悲剧情节的真正内容意蕴,是在

---

① 见汝信、夏森:《西方美学史论丛》,上海人民出版社1980年版,第49页。

② [英]布拉德雷:《黑格尔的悲剧理论》,见《古典文艺理论译丛》(8),人民文学出版社1964年版。

③ [德]黑格尔:《美学》第1卷,朱光潜译,商务印书馆1979年版,第154页。

人类意志领域中具有实体性的本身就有理由的一系列的力量。如夫妻、父母、儿女、兄弟姊妹之间的亲属爱；国家政治生活，公民的爱国心以及统治者的意志，等等。这些伦理性的实体，黑格尔有时称之为"理念的儿子"，当它们由抽象概念转化为具体现实和人世间的现象时，就必然要导致对立和冲突。黑格尔说："只有在神们住在奥林普斯山峰上那种想象和宗教观念的天空中，我们才可以认真地把他们当作神来对待；而现在他们下凡了，每个神体现为一个凡人个性中某种情致了，尽管他们各有辩护的理由，他们也就由于各有特性或片面性，也必然要和他们的同类处于矛盾对立，要陷入罪过和不正义之中了。"①黑格尔强调悲剧冲突是悲剧的基础。这种矛盾冲突不是来自外面，或上面的某种"命运"，而有其内部的合理的、必然的矛盾运动规律。没有冲突就没有悲剧的动作和情节的展开，没有冲突，悲剧人物的性格，也就不能鲜明而又尖锐地显示出来。这些观点打破了自亚斯多德以后欧洲长期对悲剧的形而上学的看法，无疑是正确的。但是他把悲剧冲突的根源看成是伦理的实体、精神的普遍力量或绝对理念的儿子，而不是社会生活中的矛盾和斗争的反映；把悲剧冲突看做是伦理性实体的自我分裂和内部斗争，这种冲突与其说是善与恶、进步与反动的斗争，不如说是善与善与之间的冲突，矛盾的双方都有其合理性，也有其片面性，处于同等的地位；悲剧矛盾冲突的结果，不是真的、善的、美的东西的毁灭，而是理性、"永恒正义"的胜利，是矛盾以双方各自克服其片面性，达到矛盾的和解。他说："通过这种冲突，永恒的正义利用悲剧的人物及其目的来显示出他们的个别特殊性（片面性）破坏了伦理的实体和统一的平静状态；随着这种个别特殊性的毁灭，永恒正义就把伦理的实体和统一恢复过来了。"②这一切又充分暴露出了黑格尔悲剧观的唯心主义和为现实的反动专制制度辩护的庸人态度。在黑格尔对历史上的悲剧性人物如苏格拉底的解释中，显出了他观点的愚蠢和可笑。他一方面认为："只有当一个可敬的人遭遇灾祸或死亡的时候，只有当一个遭受无辜的灾难或冤屈的时候，我们才特别称之为悲剧"。③说苏格拉底的悲剧是雅典的悲剧，希腊的悲剧；同时他又认为："在真正悲剧性事件中，必须有两个合法的、伦理的力量互相冲突"。④他认为苏格拉底既是一个英雄，又是一个有罪的人。他提出的精神的更高的原则是正义的，但也有片面

---

① ［德］黑格尔：《美学》第3卷下册，朱光潜译，商务印书馆1981年版，第286—287页。

② ［德］黑格尔：《美学》第3卷下册，朱光潜译，商务印书馆1981年版，第287页。

③ ［德］黑格尔：《哲学史讲演录》第2卷，贺麟、王太庆译，商务印书馆1960年版，第44页。

④ ［德］黑格尔：《哲学史讲演录》第2卷，贺麟、王太庆译，商务印书馆1960年版，第44页。

性。雅典法庭维护现存秩序是正义的,但也有片面性。苏格拉底的死是罪有应得。这种解释暴露出黑格尔悲剧观的自相矛盾。实际上,苏格拉底的悲剧并不是什么两种伦理实体的矛盾,而是当时雅典社会的内部斗争,即奴隶主民族派和奴隶主贵族派的斗争的结果。如果拿黑格尔的这种各打五十大板的矛盾冲突说,去解释历史上革命阶级的代表人物的悲剧,那就是十足的反动。黑格尔认为在历史上出现的悲剧作品,《安提戈涅》最能体现他的悲剧冲突观,因而是一部最优秀最圆满的悲剧。安提戈涅不顾国王的法律,遵守传统的"天条",收葬了她哥哥的尸体,这既是正义的,又是片面的、有罪的;国王克瑞翁为维护国家的安全,执行法律,严惩收尸者,也是正义的,但又是片面的。因此对立双方都受到了惩罚,整个悲剧最后以"尸首上堆尸首"的大流血而告终。在黑格尔看来,这就是各自的片面性的克服,永恒的正义的胜利。黑格尔抹杀和否认悲剧中正义与非正义、进步与反动、善与恶、无罪和有罪的界限,这是完全错误的,由此也就不可能揭示悲剧的真正本质。

19世纪50年代末,拉萨尔依据黑格尔的悲剧观,创作了《弗兰茨·冯·济金根》,受到了马克思恩格斯的深刻批评。恩格斯以美学的和历史的观点对剧本作了分析,明确指出,悲剧性的冲突是历史的必然要求和这个要求实际不可能实现之间所构成的冲突。马克思恩格斯对拉萨尔的悲剧观念和剧本的批评,实际也是对黑格尔悲剧理论的批评。

德国古典哲学(包括美学)发展到黑格尔达到高峰,然而也正是从黑格尔这里,它又走向了终结和解体。恩格斯在《路德维希·费尔巴哈和德国古典哲学的终结》中,充分肯定黑格尔哲学的真实意义和革命性质,称"它彻底否定了关于人的思维和行动的一切结果具有最终性质的看法"。[①]"哲学在黑格尔那里完成了,一方面,因为他在自己的体系中以最宏伟的方式概括了哲学的全部发展;另一方面,因为他(虽然是不自觉地)给我们指出了一条走出这些体系的迷宫而达到真正地切实地认识世界的道路。"[②]

黑格尔从《精神现象学》开始建构的庞大的哲学体系,它的最有价值的成果则是"作为推动原则和创造原则的否定性的辩证法"。马克思对此给予高度的赞扬,他说:"黑格尔的《**现象学**》及其最后成果——作为推动原则和创造原则的否定性的辩证法——的伟大之处首先在于,黑格尔把人的自我产生看作一个过程,把对象化看作失去对象,看作外化的扬弃;因而,他抓住了**劳动**的本质,把对象性的人,现实的因而是真正的人理解为他**自己的劳动**的

---

① 《马克思恩格斯选集》第4卷,人民出版社1995年版,第216页。

② 《马克思恩格斯选集》第4卷,人民出版社1995年版,第220页。

结果。"① 黑格尔的"否定性辩证法"最主要体现在他的"异化"、"对象化"理论上面。自然的人化、人化的自然，与人的本质力量对象化，正是马克思在《1844年经济学哲学手稿》中从黑格尔那里批判地吸取来最有价值的成分。由此产生和形成了马克思的美学思想。

恩格斯说："黑格尔不同于他的门徒，他不像他们那样以无知自豪，而是所有时代中最有学问的人物之一。他是第一个想证明历史中有一种发展、有一种内在联系的人，尽管他的历史哲学中的许多东西现在我们看来十分古怪，如果把他的前辈，甚至把那些在他以后敢于对历史作总的思考的人同他相比，他的基本观点的宏伟，就是在今天也还值得钦佩。在《现象学》《美学》《哲学史》中，到处贯穿着这种宏伟的历史观，到处是历史地、在同历史的一定的（虽然是抽象地歪曲了的）联系中来处理材料的。这个划时代的历史观是新的唯物主义观点的直接的理论前提。"② 黑格尔的《美学》，可以说从头至尾贯穿着这种"宏伟的历史观"。但是他的历史观毕竟是历史唯心主义。他从理念论出发，把艺术的全部历史都削足适履地纳入他的艺术发展的三段论之中，并且宣布艺术发展到浪漫型就将被宗教和哲学所代替。由于黑格尔对艺术史十分熟悉，对世界艺术的发展作出了许多深刻的分析和猜测，但是他的唯心主义的绝对理念自我发展论、艺术发展的公式主义和艺术发展的消亡论，显然是错误的。资本主义制度不利于艺术的发展，但由此得出艺术必然灭亡的结论，这既是悲观主义的，又是神秘主义的宿命论。

第四节　黑格尔《美学》与中国美学文艺学建设 *

一、黑格尔《美学》在中国的译介和传播

黑格尔和他的《美学》是在20世纪初才与中国读者见面的。从目前见到的文献资料看，最早介绍黑格尔和他学说的文章，见于1903年《新民丛报》第27期马君武发表的《唯心派巨子黑智儿学说》，文中对黑格尔的唯心

---

① 《马克思恩格斯全集》第42卷，人民出版社1979年版，第163页。

② 《马克思恩格斯选集》第2卷，人民出版社1995年版，第42页。

* 这部分曾以《重读黑格尔——谈黑格尔〈美学〉与中国文艺学建设》为题，发表在《文学评论》1999年第3期。该文获中国中外文艺理论学会"新时期优秀论文奖"和山东省刘勰文艺评论奖。选入本章时又对该文重新作了校正和补充。

论、逻辑学、历史哲学分别作了介绍,称黑格尔哲学使"世人之心目为之一新"。①1906年严复写《述黑格尔唯心论》,又对黑格尔唯心主义哲学作了介绍。最早介绍黑格尔美学思想的是于1907年创办的《小说林》杂志的主编之一徐念慈。他在《小说林》创刊号上发表的《小说林缘起》一文中,对黑格尔的理想美学作了如下的介绍:

> 余不敏,尝以臆见论断之:则所谓小说者,殆合理想美学、感情美学而居其上乘者乎? 试以美学最发达之德意志征之,黑格尔氏(Hegel,1770—1831)于美学,持绝对观念论者也。其言曰:"艺术之圆满者,其第一义,为醇化于自然。"简言之,即满足吾人之美的欲望,而使无遗憾也。……要之不外使圆满而合于理性之自然也。其征一。又曰:"事物现个性者,愈愈丰富,理想之发现亦愈愈圆满,故美之究竟在具象理想,不在于抽象理想。"西国小说,多述一人一事;中国小说,多述数人数事:论者谓为文野之别,余独不谓然。事迹繁,格局变,人物则忠奸贤愚并列,事迹则巧纳奇正杂陈,其首尾联络,映带起伏,非有大物笔、大结构、雄于文者,不能为此,盖深明乎具象理想之道,能使人一读再读即十读百读亦不厌也,而西籍中富此兴味者实鲜,熟优熟绌,不言可解。然所谓美之究竟,与小说而适合也。其征二。②

徐念慈的这段论述,是中国介绍和研究黑格尔美学的开端,可贵之处在于徐氏结合小说的创作谈了自己对黑格尔关于艺术理想的理解。艺术理想是黑格尔《美学》的核心范畴,徐念慈比较准确地谈了黑格尔关于艺术理想的两个基本观点。黑格尔在《美学》中认为,"理想是本身完满的美,而自然则是不完满的美"。③就叙事文学的人物创造而言,"完满"就是艺术理想的整体性、"完美性"。"每个人都是一个整体,本身就是一个世界,每个人都是一个完满的有生气的人"。④同时艺术理想又是高度个性化的,是理念的感性显现。"理念就是符合理念本质而现为具体形象的现实,这种理念,就是理想"。⑤徐念慈所说"具象理想之道",可以说抓住了黑格尔

① 参见《康德黑格尔研究》第1辑,上海人民出版社1986年版,第489页。
② 徐念兹:《小说林缘起》(1907),见《中国历代文论选》第4册,上海古籍出版社1980年版,第248页。
③ [德]黑格尔:《美学》第1卷,朱光潜译,商务印书馆1979年版,第184页。
④ [德]黑格尔:《美学》第1卷,朱光潜译,商务印书馆1979年版,第303页。
⑤ [德]黑格尔:《美学》第1卷,朱光潜译,商务印书馆1979年版,第92页。

理想美学的实质。

20世纪的头20年,国内知道黑格尔、介绍黑格尔的学者也是屈指可数的。从30年代到1949年建国前这段时间,译介黑格尔著作的情况则逐渐多起来。1931年在黑格尔逝世100周年时,中国哲学会主办的《哲学评论》(五卷一期)出了"黑格尔专号",贺麟、朱光潜、张君劢、瞿菊农等人都写了文章。朱光潜在中华学艺社伦敦分社演讲时,专门解说了黑格尔辩证法中"相反者之同一"的原则。接着他又撰写了《黑格尔哲学的基本原理》,联系中国的名学具体阐发了共相与殊相的辩证关系,文中初步涉及了美学问题。解放后,随着学习马克思恩格斯列宁的著作热潮的出现,译介、学习、研究黑格尔著作,也出现了前所未有的局面。到20世纪80年代,黑格尔的重要著作都有了译本,研究黑格尔哲学、美学的专著也相继出现。

朱光潜先生从20世纪50年代到70年代,在极其艰难的环境中,将洋洋100万余字的黑格尔《美学》,以准确优美的语言翻译给中国读者,这不仅在中国翻译史上是一座巍峨的丰碑,而且对中国美学、文艺学的建设也产生了深远的影响。朱先生本人对黑格尔《美学》又进行了多年的潜心研究,并力图以马克思主义观点给予历史的评价。他的观点在《美学·译后记》和《西方美学史》的黑格尔专章中都作出了全面的论述。他在"译后记"中曾深情地告诫读者:

> 对于深入学习马克思主义理论的人,《美学》这部书是值得细读的。在马克思主义以前,西方美学和文艺理论的书籍虽是汗牛充栋,真正有科学价值而影响深广的也只有两部书,一部是古希腊的亚里士多德的《诗学》,另一部就是十九世纪初期的黑格尔的《美学》。在哲学方面黑格尔总结了他以前二千多年的西方思想发展,在美学和文艺理论方面也是如此。①

二、黑格尔《美学》对中国美学文艺学建设的积极影响

黑格尔《美学》的译介和研究几乎是同步的。它对中国美学和文艺学的建设给予了巨大的促进。从20世纪50年代末期开始,黑格尔《美学》连

---

① 朱光潜:《黑格尔〈美学〉译后记》,见黑格尔《美学》第3卷下册,商务印书馆1981年版,第337页。

同德国古典美学一起,就开始进入北京大学、中国人民大学、复旦大学的课堂,成为本科生、研究生十分喜欢的课程之一。著名美学家朱光潜、缪朗山先生,是边翻译、边研究、边讲课,蔡仪先生在讲悲剧时首先也是讲的黑格尔的悲剧观,蒋孔阳先生在讲课的同时又在着手撰写他的学术专著《德国古典美学》。上个世纪80年代影响较大的黑格尔美学研究著作,是王树人研究员的《思辨哲学新探》(人民出版社1985年版)和朱立元教授的《黑格尔美学论稿》(复旦大学出版社1986年版)。90年代蒋孔阳朱立元主编的七卷本《西方美学通史》中,又以三章的篇幅全面系统地对黑格尔美学进行了研究和论述,王元化先生出版了由读《小逻辑》、重读《小逻辑》和读《美学》第一卷构成的《读黑格尔》(百花洲出版社1997年版)。书中提出了一些原创性的见解,对学界进一步认识黑格尔和进一步解放思想都有重要的学术价值。结合个人的学习体会,我认为黑格尔《美学》对中国美学和文艺理论界的积极影响,最主要的有以下四点:

第一,方法论上给予启示。

黑格尔美学体系是客观唯心主义的,它的核心是辩证法。黑格尔认为"辩证法构成科学进步之推动的命脉。唯有凭借辩证法,科学内容才能达到内在联系和必然性,并且唯有由于辩证法,知识方面或实在方面,才能有真正的超出有限,而不只是外在的超出有限。正确地认识并把握辩证法的性质是极关重要的。辩证法是实在世界中一切运动、一切生命、一切事业之推动的原则。同样,辩证法又是知识范围内一切真正科学知识的灵魂"。[①]辩证法是黑格尔整个哲学思想的灵魂,也是他美学的灵魂。鲍桑葵在他的《美学史》中说:黑格尔的"美学是辩证法想要着重指出的那种合理联系的一个标本"。[②]卢卡契也说:"黑格尔的美学,正如他的逻辑学一样,是辩证方法发展史上的一份基本文献。可以说美学在它研究的每一个问题中,都包含着有用的提法,有的情况下甚至包含着正确的解答"。[③]我们学习、研究黑格尔《美学》,首先就是要把握其体系的核心和灵魂,具体地领会美学和艺术的辩证法,看他是如何运用辩证法去研究美学问题、艺术问题,去研究世界的艺术史。我国著名美学家宗白华先生,早在上个世纪30年代,就注意研究黑格尔的辩证法,并将其与中国的《易经》作了比较。

---

① [德]黑格尔:《小逻辑》,贺麟译,商务印书馆1980年第215版,第176—177页。

② [英]鲍桑葵:《美学史》,张今译,商务印书馆1985年版,第431页。

③ [匈牙利]卢卡契:《黑格尔的〈美学〉》,见《卢卡契文学论集》1,中国社会科学院外国文学研究所为外国文学研究资料丛刊编委会 编,中国社会科学出版社1980年版,第418页。

黑格尔《美学》给我们的另一重要启示,是关于历史的与逻辑的统一的原则。黑格尔的《美学》同他的现象学、逻辑学、历史哲学一样,处处贯穿着一个宏伟的历史观。黑格尔不同于历史上其他的哲学家和美学家,他的思维方式有巨大的历史感作基础,"形式尽管是那么抽象和唯心,他的思想发展却总是与世界历史的发展平行着,而后者按他的本意只是前者的验证"。① 黑格尔在哲学史上首先提出和运用逻辑与历史相一致的原则,他把哲学范畴的逻辑发展同哲学史联系起来加以考察。在《美学》中,他进一步具体运用和发展了历史的和逻辑的统一原则,并与他的美学观点结合在一起,具体地考察和分析了美的理念和艺术的生成、发展的特点和规律,以理念为逻辑起点,"用哲学的方法把艺术的美和形象的每一个本质性的特征编成了一种花环"。② 他把人类艺术史上出现的各种类型的艺术都纳入了他的艺术美的逻辑系统之中。从象征型艺术——古典的艺术——浪漫型艺术,从建筑——雕刻——绘画——音乐——诗,它们之间都有一种内在的必然联系和发展逻辑。在艺术理想生成和创造过程中,从理念——一般世界情况——情境与冲突——动作与情节——情致与性格,都沿着对立统一规律,相互转化,从而使各范畴概念,构成了一个艺术美的系统整体。

黑格尔论述的知性分析方法,对我国学术界也产生了重要影响。关于这一点王元化先生曾多次谈到。他认为,把知性和理性区别开来很重要,"用感性——知性——理性这三个概念来说明认识的不同性能是科学的"。③ 我们知道毛泽东在《实践论》中认为,人类的认识过程包括感性认识和理性认识两个阶段,"理性认识,依赖于感性认识,感性认识有待于发展到理性认识,这就是辩证唯物主义的认识论"。④ 毛泽东的这一观点在我国哲学界一直居于支配地位。在我国传统思维方式中,知性分析也是比较缺乏的。王元化先生在此强调知性的功能,以认识的三段式去代替认识的两段式,显然具有现实的理论价值。我们看到,黑格尔在《美学》中,同样出色地运用了知性分析法。他将感性——知性——理性,作为认识艺术美的不同类型和形式、不同的具体表现方式以及艺术美的基本法则和规律过程中的三个不可或缺的环节。如果在美和艺术美的研究中完全离开知性的分析,就无法严格区

---

① 《马克思恩格斯选集》第2卷,北京,人民出版社1995年版,第42页。

② [德]黑格尔:《美学》第3卷下册,朱光潜译,北京,商务印书馆1981年版,第335页。

③ 王元化:《思辨随笔》,上海文艺出版社1994年版,第121页。

④ 《毛泽东选集》第1卷,人民出版社1991年版,第291页。

别出在性质上不同的美的范畴和艺术美的形式。王元化先生1979年出版的《文心雕龙创作论》,就是在我国创造性地运用黑格尔——马克思的辩证思维逻辑和知性分析方法与乾嘉学派的考证方法相结合的一个范例。文中不仅以美学的和历史的观点对《文心雕龙》创作论作出了宏观且深刻的阐释,而且还细致地对《文心雕龙》的具体术语、概念、范畴作了精到的考证和知性辨析。如果没有大量而具体的知性分析,要想对《文心雕龙》创作理论作出宏观的、科学的整体把握,则是不可想象的。

第二,美学中的实践观点和对象化思想。

黑格尔在《逻辑学》《美学》等著作中,继康德之后,进一步明确提出和论述了实践的观点(当然还是唯心的实践观),并以此论述了人化的自然及对象化的思想。他说:"人还通过实践的活动来达到为自己(认识自己),因为人有一种冲动,要在直接呈现于他面前的外在事物之中实现他自己,而且就在这实践过程中认识他自己。人通过改变外在事物来达到这个目的,在这些外在事物上面刻下他自己内心生活的烙印,而且发现他自己的性格在这些外在事物中复现了"。[①] 人不仅能够以认识的方式观照自己、认识自己、思考自己,而且能以实践的方式在外在事物中实现自己,在自己创造的对象世界中认识自己,复现自己。在人与自然、人与环境的关系中,实践是一个中介环节。正是由于实践活动,"人把他的环境人化了,他显出那环境可以使他得到满足,对他不能保持任何独立自在的力量。[②] 在《逻辑学》《美学》等著作中,黑格尔清楚地阐明了实践的一些基本特征以及实践和艺术美创造的关系。他认为目的性是实践的一个重要特征。人与动物的根本区别之一,就是人的活动是目的性的活动,人是有理性的动物。他说:"人类自身具有的目的,就是因为他自身中具有'神圣'的东西——那便是我们开始称作'理性'的东西;又从它的活动和自决的力量,称作'自由'"。[③] 艺术的本质就是自由。人的自由理性,则是"艺术以及一切行动和知识的根本和必然的起源"。[④] 在艺术中通过实践达到"为自己"的目的,进而在艺术中显示出人类向"自由王国"不断追求的丰富意蕴。"主体方面所能掌握的最高内容可以简称为'自由'。自由是心灵的最高的定性"。[⑤] 对象性是实践的又一

① 〔德〕黑格尔:《美学》第1卷,朱光潜译,商务印书馆1979年版,第39页。

② 〔德〕黑格尔:《美学》第1卷,朱光潜译,商务印书馆1979年版,第326页。

③ 〔德〕黑格尔:《历史哲学》,王造时译,三联书店1956年版,第73页。

④ 〔德〕黑格尔:《美学》第1卷,朱光潜译,商务印书馆1979年版,第40页。

⑤ 〔德〕黑格尔:《美学》第1卷,朱光潜译,商务印书馆1979年版,第124页。

基本特征。人类的实践活动是对象性的活动,是一个主体对象化和对象主体化的双向运动过程。黑格尔所说的人"要在直接呈现于他面前的外在事物之中实现他自己","人把他的环境人化了",就是所说的主体对象化的内容。艺术美所创造的世界,已不是客观的现象界,而是一个对象化的"第二自然"。"在这里,不是人的本质以非人的方式同自身对立的对象化,而是人的本质以不同于抽象思维的方式并且同抽象思维对立的对象化"。① 与目的性、对象性密不可分的中介性,也是人类实践所具有的一个特征。在黑格尔看来,人要改变外在事物来达到自己的目的,必须以一定的手段和目的为中介,才能实现主体和客体的统一。他说:"目的通过手段与客观性相结合,并且在客观性中与自身相结合"。② "手段是一个比外在合目的性的有限目的更高的东西——犁是由比犁所造成的、作为目的的、直接的享受更尊贵些。工具保存下来,而直接的享受则会消逝并忘却。人以他的工具而具有支配外在自然界的威力,尽管就他的目的说来,他倒是要服从自然界的"。③ 艺术美的创造实践活动,同样需要一定的手段和工具,具有中介性质。就文学创作来讲,语言媒介的选择、运用、组织和表达得如何,直接关系到文学美显示的程度。

黑格尔的实践观不同于康德的实践观。康德所说的"实践"主要是指人类内心的道德修养。由于他割裂主体与客体的统一关系,将必然和自由、认识和实践对立起来,把"全部知识老是停留在主观性之内,在主观性之外便是外在的物自体"。④ 因此,康德就无法找到主客体统一的前提和基础,他提出的通向彼岸世界,达到"自由王国"途径,也就成了毫无实际内容的"设定"。黑格尔的实践观更为重要的一点是,他关于实践包括理论而又高于理论的论断。他一方面强调理论的东西本质上包含于实践的东西,同时他又指出,实践高于理论,实践"不仅具有普遍的资格,而且具有绝对现实的资格"。⑤ 黑格尔的实践观点,直接通向了马克思在《1844年经济学哲学手稿》《关于费尔巴哈的提纲》《德意志意识形态》等著作中,所深刻阐明的关于人的本质和人的本质力量对象化、劳动创造世界、环境创始人,人也创造环境等重要思想。马克思批判了黑格尔实践观的唯心主

---

① 《马克思恩格斯全集》第42卷,人民出版社,第161页。

② [德]黑格尔:《逻辑学》下卷,杨之一译,北京,商务印书馆1996年版,第433页。

③ [德]黑格尔:《逻辑学》下卷,杨之一译,北京,商务印书馆1996年版,第438页。

④ [德]黑格尔:《康德哲学论述》,贺麟译,商务印书馆1962年版,第35页。

⑤ [德]黑格尔:《逻辑学》下卷,杨之一译,商务印书馆1976年版,第523页。

义、神秘主义的成分,吸取其合理的内核,科学地阐明了实践的内涵和特征。黑格尔、马克思,关于实践的观点、人化自然的观点和人的本质力量对象化的观点,从一定意义上说,这是中国美学界建构自己美学大厦的理论基石。在这方面阐发得最系统、深刻的,我认为是1993年蒋孔阳先生的《美学新论》。当前,在美学界出现的具有较大影响的"实践美学观点",其理论源头,也不能说与黑格尔无关。朱光潜提出的关于美是主客观统一说,李泽厚提出的美的客观性与社会性,都程度不同地受到黑格尔实践观点与人化自然思想的影响。

第三,对中国美学、文艺学建设影响较大的几个观点。

黑格尔美学思想丰富、博大、深刻,剥去其神秘而唯心的外衣,有不少闪烁着真理光辉的内容,启示着后继者继续在美学、文艺学、艺术学等领域研究、开掘、向深广的层面推进。除上面谈的方法论原则和实践观点的启示外,直接影响中国美学、文艺学建设的重要观点,我认为主要有以下三个方面的理论:

1. "这一个",艺术美或理想。

恩格斯在1885年11月26日致敏·考茨基的信中,曾针对作家创作的长篇小说《旧和新》指出:"对于这两种环境里的人物,我认为您都用您平素的鲜明的个性描写手法刻画出来了;每个人都是典型,但同时又是一定的单个人,正如老黑格尔所说的,是一个'这个',而且应当是如此"。[1] 黑格尔在《精神现象学》中曾对"这一个"作了全面深刻的论述。他说:"什么是这一个?让我们试试就这一个的双重存在形式这时和这里来看,则它所包含的辩证法将具有一种和这一个本身一样的可以理解的形式"。[2] "这一个"是黑格尔辩证法思想的胚胎,它是个别性、特殊性和普遍性的辩证统一体,是一个特定环境中的"这一个"。"这时"和"这里"是它的双重存在形式。因此,对"这一个"的理解,实际是全面理解黑格尔艺术美或理想的关键。恩格斯的典型论显然是吸取了黑格尔"这一个"思想的合理内核。朱光潜认为,黑格尔关于"美的定义也是艺术的定义,其实也就是典型的定义。典型在他的《美学》里一般叫做'理想',它是理性内容与感性形象的统一"。[3] 黑格尔关于艺术美或理想的理论,是他《美学》中阐述得唯心主义最少也是最精彩的部分之一,处处闪耀着辩证法的光辉。黑格尔的美、艺术美或理想的理论,直接影

① 《马克思恩格斯选集》第4卷,北京,人民出版社1972年版,第453页。

② [德]黑格尔:《精神现象学》上卷,贺麟译,商务印书馆1987年版,第65页。

③ 朱光潜:《西方美学史》下卷,人民文学出版社1979年版,第703页。

响了我国著名美学家蔡仪先生。1947年由上海群益出版社出版的《新美学》，是蔡仪美学思想的代表作。这是我国第一部以唯物主义的观点阐明一种新的美学体系的美学专著。书中明确提出"美是客观事物显现其本质真理的典型"。①蔡先生的美即典型的观点，从理论渊源上，直接可以追溯到黑格尔。这一点我们从《新美学》中就可窥见一斑。蔡先生自己就说，黑格尔的"所谓美就是有限的感觉境界中显现着理念，照我们的话说就是个别中显现着普遍，也就是说，美就是典型"。②在1985年由中国社会科学出版社出版的《新美学》改写本第一卷中，蔡先生基本还保留了40年代的观点。《新艺术论》《新美学》，到解放后写的一系列关于美、典型的论著，都可见到黑格尔关于艺术美或理想的理论对蔡先生一生美学追求的影响。

2. 系统整体观念。

系统整体性是黑格尔哲学、美学体系的一个重要特色。黑格尔认为："哲学若没有体系，就不能成为科学……哲学的每一部分都是一个哲学全体，一个自身完整的圆圈。但哲学的理念在每一部分里只表达出一个特殊的规定性质或因素。每个单一的圆圈，因为它自身也是整体，就要打破它的特殊因素所给它的限制，从而建立一个较大的圆圈。因此，全体便有如许多圆圈所构成的大圆圈。这里面每一圆圈都是一些必然的环节，这些特殊的体系构成整个理念，理念也同样表现在第一个个别环节之中"。③在《逻辑学》中他还说，科学表现为一个自身环绕的圆圈，这个圆圈的末端通过中介而同这个圆圈的开端，即简单的根据连接着；同时这个圆圈又是许多圆圈的一个圆圈。因而各门科学则是圆圈的圆圈。在《哲学史讲演录》中，他又把整个哲学史比作圆圈，在这个圆圈的边沿还有许多圆圈。列宁对此十分赞赏，他在《哲学笔记》中写道："非常深刻而确切的比喻！！每一种思想 == 整个人类思想发展的大圆圈（螺旋）上的一个圆圈。"④黑格尔把人类认识和各门科学看作是圆圈的圆圈，这是一个非常富有哲理的观点，它标志着人类认识水平达到了一个新的高度。黑格尔把整个宇宙、整个人类社会和人的认识，看作是一个相互联系、相互作用的整体，并按照一定的内在的、必然的规律运动着、发展着。进而他又以这一思想指导各门具体科学的研究。他的《美学》同样是由无数个圆圈的圆圈构成。黑格尔的

① 蔡仪：《美学论著初编》上，上海文艺出版社1982年版，第246页。

② 蔡仪：《美学论著初编》上，上海文艺出版社1982年版，第243页。

③ 黑格尔：《小逻辑》，贺麟译，商务印书馆1980年第2版，第56页。

④ 列宁：《哲学笔记》，中共中央党校出版社1990年第2版，第271页。

这种哲学、美学的系统整体观和每门科学都是圆圈中的圆圈的思想,在系统论问世以后,更显示出了它的生命力,它不仅在自然科学领域而且在社会科学各个领域的研究中,被广泛地应用着,并在实践中得到了进一步丰富和发展。

3. 内容与形式统一的原则。

内容与形式统一是黑格尔的一贯主张,他在《精神现象学》《逻辑学》《小逻辑》中都有论述:黑格尔认为,"内容并不是没有形式的,反之,内容既具有形式于其自身内,同时形式又是一种外在于内容的东西。于是就有了双重的形式。有时作为返回自身的东西,形式即是内容。另时作为不返回自身的东西,形式便是与内容不相干的外在存在"。① 他还说:"对于一个艺术家,如果说,他的作品的内容是如何的好(甚至很优秀),但只是缺乏正当的形式,那么这句话就是一个很坏的辩解。只有内容与形式都表明为彻底统一的,才是真正的艺术品"② 黑格尔所阐发的形式是具有内容的形式,内容是具有形式的内容以及内容与形式相互转化的辩证观点和他提出的"双重形式"的观点,有很高的理论价值。他在《美学》中进一步发挥和运用了这些观点。他在强调艺术品应是内容与形式统一的有生命的整体的同时,又以内容与形式的发展、演变以及二者在不同历史时期相互转化的关系,去总结世界艺术史发展的特点和规律,揭示不同艺术形式产生、发展和消亡的历史的必然性。他的这一思想不仅对研究艺术品的构成有重大意义,而且对艺术史、文学史的研究也有重要的启示和借鉴意义。

黑格尔的《美学》是一部带有百科全书式的美学巨著,加上他本人是一个有很高修养的艺术鉴赏家,因此在《美学》中提出和阐发了很多有价值的美学观点和文艺理论观点。除上面我们谈的几点外,在悲剧论、人类掌握世界的不同方式、在天才与才能、艺术想象、风格与作风,叙事诗与抒情诗不同的诗学原则等方面,都提出了一些卓然不俗的新鲜见解,这些观点和见解,同样程度不同地为我国学术界所认同和接受,在批判剔除其唯心的神秘的外壳后,直接成为建设有中国特色的美学、文艺学的营养料。

第四,人文精神与理性精神的融合。

在黑格尔的哲学和美学中,充溢着人文主义精神与理性主义精神。这种精神在人类历史上起过重大的积极推动作用,有力地促进了科学技术和文学艺术的发展。历史发展到今天,我们仍然需要呼唤新时代的人文精神

① 〔德〕黑格尔:《小逻辑》,贺麟译,北京,商务印书馆1980年第2版,第278页。
② 〔德〕黑格尔:《小逻辑》,贺麟译,北京,商务印书馆1980年第2版,第279页。

和理性精神。

黑格尔的哲学和美学,代表了资产阶级上升时期的最高成就。因此,他的哲学和美学,反映着他所处时代的时代精神。"我在哲学里生活和编织着现代"。① 这是谢林在给黑格尔信中说的一句话。黑格尔同谢林一样不仅赞同这一观点而且同样也在他的哲学美学里"编织着现代"。在《美学》中他进一步指出:"每个人在各种活动中,无论是政治的,宗教的,艺术的还是科学的活动,都是他那个时代的儿子,他有一个任务,要把当时的基本内容及其必有的形象制造出来,所以艺术的使命在于替一个民族的精神找到适合的艺术表现"。②18世纪90年代到19世纪初,正是德国狂飚运动蓬勃发展的时期,那时德国诗人歌德、席勒等在他们的作品中高扬人文精神,黑格尔、谢林等哲学家则在自己的哲学论著中体现出了人文主义精神。充分肯定人的价值和尊严,是当时人文主义的重要内容。黑格尔对此深信不疑,他说:"我认为,人类自身像这样地被尊重就是时代的最好标志,它证明压迫者和人间上帝们头上的灵光消失了。哲学家们论证了这种尊严,人们学会了感到这种尊严,并且把他们被践踏的权利夺回来,不是去祈求,而是把它牢牢地夺到自己手里。宗教和政治是一丘之貉,宗教所教导的就是专制主义所向往的。这就是,蔑视人类,不让人类改善自己的处境,不让它凭自己的力量完成其自身"。③在《美学》中,黑格尔在其理念的转化过程中,他强调人的精神需要,认为艺术美之所以高于自然美恰恰由于艺术美能表现人的心灵。他对那些表现人们自由精神和人道主义精神优秀作品给予了极高的评价和赞扬,他称古希腊的艺术是一种具有最高生命力的艺术,对于文艺复兴时期的作品,特别是莎士比亚的作品,黑格尔更是赞不绝口。黑格尔称赞席勒的《美育书简》。在《美学》中他和席勒一样,猛烈抨击了资本主义社会出现的异化现象。

黑格尔在他的哲学和美学著作中,在批判宗教扼杀人性和揭露资本主义社会异化现象的同时,又举起了理性主义的旗帜。1795年1月他在给谢林的信中就提出:"理性和自由永是我们的口号,无形的教会是把我们联系在一起的共同目标"。④在《小逻辑》中他进一步指出:"理性是世界的灵魂,理

---

① 〔德〕黑格尔:《谢林致黑格尔》(1795年1月6日),参见《黑格尔通信百封》,苗力田编译,上海,上海人民出版社1981年版,第34页。

② 〔德〕黑格尔:《美学》第2卷,朱光潜译,北京,商务印书馆1979年版,第375页。

③ 〔德〕黑格尔:《黑格尔致谢林》(1975年4月16日),参见《黑格尔书信百封》,苗力田编译,上海人民出版社1981年版,第43页。

④ 〔德〕黑格尔:《黑格尔致谢林》(1975年4月16日),参见《黑格尔书信百封》,苗力田编译,上海人民出版社1981年版,第38页。

性居住在世界中,理性构成世界的内在的、固有的、深邃的的本性,或者说,理性是世界的共性"。① 人本主义或人道主义与理性精神,是驱使黑格尔积极参加在当时德国兴起的哲学革命、不断攀登科学高峰的强大动力。也是他留给后人的重要精神财富。

三、黑格尔《美学》在中国美学、文艺学建设中产生的负面效应

黑格尔《美学》传到中国以后,不是影响一代人而是影响了中国哲学界、美学界、文艺理论界的几代人。直至今天,黑格尔的幽灵仍然不时地在人们的头脑中回旋。因此,我们不仅应看到黑格尔的哲学及美学思想积极的,正面的影响,充分肯定其学术价值和现实意义,同时还应实事求是地指出其消极的、负面的影响,指出其阻碍我们继续向新的理论高峰攀登的"绊脚石"。

那么黑格尔美学思想中应当批判地剔除的东西是什么,它给我们的消极的、负面的影响又是什么呢？ 我认为主要表现以下几个方面:

(一)理性万能论

黑格尔认为"美是理念的感性显现"。他所说的"理念",在哲学的层面上,同理性概念具有同一的含义。我们可以毫不夸大地说,黑格尔是一个理性主义美学家,他的美学是理性主义的美学。他是用哲学的理性的眼光观察世界、观察文学艺术的。他说:

> 哲学用以观察历史的唯一的"思想"便是理性这个简单的概念;"理性"是世界的主宰,世界历史因此是一个合理的过程……一方面,"理性"是宇宙的实体,就是说,由于"理性"和在"理性"之中,一切现实才能存在和生存。另一方面,"理性"是宇宙的无限权力……它把这个目标不但展开在"自然宇宙"的现象中,而且也展开在"精神宇宙"——世界历史的现象中。②

在《美学》中,他在阐明美的本质时,明确说:"理念就是概念与客观

---

① ［德］黑格尔:《小逻辑》,贺麟译,北京,商务印书馆1980年第2版,第80页。

② ［德］黑格尔:《历史哲学》,王造时译,三联书店1956年版,第46—47页。

存在的统一"。① 美的本质是理念,从一方面看,"美与真是一回事"。② 同时美与真又有差别。美是理性与感性的统一。这种统一是以理性为基础,为指导的。在西方美学、文艺学发展史中,把艺术看作是一种认识,把美与真看作是一回事,是有其历史传统的。从亚里斯多德到黑格尔,都是这样一种思维模式。黑格尔的观点又直接影响了别林斯基。别林斯基虽认为文学与社会科学不是同一件东西,但"它们之间的差别根本不在内容,而在处理特定内容时所用的方法。哲学家用三段论法,诗人则用形象和图画说话,然而他们说的是同一件事"。③ 政治经济学等社会科学,诉诸读者或听众的理智,文学则诉诸读者的想象。"一个是证明,另一个是显示,可是他们都是说服,所不同的只是一个用逻辑结论,另一个用图画而已"。④ 别林斯基的这种艺术认识本质论,在前苏联的文艺学教科书中一直被沿用着,并且直接影响了我国文艺理论教材的建设。如蔡仪先生主编的《文学概论》和以群主编的《文学的基本原理》就明显留有别林斯基影响的烙印。

(二)神秘主义

在黑格尔的美学体系中,不论是作为逻辑起点的理念,还是作为艺术追求的最高真实、最高境界的理念,都是一个最具神秘色彩的怪物。这个怪物,说白了不过是一个被理性化装了的"上帝"。他的思辨哲学,实际上是披着理性外衣的创世说。对此,费尔巴哈曾予以深刻的揭露,说"黑格尔哲学是神学最后的避难所和最后的理性支柱"。⑤ 马克思指出:"在黑格尔看来,思维过程,即他称为观念而甚至把它变成独立主体的思维过程,是现实事物的创造主,而现实事物只是思维过程的外部表现。我的看法则相反,观念的东西不外是移入人的头脑并在人的头脑中改造过的物质的东西而已"。⑥ 黑格尔把理念作为宇宙的主体,作为"现实事物的创造主",这就使他的哲学成为无人的头脑的主体。这样的主体实际是子虚乌有。黑格尔以理念作为他的体系的本体论,这与康德的"物自体"相比,更向神学靠拢,是一种向旧形而上学本体论的倒退。这一点上黑格尔与柏拉图一脉相承,把理性认识的概

---

① [德]黑格尔:《美学》第1卷,朱光潜译,商务印书馆1979年版,第137页。
② [德]黑格尔:《美学》第1卷,朱光潜译,商务印书馆1979年版,第142页。
③ [俄]别林斯基:《别林斯基选集》第2卷,满涛译,上海时代出版社1953年版,第428页。
④ [俄]别林斯基:《别林斯基选集》第2卷,满涛译,上海时代出版社1953年版,第429页。
⑤ [德]费尔巴哈:《费尔巴哈哲学著作选集》上卷,王太庆等译,北京三联书店1959年版,第114页。
⑥ 马克思:《资本论》第1卷,人民出版社1975年版,第240页。

念,加以夸大、歪曲、头脚倒置,神化为宇宙的本原,为上帝的存在提供了哲学的依据。黑格尔的神秘主义、唯心主义的哲学体系与他的辩证法是根本矛盾的,当二者发生冲突时,他总是以维护他神圣的理念而损伤、甚至丢弃他的辩证法。在这方面一个突出的例证,就是他关于悲剧冲突的所谓"永恒的正义"的胜利。按照他的逻辑,悲剧中也就不存在什么真、善、美与假、恶、丑了。其结果必然是美丑不分,善恶混淆。因此,正确地认识他的理念论的本质,揭开它的神秘面纱,对于我们辨别黑格尔《美学》中的精华与糟粕,吸取其精华,是一个重要的前提。

(三)封闭性、保守性与模式化

这是黑格尔美学体系的重要特点和局限。黑格尔的美学体系同他的哲学体系一样,实际都不过是一个主观臆造的理念(或绝对精神)的循环圈,即从理念出发通过辩证地发展自己、实现自己,最后又回复到理念自身,这反映出他思想体系的封闭性特点。由于建构理念发展自己又回复到自身体系的需要,他不得不背叛辩证法的彻底发展观。在《美学》中黑格尔精心编织的艺术美的花环,最后通过"艺术解体"而取消了艺术,重新回复到了宗教、哲学的理念之中。黑格尔还明确宣布,精神哲学发展到绝对精神阶段,就没有了矛盾,进入了一个无差别的和谐境界,同时,他又认为艺术发展的黄金时代在过去不在未来。辩证法的本质是批判的、革命的,黑格尔则为当时专制制度辩护。黑格尔缺乏歌德那种从民族文学走向世界文学的宽阔胸襟,他的骨子里仍是"西方文化中心论"。他对东方文化基本上贬多于褒,认为在东方的艺术观照方式之中,虽然也有些真正的美和艺术的因素,"但是这些因素是互相外在,分裂的,没有达到真正的统一,只是凭虚假的关系结合在一起"。[①] 他毫无根据地宣称古代波斯、印度、埃及的艺术是"不自觉的象征型艺术"的三个前后相继发展的阶段。他称赞中国的园林艺术,但对中国文学所知甚少,虽然他承认中国古代的抒情诗具有"卓越成就",但对东方抒情诗的总体评价是不高的。正如朱光潜先生所指出的:"黑格尔对中国抒情诗显然很隔膜。他关于东方诗缺乏主体性和精神性的一番话很难适用到屈原、阮籍、杜甫、李白这些代表诗人的抒情作品"。[②] 对黑格尔的这种西方艺术中心论思想,我们对它的影响绝不能低估,直至今天在世界上还有市场。我们说黑格尔美学有模式化倾向,这也是很明显的。突出的表现就是他把无比丰富、复杂的世界艺术史,硬性地以象征型艺术——古典型艺术——浪漫

---

① 见[德]黑格尔:《美学》第2卷,朱光潜译,商务印书馆1979年版,第161页。

② 见[德]黑格尔:《美学》第3卷下册,朱光潜译,商务印书馆1979年版,第231页译者注。

型艺术的公式来套,统统纳入这个强制性的构架之中,按照他的体系需要,不顾实际情况,采取了削足适履、歪曲颠倒的办法。黑格尔这种为了建构自己的美学体系而设想的模式或公式,然后又以这种模式或公式去框美学历史的做法,在中国美学史、文学史研究中,也不是没有追随者,我们不时地见到黑格尔在这些领域中的影子。

黑格尔是一个学识渊博的人物,他在逻辑学、自然哲学、精神哲学及各个不同的具体历史科学如美学等领域,都起了划时代的作用。我们指出黑格尔《美学》中存在的问题、局限及其产生的负面效应,其目的正是为了剥去蒙在其美学思想体系上唯心的、神秘的、强制性的外壳,使其中所隐藏的珍宝更加显出它的光彩。

四、重读黑格尔《美学》的现代意义

每一种理论学说,都有自己的时代。不同时代对某一理论的需要的程度,决定着这一理论的价值的高低。由于马克思公开申明自己是黑格尔的学生,恩格斯也热情地向读者推荐黑格尔的《美学》,列宁又认真研读了黑格尔的著作,写下了影响深远的《哲学笔记》。因此随着马克思列宁主义在中国的传播和发展,对黑格尔的哲学——美学思想的学习和研究,一直为学界所重视,从20世纪50年代—80年代初期逐渐达到了高潮。但没有多久,人们对黑格尔美学的热情逐渐冷下来,在有的人眼里,黑格尔逐渐也成了一条早已进入坟墓的"死狗"。

伴随着国际上反理性主义美学思潮、文艺思潮的发展,和西方20世纪各种哲学、美学、文艺学、语言学代表著作的译介和阐释,在我国美学界、文艺理论界,开始出现了"要康德,不要黑格尔"的倾向。首先提出这一问题的是李泽厚先生。他在1981年关于《美感的二重性形象思维》的演讲中说:

> 我认为从康德开始,经过席勒、费尔巴哈到马克思,特点之一就是抓住了"感性",这也就是为什么我要把黑格撇开的原因。今年国际上有个会议,议题之一就叫"要康德,还是要黑格尔?"我的回答:都要! 但如果必需选择其一,那就要康德,不要黑格尔! ①

---

① 李泽厚:《美感二重性与形象思维》,参见《李泽厚哲学美学文选》,湖南人民出版社1985年版,第357页。

康德是德国古典美学的奠基人,他的美学思想和文艺思想,是西方现代美学、文艺学诸流派的重要源头。黑格尔是德国古典美学的集大成者。康德、黑格尔在世界哲学史和美学史上每人都有其不可替代的独特的贡献。因此李泽厚在回答"要康德,还是要黑格尔"时,说"都要!"这是完全正确的。但是后面一句,让他个人选择则回答曰:"要康德,不要黑格尔!"这种回答如果作为个人的偏爱和个人研究的重点,那是无可非议的。但是如果作为一个学术研究的口号提出,并考虑到它对社会的影响的话,那就必须认真加以重新审视。李泽厚先生为什么选择"要康德,不要黑格尔"?他在为纪念康德《纯粹理性批判》出版200年而写的《康德哲学与建立主体性论纲》中有一个解释和说明。他说:"康德在某些方面比黑格尔高明,他看到了认识论不能等同也不能穷尽哲学。黑格尔把整个哲学等同认识论或理念的自我意识的历史行程,这实际是一种泛逻辑主义或唯智主义。这种唯智主义在现代受到了严重的挑战,例如像存在主义即使没有提出什么重大认识论问题,却仍无害其为哲学……把一切予以逻辑化、认识论化,像黑格尔那样,人的存在的深刻的现实性经常被忽视或抹掉了……黑格尔的这种泛逻辑主义和唯智主义在今天的马克思主义哲学中也留下了它的印痕和不良影响。"①在李泽厚先生看来,黑格尔哲学等同于认识论,忽视本体论和价值论,忽视人的主体性。他认为"从黑格尔到现代马克思主义有一种对历史必然性的不恰当的、近乎宿命的强调,忽视了个体、自我的自由选择并随之而来的各种偶然性的巨大历史现实和后果。"②

李泽厚先生将黑格尔的哲学(美学)等同于认识论,并将本体论从黑格尔哲学体系中分离出来,这种观点并不符合黑格尔哲学的实际。在西方哲学中本体论是指关于存在及其本质和规律的学说。从词源上讲,本体来自拉丁文 on(存在、有、是)和 ontls(存在物)。在德国古典哲学中首先是康德将本体论、认识论与逻辑学相割裂;相反,黑格尔则在指出继承康德哲学、美学思想的基础上,第一次提出了本体论、认识论与逻辑学相统一的思想。他在《逻辑学》《小逻辑》和《美学》中对存在论中的有与无,对本质论、概念论和理念论等这些属于本体论的范畴,都作过认真的研究和论述。正如汝信先生所说,"黑格尔的逻辑学是本体论、逻辑和认识论的统一。大家知道,在黑格尔以前的西方哲学中,本体论、逻辑和认识论

---

① 李泽厚:《李泽厚哲学美学文选》,湖南人民出版社1985年版,第156页。

② 李泽厚:《李泽厚哲学美学文选》,湖南人民出版社1985年版,第159—160页。

是被看作不同的独立的领域的。一般所说的逻辑学只研究思维的规律和形式,与研究存在本身的本体论和研究人的认识的认识论是分开的,甚至是互不相干的。在黑格尔的哲学前驱康德那里,这一点就是表现得特别明显。黑格尔第一个试图把这些独立的领域统一起来,我们在《精神现象学》里已经可以看到他在这方面的努力,而《逻辑学》则更清楚地贯彻着这个意图并取得了成功。在他看来,思维和存在是同一的,而这就是本体论、逻辑和认识论的统一的基础。他正是以此为出发点来改造全部逻辑学。"①胡自信先生更为明确地进行了阐释,他说"与前人相比,黑格尔的一个重要成就在于,通过'实体即主体'这个唯心主义原则,他实现了逻辑学、本体论、认识论的内在统一。这是史无前例的。在黑格尔那里,哲学是本体论,因为它提示了实体与世界万物的辩证统一的过程;哲学是认识论,因为它展示了主体认识实体,进行实现主体与实体的对立统一的过程;哲学是逻辑学,因为它描述了思维概念的辩证发展历程。本体论、认识论和逻辑学不是三个不同的研究领域,也不是实体发展过程中的三个不同阶段,而是一个实体的辩证运动表现出来的三个不同的本质特征。世界万物即实体的规定,实体在世界万物之中,就是在自己的本质规定中。通过否定的辩证法,黑格尔实现了本体与万物的内在统一。"②这段论述,我认为比较准确地说明了黑格尔哲学体系的特点。在《美学》中,理念就是美或艺术美的本体、本源。黑格尔的美学思想体系,同样也表现出了本体论、逻辑与认识论的统一。有的学者断言黑格尔美学是认识论的统一。有的学者断言黑格尔美学是认识论美学或"纯认识论文艺观",③恐怕也难以从实际上和理论上说服人。

对康德和黑格尔这样的美学巨人,个人的研究可以有所侧重,但基本态度则应是历史的、全面的、实事求是的,并以中外艺术实践去检验他们的理论,从中剔除其唯心的、形而上学的和在今天已失去其价值的成分,吸取其合理的内核。我国学术界不论对康德还是对黑格尔的哲学体系和美学思想的研究,仅能说是刚刚起步。黑格尔美学从20世纪80年代中期开始,的确受到了冷落,但进入90年代以后,又有逐渐回升的趋势。1997年百花洲文艺出版社出版的王元化先生的《读黑格尔》,我认为就是一个重要的信号。王

---

① 汝信:《关于黑格尔〈逻辑学〉的若干问题》,参见《康德黑格尔研究》第1辑,上海人民出版社1986年版,第229页。

② 胡自信:《黑格尔与海德格尔》,中华书局2002年版,第20页。

③ 王元骧:《黑格尔纯认识论文艺观的得与失》,见《文艺理论与批评》1996年第4期。

元化在该书序的最后写了一段话,在我的心灵中引起了很大的震动。王元化说:"我初读《美学》时,原来只希望从中得到哲学的启迪,可是渐渐我从中领受到艺术鉴赏和审美趣味的乐趣。我不禁默然地祷念:黑格尔,你的哲学真是人类奇妙的创造。你的书打开了我的心灵,使我在你的知识海洋中可以汲取无限的智慧……①

关于黑格尔《美学》及其在世界美学史中的地位和影响,还有许多问题需要进一步深入研究,如康德美学与黑格尔美学的比较研究,黑格尔美学与马克思、恩格斯的美学思想的关系,黑格尔美学研究的学术史,等等。结合现当代中国和世界的艺术实践开展黑格尔美学的研究,仍不失为一个重要的研究课题。

① 王元化:《读黑格尔》,百花洲文艺出版社1997年版,第9页。

编后记

　　学习、重读和阐释美学诗学的经典文本,贯穿在我的学术生涯的全过程。从事学术研究首先遇到的一个问题,就是从哪里入手、从哪里起步的问题。我认为第一步要做的事,就是要回归经典文本的"圣地",从古今中外的浩瀚书海中,选择那些不同民族、不同时代最具有标志性的经典文本,有计划地挤时间认认真真地去学习,反反复复地去重读、细读和研究。在这一读、二读、三读的反复阅读、细读的过程中,总会有所体悟,有所发现,而又会产生一些想向世人表达一下自己的喜悦心情的话语。

　　认真学习、反复阅读经典文本,这是美学诗学自身发展的必然要求,也是克服当下学界和青年学子中普遍存在的"浮躁风"的迫切需要。只有通过认真学习和重读经典文本,并与当今中国和世界的的文艺实际、理论研究相结合,我们才有可能踏着巨人的肩膀,追踪学术的前沿,在继承中发展,在实践中推进理论的创新,建构和发展当今时代有中国特色的文艺学、美学。

　　这部《重读与新释——中西美学诗学经典文本解读》,记录了本人从上个世纪八十年代以来,阅读中西美学诗学经典文本的过程和心得。书中所选的《思孟学派与中国美学》,依据的是两种经典文本:一是中国古籍流传下来的《周易》《论语》《孟子》《中庸》等传统的经典文本;一是地下发现的《郭店楚墓竹简》等更具实证性的新的经典文本。此文是本人涉足中国古代美学诗学所写的最长的、也是下功夫最多的一篇学术论文(全文近35000字),并公开发表在袁行霈先生主编的《国学研究》第二十一卷。《西方美学诗学经典文本解读》原来的书名是《西方美学经典文本导读》,由北京大学出版社,2006年作为"博雅导读丛书"之一出版。这次选入《重读与新释——中西美学诗学经典文本解读》,得到北大出版社领导和责编的全力支持,并将发稿时的电子版给了作者,在此深表感谢。《重读与新释——中西美学诗学经典文本解读》中的《西方美学诗学经典文本解读》,保持了《西方美学经典文本导读》的原貌,只是在注释中依据新的版本做了些校正或补充。

　　《重读与新释——中西美学诗学经典文本解读》全部书稿的文字校正、注释和格式调整,由山东师范大学文艺学硕士研究生吕珊珊认真细致地帮助完成,杨守森教授反复审阅了整理好的书稿,文艺学硕士研究生刘颖、刘明月帮助校对了清样的第一编和第二编的电子版。在此一并致谢。

李衍柱

2012年6月12日

2013年6月30日校正

责任编辑:李 惠 pphlh@126.com
装帧设计:雅思雅特
责任校对:方亚丽

图书在版编目(CIP)数据

重读与新释:中西美学诗学经典文本解读/李衍柱 著.
 -北京:人民出版社,2013.12
(林涛海韵丛话)
ISBN 978-7-01-011898-7

Ⅰ.①重… Ⅱ.①李… Ⅲ.①诗歌美学-研究 Ⅳ.①I052

中国版本图书馆 CIP 数据核字(2013)第 054982 号

重读与新释
CHONGDU YU XINSHI
中西美学诗学经典文本解读

李衍柱 著

人民出版社 出版发行
(100706 北京市东城区隆福寺街 99 号)

北京中科印刷有限公司印刷 新华书店经销

2013 年 12 月第 1 版 2013 年 12 月北京第 1 次印刷
开本:700 毫米×1000 毫米 1/16 印张:31.5 插页:2
字数:546 千字

ISBN 978-7-01-011898-7 定价:65.00 元

邮购地址 100706 北京市东城区隆福寺街 99 号
人民东方图书销售中心 电话 (010)65250042 65289539